BᵛT

W0053431

Liebe ist bei Alice Munro kein abgegriffenes Wort für romantische Gefühle, sondern ein facettenreicher Begriff, der in all seinen Dimensionen die zentrale Kraft des Lebens beschreibt. Die elf wunderbar lakonischen und melancholischen Liebesgeschichten erzählen von den komplizierten Verstrickungen innerhalb der Familie, von Missverständnissen, die aus zu viel Nähe entstehen, sie erzählen aber auch vom Glück und seinen Bedingungen.

Alice Munro wurde 1931 in Ontario geboren, wo sie noch heute lebt. Die kanadische Landschaft bildet den Hintergrund all ihrer Erzählungen. Für die vorliegende Erzählsammlung bekam sie 1986 den Governor General's Award, den sie bereits für zwei frühere Erzählbände erhalten hatte.

Alice Munro

Der Mond über der Eisbahn

Liebesgeschichten

Aus dem Englischen von
Helga Huisgen

Berliner Taschenbuch Verlag

Für meine Schwester Sheila

November 2001
BvT Berliner Taschenbuch Verlags GmbH, Berlin,
ein Unternehmen der Verlagsgruppe Random House GmbH
Die Originalausgabe erschien unter dem Titel *The Progress of Love*
bei Alfred A. Knopf, New York
© 1985, 1986 Alice Munro
Für die deutsche Ausgabe
Klett-Cotta
© 1989 J.G. Cotta'sche Buchhandlung Nachfolger GmbH,
gegr. 1659, Stuttgart
Umschlaggestaltung: Nina Rothfos und Patrick Gabler, Hamburg,
Gesetzt aus der Sabon durch psb, Berlin
Druck und Bindung: Elsnerdruck, Berlin
Printed in Germany · ISBN 3-442-76016-x

Inhalt

Das Wachsen der Liebe

Ich erhielt einen Anruf im Büro, und mein Vater war am Apparat. Das war kurz nach meiner Scheidung und meinem Eintritt in die Immobilienfirma. Meine beiden Söhne waren in der Schule. Es war ein ziemlich heißer Tag im September.

Mein Vater war so höflich, sogar innerhalb der Familie. Er nahm sich Zeit, zu fragen, wie es mir gehe. Ländliche Sitten. Auch wenn dich jemand anruft, um zu melden, dass dein Haus in Flammen steht, fragt man zuerst, wie es dir geht.

»Mir geht's gut«, sagte ich. »Und dir?«

»Nicht so besonders«, sagte mein Vater in seiner altvertrauten Art – entschuldigend, aber nicht ohne Würde. »Ich glaube, deine Mutter hat uns verlassen.«

Ich wusste, dass »hat uns verlassen« »gestorben« bedeutete. Ich wusste es. Aber einen Augenblick sah ich meine Mutter mit ihrem schwarzen Strohhut auf der Landstraße losgehen. Aus den Worten »hat uns verlassen« schien nichts als tiefe Erleichterung und sogar eine Erregung zu sprechen – die Erregung, die man empfindet, wenn eine Tür zufällt und das Haus wieder in den Normalzustand zurücksinkt, während man sich auszubreiten beginnt in all dem leeren Raum, der einen umfängt. Auch das schwang in der Stimme meines Vaters – unter dem Bedauern, ein seltsamer Ton wie ein unterdrücktes Aufatmen. Doch meine Mutter war keine Last gewesen – sie war nicht einen Tag krank –, und mein Vater war bei ihrem Tod alles andere als erleichtert, er traf ihn schwer. Er habe sich nie ans Alleinleben gewöhnt, sagte er. Er zog gar nicht ungern ins Bezirksaltersheim von Netterfield.

Er schilderte mir, wie er meine Mutter auf dem Sofa in der Küche gefunden hatte, als er mittags nach Hause kam. Sie hatte ein paar Tomaten gepflückt und wollte sie zum Reifen auf die Fensterbank legen; da musste sie eine Schwäche überkommen haben, und sie hatte sich hingelegt. Jetzt, während er mir das erzählte, wurde seine Stimme unstet – sie entglitt ihm, wie nicht anders zu erwarten war – in seiner Fassungslosigkeit. Ich sah das Sofa vor mir, die alte Decke, die zur Schonung darüber gelegt war, direkt unter dem Telefon.

»Und da dachte ich, ich ruf dich besser gleich an«, sagte mein Vater und wartete, dass ich ihm sagte, was er jetzt tun solle.

Jeden Mittag, jeden Abend und als Erstes jeden Morgen betete meine Mutter auf den Knien. Jeder Tag öffnete sich vor ihr, damit Gottes Wille getan werde. Jeden Abend rechnete sie zusammen, was sie getan, gesagt und gedacht hatte, um festzustellen, wie das mit Ihm zu vereinbaren sei. Das sei eine eintönige Art zu leben, meinen die Leute, aber sie begreifen nicht, worum es geht. Zum einen kann so ein Leben nie langweilig werden. Und nichts kann einem widerfahren, aus dem man nicht Nutzen ziehen könnte. Selbst wenn man mit Sorgen überhäuft, krank und arm und hässlich ist, kann man die eigene Seele wie einen Schatz auf einer Silberplatte durchs Leben tragen. Wenn sie nach dem Mittagessen hinaufging, um zu beten, war meine Mutter immer voller Energie und Erwartung, und auf ihren Lippen lag ein ernstes Lächeln.

Zum Heil gefunden hatte sie mit vierzehn bei einer Zeltmission. Das war im selben Sommer, in dem ihre Mutter – meine Großmutter – starb. Ein paar Jahre lang besuchte meine Mutter Versammlungen mit vielen anderen Leuten, die zum Heil gefunden hatten, einige davon wieder und wieder, begeisterte alte Sünder. Sie konnte allerhand Geschichten darüber erzählen, was auf diesen Versammlungen vor sich ging, all das Singen und Schreien und die Raserei. Sie erzählte von einem alten Mann, der aufgestanden war und geschrien hatte: »Komm herab, o Herr, komm zu uns herab! Komm durchs Dach zu uns herab, ich bezahl auch die Schindeln!«

Als meine Mutter heiratete, war sie wieder eine einfache Anglikanerin, eine, die ihren Glauben ernst nahm. Sie war damals fünfundzwanzig, und mein Vater war achtunddreißig. Ein großes, gut aussehendes Paar, gute Tänzer, gute Kartenspieler, gesellig. Aber ernste Menschen – so würde ich sie zu beschreiben versuchen. Ernst in einem Sinne, wie es heutzutage kaum noch jemand ist. Mein Vater war nicht im gleichen Maße religiös wie meine Mutter. Er war Anglikaner, Orangist, ein Konservativer, weil er dazu erzogen worden war. Er war der Sohn, der auf der Farm bei den Eltern blieb und bis zu ihrem Tod für sie sorgte. Er lernte meine Mutter kennen, er wartete auf sie, sie heirateten; damals schätzte er sich glücklich, eine Familie zu haben, für die er arbeiten konnte. (Ich habe zwei Brüder, und ich hatte noch eine kleine Schwester, die gestorben ist.) Ich habe so eine Ahnung, dass mein Vater nie mit einer Frau geschlafen hat, bevor er meine Mutter kannte, und auch mit ihr erst, nachdem er sie geheiratet hatte. Und er musste sich gedulden, weil meine Mutter erst heiraten wollte, wenn sie ihrem

Vater auf Heller und Pfennig zurückgezahlt hätte, was er seit dem Tod ihrer Mutter für sie ausgegeben hatte. Sie hatte über alles genau Buch geführt – Kost und Logis, Bücher, Kleidung –, damit sie es zurückzahlen konnte. Als sie heiratete, hatte sie keinen Notgroschen zurückgelegt wie Lehrerinnen sonst gewöhnlich, sie hatte keine Aussteuertruhe, kein Bettzeug, kein Geschirr. Mit scherzhaft düsterer Miene bemerkte mein Vater des Öfteren, er habe gehofft, eine Frau mit Geld auf der Bank zu bekommen. »Aber wenn man das Geld auf der Bank nimmt, muss man auch das Gesicht nehmen, das dazugehört«, sagte er, »und das ist manchmal ein schlechtes Geschäft.«

Das Haus, in dem wir wohnten, hatte große, hohe Räume mit dunkelgrünen Rollläden an den Fenstern. Wenn die Rollläden gegen die Sonne heruntergelassen waren, drehte ich mit Vorliebe den Kopf hin und her, um die Lichtstrahlen aufzufangen, die durch die Löcher und Ritzen hereinblitzten. Was ich außerdem gerne betrachtete, waren Rußflecken vom Kamin, alte oder frische, die ich in Tiere verwandeln konnte, in die Gesichter von Leuten, ja sogar in ferne Städte. Ich erzählte meinen zwei Söhnen davon, und Dan Casey, ihr Vater, meinte: »Da hört ihr's, die Familie eurer Mama war so arm, dass sie sich keinen Fernseher leisten konnte, darum hatten sie diese Flecken an der Decke – eure Mama musste als Ersatz fürs Fernsehen die Flecken an der Decke anschauen!« Er zog mich immer gern damit auf, dass ich Armut für etwas Rühmliches hielt.

Wie ich feststellte, störte es meinen Vater im hohen Alter weniger, dass die Leute neuartige Dinge taten – etwa, dass ich mich scheiden ließ –, als dass sie neuartige Gründe dafür hatten.

Gott sei Dank brauchte er nie etwas von der Kommune zu erfahren.

»Es war nicht der Wille des Herrn«, war seine stehende Rede. Während er mit den anderen alten Männern im Heim herumsaß, auf der langen, dämmrigen Veranda hinter den Geißbartbüschen, sprach er davon, dass es nie der Wille des Herrn gewesen sei, dass die Menschen auf Motorrädern und Schneemobilen durchs Land rasten. Und es sei auch nie der Wille des Herrn gewesen, dass Krankenschwestern im Dienst Hosen trügen. Die Schwestern störte das gar nicht. Sie nannten ihn »Prachtstück« und erzählten mir, er sei ein echter Schatz, ein frommer alter Herr, wie er im Buche stehe. Sie bewunderten sein dichtes schwarzes Haar, das ihm bis zu seinem Tod erhalten blieb. Sie wuschen und frisierten es schön und legten ihm Wasserwellen mit den Fingern.

Manchmal war er trotz all ihrer Fürsorge ein wenig bedrückt. Er wollte nach Hause. Er machte sich Sorgen wegen der Kühe, wegen der Zäune, machte sich Gedanken, wer morgens aufstand, um das Feuer anzuzünden. Einige wenige Momente, in denen Gehässigkeit aufblitzte – sehr wenige. Einmal warf er mir einen verschlagenen, unfreundlichen Blick zu, als ich eintrat; er sagte: »Ein Wunder, dass du dir nicht schon die ganzen Knie aufgescheuert hast.«

Ich lachte. »Wie denn? Beim Bodenschrubben?«

»Beim Beten!«, sagte er in einem Ton, als spuckte er aus. Er wusste nicht, mit wem er redete.

Ich kann mich nicht entsinnen, dass das Haar meiner Mutter je anders als weiß gewesen ist. Sie war schon in ihren Zwanzigern ergraut und hatte nie etwas von ihrem Jugendhaar aufgehoben, das braun gewesen war. Ich versuchte immer, aus ihr herauszubekommen, was für ein Braun.

»Dunkel.«

»Wie Brent oder wie Dolly?« Das waren unsere zwei Arbeitspferde, ein Gespann.

»Ich weiß nicht. Es war kein Rosshaar.«

»War es so wie Schokolade?«

»So ähnlich.«

»Warst du nicht traurig, als es weiß wurde?«

»Nein, ich war froh darüber.«

»Warum?«

»Ich war froh, dass ich nicht mehr dieselbe Haarfarbe hatte wie mein Vater.«

Hass ist immer eine Sünde, hatte meine Mutter mir erklärt. Vergiss das nicht. Ein Tropfen Hass in deiner Seele wird sich ausbreiten und alles verfärben wie ein Tropfen schwarzer Tinte in weißer Milch. Das hatte mich sehr beeindruckt, und ich wollte es ausprobieren, aber ich wusste, dass ich keine Milch vergeuden sollte.

All diese Dinge habe ich in Erinnerung. Alles, was ich über Menschen, die ich nicht einmal gesehen habe, weiß oder was man mir erzählt hat. Ich wurde Euphemia getauft, nach der Mutter meiner Mutter. Ein schrecklicher Name, wie ihn heutzutage kein Mensch mehr trägt. Zu Hause wurde ich Phemie gerufen, aber als ich zu arbeiten anfing, nannte ich mich Fame. Mein Mann, Dan Casey, nannte mich Fame. Und dann, Jahre später, nach meiner Scheidung, es war in der Bar des Shamrock Hotels, sagte ein Mann zu mir, als ich gerade im Gehen war: »Was ich Sie immer schon fragen wollte, Fame, wofür genau sind Sie eigentlich berühmt?«

»Ich weiß nicht«, erwiderte ich. »Ich weiß nicht, außer vielleicht dafür, dass ich meine Zeit darauf verschwende, mit Schwachköpfen wie Ihnen zu reden.«

Danach erwog ich, einen ganz neuen Namen anzunehmen, so etwas wie Joan, aber wie sollte das gehen, wenn ich nicht von hier wegzog?

Im Sommer 1947, als ich zwölf war, half ich meiner Mutter beim Tapezieren des Schlafzimmers im Erdgeschoss, des Gästezimmers. Beryl, die Schwester meiner Mutter, sollte zu Besuch kommen. Die beiden Schwestern hatten sich seit Jahren nicht mehr gesehen. Nach dem Tod ihrer Mutter hatte ihr Vater sehr bald wieder geheiratet. Mit seiner neuen Frau und seiner jüngeren Tochter Beryl zog er nach Minneapolis, später nach Seattle. Meine Mutter weigerte sich mitzukommen. Sie blieb in der kleinen Stadt Ramsay, wo die Familie bisher gelebt hatte. Sie war bei einem kinderlosen Ehepaar untergebracht, die ihre Nachbarn gewesen waren. Sie und Beryl hatten einander nur ein oder zwei Mal gesehen, seit sie erwachsen waren. Beryl lebte in Kalifornien.

Die Tapete hatte ein Muster von Kornblumen auf weißem Grund. Meine Mutter hatte sie billiger bekommen, weil es ein Restposten war. Das hieß, dass wir Mühe hatten, das Muster aneinander zu passen, und hinter der Tür mussten wir mit Restchen und Streifen kunstvoll stückeln. Das war noch vor der Zeit der selbstklebenden Tapeten. Im Vorderzimmer hatten wir einen Tapeziertisch aufgestellt, und wir rührten den Leim an und strichen ihn schwungvoll mit breiten Pinseln auf die Rückseite der Tapete, darauf bedacht, dass sich keine Klumpen bildeten. Wir arbeiteten bei hochgeschobenen Fenstern, in die Fliegengitter eingepasst waren, die Haustür stand offen, die Fliegentür war zu. Das Land, das wir durch das Gittergeflecht und das wellige alte Fensterglas sehen konnten, flirrte vor Hitze und stand in voller Blüte – Wolfsmilch und wilde Möhren auf den Weiden, wuchernde Senfpflanzen im Klee, einzelne Felder rahmigweiß vom Buchweizen, der damals angebaut wurde. Meine Mutter sang. Sie sang ein Lied, das, wie sie erzählte, ihre eigene Mutter schon gesungen hatte, als sie und Beryl klein waren.

> *»Ich hatt' einen Liebsten, doch jetzt nimmermehr.*
> *Er hat mich verlassen, da weinte ich sehr.*
> *Er hat mich verlassen, doch schick' ich mich drein.*
> *Denn ich find einen neuen, der wird besser sein!«*

Ich war aufgeregt, weil Beryl kommen sollte, Besuch von so weit her, aus Kalifornien. Außerdem war ich aufgeregt, weil ich Ende Juni in die Stadt gefahren war, um die Aufnahmeprüfung zu schreiben, und bald Nachricht zu erhalten hoffte, dass ich mit Auszeichnung bestanden hätte. Jeder, der auf einer Landschule die achte Klasse absolviert hatte, musste in die Stadt fahren, um diese Aufnahmeprüfung zu schreiben. Ich genoss das Ganze – die raschelnden Bögen Kanzleipapier, das bedeutsame Schweigen, das große Steingebäude der Oberschule, die vielen alten, von der Politur dunkel gewordenen Initialen, die in die Pulte geritzt waren. Draußen das erste Lodern des Sommers, das grüngelbe Licht, die städtisch wirkenden Kastanienbäume und Geißblatt. Und dabei war es nichts anderes als eben die Stadt, in der ich nun über die Hälfte meines Lebens zugebracht habe. Ich war voll des Staunens. Auch über mich selbst, wie ich mit Leichtigkeit Landkarten zeichnete und Aufgaben löste, Antworten auf Unmengen von Fragen wusste. Ich hielt mich für so klug. Aber ich war nicht klug genug, um auch nur das Mindeste zu begreifen. Ich begriff nicht einmal, dass es in meinem Fall auf Prüfungen gar nicht ankam. Ich würde nicht auf die Oberschule gehen. Wie sollte ich auch? Damals gab es noch keine Schulbusse; man musste sich in der Stadt einmieten. Meine Eltern hatten nicht das Geld dafür. Wie viele Farmer damals wirtschafteten sie mit sehr wenig Bargeld. Die Zahlungen des Käsewerks waren so ziemlich die einzigen regelmäßigen Einnahmen. Außerdem schwebte ihnen nicht vor, dass mein Leben diese Richtung einschlagen würde, die Richtung Oberschule. Sie stellten sich vor, dass ich zu Hause bleiben und meiner Mutter helfen würde, mich vielleicht auch verdingen würde, um Frauen in der Nachbarschaft zu helfen, die krank waren oder ein Kind bekamen. Bis zu der Zeit, wenn ich heiraten würde. Das war die Nachricht, mit der sie mich erwarteten, nachdem ich die Ergebnisse der Prüfung erfuhr.

Man sollte annehmen, meine Mutter hätte eine andere Einstellung, da sie selbst einmal Lehrerin gewesen war. Aber sie sagte, Gott sei das gleichgültig. Gott interessiere sich nicht dafür, was für eine Arbeit oder was für eine Erziehung ein Mensch habe, erklärte sie mir. Auf so etwas gebe er keinen Pfifferling, und nur was Ihm wichtig sei, darauf komme es an.

Da begriff ich zum ersten Mal, dass Gott auch ein echter Gegner sein kann, nicht bloß eine Art lästiges oder überdimensionales Beiwerk.

Meine Mutter hieß als Kind Marietta. Sie hieß natürlich auch weiterhin so, aber bis zu Beryls Besuch hatte ich nie jemanden gehört, der sie so nannte. Mein Vater sagte immer Mutter. Ich war der kindischen Ansicht – ich wusste sehr wohl, dass sie kindisch war –, die Bezeichnung Mutter passe besser zu meiner Mutter als zu anderen Müttern. Mutter, nicht Mama. Wenn ich nicht bei ihr war, konnte ich mich nicht entsinnen, wie ihr Gesicht aussah, und das machte mir Angst. Während ich in der Schule saß, nur durch einen Hügel von unserem Haus getrennt, versuchte ich, mir das Gesicht meiner Mutter vorzustellen. Manchmal glaubte ich, wenn ich es nicht könne, bedeute das vielleicht, dass meine Mutter tot sei. Aber ich spürte die ganze Zeit, dass es sie gab, und wurde durch die unsinnigsten Dinge an sie erinnert – durch ein Klavier oder ein hohes Kastenweißbrot. Das ist lächerlich, aber wahr.

In meiner Vorstellung war Marietta ein eigenes Wesen, nicht im erwachsenen Körper meiner Mutter aufgegangen. Marietta lief immer noch unbeaufsichtigt herum, dort in ihrer Heimatstadt Ramsay am Ottawa River. In dieser Stadt waren die Straßen voller Pferde und Pfützen und schwarz vor Männern, die an den Wochenenden aus den Wäldern in die Stadt kamen. Holzfäller. Es gab elf Hotels an der Hauptstraße, in denen die Holzfäller nächtigten und tranken.

Das Haus, in dem Marietta wohnte, lag auf halber Höhe an einer steilen Straße, die vom Fluss her anstieg. Es war ein Doppelhaus mit zwei Erkerfenstern auf der Vorderseite und einem Holzgitter, das die beiden Veranden abtrennte. In der anderen Hälfte des Hauses wohnten die Sutcliffes, das waren die Leute, bei denen Marietta unterkommen sollte, nachdem ihre Mutter gestorben war und ihr Vater die Stadt verlassen hatte. Mr Sutcliffe war Engländer, er arbeitete im Telegraphenamt. Seine Frau war Deutsche. Sie machte immer Kaffee statt Tee. Sie buk Strudel. Der Strudelteig hing über die Tischkanten wie ein dünnes Tuch. Manchmal sah er aus wie eine Haut, fand Marietta.

Mrs Sutcliffe war diejenige, die es Mariettas Mutter ausredete, sich aufzuhängen.

Marietta war an jenem Tag nicht in der Schule, weil es Samstag war. Sie wachte spät auf und hörte die Stille im Haus. Davor hatte sie seit jeher Angst – ein totenstilles Haus –, und nach der Schule rief sie immer gleich beim Öffnen der Tür: »Mama! Mama!« Häufig kam es vor, dass ihre Mutter keine Antwort gab. Aber sie war da. Erleichtert vernahm Marietta dann das Klappern des Ofenrosts oder das gleichmäßige Klatschen des Bügeleisens.

An jenem Morgen hörte sie gar nichts. Sie ging hinunter und holte sich ein zusammengeklapptes Brot mit Butter und Rübenkraut. Sie öffnete die Kellertür und rief hinunter. Dann ging sie ins Vorderzimmer und spähte durch den Zierfarn aus dem Fenster. Sie sah ihre kleine Schwester Beryl und ein paar Nachbarskinder das kurze Stück Grashang zum Bürgersteig hinunterrollen, sich aufrappeln, zurückklettern und wieder hinunterrollen.

»Mama?«, rief Marietta. Sie ging durchs Haus nach hinten in den Garten. Es war später Frühling, der Tag war bewölkt und mild. Die Erde in den sprießenden Gemüsebeeten war feucht, und die Blätter an den Bäumen schienen mit einem Mal voll entfaltet; Tropfen rannen an ihnen ab, die noch vom Regen in der vergangenen Nacht stammten.

»Mama?«, ruft Marietta unter den Bäumen, unter der Wäscheleine.

Am Ende des Gartens steht ein kleiner Schuppen, in dem Brennholz, einige Geräte und alte Möbel aufbewahrt werden. Ein Stuhl, ein Holzstuhl mit gerader Lehne, ist durch die offen stehende Tür zu sehen. Auf dem Stuhl sieht Marietta die Füße ihrer Mutter, die schwarzen Schnürschuhe ihrer Mutter. Dann das lange Sommerarbeitskleid aus bedruckter Baumwolle, die Schürze, die aufgekrempelten Ärmel. Die weißen Arme, Hals und Gesicht ihrer Mutter, die zu glänzen scheinen.

Ihre Mutter stand auf dem Stuhl und gab keine Antwort. Sie sah Marietta nicht an, aber sie lächelte und tippte mit der Fußspitze auf, als wollte sie sagen: »Hier bin ich also. Was willst du dagegen tun?« Irgendetwas an ihr schien nicht zu stimmen, abgesehen davon, dass sie auf einem

Stuhl stand und so sonderbar verkrampft lächelte. Auf einem alten Stuhl mit durchgebrochener Lehne, den sie in die Mitte des Schuppenbodens gezerrt hatte, wo er auf dem holprigen Boden hin und her wackelte. Auf ihrem Hals lag ein Schatten.

Der Schatten war ein Strick, eine Schlinge am Ende eines Stricks, der von einem Dachbalken herunterhing.

»Mama?«, sagt Marietta, leiser jetzt. »Mama. Komm runter, bitte.« Sie spricht leise, weil sie befürchtet, dass jedes Schreien oder Rufen ihre Mutter zu plötzlicher Bewegung aufschrecken könnte, sie dazu bringen könnte, vom Stuhl zu steigen und sich mit vollem Gewicht ans Seil zu hängen. Doch selbst wenn Marietta schreien wollte, wäre sie dazu gar nicht in der Lage. Ihr ist nichts als dieser jämmerliche dünne Faden an Stimme geblieben – genau wie im Traum, wenn man ein wildes Tier oder eine Maschine näher kommen sieht.

»Geh und hol deinen Vater.«

Das war es, was ihre Mutter ihr auftrug, und Marietta gehorchte. Sie rannte, mit panischer Angst in den Beinen. Sie rannte, im Nachthemd am helllichten Samstagmorgen. Sie rannte an Beryl und den anderen Kindern vorbei, die immer noch den Abhang hinunterpurzelten. Sie rannte den Gehsteig entlang, der damals aus einem Holzsteg bestand, dann weiter auf der ungepflasterten Straße, die übersät war mit den Pfützen der vergangenen Nacht. Die Straße führte über die Bahngleise. Am Fuß des Hügels kreuzte sie die Hauptstraße des Ortes. Zwischen der Hauptstraße und dem Fluss standen einige Lagerhäuser und die Gebäude kleinerer Betriebe. Dort hatte Mariettas Vater seine Wagnerei. In ihr wurden Fuhrwerke, Einspänner und Schlitten angefertigt. Mariettas Vater hatte sogar eine neue Art von Schlitten zum Transport von Stämmen durch unwegsames Gelände erfunden. Die Erfindung war patentiert worden. Sein Geschäft in Ramsay war gerade erst im Aufbau. (Später, in den Vereinigten Staaten, machte er Geld. Ein Mann mit einer Vorliebe für Hotelbars, Friseursalons, Trabrennen, Frauen, aber nicht arbeitsscheu – das muss man ihm lassen.)

Marietta fand ihn an jenem Tag nicht im Betrieb. Das Büro war leer. Sie rannte hinaus auf den Hof, wo die Angestellten bei der Arbeit waren. Sie stolperte im frischen Sägemehl. Die Männer lachten und schüttelten den Kopf auf ihre Fragen. Nein. Nicht da. Im Moment nicht zur Stelle. Nein. Versuch's doch mal ein paar Häuser weiter. Warte. Wart' einen Moment. Solltest du nicht besser vorher etwas anziehen?

Sie meinten es nicht böse. Sie hatten nicht genug Verstand, um zu merken, dass etwas los sein musste. Aber Marietta hatte lachende Männer noch nie ausstehen können. Es gab immer Orte, an denen vorbei-, geschweige denn hineinzugehen ihr verhasst war, und das war der Grund. Männer, die lachten. Deswegen hasste sie Friseursalons, hasste ihren Geruch. (Als sie später die ersten Male mit meinem Vater zum Tanzen ausging, bat sie ihn, keine Frisiercreme zu benutzen, weil der Geruch sie daran erinnerte.) Eine Traube von Männern auf der Straße vor einem Hotel kam Marietta vor wie ein Klumpen Gift. Man gab sich Mühe, nicht hinzuhören, was sie sagten, aber man konnte sicher sein, dass es Unflätigkeiten waren. Wenn sie nichts sagten, dann lachten sie, und die Unflätigkeit – das Gift – ging trotzdem von ihnen aus. Erst nachdem Marietta zum Heil gefunden hatte, konnte sie einfach an ihnen vorbeigehen. Mit Gott gerüstet, ging sie mitten durch sie hindurch, und nichts haftete an ihr, nichts versengte ihr die Haut; sie war unverletzbar wie Daniel.

Jetzt drehte sie sich um und rannte geradewegs wieder zurück, wie sie gekommen war. Den Hügel hinauf, rennend, um nach Hause zu kommen. Sie glaubte, einen Fehler gemacht zu haben, indem sie ihre Mutter allein gelassen hatte. Warum hatte ihre Mutter sie ausgeschickt? Warum sandte sie nach Mariettas Vater? Durchaus möglich, um ihn mit dem Anblick zu empfangen, wie ihr warmer Körper am Ende eines Stricks baumelte. Marietta hätte bleiben sollen – sie hätte bleiben sollen und ihrer Mutter das Vorhaben ausreden. Sie hätte zu Mrs Sutcliffe oder irgendeiner Nachbarin hinüberlaufen sollen, hätte nicht auf diese Weise Zeit verlieren dürfen. Sie hatte nicht nachgedacht, wer helfen könnte, wer überhaupt glauben könnte, wovon sie redete. Sie hatte die Vorstellung, dass alle Familien außer ihrer eigenen in Frieden lebten, dass Elend und Drohungen in den Häusern anderer Leute nicht vorkamen und dort auch nicht zu erklären waren.

Ein Zug fuhr in die Stadt ein. Marietta musste warten. Passagiere sahen durch die Fenster zu ihr heraus. Vor den Augen dieser Fremden brach sie in lautes Weinen aus. Als der Zug vorbei war, lief sie weiter bergauf – ein Aufsehen erregender Anblick mit ihren ungekämmten Haaren und ihren bloßen, schlammbespritzten Füßen, in ihrem Nachthemd, mit verstörtem, nassem Gesicht. Als sie schließlich rennend in den heimischen Hof kam, in Sichtweite des Schuppens, brüllte sie aus vollem Leib. »Mama!«, brüllte sie. »Mama!«

Es war niemand da. Der Stuhl stand genau, wo er vorher gestanden hatte. Über seiner Lehne baumelte der Strick. Marietta war sicher, dass ihre Mutter es getan hatte. Ihre Mutter war schon tot – man hatte sie heruntergeholt und weggebracht.

Aber da legten sich warme, dicke Hände auf ihre Schultern, und Mrs Sutcliffe sagte: »Marietta. Hör auf mit dem Lärm. Marietta. Kind. Lass das Weinen. Komm ins Haus. Sie ist wohlauf, Marietta. Komm ins Haus, du wirst schon sehen.«

Mrs Sutcliffes fremdländische Stimme sagte »Mari-et-cha« und gab dem Namen einen vollen, bedeutsamen Klang. Sie hätte nicht freundlicher sein können. Als Marietta später bei den Sutcliffes lebte, wurde sie wie die Tochter des Hauses behandelt, und es war ein Haus, so friedlich und behaglich, wie sie sich die Häuser anderer Leute vorgestellt hatte. Aber sie fühlte sich nie wie eine Tochter dort.

In Mrs Sutcliffes Küche saß Beryl auf dem Boden und aß ein Rosinenplätzchen, während sie mit der schwarzweißen Katze spielte, die Dickie hieß. Mariettas Mutter saß am Tisch mit einer Tasse Kaffee vor sich.

»Sie hat eine Dummheit gemacht«, sagte Mrs Sutcliffe. Meinte sie Mariettas Mutter oder Marietta selbst? Sie kannte nicht viele englische Worte, um Dinge zu beschreiben.

Mariettas Mutter lachte, und Marietta wurde schwarz vor Augen. Sie wurde ohnmächtig, nachdem sie brüllend und heulend den ganzen Weg bergauf gerannt war, an diesem schwülen, feuchten Morgen. Das Erste, was sie wieder wahrnahm, war, dass sie süßen schwarzen Kaffee von einem Löffel schlürfte, den Mrs Sutcliffe ihr hinhielt. Beryl hob Dickie an den Vorderpfoten hoch und bot ihn ihr als aufheiterndes Geschenk an. Mariettas Mutter saß immer noch am Tisch.

Ihr Herz war gebrochen. Das waren die Worte, die ich meine Mutter immer sagen hörte. Das war das Ende. Diese Worte erhöhten die Geschichte und versiegelten sie. Ich fragte nie: Wer hat es gebrochen? Ich fragte nie: Was sagten die Männer für giftige Sachen? Was bedeutete das Wort »Unflätigkeit«?

Mariettas Mutter lachte, nachdem sie sich nicht erhängt hatte. Vor langer Zeit saß sie in Mrs Sutcliffes Küche und lachte. Ihr Herz war gebrochen.

Bei den Reden und Geschichten meiner Mutter hatte ich immer ein Gefühl, als ballte sich etwas dahinter zusammen. Wie eine Wolke, durch die man nicht hindurchsehen, der man nicht auf den Grund gehen kann. Es gab eine Wolke, ein Gift, mit dem das Leben meiner Mutter in Berührung gekommen war. Und wenn ich meiner Mutter Kummer bereitete, wurde ich Teil davon. Dann schlug ich den Kopf gegen Magen und Brüste meiner Mutter, gegen ihren hohen, festen Leib und bat um Verzeihung. Meine Mutter sagte darauf immer, ich solle Gott um Verzeihung bitten. Aber nicht mit Gott, mit meiner Mutter musste ich ins Reine kommen. Es war, als wüsste sie etwas über mich, das schlimmer, viel schlimmer war als gewöhnliche Lügen und Streiche und Gemeinheit; es war eine wahrhaft grauenvolle Schande. Ich schlug den Kopf gegen den Leib meiner Mutter, um sie diese Schande vergessen zu lassen.

Meine Brüder waren von all dem unbehelligt. Ich glaube schon. Sie schienen mir wie vergnügte Wilde, die frei herumlaufen und nicht viel zu lernen haben. Und als ich selbst nur die beiden Söhne bekam, keine Töchter, da hatte ich das Gefühl, nun könne etwas aufhören – die Geschichten und Kümmernisse, die alten Rätsel, gegen die man nicht ankommt und die man nicht lösen kann.

Tante Beryl sagte, sie wolle nicht mit Tante angeredet werden. »Ich bin es nicht gewöhnt, irgendjemands Tante zu sein, mein Goldkind. Ich bin nicht einmal die Mammi von irgendwem. Ich bin einfach ich. Nenn mich Beryl.«

Beryl hatte als Stenographin angefangen, und jetzt hatte sie ihr eigenes Stenotypisten- und Buchhaltungsunternehmen, das viele junge Frauen beschäftigte. Sie war mit einem Freund gekommen, der Mr Florence hieß. In ihrem Brief hatte gestanden, dass sie mit jemandem mitfahren könne, aber sie hatte nicht geschrieben, ob dieser Jemand bleiben oder weiterreisen würde. Sie hatte nicht einmal erwähnt, ob es ein Mann oder eine Frau war.

Mr Florence blieb. Er war ein großer, dünner Mann mit einem langen, gebräunten Gesicht, sehr hellen Augen und einer Art, den Mundwinkel zu verziehen, die vielleicht einem Lächeln gleichkam.

Er war es, der in dem Zimmer einquartiert wurde, das meine Mutter und ich tapeziert hatten, weil er der Fremde war und ein Mann. Beryl musste bei mir schlafen. Anfangs fanden wir Mr Florence ziemlich unhöflich, weil er nicht an unsere Art zu reden gewöhnt war und wir nicht an seine. Am ersten Morgen sagte mein Vater zu Mr Florence: »Na, ich hoffe, Sie haben auf dem alten Bett da drin einigermaßen schlafen können.« (Das Bett im Gästezimmer war himmlisch, mit einem echten Federbett.) Das war das Stichwort für Mr Florence, um zu sagen, er habe nie besser geschlafen.

Mr Florence zuckte mit dem Mundwinkel. Er sagte: »Ich habe schon auf schlechteren Betten geschlafen.«

Sein bevorzugter Aufenthaltsort war sein Auto. Sein Auto war ein königsblauer Chrysler, aus der ersten Serie, die nach dem Krieg hergestellt wurde. Innen war alles perlgrau, die Bezüge der Sitze und der Bodenbelag und die Polsterung von Decke und Türen. Mr Florence hielt an den Namen der Farben fest und verbesserte einen, wenn man nur »blau« oder »grau« sagte.

»Für meine Begriffe ist es grau wie Mäusefell«, sagte

Beryl übermütig. »Ich sag ihm immer, es ist einfach mäuse-fellgrau!«

Das Auto war unter den Robinien neben dem Haus geparkt. Mr Florence saß bei hochgekurbelten Fenstern drinnen, in dem herrlichen Neuwagenduft, und rauchte.

»Ich fürchte, wir tun nicht viel, um deinen Freund zu unterhalten«, sagte meine Mutter.

»Um den würde ich mir keine Sorgen machen«, meinte Beryl. Sie redete immer von Mr Florence, als gäbe es einen Witz über ihn, den nur sie zu würdigen verstand. Lange danach fragte ich mich, ob er eine Flasche im Handschuhfach verwahrte und von Zeit zu Zeit einen kleinen Schluck daraus nahm, um bei Laune zu bleiben. Seinen Hut behielt er auf.

Beryl selbst bekam genug Unterhaltung für zwei. Anstatt im Haus zu bleiben und mit meiner Mutter zu reden, wie es Damenbesuch für gewöhnlich tat, verlangte sie, dass man ihr alles zeigte, was es auf einer Farm zu sehen gab. Sie sagte, ich müsse sie herumführen und ihr alles erklären und aufpassen, dass sie nicht in irgendwelche Misthaufen falle.

Ich wusste nicht, was ich ihr zeigen sollte. Ich führte Beryl ins Eishaus, wo Eisblöcke, so groß wie Kommodenschubladen oder noch größer, in Sägemehl eingegraben lagen. Alle paar Tage hackte mein Vater ein Stück Eis ab und brachte es in die Küche, wo es in einer aluminiumbeschichteten Büchse schmolz und Milch und Butter kühlte.

Beryl sagte, sie habe nie geahnt, dass es Eis in so großen Blöcken gebe. Sie schien darauf erpicht, Dinge sonderbar oder grässlich oder komisch zu finden.

»Wo in aller Welt kriegt ihr so große Eisstücke her?«

Ich war nicht sicher, ob das ein Scherz war.

»Vom See«, gab ich zur Antwort.

»Vom See! Gibt es denn bei euch Seen, die den ganzen Sommer über zugefroren sind?«

Ich erzählte ihr, dass mein Vater jeden Winter das Eis auf dem See heraushackte, nach Hause schleifte und in Sägemehl vergrub, und das verhindere, dass es schmelze.

Beryl meinte: »Ist ja toll!«

»Na ja, ein bisschen schmilzt es«, sagte ich. Ich war tief enttäuscht von Beryl.

»Ist ja wirklich toll.«

Beryl begleitete mich, wenn ich die Kühe von der Weide holte. Eine Vogelscheuche in langen weißen Hosen (als das bezeichnete mein Vater sie hinterher), mit einem weißen Sonnenhut, den sie mit einem flatternden roten Band unterm Kinn befestigt hatte. Ihre Finger- und Zehennägel – sie trug Sandalen – waren passend zum Hutband lackiert. Sie hatte eine schmale dunkle Sonnenbrille auf, wie man sie damals trug. (Allerdings nicht die Leute, die ich kannte – die besaßen keine Sonnenbrillen.) Sie hatte einen großen roten Mund, ein lautes Lachen, Haare von unnatürlicher Farbe und starkem Glanz, wie Kirschbaumholz. Sie war so laut und schillernd, so glamourös aufgemacht, dass sich schwer sagen ließ, ob sie gut aussah oder ob sie glücklich war oder was immer.

Auf dem Kuhpfad fand keine Unterhaltung zwischen uns statt, da Beryl gebührenden Abstand zu den Kühen hielt und damit beschäftigt war, aufzupassen, wo sie hintrat. Sobald ich die Kühe alle in ihren Boxen angebunden hatte, kam sie näher. Sie zündete sich eine Zigarette an. Niemand rauchte im Stall. Mein Vater und andere Farmer kauten stattdessen Tabak. Ich sah keine Möglichkeit, wie ich Beryl bitten könne, Tabak zu kauen.

»Kannst du die Milch aus ihnen rausholen, oder muss dein Vater das tun?«, fragte Beryl. »Ist es schwierig?«

Ich ließ ein wenig Milch aus der Zitze einer Kuh spritzen. Eine der Stallkatzen kam herüber und wartete. Ich schoss ihr einen dünnen Strahl ins Maul. Wir gaben beide an, die Katze und ich.

»Tut das nicht weh?«, fragte Beryl. »Stell dir vor, das würde man mit dir machen.«

Es war mir nie in den Sinn gekommen, dass die Zitze einer Kuh irgendeinem Teil meines Körpers entsprechen könnte, und ich war erschüttert über diese unanständige Vorstellung. Tatsächlich konnte ich nie wieder eine warme höckrige Zitze so beiläufig und fest in die Hand nehmen.

Beryl schlief in einem pfirsichfarbenen Kunstseidennachthemd, das mit ecrufarbener Spitze besetzt war. Dazu hatte sie einen passenden Morgenrock. Sie war ebenso peinlich bedacht auf das Wort »ecru« wie Mr Florence auf sein Königsblau und Perlgrau.

Ich brachte es fertig, mich auszuziehen und in mein Nachthemd zu schlüpfen, ohne dass irgendeine Stelle an mir je unbedeckt war. Eine umständliche Prozedur. Meine Unterhose behielt ich an und hoffte, dass Beryl es ebenso gemacht hatte. Die Vorstellung, mein Bett mit einer erwachsenen Person zu teilen, war mir eine Qual. Aber dafür bekam ich den Inhalt von dem zu Gesicht, was Beryl ihren Schönheitskoffer nannte. Handbemalte Glastiegel enthielten Wattebällchen, Talkumpuder, milchige Lotion, eisblaues Gesichtswasser. Kleine Döschen mit rotem und malvenfarbenem Rouge – ziemlich schmierig aussehend. Blaue und schwarze Stifte. Papiernagelfeilen, ein Bimsstein, Nagellack, der betäubend nach Bananen roch, Gesichtspuder in einer muschelförmigen Zelluloiddose, der wie ein Nachtisch hieß – Aprikosenschnee.

Ich hatte etwas Wasser auf dem Petroleumofen heiß gemacht, den wir im Sommer benutzten. Beryl schrubbte sich das Gesicht, und die Veränderung war derart verblüffend, dass ich fast erwartete, die Schminke in Streifen in der Waschschüssel liegen zu sehen, wie die alte Tapete, die wir aufgeweicht und abgelöst hatten. Beryls Haut war jetzt blass, durchzogen von feinen Rissen, ähnlich der glänzenden Schlammschicht am Grund der Pfützen, wenn sie im frühen Sommer allmählich eintrocknen.

»Schau, was mit meiner Haut passiert ist«, sagte sie. »Beim Abnehmen. Ich habe einmal über hundertfünfzig Pfund gewogen und zu schnell abgenommen, und dabei ist mir das Gesicht eingefallen. Aber jetzt habe ich diese Creme. Sie wird nach einem geheimen Rezept hergestellt, und man kann sie nicht einmal im Laden kaufen. Riech mal. Merkst du, sie riecht überhaupt nicht parfümiert. Sie riecht seriös.«

Sie tupfte sich die Creme mit Wattebäuschchen aufs Gesicht und klopfte sie so lange ein, bis nichts mehr auf der Oberfläche zu sehen war.

»Sie riecht nach Schweineschmalz«, sagte ich.

»Himmelherrgott, ich hoffe, ich habe nicht so eine Stange Geld gezahlt, um mir Schweineschmalz ins Gesicht zu schmieren. Sag's deiner Mutter nicht weiter, dass ich fluche.«

Sie goss sauberes Wasser in das Trinkglas und machte ihren Kamm nass; dann kämmte sie sich die Haare mit Wasser, wickelte jede Strähne um den Finger und steckte die eingedrehte Haarsträhne mit zwei gekreuzten Haarnadeln auf dem Kopf fest. Ein paar Jahre später würde ich dasselbe tun.

»Dreh dir die Haare immer nass ein, sonst kannst du es genauso gut bleiben lassen«, sagte Beryl. »Und wickle es immer nach innen, auch wenn es nach außen aufspringen soll. So, siehst du?«

Wenn ich mir Locken drehte – wie ich es jahrelang tat –, erinnerte ich mich manchmal daran und dachte, dass ich von allen Ratschlägen, die man mir im Leben erteilt hatte, diesen am gewissenhaftesten befolgte.

Wir löschten die Lampe und legten uns ins Bett, und Beryl sagte: »Ich habe gar nicht gewusst, dass es so dunkel werden kann. Ich habe noch nie eine Dunkelheit erlebt, die so dunkel war.« Sie flüsterte. Es dauerte eine Weile, bis ich begriff, dass sie die Nacht auf dem Land mit der Nacht in der Stadt verglich, und ich fragte mich, ob die Dunkelheit in Netterfield County wirklich so viel schwärzer sein konnte als in Kalifornien.

»Goldkind?«, flüsterte Beryl. »Sind draußen irgendwelche Tiere?«

»Kühe«, sagte ich.

»Ja, aber wilde Tiere? Gibt es Bären?«

»Ja«, sagte ich. Mein Vater hatte einmal Bärenspuren und Bärenkot im Wald gefunden, und von einem wilden Apfelbaum waren alle Äpfel heruntergerissen. Das war vor vielen Jahren, als mein Vater noch jung war.

Beryl stöhnte und kicherte. »Stell dir vor, Mr Florence müsste in der Nacht raus und würde einem Bären über den Weg laufen!«

Der nächste Tag war ein Sonntag. Beryl und Mr Florence fuhren meine Brüder und mich im Chrysler zur Sonntagsschule. Das war um zehn Uhr morgens. Um elf Uhr fuhren sie nach Hause zurück, um meine Eltern zur Kirche zu fahren.

»Steig ein«, sagte Beryl zu mir. »Ihr auch«, wies sie die Buben an. »Wir machen eine Spazierfahrt.«

Beryl hatte sich fein gemacht, sie trug ein seidig glänzendes elfenbeinfarbenes Kleid mit roten Tupfen und einer rot paspelierten Rüsche über den Hüften und dazu rote Stöckelschuhe. Mr Florence hatte einen blassblauen Sommeranzug an.

»Wollt ihr nicht in die Kirche gehen?«, fragte ich. Nach meiner Erfahrung war das der Grund, warum Leute sich fein machten.

Beryl lachte. »Das hier ist nicht die Religion von Mr Florence, Goldkind.«

Ich war gewohnt, gleich nach der Sonntagsschule in die Kirche zu gehen und dort noch einmal eineinhalb Stunden abzusitzen. Im Sommer drang durch die offenen Fenster der Kieferduft des Friedhofs und hin und wieder das fast gotteslästerliche Geräusch eines auf der Straße vorbeirauschenden Autos. Heute aber verbrachten wir diese Zeit damit, in einer Gegend herumzufahren, die ich noch nie gesehen hatte. Ich hatte sie noch nie gesehen, obwohl sie weniger als zwanzig Meilen von zu Hause entfernt war. Unser Lastwagen fuhr ins Käsewerk, zur Kirche und am Samstagabend in die Stadt. Das Höchste an Spazierfahrt war eine Fahrt zum Müllabladeplatz. Das nahe gelegene Ende von Bell's Lake kannte ich nur deshalb, weil mein Vater dort im Winter das Eis holte. Im Sommer kam man nicht an den See heran; der Ufersaum war ganz mit Schilf zugewuchert. Ich hatte geglaubt, das andere Ende des Sees sähe ziemlich ähnlich aus, aber als wir heute dorthin fuhren, sah ich Bootshütten, Kais und Boote, dunkles Wasser, in dem sich Bäume spiegelten. Und von all dem hatte ich nichts gewusst. Das war also auch Bell's Lake. Ich war froh, diesen Teil endlich gesehen zu haben, aber irgendwie war meine Freude über die Überraschung nicht ganz ungetrübt.

Schließlich kamen wir zu einem weißen Holzhaus, mit Veranden und Topfpflanzen und einigen schimmernden Pappeln davor. Das Gasthaus Wildwood Inn. Heute ist das

Gebäude mit Stuck und Balken im Tudorstil verbrämt und nennt sich »Der Schlupfwinkel«. Die Pappeln sind einem Parkplatz gewichen.

Als wir zur Kirche zurückfuhren, um meine Eltern abzuholen, bog Mr Florence bei der Farm neben der unseren ein, die den McAllisters gehörte. Die McAllisters waren katholisch. Unsere beiden Familien hatten ein nachbarliches, aber kein enges Verhältnis.

»Also los, Jungen, raus mit euch«, sagte Beryl zu meinen Brüdern. »Du nicht«, sagte sie zu mir. »Du bleibst sitzen.« Sie bugsierte die kleinen Jungen die Veranda hinauf, wo ein paar der McAllister-Kinder zuschauten. Sie hatten ihre zerlumpten Haussachen an, weil ihre Kirche oder Messe oder was immer schon früh aus war. Mrs McAllister kam heraus und hörte sich einigermaßen verblüfft Beryls lachenden Redeschwall an.

Dann kam Beryl allein zum Wagen zurück. »So, das hätten wir«, sagte sie. »Sie werden mit den Nachbarskindern spielen.«

Mit den McAllister-Kindern spielen? Abgesehen davon, dass sie katholisch waren, waren sie bis auf das Baby allesamt Mädchen.

»Sie haben immer noch ihre Sonntagskleider an«, bemerkte ich.

»Na und? Können sie nicht auch in ihren Sonntagskleidern Spaß haben? Ich schon!«

Auch meine Eltern erlebten eine Überraschung. Beryl stieg aus dem Auto und wies meinem Vater den Platz auf dem Vordersitz zu, wegen der Beinfreiheit. Sie selbst stieg hinten ein, zu meiner Mutter und mir. Mr Florence nahm wieder die Straße zum Bell's Lake, und Beryl verkündete, dass wir alle zum Mittagessen in den Wildwood Inn fahren würden.

»Ihr seid alle fein angezogen, warum nicht die Gelegenheit nutzen?«, sagte sie. »Wir haben die Jungen bei euren Nachbarn abgesetzt. Ich dachte, sie sind vielleicht noch zu klein, um das Essen zu würdigen. Die Nachbarn haben sie gerne aufgenommen.« Mit besonderem Nachdruck erklärte sie noch, dass sie uns einladen wollten. Sie und Mr Florence.

»Tja, also –«, sagte mein Vater. Wahrscheinlich hatte er keine fünf Dollar in der Tasche. »Tja, also – ob die Farmer dort überhaupt reinlassen?«

Er machte mehrere Scherze in diesem Tenor. Im Speisesaal des Hotels, der ganz in Weiß gehalten war – weiße Tischdecken, weiß bemalte Stühle –, mit beschlagenen Wasserkaraffen und surrenden Ventilatoren unter der Decke, nahm er eine Serviette von der Größe einer Windel vom Tisch und flüsterte mir laut zu: »Kannst du mir sagen, was ich mit diesem Ding anstellen soll? Darf ich es mir zum Schutz gegen die Zugluft über den Kopf ziehen?«

Natürlich hatte er schon öfter in Hotelspeiseräumen gegessen. Er kannte sich aus mit Servietten und Kuchengabeln. Und auch meine Mutter kannte sich aus – sie stammte ohnehin nicht vom Land. Es war trotzdem ein Riesenereignis. Nicht gerade ein Vergnügen – als das Beryl es wohl geplant hatte –, aber ein riesiges, aufrührendes Ereignis. Eine Mahlzeit in der Öffentlichkeit einzunehmen, wenn man nur ein paar Meilen von zu Hause entfernt war, in einem großen Saal voller Leute zu essen, die man nicht kannte, das Essen von einer unbekannten Person serviert zu bekommen, einem schnippisch aussehenden jungen Mädchen, das wahrscheinlich Studentin am College war und hier Ferienarbeit machte.

»Ich hätte gerne den Gockel«, sagte mein Vater. »Wie lange war der denn schon im Topf?« Nach seiner Vorstellung war es lediglich gutes Benehmen, mit den Leuten zu scherzen, die ihn bedienten.

»Wie bitte?«, fragte das Mädchen zurück.

»Gebratenes Hähnchen«, sagte Beryl. »Ist das allen recht?«

Mr Florence machte ein finsteres Gesicht. Vielleicht hatte er nichts übrig für Scherze, wenn das Geld aus seiner Tasche kam. Vielleicht hatte er mit etwas Besserem als Eiswasser gerechnet, um die Gläser zu füllen.

Die Kellnerin stellte eine Schale Sellerie und Oliven auf den Tisch, und meine Mutter sagte: »Einen Moment, während ich Dank sage.« Sie senkte den Kopf und sagte leise, aber vernehmlich: »Segne, o Herr, uns und diese deine Gaben, die wir von deiner Güte empfangen werden, durch Christum, unsern Herrn. Amen.« Erfrischt richtete sie sich auf und reichte mir die Schale mit der Mahnung: »Pass auf bei den Oliven. Die haben einen Stein.«

Beryl lächelte rundum in den Saal.

Die Kellnerin kam mit einem Korb Brötchen zurück.

»Parker House!« Beryl beugte sich vor und sog den Duft ein. »Die müsst ihr essen, solange sie noch heiß genug sind, dass die Butter schmilzt!«

Mr Florence verzog den Mundwinkel und starrte in das Butterschälchen. »Ach, das ist es also – Butter? Und ich dachte, es wären Shirley Temples Locken.«

Seine Miene war kaum weniger finster als zuvor, aber es war ein Scherz, und die Tatsache, dass er ihn machte, schien uns eine Andeutung von genau dem zu vermitteln, um das eben öffentlich gebeten worden war – einem Segen.

»Wenn er eine witzige Bemerkung macht«, sagte Beryl – die von Mr Florence oft als »er« sprach, selbst wenn er direkt neben ihr saß –, »dann macht er immer ein todernstes Gesicht, habt ihr das bemerkt? Das erinnert mich an Mama.

Ich meine, an unsere Mama, die von Marietta und mir. Daddy, wenn der einen Witz machte, dann wusste man immer schon Stunden vorher, was kommen würde – sein Gesicht verriet ihn jedes Mal –, aber bei Mama war das ganz anders. Sie konnte so griesgrämig dreinschauen. Aber sie konnte noch auf dem Totenbett Witze machen. Ja, genau das hat sie getan. Marietta, weißt du noch, wie sie in dem Frühjahr, bevor sie starb, im vorderen Zimmer im Bett lag?«

»Ich erinnere mich, dass sie dort im Bett lag«, erwiderte meine Mutter. »Ja.«

»Nun, Daddy kam rein, als sie in ihrem sauberen Nachthemd gerade aufgedeckt dalag, weil die Deutsche von nebenan ihr beim Waschen geholfen hatte und noch dabei war, das Bett glatt zu ziehen. Daddy wollte also heiter wirken und sagte: ›Der Frühling muss im Anzug sein. Ich habe heute eine Krähe gesehen.‹ Das muss wohl im März gewesen sein. Darauf sagte Mama wie aus der Pistole geschossen: ›Dann solltest du mich besser zudecken, ehe die hier zum Fenster reinschaut und auf dumme Gedanken kommt!‹ Die deutsche Dame – Daddy erzählte, sie hätte um ein Haar die Waschschüssel fallen lassen. Es stimmte nämlich, Mama war nur mehr Haut und Knochen; sie lag im Sterben. Aber Witze machen konnte sie.«

Mr Florence sagte: »Warum auch nicht, wenn Weinen doch nichts nützt?«

»Aber sie konnte einen Scherz zu weit treiben, das konnte Mama. Einmal, einmal wollte sie Daddy einen Schrecken einjagen. Er interessierte sich angeblich für irgendein Mädchen, das immer in den Betrieb kam. Na ja, er war ein großer, gut aussehender Mann. Mama hat also gesagt: ›Ich bringe mich einfach um, dann kannst du mit ihr weitermachen und sehen, wie's dir gefällt, wenn ich als Geist zurückkomme und dich verfolge.‹ Er sagte, sie solle nicht so blöd sein, und ging in die Stadt. Und Mama ging in den Schuppen hinaus, stieg auf einen Stuhl und legte sich einen Strick um den Hals. War's nicht so, Marietta? Marietta ging sie suchen, und sie hat sie so gefunden!«

Meine Mutter senkte den Kopf und legte die Hände in den Schoß, fast so, als wollte sie noch einmal ein Tischgebet sprechen.

»Daddy hat mir alles genau erzählt, aber ich kann mich sowieso erinnern. Ich weiß noch, wie Marietta in ihrem Nachthemd den Hügel hinuntergerast ist, und vermutlich hat die Deutsche sie laufen sehen, worauf sie aus dem Haus kam, um Mama zu suchen, und irgendwie landeten wir schließlich alle in der Scheune – ich auch und ein paar Kinder, mit denen ich gerade spielte –, und da stand Mama oben auf einem Stuhl und machte Anstalten, Daddy den Schreck seines Lebens einzujagen. Sie hatte Marietta nach ihm geschickt. Und die deutsche Dame fängt an zu lamentieren: ›O Missus, kommen Sie da runter, Missus, denken Sie an Ihre kleinen Kindren‹ – ›Kindren‹ heißt das nämlich auf Deutsch –, ›denken Sie an Ihre Kindren‹ und so weiter. Bis ich schließlich – ich war ja noch ein kleiner Knirps, aber ich war es, die das Seil bemerkte. Mein Blick folgte dem Seil immer weiter nach oben, und da sah ich, dass es nur über den Balken gelegt war, einfach drübergeworfen war – es war überhaupt nicht befestigt! Marietta hatte das gar nicht bemerkt, und die Deutsche auch nicht. Aber ich hab einfach geradeheraus gefragt: ›Mama, wie willst du dich denn aufhängen, wenn du den Strick nicht am Balken festmachst?‹«

Mr Florence meinte: »Das war ja wohl 'n Ding.«

»Ich hab ihr das Spiel verdorben. Die deutsche Dame kochte Kaffee, und wir gingen zu ihr rüber und bekamen ein paar Leckerbissen, und du, Marietta, hast Daddy am Ende doch nicht finden können, stimmt's? Man konnte Marietta über einen ganzen Häuserblock brüllen hören, wie sie den Hügel heraufkam.«

»Ist ja ganz natürlich, dass sie aus dem Häuschen war«, sagte mein Vater.

»Klar. Mama ist zu weit gegangen.«

»Sie hat es ernst gemeint«, sagte meine Mutter. »Sie hat es viel ernster gemeint, als du ihr zugestehst.«

»Sie wollte von Daddy eine Erhöhung des Haushaltsgelds erpressen. So sah ihr ganzes Zusammenleben aus. Er sagte immer, es sei ein Kreuz, mit einer Frau wie ihr zu leben, aber sie hatte Charakter. Ich glaube, das hat ihm bei Gladys gefehlt.«

»Ich habe keine Ahnung«, erwiderte meine Mutter mit jener besonders festen Stimme, mit der sie immer von ihrem Vater sprach, »was er gesagt oder nicht gesagt hat.«

»Die Leute sind inzwischen tot«, sagte mein Vater. »Uns steht kein Urteil zu.«

»Ich weiß«, sagte Beryl. »Ich weiß, dass Marietta immer anderer Ansicht war.«

Meine Mutter sah Mr Florence an und lächelte ganz strahlend und gelöst. »Sie wissen bestimmt nicht, was Sie von diesen ganzen Familiengeschichten halten sollen.«

Bei dem einen Besuch, den ich Beryl machte, als sie eine alte Frau war, ganz knorrig und verkrümmt durch Arthritis, sagte sie: »Marietta hat Daddys gutes Aussehen geerbt. Und sie hat nie etwas aus sich gemacht. Weißt du noch, wie sie das alte dunkelblaue Kreppkleid anhatte, als wir damals ins Hotel gingen? Sicher, ich weiß, dass sie wahrscheinlich nichts anderes hatte, aber warum musste das so sein? Weißt du, ich hatte irgendwie Angst vor ihr. Ich konnte nicht allein mit ihr in einem Zimmer sein. Aber sie sah auffallend gut aus.« Als ich versuchte, mich an eine Gelegenheit zu erinnern, bei der ich bemerkt hatte, wie meine Mutter aussah, fiel mir jener Besuch im Hotel ein, der helle Olivton ihrer Haut, der sich von ihren vollen weißen Locken abhob, ihr offenes, hübsches Gesicht, das Mr Florence zulächelte – als sei er es, dem man verzeihen müsse.

Beryls Geschichte stürzte mich zunächst nicht in Konflikte. Zum einen war ich ausgehungert und gierig, und meine Aufmerksamkeit galt weitgehend dem Brathähnchen mit Soße und Kartoffelbrei, der zu einer Kugel geformt war wie Eiskrem, und den leuchtend bunten Gemüsewürfeln aus der Dose, die mir weit besser schienen als das frische Gemüse aus dem Garten. Zum Nachtisch bestellte ich einen Eisbecher mit Karamellsoße, eine qualvolle Entscheidung gegen den mit Schokoladensoße. Die anderen bestellten einfaches Vanilleeis.

Warum sollte Beryls Darstellung desselben Vorfalls nicht anders ausfallen als die meiner Mutter? Beryl war in jeder Beziehung sonderbar – alles an ihr war verquer, aus einem anderen Blickwinkel gesehen. Es war die Darstellung meiner Mutter, die sich durchsetzte, für eine gewisse Zeit. Ihre Version schluckte Beryls Geschichte auf, schloss sich über ihr. Aber Beryls Geschichte verschwand nicht; sie blieb jahrelang verschüttet, aber sie war nicht aus der Welt. Es war wie mit dem Wissen, dass es dieses Hotel mit dem Speiseraum gab. Ich wusste nun davon, wenn ich es auch nicht als einen Ort ansah, an den ich zurückkehren würde. Und ohne Beryls oder Mr Florences Geld war das ja auch nicht möglich. Aber ich wusste, dass er existierte.

Ich kam tatsächlich erst wieder in den Wildwood Inn, als ich verheiratet war. Der Lions Club veranstaltete dort ein Bankett und einen Ball. Der Mann, den ich geheiratet hatte, Dan Casey, gehörte dem Club an. Zu der Zeit wurde dort schon Alkohol ausgeschenkt. Dan Casey wäre nirgendwo hingegangen, wo das nicht der Fall war. Dann wurde das Lokal zum ›Schlupfwinkel‹ umgebaut, und heute veranstalten sie dort jeden Abend außer sonntags Striptease. Jeden Donnerstagabend tritt ein männlicher Stripper auf. Ich besuche das Lokal mit Leuten aus der Immobilienfirma, wenn Geburtstage oder große Anlässe zu feiern sind.

Die Farm wurde 1965 für fünftausend Dollar verkauft. Gekauft hat sie ein Mann aus Toronto, als Hobbyfarm oder einfach als Investition. Nach ein paar Jahren verpachtete er sie an eine Kommune. Sie blieb dort rund ein Dutzend Jahre bestehen, während derer verschiedene Leute kamen und gingen. Sie hielten Ziegen und verkauften die Milch an den Naturkostladen, der in der Stadt eröffnet hatte. Sie malten einen Regenbogen auf die Scheunenwand, die zur Straße zeigte. Sie hängten Batiktücher vor die Fenster und ließen das hohe Gras und das blühende Unkraut den Hof zurückerobern. Meine Eltern hatten schließlich Strom legen lassen, aber die Leute von der Kommune machten keinen Gebrauch davon. Sie gaben Öllampen und dem Holzofen den Vorzug und brachten ihre schmutzige Wäsche lieber in die Stadt. Es ging die Rede, sie könnten mit Lampen und Holzfeuern nicht umgehen und würden eines Tages noch den Hof abbrennen. Aber das geschah nicht. Im Gegenteil, sie kamen gar nicht schlecht zurecht. Sie hielten Haus und Scheune einigermaßen in Stand, und sie bestellten einen großen Garten. Sie behandelten sogar ihre Kartoffeln gegen die Braunfäule – obwohl es darüber irgendwie Streit gegeben haben soll, wie mir zu Ohren kam, und einige der orthodoxeren Mitglieder die Kommune verließen. Der Hof war tatsächlich viel besser in Schuss als viele der umliegenden Farmen, die noch im Besitz der alteingesessenen Familien waren. Der Sohn der McAllisters hatte auf der elterlichen Farm ein Abbruchunternehmen aufgemacht. Meine Brüder waren längst fort.

Ich wusste, dass ich ungerecht war, aber im Grunde meines Herzens hätte ich es lieber gesehen, wenn die Farm schlichtweg verkommen wäre – lieber hätte ich sie in der Hand von Rowdys und Schnorrern gesehen –, als diesen Regenbogen an der Scheune und diverse ägyptisch aussehende Schriftzeichen, die auf die Hauswand gemalt waren. Das wirkte wie glatter Hohn. Selbst der Anblick dieser Leute, wenn sie in die Stadt kamen, war mir zuwider – die Männer mit ihren Pferdeschwanzfrisuren und den Löchern in den Arbeitshosen, die ich für absichtlich hineingeschnitten hielt; und die Frauen mit langen Haaren und ungeschminkt, mit ihrem sanftmütigen, überlegenen Gesichtsausdruck. Was wisst ihr denn schon vom Leben, hätte ich sie gerne gefragt. Woher nehmt ihr das Recht, hierher zu kommen und meinen Vater und meine Mutter zu verhöhnen, ihr Leben und ihre Armut? Aber wenn ich an den Regenbogen und diese Schriftzeichen dachte, war mir klar, dass sie das Leben meiner Eltern nicht verhöhnen oder nachahmen wollten. Sie hatten dieses Leben verdrängt, fast ohne zu wissen, dass es existiert hatte. Sie hatten an seine Stelle ihre eigenen Überzeugungen und Lebensgewohnheiten gesetzt, und ich hoffte, dass sie damit scheitern würden.

Das geschah auch, mehr oder weniger. Die Kommune löste sich auf. Die Ziegen verschwanden. Einige der Frauen zogen in die Stadt, schnitten sich die Haare, schminkten sich und suchten sich Arbeit als Kellnerinnen oder Kassiererinnen, um ihre Kinder zu ernähren. Der Mann aus Toronto bot die Farm zum Verkauf an, und nach etwa einem Jahr wechselte sie für mehr als das Zehnfache von dem

Preis, den er dafür gezahlt hatte, den Besitzer. Ein junges Paar aus Ottawa kaufte sie. Sie haben die Fassade hellgrau gestrichen und schiefergrau abgesetzt, sie haben Dachfenster eingebaut und eine schöne Haustür mit Wagenlampen zu beiden Seiten angebracht. Im Hausinnern haben sie so viel umgebaut, dass ich es nicht wieder erkennen würde, wie mir berichtet wurde.

Ein einziges Mal kam ich noch ins Haus, bevor dies geschah, und zwar in dem Jahr, als das Haus leer stand und zum Verkauf angeboten wurde. Die Firma, für die ich arbeitete, hatte das Objekt übernommen, und ich hatte einen Schlüssel, obwohl ein anderer Makler die Besichtigung des Hauses betreute. An einem Sonntagnachmittag schloss ich mir auf. Ich war in Begleitung eines Mannes, kein Kunde, sondern ein Freund – Bob Marks, mit dem ich damals viel zusammen war.

»Das ist doch dieses Hippiezentrum«, sagte Bob Marks, als ich den Motor abstellte. »Hier war ich schon mal.«

Er war Rechtsanwalt, Katholik, von seiner Frau getrennt. Er wollte sich eigentlich hier in der Stadt niederlassen und eine Anwaltskanzlei aufmachen. Aber es gab schon einen katholischen Anwalt. Das Geschäft ging schleppend. Mehrmals die Woche war Bob Marks schon vor dem Abendessen ziemlich betrunken.

»Es ist mehr als das«, sagte ich. »Es ist der Ort, an dem ich geboren bin. An dem ich aufgewachsen bin.« Wir durchquerten das Unkraut, und ich schloss die Tür auf.

Er meinte, nach meinen Schilderungen habe er sich vorgestellt, dass es weiter außerhalb liege.

»Damals schien es weiter außerhalb.«

Alle Räume waren kahl und die Böden sauber gefegt. Die Fensterrahmen waren frisch gestrichen – ich war überrascht, dass keine Farbspritzer auf dem Glas zu sehen waren. Einige neue Fensterscheiben, ein paar von den alten welligen. In einigen Zimmern waren die Tapeten entfernt und die Wände gestrichen. Eine Wand in der Küche war tiefblau gestrichen und eine riesige Taube darauf gemalt. An einer Wand im Vorderzimmer stießen wir auf gewaltige Sonnenblumen und auf einen Schmetterling von beinahe derselben Größe.

Bob Marks stieß einen Pfiff aus. »Hier hat sich jemand als Künstler betätigt.«

»Wenn du es so nennen willst«, sagte ich und ging zurück in die Küche. Da war immer noch derselbe Holzofen. »Meine Mutter hat einmal dreitausend Dollar verbrannt«, sagte ich. »In diesem Ofen hat sie dreitausend Dollar verbrannt.«

Er stieß wieder einen Pfiff aus, in einem anderen Ton. »Wie meinst du das? Sie hat einen Scheck in den Ofen geworfen?«

»Nein, nein. Das Geld war in Scheinen. Sie hat es mit voller Absicht getan. Sie fuhr in die Stadt zur Bank und ließ sich alles ausbezahlen, in einer Schuhschachtel. Dann brachte sie es nach Hause und steckte es in den Ofen. Sie warf immer nur ein paar Scheine auf einmal rein, damit das Feuer nicht zu hoch aufloderte. Mein Vater stand daneben und sah ihr zu.«

»Was erzählst du da?«, fragte Bob Marks. »Ich dachte, ihr wart so arm.«

»Waren wir auch. Wir waren sehr arm.«

»Woher hatte sie dann dreitausend Dollar? Das wären heute so viel wie dreißigtausend. Leicht. Mehr als dreißigtausend heutzutage.«

»Das war ihre Erbschaft«, sagte ich. »Das hat sie von ihrem Vater bekommen. Ihr Vater starb in Seattle und hinterließ ihr dreitausend Dollar, und sie hat sie verbrannt, weil sie ihn hasste. Sie wollte sein Geld nicht. Sie hasste ihn.«

»Ganz schön viel Hass auf einmal«, sagte Bob Marks.

»Das ist nicht der springende Punkt. Dass sie ihn hasste, oder ob er wirklich so schrecklich war, dass sie ein Recht hatte, ihn zu hassen. Wahrscheinlich nicht. Das ist nicht der springende Punkt.«

»Geld«, sagte er. »Geld ist immer der springende Punkt.«

»Nein. Dass mein Vater es zuließ, das ist der springende Punkt. Für mich jedenfalls. Mein Vater stand dabei und sah zu und erhob nicht ein einziges Mal Einspruch. Wenn jemand versucht hätte, sie von ihrem Tun abzuhalten, hätte er sie in Schutz genommen. Das nenne ich Liebe.«

»Manche Leute würden es Wahnsinn nennen.«

Ich erinnere mich, dass das Beryls Ansicht war, genau das.

Ich ging ins Vorderzimmer und starrte den Schmetterling mit seinen rosa- und orangefarbenen Flügeln an. Dann ging ich ins vordere Schlafzimmer und fand dort zwei an die Wand gemalte Gestalten. Ein Mann und eine Frau, die einander an den Händen hielten und starr geradeaus blickten. Sie waren nackt und überlebensgroß.

»Es erinnert mich an dieses Bild von John Lennon und Yoko Ono«, bemerkte ich zu Bob Marks, der mir ins Zimmer gefolgt war. »Diese Schallplattenhülle, war es nicht das?« Ich wollte nicht, dass er dächte, er hätte mich mit einer seiner Äußerungen in der Küche verletzt.

Bob Marks sagte: »Andere Haarfarbe.«

Das stimmte. Beide Gestalten hatten gelbes Haar, das als einheitliche Masse gemalt war, wie es auf Comicstrips dargestellt wird. Dicke Pferdeschweife von gelbem Haar ringelten sich über ihre Schultern, und kleine Ratten-

41

schwänzchen von gelbem Haar zierten ihre nicht sonderlich verschämt dargestellten Schamteile. Ihre Haut war in einem stumpfen Beigerosa gemalt, und ihre Augen in einem durchdringenden Blau, demselben Blau, in dem die Küchenwand gestrichen war.

Ich bemerkte, dass sie die Tapete nicht vollständig abgelöst hatten, bevor sie dieses Bild malten. In der Ecke war noch ein kleiner Tapetenrest zu sehen, der zu der Tapete an den übrigen Wänden passte – ein modernistisches Muster aus sich überschneidenden rosafarbenen, grauen und hellvioletten Blasen. Diese Tapete muss der Mann aus Toronto angebracht haben. Die Tapete darunter war nicht entfernt worden, als diese neue verklebt wurde. Ich konnte noch einen schmalen Streifen erkennen, die Kornblumen auf weißem Grund.

»Hier haben sie wohl ihre Sexspielchen getrieben«, kommentierte Bob Marks in einem Ton, der mir vertraut war. Diese belegte, traurige, bange, aber entschlossene Stimme. Die nicht besonders menschenfreundliche Lust ehrbarer Männer mittleren Alters.

Ich sagte nichts. Ich zog ein kleines Stück von der Blasentapete ab, um mehr von den Kornblumen zu sehen. Plötzlich kam ich an eine unverklebte Stelle und riss einen großen Fetzen herunter. Aber auch die Kornblumentapete löste sich, und mit ihr rieselte ein Schwall trockener Verputz herunter.

»Wie kommt das nur?«, fragte ich. »Erklär mir nur mal, wie das kommt, dass kein Mann über einen Ort wie diesen reden kann, ohne binnen zwei Minuten auf das Thema Sex zu sprechen zu kommen? Kaum fällt das Wort ›Hippie‹ oder ›Kommune‹, da denkt ihr Kerle bloß noch ans Bumsen! Als ob überhaupt nichts anderes dahinter stecken würde als Orgien und ausgefallene Stellungen und pausenloses

Bumsen! Ich finde das zum Kotzen – es ist alles so blöd, dass mir ganz schlecht wird!«

Auf der Rückfahrt vom Hotel war die Sitzordnung im Auto dieselbe wie vorher – die Männer auf dem Vordersitz, die Frauen hinten. Ich saß in der Mitte, zwischen meiner Mutter und Beryl. Ihre erhitzten Körper drückten gegen mich, durch Stoff hindurch; ihr Geruch verdrängte die Gerüche des dichten Kiefernwäldchens, durch das wir fuhren, und der kleinen Moorweiher, auf denen Beryl die Wasserlilien bestaunte. Beryl roch nach all den Dingen in Tiegeln und Fläschchen. Meine Mutter roch nach Mehl und Kernseife und dem warmen Kreppstoff ihres Sonntagskleids und nach dem Kerosin, mit dem sie die Flecken entfernt hatte.

»Ein wunderbares Essen«, sagte meine Mutter. »Danke, Beryl. Danke, Mr Florence.«

»Es fragt sich, wer jetzt noch zum Melken in der Lage ist«, sagte mein Vater. »Nachdem wir alle in so großem Stil diniert haben.«

»Da wir gerade von Geld sprechen«, sagte Beryl – obwohl eigentlich niemand von Geld gesprochen hatte –, »darf man fragen, was ihr mit eurem angestellt habt? Ich habe meins in Grundbesitz gesteckt. Immobilien in Kalifornien – da kann man nichts falsch machen. Ich hab mir gedacht, ihr könntet euch einen elektrischen Ofen anschaffen, so könntet ihr euch das Feuermachen im Sommer und das Gefummel mit diesem Petroleumding sparen, beides auf einmal.«

Alle anderen im Wagen lachten, sogar Mr Florence.

»Das ist eine gute Idee, Beryl«, sagte mein Vater. »Wir könnten ihn als Abstelltisch benutzen, bis wir Strom gelegt haben.«

»Ach, du grüne Neune«, sagte Beryl. »Wie blöd kann ich noch sein?«

»Und außerdem haben wir auch nicht das Geld dazu«, sagte meine Mutter fröhlich, als führe sie den Witz fort.

Aber Beryl schlug einen scharfen Ton an. »Du hast mir geschrieben, dass du es bekommen hast. Du hast genauso viel Geld bekommen wie ich.«

Mein Vater drehte sich halb nach hinten. »Von welchem Geld redet ihr?«, fragte er. »Was ist das für Geld?«

»Aus Daddys Testament«, antwortete Beryl. »Das ihr letztes Jahr bekommen habt. Hört mal, vielleicht hätte ich nicht fragen sollen. Wenn ihr etwas abbezahlen musstet, dann ist das immer noch eine gute Verwendung, oder? Das spielt keine Rolle. Wir gehören alle zur Familie hier. So gut wie alle.«

»Wir mussten nichts damit abbezahlen«, sagte meine Mutter. »Ich habe es verbrannt.«

Dann erzählte sie, wie sie eines Tages vor fast einem Jahr mit dem Lastwagen in die Stadt fuhr und sich das Geld in einer Schachtel aushändigen ließ, die sie zu diesem Zweck mitgebracht hatte. Wie sie damit nach Hause fuhr und es in den Ofen steckte und verbrannte.

Mein Vater drehte sich wieder nach vorn und schaute auf die Straße.

Ich spürte, wie Beryl sich neben mir krümmte, während meine Mutter redete. Sie krümmte sich und stöhnte leise, als hätte sie Schmerzen, die sie nicht unterdrücken könne. Als die Geschichte zu Ende war, stieß sie einen Laut der Entgeisterung und der Qual aus, ein wütendes Stöhnen.

»Du hast also Geld verbrannt!«, sagte sie. »Du hast Geld im Ofen verheizt.«

Meine Mutter war immer noch fröhlich. »Du sagst das in einem Ton, als hätte ich meine Kinder verbrannt.«

»Du hast ihre Chancen verbrannt. Du hast alles verbrannt, was das Geld ihnen ermöglicht hätte.«

44

»Geld ist das Letzte, was meine Kinder brauchen. Keiner von uns braucht sein Geld.«

»Das ist verbrecherisch«, sagte Beryl schroff. Sie hob die Stimme in Richtung Vordersitz: »Warum hast du das zugelassen?«

»Er war nicht da«, sagte meine Mutter. »Es war niemand da.«

Mein Vater sagte: »Es war ihr Geld, Beryl.«

»Das tut nichts zur Sache. Es ist verbrecherisch.«

»Verbrecherisch sagt man, wenn man die Polizei ruft«, warf Mr Florence ein. Wie andere Dinge, die er an diesem Tag gesagt hatte, ließ diese Bemerkung eine kleine Insel der Überraschung und eine eigentümliche Dankbarkeit entstehen.

Dankbarkeit, die nicht von allen empfunden wurde.

»Tu doch nicht so, als ob das nicht die größte Verrücktheit wäre, von der du je gehört hast«, schrie Beryl nach vorne. »Tu bloß nicht so, als ob du anderer Ansicht wärst! Weil es nämlich die pure Verrücktheit *ist*, und dir das klar ist. Du denkst genau dasselbe wie ich!«

Mein Vater stand nicht in der Küche und sah zu, wie meine Mutter das Geld Schein für Schein in die Flammen warf. Alle Anzeichen sprechen dagegen. Er wusste nichts von der Sache – soweit ich mich recht erinnere, scheint es ziemlich sicher, dass er erst an diesem Sonntagnachmittag in Mr Florences Chrysler davon erfuhr, als meine Mutter es allen im Auto erzählte. Wie ist es also möglich, dass ich die Szene so deutlich vor Augen habe, gerade so, wie ich sie Bob Marks (und anderen – er war nicht der Erste) beschrieb? Ich sehe meinen Vater neben dem Tisch in der Mitte des Zimmers stehen – ich sehe den Tisch mit der Schublade für das Besteck und der geschrubbten Wachstuchtischdecke darauf –, und auf dem Tisch liegt die Schachtel voll Geld. Meine Mutter lässt die Scheine behutsam ins Feuer gleiten. Mit einer Hand hält sie den Ofendeckel an seinem rußgeschwärzten Griff. Und mein Vater, der neben ihr steht, scheint sie nicht nur gewähren zu lassen, sondern in Schutz zu nehmen. Eine feierliche Szene, aber nicht verrückt. Menschen, die etwas tun, das ihnen natürlich und notwendig vorkommt. Oder jedenfalls tut einer von ihnen, was ihm natürlich und notwendig vorkommt, und der andere hält es für vordringlich, dass jener Mensch frei ist, sein Vorhaben durchzuführen. Sie sind sich darüber im Klaren, dass andere vielleicht nicht so denken. Es ist ihnen gleichgültig.

Wie schwer es mir fällt zu glauben, dass ich das erfunden habe. Es scheint so sehr der Wahrheit zu entsprechen, dass es die Wahrheit ist; es ist das, was ich über meine Eltern glaube. Ich habe nicht aufgehört, es zu glauben. Aber ich habe aufgehört, diese Geschichte zu erzählen. Ich habe sie nie wieder jemandem erzählt, nachdem ich sie Bob Marks erzählt hatte. Nein, ich glaube nicht. Ich habe aufgehört, sie zu erzählen, nicht einfach weil sie, streng genommen, nicht der Wahrheit entsprach. Ich tat es, weil ich erkannte, dass ich aufhören musste zu erwarten, die Leute würden die Geschichte mit meinen Augen sehen. Ich musste aufhören zu erwarten, sie würden das, was vorgefallen war, auch nur teilweise gutheißen. Wie konnte ich überhaupt sagen, dass ich es selbst gutheiß? Wenn ich zu den Menschen gehörte, die so etwas gutheißen, die so etwas fertig bringen, dann hätte ich all das, was ich getan habe, nicht getan – mit fünfzehn von zu Hause ausreißen, um in einem Restaurant zu arbeiten, die Abendschule besuchen, um Maschineschreiben und Buchführung zu lernen, in die Immobilienfirma eintreten und schließlich die Maklerkonzession erwerben. Ich wäre nicht geschieden. Mein Vater wäre nicht im Bezirksaltersheim gestorben. Mein Haar wäre weiß, wie es seit Jahren von Natur aus ist, statt einer Farbe, die Kupfergold heißt. Und nicht einen dieser Punkte würde ich ändern wollen, nicht wirklich, wenn ich könnte.

Bob Marks war ein anständiger Mann – gutherzig, manchmal mit Fantasie begabt. Nachdem ich ihn derart angefahren hatte, sagte er: »Du brauchst nicht so hart mit uns ins Gericht zu gehen.« Einen Augenblick später sagte er: »War das dein Zimmer, als du klein warst?« Er meinte, die Erwähnung von Sexspielchen hätte mich deshalb so verletzt.

Und ich dachte, ich könnte ihn ebenso gut in dieser Meinung belassen. Ich sagte ja, ja, das sei mein Zimmer gewesen, als ich klein war. Es war auch besser, sich gleich wieder zu vertragen. Augenblicke der Freundlichkeit und Versöhnung sind erstrebenswert, auch wenn es früher oder später zur Trennung kommen muss. Ich frage mich, ob solche Augenblicke in den Bindungen, die Leute wie ich heutzutage eingehen, nicht höher geschätzt und bewusster angestrebt werden als in jenen Ehen alten Stils, in denen Liebe und Groll unterirdisch wachsen konnten, so hartnäckig und ineinander verquickt, dass es den Anschein haben musste, als hätten sie eine Ewigkeit Zeit.

Flechten

Stellas Vater hatte das Haus als Sommersitz auf dem lehmigen Steilufer über dem Huron-See gebaut. Ihre Familie nannte es immer »das Sommercottage«. David war überrascht, als er es das erste Mal sah, weil es nichts von jenem knorrigen Kiefernholzcharme, jener wetterfesten Behaglichkeit hatte, die das Wort vermuten ließ. Als Stadtkind aus einem »anderen Milieu«, wie Stellas Familie es nannte, hatte er keine Erfahrung mit Sommerhäusern. Es war und ist ein hohes, kahles Holzhaus mit grauem Anstrich – eine Nachbildung der alten Farmhäuser in der Nähe, wenn auch vielleicht weniger stabil. Vor dem Haus fällt das Steilufer ab – es ist auch nicht besonders stabil, hat aber bisher standgehalten –, mit einer langen Treppe, die zum Wasser hinunterführt. Hinter dem Haus liegt ein kleiner eingezäunter Garten, wo Stella mit erstaunlichem Geschick und gutem Zureden Gemüse anbaut, außerdem ein kurzer sandiger Feldweg und ein Dschungel wilder Brombeerbüsche.

Als David mit dem Wagen in den Feldweg einbiegt, kommt Stella zwischen diesen Büschen heraus, ein Sieb voll Beeren in der Hand. Sie ist eine kleine, dicke, weißhaarige Frau in Jeans und einem schmutzigen T-Shirt. Soweit er sehen kann, trägt sie darunter nichts, was ihre Rundungen an irgendeiner Stelle stützen oder im Zaum halten würde.

»Sieh dir bloß an, was mit Stella passiert ist«, sagt David aufgebracht. »Sie hat sich in einen Troll verwandelt.«

Catherine, die Stella zum ersten Mal trifft, meint taktvoll: »Nun, sie ist älter geworden.«

»Älter als was, Catherine? Älter als das Haus? Älter als der Huron-See? Älter als die Katze?«

Auf dem Pfad neben dem Gemüsegarten schläft eine Katze. Ein großer rötlich gelber Kater mit vom Kampf verstümmelten Ohren und einem trüb gewordenen Auge. Er heißt Herkules und stammt noch aus Davids Zeiten.

»Sie ist jetzt eine ältere Frau«, antwortet Catherine mit echauffiertem Trotz. Selbst wo sie aufbegehrt, ist sie noch lammfromm. »Du weißt schon, was ich meine.«

David glaubt, Stella habe das mit Absicht getan. Das ist nicht bloß ein Hinnehmen natürlichen Verfalls – o nein, da steckt viel mehr dahinter. Stella hat schon immer alles dramatisiert. Aber Stella ist kein Einzelfall. Es gibt die Sorte von Frauen, die in diesem Alter unbedingt die weibliche Hülle sprengen müssen und Fettpolster oder eine unanständige Magerkeit zur Schau stellen, Warzen oder Haare im Gesicht sprießen lassen, sich weigern, käsige, von Adern durchzogene Beine zu bedecken, und das alles fast frohlockend, als hätten sie das immer schon gewollt. Männerfeinde von Anfang an. Aber so etwas darf man ja heutzutage nicht laut sagen.

Er hat zu dicht an den Brombeerbüschen geparkt – zu dicht für Catherine, die sich auf der Beifahrerseite aus dem Wagen zwängt und sofort in Schwierigkeiten steckt. Catherine ist zwar sehr schlank, aber ihr Kleid hat einen weiten Rock und lange, bauschige Ärmel. Es ist aus hauchzarter Baumwolle in verschiedenen Pink- und Rosatönen mit einer Unmenge winziger, unregelmäßiger Fältchen, die wie zerknittert wirken. Ein hübsches Kleid, aber wohl kaum die rechte Wahl für Stellas Reich. Die Brombeerbüsche verhaken sich überall, und Catherine muss sich immer wieder losreißen.

»Also wirklich, David, du hättest ihr ein bisschen Platz lassen können«, sagt Stella.

Catherine lacht über ihre missliche Lage. »Es geht schon, ich komm schon zurecht, wirklich.«

»Stella, Catherine«, stellt David die beiden einander vor.

»Nehmen Sie sich Beeren, Catherine«, sagt Stella mitfühlend. »Du, David?«

David schüttelt den Kopf, aber Catherine nimmt ein paar. »Herrlich«, sagt sie. »Ganz warm von der Sonne.«

»Ich kann Beeren schon nicht mehr sehen«, sagt Stella.

Aus der Nähe betrachtet, sieht Stella etwas besser aus – mit ihrer glatten, gebräunten Haut, ihrem kindlichen Kurzhaarschnitt, den großen braunen Augen. Catherine, die sie leicht vorgebeugt überragt, ist eine große, zerbrechliche, knochige Frau mit hellem Haar und empfindlicher Haut. Ihre Haut ist so empfindlich, dass sie keinerlei Make-up verträgt und auf Erkältungen, gewisse Speisen oder Erregung leicht mit Entzündungen reagiert. In letzter Zeit hat sie angefangen, blauen Lidschatten und schwarze Wimperntusche zu benutzen, was David für einen Fehler hält. Durch das Tuschen dieser spärlichen hellen Wimpern wird das wässrige Blau ihrer Augen, die den Anschein erwecken, als vertrügen sie kein Tageslicht, und die Trockenheit der Hautpartien darunter nur noch unterstrichen. Als David Catherine vor etwa achtzehn Monaten kennen lernte, schätzte er sie auf etwas über dreißig. Er entdeckte noch viele Spuren von Mädchenhaftigkeit; er liebte ihre Hellhäutigkeit und ihre hoch gewachsene Zerbrechlichkeit. Sie ist gealtert seither. Und sie war von vornherein älter, als er sie geschätzt hatte – sie geht auf die vierzig.

»Aber was wollen Sie jetzt damit machen?«, will Catherine von Stella wissen. »Marmelade?«

»Ich hab schon ungefähr fünftausend Gläser Marmelade gekocht«, sagt Stella. »Ich fülle sie in kleine Gläser mit diesen kunstvoll-kitschigen Rupfendeckchen darüber und verschenke sie an alle meine Nachbarn, die zu faul oder zu klug sind, ihre eigenen Beeren zu pflücken. Manchmal weiß ich selbst nicht, warum ich die guten Gaben der Natur nicht einfach an der Rebe verrotten lasse.«

»Sie hängen ja nicht an der Rebe«, wirft David ein. »Sie hängen an diesen gottverdammten Dornbüschen, die man mit Stumpf und Stiel ausreißen und verbrennen müsste. Dann hätte man Platz, ein Auto hinzustellen.«

Stella sagt zu Catherine: »Hören Sie sich das an, er redet immer noch im Ton eines Ehemanns.«

Stella und David waren einundzwanzig Jahre verheiratet. Seit acht Jahren leben sie getrennt.

»Es stimmt schon, David«, sagt Stella reumütig. »Ich müsste sie rausschmeißen. Es gibt eine ganze Menge, wozu ich nie Zeit finde. Kommt doch rein, dann ziehe ich mich um.«

»Wir müssen nachher am Spirituosengeschäft vorbeifahren«, sagt David. »Ich hatte keine Gelegenheit.«

Er kommt jeden Sommer ein Mal zu Besuch, legt ihn, soweit es ihm möglich ist, auf den Geburtstag von Stellas Vater. Er bringt immer dasselbe Geschenk mit – eine Flasche Scotch. An diesem Geburtstag wird sein Schwiegervater dreiundneunzig. Er lebt ein paar Meilen entfernt in einem Pflegeheim, wo Stella ihn zwei oder drei Mal die Woche besuchen kann.

»Ich muss mich bloß noch waschen«, sagt Stella. »Und etwas Farbenfrohes anziehen. Nicht für Daddy, er ist völlig blind inzwischen. Aber ich glaube, den anderen gefällt es, mein Anblick in rosa oder blau oder dergleichen heitert sie auf wie ein Luftballon. Ihr beide habt noch Zeit für einen schnellen Drink. Eigentlich könntet ihr mir auch einen machen.«

Sie führt sie im Gänsemarsch den Pfad zum Haus hinauf. Herkules rührt sich nicht von der Stelle.

»Faules Biest«, sagt Stella. »Er ist schon fast so schlimm wie Daddy. Findest du, dass das Haus gestrichen werden müsste?«

»Ja.«

»Daddy hat immer gesagt, alle sieben Jahre. Ich weiß nicht – ich spiele mit dem Gedanken, es an den Seiten zu verkleiden. Das brächte mehr Windschutz. Seit ich das Haus winterfest gemacht habe, kommt es mir manchmal vor, als würde ich in einer offenen Apfelsinenkiste hausen.«

Stella wohnt hier das ganze Jahr über. Anfangs lebte oft noch eines der Kinder bei ihr. Aber jetzt studiert Paul in Oregon Forstwirtschaft, und Deirdre unterrichtet an einer englischsprachigen Schule in Brasilien.

»Aber lässt sich eine Verkleidung auch nur annähernd in der Farbe auftreiben?«, sagt Catherine. »Er macht sich so gut, dieser schöne verwitterte Farbton.«

»Ich habe an Beige gedacht«, sagt Stella.

Stella, die allein in diesem Haus, in dieser Gemeinde wohnt, führt ein viel beschäftigtes und mitunter chaotisches Leben. Anzeichen dafür sind überall um sie herum zu sehen, als sie nun über die rückwärtige Veranda und durch die Küche ins Wohnzimmer vordringen. Hier stehen ein paar Pflanzen, die sie gerade eingetopft hat, und die Marmelade, von der die Rede war – noch nicht restlos verschenkt, wie sie erklärt, sondern in Erwartung der Hausfrauenbasare und des Herbstfests. Da steht das Gerät zur Weinherstellung; dann, in dem lang gestreckten Wohnzimmer mit Blick über den See, ihre Schreibmaschine, umgeben von Stapeln von Büchern und Papier.

»Ich schreibe meine Memoiren«, sagt Stella. Sie sieht Catherine an und verdreht die Augen. »Für eine Summe Bares höre ich damit auf. Nein, keine Gefahr, David, ich schreibe über den alten Leuchtturm.« Sie zeigt Catherine, wo dieser steht. »Man kann ihn von diesem Fenster aus sehen, wenn man sich ans andere Ende durchzwängt. Ich schreibe einen Artikel für die historische Gesellschaft und fürs Lokalblatt. Ganz die angehende Schriftstellerin.«

Neben der historischen Gesellschaft gehört sie einem dramatischen Lesekreis an, erzählt sie, einem Kirchenchor, dem Weinerzeugerverein und einer zwanglosen Gruppe, deren Mitglieder sich gegenseitig auf wöchentlichen Dinnerpartys zu einem festgelegten (niedrigen) Preis bekochen.

»Um unsere Erfindungsgabe auf die Probe zu stellen«, meint sie. »Immer stellen wir etwas auf die Probe.«

Und das ist nur der mehr oder weniger organisierte Teil ihres Lebens. Ihr Freundeskreis ist bunt zusammengewürfelt: Leute, die sich hier zur Ruhe gesetzt haben, die in umgebauten Bauernhäusern oder winterfest ausgerüsteten Sommercottages leben; jüngere Leute unterschiedlichster Herkunft, die sich auf dem Land niedergelassen und steinige alte Höfe übernommen haben, mit denen alteingesessene Farmer sich nicht mehr abplagen wollen. Und ein Zahnarzt aus dem Ort und sein Freund, die homosexuell sind.

»Wir sind jetzt fabelhaft tolerant hier«, ruft Stella, die ins Badezimmer gegangen ist und ihre Neuigkeiten beim Geräusch einlaufenden Wassers kundtut. »Wir bestehen nicht auf Pärchenbildung. Für uns vorzeitig pensionierte Ehefrauen ist es ganz schön. Wir sind etwa ein halbes Dutzend. Eine Weberin ist auch dabei.«

»Ich kann das Tonic nicht finden«, schreit David aus der Küche.

»Es sind Büchsen. In der Kiste auf dem Boden neben dem Kühlschrank. Diese Frau hält sich ihre eigenen Schafe. Die Weberin. Sie hat ihr eigenes Spinnrad. Sie spinnt die Wolle, und dann webt sie Stoff daraus.«

»Himmelarsch«, bemerkt David nachdenklich.

Stella hat den Hahn abgedreht und plätschert.

»Ich dachte mir, dass dir das gefallen würde. Siehst du, ganz so übergeschnappt bin ich noch nicht. Ich koche bloß Marmelade.«

Einen Augenblick später kommt sie in ein Handtuch gewickelt heraus und fragt: »Wo ist mein Drink?« Die oberen Enden des Handtuchs hat sie unter einem Arm nach innen gesteckt, die unteren flattern gefährlich lose. Sie nimmt einen Gin-Tonic entgegen.

»Das trinke ich, während ich mich anziehe. Ich habe zwei neue Sommeroutfits. Einer ist flamingorosa, der andere türkis. Ich kann nach Belieben kombinieren. In beiden sehe ich umwerfend aus.«

Catherine kommt aus dem Wohnzimmer, um ihren Drink zu holen, und stürzt die ersten zwei Schlucke hinunter, als hätte sie ein Glas Wasser vor sich.

»Ich bin vernarrt in dieses Haus«, sagt sie mit sanfter Vehemenz. »Ja, wirklich. Es ist so ursprünglich und schlicht. Es ist voller Licht. Ich überlege schon die ganze Zeit, an was es mich erinnert, und jetzt weiß ich's. Habt ihr je den alten Ingmar-Bergman-Film gesehen, von einer Familie, die in einem Sommerhaus auf einer Insel lebt? Ein wunderschönes verfallenes Haus. Das Mädchen wurde allmählich verrückt. Ich weiß noch, dass ich damals dachte: Genauso sollten Sommerhäuser sein, aber sie sind nie so.«

»Das war doch der, in dem Gott ein Hubschrauber

war«, sagt David. »Und das Mädchen trieb es mit ihrem Bruder auf dem Boden eines Boots.«

»Ich fürchte, bei uns hier sind nie so interessante Dinge vorgefallen«, bemerkt Stella über die Schlafzimmerwand hinweg. »Ich kann nicht behaupten, dass ich mit Bergman-Filmen je viel anfangen konnte. Ich hab sie eigentlich immer irgendwie trostlos und neurotisch gefunden.«

»Unterhaltungen sind hier in der Regel sehr weitreichend«, sagt David zu Catherine. »Ist dir aufgefallen, dass keine der Zwischenwände bis zur Decke durchgezogen ist? Bis auf die im Badezimmer, zum Glück. Das sorgt für ein intensives Familienleben.«

»Jedes Mal, wenn David und ich uns etwas Vertrauliches sagen wollten, mussten wir die Köpfe unter die Bettdecke stecken«, erklärt Stella. Sie kommt aus dem Schlafzimmer in türkisen Stretchhosen und einem ärmellosen Oberteil. Auf dem Oberteil sind türkise Blumen und Farnwedel auf weißem Grund. Sie scheint zumindest einen Büstenhalter angezogen zu haben. Ein pastellfarbener Träger schaut heraus, der ihr auf der Schulter ins Fleisch einschneidet.

»Erinnerst du dich, wie wir einmal nachts im Bett lagen«, fährt Stella fort, »und uns über die Anschaffung eines neuen Autos unterhielten; wir fragten uns, wie viele Meilen pro Liter man wohl mit dem und dem Wagen fahren kann, die Marke ist mir entfallen. Daddy war immer schon ein Autonarr, er wusste alles, und auf einmal hörten wir ihn sagen: ›Sieben Meilen pro Liter‹ oder was immer, so deutlich, als wäre er direkt neben unserem Bett. Das war er natürlich nicht – er lag in seinem eigenen Zimmer im Bett. David reagierte ganz cool; er sagte bloß: ›O danke, Sir‹, als hätten wir Daddy von Anfang an mit einbezogen!«

Als David aus dem Spirituosengeschäft im Zentrum kommt, hat Stella das Autofenster heruntergekurbelt und unterhält sich mit einem Paar, das sie als Ron und Mary vorstellt. Die beiden sind schätzungsweise Mitte sechzig, aber tief gebräunt und sehr gepflegt. Sie tragen Hosen im gleichen Schottenmuster, weiße Sweatshirts und karierte Mützen.

»Freut mich, Sie kennen zu lernen«, sagt Ron. »Sie sind also da, um zu sehen, wie die Leute mit Köpfchen leben!« Er hat die Art von fidelem Ton an sich, die Boxfinten mimt, spielerische Schläge austeilt. »Wann setzen Sie sich zur Ruhe und kommen uns hier Gesellschaft leisten?«

David fragt sich, was Stella ihnen über ihre Trennung erzählt hat.

»Ich bin noch nicht so weit für den Ruhestand.«

»Setzen Sie sich früh zur Ruhe! Das haben viele von uns hier getan! Wir haben dem ewigen Einerlei den Rücken gekehrt. Schuften und ackern und Geld verdienen und Geld ausgeben.«

»Das ist nicht meine Branche«, sagt David. »Ich bin bloß Beamter im öffentlichen Dienst. Wir leben vom Geld des Steuerzahlers und suchen Arbeit nach Kräften zu vermeiden.«

»Das ist nicht wahr«, widerspricht Stella scheltend – wie die Ehefrau. »Er arbeitet im Unterrichtsministerium, und er arbeitet hart. Er will es bloß nie zugeben.«

»Ein öffentlicher Staatswiener!«, sagt Mary mit einem Juchzer des Vergnügens. »Ich habe früher in Ottawa gearbeitet – das ist schon Jahrmillionen her –, und wir haben uns immer öffentliche Staatswiener genannt! Diener, die öffentlich wienern. Im Wienerdienst.«

Mary ist keineswegs dick, aber mit ihrem Kinn ist etwas passiert, das normalerweise nur mit dem Kinn von dicken

Frauen passiert. Es ist in eine Reihe von Terrassen zerfallen, die übergangslos in den Hals münden.

»Spaß beiseite«, sagt Ron. »Das ist ein herrliches Leben hier. Sie würden nicht glauben, wie viel uns zu tun einfällt. Der Tag ist nie lang genug.«

»Sie haben viele Interessen?«, fragt David. Er redet jetzt ganz ernsthaft, ist respektvoll und aufmerksam.

Stella wird durch diesen Tonfall gewarnt, und sie versucht, Mary auf ein anderes Thema zu bringen. »Was hast du mit dem Stoff vor, den du aus Marokko mitgebracht hast?«

»Ich kann mich nicht entscheiden. Er würde ein himmlisches Kleid abgeben, aber das ist wohl kaum mein Stil. Womöglich mache ich am Ende doch nur eine Bettdecke daraus.«

»Es gibt so viele Beschäftigungen, dass man nie fertig wird«, sagt Ron. »Zum Beispiel Skifahren. Langlaufen. Allein im Februar waren wir neunzehn Tage draußen. Herrliches Wetter dieses Jahr. Wir brauchen nirgendwo hinzufahren. Wir laufen einfach hinter dem Haus los –«

»Ich versuche auch, meinen Interessen nachzugehen«, sagt David. »Ich glaube, es hält einen jung.«

»Das tut es ganz ohne Zweifel!«

David hat eine Hand in der inneren Jackentasche. Er holt einen Gegenstand heraus, den er in der hohlen Hand behält, und zeigt ihn Ron mit einem entschuldigenden Lächeln.

»Eines meiner Interessen«, sagt er.

»Willst du sehen, was ich Ron gezeigt hab?«, fragt David später. Sie fahren die Steilküste entlang ins Pflegeheim.

»Nein danke.«

»Ich hoffe, Ron hat's gefallen«, sagt David liebenswürdig. Er fängt an zu singen. Er und Stella haben sich beim

Madrigalsingen an der Universität kennen gelernt. Jedenfalls erzählt Stella das den Leuten. Sie haben auch anderes gesungen, nicht nur Madrigale. »David war ein zaundürres, unschuldiges Bürschchen mit einem herrlichen reinen Tenor, und ich war ein stämmiges kleines Scheusal mit einer kräftigen tiefen Altstimme«, erzählt Stella gern. »Er konnte gar nichts dagegen tun. Schicksal.«

»Wohin des Wegs, mein schönes Fräulein?«, singt David, der noch immer eine gute Tenorstimme hat:

»Wohin des Wegs, mein schönes Fräulein?
Wohin des Wegs, mein schönes Fräulein?
Bleib doch und lass den Liebsten ein,
Bleib doch und lass den Liebsten ein,
Der für dich singt in Dur und Moll.«

Unten am Seeufer ragen zu beiden Seiten von Stellas Grundstück lang gestreckte niedrige Wälle aus Felsbrocken ins Wasser, die in Drahtkörben übereinander geschichtet sind. Sie sollen das Ufer vor Erosion schützen. Auf einem dieser Wälle sitzt Catherine und schaut aufs Wasser hinaus, während die Brise vom See in ihrem zarten Kleid und ihren langen Haaren spielt. Sie könnte für ein Foto Modell stehen. Sie könnte für irgendetwas werben, denkt Stella – entweder für etwas sehr Intimes und potenziell Anstößiges, oder für etwas wirklich Achtbares und Eindrucksvolles, eine Lebensversicherung zum Beispiel.

»Was ich dich fragen wollte«, sagt Stella. »Ist irgendwas mit ihren Augen?«

»Mit ihren Augen?«

»Sieht sie nicht richtig? Aus der Nähe kommt mir ihr Blick so verschwommen vor. Ich weiß nicht, wie ich es beschreiben soll.«

Stella und David stehen am Wohnzimmerfenster. Sie sind aus dem Pflegeheim zurück und haben beide einen frischen Drink zur Stärkung in der Hand. Auf der Rückfahrt wurde kaum ein Wort zwischen ihnen gewechselt, aber es war kein feindseliges Schweigen. Sie sind nachdenklich und einigermaßen gesellig gestimmt.

»Mit ihren Augen ist alles in Ordnung, soweit ich weiß.«

Stella geht in die Küche, holt die Schmorpfanne heraus, reibt den Schweinebraten mit Knoblauchzehen und frischen Salbeiblättern ein.

»Weißt du, es gibt da einen bestimmten Geruch, den Frauen annehmen«, sagt David, der in der Tür zum Wohnzimmer steht. »Wenn sie wissen, dass man sie nicht mehr will. Schal.«

Stella dreht klatschend das Stück Fleisch um.

»An den Buhnen muss das Drahtgeflecht von Grund auf erneuert werden«, sagt sie. »An manchen Stellen ist der Draht praktisch fadendünn durchgescheuert. Das müsstest du sehen. Die Kraft des Wassers. Es kriegt selbst festen Draht klein. Ich werde diesen Herbst eine Arbeitsparty veranstalten müssen. Einfach große Mengen kochen und ein paar Leute einladen und darauf achten, dass genug Kräftige darunter sind. Das machen wir hier allgemein so.«

Sie schiebt den Braten in die Röhre und wäscht sich die Hände.

»Catherine ist doch die, von der du mir letzten Sommer erzählt hast, oder? Sie war es doch, von der du sagtest, sie hätte einen Hang zum Visionären.«

David stöhnt entgeistert: »Sie hätte *was*, habe ich gesagt?«

»Einen Hang zum Visionären.« Stella knallt mit Schranktüren, holt Äpfel, Kartoffeln, Zwiebeln raus.

»Also gut, raus mit der Sprache«, fordert David, der in die Küche gekommen ist und nun dicht neben ihr steht. »Sag mir, was ich dir erzählt hab.«

»Das ist alles, wirklich. Ich kann mich an nichts weiter erinnern.«

»Stella. Sag mir alles, was ich dir über sie erzählt hab.«

»Wirklich. Ich erinnere mich nicht.«

Natürlich erinnert sie sich. Sie erinnert sich genau an den Tonfall, in dem er »Hang zum Visionären« sagte. An den Stolz und die Ironie, die in seiner Stimme schwangen. Wenn er sich in Liebesqualen befindet, kann man sicher sein, dass er mit zärtlicher Geringschätzung von der Frau spricht – mit Verwunderung sogar. Er pflegt dann zu sagen, das Ganze sei total verrückt, er könne es nicht verstehen, er sehe ganz klar, dass diese Person überhaupt nicht sein Typ sei. Und doch, und doch, und doch. Und doch sei es stärker als er, unwiderstehlich. Er erzählte Stella, dass Catherine an Horoskope glaube, Vegetarierin sei und absonderliche Bilder male, auf denen winzige Figuren von Plastikblasen umhüllt seien.

»Der Braten«, sagt Stella plötzlich erschrocken. »Ob sie Fleisch isst?«

»Was?«

»Ob Catherine überhaupt Fleisch isst?«

»Gut möglich, dass sie überhaupt nichts isst. Sie ist vielleicht zu high.«

»Ich mache einen Apfel-Zwiebel-Auflauf dazu. Der ist ganz schön sättigend. Vielleicht isst sie davon.«

Letzten Sommer sagte er: »Sie ist wirklich eine letzte Überlebende der Hippie-Generation. Sie weiß nicht einmal, dass diese Zeiten vorbei sind. Ich glaube nicht, dass sie je eine Zeitung gelesen hat. Sie hat nicht die leiseste Ahnung, was in der Welt vorgeht. Sofern sie nicht bei einem Wahrsager davon gehört hat. Das ist ihr Bild der Wirklichkeit. Ich glaube nicht, dass sie eine Landkarte lesen kann. Sie handelt allein nach dem Instinkt. Weißt du, was sie getan hat? Sie ist nach Irland gefahren, um das Book of Kells zu sehen. Sie ist also einfach in Shannon Airport aus dem Flugzeug gestiegen und hat jemanden nach dem Weg zum Book of Kells gefragt. Und stell dir vor – sie hat es gefunden!«

Stella fragte, wie dieses visionäre Wesen sich das Geld für Irlandreisen verdiene.

»Oh, sie hat einen Beruf«, sagte David. »So eine Art Beruf. Sie gibt Kunstunterricht, halbtags. Gott allein weiß, was sie ihnen beibringt. Nach ihrem Horoskop zu malen, schätze ich.«

Jetzt sagt er: »Es gibt eine andere. Ich habe es Catherine noch nicht gesagt. Glaubst du, sie ahnt es? Ich glaube, ja. Ich glaube, sie ahnt es.«

Er lehnt sich gegen die Anrichte und schaut Stella beim Äpfelschälen zu. Mit einer raschen Handbewegung greift er in seine Innentasche, und ehe Stella den Kopf abwenden kann, hält er ihr einen Schnappschuss aus einer Sofortbildkamera vor die Augen.

»Das ist mein neues Mädchen«, erklärt er.

»Sieht aus wie Flechten«, sagt Stella, und ihr Schälmesser hält inne. »Es ist bloß ziemlich dunkel. Für mich sieht das aus wie Moos auf einem Stein.«

»Tu nicht so blöd, Stella. Zieh keine Schau ab. Du kannst sie sehen. Siehst du ihre Beine?«

Stella legt das Schälmesser hin und kneift gehorsam die Augen zusammen. Da ist eine abgeflachte Brust am fernen Bildhorizont. Und die Beine, die in den Vordergrund ragen. Die Beine sind weit gespreizt – glatt, goldbraun, monumental: gestürzte Säulen. Zwischen ihnen ist dieser dunkle

Fleck, den sie als Moos oder Flechten bezeichnete. Aber in Wirklichkeit ist er eher wie der dunkle Pelz von einem Tier, dem Kopf, Schwanz und Pfoten abgehackt wurden. Der dunkle seidige Pelz von irgendeinem beklagenswerten Nagetier.

»Ja, jetzt kann ich es sehen«, sagt sie in vernünftigem Ton.

»Sie heißt Dina. Dina ohne ›h‹. Sie ist zweiundzwanzig.«

Stella wird ihn nicht bitten, das Bild wieder einzustecken, oder auch nur, es vor ihrem Gesicht wegzunehmen.

»Sie ist ein schlimmes Mädchen«, sagt David. »Oh, ein ganz schlimmes Mädchen! Sie ist bei den Nonnen zur Schule gegangen. Diese Klosterschülerinnen sind die Allerschlimmsten, wenn die einmal beschließen, über die Stränge zu schlagen! Sie war Studentin an der Kunstschule, an der Catherine unterrichtet. Sie hat's aufgesteckt. Jetzt bedient sie in einer Cocktailbar.«

»So schrecklich verrufen klingt das gar nicht für meine Ohren. Deirdre hat auch eine Zeit lang in einer Cocktailbar bedient, als sie auf dem College war.«

»Dina ist nicht wie Deirdre.«

Endlich verschwindet die Hand mit dem Bild vor ihrem Gesicht, und Stella nimmt ihr Messer wieder auf und fährt fort, Äpfel zu schälen. Aber David steckt das Bild nicht ein. Er will es tun, überlegt es sich aber anders.

»Die kleine Hexe«, sagt er. »Sie macht mir die Hölle heiß.«

Wenn er von diesem Mädchen redet, kommt Stella seine Stimme sonderbar künstlich vor. Aber wie will sie schon beurteilen, was bei David künstlich ist und was nicht? Diese besondere Stimme, mit der er redet, ist ziemlich hoch, monoton, insistierend, mit einer bewussten grausamen Süße. Zu wem will er grausam sein – zu Stella, Catherine, dem Mädchen, zu sich selbst? Stella stößt einen Seufzer aus, lauter und ungehaltener als beabsichtigt, und legt einen Apfel halb geschält zur Seite. Sie geht ins Wohnzimmer und schaut aus dem Fenster.

Catherine klettert von der Buhne. Sie versucht es zumindest. Ihr Kleid hat sich im Draht verhakt.

»Der hübsche Fummel bringt sie heute ganz schön ins Schwitzen«, sagt Stella, selbst überrascht über ihre Worte und mit einer gewissen Gehässigkeit.

»Stella. Ich wünschte, du würdest dieses Bild für mich aufbewahren.«

»Ich es aufbewahren?«

»Ich habe Angst, ich zeige es noch Catherine. Es drängt mich die ganze Zeit dazu. Ich fürchte, ich tu's.«

Catherine hat sich jetzt losgemacht und sie am Fenster entdeckt. Sie winkt, und Stella winkt zurück.

»Du hast sicher noch mehr«, sagte Stella. »Bilder.«

»Nicht bei mir. Ich will sie ja eigentlich nicht verletzen.«

»Dann tu es nicht.«

»Sie bringt mich dazu, dass ich sie verletzen will. Sie hängt an mir wie eine Klette mit ihrer Leidensmiene. Sie nimmt Tabletten. Stimmungsaufheller. Sie trinkt. Manchmal denke ich, es wäre das Beste, ihr endgültig den Laufpass zu geben. Den Gnadenstoß. Dein Gnadenstoß, Catherine. Hier, bitte. Fort mit Schaden. Aber ich mach mir Sorgen, was sie dann anstellt.«

»Stimmungsaufheller«, sagt Stella. »Aus schwarz mach weiß.«

»Nein, im Ernst, Stella. Diese Pillen sind tödlich.«

»Das ist deine Sache.«

»Sehr witzig.«

»Es war gar nicht so gemeint. Aber wenn mir mal so

was rausrutscht, dann tu ich so, als wär's beabsichtigt. Ich lass kein Kompliment verkommen!«

Zur Essenszeit ist diesen drei Menschen wohler, als irgendeiner von ihnen erwartet hätte. David ist wohler, weil ihm eingefallen ist, dass gegenüber der Spirituosenhandlung eine Telefonzelle steht. Stella fühlt sich immer wohler, wenn sie ein Essen gekocht hat und es so gut gelungen ist. Catherines erhöhtes Wohlbefinden ist chemisch bedingt.

Die Unterhaltung fließt mühelos. Stella gibt Geschichten zum Besten, auf die sie bei den Recherchen für ihren Artikel gestoßen ist, Geschichten über Schiffskatastrophen auf den Great Lakes. Catherine weiß einiges über Wracks. Sie hat einen Freund – einen früheren Freund –, der Taucher ist. David ist so galant zu behaupten, er sei eifersüchtig auf diesen Kerl, habe keine Lust, sich dessen Tiefseeheldentaten anzuhören. Vielleicht stimmt es auch.

Nach dem Essen sagt David, er habe einen Spaziergang nötig. Catherine hat nichts dagegen. »Geh nur«, sagt sie fröhlich. »Wir brauchen dich nicht. Stella und ich kommen sehr gut ohne dich aus!«

Stella fragt sich, wo diese neue Stimme bei Catherine herkommt, diese vorlaute und ziemlich alberne, kokette Stimme. Vom Alkohol kann sie nicht kommen. Was immer Catherine eingenommen hat, es hat sie angeregt, nicht stumpfer gemacht. Mehrere Schichten von verkappter Entschuldigung, vorsichtiger Schmeichelei, Überängstlichkeit oder Optimismus sind in diesem kräftigen chemischen Aufwind einfach verflogen.

Aber als Catherine aufsteht und versucht, den Tisch abzuräumen, wird deutlich, dass die Anregung nicht physischer Natur ist. Catherine rempelt gegen eine Ecke der Anrichte. Sie erinnert Stella an eine Amputierte. Nicht viel abgeschnitten, nur die Fingerspitzen und vielleicht die Zehen. Stella muss sie im Auge behalten und ihr die Teller abnehmen, ehe sie ihr entgleiten.

»Ist Ihnen sein Haar aufgefallen?«, fragt Catherine. Ihre Stimme geht rauf und runter wie ein Riesenrad; taucht plötzlich weg und funkelnd wieder hoch. »Er färbt es!«

»David?«, fragt Stella, aufrichtig überrascht.

»Jedes Mal, wenn es ihm eingefallen ist, hat er den Kopf zurückgeneigt, damit Sie nicht so genau hinsehen konnten. Ich glaube, er hatte Angst, Sie könnten eine Bemerkung machen. Er hat ein bisschen Angst vor Ihnen. Eigentlich wirkt es sehr natürlich.«

»Ich habe es wirklich nicht gemerkt.«

»Er hat vor ein paar Monaten damit angefangen. Ich hab ihm gesagt: ›Was spielt das für eine Rolle, David – deine Haare wurden schon grau, als ich mich in dich verliebt habe, glaubst du denn, dass es mich jetzt stört?‹ Die Liebe ist seltsam, sie bewirkt seltsame Dinge. Im Grunde ist David ein sensibler Mensch – ein verletzlicher Mensch.« Stella rettet ein Weinglas, das lose zwischen Catherines Fingern hängt. »Sie kann einen Menschen gemein machen. Liebe kann einen gemein werden lassen. Wenn man sich von jemandem abhängig fühlt, dann kann man gemein zu ihm sein. Das begreife ich an David.«

Sie trinken Met zum Essen. Es ist das erste Mal, dass Stella diesen selbst gemachten Met probiert hat, und jetzt denkt sie, wie gut er war, trocken und perlend. Er sah aus wie Champagner. Sie sieht nach, ob noch ein Rest in der Flasche ist. Noch ein halbes Glas etwa. Sie schenkt es sich ein, stellt ihr Glas hinter dem Mixer ab, spült die Flasche aus.

»Sie haben ein schönes Leben hier«, sagt Catherine.

»Ich habe ein schönes Leben. Ja.«

»Ich spüre eine Veränderung in meinem Leben kommen. Ich liebe David, aber ich bin in dieser Liebe nun schon so lange untergetaucht. Zu lange. Verstehen Sie, was ich meine? Ich habe unten am See in die Wellen geschaut und angefangen, vor mich hin zu sagen: ›Er liebt mich, er liebt mich nicht.‹ Das tue ich oft. Dann ist mir eingefallen: Bei den Wellen gibt es gar kein Ende wie bei einem Gänseblümchen. Oder auch wie bei meinen Schritten, wenn ich anfange, sie bis zum Ende des Häuserblocks zu zählen. Die Wellen nehmen nie, nie ein Ende. Da habe ich gewusst, das ist eine Botschaft an mich.«

»Lassen Sie die Töpfe einfach stehen, Catherine. Die nehme ich mir später vor.«

Warum sagt Stella nicht: »Setzen Sie sich doch, ich komme besser allein zurecht«? Sie hat es oft genug zu Helfern gesagt, die sich weniger ungeschickt anstellten als Catherine. Sie sagt es nicht, weil sie vor etwas auf der Hut ist. Catherines Zustand scheint ihr so mürbe und empfindlich. Sie jetzt vor den Kopf zu stoßen, könnte Folgen haben.

»Er liebt mich, er liebt mich nicht«, sagt Catherine. »So geht das. Es geht ewig weiter. Das wollten die Wellen mir mitteilen.«

»Bloß so aus Neugierde – glauben Sie an Horoskope?«, fragt Stella.

»Ob ich mir meines hab stellen lassen, meinen Sie das? Nein. Bekannte von mir haben es getan. Ich hab es erwogen. Wahrscheinlich glaube ich nicht genug daran, um Geld dafür auszugeben. Ich schau sie mir manchmal in den Zeitungen an.«

»Dann lesen Sie Zeitungen?«

»Teilweise. Ich habe eine abonniert. Ich lese nicht alles.«

»Und Sie essen Fleisch? Vorhin haben Sie Schweinefleisch gegessen.«

Catherine scheint nichts dagegen zu haben, dass sie verhört wird, oder auch nur zu bemerken, dass dies ein Verhör ist.

»Wissen Sie, ich kann mich von Salat ernähren, vor allem um diese Jahreszeit. Aber hin und wieder esse ich schon Fleisch. Ich bin so etwas wie eine sehr lasche Vegetarierin. Er war fantastisch, der Braten. Haben Sie Knoblauch drangetan?«

»Knoblauch, Salbei und Rosmarin.«

»Es war köstlich.«

»Freut mich.«

Catherine setzt sich plötzlich hin und spreizt auf eine jungenhafte Art die langen Beine, wobei sie ihr Kleid zwischen ihnen durchhängen lässt. Herkules, der während des ganzen Essens auf dem vierten Stuhl auf der anderen Seite des Tischs geschlafen hat, macht einen entschlossenen Satz und landet auf der Stelle, wo ihr Schoß sein sollte.

Catherine lacht. »Verrückter Kater.«

»Scheuchen Sie ihn nur runter, wenn er Ihnen lästig ist.«

Da nun keine Notwendigkeit mehr besteht, Catherine im Auge zu behalten, macht Stella sich daran, die Teller abzukratzen und zu stapeln, Gläser auszuspülen, den Tisch vollends abzuräumen, das Tischtuch auszuschütteln, die Oberflächen in der Küche abzuwischen. Sie fühlt sich angenehm gesättigt und voller Energie. Sie trinkt einen Schluck Met. Einzelne Zeilen eines Lieds gehen ihr durch den Kopf, und erst als ein paar Worte vom Text an die Oberfläche gedrungen sind, wird ihr bewusst, dass es dasselbe Lied ist, das David vorher gesungen hat. »Und keiner weiß, was uns die Zukunft bringt!«

Catherine stößt ein leises Schnarchen aus und schrickt hoch. Statt es mit der Angst zu bekommen, sucht Herkules sich nur noch bleibender auf ihr niederzulassen, wobei er sich mit seinen Klauen in ihrem Kleid verfängt.

»War ich das?«, fragt Catherine.

»Sie brauchen einen Kaffee«, sagt Stella. »Warten Sie einen Moment. Sie sollten wahrscheinlich jetzt nicht einschlafen.«

»Aber ich bin müde«, sagt Catherine störrisch.

»Ich weiß. Aber Sie sollten jetzt nicht einschlafen. Warten Sie einen Moment, dann trichtern wir Ihnen einen Kaffee ein.«

Stella holt ein Gästehandtuch aus der Schublade, taucht es in kaltes Wasser und drückt es Catherine ans Gesicht.

»So, halten Sie mal fest, dann setze ich den Kaffee auf. Wir wollen doch nicht, dass Sie uns hier umkippen, oder? David würde ein schönes Theater machen. Er würde sagen, es war mein Met oder mein Essen oder meine Gesellschaft, oder weiß der Teufel. Einen Moment, Catherine.«

In der Telefonzelle fängt David an, Dinas Nummer zu wählen. Dann fällt ihm ein, dass es ein Ferngespräch ist. Er muss die Vermittlung anrufen. Er wählt die Nummer der Vermittlung, erkundigt sich, wie viel das Gespräch kosten wird, leert alles Kleingeld aus seinen Taschen. Er klaubt einen Dollar und fünfunddreißig Cent in Fünfundzwanzig- und Zehn-Cent-Stücken heraus, legt sie in Stapeln auf dem Bord bereit. Dann fängt er wieder an zu wählen. Seine Finger sind zittrig, seine Handflächen feucht. In seinen Beinen, seinem Bauch, seiner Brust macht sich wachsender Aufruhr breit. Das erste Läuten des Telefons in Dinas engem Apartment ruft ein Prickeln in seinen Eingeweiden hervor. Das ist Tollheit. Er fängt an, die Fünfundzwanzig-Cent-Stücke einzuwerfen.

»Ich sage Ihnen Bescheid, wenn das Geld einzuwerfen

ist«, sagt die Dame von der Vermittlung. »Hören Sie? Ich sage Ihnen Bescheid, wenn es einzuwerfen ist.« Seine Fünfundzwanzig-Cent-Stücke klappern in das Geldfach, und er hat Mühe, sie herauszufischen. Wieder klingelt das Telefon auf Dinas Frisierkommode, in diesem Durcheinander von Schminkzeug, Strumpfhosen, Perlen und Ketten, langen Federohrringen, einer albernen Zigarettenspitze, einer Sammlung Spielsachen zum Aufziehen. Er sieht sie vor sich: den grünen Frosch, die gelbe Ente, den braunen Bären – alle gleich groß. Frösche und Bären sind einander ebenbürtig. Außerdem ein paar außerirdische Monster, den Figuren eines Films nachgebildet. Wenn man sie aufzieht, rucken diese Spielzeugwesen rasselnd und funkenspeiend über Dinas Fußboden oder Tisch. Es macht ihr Spaß, Wettrennen zu veranstalten oder ein paar von ihnen kollidieren zu lassen. Dann quiekt sie und kreischt sogar vor Aufregung, während sie ihren unberechenbaren Kurs steuern.

»Es meldet sich niemand, Sir.«

»Lassen Sie's noch ein paar Mal läuten.«

Dinas Badezimmer liegt auf der anderen Seite des Flurs. Sie teilt es mit einer anderen jungen Frau. Falls sie im Badezimmer ist oder gar in der Badewanne, wie lange mag sie dann brauchen, um zu entscheiden, ob sie überhaupt abheben will? Er beschließt, noch zehn Klingelzeichen abzuwarten, beginnend mit dem nächsten Ton.

»Es meldet sich noch immer niemand, Sir.«

Noch zehn.

»Möchten Sie es später noch mal versuchen, Sir?«

Er hängt ein, da ihm etwas eingefallen ist. Gleich darauf wählt er energisch die Nummer der Telefonauskunft.

»Für welchen Ort, Sir?«

»Toronto.«

»Bitte, Sir.«

Er fragt nach der Telefonnummer von Michael Read. Nein, er kann keine Straße angeben. Alles, was er weiß, ist der Name – der Name ihrer letzten und vielleicht noch nicht ganz abgeschlossenen Beziehung.

»Es ist kein Michael Read eingetragen.«

»Gut. Dann versuchen Sie es mit Reade, R-E-A-D-E.«

Es gibt tatsächlich einen M. Reade, in der Davenport Road. Keinen Michael, aber zumindest einen M. Dann sehen Sie bitte noch einmal nach. Gibt es einen M. Read? Read? Ja. Ja, es gibt einen M. Read, in der Simcoe Street. Und einen zweiten M. Read, R-E-A-D, in der Harbord Street. Warum hat sie das nicht gleich gesagt?

Einer bloßen Eingebung folgend, entscheidet er sich für Harbord. Das ist nicht allzu weit von Dinas Apartment. Die Dame von der Auskunft gibt ihm die Nummer. Er versucht, die Zahlen auswendig im Kopf zu behalten. Er hat nichts zum Schreiben da. Es erscheint ihm wichtig, dass er die Dame von der Auskunft nicht mehr als ein Mal bittet, die Nummer zu wiederholen. Er darf nicht verraten, dass er hier ohne Papier und Bleistift in einer Telefonzelle steht. Er hat den Eindruck, das Panische, Verstohlene an seiner Suche wäre offenkundig, und man könnte ihn jeden Augenblick aus der Leitung werfen oder ihm das Einholen weiterer Informationen über M. Read oder M. Reade, in der Harbord oder Simcoe oder Davenport Street oder wo auch immer, verbieten.

Jetzt muss er noch einmal ganz von vorn anfangen. Die Vorwahlnummer für Toronto. Nein, die Vermittlung. Die auswendig gelernte Nummer. Schnell, bevor er die Nerven verliert oder die Nummer aus dem Gedächtnis. Und wenn sie sich meldet, was will er dann sagen? Aber wahrscheinlich ist es nicht, dass sie sich meldet, auch wenn sie dort ist. M. Read wird sich melden. Dann muss David Dina verlangen. Aber vielleicht nicht mit seiner eigenen Stimme. Vielleicht nicht einmal mit einer Männerstimme. Früher konnte er verschiedene Stimmen am Telefon nachmachen. Sogar Stella konnte er einmal täuschen.

Vielleicht könnte er eine Frauenstimme imitieren, quäkend. Oder eine Kinderstimme, eine Kleine-Schwester-Stimme. *Ist Dina da?*

»Wie bitte, Sir?«

»Nichts. Entschuldigen Sie.«

»Es läutet jetzt beim Teilnehmer. Ich sage Bescheid, wenn das Geld einzuwerfen ist.«

Wenn nun M. Read eine Frau ist? Gar kein Michael Read. Mary Read. Eine alte Rentnerin. Eine Karrierefrau. Warum rufen Sie mich an? Sexuelle Belästigung. Dann eben noch einmal die Auskunft. M. Read in der Simcoe Street versuchen. M. Reade in der Davenport Street versuchen. Versuchen Sie es weiter.

»Tut mir Leid. Es meldet sich niemand.«

Das Telefon klingelt wieder und wieder in Mr Reads Apartment oder Haus oder Zimmer. David lehnt sich gegen das Metallbord, auf dem sein Kleingeld bereitliegt. Auf dem Parkplatz der Spirituosenhandlung steht inzwischen ein Wagen. Das Paar im Wagen beobachtet ihn. Wartet offensichtlich darauf, dass das Telefon frei wird. Bei seinem Glück kommen wohl demnächst Ron und Mary vorgefahren.

Dina wohnt über einem indischen Importgeschäft. Ihre Kleider und ihre Haare riechen immer nach Currypulver, Muskat und Weihrauch, vermischt mit dem, was David als ihren natürlichen Geruch empfindet, mit dem Geruch nach Zigaretten und Rauschgift und Sex. Ihr Haar ist pechschwarz gefärbt. Auf ihren Wangen leuchtet ein Schmiss greller Farbe, und ihre Augenlider sind manchmal ziegelrot.

Einmal bewarb sie sich für eine Rolle in einem Film, der von irgendwelchen entfernten Bekannten gedreht wurde. Wegen gewisser Hemmungen, eine zahme Ratte zwischen die Beine zu nehmen, bekam sie die Rolle nicht. Diesen Misserfolg empfand sie als demütigend.

Jetzt ist David in Schweiß geraten, während er versucht, sie nicht in flagranti, sondern überhaupt nur zu erwischen, ihre schroffe junge Stimme zu hören, mit ihrem unwillkürlichen Beben und den aufdringlichen Obszönitäten. Auch wenn der Klang dieser Stimme im gegenwärtigen Augenblick bedeutet, dass sie ihn betrogen hat. Natürlich hat sie ihn betrogen. Sie betrügt ihn am laufenden Band. Wenn sie nur abnehmen würde (er hat fast schon vergessen, dass eigentlich M. Read abnehmen müsste), dann könnte er sie anbrüllen, sie beschimpfen und, wenn es ihm mies genug zu Mute wäre – und ihm *wäre* mies genug zu Mute –, könnte er sie anflehen. Er wäre froh über die Gelegenheit. Jede Gelegenheit. Beim Essen vorhin, während seiner lebhaften Unterhaltung mit Stella und Catherine, hat er immer wieder den Namen Dina mit dem Finger auf die Unterseite des Holztischs geschrieben.

Die Menschen haben keine Geduld mit solchen Leiden, und warum sollten sie auch? Der Leidende muss auf Mitgefühl verzichten, seine Würde aufgeben, mit den vernichtenden Folgen fertig werden. Und dann erklären einem die Leute obendrein noch lang und breit, dass das keine echte Liebe sei. Diese Anfälle von Verlangen und Abhängigkeit und Vergötterung und Perversion, selbst auferlegte, aber schreckliche Verwandlungen – das sei keine echte Liebe.

Stella hatte ihm immer erklärt, er sei nicht an Liebe interessiert. »Oder auch nur an Sex. Ich glaube, du hast nicht einmal Interesse an Sex, David. Ich glaube, du interessierst dich ausschließlich dafür, ein ungezogener großer Junge zu sein.«

Echte Liebe – das hieße, weiter mit Stella zusammenzuleben oder sich Catherine aufzuhalsen. Ein Mensch, der vermutlich alles über die Echte Liebe wusste, könnte Ron sein, von Ron-und-Mary.

David weiß, was er tut. Das ist das Interessante daran, denkt er, und hat er auch schon geäußert. Er weiß, dass Dina in Wirklichkeit nicht so ungezügelt oder so lüstern oder so kaputt ist, wie er sie darstellt, oder wie sie manchmal vorgibt. In zehn Jahren wird sie nicht von ihrem ausgeflippten Leben zu Grunde gerichtet sein, sie wird keine glamouröse Hure sein. Sie wird eine Frau im Waschsalon mit kleinen Kindern im Schlepptau sein. Das köstliche, altertümliche Wort »Freudenmädchen«, mit dem er sie beschreibt, trifft eigentlich nicht auf sie zu – es hat ebenso wenig mit ihr zu tun, wie »Hippie« mit Catherine zu tun hatte, an die zu denken ihm augenblicklich unerträglich ist. Er weiß, falls Dina sich unter ihre Maske sehen lässt, wie Catherine es getan hat, muss er früher oder später weiterziehen. Das wird er ohnehin tun müssen – weiterziehen.

All das weiß er, und er beobachtet sich selbst, aber sein Wissen und seine Selbstbeobachtung haben keinerlei Effekt auf seine rebellierenden Gedärme, seine eifrigen Schweißdrüsen, seine wilden Stoßgebete.

»Hören Sie? Möchten Sie es weiter versuchen?«

Das Pflegeheim, in dem sie vor einigen Stunden zu Besuch waren, heißt das Balsam-Heim. Es ist nach den Balsambäumen benannt, eine Pappelart, die in großer Zahl am See wächst. Die große Steinvilla, erbaut von einem Millionär des neunzehnten Jahrhunderts, ist heute von Rampen und Feuerleitern verunziert.

Aus den Rollstuhlnestern auf dem Rasen vor dem Heim erschollen Rufe nach Stella. Da rief sie ihrerseits verschiedene Namen, machte Abstecher, um Hände zu drücken und Küsschen auszuteilen. Schwirrte hierhin und dorthin wie ein dicker Kolibri.

Als sie wieder zu David stieß, trällerte sie:

»Ich bin dein Sonnenstrahl, bauchig und klein:
Heb mich hoch und gieß aus mir ein!«

Dann sagte sie atemlos: »Eigentlich heißt es Teekessel. Du wirst Daddy wahrscheinlich nicht sehr verändert finden. Bis auf die Tatsache, dass er jetzt völlig blind ist.«

Sie führte ihn durch die grün gestrichenen Korridore mit ihren eingezogenen niederen Decken (zur Einsparung von Heizkosten), ihren Dutzendgemälden, ihren Desinfektions- und anderen Gerüchen. Auf einer Veranda an der Rückseite des Hauses saß, ganz allein, ihr Vater, in Decken gewickelt und in seinem Rollstuhl festgeschnallt, damit er nicht herausfallen konnte.

Ihr Vater sagte: »David?«

Der Ton schien aus einer feuchten Höhle tief in seinem Innern zu kommen, ohne von Lippen, Kiefern oder Zunge geformt zu werden. Man sah ihnen keine Bewegung an. Er bewegte auch nicht den Kopf.

Stella trat hinter den Stuhl und legte die Arme um seinen Hals. Sie berührte ihn ganz leicht.

»Ja, es ist David, Daddy«, sagte sie. »Du kennst seinen Schritt!«

Ihr Vater gab keine Antwort. David beugte sich vor, um den alten Mann an den Händen zu berühren, die nicht kalt waren, wie er erwartet hatte, sondern warm und sehr trocken. Er legte die Whiskeyflasche hinein.

»Vorsicht. Er kann sie nicht halten«, sagte Stella leise. David behielt die eigenen Hände an der Flasche, während Stella einen Stuhl heranschob, damit er sich ihrem Vater gegenübersetzen konnte.

»Das gleiche Geschenk wie immer«, sagte David.

Sein Schwiegervater gab einen anerkennenden Laut von sich.

»Ich geh und hol ein paar Gläser«, sagte Stella. »Es ist gegen die Vorschriften, draußen zu trinken, aber normalerweise kann ich sie dazu bringen, die Vorschriften etwas großzügiger auszulegen. Ich sag ihnen, dass wir etwas feiern.«

Um sich an den Anblick seines Schwiegervaters zu gewöhnen, versuchte David sich vorzustellen, er habe es mit einer Entwicklung aus der Spätzeit des Menschen, einer neuen Spielart der Spezies zu tun. Sein Überleben hatte ihn nicht nur konserviert, es hatte ihn verwandelt. Bläulich graue Haut mit dunkelblauen Flecken, milchig gewordene Augen, der Hals geriffelt, mit zarten, tiefen Einbuchtungen, wie eine Rauchglasvase. Aus diesem Hals kamen jetzt weitere Töne, ein Beitrag zur Unterhaltung. Zu hören war der Kern jeder Silbe, ein feuchter Vokal, kaum in Form gehalten von den umgebenden Konsonanten.

»Verkehr – schlimm?«

David beschrieb die Verhältnisse auf der Schnellstraße und auf den kleineren Highways. Er erzählte seinem Schwiegervater, dass er vor kurzem ein neues Auto gekauft hat, ein japanisches Auto. Er schilderte, wie er am Anfang den in der Werbung gepriesenen geringen Benzinverbrauch nicht annähernd erreicht habe. Er habe sich jedoch beschwert, sei hartnäckig geblieben, habe den Wagen zum Händler zurückgebracht. Man habe Verschiedenes nachgestellt, und jetzt sei eine Verbesserung eingetreten, und die

Werte seien zufriedenstellend, wenn auch nicht ganz den Versprechungen gemäß.

Diese Unterhaltung war offenbar willkommen. Sein Schwiegervater schien ihr zu folgen. Er nickte, und auf seinem lang gezogenen, bläulichen, nicht mehr menschenähnlichen Gesicht waren Spuren früherer Mimik zu erkennen. Ein Ausdruck kluger und würdevoller Teilnahme, Misstrauen gegen die Werbung, gegen ausländische Autofabrikate und Autohändler. Da war sogar ein Anflug von Zweifel – wie in alten Zeiten –, ob es David zuzutrauen sei, mit solchen Situationen zurechtzukommen. Und Erleichterung darüber, dass es ihm gelungen war. In den Augen seines Schwiegervaters würde David immer einer bleiben, der noch lernen musste, ein Mann zu sein, der es vielleicht nie lernen würde, der vielleicht nie die Stetigkeit und Beherrschung, die gebührende Einengung des Gesichtskreises erreichen würde. David, der lieber Gin als Whiskey trank, Romane las, von der Börse keine Ahnung hatte, mit Frauen redete und als Lehrer angefangen hatte. David, der immer Kleinwagen gefahren hatte, ausländische Fabrikate. Aber das war jetzt ganz in Ordnung. Kleinwagen verrieten nichts mehr von dem, was sie früher verraten hatten. Selbst hier an der Steilküste über dem Huron-See, im allerletzten Stadium des Lebens, waren gewisse Umschwünge wahrgenommen, gewisse Veränderungen begriffen worden, und das von einem Mann, der weder greifen noch sehen konnte.

»Was gehört von – Lada?«

Zum Glück hat David zufällig einen Arbeitskollegen, der einen Lada fährt, und schon viele langweilige Mittags- und Kaffeepausen sind mit der Besprechung von Stärken und Schwächen dieses Wagens und der Schwierigkeit der Ersatzteilbeschaffung zugebracht worden. David berichtete davon, und sein Schwiegervater schien zufrieden.

»Gray. Dort. Gray-Dort. Erstes Auto – je gefahren. Yonge Street. Sechzig Meilen. Sechzig Meilen. Äh. Äh. Stunde.«

»Er ist bestimmt nie in einem Gray-Dort mit sechzig Meilen pro Stunde die Yonge Street hinuntergefahren«, sagte Stella, als sie ihren Vater und seine Flasche wohlbehalten in sein Zimmer zurückgebracht und sich verabschiedet hatten und durch die grünen Korridore zum Ausgang zurückgingen. »Nie im Leben. Wessen Gray-Dort denn? Als mein Vater das Geld für ein Auto hatte, wurden sie schon längst nicht mehr hergestellt. Und mit dem Wagen von jemand anderem hätte er es nie riskiert. Das ist sein Wunschtraum. Er hat jetzt das Stadium erreicht, wo das seine Lieblingsbeschäftigung ist – die Vergangenheit so umzumodeln, dass alles, was er sich gewünscht hätte, wirklich eingetreten ist. Ob wir auch noch in das Stadium kommen? Was wäre dein Wunschtraum, David? Nein. Sag's nicht!«

»Was wäre deiner?«, fragte David.

»Dass du mich nicht verlassen hättest? Dass du nicht den Wunsch gehabt hättest, mich zu verlassen? Ich wette, du glaubst, das wäre mein Traum, aber ich bin mir nicht so sicher! Daddy hat sich so gefreut, dich zu sehen, David. Ein Mann stellt einfach mehr dar, in Daddys Augen. Wenn er sich je über dich und mich Gedanken machen würde, müsste er vermutlich meine Partei ergreifen, aber das ist nicht weiter schlimm, er braucht sich ja keine Gedanken darüber zu machen.«

Im Pflegeheim schien Stella etwas von ihrer früheren Gepflegtheit und Beweglichkeit wiedergewonnen zu haben. Die Gefälligkeiten, die sie ihrem Vater und auch der Rollstuhlbesatzung erwies, verliehen ihren Bewegungen wieder eine Spur respektvoller Anmut, ihrer Stimme etwas Wehmütiges. David hatte ein Bild von ihr, wie sie vor zwölf oder fünfzehn Jahren gewesen war. Er hatte sie vor Augen, wie sie auf einem Gartenfest in der Nachbarschaft mit einer Kasserolle über den Rasen kam. Sie hatte ein Sonnenkleid an. Sie behauptete damals immer, sie sei zu dick für Hosen, dabei war sie nicht halb so dick wie jetzt. Warum gefiel ihm dieses Bild so? Stella, wie sie mit ihrem sonnenbeschienenen Haar – das Grau darin machte es damals lediglich aschblond – und ihren bloßen, braun gebrannten Schultern über den Rasen kam, ihre Nachbarn schon von weitem begrüßte, lachte, irgendein Malheur in der Küche beklagte. Natürlich würde das Essen, das sie mitbrachte, herrlich schmecken, und sie brachte nicht nur Essen mit, sondern die ersehnte Stimmung auf diesem Nachbarschaftsfest. Mit ihrer umwerfenden Geselligkeit konnte sie jeden mitreißen. Und David empfand keine Spur von Irritation, obwohl es auch Zeiten gegeben hatte, gewiss, in denen diese besonderen Gaben Stellas ihn irritiert hatten. Ihre temperamentvolle Verzweiflung, ihre Übertreibungen, ihr großäugiges, witziges Werben um Sympathie hatten ihn irritiert. Er hatte gehört, wie sie, um andere zu unterhalten, aus ihrem gemeinsamen Leben Anekdoten machte – die täglichen Missgeschicke und Provokationen der Kinder, den Tierarztbesuch mit der Katze, die Widerspenstigkeit des elektrischen Rasenmähers, den ersten Kater ihres Sohns, das Tapezieren des Flurs im Obergeschoss. Eine bezaubernde Gattin, ein unterhaltsamer Partygast, sie hat so originelle Ansichten. Manchmal war sie zum Schießen. *Ihre Frau ist zum Schießen.*

Nun ja, er verzieh ihr – er liebte sie –, als sie damals über den Rasen kam. Er war in jenem Augenblick dabei, mit dem bloßen Fuß die kalte, braune, rasierte und stoppelige Wade einer anderen Ehefrau aus der Nachbarschaft zu streicheln, die eben aus dem Schwimmbecken gestiegen war und sich einen langen, alles verhüllenden, scharlachroten Bademantel übergeworfen hatte. Eine dunkelhaarige,

kinderlose, kettenrauchende Frau mit der Angewohnheit –
im damaligen Stadium ihrer Beziehung zumindest –, sich in
aufreizendes Schweigen zu hüllen. (Seine erste war sie, die
erste während seiner Ehe mit Stella. Rosemary. Ein süßer,
geheimnisvoller Name, wenn auch im Endeffekt eine schril-
le, nichts sagende Frau.)

Aber es war mehr als das. Das unerwartete Entzücken
über Stella, so wie sie war, das ungewohnte Gefühl, mit ihr
im Reinen zu sein, kam nicht allein daher – vom verbote-
nen Treiben seiner großen Zehe. Sie schien ihm einschnei-
dend, diese Erkenntnis über sich und Stella – dass sie trotz
allem miteinander verbunden waren und dass, solange er
dieses Wohlwollen für sie empfinden konnte, alles, was er
insgeheim und für sich tat, auf irgendeine Weise mit ihrem
Segen geschah.

Wie sich herausstellte, teilte Stella diese Vorstellung keineswegs. Und so eng verbunden waren sie auch wieder
nicht; und wenn, dann war es eine Bindung, die er lösen
musste. Wir sind jetzt schon so lange zusammen, meinst du
nicht, wir könnten es vollends durchstehen, versuchte Stella
seinerzeit einen Scherz daraus zu machen. Sie verstand
nicht, verstand wahrscheinlich bis heute nicht, dass das
einer der Gründe war, die es unmöglich machten. Diese
weißhaarige Frau, die da neben ihm durch das Pflegeheim
ging, schleppte so viel Ballast mit sich herum – den Ballast
nicht nur seiner sexuellen Geheimnisse, sondern auch seiner mitternächtlichen Mutmaßungen über Gott, seine psy-
chosomatischen Schmerzen in der Brust, seine empfindliche
Verdauung, seine Ausstiegspläne, die auch sie einmal einbezogen und mit Afrika und Indonesien zu tun hatten. Sein
ganzes gewöhnliches und außergewöhnliches Leben – sogar ein paar Dinge, von denen sie wahrscheinlich nichts
wusste – schienen in ihr gespeichert. Mit einer Frau, die so

viel wusste, konnte er sich nie leicht fühlen, nie dieses heimliche, triumphale Hinauswachsen über sich selbst erfahren. Sie war aufgedunsen von allem, was sie wusste. Trotzdem schlang er die Arme um Stella. Sie umarmten einander, beide bereitwillig.

Ein junges Mädchen, eine Chinesin oder Vietnamesin, in ihrer hellgrünen Tracht schmächtig wie ein Kind, aber mit geschminkten Lippen und Wangen, kam, einen Wagen vor sich herschiebend, den Korridor entlang. Auf dem Wagen standen Pappbecher und Plastikkannen mit Orangen- und Traubensaft.

»Zeit für den Saft«, rief das Mädchen in ihrem angenehmen, gleichmütigen Singsang. »Zeit für den Saft. Orangen. Trauben. Saft.« Obwohl sie von David und Stella keine Notiz nahm, ließen die beiden einander los und gingen weiter. Tatsächlich bereitete es David ein winziges, ganz winziges Unbehagen, von so einem jungen, hübschen Mädchen in Stellas Umarmung gesehen zu werden. Es war kein Gefühl von Bedeutung – es flog ihn lediglich an und verging –, aber als er Stella die Tür aufhielt, bemerkte sie: »Du brauchst dir nichts dabei zu denken, David. Ich könnte deine Schwester sein. Du könntest gut deine Schwester trösten. Deine *ältere* Schwester.«

»Madame Stella, die weltberühmte Gedankenleserin.«

Es war merkwürdig, in welchem Ton sie diese Dinge sagten. Früher hatten sie einander bittere und verletzende Dinge gesagt und dabei so getan, als sagten sie sie leicht amüsiert, unbeteiligt oder gar liebenswürdig. Jetzt war dieser Ton, der früher geheuchelt war, eingesickert, tief durch all ihre bitteren Gefühle eingedrungen, und der Groll, der zwar im Grunde noch unverändert war, kam ihnen schal, sinnlos und förmlich vor.

Ungefähr eine Woche später, als Stella das Wohnzimmer aufräumt, um es für ein Treffen der historischen Gesellschaft vorzubereiten, das in ihrem Haus stattfinden soll, findet sie ein Foto, einen Schnappschuss aus einer Polaroid-Kamera. David hat es also doch bei ihr gelassen – hat es versteckt, aber nicht sehr gut versteckt, hinter den Vorhängen auf einer Seite des breiten Wohnzimmerfensters, an der Stelle, an der man stehen muss, um den Leuchtturm zu sehen.

Es ist natürlich verblasst, weil es in der Sonne gelegen hat. Stella steht mit einem Staubtuch in der Hand da und betrachtet es. Es ist ein wunderschöner Tag. Die Fenster stehen offen, angenehme Ordnung herrscht in ihrem Haus, und auf dem Herd köchelt eine gute Fischsuppe. Sie sieht, dass der schwarze Pelz auf dem Bild grau geworden ist. Ein bläuliches oder grünliches Grau. Sie erinnert sich, was sie sagte, als sie das Bild zum ersten Mal sah. Sie sagte, es seien Flechten. Nein, sie sagte, es sähe aus wie Flechten. Aber sie wusste sofort, was es war. Jetzt kommt es ihr vor, als hätte sie schon gewusst, was es war, als David die Hand in die Tasche steckte. Sie fühlte, wie sich der alte Hohlraum in ihr öffnete. Aber sie blieb fest. Sie sagte: »Flechten.« Und jetzt, sieh an, haben sich ihre Worte bewahrheitet. Die Umrisse der Brust sind verschwunden. Kein Mensch würde die Beine je für Beine halten. Das Schwarz hat sich in Grau verwandelt, hat die weiche, trockene Farbe einer Pflanze angenommen, die sich auf unbegreifliche Weise von den Felsen nährt.

Das ist Davids Werk. Er hat es dort in der Sonne liegen lassen.

Stellas Worte haben sich bewahrheitet. Dieser Gedanke wird ihr immer wieder durch den Kopf gehen – eine Pause, ein übersprungener Herzschlag, eine jähe kleine Unterbrechung im Fluss der Tage und Nächte, während sie diese in Gang hält.

Monsieur les Deux Chapeaux

»Ist das Ihr Bruder da draußen?«, fragte Davidson. »Was treibt der denn da?«

Colin ging ans Fenster, um zu sehen, was Ross da trieb. Nicht viel. Ross war dabei, mit der langen Heckenschere das Gras am Rand des Gehwegs vor dem Schultor zu stutzen. Er arbeitete in normalem Tempo und schien aufmerksam bei der Sache.

»Was treibt der denn da?«, wiederholte Davidson.

Ross hatte zwei Hüte auf. Einer davon war das grünweiße spitze Hütchen, das er letzten Sommer im Futtermittelladen bekommen hatte, der andere darüber der alte Schlapphut aus lachsrotem Stroh, den ihre Mutter immer im Garten aufsetzte.

»Was weiß ich?«, sagte Colin. Davidson würde das für schnoddrig halten.

»Meinen Sie, warum er die beiden Hüte aufhat? Ich weiß es nicht. Ich weiß es wirklich nicht. Vielleicht aus Vergesslichkeit.«

Das spielte sich an einem Freitagnachmittag während der Unterrichtszeit im vorderen Sekretariat ab, wo die Sekretärinnen sich über ihre Schreibtische beugten, aber die Ohren gespitzt hielten. Colin gab gerade eine Turnstunde – er war bloß ins Sekretariat gekommen, um nachzufragen, was mit einem Jungen passiert sei, der sich eine halbe Stunde vorher krankgemeldet hatte –, und er hatte nicht damit gerechnet, dass Davidson hier herumschleichen würde. Er war nicht darauf gefasst, irgendwelche Erklärungen über Ross abzugeben.

»Neigt er allgemein zu Vergesslichkeit?«, fragte der Direktor.

»Nicht mehr als üblich.«

»Vielleicht soll das komisch sein.«

Colin schwieg.

»Ich hab selber Sinn für Humor, aber bei Kindern darf man gar nicht erst anfangen mit den Späßen. Sie wissen ja, wie sie sind. Sie finden sowieso genug zu lachen, auch ohne dass man ihnen eine Extranummer bietet. Sie nehmen jede Kleinigkeit zum Vorwand, um sich ablenken zu lassen, und dann können Sie sehen, wo Sie bleiben.«

»Möchten Sie, dass ich rausgehe und mit ihm rede?«, fragte Colin.

»Lassen Sie's vorläufig mal sein. Wahrscheinlich haben ihn schon ein paar Klassen im Visier, und das würde ihr Interesse nur noch steigern. Wenn es sein muss, kann Mr Box ja mit ihm reden. Übrigens hat Mr Box neulich von ihm gesprochen.«

Coonie Box war der Hausmeister der Schule, der Ross für den Frühjahrsputz auf dem Gelände eingestellt hatte.

»Ja? Was denn?«, fragte Colin.

»Er sagt, Ihr Bruder kommt und geht so ziemlich, wie's ihm passt.«

»Macht er seine Arbeit ordentlich?«

»Er hat nichts Gegenteiliges gesagt.« Davidson verabschiedete Colin mit einem seiner schmallippigen, vielimitierten Lächeln. »Bloß dass er gern seine Freiheit hat.«

Colin und Ross sahen einander ziemlich ähnlich, beide waren groß, wie ihr Vater es gewesen war, und hellhäutig und hellhaarig wie ihre Mutter. Colin war der athletische Typ, mit einem scheuen, ernsten Gesichtsausdruck. Ross war weich um die Körpermitte, obwohl er der Jüngere war; er sah weniger straff aus. Und sein Gesichtsausdruck wirkte feixend und unschuldig zugleich.

Ross war nicht zurückgeblieben. In der Schule hatte er mit seiner Altersgruppe mithalten können. Seine Mutter behauptete, er sei ein technisches Genie. So weit würde aber sonst niemand gehen.

»Also? Gewöhnt sich Ross allmählich ans Aufstehen? Hat er einen Wecker?«, fragte Colin seine Mutter.

»Die können froh sein, dass sie ihn haben«, sagte Sylvia.

Colin hatte nicht gewusst, ob er sie zu Hause antreffen würde. Sie tat Schichtdienst als Schwesternhelferin im Krankenhaus, und wenn sie nicht arbeitete, war sie viel weg. Sie hatte viele Freunde und Verpflichtungen.

»Und du kannst froh sein, dass ich zu Haus bin«, sagte sie. »Ich hab diese und nächste Woche Frühschicht, aber meistens geh ich nach der Arbeit zu Eddy rüber und mach ihm ein bisschen das Haus sauber.«

Eddy war Sylvias Freund, ein gepflegter Siebzigjähriger, zweifach verwitwet, ohne Kinder und mit genügend Geld, ein Garagenbesitzer und Autohändler im Ruhestand, der es sich gewiss hätte leisten können, jemanden einzustellen, der ihm das Haus sauber machte. Und abgesehen davon, was verstand Sylvia schon von Hausputz? Den ganzen letzten Sommer hatte sie die Plastikisolierung für den Winter an ihren Fenstern zur Straße hängen lassen, um sich die Mühe zu sparen, sie wieder anzupinnen. Colins Frau Glenna sagte, es wirke auf sie wie trübe Brillengläser – sie konnte es nicht

ausstehen. Und das Haus – dasselbe mit Eternitplatten ver-
kleidete Holzhaus, in dem Sylvia, Ross und Colin immer
gewohnt hatten – war so voll gestopft mit Möbeln und
altem Zeug, dass einige Zimmer nur mehr Durchgänge waren. Auf den meisten Oberflächen türmten sich Berge von
Illustrierten, Zeitungen, Plastik- und Papiertüten, Kataloge,
Wurfsendungen und Handzettel für Ausverkäufe, die längst
stattgefunden hatten, manchmal auch für Geschäfte, die
eingegangen, und für Produkte, die vom Markt verschwunden waren. In jedem Aschenbecher, jeder Zierschale konnte
man ein oder zwei Knöpfe finden, auch Schlüssel, ausge-
schnittene Gutscheine, die zehn Cent Preisnachlass versprachen, einen Ohrring, eine noch in Plastik versiegelte
Grippekapsel, eine Vitamintablette, die allmählich zu Pul-
ver zerfiel, ein Wimpernbürstchen, eine kaputte Wäsche-
klammer. Und Sylvias Schränke waren voll von allen möglichen Reinigungsmitteln und Polituren – nicht die übliche
Sorte, die man im Laden kauft, sondern Produkte von angeblich einzigartiger und frappierender Wirksamkeit, die
sie auf Verkaufspartys bestellt hatte. Sie war ständig pleite,
weil sie für die vielen Dinge bezahlen musste, die sie auf
diesen Partys bestellt hatte – Kosmetika, Töpfe und Pfannen, Backutensilien, Plastikschüsseln. Sie veranstaltete und
besuchte solche Verkaufspartys mit wahrer Leidenschaft,
desgleichen Partys, auf denen Braut- oder Taufgeschenke
überreicht wurden, und Abschiedsfeste für ihre Kollegin-
nen, die das Krankenhaus verließen. Hier in diesen bis in
den letzten Winkel voll gestopften Räumen hatte sie, aus
freien Stücken, sehr viel unbekümmerte, hoffnungsvolle
Gastfreundschaft geübt.

Sie goss Wasser aus dem Kessel auf den Pulverkaffee
in ihren Tassen, die sie am Spülbecken flüchtig ausgespült
hatte.

»Hat es gekocht?«, fragte Colin.

»Beinah.«

Sie schüttete ein paar weiße und rosafarbene Marshmallow-Plätzchen aus der Zellophanverpackung.

»Ich hab Eddy gesagt, dass ich einen freien Nachmittag brauche. Er meint allmählich, ich gehöre ihm.«

»Das geht ja wirklich nicht«, sagte Colin.

Wenn es um ihre Männerfreunde ging, verfiel er gewöhnlich in einen leicht kritischen Ton.

Sylvia war eine kleine Person mit einem großen Kopf – der durch ihr wuscheliges graues Haar noch größer wirkte – und breiten Hüften und Schultern. Einer ihrer Freunde sagte immer, sie sehe aus wie ein Elefantenbaby, was sie – zunächst – als eine Form von Zärtlichkeit auffasste. Colin fand, dass ihre Figur und ihr rückhaltlos offenes Gesicht mit dieser rosigen, weichen Haut, den hellen blauen Augen unter kaum vorhandenen Brauen, ihr eifriges Allzwecklächeln etwas Unbeholfenes und Gewinnendes hatten. Auch etwas Nervtötendes.

Das Thema Ross war eines der wenigen, bei denen ihr Gesicht einen harten Zug annehmen konnte. Das und die Ansprüche und Marotten von Liebhabern, sobald die Liebe zu ihnen im Schwinden war.

War die Liebe zu Eddy im Schwinden?

Sylvia sagte: »Der Kerl ist einfach zu besitzergreifend, das sage ich ihm schon die ganze Zeit.« Dann erzählte sie Colin einen Witz, der im Krankenhaus die Runde machte, von einem Neger und einem Weißen im Pissoir.

»Woher weißt du, wann Ross aufsteht, wenn du Frühdienst hast?«, fragte Colin.

»Hat sich jemand über Ross beschwert, geht es darum?«

»Na ja. Sie sagen bloß, er kommt und geht, wie's ihm passt.«

»Sie werden's schon noch merken. Wenn ihnen mal was Technisches oder Elektrisches kaputtgeht, werden sie noch froh sein, dass sie Ross haben. Ross hat genauso viel Grips im Kopf wie du, nur geht er bei ihm in eine andere Richtung.«

»Das bestreite ich gar nicht«, sagte Colin. »Aber seine Arbeit hat er auf dem Schulhof.«

Glenna sagte, Sylvia bezeichne Ross deshalb als Genie – abgesehen davon, dass er wirklich großes Geschick mit Motoren habe –, weil er die andere Seite eines Genies an sich habe. Er sei geistesabwesend und nicht sehr reinlich. Er lenke die Aufmerksamkeit auf sich. Er sei sonderbar, und so solle ein Genie angeblich sein. Aber an und für sich, sagte Glenna, sei das nicht Beweis genug.

Dann fügte sie jedes Mal hinzu: »Aber ich mag Ross. Man muss ihn ganz einfach mögen. Ich mag ihn *und* deine Mutter. Sie mag ich auch.« Colin glaubte, dass sie Ross tatsächlich mochte. Ob sie seine Mutter mochte, war er sich nicht so sicher.

»Ich komme nur zu euch, wenn ich eingeladen bin, Colin«, war der Standpunkt seiner Mutter. »Es ist dein Zuhause, aber es ist auch Glennas Zuhause. Trotzdem bin ich froh, dass Ross sich bei euch so willkommen fühlt.«

»Ich war heute im Sekretariat«, sagte Colin, »und da stand Davidson und schaute aus dem Fenster.« Er war unschlüssig gewesen, ob er seiner Mutter die Sache mit den Hüten erzählen würde oder nicht. Wie gewöhnlich wollte er sie wegen Ross ein wenig aus der Ruhe bringen, aber nicht zu sehr. Der Anblick, wie Ross da mit der elektrischen Heckenschere drauflosarbeitete, ganz allein auf dem Schulhof, einen schlappen rosa Strohhut auf sein Saatkorn-Hütchen gestülpt, war Colin neu vorgekommen, auf eine neue Art beunruhigend. Er hatte Ross schon früher in seltsamen

Aufmachungen gesehen – einmal im Supermarkt mit Sylvias blonder Perücke. Aber der Auftritt damals schien kalkulierter als der heute, eindeutiger ein Scherz, für ein Publikum gedacht. Es war möglich, dass Ross auch heute an all die Kinder hinter den Fenstern dachte. Und an die Lehrer und Stenotypistinnen und an Davidson und jeden, der vorbeifuhr. Aber nicht an sie speziell. Irgendetwas an Ross heute deutete darauf hin, dass das Publikum gewachsen und in die Ferne gerückt war – es umfasste die ganze Stadt, die ganze Welt, und es war Ross nahezu gleichgültig. Ein Zeichen, dachte Colin. Er wusste nicht, wofür – einfach ein Zeichen, dass Ross ein Stück weiter war auf dem Weg, den Ross eingeschlagen hatte.

Sylvia schien dieser Teil der Geschichte nicht weiter zu beschäftigen. Sie war aufgebracht, aber aus einem anderen Grund.

»Mein Hut. Er verliert ihn garantiert. Dem werde ich was erzählen. Dem mache ich die *Hölle* heiß. Der Hut sieht vielleicht nach nichts aus, aber ich hänge wirklich an ihm.«

Die ersten Worte, die Ross je direkt an Glenna richtete, waren: »Weißt du, was dein einziger Fehler ist?«

»Was?«, fragte Glenna sichtlich erschreckt. Sie war eine große, zart gebaute junge Frau mit dunklem, gelocktem Haar, einer weißen Haut, sehr hellen blauen Augen und der Angewohnheit, mit den Zähnen an der Unterlippe zu nagen, was ihr einen schwermütigen, besorgten Ausdruck verlieh. Sie gehörte zu dem Frauentyp, der sehr viel Hellblau trägt (sie hatte einen flauschigen Pullover von der Farbe an) und um den Hals ein zartes Kettchen mit einem Kreuz oder Herz daran oder auch einem Namen. (Glenna hatte eins mit ihrem Namen, weil die Leute ihn nie richtig buchstabieren konnten.)

»Dein einziger Fehler ist«, sagte Ross, kauend und nickend, »dass ich dich nicht zuerst getroffen hab!«

Allgemeine Erleichterung. Alle lachten. Das war, als Glenna das erste Mal bei Sylvia zum Abendessen war. Für Sylvia und Colin und Glenna gab es chinesisches Essen aus dem Schnellimbiss – Sylvia hatte einen Stapel Teller und Gabeln und sogar Papierservietten neben den Pappkartons aufgebaut –, und Ross aß Pizza, die Sylvia eigens für ihn bestellt hatte, weil er chinesisches Essen nicht mochte.

Glenna meinte, dass Ross vielleicht Lust hätte, am Abend mit ihnen ins Drive-in-Kino zu fahren, und er hatte Lust. Zu dritt saßen sie auf dem Dach von Colins Auto, Glenna in der Mitte, und tranken Bier.

Es wurde ein Familienwitz daraus. Was wäre passiert, wenn Glenna Ross zuerst getroffen hätte?

Colin hätte keine Chance gehabt.

Schließlich musste Colin ihr die Frage stellen: »Was wäre gewesen, wenn du ihn tatsächlich zuerst getroffen hättest? Wärst du mit ihm ausgegangen?«

»Ross ist lieb«, sagte Glenna.

»Aber wärst du mit ihm ausgegangen?«

Sie wirkte verlegen, was Colins Frage im Grunde schon hinreichend beantwortete.

»Ross ist nicht der Typ, mit dem man ausgeht.«

Sylvia sagte: »Eines Tages wirst du eine wunderbare Frau finden, Ross.«

Aber Ross schien die Suche aufgegeben zu haben. Er hörte auf, Mädchen anzurufen und wie ein Hahn ins Telefon zu krähen; er stellte ihnen nicht mehr nach, indem er im Schritttempo die Straße entlangfuhr und auf die Hupe drückte, als morse er einen Code. Eines Samstagabends, als er bei Colin und Glenna zu Besuch war, erklärte er, er habe es aufgegeben mit den Frauen, es sei so schwer, eine anständige zu finden, und er sei sowieso nie über Wilma Barry weggekommen.

»Wilma Barry, wer war das denn?«, fragte Glenna. »Warst du verliebt, Ross? Wann?«

»Neunte Klasse.«

»Wilma Barry! War sie hübsch? Wusste sie, was du für sie übrig hattest?«

»Jaah. Jaah, jaah, ich denke schon.«

Colin sagte: »Herrgott, die ganze Schule wusste Bescheid!«

»Wo ist sie jetzt, Ross?«, wollte Glenna wissen.

»Weg. Verheiratet.«

»Hat sie dich auch gemocht?«

»Konnte mich nicht ausstehen«, sagte Ross selbstgefällig.

Colin gab Erinnerungen an die Verfolgung von Wilma Barry zum Besten – wie Ross in leere Klassenzimmer gegangen war und mit farbiger Kreide ihren Namen in kleinen Pünktchen oder auch kleinen Herzen an die Tafel gemalt hatte; wie er die Basketballturniere der Mädchen besuchte, wo sie mitspielte, und sich jedes Mal, wenn sie in die Nähe des Balls oder des Korbs kam, wie ein Verrückter aufführte. Sie trat aus dem Team aus. Sie ging dazu über, sich im Mädchenwaschraum zu verstecken und Kundschafterinnen auszusenden, um festzustellen, ob die Luft rein sei. Ross wusste das und versteckte sich in Besenschränken, um im passenden Augenblick herausgeschossen zu kommen und ihr sehnsüchtig nachzupfeifen. Sie hörte ganz mit der Schule auf und heiratete mit siebzehn. Ross war zu viel für sie.

»Wie schade«, sagte Glenna.

»Ich habe diese Wilma wirklich geliebt«, sagte Ross kopfschüttelnd. »Colin, erzähl Glenna die Geschichte von mir und dem Stück Kuchen!«

Also erzählte Colin diese Anekdote, die sich bei allen,

die ungefähr zu ihrer Zeit auf die Highschool gegangen waren, besonderer Beliebtheit erfreute. Colin und Ross brachten ihr Mittagessen immer von zu Hause mit, weil ihre Mutter arbeitete und die Cafeteria zu teuer war. Sie hatten immer belegte Brote mit Mortadella und Ketchup und gekauften Kuchen dabei. Einmal mussten sie alle aus irgendeinem Grund über Mittag nachsitzen, neunte und zehnte Klasse zusammen, so dass Ross und Colin im selben Klassenzimmer waren. Ross hatte sein Mittagessen im Pult liegen und mitten in der Standpauke, die ihnen gerade gehalten wurde, holte er ein großes Stück Apfelkuchen heraus und fing an zu essen. »Was, zum Teufel, bildest du dir eigentlich ein?«, schrie der Lehrer, und ohne einen Augenblick zu zögern, schob Ross sich den Kuchen unters Hinterteil und setzte sich darauf, während er sich in aller Unschuld die klebrigen Hände abklopfte.

»Ich hab es nicht getan, um die anderen zum Lachen zu bringen!«, sagte Ross zu Glenna. »Mir ist bloß nichts anderes eingefallen, was ich mit dem Kuchen tun könnte, als mich draufzusetzen!«

»Ich seh dich richtig vor mir!«, sagte Glenna lachend. »Ach, Ross, ich seh dich richtig vor mir! Wie so ein Original im Fernsehen!«

»Haben wir dir die Geschichte noch nie erzählt?«, fragte Ross. »Wieso eigentlich nicht?«

»Ich glaube fast, wir haben sie ihr doch schon erzählt«, sagte Colin.

Glenna sagte: »Stimmt, aber sie ist auch beim zweiten Mal komisch.«

»Also gut, Colin, dann erzähl ihr, wie du mich einmal erschossen hast!«

»Das habt ihr mir auch schon erzählt, und ich will es mir nie wieder anhören müssen«, sagte Glenna.

»Wieso nicht?«, fragte Ross enttäuscht.

»Weil es grässlich ist.«

Colin wusste, wenn er von Sylvia nach Hause käme, wäre Ross schon vor ihm da und würde an seinem Auto herumbasteln. Er hatte Recht. Es war fast schon Ende Mai, und Ross hatte gleich nach der Schneeschmelze damit angefangen, in Colins Hof seine Autos auszuschlachten und daraus ein neues zusammenzubauen. In Sylvias Hof war dafür nicht genug Platz.

Platz gab es genug hier. Colin und Glenna hatten ein heruntergekommenes Holzhaus gekauft, das weitab von der Straße zwischen den Restbeständen eines Obstgartens lag. Sie waren dabei, es wieder herzurichten. Vorher hatten sie über dem Waschsalon gewohnt, und als Glenna aufhören musste zu arbeiten – sie war auch Lehrerin, eine Fachkraft für die Grundschule –, weil sie Lynnette erwartete, übernahm sie die Geschäftsführung des Waschsalons, so dass sie mietfrei wohnen und Geld sparen konnten. Dann fingen sie an, vom Umziehen zu reden – sofort, an irgendeinen fernen und abenteuerlich klingenden Ort wie Labrador oder Moosonee oder Yellowknife. Sie sprachen davon, nach Europa zu gehen und die Kinder von kanadischen Militärangehörigen zu unterrichten. Währenddessen kam dieses Haus zum Verkauf, und zufällig war es ein Haus, das Glenna immer wieder neugierig betrachtet hatte, wenn sie Lynnette im Kinderwagen oder im Sportwägelchen spazieren fuhr. Sie war in Air Force-Stützpunkten in allen möglichen Teilen des Landes aufgewachsen und sah sich für ihr Leben gern alte Häuser an.

Bei allem, was an diesem Haus noch zu richten sei, sagte Glenna, sehe es mittlerweile so aus, als wüssten sie bis ans Ende aller Zeiten, wo sie leben und was sie tun würden.

Ross hatte zwei Autos zum Ausschlachten, um aus ihnen ein neues zu bauen. Der Chevy war Baujahr 1958, ein Unfallwagen. Die Windschutzscheibe war eingeschlagen und Kühler und Ventilator nach hinten über den Motor gedrückt. Die Zündkabel waren durchgeschmort. Ross hatte erst feststellen können, wie intakt der Motor war, als er Ventilator und Kühler und das ganze zusammengedrückte Blech aus dem Weg geschafft hatte. Dann schloss er den Wagen kurz und füllte den Motorblock mit Wasser. Er lief. Ross sagte, er habe gewusst, dass er laufen würde. Deswegen hatte er das Auto gekauft, obwohl die Karosserie so beschädigt war, dass er mit ihr nichts anfangen konnte. Die Karosserie, die er verwendete, gehörte zu einem Camaro, Baujahr 1971. Die obere Lackschicht hatte sich in großen Bahnen abziehen lassen, als er sie mit Lackentferner behandelte, aber jetzt musste die darunter liegende Schicht mit Schlauch und Schmirgelkissen abgetragen werden. Dann musste er noch die Dellen im Dach mit einem Gummihammer ausbeulen und die durchgerosteten Teile der Bodenbleche herausschneiden, um eine Aluminiumplatte unten anzuschweißen. Das und vieles mehr. Es sah so aus, als könnte die Arbeit den ganzen Sommer dauern.

Im Augenblick hatte Ross die Räder in Arbeit, und Glenna war ihm behilflich. Sie polierte die abmontierten Zierringe und Radkappen, während Ross die Räder abscheuerte und sie mit einer Drahtbürste bearbeitete. Lynnette war in ihrem Laufstall in der Nähe der Haustür.

Colin schnupperte, um festzustellen, ob es nach Lackentferner roch. Ross benutzte keine Atemschutzmaske; er behauptete, im Freien sei das nicht nötig. Eigentlich sollte er Glenna vertrauen, dass sie sich und Lynnette den Dämpfen nicht aussetzen würde, das war Colin klar. Aber er schnupperte trotzdem und fand alles in Ordnung; sie hatten keinen Lackentferner verwendet. Als Ablenkmanöver stellte er fest: »Riecht nach Frühling.«

»Das brauchst du mir nicht zu sagen«, sagte Glenna, die zu Heuschnupfen neigte. »Ich spüre schon, wie die Blütenstaubwolken im Anzug sind.«

»Hast du dir deine Spritzen geben lassen?«, fragte Colin.

»Heute nicht.«

»Das war dumm.«

»Ich weiß«, sagte Glenna, während sie wie verrückt polierte. »Ich wollte eigentlich zu Fuß rüber ins Krankenhaus. Aber dann hab ich angefangen, an den Dingern hier rumzufummeln, und war auf einmal wie hypnotisiert.«

Lynnette ging vorsichtig an den Seiten ihres Laufstalls herum, indem sie sich an den Gitterstäben festhielt, dann streckte sie die Ärmchen hoch und sagte: »Auf, Dad.« Colin war entzückt über die bestimmte, geschäftsmäßige Art, in der sie »Dad« sagte – nicht »Da« wie andere Babys.

»Ich hab beschlossen, was ich jetzt mache«, sagte Ross. »Ich trage einen Rostentferner auf, der zugleich Rostschutz ist, und dann den Vorlack und dann eine Grundierung. Aber ich muss die alte Spachtelmasse bis auf den kleinsten Rest rauskriegen, weil vielleicht was von dem Lackentferner eingedrungen ist, und mit der neuen Lackschicht drüber gäbe das eine Schweinerei. Ich wollte Acryllack nehmen. Was hältst du davon?«

»Welche Farbe?«, fragte Colin. Er richtete die Frage an zwei Hinterteile, beide in Jeans. Glennas Jeans waren zu Shorts abgeschnitten, die ihre langen, pudrig weißen Beine freigaben. Auf Ross' Kopf keine Spur von den beiden Hüten. Sobald er in die Nähe seines Autos kam, wurde er immer erstaunlich vernünftig.

»Ich habe an gelb gedacht. Dann ist mir eingefallen, dass rot sich an einem Camaro immer gut macht.«

»Wir holen die Farbmustertafel und halten sie vor Lynnette hin und lassen sie wählen«, sagte Glenna. »Einverstanden, Ross? Worauf sie zeigt, wird genommen. Abgemacht?«

»Okay«, sagte Ross.

»Sie wird auf rot zeigen. Sie liebt rot.«

»Immer mit der Ruhe«, sagte Colin zu Lynnette, als er an ihr vorbei ins Haus ging. Sie fing zu quengeln an, aber nicht allzu sehr. Er holte drei Flaschen Bier aus dem Kühlschrank. Im Winter hatten sie innen im Haus renoviert, die Tapeten abgelöst und das Linoleum herausgerissen, und jetzt hatten sie das Haus so weit, dass sein ganzes Innenleben freilag. An den Wänden waren dicke Batzen rosa Isoliermaterial unter Plastikbahnen fixiert. Bauholz für die neuen Zwischenwände lag in Stapeln zum Trocknen herum. In der Küche lief man auf federnden, breiten Bretterstegen. Ross war regelmäßig aufgetaucht, um mitzuhelfen, hatte es aber nicht mehr angeboten, seit er mit dem Auto angefangen hatte.

Glenna hatte gesagt: »Ich glaube, der Gedanke mit dem Auto ist ihm gekommen, als ihm klar wurde, dass er nicht mit uns im Haus leben würde.«

Darauf hatte Colin gemeint: »Ross hat immer schon an Autos rumgebastelt.«

Aber Ross hatte nie so viel Wert darauf gelegt, wie ein Auto aussah. Ihm war es um die Beschleunigung und die Höchstgeschwindigkeit gegangen und um die bedrohlich oder lächerlich klingenden Geräusche, die er einem Wagen entlocken konnte. Er hatte zwei Mal einen Unfall gehabt. Ein Mal hatte er seinen Wagen in einen Graben gefahren und war, ohne einen Kratzer abbekommen zu haben, zu Fuß nach Hause gegangen. Das zweite Mal hatte er eine Abkürzung genommen, wie er es nannte, und war auf einem unbebauten Grundstück im Zentrum in einen Haufen Gerümpel gefahren, der unter anderem auch eine alte Badewanne enthielt. Als Colin am Wochenende aus dem College nach Hause kam, fand er Ross mit violetten Quetschungen auf der Backe, einer Schnittwunde über einem Ohr und heftpflasterverklebten Rippen.

»Ich hatte einen Zusammenstoß mit einer Badewanne.«

Ob er betrunken gewesen sei oder Drogen genommen habe?

»Ich glaube nicht«, sagte Ross.

Dieses Mal schien ihm etwas anderes vorzuschweben als Vollgas zu geben und mit schlingerndem Heck die Straße hinunterzupreschen, dass schwarze Streifen auf dem Pflaster zurückblieben. Er wollte ein richtiges Auto, eines, das die Zeitschrift, die er immer las, einen »Straßenschlitten« nannte. Vielleicht um an Mädchen heranzukommen? Oder bloß, um damit anzugeben, um ganz manierlich darin herumzukurven und nur hin und wieder kurz durchzustarten oder ein kraftvolles Brummen hören zu lassen, wenn er an den Ampeln losfuhr? Vielleicht kam er diesmal sogar ohne Trickhupe aus.

»Das ist mal ʼn Wagen, in dem nicht wie ein Verrückter die Hauptstraße rauf- und runtergerast oder mit hundert Sachen übern Kies gefahren wird«, sagte er.

»Ganz recht, Ross«, meinte Glenna. »Wird Zeit, dass du auslernst.«

»Bier«, sagte Colin und stellte es in Reichweite neben Ross auf den Boden.

»Ross?«, sagte Glenna. (»Danke«, sagte sie zu Colin.) »Ross, du musst den Teppichbezug innen an den Türen rausreißen. Glaubʼs mir. Er sieht zwar in Ordnung aus, aber er stinkt, wirklich. Ich rieche es. Bis hierher.«

Colin saß auf der Eingangsstufe mit Lynnette auf einem

Knie; er wusste, dass er die Frage der Pünktlichkeit nicht aufs Tapet bringen würde, geschweige denn die Sache mit den Hüten. Er würde Ross nicht daran erinnern, dass dies der erste Job war, den er seit über einem Jahr gehabt hatte. Er war zu müde, und jetzt war er zu friedlich gestimmt. Ein guter Teil dieser friedlichen Stimmung war Glenna zu verdanken. Glenna würde sich nie mit jemandem zusammentun, der völlig übergeschnappt war, oder an irgendeinem sinnlosen Unternehmen beteiligen. Und da spiegelte nun Glenna ihr Gesicht in den Radkappen, steckte die Nase in die Teppichverkleidung, nahm Ross und sein Auto ernst – so ernst, dass Colin im ersten Augenblick, als er aus dem Auto stieg und Glenna dort hocken und polieren sah, am liebsten gefragt hätte, ob das den ganzen Sommer so weitergehen werde, dass sie mit Ross' Auto so beschäftigt sei und keine Zeit mehr habe, am Haus weiterzuarbeiten. Jetzt würde er sich ohrfeigen, wenn er das gesagt hätte. Was täte er denn, wenn sie Ross nicht leiden könnte, wenn sie ihn nicht von Anfang an gemocht hätte und damit einverstanden gewesen wäre, dass er so oft da war? Als Ross damals, bei ihrer ersten Begegnung, sagte, was ihr als Einziges fehle, und Glenna daraufhin lächelte, nicht höflich und herablassend, sondern aufrichtig überrascht und erfreut, hatte Colin mehr als bloß Erleichterung empfunden. Er hatte das Gefühl gehabt, Ross würde jetzt vielleicht nicht mehr wie ein heimliches Gewicht auf ihm lasten; er würde Ross mit jemandem teilen können. Sylvia hatte er nie mitgerechnet.

Der andere Gedanke, der Colin damals durch den Kopf ging, war in jedem Sinne unanständig. Nein, Ross würde niemals. Ross war prüde. Er machte ein finsteres Gesicht, schob die dicke Unterlippe vor und sah aus, als würde er am liebsten weinen, wenn im Kino eine Sexszene vorkam.

Am Samstagmorgen lag ein großes Paket Hühnerteile zum Auftauen auf der Anrichte und erinnerte Colin daran, dass Glenna Sylvia und Eddy und ihre Freundin – ihre gemeinsame Freundin – Nancy zum Abendessen eingeladen hatte.

Glenna war ins Krankenhaus gegangen, zu Fuß, mit Lynnette im Kinderwagen, um sich ihre Spritzen gegen Heuschnupfen geben zu lassen. Ross war schon bei der Arbeit. Er war ins Haus gekommen, hatte eine Kassette aufgelegt und die Tür offen gelassen, um sie draußen zu hören. *Chariots of Fire*. Das war Glennas Kassette. Ross hörte normalerweise Country- und Westernmusik.

Colin kam gerade aus dem Baumarkt zurück, wo sie seine Deckenplatten noch immer nicht, wie versprochen, hereinbekommen hatten. Er ging nach draußen, um nach dem Gras zu sehen, das er letzten Samstag gepflanzt hatte, ein kleines Stück Rasen neben dem Haus, mit Bindfaden eingezäunt. Er gab ihm etwas Wasser und schaute dann Ross beim Abschmirgeln der Räder zu. Binnen kurzem und ohne es recht vorgehabt zu haben, schmirgelte er mit. Man war wie hypnotisiert, genau wie Glenna gesagt hatte; man machte einfach weiter. Nachdem sie genügend abgeschmirgelt waren, mussten die Räder grundiert (die Reifen zuvor mit Kreppband und Papier abgedeckt) werden, und wenn die Grundierung trocken war, mussten sie mit Kupferspänen abgerieben und wieder mit dem Wachs- und Fettlösungsmittel gereinigt werden. Ross hatte das alles genau geplant.

Sie arbeiteten den ganzen Vormittag und dann den ganzen Nachmittag. Zum Mittagessen briet Glenna Frikadellen. Als Colin ihr berichtete, dass er die Küchendecke nicht verschalen konnte, weil die Platten nicht geliefert worden waren, sagte sie, er hätte ohnehin nicht an der Küche weiterarbeiten können, weil sie einen Nachtisch machen müsse.

98

Ross fuhr ins Zentrum und besorgte eine Spritzpistole und eine kleine Menge schwarzgrauer Metallicfarbe, außerdem Gummibeschichtung für die Reifen. Das war eine gute Idee – die Spritzpistole machte es sehr viel leichter, bei den Rädern in die Fugen zu kommen.

Nancy traf mitten am Nachmittag ein, am Steuer ihres niedlichen kleinen Chevette und angetan mit einem seltsamen neuen Outfit – ziemlich langen, losen Shorts und einem Oberteil wie eine Tüte, in die man Löcher für Kopf und Arme geschnitten hat, das Ganze schmutzfarben und in der Taille mit einer langen violetten Fransenschärpe gegürtet. Nancy war in diesem Jahr in die Stadt versetzt worden, um Französisch von der Kindergartenstufe bis zur 8. Klasse zu unterrichten, was neuerdings Vorschrift war. Sie war eine schlaksige, blasse, flachbrüstige junge Frau mit maisblondem Kraushaar und einem intelligenten, kummervollen Gesicht. Colin fand sie sympathisch und befremdend. Sie kam hereingeschneit wie eine alte Freundin, brachte ihr eigenes Bier und ihre eigene Musik mit. Sie schwatzte mit Lynnette und hatte einen erfundenen Namen für sie – Winnie-Winnie. Aber wessen alte Freundin war sie? Bis September letzten Jahres hatten weder er noch Glenna sie jemals gesehen. Sie war Anfang dreißig, hatte mit drei verschiedenen Männern gelebt und glaubte nicht, dass sie je heiraten würde. Als sie Sylvia und Eddy das erste Mal begegnete, erzählte sie ihnen von den drei Männern und von den Drogen, die sie genommen hatte. Natürlich drang Sylvia immer weiter in sie. Eddy hatte keine Ahnung, wovon sie redete, und als sie Stoff erwähnte, dachte er vielleicht, sie rede von Kleiderstoff. Jedes Mal, wenn man ihr begegnete, schilderte sie einem ihr Befinden. Nicht, ob sie Kopfschmerzen oder eine Erkältung oder geschwollene Mandeln oder wunde Füße habe, sondern ob sie deprimiert oder euphorisch sei oder was immer. Und dann hatte sie eine sonderbare Art, von dieser Stadt zu sprechen. Sie redete, als ob die Stadt eine zusammenhängende Masse, ein Klumpen wäre und die Leute darin alle zusammenklebten, und als ob der Klumpen – für sie – merkwürdige und in der Regel entmutigende Eigenschaften hätte.

»Ich hab dich gestern gesehen, Ross«, sagte Nancy. Sie saß auf der Eingangsstufe, nachdem sie eine Büchse Bier geöffnet und *Show Some Emotion* von Joan Armatrading aufgelegt hatte. Sie stand auf und hob Lynnette aus dem Laufstall. »Ich hab dich in der Schule gesehen. Du warst wunderbar.«

Colin sagte: »Hier liegt überall Zeug rum, das sie in den Mund stecken könnte. Kleine Muttern und so was. Du musst auf sie aufpassen.«

»Ich pass schon auf sie auf«, sagte Nancy. »Winnie-Winnie.« Sie kitzelte Lynnette mit den Fransen ihrer Schärpe.

»Monsieur les Deux Chapeaux«, fuhr sie fort. »Meine dritte Klasse starrte geschlossen aus dem Fenster und bewunderte dich. Wir haben beschlossen, dich so zu nennen. Monsieur les Deux Chapeaux. Der Monsieur mit den zwei Hüten.«

»Wir können ein bisschen Französisch. Unglaublich, aber wahr«, warf Colin ein.

»Ich nicht«, sagte Ross. »Ich weiß nicht, wovon sie redet.«

»Ach Ross«, sagte Nancy und kitzelte Lynnette. »Ist das nicht mein süßer kleiner Honigbär, meine kleine Winnie-Winnie? Du warst wunderbar, Ross. Was für eine Prachtidee an einem faden, sich hinschleppenden, gewöhnlichen Freitagnachmittag.«

Nancy hatte eine Art, Ross missmutig zu stimmen. In ihrer Gegenwart bemerkte er oft hinter ihrem Rücken, sie sei verrückt.

»Du spinnst, Nancy. Du hast mich überhaupt nicht gesehen. Du hast Visionen. Du siehst doppelt.«

»Klar«, sagte Nancy. »Absolut, Monsieur les Deux Chapeaux. Und was machst du da? Weih mich ein. Gehst du unter die Schrottverwerter?«

»Im Moment lackieren wir die Räder hier«, gab Colin zur Antwort. Ross weigerte sich zu antworten.

»Ich hab früher mal einen Kurs besucht«, sagte Nancy. »Ich hab einen Kurs in elementarer Maschinenkunde besucht, um über mein kleines Auto Bescheid zu wissen und nicht wie ein hilfloses Dämchen mit Piepsstimme in der Werkstatt erscheinen zu müssen.« Sie piepste wie ein hilfloses Dämchen: »Ach, da ist dieses merkwürdige Geräusch, und sagen Sie mir doch bitte, was ist denn da unter der Haube? Ach, du meine Güte, ein Motor! Na ja, um das nicht zu tun, habe ich diesen Kurs besucht, und das hat mein Interesse so geweckt, dass ich noch einen zweiten Kurs besuchte und tatsächlich erwog, Mechanikerin zu werden. Ich wollte unten in der Abschmiergrube arbeiten. Aber im Grunde bin ich zu konventionell. Ich konnte mir die Scherereien einfach nicht antun. Da unterrichte ich doch lieber Französisch.«

Sie setzte Lynnette auf ihre Hüfte und ging hinüber zum Wagen, um sich den Motor anzusehen.

»Ross? Willst du das mit Dampfstrahler reinigen?«

»Jaja«, sagte Ross. »Ich muss mal sehen, ob es einen zu leihen gibt.«

»Außerdem habe ich mit einem Typen zusammengelebt, der mit Autos zu tun hatte, und weißt du, was der gemacht hat? Wenn er sich einen Dampfstrahler leihen musste, hat er immer rumgefragt, ob nicht sonst noch jemand was gereinigt haben wollte, und dann hat er ihnen zehn Dollar abgeknöpft. So hat er mit der Leihgebühr noch Geld gemacht.«

»Jaja«, sagte Ross.

»Nur so ein Vorschlag. Du brauchst eine neue Kühlerverankerung, oder? Beim V-8 ist der Kühler hinter der Verankerung montiert.«

Daraufhin kam Ross aus seinem Schmollwinkel heraus – er sah, dass es angebracht war – und begann sie einzuweihen.

»Komm mit, Colin«, sagte Nancy. »Glenna sagt, wir brauchen mehr Schlagsahne. Wir können mit meinem Auto fahren. Nimm du Lynnette auf den Schoß.«

»Ich hab kein Hemd an«, wandte Colin ein.

»Lynnette ist das egal. Und in den Laden gehe ich. Komm schon. Glenna will die Sahne gleich.«

Im Auto sagte sie: »Ich wollte mit dir reden.«

»Das hab ich mir gedacht.«

»Es geht um Ross. Um das, was er da macht.«

»Du meinst, dass er mit diesen Hüten auf dem Kopf rumläuft? Was ist damit? Was hat Davidson gesagt?«

»Das meine ich gar nicht. Ich meine das Auto.«

Colin war erleichtert. »Was ist mit dem Auto?«

»Dieser Motor. Colin, der Motor ist zu groß. Er kann so einen Motor nicht in diese Karosserie einbauen.«

Ihre Stimme klang dramatisch tief und ruhig.

»Ross versteht eine ganze Menge von Autos«, sagte Colin.

»Das glaube ich gern. Ich habe nie gesagt, Ross sei dumm. Er versteht was davon. Aber dieser Motor, wenn er den einbaut, dann wird ihm unweigerlich die Kardanwelle brechen, fürchte ich – nicht sofort, aber früher oder später.

Und eher früher als später. Halbstarke tun so was oft. Sie bauen einen großen, starken Motor ein, um eine bestimmte Beschleunigung und Geschwindigkeit zu erreichen, und eines schönen Tages, weißt du, kann der Motor ungelogen den ganzen Wagen umkippen. Der Wagen überschlägt sich förmlich. Die Kardanwelle bricht. Der springende Punkt ist, dass bei Halbstarken oft schon was anderes schief läuft oder sie das Auto zusammenfahren, bevor's so weit ist. Es kann also sein, dass er es schon einmal gemacht hat und damit durchgekommen ist. Zumindest glaubte, er käme damit durch. Ich spiele mich hier nicht bloß zum großen Experten auf, Colin. Wirklich nicht. Heiliges Ehrenwort.«

»Okay«, sagte Colin. »Dann ist es so.«

»Das weißt du doch, Colin?«

»Ich weiß es.«

»Ich habe es einfach nicht übers Herz gebracht, Ross etwas zu sagen. Er ist so aus dem Häuschen wegen seines Autos. Das sagt man doch hier, oder? Aus dem Häuschen? Ich konnte einfach nicht mit so einem gewichtigen Einwand kommen. Vielleicht würde er mir sowieso nicht glauben.«

»Ich weiß nicht, ob er mir glauben würde«, sagte Colin. »Hör mal. Bist du todsicher?«

»Red nicht von Tod!«, beschwor ihn Nancy, in diesem aufgesetzt klingenden Ton, den er für aufrichtig halten musste. »Ich bin absolut und ohne jeden Zweifel sicher, und wenn ich es nicht wäre, hätte ich meine große Klappe gar nicht erst aufgemacht.«

»Er weiß, dass er einen größeren Motor einbaut. Er weiß es. Er muss also annehmen, dass es geht.«

»Er nimmt falsch an. Colin, ich liebe Ross. Ich möchte ihm sein Vorhaben nicht verderben.«

»Das solltest du Sylvia besser nicht zu Ohren kommen lassen.«

»Was? Sie will doch auch nicht, dass er sich umbringt.«

»Dass du Ross liebst.«

»Ich liebe euch alle, Colin«, sagte Nancy und bog in den Parkplatz vor Mac's Milchladen ein. »Wirklich.«

»Und wisst ihr, was ich getan hab«, sagte Sylvia, vorwiegend zu Nancy gewandt, nach einem vierten Glas Rosé. »Ich hab mir selber ein Fest zum fünfundzwanzigsten Hochzeitstag veranstaltet. Wie findet ihr das?«

»Wunderbar!«, sagte Nancy. Sylvia hatte ihr eben den Witz von dem Neger und dem Weißen im Pissoir erzählt, und sie hatte gelinde Schwierigkeiten damit gehabt, wie Colin bemerkte.

»Ich meine, ohne einen Ehemann. Ich meine, er lebte damals nicht mehr mit mir zusammen. Ich lebte nicht mehr mit ihm zusammen. Er lebte noch. In Peterborough. Inzwischen lebt cr nicht mehr. Aber ich hab mir gesagt: ›Jetzt bin ich fünfundzwanzig Jahre verheiratet und bin es immer noch. Habe ich also keine Party verdient?‹«

Nancy sagte: »Gewiss.«

Sie saßen um den Picknicktisch hinten im Garten, nur ein paar Schritte von der Küchentür entfernt, unter dem blühenden Schwarzkirschbaum. Glenna hatte ein weißes Tuch ausgebreitet und mit ihrem Hochzeitsservice gedeckt.

»Nächstes Jahr wird das hier eine Terrasse sein«, sagte Glenna.

»Siehst du«, sagte Sylvia. »Wenn du Plastikzeug genommen hättest, könntest du die ganze Bescherung jetzt zusammenpacken und in den Müll werfen.«

Eddy gab Sylvia Feuer. Er selbst hatte während der Mahlzeit pausenlos geraucht.

Nancy pulte eine matschige Erdbeere aus der zerstörten

Baiserkuppel. »Herrlich ist das hier um diese Zeit«, sagte sie.

»Zumindest gibt es noch keine Mücken«, meinte Glenna.

Sylvia sagte: »Stimmt. Erdbeeren wären nächste Woche viel billiger gewesen, aber dann hätte man nicht hier draußen essen können wegen der Mücken.«

Nancy fand das komisch. Sie fing an zu lachen, und Eddy stimmte ein. Aus irgendeinem unausgesprochenen Grund – bei Eddy war er zwangsläufig unausgesprochen – bewunderte er Nancy und alles, was sie tat. Mit einem Gesicht so rosa wie eine Seidenpapierrose, die an den Rändern allmählich ziemlich knittrig aussah, sagte Sylvia verwirrt, aber gut gelaunt: »Ich versteh nicht, was daran komisch ist. Was hab ich denn gesagt?«

»Erzähl weiter«, sagte Ross.

»Was weiter?«

»Erzähl weiter von der Party an deinem Hochzeitstag.«

»Ach, Ross«, sagte Glenna. Sie stand auf und schaltete das Licht in der Kette kleiner bunter Plastiklampen an, die an der Hauswand ausgespannt war. »Ich hätte Colin auf die Leiter steigen und ein paar im Kirschbaum aufhängen lassen sollen«, sagte sie.

»Also, Colin war dreizehn damals und Ross war zwölf«, sagte Sylvia. »Ach, die Geschichte kennt ja jeder außer dir, Nancy, schon in- und auswendig. Na ja, fünfundzwanzig Jahre verheiratet, und mein ältester Sohn dreizehn? Da lag das Problem, könnte man sagen. So viele Jahre ohne Kinder, wir hatten einfach nicht mehr damit gerechnet, noch welche zu kriegen. Erst hatten wir damit gerechnet, sie zu kriegen, dann waren wir enttäuscht, und dann gewöhnten wir uns allmählich daran, und nachdem wir so lange daran gewöhnt waren, über zehn Jahre verheiratet, bin ich auf einmal schwanger! Das war Colin. Und keine zwölf Monate später, elf Monate und drei Tage später, noch eins! Das war Ross!«

»Juchhuu!«, sagte Ross.

»Der arme Mann, wahrscheinlich hat er's mit der Angst gekriegt und gemeint, ich könnte von da an, jedes Mal wenn er sich umdreht, neue Kinder in die Welt setzen, darum hat er sich aus dem Staub gemacht.«

»Er wurde versetzt«, sagte Colin. »Er arbeitete bei der Eisenbahn, und als sie den Passagierverkehr, der hier durchkam, stilllegten, haben sie ihn nach Peterborough versetzt.«

Er hatte nicht viele Erinnerungen an seinen Vater. Einmal, als sie die Straße entlanggingen, hatte sein Vater ihm einen Streifen Kaugummi angeboten. In dieser Geste lag eher etwas liebenswürdig Förmliches – sein Vater hatte damals seine Uniform an – als väterliche Vertrautheit. Colin hatte den Eindruck, dass Sylvia Söhne und Ehemann irgendwie nicht bewältigen konnte – dass sie ihre Ehe, ohne es direkt zu wollen, mehr oder weniger verlegt hatte.

»Er hat nicht bloß bei der Eisenbahn gearbeitet«, sagte Sylvia. »Er war Schaffner. Zuerst kam er nach seiner Versetzung noch manchmal mit dem Bus nach Hause, aber er hasste das Busfahren, und Auto fahren konnte er nicht. Er hat einfach nach und nach seine Besuche eingestellt, und dann ist er kurz vor seiner Pensionierung gestorben. Dann wäre er vielleicht zurückgekommen, wer weiß?«

(Glenna war der Ansicht – die sie an Colin weitergegeben hatte –, dass das ganze lässige Gerede, wie Sylvia sich selbst ein rauschendes Fest zum Hochzeitstag gegeben habe, nichts als Bluff sei – dass sie ihren Mann in Wirklichkeit gebeten oder aufgefordert habe zu kommen, er aber nicht gekommen sei.)

»Na ja, lassen wir ihn mal aus dem Spiel, es war ein

Fest«, sagte Sylvia. »Ich hab eine Menge Leute eingeladen. Ich hätte auch Eddy eingeladen, aber ich kannte ihn damals noch nicht so gut wie heute. Ich dachte, er sei zu vornehm.« Sie bohrte Eddy ihren Ellbogen in den Arm. Jeder wusste, dass in Wirklichkeit seine zweite Frau zu vornehm gewesen war. »Es war August und schönes Wetter, man konnte sich im Freien aufhalten wie wir jetzt. Ich hatte Tapetentische aufstellen lassen, und ich hatte eine Waschwanne voll Kartoffelsalat. Es gab Spareribs und Brathähnchen und Nachtisch und Kuchen und eine eigene Torte zum Hochzeitstag, mit einem Zuckerguss aus der Bäckerei. Und dazu zwei Sorten Früchtebowle, eine mit und eine ohne Alkohol. Die mit wurde im Lauf des Abends immer mehr mit, und die Leute schütteten fortwährend Wodka und Kognak und was immer sie hatten dazu, ohne dass ich es merkte!«

Ross sagte: »Jeder dachte, Colin hätte sich an der Bowle vergriffen!«

»Nein, das hat er nicht getan«, erwiderte Sylvia. »Das war gelogen.«

Vorher hatten Colin und Nancy zusammen den Tisch abgeräumt, und als sie allein in der Küche waren, sagte Nancy: »Hast du Ross darauf angesprochen?«

»Noch nicht.«

»Aber du hast es doch vor, Colin? Die Sache ist ernst.«

Glenna, die mit einer Platte voll Hühnerknochen hereinkam, hörte sie, sagte aber nichts.

Colin erklärte: »Nancy glaubt, dass Ross an seinem Auto einen Fehler macht.«

»Einen tödlichen Fehler«, sagte Nancy. Colin ging wieder nach draußen, während sie in gedämpftem, dringlichem Ton auf Glenna einredete.

»Und es gab Musik«, erzählte Sylvia. »Wir haben auf dem Gehsteig vor dem Haus getanzt und außerdem noch hinter dem Haus gefeiert. Wir hatten den Plattenspieler in meinem Zimmer zur Straße laufen und die Fenster offen. Der Polizist vom Nachtdienst kam rüber und tanzte die ganze Zeit mit! Sie hatten in der Straße erst kurz vorher die rötliche Straßenbeleuchtung angebracht, darum sagte ich: ›Seht bloß, was sie für Lampen für mein Fest aufgehängt haben!‹ Wo gehst du hin?«, fragte sie Colin, der aufgestanden war.

»Ich möchte Eddy was zeigen.«

Eddy stand erfreut auf und watschelte um den Tisch. Er trug braun-gelb karierte Hosen, kein allzu verwegenes Karo, ein gelbes Sporthemd und ein dunkelrotes Einstecktuch. »Sieht er nicht hübsch aus?«, fragte Sylvia, nicht zum ersten Mal. »Eddy, du hast so viel Schick! Colin will sich bloß nicht anhören, wie ich den Rest erzähle.«

»Der Rest ist das Beste«, sagte Ross. »Folgt sogleich!«

»Ich möchte Eddy was zeigen und ihn was fragen«, sagte Colin. »Unter vier Augen.«

»Dieser Teil der Geschichte ist wie etwas, das man in der Zeitung liest«, sagte Sylvia.

Glenna warf ein: »Es ist grässlich.«

»Er will Eddy sein kostbares Gras zeigen«, sagte Sylvia. »Außerdem will er sich tatsächlich verdrücken, wenn ich es erzähle. Wieso eigentlich? War doch nicht seine Schuld. Na ja, zum Teil. Aber so eine Geschichte ist anderen Leuten schon tausend Mal passiert, nur ist es da schlimmer ausgegangen. Tragisch.«

»Es hätte ja leicht tragisch ausgehen können«, sagte Ross lachend.

Colin, der Eddy ums Haus nach vorne führte, konnte Ross lachen hören. Er lotste Eddy an der Bindfadenabsperrung und dem jungen Gras vorbei. In den Vorgarten fiel etwas Licht von der Straßenbeleuchtung, aber nicht ganz ausreichend. Er schaltete das Licht an der Eingangstür an.

»Also. Wie gut kannst du Ross' Auto erkennen?«, fragte Colin.

Eddy sagte: »Hab alles schon gesehen.«

»Warte.«

Colins Auto war so geparkt, dass die Scheinwerfer genau das anstrahlen würden, wo er Licht brauchte, und er hatte die Schlüssel in der Tasche. Er stieg ein, ließ den Motor an und schaltete das Licht ein.

»So«, sagte er. »Jetzt sieh dir mal den Motor an, solange ich die Scheinwerfer anhabe.«

Eddy sagte: »Okay«, ging hinüber in den Lichtkegel der Scheinwerfer und betrachtete eingehend den Motor.

»Jetzt schau dir die Karosserie an.«

»Ja«, meinte Eddie und machte eine Vierteldrehung, beugte sich aber nicht vor, um besser zu sehen. So wie er angezogen war, blieb er wohl lieber auf Abstand.

Colin schaltete das Licht und den Motor aus und stieg aus dem Wagen. Im Dunkeln hörte er Ross wieder lachen.

»Jemand hat mir gesagt, der Motor sei zu groß, um ihn da einzubauen«, sagte Colin. »Der Betreffende hat gesagt, mit diesem Motor würde das Kardangelenk brechen, und dann wäre die Kardanwelle im Eimer und das Auto würde sich überschlagen. Also, ich verstehe nicht genug von Autos. Stimmt das?«

»Es ist ein großer Motor«, sagte Eddy. »Es ist ein V-8 350. Ein Chevy-Motor.«

Colin verschwieg, dass er das schon wusste. »Ist er zu groß?«, fragte er. »Stellt er eine Gefahr dar?«

»Er ist schon ein bisschen groß.«

»Hast du schon mal gesehen, dass Leute einen Motor wie den hier in so eine Karosserie eingebaut haben?«

»O ja. Ich hab die Leute schon alles Mögliche tun sehen.«

»Würde es einen Unfall verursachen, wie diese Person gesagt hat?«

»Schwer zu sagen.«

Bei dieser Antwort reden die meisten Leute weiter und erzählen einem, was schwer zu sagen sei. Nicht so Eddy.

»Würde das Kardangelenk dadurch ganz sicher brechen?«

»Ach, nicht unbedingt«, meinte Eddy liebenswürdig. »Das würde ich nicht sagen.«

»Aber es könnte sein?«

»Tja.«

»Soll ich Ross etwas sagen?«

Eddy kicherte nervös. »Sylvia ist nicht so begeistert, wenn du zu Ross was sagst.«

Colin hatte sich nicht an der Bowle mit Schuss vergriffen. Er und Ross und das Halbdutzend anderer Jungen kamen dem Kern der Party gar nicht so nah. Sie ignorierten das Fest, blieben an seinen Ausläufern und tranken nur aus Büchsen – Coca-Cola und Orangenlimonade aus Büchsen, die irgendwer mitgebracht und auf den Stufen zum Hintereingang hatte stehen lassen. Sie aßen die angebotenen Kartoffelchips, gaben sich aber nicht mit den auf Tischen angerichteten Speisen ab, für die Teller und Gabeln nötig waren. Sie achteten nicht auf das, was die Erwachsenen taten. Noch vor ein paar Jahren hätten sie sich dort herumgetrieben und alles beobachtet, vorwiegend mit dem Ziel, sich darüber lustig zu machen und zu stören. Jetzt wollten sie dieser Welt – der Welt der Erwachsenen, hier auf dem

Fest oder sonst wo – nicht einmal so viel Ehre antun, sie wahrzunehmen.

Gegenstände, die Erwachsenen gehörten, waren ein anderer Fall. Die waren immer noch interessant, und in den Autos, die hintereinander auf dem dunklen Weg geparkt waren, fanden sie jede Menge davon. Werkzeug, Schaufeln, die Schneeketten vom letzten Winter, Stiefel, ein paar Fallen. Zerrissene Regenmäntel, eine Decke, Magazine mit schmutzigen Bildern. Ein Gewehr.

Das Gewehr lag auf dem Rücksitz eines unabgesperrten Wagens. Es war ein Jagdgewehr. Es war gar keine Frage, dass sie es herausholen, es betrachten und darüber fachsimpeln, auf imaginäre Vögel zielen würden.

Irgendwer riet zur Vorsicht.

»Es ist nicht geladen.«

»Woher weißt du das?«

Colin bekam nie mit, woher der Junge das wusste. Sein Gedanke war, dass Ross das Gewehr nicht in die Hände bekommen durfte, sonst würde es, geladen oder nicht, losgehen. Um das zu verhindern, riss Colin es selbst an sich, und was dann passierte, das vermochte er absolut nicht zu sagen, noch konnte er sich je daran erinnern. Er konnte sich nicht erinnern, das Gewehr auf etwas gerichtet zu haben. Er konnte es unmöglich auf etwas gerichtet haben. Er konnte sich nicht erinnern, abgedrückt zu haben, weil er gerade das nie hätte tun können. Er konnte unmöglich abgedrückt haben. Er konnte sich nicht an das Krachen eines Schusses erinnern, sondern lediglich an das Bewusstsein, dass etwas geschehen war – das Bewusstsein, das man hat, wenn man von einem lauten Geräusch aus dem Schlaf gerissen wird, das einem für einen Moment zu fern und unabänderlich vorkommt, als dass man es beachten müsste.

Im selben Moment brandeten Schreie und Hilferufe an

sein Ohr. Einer der Schreie kam von Ross, was Colin hätte stutzig machen sollen. (Ist es vielleicht üblich, dass totgeschossene Leute schreien?) Colin sah Ross nicht hinfallen. Was er dagegen sah – und für immer im Gedächtnis behielt – war, wie Ross am Boden lag, auf dem Rücken, die Arme weit von sich gestreckt, um den Kopf eine dunkle Lache, die aus seiner Stirn geflossen war.

Die konnte es doch nicht wirklich gegeben haben – war da eine Lache?

Die Welt oder die Hilfe der Erwachsenen nun nicht mehr verachtend, rasten ein oder zwei Jungen den Weg zu Sylvias Haus hinunter und brüllten: »Ross ist erschossen! Colin hat ihn erschossen! Ross! Er ist erschossen! Colin hat ihn erschossen! Ross! Colin! Ross!«

Als sie sich den Leuten, die hinten im Garten um den Tisch saßen, endlich verständlich machen konnten – manche hatten den Schuss gehört, aber an Knallfrösche gedacht –, und als schließlich die ersten Männer gerannt kamen und den Schauplatz der Tragödie erreichten, war Ross im Begriff, sich aufzusetzen und zu strecken, einen durchtriebenen, beschämten Ausdruck auf dem Gesicht. Die Jungen, die nicht losgerannt waren, um Hilfe zu holen, hatten gesehen, wie er sich bewegte, und geglaubt, er sei zwar am Leben, aber verwundet. Er war nicht die Spur verwundet. Die Kugel war nicht einmal in seine Nähe gekommen. Sie war in den Schuppen ein Stück weiter unten am Weg eingeschlagen, einen Schuppen, in dem ein alter Mann im Winter Schlittschuhe schliff. Es war niemand verletzt.

Ross behauptete, er sei vom Knall des Schusses ohnmächtig oder zu Boden geworfen worden. Aber wie sie Ross kannten, glaubten oder argwöhnten alle, dass er aus einer puren Laune heraus eine Schau abgezogen hatte. Das Gewehr lag neben dem Weg im Gras, wo Colin es hingeworfen hatte. Keiner der Jungen hatte es aufgehoben; keiner wollte es anfassen oder damit in Verbindung gebracht werden, obwohl mittlerweile klar war, dass die ganze Sache herauskommen musste – dass sie es verbotenerweise aus dem Auto geholt hatten, dass sie allesamt Schuld traf.

Aber vor allem Colin. Colin war schuld. Und er war abgehauen.

Das war der allgemeine Aufschrei, nachdem die erste Aufregung um Ross verebbt war.

»Was ist passiert? Ross, fehlt dir was? Bist du getroffen? Wo ist das Gewehr? Fehlt dir wirklich nichts? Wo hast du das Gewehr her? Warum hast du so getan, als ob du getroffen wärst? Bist du sicher, dass du nicht getroffen bist? Wer hat das Gewehr abgefeuert? *Wer?* Colin!«

»Wo ist Colin?«

Keiner konnte sich auch nur daran erinnern, in welche Richtung er gelaufen war. Keiner erinnerte sich, ihn gesehen zu haben, wie er wegrannte. Sie riefen, aber nichts rührte sich. Sie suchten überall am Wegrand, falls er sich versteckt hielt. Der Polizist stieg in den Streifenwagen, und andere stiegen in ihre Autos, und sie kämmten die Straßen durch, fuhren sogar noch ein paar Meilen auf die Fernstraße, um ihn vielleicht beim Ausreißen zu erwischen. Keine Spur von ihm. Sylvia ging ins Haus und schaute in die Schränke und unter die Betten. Überall wanderten Leute herum, stießen zusammen, leuchteten mit Taschenlampen ins Gebüsch, riefen nach Colin.

Dann sagte Ross, er wisse, wo man suchen müsse.

»Unten an der Tiplady Brücke.«

Das war eine Eisenbrücke von der altmodischen Sorte, die über den Tiplady River führte. Man hatte sie stehen lassen, obwohl flussaufwärts eine neue Betonbrücke gebaut worden war, so dass die verbreiterte Fernstraße diesen Teil der Stadt jetzt umfuhr. Die Straße, die zur alten Brücke hinunterführte, war für Autos gesperrt und die Brücke selbst als einsturzgefährdet deklariert, aber die Leute schwammen oder angelten noch von der Brücke aus, und abends fuhren Autos rumpelnd um das STRASSE GESPERRT-Schild herum, um zu parken. Der Straßenbelag auf der Brücke war aufgerissen, und die Laterne war ausgebrannt und nicht ersetzt worden. Es kursierten Gerüchte und Witze über diese Laterne, die darauf anspielten, dass auch Mitglieder des Stadtrats zu den Parkenden gehörten, die es dort lieber dunkel hatten.

Die Brücke war nur ein paar Häuserblocks von Sylvias Haus entfernt. Die Jungen rannten voraus, nicht angeführt, sondern gefolgt von Ross, der ein bedächtiges Tempo anschlug. Sylvia blieb dicht hinter ihm und wies ihn an, sich gefälligst zu beeilen. Sie trug hochhackige Schuhe und ein entenblaues Etuikleid, das über den Hüften spannte und ihr im Weg war.

»Wollen wir hoffen, dass du Recht hast«, sagte sie, die inzwischen nicht mehr wusste, auf welchen Sohn sie die größere Wut hatte. Sie hatte sich noch nicht davon erholen können, dass Ross doch nicht erschossen war, als sie sich fragen musste, ob sie Colin je wiedersehen würde. Einige Partygäste waren betrunken oder taktlos genug, sich laut Gedanken zu machen, ob er in den Tiplady River gesprungen sein könnte.

Der Polizist streckte den Kopf aus dem Wagen und forderte sie auf, die Absperrung beiseite zu schieben. Dann fuhr er durch und strahlte mit seinen Scheinwerfern die Brücke an.

Obwohl der obere Teil der Brücke in diesem Licht nicht sehr klar zu erkennen war, konnten sie jemanden dort sitzen sehen.

»Colin!«

Colin war hochgeklettert und hatte sich auf den Eisenträgern niedergelassen. Er war da.

»Colin! Ich kann nicht glauben, dass du das getan hast!«, schrie Sylvia zu ihm hinauf. »Mach, dass du von der Brücke runterkommst!«

Colin rührte sich nicht. Er wirkte benommen. Er war tatsächlich von den Scheinwerfern des Polizeiautos so sehr geblendet, dass er nicht hätte herunterklettern können, selbst wenn er es gewollt hätte.

Jetzt gab ihm der Polizeibeamte den Befehl, und andere wiederholten ihn. Er rührte sich nicht von der Stelle. Mitten unter den Befehlen und Vorwürfen fiel Sylvia plötzlich ein: Natürlich wusste er nicht, dass Ross gar nicht tot war.

»Colin, dein Bruder ist nicht erschossen!«, rief sie ihm zu. »Colin! Dein Bruder steht lebend neben mir! Ross ist am Leben!«

Colin gab keine Antwort, aber sie glaubte gesehen zu haben, wie er den Kopf bewegte, als spähte er nach unten.

»Dreh diese blöden Scheinwerfer von ihm weg«, sagte sie zu dem Polizisten, der eine Art Freund von ihr war. »Richt sie auf Ross, wenn du sie unbedingt auf irgendwas richten willst.«

»Warum stellen wir Ross nicht vor die Scheinwerfer?«, sagte der Polizist. »Danach können wir sie ausschalten und den Jungen runterkommen lassen. Okay, Colin«, rief der Polizist. »Jetzt zeigen wir dir Ross, der hier steht – er ist nicht verletzt und nichts!«

Sylvia schob Ross ins Licht.

»Mach den Mund auf, zum Donnerwetter«, sagte sie. »Sag deinem Bruder, dass du lebst.«

Colin half Glenna beim Aufräumen. Er dachte an das, was seine Mutter gesagt hatte, von wegen Plastikgeschirr und Tischdecken, die man einfach zusammenpacken und in den Müll werfen konnte. Es bestand nicht die geringste Chance, dass Glenna so etwas je tun würde. Seine Mutter hatte keine Ahnung von Glenna, nicht die leiseste Ahnung.

Jetzt war Glenna erschöpft, nachdem sie eine Essenseinladung gegeben hatte, die viel aufwendiger als nötig war und die keiner außer ihr selbst würdigen konnte.

Nein, das stimmte nicht. Er wusste es zu würdigen, auch wenn er die Notwendigkeit nicht einsah. Jeden Schritt, den sie ihn von der Unordnung seiner Mutter wegführte, wusste er zu würdigen.

»Ich weiß nicht, was ich Ross sagen soll«, bemerkte er.

»Worüber?«, fragte Glenna.

Sie war so müde, dachte er, dass sie vergessen hatte, was Nancy ihr erzählte. Der Abend vor ihrer Hochzeit kam ihm in den Sinn. Glenna hatte fünf Brautjungfern, ausgewählt eher nach Größe und Farbtyp als nach besonderer Freundschaft, und sie hatte alle Kleider für sie nach eigenem Entwurf genäht. Sie hatte auch ihr Hochzeitskleid genäht und sämtliche Handschuhe und Kopfbedeckungen. Jeder einzelne Handschuh hatte sechzehn kleine, stoffbezogene Knöpfe. Um halb zehn Uhr am Vorabend der Hochzeit wurde sie damit fertig. Dann ging sie nach oben, kreideweiß im Gesicht. Colin, der im Haus wohnte, ging hinauf, um nach ihr zu sehen, und fand sie in Tränen, in der Hand immer noch ein paar bunte Stoffreste. Er konnte sie nicht dazu bringen, mit dem Weinen aufzuhören, und rief ihre Mutter, die sagte: »So ist sie eben, Colin. Sie übertreibt die Dinge.«

Glenna schluchzte und erklärte unter anderem, dass sie im Leben keinen Sinn mehr sehe. Am nächsten Tag war sie hübsch wie ein Engel, zeigte keinerlei Nachwirkungen und nahm Komplimente und Glückwünsche begierig in sich auf.

Das Abendessen heute hatte sie wohl kaum so sehr überanstrengt wie die Ausstaffierung der Brautjungfern, doch hatte sie ein Stadium erreicht, in dem ihr Gesicht einen abweisenden Ausdruck hatte, eine harte Blässe, als könnte sie eine Menge Dinge in Zweifel ziehen.

»Er wird keine Lust haben, sich die Hacken nach einem anderen Motor abzurennen«, sagte Colin. »Wie sollte er ihn auch bezahlen? Er hat Sylvia schon für den hier anpumpen müssen. Und überhaupt, er will einen großen Motor. Er will die PS.«

Glenna fragte: »Kommt es so sehr darauf an?«

»Es kommt darauf an. Für die Beschleunigung und für die PS. Klar. So ein Motor macht schon einen Unterschied.«

Dann merkte er, dass sie das vielleicht gar nicht gemeint hatte. Vielleicht hatte sie nicht gemeint: »Kommt es auf den Motor an?«, sondern: »Wenn es das nicht ist, dann ist es etwas anderes.«

(Sie saß auf dem Rasen; sie polierte die Radkappen. Sie schnüffelte an der Türbespannung. Sie sagte: »Lass Lynnette die Farbe aussuchen.«)

Vielleicht hatte sie gemeint: »Warum lassen wir die Dinge nicht einfach ihren Gang nehmen?«

Colin schüttelte den Müll tiefer in den Plastiksack und band diesen oben zu. »Ich will nicht, dass du und Lynnette mit ihm herumkutschiert, wenn so was passieren könnte.«

»Aber Colin, das täte ich nie«, sagte Glenna mit sanfter, erstaunter Stimme. »Glaubst du, ich würde jemals mit ihm in diesem Auto mitfahren oder Lynnette mit ihm fahren lassen? Niemals.«

Er trug den Müll hinaus, und sie begann den Boden zu fegen. Als er zurückkam, sagte sie: »Mir ist da gerade etwas eingefallen. Ich dachte, jetzt werde ich bald die schwarz-weißen Fliesen fegen, und dann werde ich mir gar nicht mehr vorstellen können, wie diese alten Dielen aussahen. Wir werden uns nicht mehr daran erinnern. Wir sollten ein paar Fotos aufnehmen, damit wir uns daran erinnern können, was wir gemacht haben.«

Dann sagte sie noch: »Ich glaube, Nancy dramatisiert die Dinge manchmal. Das mit mir und Lynnette ist mir ernst. Aber ich glaube, sie macht ein zu großes Drama daraus.«

Glenna hatte ihn wirklich überrascht, wie plastisch sie sich alles Mögliche ausmalen konnte. Das Haus, jedes Zimmer darin, in seinem fertigen Zustand. Sie hatte die Möbel aufgestellt, die sie noch gar nicht gekauft hatten; sie hatte die Farben ausgewählt, je nach Nord- oder Südlage, Morgen- oder Abendlicht. Glenna konnte eine Folge von Zimmern in Gedanken wohl geordnet vor sich sehen, ein Arrangement, das zwingend und harmonisch war und das, ihr zumindest, vollkommen einleuchtete.

Ein Problem konnte Glenna nicht einfach überrumpeln und sie in Zweifel und Nöte stürzen. Lösungen standen bereit wie eine Folge von Zimmern. Sie sah immer einen Weg, mit den Dingen fertig zu werden, ohne über sie zu reden oder nachzudenken. Und trotz all ihrer Geduld und Sanftmut im täglichen Leben hielt sie unbeirrbar daran fest.

Sein einziger Gedanke, beim Licht der Scheinwerfer und dem Geschrei, war zunächst, dass sie gekommen waren, um ihm Vorwürfe zu machen. Das interessierte ihn nicht. Er wusste, was er getan hatte. Er war nicht weggelaufen und hatte die Abkürzung hierher genommen und war dann im Dunkeln auf die Brücke geklettert, um ihrer Strafe zu entgehen. Er hatte keine Angst; er zitterte nicht wegen des

Schocks. Er saß auf den schmalen Brückenträgern und spürte, wie kalt das Eisen war, selbst an einem Sommerabend; ihm war selbst kalt, aber er war immer noch ruhig, jetzt, wo sein ganzes verwirrtes Leben und das der anderen Leute in dieser Stadt an den Rändern aufgerollt war, genau wie eine vom Papier gelöste Fotografie sich an den Rändern aufrollt, so dass plötzlich zu sehen ist, was die ganze Zeit dahinter war. Nichts. Ross, der auf dem Boden lag, mit einer Lache um den Kopf. Ross für immer schweigend, er selbst ein Mörder. Er war weder froh darüber, noch tat es ihm Leid. Solche Gefühle waren zu nichtig und persönlich; sie waren fehl am Platz. Später erfuhr er, dass die meisten Anwesenden, und offenbar auch seine Mutter, geglaubt hatten, er sei hier heraufgestiegen, weil er vor Selbstvorwürfen außer sich war und mit dem Gedanken spielte, sich in den Tiplady River zu stürzen. Das war ihm nie in den Sinn gekommen. In gewisser Weise hatte er vergessen, dass der Fluss existierte. Er hatte vergessen, dass eine Brücke ein Bauwerk über einen Fluss ist und dass seine Mutter eine Person war, die ihm Dinge befehlen konnte.

Nein, er hatte diese Dinge weniger vergessen als begriffen, wie unsinnig sie waren. Wie unsinnig es war, dass er einen Namen hatte und dass dieser Name Colin war und dass die Leute den Namen riefen. Es war sogar irgendwie unsinnig, sich vorzustellen, dass er Ross erschossen hatte, obwohl er wusste, dass es so war. Das Unsinnige daran war, in diesen Wortbrocken zu denken. Colin. Hat. Ross. Erschossen. Es als Handlung zu sehen, als etwas Einschneidendes und Gesondertes, als Ereignis, als *Unterschied*.

Er dachte nicht daran, sich in den Fluss zu stürzen, oder was er sonst als Nächstes tun könnte oder wie sein Leben von nun an weitergehen würde. Solch ein Weitergehen schien nicht nur unnötig, sondern unmöglich. Sein Leben klaffte weit auf, und er brauchte sich über nichts mehr den Kopf zu zerbrechen.

Sie waren dabei, ihm zu sagen, Ross sei nicht tot.

Er ist nicht tot, Colin.

Du hast ihn nicht erschossen.

Es war ein Streich.

Ross hat bloß einen Scherz gemacht.

Ross' Scherz.

Du hast niemanden erschossen, Colin. Das Gewehr ist losgegangen, aber keiner wurde verletzt.

Schau, Colin. Da ist er.

Da ist Ross. Er ist nicht tot.

»Ich bin nicht tot, Colin!«

»Hast du das gehört? Hast du gehört, was er gesagt hat? Er hat gesagt, er ist nicht tot!«

Du kannst also jetzt runterkommen.

Jetzt kannst du runterkommen.

Colin. Komm runter.

Das war der Augenblick, als alles anfing wieder zu sein, wie es immer war. Er sah Ross unverletzt, unverkennbar er selbst, im Licht von Autoscheinwerfern. Ross, der wieder aufgestanden war, der vergnügt und eine Spur ängstlich dreinsah, aber nicht eigentlich zerknirscht. Ross, der Luftsprünge zu machen schien, selbst wenn er stillstand, und laut herauszulachen schien, auch wenn er sich die größte Mühe gab, den Mund nicht aufzutun.

Unverändert.

Colin war schwindlig und übel von der Heftigkeit, mit der alles wieder zum Leben erwachte, das Chaos und das Gefühl. Es war so schmerzhaft, wie wenn sich das Blut brennend heiß in erfrorene Körperteile drängt. Er tat, was man ihm sagte, und begann hinunterzuklettern. Manche Leute klatschten und jubelten. Er musste sich konzentrieren, um nicht abzurutschen. Er war schwach und verkrampft vom Sitzen dort oben. Und er musste vermeiden, zu unvermittelt daran zu denken, was eben um ein Haar geschehen wäre.

Er wusste, von jetzt an würde es seine Aufgabe im Leben sein, aufzupassen, dass so etwas nicht wieder passierte – ihm oder Ross.

Miles City, Montana

Mein Vater kam übers Feld, in den Armen den Körper des Jungen, der ertrunken war. Es war eine Gruppe von mehreren Männern, die von der Suchaktion zurückkamen, aber er war es, der den Leichnam trug. Die Männer waren schlammbedeckt und erschöpft, und sie gingen mit gesenkten Köpfen, als ob sie sich schämten. Selbst die Hunde waren entmutigt, triefnass von dem kalten Fluss. Als sie Stunden vorher alle zusammen aufgebrochen waren, die Hunde nervös und jaulend, die Männer angespannt und entschlossen, hatte eine unsagbare bedrückte Erregung über der ganzen Szene gelegen. Es war allen klar, dass sie womöglich eine schreckliche Entdeckung machen würden.

Der Junge hieß Steve Gauley. Er war acht Jahre alt. Sein Haar und seine Kleider waren schlammfarben jetzt, und kleine Stücke von totem Blattwerk, Zweigen und Gras hatten sich darin verfangen. Er sah aus wie ein Häufchen Abfall, das den ganzen Winter über draußen gelegen hatte. Sein Kopf lag mit dem Gesicht zur Brust meines Vaters, aber ich konnte ein Nasenloch sehen, ein Ohr, die mit grünlichem Schlamm verstopft waren.

Ich glaube doch nicht. Ich glaube nicht, dass ich das alles wirklich gesehen habe. Vielleicht sah ich meinen Vater mit dem Jungen in den Armen und die anderen Männer hinter ihm und die Hunde, aber man hätte mir nicht erlaubt, so nah hinzugehen, dass ich Einzelheiten wie den Schlamm in seinem Nasenloch hätte erkennen können. Ich muss gehört haben, wie jemand darüber redete, und mir eingebildet haben, ich hätte es gesehen. Ich sehe sein Gesicht vor mir, unverändert bis auf den Schlamm – Steve Gauleys vertrautes, scharfkantiges, verschlagen wirkendes Gesicht –, und so hätte es nicht ausgesehen; es wäre aufgedunsen und verändert gewesen und vielleicht über und über schlammbedeckt, nach so vielen Stunden im Wasser.

Einer wartenden Familie, vor allem einer Mutter solch eine Nachricht, solch ein Unterpfand bringen zu müssen, hätte einem Suchtrupp die Füße zu Blei werden lassen, aber was hier vor sich ging, war schlimmer. Es schien eine größere Schande (wenn man die Leute reden hörte), dass es keine Mutter gab, überhaupt keine Frau – keine Großmutter oder Tante oder auch nur Schwester –, die Steve Gauley in Empfang genommen und ihn gebührend beweint hätte. Sein Vater war ein Lohnarbeiter, ein Trinker, aber kein Trunkenbold, ein Mann, der seinen Launen folgte, ohne unterhaltsam zu sein, nicht freundlich, aber auch nicht unbedingt ein Störenfried. Seine Vaterschaft schien ein Produkt des Zufalls, und die Tatsache, dass das Kind ihm überlassen wurde, als die Mutter fortging, und weiter mit ihm zusammenlebte, schien ebenso sehr ein Zufall. Sie wohnten in einem hinterwäldlerischen, grau geschindelten Haus mit spitzem Giebel, das nicht viel besser war als eine Bretterhütte – der Vater flickte das Dach und stützte die Veranda ab, nur soweit es nötig war und nur, wenn es nicht mehr anders ging –, und ihr Leben war auf ähnliche Weise verbunden; das heißt, nur soweit es nötig war, um sich die Fürsorge vom Leib zu halten. Sie aßen nicht zusammen und kochten nicht füreinander, aber es war Essen im Haus. Manchmal gab der Vater Steve Geld, um im Laden Essen einzukaufen, und man sah Steve ganz vernünftige Dinge kaufen wie Pfannkuchenmischung oder ein Makkaroni-Fertiggericht.

Ich hatte Steve Gauley recht gut gekannt. Ich hatte ihn öfter nicht gemocht als gemocht. Er war zwei Jahre älter als ich. Samstags lungerte er immer bei uns herum, strafte alles, was ich gerade tat, mit Verachtung, brachte es aber nicht fertig, mich in Ruhe zu lassen. Ich konnte nicht schaukeln, ohne dass er es auch versuchen wollte, und wenn ich nicht freiwillig aufhörte, kam er und schubste mich, dass ich ins Schleudern kam. Er drangsalierte den Hund. Er brachte mich in Schwierigkeiten – mit böswilliger Absicht, wie mir hinterher immer schien –, indem er mich zu Dingen herausforderte, die mir selbst nie eingefallen wären: Kartoffeln auszugraben, um zu sehen, wie groß sie schon wären, wenn sie erst die Größe von Murmeln hatten, und das aufgestapelte Brennholz umzuwerfen und einen Berg daraus zu machen, von dem wir herunterspringen konnten. In der Schule redeten wir nie ein Wort miteinander. Er war einsam, aber er litt nicht. Wenn ich samstagmorgens seine dünne, beherrschte Gestalt durch die Thujenhecke schlüpfen sah, wusste ich, dass mir etwas bevorstand und dass er bestimmen würde, was. Manchmal ging es ganz gut. Wir taten so, als wären wir Cowboys, die wilde Pferde zähmen mussten. Wir spielten auf der Weide am Fluss, nicht weit von der Stelle, wo Steve ertrank. Wir spielten die Pferde wie auch die Reiter, schrien und wieherten und bockten und schwangen Gerten aus Zweigen, dort am Ufer eines kleinen, namenlosen Flusses, der im südlichen Ontario in den Saugeen mündet.

Die Begräbnisfeier fand in unserem Haus statt. Im Haus von Steves Vater war nicht genug Platz für die vielen Leute, die der besonderen Umstände wegen erwartet wurden. Ich habe noch eine Erinnerung an den voll gepackten Raum, aber kein klares Bild mehr von Steve in seinem Sarg oder vom Pfarrer oder den Blumenkränzen. Ich entsinne mich, dass ich eine einzelne Blume in der Hand hielt, eine weiße Narzisse, die wohl aus einem Topf stammte, den irgendwer im Haus zum Blühen gebracht haben musste, denn es war selbst für die Forsythien und die wilden Lilien und Dotterblumen im Wald noch zu früh im Jahr. Ich stand neben anderen Kindern in einer Reihe, und jeder von uns hatte eine Narzisse in der Hand. Wir sangen einen Kinderchoral, den irgendwer auf unserem Klavier spielte. »Wenn Er kommet, wenn Er kommet, seine Schätze zu vereinen.« Ich hatte weiße gerippte Strümpfe an, die ekelhaft kratzten und sich an den Knien und Knöcheln ringelten. Das Gefühl von diesen Strümpfen an meinen Beinen vermischt sich in meiner Erinnerung mit einem anderen Gefühl. Es lässt sich schwer beschreiben. Es hatte mit meinen Eltern zu tun. Mit Erwachsenen im Allgemeinen, aber vor allem mit meinen Eltern. Mit meinem Vater, der Steves Leichnam vom Fluss hochgetragen hatte, und meiner Mutter, die wohl den Hauptteil der Vorbereitungen für dieses Begräbnis übernommen hatte. Mit meinem Vater in seinem dunkelblauen Anzug und meiner Mutter in ihrem braunen Samtkleid mit dem cremeweißen Satinkragen. Sie standen Seite an Seite, und ihre Münder öffneten und schlossen sich beim Choral, und ich stand in einiger Entfernung von ihnen, in der Reihe von Kindern, und beobachtete sie. Ein grässlicher Abscheu befiel mich. Es kommt manchmal vor, dass Kinder einen plötzlichen Abscheu vor Erwachsenen empfinden. Ihre Größe, die plumpen Formen, die aufgeblähte Macht. Ihr Atem, die Kratzigkeit, die Behaartheit, die scheußlichen Sekrete. Aber was ich empfand, war stärker. Und die Wut, die damit zusammenhing, hatte nichts Flammendes, Selbstbewusstes an sich. Es gab kein Ventil für sie wie sonst, wenn ich mich schließlich bückte und einen Stein aufhob und ihn nach Steve Gauley warf. Sie ließ sich nicht begreifen oder in Worte fassen, sie flaute jedoch nach einer Weile ab und ging in eine Schwere über, war schließlich nur mehr ein Geschmack auf der Zunge, ein gelegentlicher Geschmack – eine leise, vertraute Befürchtung.

Etwa zwanzig Jahre später, im Jahr 1961, kauften mein Mann Andrew und ich ein nagelneues Auto, unser erstes – unser erstes nagelneues Auto, meine ich. Es war ein Morris Oxford, dunkelgrau (der Händler hatte einen vornehmeren Namen für die Farbe) – ein großer Kleinwagen, der genug Platz bot für uns und unsere beiden Kinder. Cynthia war sechs und Meg dreieinhalb.

Andrew machte eine Aufnahme von mir neben dem Auto. Ich trug weiße Hosen, einen schwarzen Rollkragenpullover und eine Sonnenbrille. Ich stand lässig gegen die Autotür gelehnt, die Hüften seitwärts gedreht, um schlank zu wirken.

»Prima«, sagte Andrew. »Toll. Du siehst aus wie Jackie Kennedy.« Wahrscheinlich sagte man auf dem ganzen Kontinent zu dunkelhaarigen, einigermaßen schlanken jungen Frauen, die modisch angezogen waren oder gerade fotografiert wurden, sie sähen aus wie Jackie Kennedy.

Andrew machte viele Aufnahmen von mir und von den Kindern, von unserem Haus, unserem Garten, unseren Ausflügen und Besitztümern. Er ließ Abzüge davon machen, beschriftete sie sorgfältig und schickte sie an seine Mutter und an seinen Onkel und seine Tante in Ontario. Er ließ auch Abzüge für mich machen, damit ich sie meinem Vater schickte, der gleichfalls in Ontario lebte, und ich tat es, aber weniger regelmäßig, als er die seinen verschickte. Wenn er

Bilder im Haus herumliegen sah, von denen er annahm, ich hätte sie schon abgeschickt, war Andrew verwirrt und ungehalten. Er sah es gern, wenn diese Dokumentation verbreitet wurde.

In jenem Sommer wollten wir uns in Person präsentieren, nicht nur Bilder. Wir wollten in unserem neuen Auto von Vancouver, unserem Wohnort, nach Ontario fahren, das in unserem Sprachgebrauch immer noch »zu Hause« war. Fünf Tage für den Hinweg, zehn Tage dort, fünf Tage zurück. Andrew hatte zum ersten Mal drei Wochen Urlaub. Er arbeitete bei B. C. Hydro in der Rechtsabteilung.

An einem Samstagmorgen luden wir Koffer, zwei Thermoskannen – eine mit Kaffee und eine mit Limonade –, etwas Obst und belegte Brote, Bilder- und Malbücher, Wachsmalkreiden, Zeichenblöcke, Mückenspray, Pullover (falls es in den Bergen kalt werden sollte) und unsere beiden Kinder ins Auto. Andrew schloss die Haustür ab, und Cynthia sagte feierlich: »Auf Wiedersehen, Haus.«

Meg wiederholte: »Auf Wiedersehen, Haus.« Dann fragte sie: »Wo werden wir jetzt wohnen?«

»Das Auf Wiedersehen ist nicht für immer«, sagte Cynthia. »Wir kommen zurück. Mama! Meg hat geglaubt, wir würden nie wieder zurückkommen!«

»Habe ich nicht«, sagte Meg und trat gegen die Rücklehne meines Sitzes.

Andrew und ich setzten unsere Sonnenbrillen auf, und wir fuhren los, über die Lions Gate Bridge und durch den größten Teil von Vancouver. Wir ließen unser Haus hinter uns, die Nachbarschaft, die Stadt und – am Grenzübergang zwischen British Columbia und Washington – auch unser Land. Wir wollten durch die Vereinigten Staaten nach Osten fahren, auf der nördlichsten Route, und würden bei Sarnia im Staat Ontario wieder die Grenze nach Kanada überschreiten. Ich weiß nicht, ob wir diese Route wählten, weil der Trans-Canada Highway damals noch nicht ganz fertig gestellt war, oder ob wir einfach das Gefühl haben wollten, durch ein fremdes, ein klein wenig fremdes Land zu fahren – dieses kleine Mehr an Erlebnis und Abenteuer.

Wir waren beide in Hochstimmung. Andrew gratulierte sich mehrere Male zu dem Auto. Er sagte, er fahre darin so viel lieber als in unserem alten Auto, einem 1951er Austin, der bei Steigungen kläglich ins Kriechen kam und ein verschrobenes Alt-Damen-Image hatte. Das sagte Andrew jedenfalls jetzt.

»Was für ein Image hat dieses Auto?«, fragte Cynthia. Sie hörte uns immer aufmerksam zu und probierte gerne neue Wörter wie »Image« aus. Normalerweise gebrauchte sie sie richtig.

»Ein flottes, leicht sportliches«, antwortete ich. »Es ist nicht angeberisch.«

»Es ist vernünftig, aber es hat Stil«, sagte Andrew. »Wie mein Image.«

Cynthia dachte darüber nach und sagte mit vorsichtigem Stolz: »Das heißt, wie du meinst, dass du gerne sein möchtest, Daddy?«

Was mich betraf, ich war glücklich wegen des Hinter-mir-Lassens. Ich liebte das Abreisen. In meinem eigenen Haus kam es mir oft so vor, als wäre ich auf der Suche nach einem Versteck – manchmal vor den Kindern, aber häufiger vor den Arbeiten, die zu tun waren, vor dem schellenden Telefon und vor der Geselligkeit der Nachbarschaft. Ich wollte mich verstecken, um mich meiner eigentlichen Aufgabe widmen zu können, die so etwas wie ein Ausgreifen nach entfernten Teilen meiner Person war. Ich lebte in einem Zustand der Belagerung; immer entglitt mir genau das, was ich festhalten wollte. Aber auf Reisen hatte ich keine Schwierigkeiten. Ich konnte mit Andrew reden, mit den Kindern reden und mir anschauen, was immer sie mir zeigten – ein Schild mit einem Schwein darauf, ein Pony auf einer Weide, einen Volkswagen auf einer Drehbühne –, und Limonade in Plastikbecher gießen, und gleichzeitig strebten diese vielen Einzelheiten die ganze Zeit in mir zusammen. Die Komposition, auf die es ankam, wurde erreicht. Das stimmte mich zuversichtlich und unbeschwert. Das Entscheidende war, Beobachter zu sein. Beobachter, nicht Hüter.

Bei Everett bogen wir nach Osten ab und fuhren bergauf in die Cascades. Ich zeigte Cynthia unsere Route auf der Landkarte. Zuerst zeigte ich ihr die Übersichtskarte der Vereinigten Staaten, auf der auch der untere Teil Kanadas abgebildet war. Dann blätterte ich zu den Einzelkarten der Staaten, durch die wir fahren würden. Washington, Idaho, Montana, North Dakota, Minnesota, Wisconsin. Ich zeigte ihr die gepunktete Linie über den Michigan-See, die Route der Fähre, mit der wir übersetzen würden. Dann wollten wir quer durch Michigan zu der Brücke fahren, welche die Vereinigten Staaten und Kanada in Sarnia, Ontario, miteinander verbindet. Zu Hause.

Meg wollte es auch sehen.

»Das verstehst du nicht«, sagte Cynthia. Aber sie nahm den Straßenatlas zu sich nach hinten.

»Setz dich richtig hin«, sagte sie zu Meg. »Sitz still. Ich zeig es dir.«

Ich konnte hören, wie sie Meg die Route erklärte, in allen Einzelheiten, genau wie ich es für sie getan hatte. Sie schlug die Karten aller einzelnen Staaten auf, wusste, wie sie in alphabetischer Reihenfolge zu finden waren.

»Weißt du, was das für eine Linie ist?«, fragte sie. »Das ist die Straße. Diese Linie ist die Straße, auf der wir jetzt fahren. Wir fahren genau auf dieser Linie.«

Meg sagte nichts.

»Mama, zeig mir, wo wir jetzt, in diesem Moment, sind«, sagte Cynthia.

Ich nahm den Atlas und deutete auf die Straße durchs Gebirge, und sie nahm ihn wieder nach hinten und zeigte sie Meg. »Siehst du, wo die Straße sich so schlängelt. Sie schlängelt sich, weil so viele Kurven drin sind. Die Schlangenlinien sind die Kurven.« Sie blätterte ein paar Seiten um und wartete einen Moment. »Jetzt zeig mir, wo wir sind«, sagte sie. Dann rief sie zu mir vor: »Sie versteht es, Mama! Sie hat darauf gezeigt! Meg versteht Landkarten!«

Heute kommt es mir so vor, als hätten wir unseren Kindern ihren Charakter angedichtet. Wir hatten sie unabänderlich auf ihre Rollen festgelegt. Cynthia war aufgeweckt und fleißig, sensibel, umgänglich, wachsam. Manchmal zogen wir sie damit auf, dass sie zu gewissenhaft sei, zu eifrig, die Person zu verkörpern, die wir im Grunde fest bei ihr voraussetzten. Jeder Vorwurf oder Misserfolg, jede kleinste Zurückweisung ging sehr tief bei ihr. Sie war blond und hatte helle Haut, die auf Sonne, scharfen Wind, auf das Gefühl von Stolz oder Demütigung sehr leicht reagierte. Meg war stabiler gebaut, wortkarger – nicht widerspenstig, aber starrköpfig mitunter, unergründlich. Ihr Schweigen schien uns ein Beweis für ihre Charakterstärke, und ihr ewiges Nein werteten wir als Zeichen unerschütterlicher Eigenständigkeit. Ihr Haar war braun, und wir ließen es zu einem geraden Pony schneiden. Ihre Augen waren von einem hellen Haselnusston, offen und strahlend.

Wir waren mit diesen Charakteren rundum zufrieden, freuten uns an deren Widersprüchlichkeiten ebenso wie an deren Bestätigungen. Die gewichtige, fantasielose Einstellung zum Kinderhaben war uns zuwider. Mir graute davor, dass ich mich zu einer bestimmten Art von Mutter entwickeln könnte – der Mutter mit schlaffem Körper, die in einer nach Wolle und Milch riechenden Dunstwolke herumläuft, tiefernst ihren trivialen Sorgen ergeben. Ich war der Meinung, dass all die Zuwendung, die diese Mütter aufbrachten, ihr Bedürfnis, sich Lasten aufzubürden, die Ursache von Koliken, Bettnässen, Asthma war. Ich gab einer anderen Einstellung den Vorzug – der gespielten Verzweiflung, der auf die Spitze getriebenen Ironie der professionellen Mütter, die für Zeitschriften schrieben. Dort waren die Kinder wunderbar selbstbestimmt, kantig, querköpfig, unbezwingbar. Desgleichen die Mütter, kraft ihres Witzes unbezwingbar. Die realen Mütter, für die ich mich erwärmen konnte, waren von der Sorte, die anrief und sagte: »Ist mein kleiner Hitler zufällig bei euch?« Ihr gackerndes Gelächter reichte weit über den milchigen Dunst.

Wir sahen ein totes Reh, das über die Kühlerhaube eines Kleintransporters geschnallt war.

»Das hat jemand totgeschossen«, sagte Cynthia. »Jäger schießen auf die Rehe.«

»Es ist noch nicht Jagdzeit«, sagte Andrew. »Vielleicht haben sie es überfahren. Siehst du das Verkehrszeichen für kreuzendes Wild?«

»Ich würde weinen, wenn wir eins überfahren würden«, sagte Cynthia streng.

Ich hatte Brote mit Erdnussbutter und Marmelade für die Kinder gemacht und Brote mit Lachs und Mayonnaise für uns. Aber ich hatte keine Salatblätter dazwischengelegt, und Andrew war enttäuscht.

»Ich hatte keinen Salat im Haus«, sagte ich.

»Hättest du nicht welchen kaufen können?«

»Ich hätte einen ganzen Kopf kaufen müssen, nur wegen der paar Blätter für die Brote, und ich fand, das lohnte sich nicht.«

Das war gelogen. Ich hatte ihn vergessen.

»Sie sind viel besser mit Salat.«

»Ich dachte, es macht keinen so großen Unterschied.« Nach einem kurzen Schweigen sagte ich: »Sei nicht böse.«

»Ich bin nicht böse. Ich mag eben Salatblätter auf dem Sandwich.«

»Ich dachte einfach, es ist nicht so wichtig.«

»Wie wäre es, wenn ich es nicht für nötig hielte, den Tank aufzufüllen?«

»Das ist nicht dasselbe.«

»Singen wir ein Lied«, sagte Cynthia. Sie fing an zu singen:

»Fünf kleine Entlein gingen einmal aus
Über die Hügel, weit weg von zu Haus'.
Sagte eins der Entlein:
›Quak, quak, quak.‹
Vier kleine Entlein waren's am nächsten Tag.«

Andrew drückte meine Hand und sagte: »Lass uns nicht streiten.«

»Du hast Recht. Ich hätte Salat besorgen sollen.«

»So wichtig ist es auch wieder nicht.«

Ich wünschte damals, ich könnte meine Gefühle für Andrew zu einem einzigen brauchbaren und verlässlichen Gefühl bündeln. Ich hatte sogar schon versucht, zwei Listen zu schreiben, eine von Dingen, die ich an ihm mochte, die andere von Dingen, die ich nicht mochte – im Schmelztiegel des engen Zusammenlebens: Dinge, die ich liebte, und Dinge, die ich hasste –, als hoffte ich, damit etwas beweisen zu können, endgültig zu einer Entscheidung zu kommen. Aber ich gab es auf, als ich feststellte, dass es lediglich bewies, was ich schon wusste – dass ich voll tiefer

Widersprüche war. Manchmal erschien mir schon der Klang seiner Schritte tyrannisch, seine Mundhaltung selbstzufrieden und gemein, sein harter, aufrechter Körper wie eine Barriere, die – ganz bewusst, sogar pflichtschuldig und mit widerlichem Vergnügen an seiner männlichen Autorität – zwischen mir und dem aufgepflanzt war, was ich im Leben an Freude und Leichtigkeit finden konnte. Dann wieder wurde er, nahezu übergangslos, mein guter Freund und unentbehrlichster Gefährte. Mir wurde bewusst, wie liebenswert seine leichten Knochen und ernsten Gedanken waren, wie verletzlich seine Liebe, die ich mir viel reiner und geradliniger vorstellte als meine eigene. Ich konnte tief gerührt sein von einer Unbeugsamkeit, einer barschen Korrektheit, die mich bei anderen Gelegenheiten mit Verachtung erfüllt hätten. Dann dachte ich, wie bescheiden er im Grunde doch war, dass er sich in eine so vorgezeichnete Rolle wie der des Ehemanns, Vaters, Brotverdieners einfügte, und dass ich selbst im Vergleich ein geheimes Ungeheuer an Egoismus war. So geheim auch wieder nicht – jedenfalls nicht vor ihm.

Am Ende rückten wir bei unseren Auseinandersetzungen immer mit dem heraus, was wir für die hässlichsten Wahrheiten hielten. »Ich weiß, dass du im Grunde etwas Selbstsüchtiges und nicht Vertrauenswürdiges an dir hast«, sagte Andrew einmal. »Ich habe es immer gewusst. Ich weiß auch, dass ich mich genau deswegen in dich verliebt habe.«

»Ja«, sagte ich bekümmert, aber nicht ohne Selbstgefälligkeit.

»Ich weiß, dass ich ohne dich besser dran wäre.«

»Ja. Das stimmt.«

»Du wärst glücklicher ohne mich.«

»Ja.«

Und schließlich – zu guter Letzt – gaben wir uns, ge-
quält und geläutert, die Hand und lachten, lachten über
die zwei hirnverbrannten Leute, die wir waren. Über ihren
Groll, ihre Kümmernisse, ihre Selbstgerechtigkeit. Wir taten
einen großen Sprung darüber hinweg. Wir erklärten sie zu
Lügnern. Wir machten eine Flasche Wein auf zum Abendessen oder beschlossen, eine Party zu geben.

Ich habe Andrew seit Jahren nicht mehr gesehen, ich
weiß nicht, ob er immer noch dünn ist, ob er inzwischen
ganz grau geworden ist, ob er noch auf Salat auf dem Sandwich besteht, ob er die Wahrheit sagt oder ob er jovial und
enttäuscht ist.

Wir übernachteten in Wenatchee, Washington, wo es seit
Wochen nicht geregnet hatte. Wir aßen in einem Restaurant zu Abend, das um einen Baum gebaut war – nicht um
ein junges Bäumchen in einem Trog, sondern um eine stattliche, hohe Pyramidenpappel. Im frühen Morgenlicht fuhren wir aus dem bewässerten Tal bergan, über trockene,
felsige, sehr steile Hügel, die immer mehr Hügel erwarten
ließen, und ganz oben öffnete sich schließlich ein weites
Plateau, das von den mächtigen Flüssen Spokane und Columbia durchschnitten wird. Meilen um Meilen nichts als
Kornfelder und Weideland. Schnurgerade Straßen gab es
hier und kleine Bauernorte mit Getreidesilos. Tatsächlich
war auf einem Schild zu lesen, dass Douglas County, der
Bezirk, durch den wir gerade fuhren, den zweithöchsten
Weizenertrag aller Bezirke in den Vereinigten Staaten auf-
zuweisen habe. In den Ortschaften hatte man Schatten
spendende Bäume gepflanzt. Jedenfalls hielt ich sie für an-
gepflanzt, denn im freien Gelände gab es keine so großen
Bäume.

All das war mir außerordentlich willkommen. »Warum

gefällt mir das nur so gut?«, fragte ich Andrew. »Weil es keine malerische Landschaft ist?«

»Es erinnert dich an zu Hause«, sagte Andrew. »Ein schwerer Fall von Nostalgie.« Aber er sagte es freundlich.

Wenn wir »zu Hause« sagten und Ontario meinten, hatten wir ganz verschiedene Orte vor Augen. Mein Zuhause war eine Truthahnfarm, wo mein Vater als Witwer lebte, und obwohl es dasselbe Haus war, in dem meine Mutter gewohnt hatte, das sie tapeziert, gestrichen, geputzt und eingerichtet hatte, zeigte es inzwischen die Spuren von Vernachlässigung und einiger ausgelassener Geselligkeit. Es wurde dort ein Leben geführt, das meine Mutter bestimmt nicht vorausgesehen oder geduldet hätte. Es gab Feste für die Truthahnmannschaft, die Arbeiter, die die Tiere ausnahmen und rupften, und manchmal wohnten ein oder zwei von den jungen Männern vorübergehend im Haus, luden ihre eigenen Freunde ein und feierten ihre eigenen improvisierten Feste. Für meinen Vater war dieses Leben besser, fand ich, als dass er einsam war, und ich hatte nichts einzuwenden, hatte freilich auch keinerlei Recht, Einwände zu haben. Andrew ging nicht gern dort hin, verständlicherweise, weil er nicht zu den Leuten gehörte, die mit der Truthahnmannschaft um den Küchentisch sitzen und Witze erzählen können. Die Männer fühlten sich von ihm eingeschüchtert und verachteten ihn, und wie mir schien, musste mein Vater in ihrer Gegenwart für sie Partei ergreifen. Und Andrew war nicht der Einzige, der Schwierigkeiten hatte. Ich konnte bei den Witzen mithalten, aber es kostete mich Anstrengung.

Ich sehnte mich nach den Tagen, als ich klein war, bevor wir die Truthähne hatten. Wir hatten Kühe und verkauften die Milch an das Käsewerk. Eine Truthahnfarm ist längst nicht so hübsch wie eine Farm mit Milchkühen oder eine

Schafzucht. Den Puten sieht man an, dass sie auf dem direkten Weg sind, tiefgekühlte Leichen und Fleisch für den Kochtopf zu werden. Sie haben nicht die Illusion eines eigenen Lebens, keine Weideidylle wie Rinder oder Schweine im durchsonnten Obstgarten. Truthahnställe sind lang gestreckte Zweckgebäude – Wellblechbaracken. Keine Dachbalken oder Heu oder warme Koben. Selbst der Guanogeruch wirkt dünner und stechender als der Geruch von gewöhnlichem Stallmist. Keine Spur von Heuballen und Gatterzäunen und Singvögeln und blühendem Weißdorn. Die Truthähne wurden alle in ein langes Gehege herausgelassen, das sie völlig kahl pickten. In dem Gehege sahen sie nicht aus wie große Vögel, sondern wie flatternde Wäschestücke.

Einmal, kurz nach dem Tod meiner Mutter und nach meiner Heirat – ich war dabei, meine Sachen zu packen, um zu Andrew nach Vancouver zu ziehen –, war ich ein paar Tage mit meinem Vater allein zu Hause. Es hatte die ganze Nacht wie wahnsinnig geregnet. Beim ersten Licht sahen wir, dass das Truthahngehege überschwemmt war. Die tiefer gelegenen Teile zumindest waren überschwemmt – es war wie ein See mit vielen Inseln. Die Truthähne drängten sich auf diesen Inseln zusammen. Truthähne sind sehr dumm. (Mein Vater sagte immer: »Weißt du, wie Hühner sind? Weißt du, wie dumm Hühner sind? Na, und verglichen mit einem Truthahn ist ein Huhn immer noch ein Einstein.«) Aber sie hatten es doch fertig gebracht, sich auf den höher gelegenen Stellen zusammenzudrängen und nicht zu ertrinken. Jetzt bestand die Gefahr, dass sie einander herunterstoßen oder erdrücken oder sich verkühlen und zu Grunde gehen würden. Wir konnten nicht so lange warten, bis das Wasser zurückging. Wir fuhren in einem alten Ruderboot, das uns gehörte, zu ihnen hinüber. Ich ruderte, und mein Vater zog die schweren, nassen Truthähne ins Boot, und dann schafften wir sie in den Stall. Es regnete immer noch leicht. Es war eine schwierige, absurde Arbeit und sehr unbequem. Wir lachten. Es machte mich glücklich, mit meinem Vater zu arbeiten. Ich war jeder schweren, monotonen, aufreibenden Arbeit zugetan, bei der die Glieder am Ende ausgelaugt sind, die Gedanken bleiern (wenngleich die Seele manchmal wunderbar leicht bleiben kann), und ich hatte schon im Voraus Heimweh nach diesem Leben und diesem Ort. Ich dachte, wenn Andrew mich da im Regen sehen könnte, wie ich schlammbespritzt und mit roten Händen versuchte, Putenbeine festzuhalten und gleichzeitig das Boot zu rudern, wäre es sein ganzes Bestreben, mich von dort wegzuholen und alles vergessen zu machen. Dieses knochenschindende Leben erregte seinen Zorn. Dass ich daran hing, erregte seinen Zorn. Ich hätte ihn nicht heiraten sollen, dachte ich. Aber wen sonst? Einen von der Truthahnmannschaft?

Und dort bleiben wollte ich nicht. Auch wenn das Fortgehen mir schwer fiel, wäre ich noch unglücklicher gewesen, wenn mich jemand zum Bleiben gezwungen hätte.

Andrews Mutter lebte in Toronto, in einem Apartmentgebäude mit Blick über den Muir Park. Wenn Andrew und seine Schwester beide zu Hause waren, schlief seine Mutter im Wohnzimmer. Ihr Mann, ein Arzt, war gestorben, als die Kinder noch nicht einmal im Schulalter waren. Sie absolvierte einen Sekretärinnenkurs und verkaufte ihr Haus zu Depressionspreisen, zog in dieses Apartment und schaffte es, ihre Kinder großzuziehen, dies mit einiger Unterstützung von Verwandten – ihrer Schwester Caroline, ihrem Schwager Roger. Andrew und seine Schwester gingen auf Privatschulen und durften im Sommer in ein Ferienlager.

»Das war wohl der freundlichen Unterstützung der Aktion Sonnenschein zu verdanken?«, bemerkte ich einmal voll Hohn über seine Behauptung, er wäre arm gewesen. Meiner Ansicht nach war Andrews Städterleben behütet und umgluckt. Seine Mutter kam abends mit Kopfschmerzen nach Hause, weil sie den ganzen Tag im Lärm und im grellen Licht eines Warenhausbüros gearbeitet hatte, aber ich hatte nie den Eindruck, ihr Leben sei schwer oder bewundernswert gewesen. Ich glaube, sie hielt sich selbst nicht für bewundernswert – nur für glücklos. Sie machte sich Sorgen über ihre Arbeit im Büro, ihre Kleidung, ihre Kochkünste, ihre Kinder. Ihre größte Sorge war es, was Roger und Caroline denken würden.

Caroline und Roger wohnten auf der Ostseite des Parks in einem schönen Steinhaus. Roger war ein großer Mann mit einer sommersprossigen Glatze und einem dicken, festen Bauch. Durch irgendeine Halsoperation hatte er die Stimme verloren – er sprach in einem heiseren Flüstern. Aber jeder hörte ihm aufmerksam zu. Bei einem gemeinsamen Abendessen in ihrem Steinhaus – wo die gesamte Esszimmereinrichtung gewaltig, dunkel schimmernd, palastartig war – stellte ich ihm einmal eine Frage. Ich glaube, es ging um Whittaker Chambers, dessen Geschichte damals gerade in der *Saturday Evening Post* veröffentlicht wurde. Die Frage war zahm im Ton, aber er erriet die subversive Absicht dahinter und ging dazu über, mich Mrs Gromyko zu nennen, in Anspielung auf das, was er als meine »Sympathien« bezeichnete. Vielleicht brauchte er wirklich gerade einen Gegner und fand keinen anderen. Bei jenem Abendessen sah ich Andrews Hand zittern, als er seiner Mutter Feuer gab. Sein Onkel Roger hatte ihm die Ausbildung bezahlt und saß im Vorstand mehrerer Firmen.

»Er ist einfach ein rechthaberischer alter Mann«, sagte

Andrew später zu mir. »Was für einen Sinn hat es, sich mit ihm zu streiten?«

Bevor wir in Vancouver losfuhren, hatte Andrews Mutter geschrieben: »Roger scheint ganz angetan von der Vorstellung, dass ihr euch einen Kleinwagen angeschafft habt!« Das Ausrufezeichen verriet Besorgnis. Zu der Zeit ließ sich, insbesondere in Ontario, die Entscheidung für ein kleines europäisches Auto anstatt für ein großes amerikanisches als eine Art offener Erklärung deuten – als eine Gesinnungserklärung, die Roger schließlich längst gewittert hatte.

»So klein ist der Wagen auch nicht«, sagte Andrew beleidigt.

»Das ist nicht der springende Punkt«, sagte ich. »Der springende Punkt ist, dass es ihn überhaupt nichts angeht!«

Die zweite Nacht verbrachten wir in Missoula. In Spokane hatten wir an einer Tankstelle erfahren, dass es an dem Highway 2 sehr viele Baustellen gäbe und wir uns auf eine sehr heiße, staubige Fahrt mit langen Wartezeiten gefasst machen müssten; deshalb bogen wir auf die Schnellstraße ab und fuhren durch Cœur d'Alene und Kellogg nach Montana. Hinter Missoula fuhren wir in Richtung Süden nach Butte, machten aber einen Umweg, um Helena, die Hauptstadt des Bundesstaates, zu sehen. Während der Fahrt spielten wir ›Wer bin ich?‹.

Cynthia war eine Person, die schon tot war, sie war amerikanischer Staatsbürger, und die Person war ein Mädchen. Möglicherweise eine Dame. Sie kam nicht in einer Geschichte vor. Sie war nicht im Fernsehen zu sehen. Cynthia kannte sie nicht aus einem Buch. Es handelte sich nicht um ein Mädchen, das in den Kindergarten gegangen war, oder um eine Verwandte irgendwelcher Freunde von Cynthia.

»Ist es ein Mensch«, fragte Andrew plötzlich gewitzt.

»Nein! Das habt ihr nämlich vergessen zu fragen!«

»Ein Tier«, sagte ich nachdenklich.

»Ist das eine Frage? Sechzehn Fragen!«

»Nein, es ist keine Frage. Ich denke nach. Ein totes Tier.«

»Es ist das Reh«, sagte Meg, die nicht mitgespielt hatte.

»Das ist unfair!«, sagte Cynthia. »Sie spielt gar nicht mit!«

»Welches Reh?«, fragte Andrew.

Ich sagte: »Gestern.«

»Vorgestern«, korrigierte Cynthia. »Meg hat nicht mitgespielt. Keiner hat's rausgekriegt.«

»Das Reh auf dem Kleintransporter«, sagte Andrew.

»Es war eine Sie, weil es kein Geweih hatte, und es war ein amerikanisches Reh, und es war tot«, sagte Cynthia.

Andrew meinte: »Ich finde es ziemlich makaber, ein totes Reh zu sein.«

»Ich hab's rausgekriegt«, sagte Meg.

Cynthia meinte: »Ich glaube, ich weiß, was makaber ist. Es ist deprimierend.«

Helena, eine alte Silberbergwerksstadt, machte selbst im Morgenlicht einen desolaten Eindruck auf uns. Dann kamen Bozeman und Billings, nicht im Mindesten desolat – rührige, längs der Straße aufgereihte Städte mit meilenlangen, grellen Glitzergirlanden, die über Gebrauchtwagenstellplätzen flatterten. Wir wurden allmählich zu müde, und es war zu heiß, um auch nur ›Wer bin ich?‹ zu spielen. Diese geschäftigen, prosaischen Städte erinnerten mich an ähnliche Orte in Ontario, und ich überlegte, was uns dort eigentlich erwartete – das gewaltige Grabsteinmobiliar von Rogers und Carolines Esszimmer, die Abendessen, für die ich den Kindern die Kleider bügeln und ihnen Anweisungen über Gabeln erteilen musste, und dann der andere Tisch hundert Meilen davon entfernt, die Witze der Belegschaft meines

Vaters. Die Freuden, die mir vorgeschwebt hatten – sich die Landschaft anzusehen oder in einem altmodischen Drugstore mit Ventilatoren und einer hohen, blechverkleideten Decke eine Cola zu trinken –, müssten wir uns kurz zwischendrin genehmigen.

»Meg ist eingeschlafen«, sagte Cynthia. »Sie ist so heiß. Mir wird schon heiß davon, neben ihr zu sitzen.«

»Ich hoffe, sie hat kein Fieber«, sagte ich, ohne mich umzudrehen.

Wozu tun wir das alles, dachte ich, und die Antwort folgte – um anzugeben. Um Andrews Mutter und meinem Vater das Vergnügen zu geben, ihre Enkelinnen zu sehen. Das war unsere Pflicht. Aber darüber hinaus wollten wir ihnen etwas beweisen. Was für tüchtige Kinder wir waren, Andrew und ich, wie unermüdlich wir nach Beifall heischten. Es war, als hätten wir an irgendeinem Punkt unserer Entwicklung etwas Unvergessliches, Unverdauliches mitgeteilt bekommen – dass wir alles andere als zufriedenstellend seien und dass uns der allergewöhnlichste Erfolg im Leben wahrscheinlich versagt bleiben würde. Roger sandte solche Botschaften natürlich aus – das war seine Art –, aber Andrews Mutter und meine eigenen Eltern konnten dergleichen nicht beabsichtigt haben. Das Einzige, was sie uns mitteilen wollten, war: »Pass auf. Sieh zu, dass du weiterkommst.« Als ich auf die Highschool ging, hänselte mich mein Vater, ich käme mir wohl allmählich so klug vor, dass ich nie einen Freund finden würde. Innerhalb einer Woche hatte er so etwas immer vergessen. Ich vergaß es nie. Andrew und ich vergaßen Dinge nicht. Wir nahmen bleibend Anstoß.

»Ich wünschte, es käme ein Strand«, sagte Cynthia.

»Wahrscheinlich kommt gleich einer«, sagte Andrew. »Gleich um die nächste Kurve.«

»Es kommt gar keine Kurve«, sagte sie beleidigt.

»Eben.«

»Ich wünschte, wir hätten noch Limonade.«

»Ich hole einfach meinen Zauberstab und hexe welche her«, sagte ich. »Ist dir das recht, Cynthia? Möchtest du vielleicht lieber Traubensaft? Soll ich gleich noch einen Strand herzaubern, wenn ich schon dabei bin?«

Sie schwieg, und bald tat es mir Leid. »Vielleicht gibt es im nächsten Ort ein Schwimmbad«, sagte ich. Ich schaute auf die Karte. »In Miles City. Jedenfalls gibt's dort etwas Kaltes zu trinken.«

»Wie weit ist das noch?«, fragte Andrew.

»Nicht sehr weit. Ungefähr dreißig Meilen.«

»In Miles City«, sagte Cynthia im Ton einer Beschwörung, »gibt es ein wunderschönes blaues Schwimmbad für Kinder und einen Park mit herrlichen Bäumen.«

Andrew meinte zu mir: »Da hast du vielleicht etwas angerichtet.«

Aber es gab ein Schwimmbad. Es gab auch einen Park, wenn auch nicht ganz die Oase in Cynthias Fantasie. Präriebäume mit schmalen Blättern – Pyramidenpappeln und Pappeln –, ausgetretenes Gras und einen hohen Drahtzaun um das Schwimmbecken. Innerhalb des Zauns eine Mauer, noch unfertig, aus Zementblöcken. Es war kein Geschrei oder Geplätscher zu hören; über dem Eingang sah ich ein Schild, dass das Schwimmbad täglich zwischen zwölf und zwei Uhr geschlossen sei. Es war fünf vor halb eins.

Trotzdem rief ich: »Ist da jemand?« Irgendwer müsse da sein, dachte ich, da neben dem Eingang ein kleiner Lieferwagen parkte. Auf einer Seite des Lieferwagens stand: »Wir haben den Zauber, Ihr Abfluss wird sauber. (Wir haben auch einen Roto-Reiniger.)«

Ein junges Mädchen kam heraus, das ein rotes Lebensretterhemd über dem Badeanzug trug. »Wir haben leider geschlossen.«

»Wir sind nur auf der Durchfahrt«, sagte ich.

»Wir schließen täglich von zwölf bis zwei. Es steht da auf dem Schild.« Sie aß gerade ein Sandwich.

»Ich hab das Schild gesehen«, sagte ich. »Aber das ist das erste Wasser, an dem wir seit Ewigkeiten vorbeikommen, und den Kindern ist schrecklich heiß, und ich dachte, vielleicht könnten sie nur mal kurz reinspringen und gleich wieder raus – nur fünf Minuten. Wir würden auf sie aufpassen.«

Ein Junge erschien hinter ihr. Er trug Jeans und ein T-Shirt mit der Aufschrift »Roto-Reiniger«.

Ich war im Begriff zu sagen, dass wir von British Columbia nach Ontario unterwegs seien, aber mir fiel ein, dass Amerikaner mit kanadischen Ortsnamen gewöhnlich nichts anfangen können. »Wir sind auf einer Reise quer durchs ganze Land«, sagte ich. »Wir haben keine Zeit zu warten, bis das Bad aufmacht. Wir haben bloß gehofft, die Kinder könnten sich etwas erfrischen.«

Cynthia kam barfuß hinter mir angelaufen. »Mama, Mama, wo ist mein Badeanzug?« Dann blieb sie stehen, sie witterte die ernsten Erwachsenenverhandlungen. Meg kletterte aus dem Wagen – eben aufgewacht, mit hochgerutschtem Oberteil und heruntergezogenen Shorts, ihren rosigen Bauch zur Schau stellend.

»Sind es nur die zwei?«, fragte das Mädchen.

»Nur die zwei. Wir passen schon auf sie auf.«

»Ich darf keine Erwachsenen reinlassen. Wenn es nur um die zwei geht, kann ich sie wohl schon beaufsichtigen. Ich esse gerade zu Mittag.« Dann sagte sie zu Cynthia: »Möchtest du ins Schwimmbad?«

»Ja, bitte«, sagte Cynthia bestimmt.

Meg schaute zu Boden.

»Nur ganz kurz, weil das Bad eigentlich geschlossen ist«, sagte ich. Und zu dem Mädchen: »Wir sind Ihnen sehr dankbar.«

»Ich kann mein Mittagessen auch draußen am Becken essen, wenn es nur die zwei sind.« Sie schaute zum Auto, als glaubte sie, ich könnte plötzlich noch ein paar Kinder mehr aus der Versenkung holen.

Als ich Cynthias Badeanzug fand, ging sie damit in den Umkleideraum. Sie duldete es nicht, dass irgendwer, nicht einmal Meg, sie nackt sah. Ich zog Meg um, die auf dem Vordersitz des Autos stand. Sie hatte einen rosa Baumwollbadeanzug mit über Kreuz geknöpften Trägern. Untenherum hatte er Rüschen.

»Sie fühlt sich wirklich heiß an«, sagte ich. »Aber ich glaube nicht, dass sie Fieber hat.«

Ich liebte es, Meg beim Anziehen oder Ausziehen zu helfen, weil ihr Körper noch die feste Unbefangenheit, die süße Gleichgültigkeit eines Babykörpers hatte, auch etwas von dessen milchigem Geruch. Cynthias Körper war längst schon zurechtgestutzt, geformt und verändert worden, zu Cynthia. Wir nahmen Meg alle gern in den Arm, drückten und liebkosten sie. Manchmal wurde sie böse und schlug um sich, und durch diese offen bezeugte Eigenständigkeit, diese kämpferische Schüchternheit wurde sie schlechterdings noch reizender, forderte sie noch mehr dazu heraus, von der liebenden Familie gekitzelt und drangsaliert zu werden.

Andrew und ich saßen bei heruntergekurbelten Fenstern im Wagen. Ich konnte das Radio spielen hören und dachte, es müsse dem Mädchen oder ihrem Freund gehören. Ich hatte Durst und stieg aus, um nach einem Erfrischungsstand oder vielleicht einem Limonadeautomaten irgendwo im Park Ausschau zu halten. Ich trug Shorts, und die Rückseite meiner Beine war schweißnass. Ich sah einen Trinkwasserbrunnen auf der anderen Seite des Parks und steuerte, mich im Schatten der Bäume haltend, in großem Bogen darauf zu. Wirklich wurde ein Ort erst, wenn man aus dem Auto stieg. Benommen von der Hitze, von der Sonne auf den glühenden Häusern, dem Pflaster, dem versengten Gras, bewegte ich mich langsam. Ich registrierte ein zerdrücktes Blatt, zertrat einen Eisstiel unter dem Absatz meiner Sandale, starrte blinzelnd auf einen um einen Baum geklemmten Abfallkorb. So betrachtet man die nichtswürdigsten Einzelheiten der wieder aufgetauchten Welt, nachdem man lange Zeit gefahren ist – man nimmt die Vereinzelung der Dinge wahr und ihre präzise Lage und den desolaten Zufall, dass man zugegen ist, um sie zu sehen.

Wo sind die Kinder?

Ich drehte mich um und bewegte mich schnell, nicht ganz im Laufschritt auf einen Teil des Zauns zu, hinter dem die Zementwand noch nicht fertig war. Ich konnte ein Stück Becken sehen. Ich sah Cynthia etwa bis zur Taille im Wasser stehen und mit den Händen an der Oberfläche herumspielen, während sie unauffällig etwas am Ende des Beckens beobachtete, das außerhalb meines Blickfelds lag. Aus ihrer Haltung, ihrer Vorsicht und aus dem Ausdruck auf ihrem Gesicht schloss ich, dass sie wahrscheinlich irgendein Geplänkel zwischen der Bademeisterin und ihrem Freund beobachtete. Meg konnte ich nicht sehen. Aber ich dachte, sie spiele sicher irgendwo im seichten Wasser – sowohl der flache als auch der tiefe Teil des Beckens waren von meinem Standpunkt aus nicht zu sehen.

»Cynthia!« Ich musste zwei Mal rufen, ehe sie feststellen konnte, wo meine Stimme herkam. »Cynthia! Wo ist Meg?«

Wenn ich mir diese Szene ins Gedächtnis rufe, habe ich immer das Bild vor Augen, wie Cynthia sich sehr anmutig zu mir umdreht, dann im Wasser eine volle Drehung macht – wobei sie mich an eine spitzentanzende Ballerina erinnert – und in einer Bühnenpose die Arme ausbreitet. »Ver-schwun-den!«

Cynthia besaß eine natürliche Anmut, und sie nahm auch tatsächlich Tanzstunden; folglich können diese Bewegungen durchaus so gewesen sein, wie ich sie beschrieb. Und nach einem Blick rund ums Becken sagte sie wirklich »Verschwunden«, aber diese seltsame Künstlichkeit von Gestik und Ton, dieser Mangel an Dringlichkeit sind wohl eher meine Erfindung. Die Angst, die mich sofort befiel, als ich Meg nicht sehen konnte – selbst während ich mir einredete, sie müsse im Seichten sein –, ließ mir Cynthias Bewegungen sicher unerträglich langsam und unpassend vorkommen, und den Ton, in dem sie »Verschwunden« sagen konnte, bevor ihr die volle Bedeutung ihrer Antwort bewusst wurde (oder überspielte sie sofort ein immer waches Schuldgefühl?), empfand ich als ungeheuerlich, als grauenhaft gelassen.

Ich rief laut nach Andrew, und die Bademeisterin erschien auf der Bildfläche. Sie deutete auf das tiefe Ende des Schwimmbeckens und sagte: »Was ist denn das?«

Dort, gerade noch innerhalb meines Blickfelds, tauchte ein Büschel rosa Rüschen, ein Bukett, unter der Wasseroberfläche auf. Warum in aller Welt blieb eine Bademeisterin erst stehen und deutete auf etwas, warum fragte sie noch lange, was das sei, warum sprang sie nicht einfach ins Wasser und schwamm hin? Sie schwamm nicht; sie rannte die ganze Strecke außen um den Rand des Beckens herum. Aber da war Andrew schon über den Zaun. So viele Dinge muteten nicht ganz glaubhaft an – zuerst Cynthias Verhalten, dann das der Bademeisterin –, und jetzt kam es mir so vor, als spränge Andrew mit einem einzigen Satz über diesen Zaun, der weit über zwei Meter hoch schien. Er muss ihn, am Draht Halt findend, sehr schnell hochgeklettert sein.

Ich konnte weder über den Zaun springen noch klettern, also rannte ich zum Eingang, wo eine Art Gittertür war, abgesperrt. Sie war nicht sehr hoch, und ich konnte mich tatsächlich an ihr hochziehen. Ich rannte durch die Betonkorridore, durch das Becken für die Fußdesinfektion und landete am Rand des Schwimmbeckens.

Das Drama war zu Ende.

Andrew hatte Meg als Erster erreicht und sie aus dem Wasser gezogen. Er brauchte bloß den Arm auszustrecken und sie zu packen, weil sie sich auf irgendeine Weise schwimmend oben hielt, mit dem Kopf unter Wasser – sie bewegte sich auf den Beckenrand zu. Jetzt trug er sie auf dem Arm, und die Bademeisterin trottete hinterher. Cynthia war aus dem Wasser geklettert und rannte ihnen entgegen. Der Einzige, der abseits von allem stand, war der Freund, der auf der Bank am seichten Ende sitzen geblieben war und einen Milchshake trank. Er lächelte mir zu, was ich als gefühllos empfand, obwohl die Gefahr vorbei war. Ich bemerkte, dass er das Radio nicht abgedreht, sondern nur leiser gestellt hatte.

Meg hatte kein Wasser geschluckt. Sie hatte nicht einmal einen Schreck bekommen. Ihr Haar klebte am Kopf, und ihre Augen waren weit geöffnet, goldbraun vor Erstaunen.

»Ich wollte den Kamm holen«, sagte sie. »Ich wusste nicht, dass es tief war.«

Andrew sagte: »Sie ist geschwommen! Sie ist ganz allein geschwommen. Ich hab ihren Badeanzug im Wasser gesehen, und dann hab ich sie da schwimmen gesehen.«

»Sie ist beinahe ertrunken«, sagte Cynthia. »Oder? Meg ist beinahe ertrunken.«

»Ich weiß nicht, wie das passieren konnte«, sagte die Bademeisterin. »Eben war sie noch da und im nächsten Moment schon nicht mehr.«

Was passiert war, war, dass Meg am seichten Ende aus dem Wasser geklettert und am Beckenrand zum tiefen Ende gelaufen war. Da sah sie einen Kamm, den irgendwer verloren hatte, auf dem Grund liegen. Sie kauerte sich nieder und langte hinein, um ihn herauszuholen, da sie die Wassertiefe ganz falsch einschätzte. Sie fiel über den Rand und glitt mit einem so leisen Plätschern ins Becken, dass keiner es hörte – weder die Bademeisterin, die sich mit ihrem Freund küsste, noch Cynthia, die die beiden beobachtete. Das muss der Augenblick unter den Bäumen gewesen sein, als ich dachte: Wo sind die Kinder? Es muss genau der Moment gewesen sein. In dem Moment glitt die überraschte Meg ins trügerisch klare blaue Wasser.

»Es ist alles in Ordnung«, sagte ich zu der Bademeisterin, die den Tränen nahe war. »Sie kann ganz schön fix sein.« (Obwohl wir normalerweise etwas ganz anderes über Meg sagten. Wir sagten, sie überlege sich immer alles zwei Mal und lasse sich Zeit.)

»Du bist geschwommen, Meg«, sagte Cynthia gratulierend. (Von der Küsserei erzählte sie uns später.)

»Ich wusste nicht, dass es tief war«, sagte Meg. »Ich bin nicht ertrunken.«

Mittags hielten wir an einem Schnellimbiss, aßen Hamburger und Pommes frites an einem Picknicktisch nicht weit vom Highway. In meiner Aufregung vergaß ich, für Meg einen Hamburger ohne Garnierung zu bestellen, und musste Chutney und Senf mit Plastiklöffeln herunterschaben und dann noch das Fleisch mit einer Serviette abwischen, bevor sie bereit war, es zu essen. Ich nutzte die Abfalltonne dort, um das Auto auszumisten. Wir kurbelten die vorderen Wagenfenster herunter und fuhren dann weiter in Richtung Osten. Cynthia und Meg schliefen auf dem Rücksitz ein.

Andrew und ich besprachen leise, was vorgefallen war. Angenommen, ich hätte nicht in dem besagten Moment den Impuls gehabt, nach den Kindern zu sehen? Angenommen, wir wären ins Zentrum gefahren, um Getränke zu kaufen, wie wir es erwogen hatten? Wie war Andrew über den Zaun gekommen? War er gesprungen oder geklettert? (Er konnte sich nicht erinnern.) Wie war er so schnell zu Meg gelangt? Und sich vorzustellen, dass die Bademeisterin nicht aufpasste. Und dass Cynthia nur Augen für die Küsserei hatte. Ohne sonst etwas zu sehen. Ohne Meg über den Rand fallen zu sehen.

Verschwunden.

Aber sie war geschwommen. Sie hatte die Luft angehalten und war schwimmend hochgekommen.

Was für eine Kette von Glücksfällen.

Wir redeten nur davon – vom Glück. Aber aus einem inneren Zwang musste ich mir das Gegenteil ausmalen. Es hätte ebenso gut sein können, dass wir in diesem Moment Formulare ausfüllten. Dass Meg von uns genommen wäre, Megs Leichnam für die Überführung vorbereitet würde. Nach Vancouver – wo uns nie etwas Derartiges wie ein Friedhof aufgefallen war – oder nach Ontario? Die Kritzelzeichnungen, die sie heute Morgen gemacht hatte, würden immer noch hinten auf dem Rücksitz liegen. Wie ließ sich das alles auf einmal aushalten, wie hielten Leute so etwas aus? Die pummeligen süßen Schultern und Hände und Füße, das feine braune Haar, der recht zufriedene, verschlossene Gesichtsausdruck – alles genauso, als wäre sie noch am Leben. Die alltäglichste Tragödie. Ein Kind, das mittags an einem sonnigen Tag in einem Schwimmbecken ertrinkt. Die Ordnung schnell wiederhergestellt. Das Schwimmbad öffnet wie immer um zwei Uhr. Die Bademeisterin hat einen leichten Schock und bekommt den Nachmittag frei. Sie fährt mit ihrem Freund in dem Roto-Reiniger-Lieferwagen davon. Der Leichnam, in einer Art Überführungssarg weggeschlossen. Beruhigungsmittel, Telefonanrufe, Formalitäten. So eine plötzliche Leere, ein blindes Versinken und Dahintreiben. Ein von Tabletten benebeltes Aufwachen, für einen Augenblick der Gedanke, es sei alles nicht wahr. Immer wieder der Gedanke, wenn wir nur nicht angehalten hätten, wenn wir nur nicht diese Route gewählt hätten, wenn sie uns nur nicht ins Schwimmbad gelassen hätten. Wahrscheinlich hätte nie jemand von dem Kamm erfahren.

Es hat etwas Billiges, sich Dinge auf diese Art auszumalen, nicht wahr? Etwas Schändliches. Den Finger an den Draht legen, um den harmlosen Schlag zu bekommen, kurz spüren, wie es sich anfühlt, dann den Finger zurückziehen. Ich glaubte, Andrew habe in solchen Dingen mehr Skrupel als ich und versuche in diesem Moment ernsthaft an etwas anderes zu denken.

Als ich bei Steve Gauleys Beerdigung in einiger Entfernung von meinen Eltern stand und sie beobachtete und dabei dieses unangenehme neue Gefühl ihnen gegenüber hatte, dachte ich, dass ich zum ersten Mal etwas über sie begriffen hatte. Die Sache war todernst. Ich war dabei zu begreifen, dass sie in alles verwickelt waren. Ihre großen, steifen, fein angezogenen Körper standen nicht zwischen mir und dem plötzlichen Tod, oder irgendeiner Form von Tod. Sie waren einverstanden. So schien es jedenfalls. Sie gaben ihr Einverständnis zum Tod von Kindern und zu meinem Tod, und zwar nicht durch irgendetwas, was sie sagten oder dachten, sondern allein dadurch, dass sie Kinder in die Welt gesetzt hatten – sie hatten mich in die Welt gesetzt. Sie hatten mich in die Welt gesetzt, und somit musste ihnen mein Tod – so tief betrübt sie auch wären, so sehr sie auch außer sich geraten würden – keineswegs unmöglich oder unnatürlich erscheinen. Das war eine Tatsache, und schon damals wusste ich, dass sie keine Schuld traf.

Aber ich gab ihnen Schuld. Ich bezichtigte sie der Kaltblütigkeit, der Scheinheiligkeit. Im Namen von Steve Gauley, im Namen aller Kinder, die wussten, dass sie von Rechts wegen frei hätten geboren werden müssen, um ein neues, besseres Leben zu führen, und nicht um in den Fallstricken machtloser Erwachsener mit ihrem Sex und ihren Begräbnissen gefangen zu sein.

Steve Gauley war ertrunken, so hieß es, weil er nicht viel mehr als eine Waise war und sich selbst überlassen wurde. Hätte man ihn ausreichend gewarnt und ihn beschäftigt und überwacht, wäre er nicht von einem unsicheren Ast in einen Schmelzwasserteich gefallen, eine wassergefüllte Kiesgrube in der Nähe des Flusses – er wäre nicht ertrunken. Er war vernachlässigt, er war frei, deshalb ertrank er. Und sein Vater betrachtete es als einen Unfall, wie er einem Hund zustoßen könnte. Er besaß keinen guten Anzug für das Begräbnis, und er senkte nicht den Kopf beim Gebet. Aber er war der einzige Erwachsene, den ich aus der Schuld entließ. In meinen Augen war er der Einzige, der nicht einverstanden war. Er konnte nichts verhindern, aber er war auch in nichts verwickelt – nicht wie die anderen, die das Vaterunser beteten mit ihren unnatürlich gewichtigen Stimmen, aus denen Frömmigkeit und Ehrlosigkeit troffen.

In Glendive, nicht weit von der Grenze nach North Dakota, hatten wir die Wahl – entweder auf der Interstate weiterzufahren oder nach Nordosten in Richtung Williston zu fahren, zuerst auf der Route 16, dann auf verschiedenen kleineren Straßen, die uns auf den Highway 2 zurückbringen würden.

Wir waren uns einig, dass die Interstate schneller sein würde, und dass es für uns darauf ankam, nicht zu viel Zeit – das heißt Geld – auf die Fahrt zu verwenden. Trotzdem entschlossen wir uns, auf Umwegen zum Highway 2 zurückzufahren.

»Der Gedanke ist mir einfach sympathischer«, sagte ich.

Andrew sagte: »Das kommt, weil wir es von Anfang an so geplant hatten.«

»Wir haben Kalispell und Havre verpasst. Und Wolf Point. Der Name gefällt mir.«

»Das sehen wir dann alles auf dem Rückweg.«

Dass Andrew »auf dem Rückweg« sagte, war eine angenehme Überraschung für mich. Natürlich hatte ich nicht daran gezweifelt, dass wir ohne Schaden an unserem Auto, unserem Leben, unserer Familie zurückkommen würden, wenn wir erst diesen weiten Weg zurückgelegt hatten, mit diesen Verpflichtungen und Problemen irgendwie fertig geworden waren, uns so vermessen zur Besichtigung vorgeführt hatten. Aber es war eine Erleichterung, ihn das aussprechen zu hören.

»Was ich einfach nicht fassen kann«, sagte Andrew, »ist, was das Signal bei dir ausgelöst hat. Es muss eine Art siebter Sinn sein, den Mütter haben.«

Einerseits wollte ich ihm glauben, mich im Besitz meines siebten Sinns sonnen. Andererseits wollte ich ihn warnen – jedermann warnen –, sich nie darauf zu verlassen.

»Was ich nicht begreife«, sagte ich, »ist, wie du über den Zaun gekommen bist.«

»Ich auch nicht.«

So redeten wir weiter, während die beiden auf dem Rücksitz uns vertrauten, weil sie keine andere Wahl hatten, und wir selbst darauf vertrauten, dass uns einmal vergeben würde für alles, was diese Kinder noch zu erleben und zu verurteilen hätten: alles, was leichtfertig, achtlos, willkürlich, gefühllos war – alle unsere naturgegebenen und individuellen Fehler.

Anfälle

Die zwei Leute, die zu Tode kamen, waren Anfang sechzig. Sie waren beide groß und gut gebaut und hatten ein paar Pfund Übergewicht. Er war grauhaarig und hatte ein eckiges Gesicht mit ziemlich wenig Profil. Ohne die breite Nase wäre er eine ausgesprochen würdevolle und gut aussehende Erscheinung gewesen. Ihr Haar war blond, ein Silberblond, das einem heute nicht mehr künstlich vorkommt – obwohl man weiß, dass es nicht natürlich ist –, weil so viele Frauen dieses Alters sich diese Farbe zugelegt haben. Am zweiten Weihnachtsfeiertag, als sie kurz zu Besuch kamen, um mit Peg und Robert ein Glas zu trinken, trug sie ein hellgraues Kleid mit feinen glänzenden Streifen, graue Strümpfe und graue Schuhe. Sie trank Gin-Tonic. Er trug eine braune Hose und einen cremefarbenen Pullover und trank Rye mit Wasser. Sie waren erst vor kurzem von einer Mexikoreise zurückgekommen. Er hatte sich im Fallschirmspringen versucht. Sie wollte nicht. Sie hatten einen Ort in Yucatan besucht – eine Stelle, die aussah wie ein Brunnen –, wo früher angeblich Jungfrauen in die Tiefe gestürzt wurden, weil man sich eine gute Ernte davon erhoffte.

»Aber im Grunde ist das bloß eine fixe Idee des neunzehnten Jahrhunderts«, sagte sie. »Es ist bloß die fixe Idee des neunzehnten Jahrhunderts, Jungfräulichkeit so ernst zu nehmen. In Wirklichkeit haben sie die Leute wahrscheinlich ziemlich wahllos hinuntergestürzt. Junge Mädchen oder Männer oder alte Leute, oder wessen sie sonst habhaft werden konnten. Keine Jungfrau zu sein war also keine Gewähr für Sicherheit!«

Am anderen Ende des Raums beobachteten Pegs zwei Söhne – der ältere, Clayton, der noch Jungfrau war, und der jüngere, Kevin, der es nicht mehr war – die forsch-fröhlich plaudernde silberblonde Frau mit strengen, gelangweilten Gesichtern. Sie hatte gesagt, sie sei früher Englischlehrerin an der Highschool gewesen. Clayton bemerkte hinterher, er kenne diesen Typ.

Robert und Peg sind seit knapp fünf Jahren verheiratet. Robert war vorher noch nie verheiratet gewesen, Peg dagegen hatte mit achtzehn zum ersten Mal geheiratet. Ihre zwei Söhne wurden geboren, als sie und ihr Mann bei seinen Eltern auf einer Farm lebten. Ihr Mann fuhr Viehlastwagen zum Schlachthof der Canada Packers in Toronto. Es folgten andere Jobs als Lastwagenfahrer, die ihn immer weiter wegführten. Peg und die Jungen zogen nach Gilmore, und sie nahm eine Stelle in Kuipers Geschäft an, das Gilmore Arcade hieß. Ihr Mann landete schließlich in der Arktis, wo er Lastwagen über die zugefrorene Beaufort-See zu Ölbohrinseln fuhr. Sie ließ sich scheiden.

Gilmore Arcade gehörte Roberts Familie, die aber nie in Gilmore gewohnt hatte. Seine Mutter und seine Schwestern hätten es nicht für möglich gehalten, dass man eine Woche an einem solchen Ort überleben konnte. Roberts Vater hatte das Geschäft, ebenso wie zwei weitere Geschäfte in Nachbarorten, kurz nach dem Zweiten Weltkrieg gekauft. Er stellte Filialleiter ein und fuhr ein paar Mal im Jahr von Toronto aus hin, um nach dem Rechten zu sehen.

Robert zeigte lange Zeit kein großes Interesse an den

verschiedenen Geschäften seines Vaters. Er machte ein Diplom in Hoch- und Tiefbau und spielte mit dem Gedanken, in unterentwickelten Ländern zu arbeiten. Er nahm eine Stelle in Peru an, reiste durch Südamerika, gab dann den Ingenieurberuf für eine Weile auf, um auf einer Ranch in British Columbia zu arbeiten. Als sein Vater krank wurde, musste er nach Toronto zurückkehren. Er arbeitete für das Straßenbauamt der Provinz, in einer Ingenieursstelle, die für einen Mann seines Alters nicht besonders gut war. Er dachte daran, eine Lehrerausbildung zu machen und vielleicht in den Norden zu gehen und Indianer zu unterrichten, sein Leben von Grund auf zu ändern, wenn sein Vater einmal tot wäre. Er war damals an die vierzig und hatte seine dritte größere Affäre mit einer verheirateten Frau.

Von Zeit zu Zeit fuhr er nach Gilmore und in die anderen Orte, um nach den Geschäften zu sehen. Einmal brachte er Lee mit, seine dritte – und, wie sich herausstellte, letzte – verheiratete Frau. Sie hatte ein Picknick eingepackt, trank Pimm's Number 1 im Auto und fasste die ganze Reise als einen Vergnügungsausflug auf, als einen kleinen Abstecher ins Hinterland. Sie hatte damit gerechnet, dass sie auf dem freien Feld miteinander schlafen würden, und war pikiert, als sie feststellen musste, dass die Felder überall voll Vieh und unbequemer Maisstängel waren.

Roberts Vater starb, und Robert änderte sein Leben tatsächlich, aber anstatt Lehrer zu werden und sich in die Wildnis zu begeben, zog er nach Gilmore, um die Geschäfte selbst zu führen. Er heiratete Peg.

Es war reiner Zufall, dass es Peg war, die die beiden fand.

Am Sonntagabend klopfte die Farmersfrau, bei der die Kuipers ihre Eier kauften, an der Haustür.

»Ich hoffe, Sie haben nichts dagegen, dass ich Ihnen die

Eier schon heute Abend statt morgen früh bringe«, sagte sie. »Ich muss meine Schwiegertochter zu ihrer Ultraschalluntersuchung nach Kitchener bringen. Ich hab auch die für die Weebles dabei, aber sie sind wohl nicht zu Hause, nehme ich an. Würde es Ihnen etwas ausmachen, wenn ich die Eier hier bei Ihnen lasse? Ich muss morgen schon früh los. Sie wollte eigentlich selber fahren, aber ich fand das keine so gute Idee. Sie ist bald im fünften Monat und muss sich immer noch übergeben. Sagen Sie ihnen einfach, sie können das nächste Mal zahlen.«

»Kein Problem«, sagte Robert. »Das macht überhaupt keine Schwierigkeit. Wir können morgen schnell rüberlaufen und sie ihnen bringen. Überhaupt kein Problem!« Robert ist ein stämmiger, athletisch wirkender Mann mit lockigem, grau werdendem Haar und strahlenden braunen Augen. Er ist oft so betont freundlich und zuvorkommend, dass die Leute leicht das Gefühl haben könnten, von allen Seiten bedrängt zu werden. Dieses Auftreten kommt ihm in Gilmore zugute, wo man erwartet, dass Beteuerungen mehrmals wiederholt werden, ja, wo die Unterhaltung überhaupt weitgehend aus Wiederholung besteht, eine Art Reigen der guten Absichten, ohne Überraschungen. Nur gelegentlich spürt er im Gespräch mit den Leuten etwas anderes, einen Widerstand, von dem er nicht genau sagen kann, was es ist (Bosheit, Halsstarrigkeit?), aber es ist wie mit einem Felsen am Grund eines Flusses, in dem man schwimmt – das klare Wasser trägt einen darüber hinweg.

Für jemanden, der in Gilmore lebt, ist Peg zurückhaltend. Sie nahm der Frau die Eier ab, während Robert weiter beteuerte, es sei kein Problem, und sich nach der Schwangerschaft der Schwiegertochter erkundigte. Peg lächelte, wie sie im Laden lächelte, wenn sie das Wechselgeld herausgab – ein kurzes, geschäftsmäßiges Lächeln, nichts Persönliches. Sie ist eine kleine, schlanke Frau mit einer Kappe von weichem braunem Haar und Sommersprossen, die immer rosig und jugendlich aussieht. Sie trägt Faltenröcke, ordentliche, bis oben zugeknöpfte Blusen, helle Pullover, manchmal ein schwarzes Band um den Hals. Sie bewegt sich anmutig und macht bei allem sehr wenig Lärm. Robert sagte einmal zu ihr, er sei noch nie jemandem begegnet, der so selbstgenügsam sei wie sie. (Bisher waren seine Frauen in der Regel redselig, auf mondäne Weise wirkungsvoll, wenn auch achtlos in einigen Details, angespannt, temperamentvoll, »interessant«.)

Peg sagte, sie wisse nicht, was er meine.

Er fing an zu erklären, was ein selbstgenügsamer Mensch sei. Damals verstand er das Vokabular von Gilmore ganz falsch – es kam immer noch vor, dass er sich darin vergriff –, und er nahm die Grenzen, die in der täglichen Unterhaltung für gewöhnlich eingehalten wurden, zu ernst.

»Was das Wort bedeutet, weiß ich«, sagte Peg mit einem Lächeln. »Ich verstehe nur nicht, wie du das in meinem Fall meinst.«

Natürlich wusste sie, was das Wort bedeutete. Peg belegte Kurse, jeden Winter einen anderen, den sie aus dem Angebot der örtlichen Highschool auswählte. Sie belegte einen Kurs in Kunstgeschichte, einen Kurs über die großen Kulturen des Ostens und einen über Forschungs- und Entdeckungsreisen im Lauf der Jahrhunderte. Sie ging ein Mal wöchentlich abends in den Kurs, auch wenn sie sehr müde oder erkältet war. Sie schrieb Klausuren und bereitete Referate vor. Manchmal fand Robert ein mit ihrer kleinen, sauberen Handschrift voll geschriebenes Blatt auf dem Kühlschrank oder auf der Kommode in ihrem Zimmer.

*Wir sehen also, dass die Bedeutung Heinrichs des Seefah-
rers in der Anregung und Unterstützung anderer portugie-
sischer Entdeckungsfahrer lag, auch wenn er selbst nicht in
See stach.*

Er war gerührt über den Ernst ihrer Sätze, die minuziöse
Sorgfalt ihrer kleinen Handschrift, und er ärgerte sich, dass
sie nie mehr als B plus für diese Referate bekam, an denen
sie so hart arbeitete.

»Ich tue es nicht für die Noten«, sagte Peg. Ihre Wan-
genknochen röteten sich unter den Sommersprossen, als
handelte es sich um eine Art persönliches Geständnis. »Ich
tu's zu meinem Vergnügen.«

Am Montagmorgen war Robert schon vor dem Morgen-
grauen auf, er stand am Küchenbüfett und trank seinen
Kaffee und schaute hinaus auf die schneebedeckten Felder.
Der Himmel war klar, und die Temperaturen waren gefallen. Es würde einer dieser strahlenden, kalten, beinharten
Januartage werden, wie sie auf wochenlang wehenden
Westwind mit Schneefahnen und Schneefall folgen. Bäche,
Flüsse, Teiche, alles zugefroren. Der Huron-See eine Eis-
decke, so weit das Auge reichte. Vielleicht vollständig zugefroren dieses Jahr. Das war schon vorgekommen, aber
selten.

Er musste nach Kencally fahren, zur Filiale der Knipers
dort. Unter dem Eis auf dem Dach sammelte sich Wasser,
das durch die Decke drang. Er würde das Eis aufhacken
und das Dach freiräumen müssen. Dafür würde er mindestens einen halben Tag brauchen.

Sämtliche Reparaturen und Instandhaltungsarbeiten, die
im Geschäft und an diesem Haus anfallen, führt Robert
selbst aus. Er hat es gelernt, Klempner- und Elektriker-

arbeiten zu machen. Er genießt das Gefühl, damit allein zurechtzukommen. Er genießt die Schwierigkeiten, auch die Schwierigkeiten, die der Winter hier mit sich bringt. Kaum mehr als hundert Meilen von Toronto entfernt, ist dies eine ganz andere Gegend. Der Schneegürtel. Hierher zu ziehen war am Ende doch nicht sehr viel anders als in die Wildnis zu gehen. Immer noch werden Städte und Dörfer durch Schneestürme von der Außenwelt abgeschnitten. Der Winter setzt dem Land hart zu, er frisst sich fest, wie vor Jahrtausenden einst die drei Kilometer dicke Eisschicht. Die Leute richten sich auf eine Weise im Winter ein, die Außenstehende nicht begreifen. Sie sind wachsam, vorausschauend, erschöpft, in Hochstimmung.

Was er an diesem Haus besonders mag, ist der Blick nach hinten hinaus, aufs freie Land. Das entschädigt für die unübersichtliche Sackgasse ohne Bäume oder Gehsteige. Die Straße wurde nach dem Krieg angelegt, als man davon ausging, dass jedermann das Auto benutzen und nirgendwohin zu Fuß gehen würde. Und so kam es auch. Die Häuser liegen relativ dicht an der Straße und nebeneinander, und wenn alle ihre Bewohner zu Hause sind, nehmen Autos fast den ganzen Raum ein, wo sonst Platz für Gehsteige, Boulevards, Schatten spendende Bäume wäre.

Natürlich war Robert bereit, ein anderes Haus zu kaufen. Er ging davon aus, dass sie es tun würden. In Gilmore standen – stehen immer noch – schöne alte Häuser zum Verkauf, zu Preisen, die für Stadtbegriffe ein Witz sind. Peg sagte, sie könne sich nicht vorstellen, in einem dieser Häuser zu leben. Er bot ihr an, ein neues Haus für sie in dem Siedlungsgebiet am anderen Ende des Ortes zu bauen. Das wollte sie auch nicht. Sie wollte in diesem Haus bleiben, welches das erste Haus war, in dem sie allein mit den Jungen gelebt hatte. Also kaufte Robert das Haus – sie hatte es nur gemietet – und baute das große Schlafzimmer und ein weiteres Badezimmer an und richtete im Keller einen Fernsehraum ein. Er bekam etwas Unterstützung von Kevin, weniger von Clayton. Zur Straße hin sah das Haus immer noch aus wie das, vor dem er geparkt hatte, als er Peg das erste Mal von der Arbeit nach Hause fuhr. Eineinhalb Stockwerke hoch mit einem steilen Dach und einem Wohnzimmerfenster, das in quadratische Scheiben unterteilt war wie das Fenster auf einer Weihnachtskarte. Seitenverkleidungen aus Weißaluminium, schmale schwarze Fensterläden, Tür- und Fensterrahmen schwarz abgesetzt. Als er wieder in Toronto zurück war, hatte er sich vorgestellt, wie Peg in diesem Haus lebte. Er hatte sich ihr regelmäßiges, abgezirkeltes, ernsthaftes, erstrebenswertes Leben vorgestellt.

Sein Blick fiel auf die Eier der Weebles auf dem Küchenbüfett. Er überlegte, ob er sie rüberbringen sollte. Aber es war noch zu früh. Die Haustür war sicher noch abgesperrt. Er wollte die Weebles nicht wecken. Peg konnte die Eier abgeben, bevor sie losfuhr, um den Laden aufzuschließen. Er nahm den Filzstift, der auf dem Bord unter ihrem Merkkalender lag, und schrieb auf ein Papierhandtuch: *Eier für W. nicht vergessen. Kuss, Robert.* Diese Eier waren nicht billiger als die aus dem Supermarkt. Robert bezog sie bloß gern direkt vom Bauernhof. Außerdem waren sie braun. Peg sagte, Städter seien alle verrückt nach braunen Eiern – sie glaubten, braune Eier seien irgendwie natürlicher, wie brauner Zucker.

Als er mit dem Auto rückwärts aus der Einfahrt setzte, bemerkte er das Auto der Weebles auf dem Einstellplatz vor ihrem Haus. Sie waren also wieder zurück, wo immer sie gestern Abend gewesen waren. Dann sah er, dass der Schnee, den der städtische Schneepflug vor ihrer Einfahrt aufgeworfen hatte, nicht weggeschaufelt war. Der Schneepflug musste im Lauf der Nacht vorbeigefahren sein. Aber er selbst hatte keinen Schnee wegschaufeln müssen; es hatte über Nacht nicht frisch geschneit, und der Schneepflug musste gar nicht eingesetzt werden. Der Schnee war von gestern. Sie konnten also gestern Abend gar nicht weggewesen sein. Außer sie waren zu Fuß gegangen. Die Gehsteige waren nicht geräumt, nur die an der Hauptstraße und an den Straßen um die Schule, und es war beschwerlich, auf den von Schneewällen eingeengten Straßen zu laufen, aber da sie neu in der Stadt waren, waren sie vielleicht losgegangen, ohne sich darüber klar zu sein.

Er schaute nicht genau genug hin, um festzustellen, ob Fußstapfen zu sehen waren.

Er machte sich ein Bild von dem, was geschehen war. Zuerst auf Grund der Schilderung des Polizeibeamten, dann anhand von Pegs Bericht.

Peg verließ das Haus um etwa zwanzig nach acht. Clayton war schon in die Schule gegangen, und Kevin, der gerade eine Ohrenentzündung auskurierte, war unten im Kellerraum und hörte eine Billy-Idol-Kassette, während er sich eine Quizsendung im Fernsehen ansah. Peg hatte die Eier nicht vergessen. Sie stieg ins Auto und ließ den Motor an, damit er warm würde, ging dann auf die Straße hinaus, stieg über den nicht geräumten Schnee vor der Weebleschen Einfahrt und ging die Auffahrt hinunter zum Seiteneingang. Sie trug ihren weißen gestrickten Schal mit Baskenmütze und ihren fliederfarbenen Daunenmantel. In diesen Mänteln sahen die meisten Frauen in Gilmore aus wie Tonnen, aber Peg stand er gut, weil sie so schlank war.

Es gab ursprünglich nur drei verschiedene Haustypen in ihrer Straße. Aber inzwischen waren die meisten mit neuen

Fenstern, Terrassen, An- und Aufbauten so stark verändert, dass man kaum mehr echte Zwillingshäuser fand. Das Haus der Weebles war spiegelbildlich zu dem der Kuipers gebaut, doch das große Fenster zur Straße war umgestaltet, seine Weihnachtskartenunterteilung entfernt worden, und man hatte das Dach angehoben, so dass es im Oberstock nun ein großes Fenster mit Blick auf die Straße gab. Die Außenverkleidung war hellgrün mit weißen Tür- und Fensterrahmen, und es gab keine Fensterläden.

Der Seiteneingang führte zu einer Abstellkammer, genau wie in Pegs Haus. Sie klopfte zuerst nur leise, da sie annahm, sie wären in der Küche, die nur ein paar Schritte von der Abstellkammer entfernt war. Sie hatte das Auto natürlich bemerkt und überlegte, ob sie vielleicht spät heimgekommen wären und ausschlafen wollten. (Über den Schnee, der noch nicht weggeschaufelt war, und die Tatsache, dass der Schneepflug vergangene Nacht nicht vorbeigekommen war, hatte sie sich noch keine Gedanken gemacht. Das fiel ihr erst später auf, als sie in ihr Auto stieg und rückwärts aus der Einfahrt setzte.) Sie klopfte von Mal zu Mal lauter. Ihr Gesicht brannte schon von der strahlenden Kälte. Sie drückte auf die Klinke und stellte fest, dass die Tür nicht abgeschlossen war. Sie öffnete sie, trat in die schützende Wärme und rief.

Der kleine Raum war dunkel. Von der Küche oben fiel so gut wie kein Licht herein, und an der Tür des Seiteneingangs war ein Bambusvorhang angebracht. Sie stellte die Eier auf den Wäschetrockner und wollte sie dort stehen lassen. Dann überlegte sie, dass es wohl besser wäre, sie in die Küche hinaufzubringen, falls die Weebles Eier frühstücken wollten und keine mehr da hatten. Sie würden nicht auf den Gedanken kommen, im Abstellraum nachzusehen.

(Genau genommen war das Roberts eigene Erklärung.

Sie hatte das alles nicht erzählt, aber das hatte er vergessen. Sie hatte bloß gesagt: »Ich dachte, ich könnte sie ebenso gut in die Küche raufbringen.«)

In der Küche hingen die gleichen Bambusvorhänge vor dem Fenster über dem Spülbecken und vor denen in der Frühstücksecke; daher konnte, obwohl der Raum wie die Küche der Kuipers nach Osten ging und die Sonne inzwischen voll aufgegangen war, nicht viel Licht hereinfallen. Der Tag hatte hier noch nicht begonnen.

Aber es war warm im Haus. Vielleicht waren sie vor einer Weile aufgestanden und hatten den Thermostat höher gestellt und waren dann wieder ins Bett gegangen. Vielleicht ließen sie die Heizung die ganze Nacht an – obwohl sie Peg dafür eher zu sparsam vorgekommen waren. Sie stellte die Eier auf die Arbeitsfläche neben dem Spülbecken. Die Küche war fast genauso angeordnet wie bei ihr. Sie sah ein paar gestapelte Teller stehen, vorgespült, aber noch nicht gespült, als hätten sie vor dem Schlafengehen noch etwas gegessen.

Vor der Tür zum Wohnzimmer rief sie ein zweites Mal.

Das Wohnzimmer war tadellos aufgeräumt. Peg kam es irgendwie zu tadellos aufgeräumt vor, aber – wie sie zu Robert bemerkte – wahrscheinlich kam einer Frau, die an Kinder im Haus gewöhnt ist, das Wohnzimmer eines pensionierten Ehepaars unweigerlich so vor. Peg hatte in ihrem Leben bisher nie so viel Ordnung um sich gehabt, wie ihr lieb gewesen wäre, da sie von einem Zuhause mit sechs Kindern in das enge Farmhaus ihrer Schwiegereltern übergewechselt war, das mit ihren eigenen kleinen Kindern nur noch enger wurde. Sie hatte Robert eine Anekdote erzählt, wie sie sich einmal ein besonders schönes Stück Seife zu Weihnachten gewünscht hatte, rosa Seife mit einer erhabenen Rosenverzierung. Sie bekam die Seife, und sie versteckte sie jedes Mal, wenn sie sie benutzt hatte, damit sie nicht rissig und in den Rissen schmierig würde, wie es in jenem Haus sonst immer mit Seife der Fall war. Sie war zu der Zeit schon erwachsen, oder glaubte es jedenfalls.

Im Abstellraum hatte sie den Schnee von den Stiefeln geklopft. Trotzdem zögerte sie, über den sauberen, hellbeigen Wohnzimmerteppich zu gehen. Sie rief noch einmal. Sie rief die Weebles bei ihren Vornamen, die ihr kaum geläufig waren. Walter und Nora. Sie waren erst letzten April eingezogen, und seither waren sie zwei Mal verreist gewesen, so dass Peg das Gefühl hatte, sie gar nicht richtig zu kennen, aber es schien albern, zu rufen: »Herr und Frau Weeble. Sind Sie schon auf, Herr und Frau Weeble?«

Keine Antwort.

Vom Wohnzimmer aus führte eine frei stehende Treppe nach oben, genau wie bei Peg und Robert. Peg ging jetzt über den sauberen hellen Teppichboden zum Fuß der Treppe, die mit demselben Material ausgelegt war. Sie begann, die Stufen hochzugehen. Sie rief nicht noch einmal.

Sie muss es da schon gewusst haben, sonst hätte sie gerufen. Das wäre das Normale, dass man nicht aufhört zu rufen, je näher man Menschen kommt, die vielleicht noch schlafen. Zur Vorwarnung. Sie könnten ja tief und fest schlafen. Betrunken sein. Das war bei den Weebles nicht die Gewohnheit, soweit man sie kannte, aber niemand kannte sie besonders gut. Leute im Ruhestand. Früh in Pension gegangen. Er war Buchhalter gewesen, sie Lehrerin. Sie hatten in Hamilton gelebt. Gilmore hatten sie gewählt, weil Walter Weeble hier früher einen Onkel und eine Tante hatte, die er als Kind immer besuchte. Beide inzwischen tot, der Onkel und die Tante, aber der Ort musste für ihn mit angenehmen Erinnerungen verbunden sein. Und es war billig hier; das war bestimmt ein billigeres Haus, als sie sich hätten leisten können. Sie wollten ihr Geld für Reisen ausgeben. Keine Kinder.

Sie rief nicht; sie blieb nicht mehr stehen. Sie stieg die Treppe hoch und sah sich nicht weiter um, als sie oben ankam; sie schaute immer geradeaus. Vor ihr lag das Badezimmer, dessen Tür offen stand. Es war sauber und leer.

Von der Treppe aus ging sie auf das Schlafzimmer der Weebles zu. Sie war in diesem Haus noch nie im oberen Stockwerk gewesen, aber sie wusste, wo das Schlafzimmer liegen musste. Es musste das ausgebaute Zimmer auf der Vorderseite sein, mit dem breiten Fenster, das auf die Straße hinausging.

Die Tür zu diesem Zimmer stand offen.

Peg kam die Treppe herunter und verließ das Haus durch die Küche, den Abstellraum, den Seiteneingang. Ihre Fußspuren waren auf dem Teppich zu sehen, auf den Linoleumfliesen und draußen im Schnee. Sie machte die Tür hinter sich zu. Ihr Auto hatte die ganze Zeit mit laufendem Motor dagestanden und war in eine kleine Wolke seines eigenen Dampfs gehüllt. Sie stieg ein, setzte zurück und fuhr zur Polizeiwache im Rathaus.

»Ein bitterkalter Morgen, Peg«, sagte der Polizeibeamte.

»Ja.«

»Also, was kann ich für Sie tun?«

Von Karen erfuhr Robert mehr.

Karen Adams war die Verkäuferin bei Gilmore Arcade. Sie war eine junge verheiratete Frau, kräftig gebaut, meist gut gelaunt, wach, ohne sonderlich so zu wirken, effizient, ohne große Betriebsamkeit. Sie verstand sich gut mit den Kunden; sie verstand sich gut mit Peg und Robert. Karen kannte Peg natürlich schon länger. Sie nahm sie gegen die

Leute in Schutz, die behaupteten, Peg sei hochnäsig geworden, seit sie eine gute Partie gemacht habe. Karen sagte, Peg sei ganz die Alte geblieben. Aber nach dem heutigen Tag sagte sie: »Ich habe immer geglaubt, Peg und ich seien befreundet, aber jetzt bin ich mir nicht mehr sicher.«

Karen fing um zehn mit der Arbeit an. Sie kam etwas früher und fragte, ob schon viele Kunden da gewesen seien, und Peg sagte nein, keiner.

»Das wundert mich nicht«, sagte Karen. »Es ist zu kalt. Wenn auch noch ein Wind ginge, wäre es mörderisch.«

Peg hatte Kaffee gemacht. Sie hatten eine neue Kaffeemaschine, Roberts Weihnachtsgeschenk für den Laden. Früher mussten sie sich den Kaffee aus der Bäckerei weiter oben in der Straße holen.

»Ist das Ding hier nicht fantastisch?«, sagte Karen, als sie sich ihren Kaffee nahm.

Peg bejahte. Sie war dabei, einige Flecken vom Boden zu wischen.

»O je!«, sagte Karen. »War ich das oder du?«

»Ich, glaube ich«, erwiderte Peg.

»Ich hab mir also gar nichts dabei gedacht«, sagte Karen später. »Ich dachte, sie hat sicher irgendwie Erde reingetragen. Ich hab mir nicht lang überlegt: Wo sollte man denn auf Erde stoßen bei all dem Schnee?«

Nach einer Weile kam eine Kundin herein; es war Celia Simms, und sie hatte davon gehört. Karen stand an der Kasse, und Peg war hinten und prüfte ein paar Rechnungen. Celia erzählte es Karen. Sie wusste nicht viel; sie wusste nicht, wie es geschehen war, oder dass Peg mit hineingezogen war.

Karen rief laut nach hinten in den Laden. »Peg! Peg! Es ist etwas Schreckliches passiert, es geht um eure Nachbarn von nebenan!«

Peg rief zurück: »Ich weiß.«

Celia sah Karen mit hochgezogenen Augenbrauen an – sie gehörte zu denen, die Pegs Art nicht leiden konnten –, und Karen wandte sich aus Loyalität ab und wartete, bis Celia den Laden verließ. Dann lief sie so eilig nach hinten, dass die Kleiderbügel an den Ständern klapperten.

»Die Weebles sind beide tot, erschossen. Hast du das gewusst, Peg?«

»Ja. Ich hab sie gefunden.«

»Im Ernst! Wann war das?«

»Heute Morgen, kurz bevor ich zur Arbeit gefahren bin.«

»Sie wurden ermordet!«

»Es war Mord und Selbstmord«, sagte Peg. »Er hat sie erschossen und dann sich selbst. So war es.«

»Als sie mir das erzählte«, sagte Karen, »hab ich angefangen zu zittern. Ich hab am ganzen Körper gezittert und konnte nicht mehr aufhören.« Während sie Robert davon berichtete, zitterte sie demonstrativ und schob die Hände in die Ärmel ihres Jogginganzugs aus blauem Plüsch.

»Ich hab also gefragt: ›Was hast du gemacht, als du sie gefunden hast?‹, und sie hat gesagt: ›Ich bin zur Polizei gegangen und hab es gemeldet.‹ Ich hab gefragt: ›Hast du geschrien oder so?‹ Ob sie nicht weiche Knie gekriegt hat, wollte ich wissen, weil's mir bestimmt so gegangen wäre. Ich kann mir nicht vorstellen, wie ich da wieder rausgefunden hätte. Sie hat gesagt, sie erinnert sich nicht mehr genau, wie sie rausgekommen ist, aber sie wusste noch, dass sie die Tür zugemacht hat, die Haustür, und dabei gedacht hat: ›Pass auf, dass sie gut zu ist, damit kein Hund reinkann.‹ Ist das nicht grässlich? Sie hatte ja Recht, aber es ist grässlich, an so was zu denken. Glaubst du, dass sie unter Schock steht?«

»Nein«, antwortete Robert. »Ich glaube, ihr fehlt nichts.«
Diese Unterhaltung fand am Nachmittag hinten im Laden statt, als Peg weggegangen war, um sich ein Sandwich
zu holen.

»Sie hatte mir kein Wort erzählt. Keine Silbe. Ich hab sie
gefragt: ›Wieso hast du mir kein Wort gesagt, Peg?‹, da hat
sie gemeint: ›Ich wusste, du würdest es ohnehin bald erfahren.‹ Ja, aber sie hätte es mir doch erzählen können, hab
ich gesagt. ›Tut mir Leid‹, sagt sie da. ›Tut mir Leid.‹ Wie
wenn sie sich für irgendeine Kleinigkeit entschuldigen würde, dass sie meine Kaffeetasse benutzt hat oder so. Nur dass
Peg so was nie tun würde.«

Gegen Mittag war Robert fertig mit dem, was er in der Filiale in Keneally zu tun hatte, und beschloss, nach Gilmore
zurückzufahren, bevor er eine Kleinigkeit essen ging. Auf
der Strecke von Keneally ins Zentrum gab es kurz vor der
Stadtgrenze eine Raststätte am Highway, da würde er Halt
machen, dachte er. Normalerweise aßen immer ein paar
Lastwagenfahrer und Reisende in dem Rasthaus, aber ansonsten waren es vorwiegend Einheimische – Farmer auf
dem Heimweg, Geschäftsleute und Handwerker, die mit
dem Auto herauskamen. Robert mochte dieses Lokal, und
heute hatte er es mit einem Gefühl heiterer Erwartung betreten. Die Arbeit an der kalten Luft hatte ihn hungrig gemacht, und er war sich des strahlenden Tags bewusst, an
dem der Schnee auf den Feldern aussah wie gemeißelt,
blendend hell, so dauerhaft wie Marmor. Er hatte das un-
deutliche Gefühl, das er in Gilmore ziemlich oft hatte, das
Gefühl, eine zwanglose Bühne zu betreten, auf der ein lang-
atmiges, sympathisches Stück im Gange war. Und er kannte
seinen Text – oder wusste zumindest, dass seine Improvi-
sationsgabe ihn nicht im Stich lassen würde. Manchmal

schien das auf sein ganzes Leben in Gilmore zuzutreffen, aber wenn er es je so zu beschreiben versuchte, würde es sich anhören, als wäre es ein unnatürliches, gestelltes Leben, nicht ganz ernst genommen. Dabei war es genau das Gegenteil. Wenn er also jemandem aus seinem früheren Leben begegnete, wie es bei seinen Reisen nach Toronto manchmal vorkam, und gefragt wurde, wie ihm das Leben in Gilmore gefalle, antwortete er immer: »Ich kann Ihnen nicht sagen, wie gut es mir gefällt!«, und das war die reine Wahrheit.

»Warum hast du dich nicht mit mir in Verbindung gesetzt?«

»Du warst oben auf dem Dach.«

»Du hättest im Laden anrufen können und Ellie Bescheid sagen. Sie hätte es mir ausgerichtet.«

»Was hätte das genützt?«

»Ich hätte zumindest heimkommen können.«

Er war von der Raststätte direkt ins Geschäft gefahren, ohne zu essen, was er bestellt hatte. Er erwartete nicht, dass Peg nahe dem Zusammenbruch sein würde – dazu kannte er sie zu gut –, aber er nahm doch an, sie würde nach Hause fahren wollen, sich von ihm einen Drink machen lassen, ihm in Ruhe davon erzählen.

Sie wollte nicht. Sie wollte zur Bäckerei weiter oben an der Straße gehen und sich ihr übliches Mittagessen besorgen – eine Semmel mit Schinken und Käse.

»Ich hab Karen zum Essen geschickt, aber ich bin selber noch nicht dazu gekommen. Soll ich dir auch ein Sandwich bringen? Wenn du in der Raststätte nichts gegessen hast, wäre es wohl das Beste.«

Als sie ihm das Sandwich brachte, setzte er sich hin und aß es an dem Schreibtisch, an dem sie Rechnungen erle-

digt hatte. Sie tat frischen Kaffee und Wasser in die Kaffeemaschine.

»Ich kann mir nicht mehr vorstellen, wie wir ohne dieses Ding ausgekommen sind.«

Er schaute sich Pegs fliederfarbenen Mantel an, der
neben Karens rotem Mantel an der Tür zum Waschraum
hing. Auf dem violetten Mantel war ein langer verkrusteter
Streifen rötlich brauner Farbe, bis hinunter zum Saum.

Farbe war das natürlich nicht. Aber auf ihrem Mantel?
Wie hatte sie Blut auf ihren Mantel gebracht? Sie muss
sie gestreift haben, dort in dem Zimmer. So nah muss sie
herangegangen sein.

Dann erinnerte er sich an die Gespräche in der Raststätte und besann sich, dass sie nicht unbedingt so nah hatte
herangehen müssen. Sie konnte den Blutfleck auch vom
Türrahmen haben. Der Polizeibeamte war im Rasthaus gewesen, und er erzählte, es sei überall Blut gewesen, und
mehr als nur Blut.

»Er hätte für so was nie eine Schrotflinte benutzen dürfen«, hatte einer der Männer im Lokal gesagt.

Ein anderer hatte bemerkt: »Vielleicht hatte er nichts
anderes als eine Schrotflinte.«

Im Laden herrschte fast den ganzen Nachmittag reger Be-
trieb. Leute auf der Straße, in der Bäckerei und im Café,
auf der Bank und auf dem Postamt, ins Gespräch vertieft.
Die Leute wollten einander gegenüberstehen beim Reden.
Sie mussten aus dem Haus und darüber reden, trotz der
Kälte. Am Telefon darüber zu reden reichte nicht aus.

Zuerst war es wohl so gewesen, nahm Robert an, dass
die Leute sich ans Telefon hängten und einfach jeden an-
riefen, der ihnen einfiel und vielleicht noch nicht informiert
war. Karen hatte ihre Freundin Shirley angerufen, die mit

Grippe im Bett lag, und ihre Mutter, die wegen einer gebrochenen Hüfte im Krankenhaus war. Wie sich herausstellte, war ihre Mutter schon im Bilde – das ganze Krankenhaus war im Bilde. Und Shirley sagte: »Meine Schwester ist dir zuvorgekommen.«

Zugegeben, die Leute schätzten und freuten sich auf den Augenblick, in dem sie die Neuigkeit kundtaten – Karen ärgerte sich über Shirleys Schwester, die nicht berufstätig war und telefonieren konnte, wann immer sie wollte –, aber hinter diesem Impuls steckte auch echte Freundlichkeit und Rücksichtnahme. Davon war Robert überzeugt. »Ich wusste, es wäre ihr nicht recht, nicht Bescheid zu wissen«, sagte Karen, und das stimmte. Niemand wollte nicht Bescheid wissen. Auf die Straße zu gehen, ohne Bescheid zu wissen. Herumzulaufen und all die täglichen Dinge zu verrichten, ohne Bescheid zu wissen. Er selbst fühlte sich niedergeschlagen, sogar leicht gedemütigt, bei dem Gedanken, nicht Bescheid gewusst zu haben; Peg hatte ihm nicht Bescheid gesagt.

Die Gespräche eilten von den Ereignissen des Morgens zurück in die Vergangenheit. Wo waren die Weebles gesehen worden, in welcher Harmlosigkeit und Unschuld, und wie nahe dem Augenblick, als alles anders wurde?

Sie hatte am Freitagnachmittag in der Bank of Montreal angestanden.

Er hatte sich am Samstagmorgen die Haare schneiden lassen.

Sie waren am Freitagabend gegen acht Uhr zusammen in der I.G.A. gewesen und hatten Lebensmittel eingekauft.

Was hatten sie gekauft? Einen größeren Vorrat? Spezialitäten, Sonderangebote aus der Werbung, mehr als ausreichend für ein paar Tage?

Mehr als genug. Einen Sack Kartoffeln zum einen.

Dann die Gründe. Die Gespräche wandten sich möglichen Gründen zu. Natürlich. In der Raststätte waren keine Theorien vorgebracht worden. Niemand kannte den Grund, niemand konnte sich einen vorstellen. Aber als der Nachmittag um war, standen zu viele Erklärungen zur Auswahl.

Finanzielle Probleme. Er war in irgendein unsolides Anlagegeschäft in Hamilton verwickelt. Irgendein verrückter Dreh, um zu Geld zu kommen, war schief gelaufen. Ihr ganzes Geld war dahin, und sie würden für den Rest ihres Lebens von ihrer Pension zehren müssen.

Sie hatten Steuerschulden gehabt. Als Buchhalter glaubte er, das Ganze vertuschen zu können, aber er war erwischt worden. Er würde bloßgestellt, vielleicht angeklagt, öffentlich angeprangert werden, als armer Mann zurückbleiben. Selbst wenn es nur Betrug an der Regierung war, wäre es doch eine Blamage, wenn so etwas herauskäme.

War es viel Geld?

Sicher. Eine Menge.

Es ging gar nicht um Geld. Sie waren krank. Einer von ihnen oder alle beide. Krebs. Schwere Arthritis. Alzheimersche Krankheit. Chronische psychische Störungen. Es ging um Gesundheitsprobleme, nicht um Geld. Was sie fürchteten, waren Leiden und Hilflosigkeit, nicht Armut.

Die Meinungen spalteten sich in zwei Lager zwischen Männern und Frauen. Es waren fast immer die Männer, die glaubten und darauf beharrten, Geld sei das Problem gewesen, und es waren die Frauen, die von Krankheit redeten. Wer würde sich denn umbringen, bloß weil er arm war, sagten einige Frauen verächtlich. Oder selbst weil er eventuell ins Gefängnis musste? Es war auch immer eine Frau, die eine unglückliche Ehe vermutete, die auf das Drama eines entdeckten Seitensprungs oder auf die Erinnerung an frühere Untreue anspielte.

Robert hörte sich alle diese Erklärungen an, glaubte aber an keine von ihnen. Geldverlust, Krebs, Alzheimersche Krankheit. Diese Erklärungen kamen ihm alle gleich plausibel vor, und alle gleich hohl und unsinnig. Im Endeffekt glaubte er an jede von ihnen etwa fünf Minuten, nicht länger. Wenn er an eine hätte glauben können, daran festhalten können, hätte er das Gefühl gehabt, etwas los zu sein, das seine Brust umkrallte, und frei atmen zu können.

(»Das waren keine Leute von hier, wenn man es recht überlegt«, sagte eine Frau in der Bank zu ihm. Dann wurde sie verlegen. »Ich meine nicht wie Sie.«)

Peg hielt sich damit beschäftigt, dass sie Kinderpullover, Fäustlinge und Schneeanzüge für den Winterschlussverkauf vorbereitete. Wenn Leute auf sie zukamen, während sie die Preisschilder umschrieb, sagte sie: »Kann ich Ihnen helfen?«, so dass sie sofort in die Position des Kunden versetzt waren und sagen mussten, dass sie etwas Bestimmtes suchten. Gilmore Arcade führte Damen- und Kinderkleider, Bettwäsche, Handtücher, Strickwolle, Küchenartikel, Süßigkeiten in größeren Mengen, Zeitschriften, Kaffeebecher, künstliche Blumen und vieles mehr, es war also nicht schwer, sich etwas einfallen zu lassen.

Was suchten sie? Sicher nicht so sehr Einzelheiten, Schilderungen. Die wenigsten wollen das wirklich oder würden sich lüstern und unverhohlen dazu bekennen. Sie wollen es, und sie wollen es auch wieder nicht. Sie fangen an zu fragen, und dann verstummen sie. Sie hören zu, und dann weichen sie zurück. Vielleicht wollten sie von Peg nur irgendeine Bestätigung, eine Bemerkung oder einen Blick, dass sie hinterher sagen könnten: »Peg Kuiper ist völlig am Boden.« – »Ich habe Peg Kuiper gesehen. Sie hat nicht viel geredet, aber man hat ihr angesehen, dass sie am Boden ist.«

Manche Leute versuchten trotzdem, mit ihr zu reden.

»War das nicht schrecklich, was da bei Ihnen passiert ist?«

»Ja.«

»Sie müssen sie etwas näher gekannt haben, wo sie doch Nachbarn waren.«

»Eigentlich nicht. Wir kannten sie so gut wie gar nicht.«

»Ist Ihnen nie etwas aufgefallen, das darauf hätte schließen lassen, dass so etwas passieren könnte?«

»Uns ist nie das Geringste aufgefallen.«

Robert stellte sich die Weebles beim Ein- und Aussteigen in ihr Auto in der Auffahrt vor. Dabei hatte er sie am häufigsten gesehen. Er rief sich ihren Besuch am zweiten Weihnachtsfeiertag ins Gedächtnis. Ihre grauen Beine hatten ihn an eine Nonne denken lassen. Ihre Erwähnung von Jungfräulichkeit hatte Peg und die Jungen verlegen gemacht. Sie erinnerte Robert ein wenig an Frauen, die er früher gekannt hatte. Ihr Mann war weniger redselig, wenn auch nicht schüchtern. Sie redeten über mexikanisches Essen, das ihm offensichtlich nicht geschmeckt hatte. Er aß nicht gerne in Restaurants.

Peg hatte gesagt: »Ach, das tun Männer nie!«

Das hatte Robert gewundert, und er fragte sie hinterher, ob das heißen solle, dass sie öfter zum Essen ausgehen wolle?

»Ich hab das bloß gesagt, um ihre Partei zu ergreifen. Ich hatte das Gefühl, dass er ihr ziemlich strafende Blicke zuwarf.«

Hatte er strafend geblickt? Robert hatte nichts bemerkt. Der Mann wirkte zu beherrscht, um seiner Frau in der Öffentlichkeit strafende Blicke zuzuwerfen. Zu wohlwollend im Großen und Ganzen, vielleicht auch in gewisser Weise zu träge, um irgendwem irgendwo strafende Blicke zuzuwerfen.

Aber es war nicht Pegs Art, zu übertreiben.

Immer wieder tauchten neue Informationsbrocken auf. Der Mädchenname von Nora Weeble. Driscoll. Nora Driscoll. Irgendwer kannte eine Frau, die an derselben Schule in Hamilton unterrichtet hatte. Sie war beliebt als Lehrerin, immer modisch angezogen und hatte ein wenig Schwierigkeiten gehabt, Disziplin herzustellen. Sie hatte einen französischen Konversationskurs und einen Kochkurs für französische Küche besucht.

Ein paar Frauen von hier hatten sie gefragt, ob sie Interesse hätte, einen Buchklub zu eröffnen, und sie hatte ja gesagt.

Er war in Hamilton mehr der Vereinstyp gewesen als hier. Der Rotary Club. Der Lions Club. Vielleicht steckten damals auch geschäftliche Gründe dahinter.

Sie waren keine Kirchgänger, soweit bekannt war, weder hier noch dort.

(Was die Gründe betraf, behielt Robert Recht. Früher oder später wird in Gilmore alles publik. Verschwiegenheit und Vertraulichkeit gelten als Anschlag gegen das Interesse der Allgemeinheit. Es gibt ein ganzes Netz von Leuten, die entweder verwandt oder verschwägert sind mit den Angestellten der Ämter, in denen alle Unterlagen aufbewahrt werden.

Es gab kein Anlagegeschäft, weder in Hamilton noch sonst wo. Keine Überprüfung der Einkommenssteuer. Keine Geldprobleme. Keinen Krebs, keinen Herzfehler, keinen Bluthochdruck. Sie hatte wegen Kopfschmerzen den Arzt aufgesucht, aber der meinte, es sei weder Migräne noch irgendetwas Ernstes.

Bei der Beerdigung am Donnerstag sprach der Pfarrer der unierten Kirche, der sich in Fällen unbekannter Konfession kurz zu fassen pflegte, über die Belastungen und Spannungen im modernen Leben, äußerte sich jedoch nicht konkreter. Manche Leute waren enttäuscht, als hätten sie das von ihm erwartet – oder fanden, er hätte zumindest die Gefahren des Abfalls von Glauben und Kirche, die Sünde der Verzweiflung erwähnen können. Andere fanden, jedes Wort über das Gesagte hinaus wäre geschmacklos gewesen.)

Noch jemand, der der Meinung war, Peg hätte Bescheid sagen müssen, war Kevin. Er wartete auf sie, als sie nach Hause kamen. Er war immer noch im Schlafanzug.

Warum war sie nicht ins Haus zurückgekommen, statt auf die Polizeiwache zu fahren? Warum hatte sie ihn nicht gerufen? Sie hätte ins Haus zurückkommen und telefonieren können. Kevin hätte telefonieren können. Sie hätte ihn wenigstens vom Geschäft aus anrufen können.

Er war den ganzen Vormittag unten im Keller gewesen und hatte ferngesehen. Er hatte nicht gehört, wie die Polizei kam; er hatte sie weder rein- noch rausgehen sehen. Er hatte keine Ahnung von dem, was vor sich ging, bis seine Freundin Shanna ihn in der Mittagspause von der Schule aus anrief.

»Sie hat gesagt, sie haben die Leichen in Müllsäcken rausgebracht.«

»Woher will sie das wissen?«, fragte Clayton. »Ich dachte, sie war in der Schule.«

»Jemand hat es ihr erzählt.«

»Das hat sie aus dem Fernsehen.«

»Sie hat *gesagt*, dass sie sie in Müllsäcken rausgebracht haben.«

»Shanna ist völlig unterbelichtet. Sie ist nur zu einem zu gebrauchen.«

»Manche Leute sind zu gar nichts zu gebrauchen.«

177

Clayton war sechzehn, Kevin vierzehn. Altersmäßig zwei Jahre auseinander, aber in der Schule drei Jahre, weil Clayton im Unterschied zu Kevin eine Klasse hatte überspringen dürfen.

»Schluss jetzt«, sagte Peg. Sie hatte Spaghettisoße aus dem Tiefkühlfach geholt und taute sie im Wasserbad auf. »Clayton. Kevin. An die Arbeit, ihr zwei, macht ihr mal Salat.«

Kevin sagte: »Ich bin krank. Ich könnte ihn mit Bazillen verseuchen.«

Er nahm die Tischdecke vom Tisch und legte sie sich wie ein Schultertuch um.

»Müssen wir davon noch essen?«, fragte Clayton. »Jetzt, wo er seinen ganzen Rotz drauf hat?«

Peg sagte zu Robert: »Trinken wir Wein zum Essen?«

Am Samstag- und Sonntagabend tranken sie gewöhnlich Wein, aber heute hatte Robert nicht daran gedacht. Er ging in den Keller, um ihn zu holen. Als er zurückkam, tat Peg gerade die Spaghetti in den Kochtopf, und Kevin hatte das Tischtuch abgelegt. Clayton machte den Salat. Clayton war zierlich wie seine Mutter und ein Ausbund an Energie. Ein Star unter den Läufern, ein Ass im Prüfungsschreiben.

Kevin lungerte in der Küche herum und stand im Weg, während er mit Peg redete. Kevin war jetzt schon größer als Clayton und Peg, vielleicht auch größer als Robert. Er hatte breite Schultern, dürre Beine und schwarzes Haar, das er in einem Mohawk-Schnitt trug, soweit er sich eben traute – Shanna besorgte den Schnitt. Seine blasse Haut neigte zu Pickeln. Den Mädchen schien das nichts auszumachen.

»Also war es so?«, fragte Kevin. »War alles voller Blut und Glibber?«

»Perversling«, sagte Clayton.

»Das waren menschliche Wesen, Kevin«, sagte Robert.

»Waren«, erwiderte Kevin. »Ich weiß, dass sie menschliche Wesen *waren*. Ich hab am zweiten Weihnachtstag ihre Drinks gemixt. Damals waren sie menschliche Wesen, aber heute sind sie nichts weiter als chemische Bestandteile. Mom? Was hast du zuerst gesehen? Shanna hat erzählt, dass sogar noch auf dem Gang Blut und Glibber waren.«

»Das viele Fernsehen hat ihn brutalisiert«, sagte Clayton. »Er hält es für irgendein Video. Er kann echtes Blut nicht von Videoblut unterscheiden.«

»Mom? War es überall verspritzt?«

Robert hat es sich zur Regel gemacht, Peg mit ihren Söhnen allein fertig werden zu lassen, es sei denn, sie bittet ihn um Unterstützung. Aber diesmal sagte er: »Kevin, du hältst jetzt besser mal die Klappe.«

»Er kann nichts dafür«, sagte Clayton. »Dass er ein Persversling ist.«

»Du auch, Clayton. Du auch.«

Aber einen Moment später fragte Clayton: »Mom? Hast du geschrien?«

»Nein«, erwiderte Peg nachdenklich. »Ich habe nicht geschrien. Weil niemand da war, der mich gehört hätte, vermutlich. Also habe ich nicht geschrien.«

»Ich hätte dich vielleicht gehört«, sagte Kevin, vorsichtig ein Comeback wagend.

»Du hattest den Fernseher an.«

»Aber ohne Ton. Ich hatte meine Kassette laufen. Ich hätte dich vielleicht trotz der Kassette gehört, wenn du laut genug geschrien hättest.«

Peg fischte eine Nudel heraus, um sie zu probieren. Robert warf ihr hin und wieder einen Blick zu. Er hätte gesagt, er beobachte sie, um festzustellen, ob irgendetwas mit ihr los war, ob sie wie betäubt oder sonderbar oder flattrig war, ob sie Gegenstände fallen ließ oder mit den Töpfen klapperte. Aber eigentlich beobachtete er sie nur, weil es keinerlei Anzeichen für derartige Schwierigkeiten gab, und, wie er wusste, nie geben würde. Sie war dabei, eine gewöhnliche Mahlzeit zuzubereiten, während sie ihren Söhnen in ihrer üblichen, mild tadelnden, aber unerschütterlichen Art zuhörte. Das Einzige, was Robert mehr als sonst auffiel, war ihre Anmut, ihre Behändigkeit und Gelassenheit beim Hantieren in der Küche.

Hinter seiner vordergründigen Strenge wirkte ihr Ton gegenüber ihren Söhnen schockierend heiter.

»Kevin, geh und zieh dir was an, wenn du am Tisch mitessen willst.«

»Ich kann im Schlafanzug essen.«

»Nein.«

»Ich kann im Bett essen.«

»Nein, Spaghetti nicht.«

Während sie zusammen die Töpfe und Pfannen spülten – Clayton machte seinen Dauerlauf und Kevin telefonierte mit Shanna –, erzählte Peg Robert ihren Teil der Geschichte. Er hatte sie nicht darum gebeten, jedenfalls nicht ausdrücklich. Er hatte angefangen: »Die Tür war also nicht abgeschlossen, als du rübergingst?«, und da begann sie zu erzählen.

»Es macht dir nichts aus, darüber zu reden?«, fragte Robert.

»Ich wusste, du würdest es wissen wollen.«

Sie erzählte ihm, sie habe schon gewusst, was los war – oder jedenfalls, dass etwas Schreckliches los war –, bevor sie die Treppe hochging.

»Hattest du Angst?«

»Nein. So habe ich nicht darüber nachgedacht – ob ich Angst hätte.«

»Da oben hätte jemand mit einer Pistole stehen können.«

»Nein. Ich wusste, dass da keiner war. Ich wusste, dass außer mir kein lebender Mensch im Haus war. Dann hab ich sein Bein gesehen, ich sah sein Bein in den Gang ragen, und da wusste ich Bescheid, aber ich musste reingehen und mich vergewissern.«

Robert sagte: »Das verstehe ich.«

»Es war nicht der Fuß, an dem er den Schuh ausgezogen hatte, der da rausragte. Er hat den Schuh am anderen Fuß ausgezogen, um mit diesem Fuß abdrücken zu können, als er sich erschoss. So hat er es gemacht.«

Robert wusste bereits alles darüber, aus den Schilderungen in dem Lokal am Highway.

»Tja, das ist eigentlich so ziemlich alles«, sagte Peg.

Sie schüttelte das Spülwasser von den Händen, trocknete sie ab und begann mit kritischem Blick, sie einzureiben.

Clayton kam durch den Seiteneingang herein. Er klopfte den Schnee von seinen Schuhen ab und rannte die Stufen hinauf.

»Ihr solltet die Autos sehen«, sagte er. »Diese blöden Autos, die alle im Schneckentempo durch unsere Straße kriechen. Am Ende müssen sie dann umkehren und im Schneckentempo wieder zurückkriechen. Ich wünsche ihnen, dass sie stecken bleiben. Ich hab da draußen gestanden und ihnen giftige Blicke zugeworfen, aber dann bin ich allmählich festgefroren, drum musste ich reinkommen.«

»Das ist nur natürlich«, sagte Robert. »Es scheint dumm, aber es ist nur natürlich. Sie können es nicht glauben, also wollen sie sehen, wo es passiert ist.«

»Ich verstehe nicht, was sie haben«, sagte Clayton. »Ich verstehe nicht, warum sie es nicht glauben können. Mom hat es doch auch glauben können. Mom war nicht überrascht.«

»Natürlich war ich das«, sagte Peg, und zum ersten Mal bemerkte Robert eine gewisse Schärfe in ihrer Stimme. »Natürlich war ich überrascht, Clayton. Nur weil ich kein großes Geschrei erhoben hab?«

»Du warst nicht überrascht, dass sie so was fertig brachten.«

»Ich kannte sie kaum. Wir kannten die Weebles so gut wie gar nicht.«

»Sie haben sich gestritten, schätze ich«, sagte Clayton.

»Das wissen wir nicht«, erwiderte Peg, während sie beharrlich die Handlotion einmassierte. »Wir wissen nicht, ob sie sich gestritten haben oder was sonst.«

»Wenn du dich damals immer mit Dad gestritten hast«, sagte Clayton. »Weißt du noch, gleich am Anfang, als wir hierher gezogen sind? Wenn er zu Hause war? Drüben bei der Autowaschanlage? Wenn ihr euch gestritten habt, weißt du, was ich da gedacht hab? Ich hab gedacht, gleich kommt einer von euch mit einem Messer und bringt mich um.«

»Das ist nicht wahr«, sagte Peg.

»Es ist wahr. Das hab ich gedacht.«

Peg setzte sich an den Tisch und bedeckte den Mund mit den Händen. Claytons Lippen zuckten. Er konnte es offenbar nicht abstellen, also machte er ein kleines, spöttisches, zuckendes Lächeln daraus.

»Das hab ich immer gedacht, wenn ich im Bett lag.«

»Clayton, keiner von uns beiden hätte dir jemals etwas zu Leide getan.«

Robert fand, es sei an der Zeit, einzugreifen.

»Was hier geschehen ist«, sagte er, »das ist wie ein Erdbeben oder ein Vulkan. Genauso ein Ereignis. Es ist eine Art Anfall. Die Menschen können einen Anfall verkraften, wie die Natur einen Anfall verkraftet. Aber es kommt nur ganz selten vor. Es ist ein anomales Ereignis.«

»Erdbeben und Vulkane sind keine Anomalien«, wandte Clayton mit einem gewissen trockenen Vergnügen ein. »Wenn du das einen Anfall nennen willst, müsstest du von periodischen Anfällen sprechen. Wie Menschen sie haben, Ehepaare sie haben.«

»Wir nicht«, sagte Robert. Er sah Peg an, als wartete er darauf, dass sie ihm beipflichte.

Aber Pegs Blick war auf Clayton gerichtet. Sie, die immer blass und seidig und zustimmend wirkte, aber schwer auszumachen wie ein Wasserzeichen in dünnem Papier, sah ausgedörrt aus, kreideweiß, ihre Züge erstarrt in anhaltendem, hilflosem Schmerz, der ohne Bedauern war.

»Nein«, sagte Clayton. »Nein, ihr nicht.«

Robert sagte, er wolle einen Spaziergang machen. Als er aus dem Haus trat, sah er, dass Clayton Recht hatte. Autos schoben sich langsam durch die Straße, wendeten am Ende und schoben sich denselben Weg wieder zurück. Um einen Blick zu erhaschen. In diesen Autos saßen dieselben Leute, wahrscheinlich ein und dieselben Leute, mit denen er am Nachmittag geredet hatte. Aber jetzt schienen sie mit ihren Autos verwachsen, stellten eine neue Art von Monster dar, das mit brutaler Neugier herumschnüffelte.

Um ihnen aus dem Weg zu gehen, bog er in eine kurze Sackgasse ein, die von der ihren abzweigte. An dieser Straße waren nie Häuser gebaut worden, darum war sie nicht geräumt. Aber der Schnee war hart, und man konnte gut darauf gehen. Wie gut sich darauf gehen ließ, merkte er erst, als ihm bewusst wurde, dass er über das Ende der Straße hinaus- und einen Hang hochgegangen war, der keine Bodenerhebung, sondern eine Schneewehe war. Die Schneewehe hatte den Zaun, der sonst die Straße vom offenen Feld trennte, spurlos zugedeckt. Er war über den

Zaun gelaufen, ohne zu wissen, was er tat. So hart war der Schnee.

Er ging hierhin und dorthin, um ihn zu testen. Die Schneedecke trug sein Gewicht ohne ein Ächzen oder Knirschen. So war es überall. Man konnte über die verschneiten Felder gehen, als ginge man auf Zement. (Heute Morgen, als er den Schnee betrachtete, hatte er da nicht an Marmor gedacht?) Aber dieser Belag war nicht eben. Er stieg an und senkte sich in einem Auf und Nieder, das mit den Konturen des Bodens darunter nicht viel zu tun hatte. Der Schnee schuf seine eigene schwungvolle Landschaft mit imposanter Willkür.

Statt auf den geräumten Straßen der Stadt spazieren zu gehen, könnte er über die Felder laufen. Er könnte querfeldein zu dem Rasthaus am Highway gehen, das bis Mitternacht geöffnet hatte. Er würde eine Tasse Kaffee dort trinken und dann umkehren und nach Hause gehen.

Ungefähr sechs Monate, bevor Robert Peg heiratete, saßen er und Lee eines Abends in seinem Apartment bei einem Drink zusammen. Sie hatten eine Auseinandersetzung über die Frage, ob Silber mit eingravierten Familieninitialen annehmbar oder unerträglich sei. Dann schlug die Auseinandersetzung ganz plötzlich um – Robert wusste nicht mehr zu sagen, wie, aber sie schlug um, und unversehens warfen sie einander die verletzendsten Dinge an den Kopf, die ihnen einfielen. Ihr Tonfall veränderte sich, verlor das Laute, Schnelle einer Kontroverse, und sie sprachen leise, mit unterschwelligem Hass.

»Du erinnerst mich immer an einen Hund«, sagte Lee. »Du erinnerst mich immer an einen von diesen Hunden, die an Leuten hochspringen und ihnen liebevoll die Pfoten auf die Brust setzen, während ihnen die große, widerliche Zunge

aus dem Maul hängt. Du bist so eifrig. Deine ganze Freundlichkeit und Beflissenheit – das ist im Grunde nichts als Ag-
gression. Ich bin nicht die Einzige, die so denkt. Viele Leute
gehen dir aus dem Weg. Sie können dich nicht ausstehen.
Du würdest dich wundern. Du machst Männchen auf diese
bemitleidenswert eifrige Art, aber du hast einen berech-
nenden Blick. Darum macht es mir nichts aus, dir wehzutun.«

»Dann sollte ich dir vielleicht auch etwas sagen, was
ich an dir nicht mag«, sagte Robert in vernünftigem Ton.
»Deine Art zu lachen. Vor allem am Telefon. Du lachst
praktisch nach jedem Satz. Früher hab ich es für einen ner-
vösen Tick gehalten, aber es hat mich immer schon sehr gestört. Und ich bin dahinter gekommen, warum. Dauernd
erzählst du einem, wie unfair man dich da oder dort mal
wieder behandelt oder was für eine unfreundliche Bemerkung der oder jener zu dir gemacht hat – daraus bestehen
etwa zwei Drittel deiner grauenhaft langweiligen, ich-
bezogenen Unterhaltungen. Und dann lachst du. Ha-ha, du
kannst das schon verkraften, du erwartest es gar nicht anders. Dieses Lachen ist pathologisch.«

Nachdem das einige Zeit so weitergegangen war, fingen
sie diesmal beide an zu lachen, Robert und Lee, aber es war
nicht das Lachen erlösender Versöhnung; sie fielen einander
nicht erleichtert um den Hals und riefen: »So ein Blödsinn,
ich hab das nicht so gemeint, du etwa?« (»Nein, natürlich
nicht, natürlich hab ich es nicht so gemeint.«) Sie lachten, weil ihnen bewusst wurde, wie weit sie gegangen waren, wie sie sonst ebenso gut gelacht haben könnten bei
ganz anderen, umwerfend zärtlichen Erklärungen. Sie bebten vor mörderischem Vergnügen, vor Erregung darüber,
dass sie hier Dinge sagten, die sich nie mehr zurücknehmen
ließen; sie ergötzten sich an den Wunden, die sie schlugen,

aber auch an den Wunden, die ihnen selbst zugefügt wurden. Und an irgendeinem Punkt sagte einer von ihnen: »Das ist das erste Mal, dass wir einander die Wahrheit sagen, seit wir uns kennen!« Denn selbst Dinge, die ihnen mehr oder weniger spontan über die Lippen kamen, erschienen ihnen wie die brisantesten Wahrheiten, die über lange Zeit gereift waren und darauf drängten, ausgesprochen zu werden.

Vom Lachen war es nicht sehr weit zum Lieben, und so liebten sie sich, alles, ohne etwas zurückzunehmen. Robert gab bellende Laute von sich wie ein Hund und knutschte Lee, dass Flecken zurückblieben, grub mit wahrem Genuss die Zähne in ihr Fleisch. Danach waren sie einander über die Maßen und endgültig leid, aber nicht mehr zu Bezichtigungen aufgelegt.

»Es gibt Dinge, die ich um jeden Preis und für alle Ewigkeiten vergessen will«, hatte Robert zu Peg gesagt. Er sprach mit ihr darüber, dass er das Steuer herumreißen wolle, bevor es zu spät sei, alte schlechte Gewohnheiten, alte Lügen und Selbsttäuschungen, irrige Vorstellungen über das Leben und über sich selbst aufgeben wolle. Er habe immer mit Gefühlen gegeizt, sagte er, habe sich in hoffnungslose und schmerzhafte Bindungen verstrickt, um jede weitere entwicklungsfähige Bindung zu vermeiden. Das sei alles nur Experiment und Pose gewesen, Ablehnung der gewöhnlichen, fairen Abmachungen fürs Leben. Das hatte er zu ihr gesagt. Fehler aus dem Wunsch nach Vermeidung, wo er geglaubt habe, er gehe Risiken ein und sammle intensive Erfahrungen.

»Fehler aus dem Wunsch nach Vermeidung, die ich mit Fehlern aus Leidenschaft verwechselt habe«, sagte er, und gleich darauf dachte er, wie prätentiös das klinge, obwohl er in Wirklichkeit vor Ehrlichkeit, Anstrengung und Erleichterung schwitzte.

Peg dagegen erzählte ihm Konkretes.

Wir lebten bei Daves Eltern. Es war nie genug heißes Wasser da, um die Babysachen zu waschen. Schließlich gingen wir weg und zogen hierher in die Stadt, wir wohnten neben der Autowaschanlage. Dave war damals nur an den Wochenenden da. Es war sehr laut, vor allem nachts. Dann nahm Dave eine andere Arbeit an, er ging in den Norden, und ich hab dieses Haus gemietet.

Fehler aus dem Wunsch nach Vermeidung, Fehler aus Leidenschaft. Das ließ sie offen.

Dave hatte ein Nierenleiden, als er klein war, und einen ganzen Winter lang ging er nicht zur Schule. Er las ein Buch über die Arktis. Es war wahrscheinlich das einzige Buch, das er je freiwillig las. Jedenfalls hat er immer von der Arktis geträumt; er wollte dort hinfahren. Also hat er es schließlich getan.

Ein Mann fährt mit seinen Lastwagen nicht einfach immer weiter weg, bis er aus dem Leben seiner Frau verschwindet. Nicht einmal, wenn er immer von der Arktis geträumt hat. Da passiert einiges, bevor er geht. Der Knoten einer Ehe löst sich nicht einfach schmerzlos durch die Kraft der Entfernung. Da muss etwas gewaltsam losgerissen und durchschnitten werden. Aber davon erzählte sie nichts, und er fragte nicht, machte sich nicht einmal viel Gedanken darüber, bis jetzt.

Er lief sehr schnell über den Harsch, und als er bei der Raststätte angelangt war, stellte er fest, dass er noch nicht hineingehen wollte. Er würde den Highway überqueren und ein Stück weiterlaufen und dann erst einkehren, um sich für den Heimweg aufzuwärmen.

Wenn er auf dem Heimweg wieder vorbeikäme, müsste der Streifenwagen, der vor dem Rasthaus geparkt war, weg sein. Der Polizeibeamte vom Nachtdienst war jetzt drinnen und machte Pause. Es war nicht derselbe Beamte, den Robert gesehen und erzählen gehört hatte, als er auf dem Rückweg von Keneally eingekehrt war. Dieser Mann würde nichts mit eigenen Augen gesehen haben. Er hatte nicht mit Peg gesprochen. Trotzdem würde er darüber reden; alle Leute im Lokal würden darüber reden, dieselbe Szene und dieselben Fragen, die Möglichkeiten durchgehen. Man konnte es ihnen nicht verdenken.

Wenn sie Robert sähen, würden sie wissen wollen, wie es Peg gehe.

Da war noch etwas, was er Peg hatte fragen wollen, gerade als Clayton hereinkam. Zumindest drehte und wendete er die Frage in Gedanken, überlegte, ob er sie ihr stellen dürfe. Eine Unstimmigkeit, eine Einzelheit unter so vielen grässlichen Einzelheiten.

Und jetzt wusste er, dass er sie nicht stellen durfte; er würde sie niemals stellen dürfen. Es hatte nichts mit ihm zu tun. Eine einzige Unstimmigkeit, ein einziges Detail – eine einzige Lüge –, die nie etwas mit ihm zu tun haben würde.

Er wurde nicht müde beim Gehen auf dieser magischen Oberfläche. Höchstens leichter. Er entfernte sich immer weiter von der Stadt, merkte es aber erst nach einiger Zeit. In der klaren Luft leuchteten die Lichter von Gilmore so hell, dass es schien, als wären sie nur einen halben Acker und nicht eine halbe Meile, dann eineinhalb, dann zwei Meilen von ihm entfernt. Ganz feine Flocken, fein wie Staub und glitzernd, lagen auf der Schneedecke, die ihn trug. Ein Glitzern lag auch um die Zweige der Bäume und Büsche, denen er sich jetzt näherte. Es war nicht wie die Hülle um Ästchen und zarte Zweige, wie sie ein Eissturm zurücklässt. Es war, als hätte sich das Holz selbst verändert und zu funkeln begonnen.

Das ist genau das Wetter, bei dem man sich Nase und Finger erfriert. Aber ihm war nirgends kalt.

Er kam jetzt ziemlich dicht an ein großes Waldstück. Er überquerte ein langes, schräg überhängendes Schneebrett, vor sich und zu einer Seite die Bäume. Dort auf der Seite erregte etwas seine Aufmerksamkeit. Unter den Bäumen glitzerte etwas auf andere Art. Eine Zusammenballung von Formen mit schwarzen Löchern darin und einzelne Arme oder Blütenblätter, die sich zu den unteren Ästen der Bäume hochreckten. Er ging auf diese Formen zu, aber es wurde nicht klar, was sie sein könnten. Sie sahen nicht aus wie etwas, das er kannte. Sie sahen überhaupt nicht aus wie irgendetwas, außer vielleicht ein wenig wie bewaffnete Riesen, die halb zusammengebrochen waren, im Kampf erfroren, oder wie das Gewirr von Türmen einer verrückten Miniaturstadt – einer Miniaturstadt des Raumfahrtzeitalters. Er wartete ständig auf eine Erklärung und fand keine, bis er ganz nah herankam. Er stand so dicht davor, dass er eine dieser Monstrositäten beinahe berühren konnte, bevor er sah, dass es nur alte Autos waren. Alte Autos und Lastwagen und sogar ein Schulbus, die man unter die Bäume geschoben und dort stehen gelassen hatte. Manche waren ganz umgestürzt, andere in allen möglichen Winkeln ineinander verkeilt. Sie waren zum Teil gefüllt, zum Teil bedeckt mit Schnee. Die schwarzen Löcher waren ihr ausgeschlachtetes Inneres. Verbogene Chromteile, Bruchstücke von Scheinwerfern glitzerten.

Er malte sich aus, wie er Peg davon erzählen würde – wie dicht er herangehen musste, ehe er sah, dass das, was ihn so verblüffte und verwirrte, nichts als alte Autowracks waren, und wie er dann enttäuscht war, aber auch Lust zu lachen verspürte. Sie brauchten etwas Neues, über das sie reden konnten. Jetzt war ihm eher danach zu Mute, nach Hause zu gehen.

Am Mittag, als der Polizeibeamte in der Raststätte schilderte, was passiert war, hatte er beschrieben, wie Walter Weeble durch die Wucht des Schusses nach hinten geschleudert wurde. »Es hat ihn halb aus dem Zimmer gesprengt. Sein Kopf lag draußen auf dem Gang. Was davon übrig war, lag draußen auf dem Gang.«

Kein Bein. Nicht das bezeichnende Bein, unverletzt und ordentlich mit der Hose bekleidet, nicht der beschuhte Fuß. So etwas sah man nicht von der obersten Treppenstufe aus und hatte dann noch das Bedürfnis, drüberzusteigen, durchzusteigen, um ins Schlafzimmer zu gehen und sich den Rest anzusehen.

Der Mond über der Eisbahn
von Orange Street

Sam erlebte eine Überraschung, als er Callies Gemischtwarenladen betrat. Er hatte ein Durcheinander von Lebensmitteln erwartet, billigen Kleinkram, einen muffigen Geruch, vielleicht auch verblichene Flittergirlanden, übersehene alte Weihnachtsdekorationen. Stattdessen fand er einen Raum vor, der hauptsächlich mit Videospielen vollgestellt war. Mit rotem und blauem Wachsmalstift handgeschriebene Schilder untersagten Alkohol, Raufen, Herumlungern und Fluchen. Der Laden war erfüllt von flirrenden elektronischen Geräuschen und blinkendem Licht und bevölkert von bedrohlich aussehenden, neuzeitlichen, sonderbar kahl geschorenen und angemalten Kindern. Aber hinter dem Ladentisch saß Callie, auch sie ziemlich angemalt, mit einer rosastichigen blonden Perücke auf dem Kopf. Sie las ein Taschenbuch.

Sam verlangte Zigaretten, um sie auf die Probe zu stellen. Sie legte das Buch hin, und er sah sich den Titel an. *Meine Liebe, wo die Wipfel rauschen* von Veronica Gray. Sie gab ihm sein Wechselgeld zurück, strich ihren Pullover über den Schultern glatt und nahm dann ihr Buch wieder auf, alles, ohne ihn anzusehen. Ihr Pullover war besetzt mit wippenden kleinen rosaroten und weißen Wollpompons, wie Popcorn. Sie wartete bis zur letzten Minute, ehe sie ihn ansprach.

»Hast auf deine alten Tage noch das Rauchen angefangen, Sam?«

»Ich dachte schon, du erkennst mich nicht.«

»Deine Visage würd ich weiß Gott wo wieder erkennen«, sagte Callie, sehr zufrieden mit sich. »Ich hab dich sofort erkannt, als du zur Tür reinkamst.«

Sam ist neunundsechzig Jahre alt, Witwer. Auf dem Weg zu einem Besuch bei seiner verheirateten Tochter in Pennsylvania ist er für ein paar Tage im Motel ›Drei Kleine Schweinchen‹ draußen am Highway abgestiegen. Trotz allem, was er seiner Frau über Gallagher erzählt hatte, wollte er nie mit ihr dort hinfahren. Stattdessen waren sie nach Hawaii, nach Europa, sogar nach Japan gefahren.

Jetzt unternimmt er Spaziergänge in Gallagher. Oft ist er der Einzige, der zu Fuß unterwegs ist. Der Verkehr ist dicht und nicht so bunt gemischt wie früher. Die Herstellungsindustrie wurde vom Dienstleistungsgewerbe abgelöst. Sam kommt alles leicht vergammelt vor. Aber das mag daran liegen, dass er jetzt in Victoria lebt – in Oak Bay, einer teuren und reizvollen Wohngegend, in der es viele wohlhabende Pensionäre wie ihn gibt.

Kernaghans Gästehaus war früher das letzte Haus – das letzte Gebäude – am Stadtrand. Das Haus steht noch, immer noch dicht am Bürgersteig. Aber der Stadtrand hat sich auf allen Seiten ein wenig vorgeschoben. Eine Petro-Car Tankstelle. Ein Reifengeschäft von Canadian Tire mit einem großen Parkplatz. Ein paar neue flache Häuser. Kernaghans Gästehaus ist in einem blassen, winterlichen Blau gestrichen worden, macht im Übrigen jedoch einen verwahrlosten Eindruck. Wo früher die Vorderveranda war, auf der jeder Pensionsgast einen eigenen Stuhl hatte, sieht Sam jetzt einen verglasten Vorbau, der ganz voll gestellt ist mit Ballen von

Isoliermaterial, einer hochkant stehenden Matratze, Fliegenfenstern und schweren alten Wetterfenstern. Früher war das Haus hellbraun und dunkelbraun abgesetzt. Alles war schrecklich sauber damals. Der Staub war ein Problem, da die Straße so nah und damals noch nicht geteert war. Es kamen immer Pferde vorbei und Leute zu Fuß, aber auch Autos und motorisierte Bauernfuhrwerke. »Man muss einfach hinterher sein«, sagte Miss Kernaghan unergründlich, in Anspielung auf den Staub. Genauer gesagt war es Callie, die hinterher war. Callie Kernaghan war neunzehn, als Sam und Edgar Grazier ihr zum ersten Mal begegneten, und sie hätte für zwölf durchgehen können. Eine besessene Arbeiterin. Manche Leute nannten sie das Arbeitstier, Miss Kernaghans kleines Arbeitstier, oder sie nannten sie die kleine Sklavin – die kleine Sklavin Kernaghan. Die Leute irrten sich insofern, als sie meinten, sie leide darunter.

Manchmal ruhte sich eine Frau, die vom Land hereinkam und ihre Butter und Eier schleppte, auf den Eingangsstufen aus. Oder ein junges Mädchen setzte sich dort hin, um die Gummistiefel mit den Stadtschuhen zu vertauschen – die Stiefel versteckte es im Graben, um sie auf dem Heimweg wieder anzuziehen. Dann rief Miss Kernaghan immer aus der Dunkelheit hinter dem Esszimmerfenster: »Das ist keine Parkbank!« Miss Kernaghan war eine große, kastenschultrige, ungelenke Frau, vorne flach und hinten flach, mit henna gefärbtem Haar, grell leuchtendem, weiß gepudertem Gesicht und dick geschminktem Mund mit missmutig hängender Unterlippe. Geschichten von Lüsternheit umrankten sie, verschwommener, schwerer zu erhärten als die Geschichten, die man sich über ihre unglaubliche Habgier und Knausrigkeit erzählte. Callie, die angeblich ein Findelkind war, sei in Wirklichkeit Miss Kernaghans Tochter, behaupteten einige. Aber ihre Gäste hatten zu parieren. Trinken, Rauchen, Fluchen verboten und kein unmoralisches Benehmen, sagte sie zu den beiden Grazier-Jungen an deren erstem Tag. Essen auf den Zimmern sei verboten, erklärte sie ihnen später, nach Thanksgiving, als sie eine große fettige Schachtel mit süßen Brötchen von zu Hause mitbrachten. »Es lockt die Mäuse an«, sagte sie.

Miss Kernaghan sagte relativ oft, sie habe noch nie Jungen bei sich wohnen gehabt. Das klang so, als täte sie ihnen einen besonderen Gefallen. Außer ihnen hatte sie noch vier andere Gäste. Eine verwitwete Dame, Mrs Cruze, sehr alt, aber noch nicht pflegebedürftig; eine Geschäftsfrau, Miss Verne, die Buchhalterin in der Handschuhfabrik war; einen Junggesellen, Adam Delahunt, der in der Bank arbeitete und in der Sonntagsschule unterrichtete; und eine modisch gekleidete, schnippische junge Frau, Alice Peel, die mit einem Polizisten verlobt war und als Telefonistin arbeitete. Diese vier bewohnten die Zimmer im ersten Stock. Miss Kernaghan selber schlief auf der Couch im Esszimmer, und Callie schlief auf der Couch in der Küche. Sam und Edgar bekamen den Dachboden. Zwei schmale Eisenbetten standen zu beiden Seiten einer Kommode mit einem Flickenteppich dazwischen.

Nachdem sie sich umgesehen hatten, ging Edgar auf Sams Drängen hinunter und fragte, wo sie ihre Sachen aufhängen könnten. »Ich dachte, Jungens wie ihr hätten nicht viel Sachen«, sagte Miss Kernaghan. »Ich hab noch nie Jungens hier wohnen gehabt. Wieso könnt ihr's nicht machen wie Mr Delahunt? Er legt seine Hose jede Nacht unter die Matratze, so bleibt die Bügelfalte immer erstklassig.«

Edgar dachte, damit sei die Angelegenheit erledigt, aber kurze Zeit später erschien Callie mit einem Besenstiel und Draht. Sie stieg auf die Kommode und bastelte eine Kleiderstange mit Drahtschlingen um einen Dachbalken.

»Das könnten wir leicht selber machen«, sagte Sam. Neugierig, aber ohne besonderes Vergnügen linsten sie nach ihrer ausgeleierten grauen Unterwäsche. Sie gab keine Antwort. Sie hatte sogar ein paar Kleiderbügel mitgebracht. Aus irgendeinem Grund war ihnen da schon klar, dass die ganze Aktion allein von ihr ausging.

»Danke, Callie«, sagte Edgar, ein schlanker Junge mit einem dichten Schopf blonder Locken, und ließ ihr das zaghafte, liebenswerte Lächeln zukommen, das eine Etage tiefer nichts gefruchtet hatte.

Callie sprach in dem rauen Ton, den sie beim Lebensmittelhändler anschlug, wenn sie die guten Kartoffeln verlangte. »Seid ihr zufrieden so?«

Sam und Edgar waren Vettern – nicht Brüder, wie die meisten Leute glaubten. Sie waren gleich alt – siebzehn – und waren nach Gallagher in Logis geschickt worden, solange sie die Handelsschule besuchten. Sie waren etwa zehn Meilen von hier aufgewachsen und auf dieselbe Landschule und Mittelschule gegangen. Nach einem Jahr Handelsschule würden sie in Banken oder Büros Arbeit finden können oder eine Buchhalterlehre machen. Auf die Farm wollten sie nicht zurück.

Was sie wirklich wollten und schon, seit sie etwa zehn Jahre alt waren, angestrebt hatten, war, Akrobaten zu werden. Sie hatten jahrelang geübt und Vorstellungen gegeben, wenn die Mittelschule ihre Schülerkonzerte veranstaltete. Diese Schule hatte keinen Turnsaal, aber es gab ein paar Barren, einen Schwebebalken und Matten im Untergeschoss. Zu Hause übten sie in der Scheune, und wenn das Wetter schön war, auf dem Gras. Wovon leben Akrobaten? Es war Sam, der diese Frage zuerst aufgeworfen hatte. Er konnte sich sie beide nicht in einem Zirkus vorstellen. Zum einen waren sie nicht dunkelhäutig genug. (Er bildete sich ein, dass die Leute, die im Zirkus arbeiteten, alle Zigeuner wären.) Er dachte, es müsse auch Akrobaten geben, die frei herumzogen und auf Jahrmärkten und in Kirchensälen ihre Kunststücke vorführten. Er erinnerte sich, welche gesehen zu haben, als er klein war. Wo kamen sie her? Wie verdienten sie ihr Geld? Wie ließ sich herausfinden, ob man sich ihnen anschließen konnte? Solche Fragen quälten Sam von Tag zu Tag mehr, während sie Edgar überhaupt nicht zu belasten schienen.

Im Frühherbst übten sie nach dem Abendessen, solange es abends noch einigermaßen hell war, auf dem unbebauten Grundstück gegenüber von Kernaghans Gästehaus, wo der Boden relativ eben war. Sie trugen dabei ihre Unterhemden und wollenen Hosen. Sie turnten sich warm, indem sie Räder schlugen und Handstände und Kopfstände, Saltos und doppelte Saltos machten, und dann schmiedeten sie sich aneinander. Sie bildeten Zeichen – Hieroglyphen – aus ihren Körpern, wobei sie die Tatsache, dass es zwei Körper waren, in frappierendem Maße vergessen ließen und die Rundungen von Köpfen und Schultern nebensächlich wurden. Manchmal kamen diese Gebilde natürlich auch ins Kippen, alles fiel auseinander, Arme und Beine flogen haltlos durch die Luft, und es kamen wieder zwei sich umklammernde Körper zum Vorschein – nichts als zwei Jungenkörper, der eine groß und schmächtig, der andere kleiner und stämmiger. Sie begannen mit ruckartigen Bewegungen wieder mit dem Aufbau. Die übereinander balancierenden Körper schwankten. Vielleicht würden sie umkippen, vielleicht würden sie ausharren. Alles hing davon ab, ob sie sich in jene reine Linie fügen konnten, unsichtbar miteinander verschmelzen, das magische Gleichgewicht erreichen konnten. Ja. Nein. Ja. Von neuem.

Ihr Publikum waren Pensionsgäste, die auf der Veranda saßen. Alice Peel nahm keine Notiz von ihnen. Wenn sie nicht mit ihrem Verlobten aus war, war sie in ihrem Zimmer und widmete sich der Instandhaltung ihrer Garderobe und ihrer Person – lackierte sich die Nägel, drehte sich die Haare auf oder nahm die Lockenwickler heraus, zupfte sich die Augenbrauen, wusch ihre Pullover und Seidenstrümpfe, putzte ihre Schuhe. Adam Delahunt war ebenfalls ein viel beschäftigter Mensch – er musste Versammlungen des Temperenzvereins und der Bibelgesellschaft besuchen, gesellschaftliche Veranstaltungen seiner Sonntagsschulklasse leiten. Trotzdem saß er eine Weile dabei und schaute mit Mrs Cruze und Mrs Verne und Miss Kernaghan zu. Mrs Cruze hatte immer noch gute Augen, und sie genoss die Vorstellung in vollen Zügen. Sie donnerte ihren Gehstock auf den Holzboden der Veranda und brüllte: »Zeig's ihm, Junge! Zeig's ihm!«, als wären die Kunststücke so etwas wie ein Ringkampf.

Mr Delahunt erzählte Sam und Edgar von seinem Unterricht in der Sonntagsschule, der mit »Die Drei T's« überschrieben war. Die T's standen für Tugend, Tatkraft, Triumph. Er sagte, wenn sie daran teilnähmen, dürften sie den Turnsaal der unierten Kirche benutzen. Aber die Jungen gehörten zu Hause den Kaltwasser-Baptisten an, konnten also nicht darauf eingehen.

Wenn Callie zusah, dann nur durchs geschlossene Fenster. Sie hatte immer zu tun.

Miss Kernaghan sagte, von so viel Bewegung würden diese Jungen einen schrecklichen Appetit entwickeln.

Wenn Sam daran zurückdachte, wie er und Edgar auf dem unbebauten Grundstück trainiert hatten – jetzt gehörte es zum Parkplatz von Canadian Tire –, schien er immer mit auf der Veranda zu sitzen und zuzuschauen, wie die beiden Jungen sich mühten und hinfielen und sich aus dem Gras hochstemmten – so dass eine Gestalt momentweise über der anderen schwebte, voll Triumph mit den Armen balancierend – und dann lachend auseinander purzelten. Diese Erinnerungen haben eine gewisse feuchtbraune Schattierung. Vielleicht von der Tapete im Kernaghanschen Haus. Die Bäume, die damals die Straße säumten, waren Ulmen, und die Farbe ihrer Blätter war im Herbst ein braun geflecktes Gold. Die Blätter hatten die Form von Kerzenflammen. In seiner Erinnerung fielen diese Blätter an einem windstillen Abend, an dem der Himmel klar, der Sonnenuntergang jedoch milchig und die Landschaft dunstig waren. Die Stadt, unter Blättern und dem Rauch von verbrennendem Laub, war geheimnisvoll und schwer zugänglich, eine eigene Welt mit ihren Kirchtürmen und Fabriksirenen, ihren reichen Häusern und Reihenhäusern, ihren Verflechtungen, Schlagworten, persönlichen Interessen. Man hatte ihn gewarnt; man hatte ihm gesagt, Städter seien hochnäsig. Das war noch das wenigste.

Durch die körperliche Bewegung entwickelten die Grazier-Jungen tatsächlich mehr Appetit, aber er wäre ohnehin gewaltig gewesen. Sie waren an Bauernmahlzeiten gewöhnt und hatten nie gedacht, dass Leute von solchen Portionen, wie sie hier serviert wurden, leben könnten. Mit großem Erstaunen sahen sie, dass Miss Verne die Hälfte von dem wenigen, das sie auf dem Teller hatte, liegen ließ und dass Alice Peel Kartoffeln, Brot, Speck und Kakao als Gefahr für ihre Figur ablehnte, Rüben, Kohl und Bohnen als Gefahr für ihre Verdauung, und alles, was Rosinen enthielt, einfach weil sie die nicht ausstehen konnte. Es fiel ihnen keine Möglichkeit ein, wie sie an das herankommen konnten, was Alice Peel ablehnte oder was Miss Verne auf ihrem Teller liegen ließ, obwohl es gewiss recht und billig gewesen wäre.

Abends um halb elf brachte Miss Kernaghan auf den Tisch, was sie »den Abendimbiss« nannte. Dieser bestand aus einem Teller mit Brotscheiben, etwas Butter und Marmelade und dazu Kakao oder Tee. Kaffee wurde in diesem Haus nicht ausgeschenkt. Miss Kernaghan sagte, das sei etwas Amerikanisches und zerfresse einem die Speiseröhre. Die Butter war schon vorher in kümmerliche Scheibchen geschnitten, und das Marmeladenschälchen wurde in die Mitte des Tischs gestellt, wo keiner leicht drankam. Miss Kernaghan bemerkte, dass Süßes den Geschmack von Brot und Butter verderbe. Die anderen Pensionsgäste fügten sich ihren Vorstellungen aus alter Gewohnheit, aber Sam und Edgar putzten das Schälchen zu zweit leer. Bald schrumpfte das Quantum Marmelade auf zwei einzelne Löffel voll. Der Kakao wurde mit Wasser zubereitet, dem etwas Magermilch beigefügt war, damit sich eine Haut bildete und Miss Kernaghans Behauptung, er sei nur mit Milch gemacht, untermauert wurde.

Keiner stellte ihre Äußerungen in Frage. Wenn Miss Kernaghan log, dann nicht, um die Leute hinters Licht zu führen, sondern um sie sprachlos zu machen. Wenn ein Gast sagte: »Gestern Abend war es ein bisschen kühl in den Zimmern«, konterte Miss Kernaghan umgehend: »Das verstehe ich nicht. Ich hatte ein riesiges Feuer in Gang. Die Rohre waren so heiß, dass man sie nicht anfassen konnte.« Der wahre Sachverhalt war in so einem Fall der, dass sie das Feuer hatte niederbrennen oder ganz ausgehen lassen. Der Gast wusste das oder hatte zumindest den starken Verdacht, aber was war schon der Verdacht eines Gasts gegen Miss Kernaghans entschiedene, krasse Lüge? Mrs Cruze pflegte sich dann tatsächlich zu entschuldigen, Miss Verne murmelte etwas von ihren Frostbeulen, Mr Delahunt und Alice Peel machten ein beleidigtes Gesicht, pflegten aber nicht zu widersprechen.

Sam und Edgar mussten ihr gesamtes Taschengeld, das nicht üppig war, für Essen ausgeben. Am Anfang kauften sie sich Hotdogs im Cozy Grill. Dann rechnete Sam aus, dass sie besser wegkämen, wenn sie sich beim Lebensmittelhändler ein Paket Marmeladentörtchen oder Feigenplätzchen kauften. Wegen der Vorschrift, dass Essen auf den Zimmern verboten war, mussten sie das ganze Paket auf dem Heimweg aufessen. Die Hotdogs schmeckten ihnen, aber im Cozy Grill hatten sie sich nie recht wohl gefühlt, weil sich dort lärmende Oberschüler drängten, die jünger und um einiges dreister waren als sie. Sam hatte das dunkle Gefühl, dass ein Affront in der Luft lag, aber es kam nie dazu. Auf dem Rückweg vom Lebensmittelladen zur Pension mussten sie am Cozy Grill vorbei und dann bei Dixon, einem Drugstore mit einer Eisdiele im rückwärtigen Teil des Ladens. Dort kauften sich ihre Mitschüler von der Handelsschule nach der Schule und abends Cherry-Cola und Bananensplit. Beim Vorbeigehen an Dixons Schaufenstern hörten sie auf zu kauen, schauten stur geradeaus. Sie setzten nie einen Fuß über die Schwelle.

Sie waren die einzigen Bauernjungen an der Handelsschule, und ihre Kleidung unterschied sie von den anderen. Sie hatten keine hellblauen oder hellbraunen Pullover mit V-Ausschnitt, keine erwachsen wirkenden grauen Hosen, nur diese steifen wollenen Kniehosen, dicke handgestrickte Pullover, alte Anzugsjacketts, die ihnen als Sportjacken dienten. Sie trugen Hemd und Krawatte, weil es Vorschrift war, aber sie besaßen jeder nur eine Krawatte und ein paar Hemden. Miss Kernaghan ließ sie nur ein Hemd pro Woche in die Wäsche geben, und so hatten Sam und Edgar oft schmutzige Krägen und Manschetten und sogar Flecken – wahrscheinlich von den Marmeladetörtchen –, die sie erfolglos mit einem Schwamm bearbeitet hatten.

Und es gab noch ein weiteres Problem, das teilweise mit der Kleidung und teilweise mit den Körpern, die darin steckten, zu tun hatte. Es gab nie viel heißes Wasser im Gästehaus, und Alice Peel verbrauchte mehr als ihren Anteil. An den schlaftrunkenen Morgen spritzten sich die Jungen Wasser über Gesicht und Hände, wie sie es zu Hause getan hatten. Sie waren daran gewöhnt, vom immer gleich bleibenden Geruch ihrer Körper und nie gewechselter Kleidung umgeben zu sein, einem Zeugnis ihrer Mühen. Vielleicht war das nur gut so. Sonst hätten die Mädchen Edgar, der ihnen gefiel, vielleicht mehr Aufmerksamkeit geschenkt als Sam mit seinem schlaffen sandfarbenen Haar, den Sommersprossen und seiner Angewohnheit, den Kopf gesenkt zu halten, als stöbere er nach etwas auf dem Boden. Das hätte einen Keil zwischen sie getrieben. Oder anders ausgedrückt, der Keil wäre früher zwischen sie getrieben worden.

Der Winter kam und setzte ihren akrobatischen Kunststücken auf dem unbebauten Grundstück ein Ende. Jetzt sehnten sich Sam und Edgar danach, Schlittschuh laufen zu gehen. Die Eisbahn war nur ein paar Häuserblocks entfernt, in der Orange Street, und an den Eislaufabenden montags und donnerstags konnten sie die Musik hören. Sie hatten ihre Schlittschuhe mit nach Gallagher gebracht. Schlittschuh gelaufen waren sie schon fast so lange sie denken konnten, auf dem Moorweiher oder auf der Freilufteisbahn im Dorf. Hier kostete das Schlittschuhlaufen fünfzehn Cent, und sie konnten sich den Eintritt nur leisten, wenn sie das Essen nebenher aufgaben. Aber das kalte Wetter machte ihren Appetit unersättlicher denn je.

An einem Sonntagabend gingen sie hinüber zur Eisbahn, als diese ausgestorben war, und dann wieder am Montagabend, nachdem der Abendlauf zu Ende und niemand mehr da war, der ihnen den Zutritt hätte verbieten können. Sie gingen hinein und mischten sich unter die Leute, die die Eisfläche verließen und ihre Schlittschuhe auszogen. Sie sahen sich gründlich um, bevor die Lichter gelöscht wurden. Auf dem Heimweg und später in ihrem Zimmer beratschlagten sie leise. Sam hatte Spaß daran, sich eine Möglichkeit zu überlegen, wie sie umsonst hineinkommen könnten, aber er stellte sich nicht vor, dass sie es wirklich tun würden. Für Edgar war es selbstverständlich, dass sie den Plan in die Tat umsetzen würden.

»Das geht nicht«, sagte Sam. »Wir sind beide nicht klein genug.«

Edgar erwiderte nichts darauf, und Sam dachte, damit sei der Fall erledigt. Er hätte es besser wissen müssen.

In Sams Erinnerung ist die Eisbahn in der Orange Street ein langer, dunkler, baufälliger Schuppen. Durch die Ritzen zwischen den Brettern fällt schummriges Licht, das sich bewegt. Die Musik stammt von Grammophonschallplatten, die heiser und verkratzt klingen – sie anzuhören ist, als würde man durch eine schwankende Dornenwand nach der Musik greifen. »Geschichten aus dem Wienerwald«, »Die Lustige Witwe«, »Der Gold- und Silberwalzer«, »Dornröschen«. Das sich bewegende Licht, das man durch die Ritzen sieht, stammt von einer Installation, die »der Mond« genannt wird. Der Mond, der vom Dach der Eisbahn leuchtet, ist eine gelbe Glühbirne in einer großen Blechbüchse, einer Sirupbüchse, mit herausgeschnittenem Boden. Die anderen Lichter werden gelöscht, wenn der Mond eingeschaltet wird. Ein System von Drähten und Schnüren ermöglicht es, die Blechbüchse hierhin und dorthin zu ziehen, wodurch der Eindruck von diffus wechselndem Licht entsteht – wobei die Lichtquelle, die starke gelbe Birne, tief in der Büchse verborgen ist.

Die Rinkie-Dinks hatten den Mond unter ihrer Kontrolle. Rinkie-Dinks waren Jungen zwischen zehn oder elf und fünfzehn oder sechzehn Jahren. Sie fegten die Eisfläche und schaufelten den Schnee durch die Schneetür nach draußen; die Schneetür war eine weit unten in die Wand eingepasste Klappe, die von innen zugehakt wurde. Neben den Schnüren, an denen der Mond gezogen wurde, betätigten sie die Klappen über den Luken im Dach – geöffnet zur Belüftung, geschlossen gegen hereinwehenden Schnee. Die Rinkie-Dinks kassierten den Eintritt, und es kam vor, dass sie den Mädchen, die Angst vor ihnen hatten, zu wenig herausgaben, aber Blinker beschummelten sie nicht. Er hatte ihnen irgendwie weisgemacht, er hätte jeden Eisläufer gezählt. Blinker war der Geschäftsführer der Eisbahn, ein bleicher, dürrer, unfreundlicher Mann. Er saß mit seinen Freunden in seinem Zimmer hinter der Herrentoilette und dem Umkleideraum. In dem Zimmer gab es einen Holzofen, auf dem ein großer, rußgeschwärzter, kegelförmiger Kaffeekessel stand und einige Stühle mit kaputten Lehnen sowie ein paar alte, schmierige Sessel. Der Holzboden war wie alle Böden und Bänke und Wandverkleidungen der Eisbahn von frischen und alten Schlittschuhspuren zerschnitten und verkratzt und dunkel vom Rauch und Schmutz. Das Zimmer, in dem die Männer saßen, war heiß und verqualmt, und man vermutete, dass sie dort Schnaps tranken, aber vielleicht war es auch nur Kaffee aus den abgestoßenen Emaillebechern. Natürlich war eine Geschichte im Umlauf, dass die Jungen einmal vor den Männern ins Zimmer gekommen waren und in den Kaffeekessel gepinkelt hatten. Eine andere Version berichtete, dass einer seiner Freunde

das getan hatte, als Blinker draußen war, um die Eintritts-
gelder in Empfang zu nehmen.

Die Rinkie-Dinks waren entweder beschäftigt oder sie
lungerten irgendwo auf der Eisbahn herum, kletterten auf
die Leitern an den Wänden, liefen über die Bänke, rannten
sogar auf der Plattform unter den Dachluken herum, die
kein Geländer hatte. Manchmal quetschten sie sich durch
diese Luken hinaus aufs Dach und kamen auf demselben
Weg wieder zurück. Einen Teil der Zeit liefen sie natürlich
Schlittschuh. Für sie war der Eintritt gratis.

In diesen Genuss kamen auch Sam und Edgar und Callie
schon sehr bald. Sie tauchten auf, wenn der Abendlauf in
vollem Gange war und Gedränge und Lärm auf der Eisbahn herrschte. Dicht neben einer Ecke des Gebäudes standen ein paar Kirschbäume, und jemand, der sehr leicht war,
konnte auf einen dieser Bäume klettern und sich aufs Dach
fallen lassen. Dann konnte eine sehr leichte, mutige und
wendige Person das Dach entlangrobben und durch eine
der Luken kriechen und schließlich auf die Plattform darunter springen, wobei sie Gefahr lief, auf das Eis in der
Tiefe zu stürzen und sich gebrochene Knochen, vielleicht
sogar den Tod zu holen. Aber es gab immer Jungen, die das
riskierten. Von der Plattform aus konnte man eine Spros-
senwand hinunterklettern, sich dann um die Bänke herum-
arbeiten und ungesehen über die Wand des Durchgangs
schlüpfen, der zum Hinausschaufeln des Schnees diente.
Dann ging es darum, sich in den Schatten zu ducken, den
rechten Moment abzupassen, die Schneetür aufzuhaken
und die zwei, die draußen warteten, einzulassen: Sam und
Edgar, die im Eiltempo ihre Schlittschuhe anzogen und auf
der Eisfläche verschwanden.

Warum gelang anderen denn nicht derselbe Trick, wurde Sam manchmal gefragt, wenn er, viele, viele Jahre später,

diese Geschichte zum Besten gab, und er antwortete immer, es hätte sehr wohl sein können, er würde es nie erfahren. Die Rinkie-Dinks könnten die Tür natürlich für jede Menge Freunde aufgemacht haben, aber sie zeigten dazu keine Neigung, da sie eifersüchtig über ihre Vorrechte wachten. Und nur wenige der Abendläufer waren klein genug und leicht und flink und mutig genug, um sich durchs Dach Zutritt zu verschaffen. Kinder mochten es versucht haben, aber sie liefen am Samstagnachmittag Schlittschuh und hatten nicht den Vorteil der Dunkelheit. Und warum wurde Callie nicht bemerkt? Nun, sie war flink, und sie war nie unvorsichtig; sie wartete ihren Zeitpunkt ab. Sie trug abgerissene, schlecht sitzende Sachen – Kniehosen, Windjacke, Stoffkappe. Auf der Eisbahn gab es immer Jungen in abgelegten, zerlumpten Kleidern. Und die Stadt war gerade so groß, dass nicht jedes Gesicht sofort erkannt wurde. Es gab zwei öffentliche Schulen, und wenn ein Junge von der einen sie bemerkte, würde er einfach glauben, sie ginge auf die andere.

Sams Frau hatte einmal gefragt: »Wie habt ihr sie dazu überredet?« Callie – was hatte Callie davon, die nie ein Paar Schlittschuhe besessen hatte?

»Callies Leben bestand aus Arbeit«, sagte Sam. »Und alles, was nicht Arbeit war – das war ein aufregendes Erlebnis für sie.« Aber er fragte sich selbst – wie *hatten* sie sie eigentlich überredet? Es muss in Form einer Mutprobe gewesen sein. Sich mit Callie anzufreunden war zunächst so ähnlich gewesen, wie wenn man sich mit einem gereizten und misstrauischen kleinen Hund anfreundet, und später war es so gewesen, wie wenn man sich mit der Zwölfjährigen anfreundet, die sie ihrem Aussehen nach war. Zuerst wollte sie ihre Arbeit nicht unterbrechen, um sie auch nur anzusehen. Sie bewunderten das Stickbild, das sie machte, mit grünen Hügeln, einem großen runden Teich und einem großen Segelboot, und sie drückte es an die Brust, als erlaubten sie sich einen Spaß mit ihr. »Entwirfst du die Bilder selber?«, fragte Sam und wollte ihr damit ein Kompliment machen, aber sie war nur erbost.

»Man bestellt sie«, sagte sie. »Man bestellt sie in Cincinnati.«

Sie ließen nicht locker. Warum? Weil sie ein kleines Arbeitstier, ewig von allem ausgeschlossen war, sonderbar aussah, zu kurz geraten war, und sie im Vergleich zu ihr dazugehörten, vom Glück begünstigt waren. Sie konnten gemein oder freundlich zu ihr sein, wie es ihnen beliebte, und es beliebte ihnen, freundlich zu sein. Außerdem war es eine Herausforderung. Was Callie am Ende entwaffnete, waren Scherze und Mutproben. Sie brachten ihr kleine Kohlestückchen, die sie in Schokoladenpapier gewickelt hatten. Sie legte ihnen dafür trockene Disteln unters Leintuch. Sie sagte, sie habe noch nie eine Mutprobe abgelehnt. Das war Callies Geheimnis – sie würde nie sagen, dass ihr irgendetwas zu viel sei. Sie war ganz und gar nicht niedergedrückt von all der Arbeit, die sie tun musste, im Gegenteil, sie hielt sich viel darauf zugute. Eines Abends, als Sam am Esszimmertisch seine Buchhaltungsaufgaben machte, hielt sie ihm ein Schulheft unter die Nase.

»Was ist das denn, Callie?«

»Ich weiß nicht!«

Es war ihr Sammelalbum, und darin eingeklebt waren Zeitungsnotizen über sie. Die Zeitung hatte zur Beteiligung an Wettbewerben aufgerufen. Wer konnte in acht Stunden die meisten geändelten Knopflöcher nähen? Wer konnte die meisten Himbeeren an einem einzigen Tag einmachen? Wer hatte die verblüffendste Anzahl von Bett- und Tischdecken, Tischläufern und Untersetzern gehäkelt? Callie, Callie, Callie Kernaghan, wieder und wieder. Wie sie sich selbst einschätzte, war sie kein kleines Arbeitstier, sondern ein Wunderkind, das die anderen wegen ihres faulen Lebens bemitleidete.

Sie konnten immer nur am Montagabend Schlittschuh laufen gehen, weil das der Abend war, an dem Miss Kernaghan im Veteranenverein Bingo spielte. Callie bewahrte ihre Jungenkleider im Holzschuppen auf. Sie stammten aus einem Lumpensack, der Mrs Cruze gehörte; und diese hatte ihn von ihrem früheren Zuhause mitgebracht, um Flickendecken daraus zu machen, war aber nie dazu gekommen. Alles bis auf die Kappe. Die hatte Adam Delahunt gehört, der sie Callie in einem Bündel von Sachen für die Missionsgesellschaft gegeben hatte, aber Miss Kernaghan hatte Callie angewiesen, die Sachen einfach in den Keller zu tun, für alle Fälle.

Callie hätte von der Eisbahn verschwinden können, sobald ihre Arbeit getan war – sie hätte durch den Haupteingang hinausspazieren können, ohne von irgendwem behelligt zu werden. Aber sie tat es nie. Sie kletterte oben auf den Bänken herum, probierte aus, wie elastisch die Bretter waren, kletterte ein Stück auf einer der Leitern hoch und schwang sich an einer Hand, an einem Fuß hinaus, hing so über der Bande und schaute den Eisläufern zu. Edgar und Sam blieben immer auf der Eisfläche, bis der Mond ausgeschaltet wurde und die Musik aufhörte und die anderen Lichter angingen. Manchmal liefen sie miteinander um die Wette und schossen kreuz und quer zwischen gesetzten Paaren und Reihen schwankender Mädchen durch. Manchmal gaben sie an und segelten mit ausgebreiteten Armen übers Eis. (Edgar war der begabtere Eisläufer, wenngleich kein so rücksichtsloser Schnellläufer – er hätte Eiskunstlauf machen können, wenn das unter Jungen damals üblich gewesen wäre.) Sie liefen nie mit Mädchen, aber weniger weil sie sich scheuten zu fragen, als weil sie sich niemand anderem anpassen wollten. Callie wartete draußen auf sie, wenn der Abendlauf zu Ende war, und sie gingen zusammen nach Hause, drei Jungen. Callie pfiff nicht auffällig herum oder warf Schneebälle, um zu zeigen, dass sie ein Junge sei. Sie hatte den scharrenden Gang eines Jungen, nachdenklich, aber unabhängig, wach und offen für Möglichkeiten – eine Rauferei oder ein Abenteuer. Ihr schweres schwarzes Haar war unter die Tuchmütze gestopft, die allein dadurch nicht zu groß war für ihren Kopf. Ohne das einrahmende Haar sah ihr Gesicht weniger blass und verkniffen aus – dieser fauchende, höhnische, wilde Blick, den sie manchmal hatte, war verschwunden, und sie sah gefasst und selbstbewusst aus. Sie nannten sie Cal.

Sie betraten das Haus durch den Hintereingang. Die Jungen gingen nach oben, und Callie zog sich im eiskalten Holzschuppen um. Sie hatte rund zehn Minuten Zeit, um den Abendimbiss auf den Tisch zu bringen.

Wenn Sam und Edgar am Montagabend nach dem Schlittschuhlaufen im Dunkeln lagen, redeten sie mehr als gewöhnlich. Edgar brachte gern den Namen Chrissie Young ins Gespräch, seine Freundin zu Hause, vom letzten Jahr. Edgar behauptete, sexuelle Erfahrungen zu haben. Er sagte, er habe es letzten Winter mit Chrissie gemacht, als sie im Dunkeln zum Rodeln gingen und in eine Schneewehe fuhren. Sam hielt das nicht für möglich in Anbetracht der Kälte, ihrer Kleidung, der kurzen Zeit, bis andere Rodler sie einholten. Aber er war sich nicht sicher, und beim Zuhören wurde er unruhig und vielleicht auch eifersüchtig. Er erwähnte andere Mädchen, Mädchen, die in kurzen, ausgestellten Röckchen und pelzbesetzten Bolerojacken auf der

Eisbahn gewesen waren. Sam und Edgar verglichen, was sie gesehen hatten, wenn diese Mädchen Pirouetten drehten, oder wenn eine von ihnen aufs Eis fiel. Was würdest du mit Shirley oder Doris machen, wollte Sam von Edgar wissen und ging, in einer seltsamen Mischung aus Erheiterung und Erregung, schnell dazu über, ihn zu fragen, was er mit anderen Mädchen und Frauen machen würde, immer unwahrscheinlicheren, in einer Situation, in der sie sich nicht wehren konnten. Lehrerinnen von der Handelsschule – die männlich aussehende Miss Lewisohn, die Buchhaltung unterrichtete, und die spröde Miss Parkinson, die Schreibmaschinenunterricht gab. Die dicke Frau vom Postamt, die anämische Blonde in Eaton's Bestellungsaufnahme. Hausfrauen, die im Hof ihren Hintern zur Schau stellten, wenn sie sich über den Wäschekorb beugten. Das Groteske an gewissen Möglichkeiten erregte sie mehr als die Anmut und Hübschheit von Mädchen, die allgemein bewundert wurden. Alice Peel wurde fast nur der Form halber abgefertigt – sie fesselten sie an ihr Bett und fielen auf dem Weg nach unten zum Abendessen über sie her. Miss Verne wurde in aller Öffentlichkeit auf der Treppe hingestreckt, nachdem sie dabei ertappt worden war, wie sie sich mit den Beinen um den Geländerpfosten selbst erregte. Sie schonten Mrs Cruze – es gab schließlich gewisse Grenzen, auch für Edgar und Sam. Was war mit Miss Kernaghan und ihrem Rheumatismus, ihren vielen Schichten rostbrauner Kleider, ihrem komischen angemalten Mund? Sie hatten Gerüchte gehört, das hatte alle Welt. Callie war angeblich das Kind von einem Bibelverkäufer, einem Pensionsgast. Sie stellten sich vor, wie der Bibelverkäufer es an ihrer Stelle tat, die alte Miss Kernaghan bumste. Wieder und wieder rammelt sie der Bibelverkäufer, zerreißt ihr die antiken Unterhosen, verschmiert ihr den gierigen Mund, treibt sie zu heiserem Krächzen und Stöhnen höchster Begierde und Befriedigung.

»Callie auch«, sagte Edgar.

Was war mit Callie? Bei ihrer Erwähnung hörte für Sam der Spaß bei ihrem Spiel auf. Man könnte meinen, er hätte etwas Abstoßendes und Bemitleidenswertes an sich entdeckt.

Edgar hatte nicht gemeint, sie sollten sich bloß vorstellen, was man mit Callie machen könne.

»Wir könnten sie rumkriegen. Ich wette, wir könnten sie rumkriegen.«

Sam sagte: »Sie ist zu klein.«

»Nein, ist sie nicht.«

An diese Überredungsversuche kann Sam sich sehr wohl erinnern, und ihr Erfolg basierte auf Mutproben, was ihn vermuten lässt, dass das Eisbahnabenteuer wohl auf dieselbe Art und Weise gedeichselt wurde. Ein Samstagmorgen, als der Winter fast schon zu Ende war und die auf dem festgebackenen Schnee dahingleitenden Pferdeschlitten der Bauern knirschend über einzelne schneefreie Stellen fuhren, wenn sie an Kernaghans Gästehaus vorbeikamen. Callie, die mit Scheuerlappen, Putzeimer und Staubtüchern die Treppe zum Dachboden hochkam. Mit einem Tritt stieß sie den Flickenteppich die Stufen hinunter, um ihn vor der Tür auszuschütteln. Sie zog die Flanellbetttücher mit ihrem behaglichen, vertrauten Geruch von den Betten. Ins Kernaghansche Haus dringt kein Hauch frischer Luft. Vor den Fenstern sind die Wetterfenster angebracht. Das ist der Zeitpunkt und der Ort für Callies Verführung.

Verführung ist nicht das passende Wort dafür. Callie, zuerst ärgerlich und ungeduldig, nur mit ihrer Arbeit beschäftigt, dann störrisch, dann sonderbar fügsam. Sie damit aufzuziehen, dass sie Angst habe, war sicherlich die richtige Taktik. Zu der Zeit mussten sie ihr wirkliches Alter schon gekannt haben, aber sie behandelten sie immer noch wie ein ungebärdiges Kind, dem man gut zureden musste – dachten nicht daran, sie zu streicheln oder ihr zu schmeicheln, wie wenn sie ein Mädchen wäre.

Selbst als sie mitmachte, war es keineswegs so leicht, wie sie es sich vorgestellt hatten. Sam kam zu der Überzeugung, dass die Geschichte über Chrissie erfunden war, auch wenn Edgar im Augenblick Chrissies Namen beschwor.

»Komm schon«, sagte Edgar. »Ich zeig dir, was ich mit meiner Freundin mache. So mach ich es mit Chrissie.«

»Das möcht ich wetten«, sagte Callie säuerlich, ließ sich aber doch auf die schmale Matratze herunterziehen. Der Gummizug ihrer Winterunterhosen hatte rote Ringe um ihre Schenkel und ihre Taille hinterlassen. Ein Flanellleibchen, das über ihr Unterhemd geknöpft war, ihre braunen gerippten Strümpfe, die von langen, ausgeleierten Strapsen gehalten wurden. Nichts außer den Unterhosen wurde ausgezogen. Edgar sagte, die Strapse täten ihm weh, und ging daran, sie aufzumachen, aber Callie schrie: »Rühr die nicht an!«, als wären es die Strapse, die sie beschützen musste.

Etwas sehr Wichtiges fehlt in Sams Erinnerung an jenen Morgen – Blut. Er hat keinen Zweifel, dass Callie Jungfrau war, wenn er an Edgars verbissene Anstrengungen zurückdenkt, dann an seine eigenen, solch ein Gestoße und Geschubse und solche Entgeisterung. Callie lag halb widerwillig, halb entgegenkommend der Reihe nach unter ihnen, ließ sich alles gefallen und klagte nicht, dass etwas wehtue. Das würde sie nie tun. Aber sie wollte auch nichts ausdrücklich dazutun.

»Mach die Beine breit«, drängte Edgar.

»Hab ich schon.«

Dass er sich nicht an Blut erinnern kann, liegt wahrscheinlich daran, dass es keines gab. Sie kamen nicht weit genug. Callie war so dünn, dass ihre Hüftknochen vorstanden, und doch kam sie Sam sehr weiträumig vor und sperrig und kompliziert. Kalt und klebrig, wo Edgar sie nass gemacht hatte, und ansonsten trocken, mit unerwarteten Hubbeln und Hautlappen und Sackgassen – ledrig fühlte sie sich an. Als er hinterher daran zurückdachte, war er immer noch nicht sicher, ob er jetzt herausgefunden hatte, wie Mädchen beschaffen waren. Es war, als hätten sie eine Puppe oder einen willigen jungen Hund benutzt. Als er von ihr herunterstieg, sah er, dass sie an den entblößten Stellen Gänsehaut hatte, rund um dieses Büschel leblos wirkender Haare. Auch dass Edgars und seine Nässe einen Strumpf durchgeweicht hatte. Callie wischte sich mit dem Staublappen ab – zugegeben, es schien ein sauberer zu sein – und sagte, es erinnere sie an das, wenn sich jemand die Nase putze.

»Du drehst uns doch nicht durch?«, sagte Sam, womit er zum einen diese Bemerkung meinte, zum anderen: ›Du verrätst doch nichts?‹ »Haben wir dir wehgetan?«

Callie sagte: »Da gehört schon viel mehr dazu als dieses blöde Gefummel, um mir wehzutun.«

Danach war es mit dem Eislaufen vorbei. Das Wetter wurde zu mild.

Miss Kernaghans Rheumatismus war schlimmer geworden. Callie hatte mehr Arbeit denn je. Edgar bekam Mandelentzündung und blieb von der Schule weg. Sam, in der Handelsschule jetzt auf sich gestellt, wurde klar, wie viel Spaß sie ihm mittlerweile machte. Er mochte das Geräusch der Schreibmaschinen – das warnende Klingeln, das Rumsen der zurückgeschobenen Wagen. Er fand Gefallen daran, auf den Seiten des Kontenbuchs mit einem geraden Bleistift als Lineal die vorgeschriebenen dicken und dünnen Linien zu ziehen. Besonders gern rechnete er Prozentsätze aus und addierte blitzartig Zahlenkolonnen und widmete sich den Problemen von Herrn X und Herrn Y, die eine Holzhandlung beziehungsweise eine Kette von Eisenwarenläden besaßen.

Edgar war fast drei Wochen nicht in der Schule. Als er zurückkam, war er in allem zurückgefallen. Auf der Schreibmaschine schrieb er langsamer und schlampiger als noch um Weihnachten, er verschmierte das Lineal mit Tinte und verstand die Zinstabellen nicht. Er wirkte lustlos, wurde immer mutloser, starrte aus dem Fenster. Die weiblichen Lehrkräfte waren eher milde gestimmt durch sein Aussehen – er war durchsichtiger und blasser seit seiner Krankheit; sogar sein Haar wirkte blonder –, und er kam mit dieser Trägheit und Begriffsstutzigkeit eine Zeit lang ungeschoren davon. Er unternahm einige Anstrengungen, versuchte hin und wieder, mit Sam zusammen Hausaufgaben zu machen, oder ging mittags in den Schreibmaschinenraum, um zu üben. Aber kein Fortschritt war von Dauer oder reichte aus. Er begann, tageweise zu schwänzen.

Während er krank war, hatte Edgar eine Gute-Besserungs-Karte bekommen. Ein grüner Drache war darauf abgebildet, der in gestreiften Pyjamas aufrecht im Bett saß. Vorne auf der Karte stand: »Tut mir Leid, dass dir so ungeheuer«, und innen: »Hoffe, bald spuckst du wieder Feuer.« Darunter stand, mit Bleistift geschrieben, der Name Chrissie.

Aber Chrissie war in Stratford auf der Schwesternschule. Wie konnte sie wissen, dass Edgar krank war? Der Umschlag, auf dem Edgars Name stand, war mit der Post gekommen, trug aber den Poststempel von Gallagher.

»Du hast sie geschickt«, sagte Edgar. »Ich weiß, dass es nicht sie war.«

»Hab ich nicht«, erwiderte Sam wahrheitsgetreu.

»Du hast sie geschickt.« Edgar war heiser und fiebrig und krank vor Enttäuschung. »Du hast nicht einmal mit Tinte geschrieben.«

»Wie viel Geld haben wir auf der Bank?«, wollte Edgar wissen. Das war Anfang Mai. Sie hatten noch genug, um bis zum Ende des Schuljahrs Kost und Logis zu bezahlen.

Edgar war seit mehreren Tagen nicht mehr in der Schule erschienen. Er war auf dem Bahnhof gewesen und hatte sich nach dem Preis einer einfachen Fahrt nach Toronto erkundigt. Er sagte, er werde allein fahren, falls Sam nicht mitkommen wolle. Er war ganz versessen darauf, wegzukommen. Es dauerte nicht lange, bis Sam den Grund erfuhr.

»Callie könnte ein Kind kriegen.«

»Sie ist noch nicht alt genug«, sagte Sam. Dann fiel ihm ein, dass das nicht stimmte. Aber er erklärte Edgar, er sei sicher, dass sie nicht gründlich genug gewesen seien.

»Ich rede nicht von dem einen Mal«, erwiderte Edgar mürrisch.

Das war das Erste, was Sam über Edgars Treiben hörte, wenn er Schule schwänzte. Aber wieder verstand Sam falsch. Er dachte, Callie hätte Edgar gesagt, sie sei in Schwierigkeiten. Das war nicht der Fall. Sie hatte ihm nichts dergleichen gesagt oder um irgendetwas gebeten oder mit irgendetwas gedroht. Aber Edgar hatte Angst. Seine Panik schien ihn halb krank zu machen. Sie kauften ein Paket Doughnuts im Lebensmittelgeschäft und setzten sich auf das Steinmäuerchen vor der Anglikanischen Kirche, um sie zu essen. Edgar nahm einen Bissen und behielt den Kuchenkringel dann in der Hand.

Sam sagte, sie hätten nur mehr fünf Wochen Schule.

»Ich geh sowieso nicht mehr hin. Ich bin zu weit zurück«, sagte Edgar.

Sam sagte nicht, dass ihm in letzter Zeit vorgeschwebt hatte, als Handelsschulabsolvent in einer Bank zu arbeiten. Er sah sich in einem dreiteiligen Anzug in der Kassiererkabine. Er würde sich bis dahin einen Schnurrbart wachsen lassen. Manche Kassierer steigen zum Bankdirektor auf. Der Gedanke war ihm erst kürzlich gekommen, dass Bankdirektoren nicht schon als fertige Direktoren auf die Welt kamen. Sie waren vorher etwas anderes.

Er fragte Edgar, was für Jobs sie in Toronto finden könnten.

»Wir könnten Kunststücke vorführen«, sagte Edgar. »Wir könnten Kunststücke auf dem Gehsteig vorführen.«

Nun war Sam klar, was ihm bevorstand. Edgar meinte das nicht im Scherz. Mit seinem angebissenen Doughnut in der Hand saß er da und schlug diese Art von Brotberuf in Toronto vor. Kunststücke auf dem Gehsteig. Was war mit ihren Eltern? Das löste nur noch verrücktere Pläne aus.

»Du könntest ihnen sagen, ich sei entführt worden.«

»Und die Polizei?«, fragte Sam. »Die Polizei sucht jeden, der entführt wird. Sie würden dich finden.«

»Dann erzähl ihnen nicht, dass ich entführt worden bin«, erwiderte Edgar. »Sag ihnen, ich hab einen Mord beobachtet und muss mich verstecken. Sag ihnen, ich hab gesehen, wie eine Leiche in einem Sack von der Cedar Bush Brücke gestoßen wurde, und ich hab die Männer gesehen, die es getan haben, und danach bin ich ihnen auf der Straße begegnet, und sie haben mich erkannt. Das sag ihnen. Sag ihnen, sie sollen nicht zur Polizei gehen oder darüber reden, weil mein Leben auf dem Spiel steht.«

»Woher weißt du, dass in dem Sack eine Leiche war?«, fragte Sam idiotischerweise.

»Red jetzt nicht mehr davon. Ich muss überlegen.«

Aber den ganzen Rückweg zu Kernaghans Gästehaus redete Edgar pausenlos weiter, führte diese Geschichte in allen Einzelheiten aus und noch eine andere, in der er von der Regierung als Spion angeworben wurde, sich die Haare schwarz färben und seinen Namen ändern musste.

Als sie bei der Pension ankamen, trat gerade Alice Peel mit ihrem Verlobten, einem Polizisten, aus der Haustür.

»Geh hinten rum«, sagte Edgar.

Die Küchentür stand weit offen. Callie hatte die Ofenrohre gereinigt. Sie hatte sie inzwischen alle wieder eingesetzt und war dabei, den Ofen zu putzen. Die schwarzen Flächen polierte sie mit gewachstem Butterbrotpapier, die Verzierungen mit einem sauberen Lappen. Der Ofen sah prächtig aus, wie schwarzer Marmor mit Silberverzierung, aber Callie selbst war von Kopf bis Fuß rußverschmiert. Selbst ihre Augenlider waren schwarz. Sie sang »Ach liebste Nellie Grey«, und sie sang sehr schnell, damit das Polieren besser voranging.

> »*Ach liebste Nellie Grey,*
> *Wie tut das Herz mir weh,*
> *Dass ich dich ziehen seh.*«

Miss Kernaghan saß am Tisch und trank eine Tasse heißes Wasser. Abgesehen von ihrem Rheumatismus machten ihr auch Verdauungsstörungen zu schaffen. Ihre Gelenke gaben knackende Geräusche von sich und aus den Tiefen ihres Inneren ertönte lautes Gurgeln, Ächzen, ja sogar Pfeifen. Ihr Gesicht ignorierte es.

»Ihr Jungens«, sagte sie. »Was habt ihr getrieben?«

»Spazieren gegangen«, erwiderte Edgar.

»Ihr macht eure Kunststücke gar nicht mehr.«

Sam sagte: »Der Boden ist zu nass.«

»Setzt euch«, sagte Miss Kernaghan.

Sam konnte Edgars zittrigen Atem hören. Er selbst hatte einen Klumpen im Magen, als ob dieser alle Arbeit an den Mengen von Doughnuts – er hatte alle bis auf einen gegessen – eingestellt hätte. War es möglich, dass Callie gepetzt hatte? Sie sah nicht zu ihnen auf.

»Ich hab euch Jungens nie erzählt, wie Callie auf die Welt kam«, sagte Miss Kernaghan. Und sie legte sofort los, es ihnen zu erzählen.

»Es war im Queen's Hotel in Stratford. Ich wohnte dort mit meiner Freundin Louie Green. Louie Green und ich hatten ein Hutgeschäft. Wir waren auf dem Weg nach Toronto, um die Posamenten fürs Frühjahr einzukaufen. Aber es war noch Winter. Genauer gesagt, es herrschte gerade Schneesturm. Wir waren die Einzigen beim Abendessen. Als wir hinterher aus dem Speiseraum kamen, blies es die Hoteltür auf, und drei Leute kamen herein. Es war der Chauffeur vom Hotel, der die Leute von der Bahn abholte, und ein Mann und eine Frau. Der Mann und der Chauffeur hatten die Frau untergefasst und schleppten sie zwischen sich. Sie brüllte und schrie und war schauderhaft aufgeschwollen. Sie schafften sie auf das Sofa, aber sie rutschte runter auf den Boden. Sie war noch ein junges Mädchen, erst achtzehn oder neunzehn. Das Kind flutschte förmlich aus ihr raus da auf dem Boden. Der Mann setzte sich einfach aufs Sofa und ließ den Kopf zwischen die Knie hängen. Ich war diejenige, die losgerannt ist, um den Geschäftsführer und seine Frau zu holen. Sie kamen angelaufen, und ihr Hund kam bellend vor ihnen her. Louie hing am Treppengeländer, aus Angst, sie könnte ohnmächtig werden. Dann ist alles auf einmal passiert.

Der Chauffeur war Französisch-Kanadier, also hatte er

wahrscheinlich schon einmal eine Geburt erlebt. Er biss die Nabelschnur mit den Zähnen durch und band sie mit einem Stück schmuddliger Schnur aus seiner Tasche ab. Dann griff er sich einen kleinen Teppich und stopfte ihn ihr zwischen die Beine. Das Blut kam so dunkel wie Fliegengift aus ihr raus – es breitete sich auf dem Boden aus. Er schrie, dass jemand Schnee holen sollte, aber der Ehemann, oder was immer er war, hob nicht einmal den Kopf. Louie rannte dann raus und brachte zwei Hand voll, und als der Chauffeur sah, was für ein mickriges Bisschen sie da brachte, fluchte er bloß und warf es hin. Dann trat er nach dem Hund, weil der zu neugierig wurde. Er hat ihn so fest getreten, dass er am anderen Ende des Raums gelandet ist, und die Frau vom Hotel hat geschrien, er hätte ihn umgebracht. Ich hab das Baby vom Boden aufgehoben und in meine Jacke gewickelt. Das war Callie. Was für ein krank aussehendes Ding. Der Hund war gar nicht tot. Die Teppiche waren über und über voll Blut, und der Franzose hat geflucht, dass einem die Ohren klangen. Sie war tot, aber sie hat immer noch geblutet.

Louie war diejenige, die wollte, dass wir sie nehmen. Der Ehemann sagte, er würde sich mit uns in Verbindung setzen, aber das hat er nie getan. Wir mussten eine Flasche besorgen und Milch mit Maissirup aufkochen und ihr ein Bett in einer Schublade machen. Louie tat so, als wäre sie ganz vernarrt in sie, aber schon ein Jahr später hat Louie geheiratet und ist nach Regina gezogen und nie wieder zurückgekommen. Von wegen vernarrt.«

Sam dachte, dass das alles höchstwahrscheinlich gelogen war. Trotzdem übte es eine ungeheure Wirkung auf ihn aus. Warum erzählte sie ihnen das jetzt? Ob wahr oder nicht, spielte keine Rolle, auch nicht, ob da jemand einen Hund zu Tode getreten hatte oder verblutet war. Worauf es ankam, war Miss Kernaghans kalter Nachdruck, mit dem sie das alles erzählte, ihre undurchsichtige und sicher nicht gutartige Absicht, ihre ziellose Schärfe.

Callie hatte während der Schilderung keine Minute zu arbeiten aufgehört. Sie hatte ihr Singen gedämpft, aber nicht ganz eingestellt. Die Küche war lichtdurchflutet an diesem Frühlingsabend und roch nach Callies scharfen Seifen und Scheuerpulvern. Sam hatte schon früher manchmal das Gefühl gehabt, in Schwierigkeiten zu stecken, aber er hatte immer genau gewusst, worin die Schwierigkeiten bestanden und was die Strafe sein würde, und er konnte sich in Gedanken darüber hinwegsetzen. Jetzt dagegen hatte er das Gefühl, dass es eine Art von Schwierigkeit gab, deren Ausmaß man nicht erkennen konnte und deren Strafe nicht auszuloten war. Es war nicht einmal Miss Kernaghans Böswilligkeit, die sie zu fürchten hatten. Was war es dann? Wusste Edgar die Antwort? Edgar spürte, dass etwas im Anzug war – ein lähmender Schlag. Er dachte, es hätte mit Callie und einem Kind zu tun und mit dem, was sie gemacht hatten. Sam hatte das Gefühl, dass es um mehr ging. Aber er sollte feststellen, dass Edgars Instinkt richtig war.

Am Samstagmorgen gingen sie durch Nebenstraßen zum Bahnhof. Sie hatten das Haus verlassen, als Callie zum Wochenendeinkauf gegangen war, ein Kinderwägelchen für die Besorgungen hinter sich herziehend. Sie hatten ihr Geld von der Bank abgehoben. In ihre Tür hatten sie einen Zettel geklemmt, der herausfallen würde, wenn die Tür geöffnet wurde: »Wir sind weg. Sam. Edgar.«

Die Worte »Wir sind weg« hatte Sam am Tag zuvor in der Schule getippt, aber ihre Namen waren von Hand geschrieben. Sam hatte erwogen, noch dazuzuschreiben: »Kost und Logis sind bis Montag bezahlt« oder »Werden Eltern verständigen«. Aber sicher wüsste Miss Kernaghan, dass sie Kost und Logis bis Montag bezahlt hatten, und zu schreiben, dass sie ihre Eltern verständigen würden, wäre ein Indiz, dass sie nicht einfach heimgefahren waren. »Wir sind weg« klang töricht, aber er fürchtete, wenn sie gar nichts hinterließen, würde man Alarm schlagen und eine Fahndung einleiten.

Sie ließen die schweren, abgegriffenen Bücher zurück, die sie eigentlich am Ende der Schulzeit hatten verkaufen wollen – *Buchhaltung in der Praxis, Kaufmännisches Rechnen* –, und packten so viel Kleidung wie möglich in zwei braune Papiertüten.

Es war ein schöner Morgen und eine Menge Leute draußen im Freien. Kinder hatten die Gehsteige für Ballspiele, Kästchenhüpfen, Seilspringen beschlagnahmt. Sie mussten natürlich über die voll gestopften Papiertüten ihre Kommentare abgeben.

»Was habt ihr denn in den Tüten da?«

»Tote Katzen«, sagte Edgar. Er schwang seine Tüte über den Kopf eines Mädchens.

Aber sie war mutig. »Was wollt ihr mit ihnen machen?«

»Sie einem Chinesen verkaufen, für Chop-Katzen-Suey«, sagte Edgar in drohendem Ton.

Sie waren also an ihnen vorbei und hörten noch hinter sich den Singsang des Mädchens: »Chop-Katzen-Suey! Chop-Katzen-Suey! Iss das, pfui!« Näher am Bahnhof wurden diese Kindergrüppchen spärlicher, verschwanden völlig. Jetzt waren es zwölf- bis dreizehnjährige Jungen – auch einige von den Rumtreibern auf der Eisbahn –, die hier im Umkreis des Bahnsteigs herumlungerten, alte Kippen auflasen und versuchten, sie anzuzünden. Sie spielten die dreisten Männer und hätten sich lieber die Zunge abgeschnitten, als Fragen zu stellen.

»Ihr Jungens seid ja mächtig früh dran«, sagte der Bahnhofsvorsteher. Der Zug fuhr erst um halb zwölf, aber sie hatten ihre Flucht danach gerichtet, wann Callie einkaufen ging. »Wisst ihr schon, wo ihr hinwollt in der Stadt? Holt euch jemand ab?«

Sam war darauf nicht vorbereitet, aber Edgar sagte: »Meine Schwester.«

Er hatte keine.

»Wohnt sie dort? Wollt ihr bei ihr wohnen?«

»Bei ihr und ihrem Mann«, sagte Edgar. »Sie ist verheiratet.«

Sam wusste schon, was als Nächstes kommen würde.

»In welchem Teil von Toronto wohnen sie denn?«

Aber Edgar war der Lage gewachsen. »Im Nordteil«, sagte er. »Hat nicht jede Stadt einen Nordteil?« Der Stationsvorsteher schien ganz befriedigt. »Passt auf euer Geld auf«, sagte er noch.

Sie saßen auf der Bank mit Blick auf den Bretterzaun jenseits der Gleise, in der Hand ihre Fahrkarten und ihre braunen Papiertüten. Sam rechnete im Kopf zusammen, auf wie viel Geld sie überhaupt noch aufpassen konnten. Er war einmal mit seinem Vater in Toronto gewesen, als er zehn war. Er erinnerte sich an irgendein Durcheinander im Zusammenhang mit einer Straßenbahn. Sie versuchten, an der falschen Tür einzusteigen oder an der falschen Tür auszusteigen. Leute schrien sie an. Sein Vater brummte, sie seien alle gottverdammte Idioten. Sam hatte das Gefühl, er müsse sich gegen einen großen Ansturm wappnen, müsse versuchen, die komplizierten Situationen, die vor ihnen lagen, vorauszusehen, um nicht von ihnen überrumpelt zu werden. Dann kam ihm ein Gedanke, der wie ein Geschenk war. Er wusste nicht, wo der Gedanke plötzlich herkam. Das YMCA. Sie konnten zum YMCA gehen und die Nacht über dort bleiben. Es würde schon später Nachmittag sein, wenn sie ankämen. Sie würden sich zuerst etwas zu essen besorgen und dann jemanden nach dem Weg zum YMCA fragen. Wahrscheinlich könnten sie zu Fuß gehen.

Er erklärte Edgar, was sie tun würden. »Und morgen laufen wir dann rum und lernen die Straßen kennen und finden raus, wo man am billigsten essen kann.«

Er wusste, dass Edgar im Moment jeden Plan akzeptieren würde. Trotz jener unerwarteten Erfindung einer Schwester und eines Schwagers hatte Edgar noch keinerlei Vorstellung von Toronto. Edgar saß hier am Bahnhof auf der Bank, erfüllt von dem einen Gedanken, dass der Zug einlaufen würde und sie hier wegkämen. Der gellende Pfiff, die Abfahrt – die Flucht. Eine Flucht wie eine Explosion, die sie freisetzen würde. Er dachte keinen Moment daran, dass sie mit ihren Papiertüten aus dem Zug steigen würden, im Geklapper und Gekreisch und dem Gedränge einer absolut sinnverwirrenden neuen Stadt. Aber Sam war wohler zu Mute, jetzt, wo er einen Plan für den Anfang hatte. Wenn ihm *eine* gute Idee aus heiterem Himmel kommen konnte, warum dann nicht noch eine?

Nach einer Weile sammelten sich mehr Leute, die auf denselben Zug warteten. Zwei Damen, die für den Einkaufsbummel in Stratford herausgeputzt waren. Ihre gelackten Strohhüte zeigten an, dass der Sommer nicht mehr weit war. Ein alter Mann in einem glänzenden schwarzen Anzug, der einen verschnürten Pappkarton trug. Die Jungen, die nur herumlungerten und nirgendwo hinfahren wollten, bereiteten sich trotzdem auf die Ankunft des Zugs vor – indem sie sich alle nebeneinander ans Ende des Bahnsteigs setzten und die Füße baumeln ließen. Ein paar Hunde machten in halb amtlicher Manier die Runde um den Bahnsteig, beschnüffelten einen Schrankkoffer und ein paar abgestellte Pakete, beäugten den Gepäckwagen, spähten sogar die Gleise entlang, als wüssten sie so gut wie jedermann, aus welcher Richtung der Zug kommen würde.

Sobald sie das Pfeifen am Bahnübergang im Westen der Stadt hörten, standen Sam und Edgar auf und stellten sich an den Rand des Bahnsteigs. Als der Zug einlief, schien es ein sehr gutes Zeichen, dass sie sich an genau der Stelle postiert hatten, an welcher der Schaffner mit seiner kleinen Trittleiter ausstieg. Nachdem er endlos lange gebraucht hatte, um einer Frau mit einem Baby, einem Koffer und zwei kleinen Kindern herauszuhelfen, konnten sie einsteigen. Sie stiegen als Erste ein, vor den Damen mit den Sommerhüten, dem Mann mit der Schachtel und allen Übrigen, die angestanden hatten. Sie schauten sich nicht ein einziges Mal um. Sie gingen ans Ende des fast leeren Wagens und wählten einen Platz, wo sie einander gegenübersitzen konnten, auf der Seite des Zugs, die auf den Bretterzaun hinausging, nicht auf den Bahnsteig. Auf denselben Bretterzaun, den sie nun mehr als eine Dreiviertelstunde angestarrt hatten. Sie mussten zwei oder drei Minuten dort sitzen, während draußen die übliche Aufregung herrschte, wichtig klingende Rufe und die Stimme des Schaffners, die »Zusteigen!« schmetterte, auf eine Art, die das Wort von einem menschlichen Laut in ein Zuggeräusch verwandelte. Dann setzte sich der Zug in Bewegung. Sie fuhren. Sie hatten beide immer noch einen Arm um eine braune Papiertüte geschlungen und hielten eine Fahrkarte in der anderen Hand. Sie fuhren. Sie beobachteten die Bretter des Zauns, um sicher zu gehen. Dann ließen sie den Zaun hinter sich und kamen durch die ausgedünnten Randgebiete der Stadt – Hinterhäuser, Hinterhöfe, Hinterland, blühende Apfelbäume. Verwilderter Flieder, neben den Gleisen wuchernd.

Während sie aus dem Fenster schauten und noch bevor

sie ganz aus der Stadt waren, setzte sich ein Junge auf den Platz gegenüber von ihnen, auf der anderen Seite des Gangs. Sams Eindruck war, dass sich einer von den auf dem Bahnsteig herumlungernden Jungen in den Zug geschmuggelt oder irgendwie eine Gratisfahrt ergattert hatte, vielleicht bis zur Anschlussstation. Ohne richtig hinzuschauen, hatte er ein ungefähres Bild, wie der Junge angezogen war – zu schäbig und nachlässig, um auf eine echte Reise zu gehen. Dann schaute er doch hin und sah, dass der Junge eine Fahrkarte in der Hand hielt, genau wie sie.

An den Winterabenden, wenn sie zur Eisbahn gelaufen waren, hatten sie einander nicht oft angesehen. Unter den Straßenlaternen hatten sie ihre kreisenden Schatten im Schnee beobachtet. Unter dem künstlichen Mond auf der Eisbahn waren die Farben verändert und einzelne Bereiche nahezu in Dunkel getaucht. So kam es, dass die Kleidung dieses Jungen auf der anderen Seite des Ganges keine sofortige Reaktion auslöste. Außer der Feststellung, dass es nicht die Art von Kleidung war, die man gewöhnlich auf einer Reise anzieht.

Wie war Callie in dieser Aufmachung am Stationsvorsteher vorbeigekommen? Derselbe Stationsvorsteher, der Sam und Edgar so neugierig von Kopf bis Fuß gemustert hatte, der wissen wollte, wo sie zu wohnen beabsichtigten und wer sie abholen würde, hatte diesen grotesken, schmuddligen, abgerissenen angeblichen Jungen eine Fahrkarte kaufen lassen (nach Toronto – Callie hatte einfach geraten, und sie hatte richtig geraten) und ohne ein Wort, ohne eine Frage auf den Bahnsteig gehen lassen. Das trug dazu bei, dass die Jungen, als sie Callie erkannten, das Gefühl hatten, sie besitze Kräfte, die ans Wunderbare grenzten. (Vielleicht hatte vor allem Edgar dieses Gefühl.) Wie hatte sie es geahnt? Woher hatte sie das Geld? Wie kam sie hierher?

Nichts davon war unmöglich. Sie war mit den Einkäufen zurückgekommen und zum Dachboden hochgegangen. (Warum? Sie erwähnte es nicht.) Sie hatte den Zettel gefunden und sofort erraten, dass sie nicht nach Hause auf die Farm gefahren und auch nicht per Anhalter auf dem Highway unterwegs waren. Sie wusste, wann der Zug ging. Sie kannte zwei Orte auf seiner Strecke – Stratford und Toronto. Das Geld für die Fahrkarte stahl sie aus dem Metallkasten unter den Gesangbüchern im Klavierhocker. (Natürlich hatte Miss Kernaghan kein Vertrauen zu Banken.) Als sie endlich zum Bahnhof gelangte und ihre Fahrkarte kaufen musste, lief der Zug gerade ein, und der Bahnhofsvorsteher hatte an viel zu denken und keine Zeit, Fragen zu stellen. Es war sehr viel Glück dabei im Spiel gewesen – Glück im Timing und Glück im Raten von Anfang bis Ende –, doch das war alles. Es war keine Zauberei, nicht ganz.

Sam und Edgar hatten die Kleider nicht wieder erkannt, und keine besondere Bewegung oder Geste machte sie stutzig. Callie, der Junge, saß da und schaute aus dem Fenster, den Kopf teilweise von ihnen abgewandt. Sam würde nie genau sagen können, wann er wusste, dass es Callie war, oder wie er zu diesem Wissen gekommen war, und ob er Edgar angeschaut hatte oder einfach gewusst hatte, dass Edgar dasselbe wusste wie er und seit dem gleichen Moment. Dieses Wissen schien einfach durchgesickert zu sein und in der Luft gelegen zu haben, bis es aufgenommen wurde. Sie fuhren durch einen langen Bahndurchstich mit dem frischen Grün grasbewachsener Böschungen zu beiden Seiten und überquerten die Cedar Bush Brücke – dieselbe Brücke, an der die Jungen der Stadt ihre Mutproben abhielten, indem sie einander herausforderten, herunterzuklettern und sich an die Verstrebungen unter den Bahnschwellen zu hängen, während der Zug über sie wegfuhr. (Ob Callie das getan hätte, wenn sie sie herausgefordert hätten?) Als sie über diese Brücke waren, wussten sie beide, dass es Callie war, die ihnen gegenübersaß. Und beide wussten sie, dass der andere es auch wusste.

Edgar war der Erste, der etwas sagte. »Möchtest du zu uns rüberrücken?«

Callie stand auf, kam über den Gang und setzte sich neben Edgar. Sie hatte ihren Jungenausdruck auf dem Gesicht – ein Ausdruck, der nicht so verschlagen und streitsüchtig war wie ihr üblicher Gesichtsausdruck. Sie war ein mehr oder weniger gut gelaunter Junge mit angemessenen Erwartungen.

Sie wandte sich an Sam, als sie redete. »Macht es dir nichts aus, rückwärts zu fahren?«

Sam verneinte.

Dann fragte sie, was sie in ihren Tüten hätten, und sie antworteten beide gleichzeitig.

Edgar sagte: »Tote Katzen.«

Sam sagte: »Unser Mittagessen.«

Sie hatten nicht das Gefühl, geschnappt worden zu sein. Von Anfang an war ihnen klar gewesen, dass Callie nicht gekommen war, um sie wieder zurückzubringen. In ihren Jungenkleidern erinnerte sie die beiden an die kalten Nächte im Zeichen von Glück und Gerissenheit, an den Plan, der so glatt über die Bühne ging, an das kostenlose Eislaufen, an Geschwindigkeit und Wonne, Täuschung und Vergnügen. Als nichts schief ging, konnte nichts mehr schief gehen, der Sieg war ihnen sicher, ihre Schachzüge alle genau rechtzeitig. Callie, der es mit gestohlenem Geld und in Jungenkleidern gelungen war, diesen Zug zu besteigen, schien die Gefahr, die ihnen drohte, eher abzuwenden als eine darzustellen. Sogar Sam hörte auf, darüber nachzudenken, was sie in Toronto machen würden, ob ihr Geld reichen würde. Hätte er funktioniert wie sonst immer, dann hätte er vorausgesehen, dass Callies Gegenwart ihnen unweigerlich alle möglichen Probleme bescheren würde, sobald sie in die reale Welt hinauskletterten, aber er funktionierte nicht wie sonst, und er witterte überhaupt keine Probleme. Im Augenblick sah er Macht – Callies Macht, sich nicht abhängen zu lassen – großzügig auf sie alle verteilt. Der Augenblick floss über – vor Macht, so schien es, und vor Möglichkeiten. Aber es war nichts weiter als ein Glücksgefühl. Es war wirklich nur ein Glücksgefühl.

Sams Schilderung – die ein paar Einzelheiten und Gründe zwischendrin ausgelassen hatte – endete immer so. Wenn er gefragt wurde, wie es danach weiterging, sagte er so etwas wie: »Na ja, es war ein bisschen komplizierter, als wir uns vorgestellt hatten, aber wir sind alle durchgekommen.« Das hieß im Einzelnen, dass der YMCA-Sekretär, der ein Sandwich mit Ei und Zwiebel aß, keine zwei Minuten brauchte, um festzustellen, dass mit Callie etwas nicht stimmte. Fragen. Lügen, höhnische Blicke, Drohungen, Telefonate. Entführung einer Minderjährigen. Versuch, ein Mädchen mit unmoralischen Absichten ins YMCA einzuschmuggeln. Wo sind ihre Eltern? Wer weiß, dass sie hier ist? Wer hat ihr die Erlaubnis erteilt? Wer übernimmt die Verantwortung? Dann ein Polizist auf der Bildfläche. Zwei Polizisten. Ein volles Geständnis, ein Telefonat, und der Stationsvorsteher erinnert sich an alles. Er erinnert sich an Lügen. Miss Kernaghan hat das Fehlen des Gelds schon entdeckt und verheißt keine Nachsicht. Soll ihr nie mehr unter die Augen treten. Ein Findelkind, in einer Hotelhalle geboren, wahrscheinlich unehelich, aufgenommen und beschützt, Undank, schlechtes Blut. Soll eine Lehre sein.

Schande über Schande, auch wenn Callie nicht minderjährig sei.

Das hieß ferner, dass sie alle weiterlebten und viele Dinge
passierten. Er selbst gewann den Eindruck, schon in diesen
ersten wirren und demütigenden Tagen in Toronto, dass ein
Ort wie dieser, eine Stadt, mit ihren engen Straßenschluch-
ten, in die auch zur Mittagszeit die Schatten fielen, mit
ihren seriös verzierten Bürogebäuden, ihrer unablässigen Bewegung und den klingelnden Straßenbahnen, der rechte Ort
für ihn sein könnte. Ein Ort, um zu arbeiten und Geld zu
verdienen. Er blieb also, blieb im YMCA, wo seine Krise –
seine und Edgars und Callies Krise – bald vergessen war,
und in der Woche darauf geschah etwas anderes. Er bekam
eine Stelle, und nach ein paar Jahren sah er, dass es eigentlich doch nicht der rechte Ort war, um Geld zu verdienen; im
Westen konnte man zu Geld kommen. Also zog er weiter.

Edgar und Callie fuhren nach Hause auf die Farm zu
Edgars Eltern. Aber sie blieben nicht lange dort. Miss Kernaghan stellte fest, dass sie ohne die beiden nicht zurecht-
kam.

Callies Geschäft ist in einem Gebäude untergebracht, das ihr
und Edgar gehört. Der Kramladen und ein Friseurgeschäft
im Erdgeschoss, ihre Wohnräume im Oberstock. (Wo heute
das Friseurgeschäft ist, war damals der Lebensmittelladen –
derselbe Lebensmittelladen, in dem Sam und Edgar früher
ihre Marmeladentörtchen kauften. »Aber wen interessiert
das schon?«, sagt Callie. »Wen interessiert schon, wie es
früher war?«)

Sams Vorstellung von gutem Geschmack ist durch die
Grau-, Weiß- und Blautöne, die geraden Linien und verein-
zelten Vasen seiner Frau geprägt. In Callies Wohnung im
Oberstock verschlägt es einem den Atem. Ein mit drapier-

tem Goldbrokat angedeutetes Fenster, wo gar kein Fenster ist. Goldfarbener flauschiger Teppich, rauverputzte weiße Decke, besetzt mit funkelnden Sternen. Eine Wand besteht aus einem mattgoldenen Spiegel, in dem Sam sein Spiegelbild kreuz und quer von schwarzen und silbernen Adern durchzogen sieht. Leuchten hängen an Ketten, in bernsteinfarbenen Glaskugeln.

Inmitten von alldem thront Edgar wie eine polierte Verzierung, kaum je in Bewegung. Von ihnen dreien hat er sein Aussehen am besten bewahrt. Er hatte auch das meiste zu bewahren. Er ist groß, zerbrechlich, wunderbar gepflegt und gekleidet. Callie rasiert ihn. Sie wäscht sein Haar jeden Tag, und es ist weiß und schimmernd wie das Engelshaar an Weihnachtsbäumen. Er kann sich selbst anziehen, doch sie legt ihm alles zurecht – Hosen, Socken und passende Krawatte und Einstecktuch, weiche Hemden in tiefem Blau oder Burgunder, die seine rosigen Backen und sein Haar unterstreichen.

»Er hatte einen kleinen Schlag«, sagt Callie. »Im Mai vor vier Jahren. Er hat nicht die Sprache verloren oder so was, aber ich bin mit ihm zum Arzt gegangen, und der hat gesagt, ja, er hatte einen kleinen Schlag. Aber er ist gesund. Es geht ihm gut.«

Callie hat Sam erlaubt, Edgar zu einem Spaziergang mitzunehmen. Sie verbringt ihre Tage im Geschäft. Edgar wartet oben vor dem Fernseher. Er erkennt Sam, scheint sich zu freuen, ihn zu sehen. Er nickt bereitwillig, als Sam sagt: »Zieh dir nur deinen Mantel an. Dann gehen wir los.« Sam holt einen neuen hellgrauen Mantel und eine graue Mütze aus dem Schrank und dann, nach neuerlichem Überlegen, noch ein Paar Gummischuhe, um Edgars glänzend polierte Schuhe zu schützen.

»Okay?«, fragt Sam, aber Edgar macht eine Handbewegung, die besagt: »Einen Moment noch.« Im Fernsehen interviewt eine hübsche junge Frau gerade eine ältere Frau. Die ältere macht Puppen. Die Puppen sind aus Teig. Sie sind zwar verschieden groß, aber sie zeigen alle denselben Gesichtsausdruck, den Sam idiotisch findet. Edgar scheint von ihnen sehr angetan. Oder vielleicht ist es die Interviewerin mit ihrer zottigen goldfarbenen Mähne.

Sam bleibt stehen, bis das zu Ende ist. Dann folgt das Wetter, und Edgar fordert ihn mit einer Handbewegung auf, sich zu setzen. Das ist vernünftig – zu erfahren, wie das Wetter wird, bevor sie losgehen. Sam hat vor, die Orange Street hochzulaufen – wo an der Stelle der Eisbahn und der Kirschbäume ein Altersheim steht – und dann zum alten Kernaghanschen Haus und dem Gelände von Canadian Tire zu gehen. Nach dem Wetterbericht bleibt Sam noch bei den Nachrichten sitzen, weil von einer neuen Steuervorschrift die Rede ist, die ihn interessiert. Dazwischen kommt natürlich immer wieder Werbung, aber schließlich sind die Nachrichten zu Ende. Dann kommen verschiedene Eiskunstläufer. Nachdem etwa eine Stunde vergangen ist, wird Sam klar, dass keine Hoffnung besteht, Edgar loszueisen.

Jedes Mal, wenn Sam etwas sagt, hebt Edgar die Hand, wie um zu sagen, er hätte gleich, in einer Minute, Zeit zuzuhören. Er ist nie ungehalten. Allem schenkt er die gleiche freudige Aufmerksamkeit. Er lächelt, während er den Eisläufern in ihren glitzernden Trikots zusieht. Er wirkt unschuldig, aber Sam entgeht seine Befriedigung nicht.

Auf dem vorgetäuschten Kamin mit dem elektrischen Feuer steht ein Foto von Callie und Edgar im Hochzeitsstaat. Callies Schleier im Stil einer längst vergangenen Zeit ist an einer perlenbesetzten, tief in die Stirn gezogenen Kappe befestigt. Sie sitzt in einem Sessel, die Arme voller Rosen, und Edgar steht hinter ihr, schlank und unerschütterlich.

Sam weiß, dass dieses Bild nicht an ihrem Hochzeitstag aufgenommen wurde. Damals zogen viele Leute zu einer späteren Gelegenheit ihre Hochzeitskleider noch einmal an und gingen ins Fotografenstudio. Aber das hier sind nicht einmal ihre Hochzeitskleider. Sam kann sich erinnern, dass irgendeine Frau, die mit dem YMCA zu tun hatte, Callie ein Kleid besorgte, und es war eine formlose Angelegenheit in fadem Rosa. Edgar hatte überhaupt keine neuen Kleider, und getraut wurden sie in großer Hast in Toronto, von einem Pfarrer, den keiner von beiden kannte. Dieses Foto soll einen ganz anderen Eindruck vermitteln. Vielleicht wurde es erst Jahre danach aufgenommen. Callie wirkt ein ganzes Stück älter als an ihrem wirklichen Hochzeitstag, ihr Gesicht ist breiter, schwerer, strahlt mehr Autorität aus. Genau genommen hat sie leichte Ähnlichkeit mit Miss Kernaghan.

Das ist es, was für immer unverständlich bleiben wird – warum Edgar am ersten Abend in Toronto das Wort ergriff und erklärte, er und Callie wollten heiraten. Es bestand keine Notwendigkeit – keine, soweit Sam erkennen konnte. Callie war nicht schwanger und wurde auch, soweit Sam weiß, später nie schwanger. Vielleicht war sie wirklich zu klein oder nicht normal entwickelt. Edgar machte es wahr und tat, wozu ihn niemand zwang, nahm auf sich, wovor er davongelaufen war. Hatte er Schuldgefühle? Glaubte er, es gebe Dinge, denen man nicht entrinnen kann? Er sagte, dass er und Callie heiraten wollten. Aber das würden sie nicht tun – das hatten sie doch sicher nicht vor, oder? Als Sam im Zug die beiden auf dem Sitz gegenüber ansah und sie alle drei erleichtert lachten, taten sie das bestimmt nicht, weil sie einen Ausgang wie diesen voraussahen. Sie lachten einfach nur. Sie waren glücklich. Sie waren frei.

Fünfzig Jahre zu spät, um zu fragen, denkt Sam. Und

selbst damals war er zu verblüfft. Edgar wurde ein Unbekannter für ihn. Callie zog sich in ihre jämmerliche weibliche Rolle zurück. Der Augenblick des Glücks, den er mit ihnen teilte, blieb ihm im Gedächtnis, aber er wusste nie, was er davon halten sollte. Bedeuten solche Augenblicke wirklich, wie es den Anschein hat, dass wir ein Leben des Glücks besitzen, das wir – wissentlich – nur gelegentlich kreuzen? Geben sie vorher und nachher so viel Licht, dass alles, was uns in unserem Leben widerfahren ist – oder was wir verursacht haben –, bedeutungslos wird?

Als Callie nach oben kommt, erwähnt er das Hochzeitsbild nicht. »Ich hab den Elektriker unten«, sagt Callie. »Ich muss also wieder runter und ihn im Auge behalten. Ich will nicht, dass er dasitzt und raucht und mir das Ganze berechnet.«

Er ist im Begriff zu lernen, welche Dinge er besser nicht erwähnt. Miss Kernaghan, das Gästehaus, die Eisbahn. Alte Zeiten. Dieses Herumreiten auf den alten Zeiten von einem, der fort war, gegenüber einem, der blieb, ist irritierend – eine subtile Form von Beleidigung. Und Callie lernt allmählich, ihn nicht zu fragen, wie viel sein Haus gekostet hat, wie viel seine Doppelhaushälfte in Hawaii gekostet hat, wie viel er bei seinen verschiedenen Ferienreisen und für die Hochzeit seiner Tochter ausgegeben hat – kurz, sie lernt allmählich, dass sie nie herausfinden wird, wie viel Geld er hat.

Er kann sehen, dass sie sich noch etwas anderes fragt. Er sieht, wie die Frage die tiefen, blau geschminkten Nester um ihre Augen noch runzliger werden lässt, Augen, denen inzwischen ein Leben recht erfolgreicher Mühen und Kalkulationen anzusehen ist.

Was will Sam? Das ist es, was Callie sich fragt.

Er erwägt, ihr zu sagen, dass er vielleicht hier bleibt, bis

er es herausfindet. Er könnte sich in einem Gästehaus ein-
quartieren.

»Edgar wollte anscheinend nicht rausgehen«, sagt Sam.
»Er wollte anscheinend doch nicht rausgehen.«

»Nein«, erwidert Callie. »Nein. Er ist glücklich.«

Jesse und MeriBeth

An der Highschool führte ich eine zärtliche, treue, langweilige Freundschaft mit einem Mädchen namens MaryBeth Crocker. Ich gab mich dieser Freundschaft hin, wie ich mich im Sommer dem warmen, seichten, ziemlich trüben Wasser des Maitland River hingab, wenn ich auf dem Rücken lag und nur sacht mit Händen und Füßen paddelte, während ich flussabwärts getragen wurde.

Angefangen hatte es eines Tages in der Musikstunde, als nicht genug Liederbücher für alle da waren und wir aufgefordert wurden, uns zwei und zwei zusammenzusetzen – Jungen mit Jungen natürlich und Mädchen mit Mädchen. Ich sah mich gerade nach irgendeinem Mädchen um, das auch keine spezielle Freundin hatte, mit der es sich zusammensetzen konnte, da schlüpfte MaryBeth auf den Platz neben mir. Sie war damals neu an der Schule; sie war zu ihrer Schwester Beatrice gezogen, die Krankenschwester war und im städtischen Krankenhaus arbeitete. Ihre Mutter war tot; ihr Vater hatte wieder geheiratet.

MaryBeth war klein und eher pummelig, aber graziös, mit großen Augen, die zwischen haselgrün und dunkelbraun changierten, einer mandelhellen Haut ohne alle Unreinheiten oder Sommersprossen und einem hübschen Mund, der oft einen leicht bestürzten, schmollenden Zug hatte, als erinnerte sie sich an einen geheimen Schmerz. Ich konnte die blumige Seife riechen, mit der sie sich wusch. Ihr süßer Duft drang durch die Schichten von Staub und Desinfektionsmittel und Schweiß, die alten Schulgerüche – die verträumte Langeweile, die schale Angst. Ich war überrascht, beinahe erschreckt darüber, ausgewählt zu werden. Noch Wochen danach wusste ich morgens beim Aufwachen, dass ich glücklich war, ohne zu wissen, warum. Dann kam mir dieser Augenblick wieder in den Sinn.

MaryBeth und ich sprachen oft darüber. Sie erzählte, ihr Herz habe wie wild geklopft, als sie zu meinem Platz rüberrutschte, aber sie habe sich gesagt: ›Jetzt oder nie.‹

In den Büchern, die ich meine ganze Kindheit hindurch gelesen hatte, waren die Mädchen paarweise in unzertrennlicher Freundschaft, in vollendeter Hingabe miteinander verbunden. Sie gelobten einander, niemals die Geheimnisse der anderen auszuplaudern oder das Geringste voreinander geheim zu halten oder mit irgendeinem anderen Mädchen eine tiefe, dauerhafte Freundschaft einzugehen. Heirat änderte daran nichts. Sie wurden erwachsen, verliebten sich und heirateten, aber sie räumten einander weiterhin den ersten Platz in ihrem Herzen ein. Sie benannten ihre Töchter nach der Freundin und waren bereit, einander bei ansteckenden Krankheiten zu pflegen oder um der Freundin willen vor Gericht einen Meineid zu schwören. Dieser feierliche Hokuspokus von Treue, diese förmliche Sentimentalität waren das, was ich jetzt anstrebte oder für angebracht hielt und MaryBeth aufdrängte. Wir schworen und gelobten und wurden Vertraute. Sie machte bei allem mit; sie war von Natur aus zärtlich. Sie kuschelte sich gerne an, wenn sie an etwas Trauriges oder Erschreckendes dachte, und sie ging gerne Hand in Hand.

In jenem ersten Herbst spazierten wir auf den Bahngleisen hinaus vor die Stadt und erzählten einander von allen

Krankheiten und Unfällen, die wir im Leben gehabt hatten, vor welchen Dingen wir Angst hatten, und welche Farben, Edelsteine, Blumen, Filmstars, Nachspeisen, Limonaden und Eissorten wir am liebsten hatten. Wir beschlossen, wie viele Kinder wir haben wollten, ob Jungen oder Mädchen, und wie sie heißen sollten. Außerdem welche Augen- und Haarfarbe unsere Ehemänner haben sollten und welchen Beruf sie ausüben würden. MaryBeth hatte Angst vor den Kühen auf den Feldern und vor möglichen Schlangen in der Nähe der Gleise. Wir stopften uns die Hände voll mit der Seide aus aufgeplatzten Schwalbenwurzkapseln, dem weichsten Material auf Erden, und ließen dann alles fliegen und sich an anderen trockenen Gräsern einhängen wie Schneeflocken oder Blüten.

»Daraus haben sie im Krieg Fallschirme gemacht«, erklärte ich MaryBeth. Das stimmte zwar nicht, aber ich glaubte es.

Manchmal gingen wir zu dem Haus, in dem MaryBeth mit Beatrice ein Zimmer teilte. Wir saßen auf der Veranda und nähten, oder wir gingen in ihr Zimmer hinauf. Das Haus war groß, schmucklos, gelb gestrichen und wirkte vernachlässigt. Es lag ganz in der Nähe der Hauptstraße. Die Besitzer waren ein blinder Mann und seine Frau, die ein paar Zimmer nach hinten hinaus bewohnten. Der Blinde saß da und schälte Kartoffeln für seine Frau, oder er häkelte die Zierdeckchen und Tischläufer, mit denen sie die Läden der Stadt abklapperte, um sie zu verkaufen.

Die Mädchen, die im Haus wohnten, forderten sich manchmal gegenseitig heraus, hinunterzulaufen und mit ihm zu plaudern, während seine Frau fort war. Sie machten eine Mutprobe daraus, in Büstenhalter und Slip hinunterzugehen oder auch ganz ohne etwas an. Er schien zu erraten, was für ein Spiel da gespielt wurde. »Komm her«, sagte er dann. »Komm näher. Ich kann dich nicht verstehen.« Oder: »Komm her und lass mich dein Kleid anfassen. Lass mich raten, welche Farbe es hat.«

MaryBeth spielte dieses Spiel nie mit; sie hasste es, auch nur davon zu hören. Sie fand manche Mädchen widerlich.

Unter den Mädchen, mit denen sie zusammenwohnte, gärte es ständig. Es gab Fehden und Bündnisse und Zeiten des gegenseitigen Anschweigens. Einmal riss ein Mädchen einem anderen bei einem Streit um irgendeinen Nagellack ein großes Büschel Haare aus.

Am Arzneimittelschränkchen im Badezimmer klebten resolute und ominöse Mitteilungen:

Wegen des Gestanks von trocknender Wolle sollten Pullover künftig im eigenen Zimmer aufgehängt werden.

Hochachtungsvoll, A.M. und S.D.

Verehrteste – ich hab mein ›Abend in Paris‹ an dir gerochen, und ich bin absolut nicht begeistert. Du kannst dir selber eins kaufen. Gruß, S.B.

Fortwährend wurde irgendetwas gewaschen: Strümpfe und Büstenhalter und Strapsgürtel und Pullover – und natürlich auch Haare. Man konnte sich im Badezimmer nicht umdrehen, ohne dass einem etwas ins Gesicht klatschte.

Gekocht wurde auf Kochplatten. Die Mädchen, die Geld zurücklegten, um ihre Aussteuer zu vervollständigen oder in die Stadt zu ziehen, kochten Kraft-Fertiggerichte. Andere brachten fettige, köstlich duftende braune Tüten aus dem Schnellimbiss um die Ecke mit nach Hause. Pommes frites, Hamburger, Riesen-Hotdogs, Doughnuts. Die Mädchen, die gerade eine Abmagerungskur machten, fluchten und knallten ihre Tür zu, wenn diese Düfte im Treppenhaus nach oben stiegen.

Von Zeit zu Zeit machte MaryBeths Schwester so eine Kur. Sie trank Essig, um ihren Appetit zu zügeln. Sie trank Glyzerin zur Stärkung der Fingernägel.

»Sie will sich einen Freund angeln – ich finde das zum Kotzen«, sagte MaryBeth.

Wenn MaryBeth und Beatrice gut aufeinander zu sprechen waren, borgten sie sich voneinander Kleider aus, ohne zu fragen, kuschelten sich im Bett aneinander und sagten sich gegenseitig, wie ihre Frisur von hinten aussah. Wenn sie es nicht waren, redeten sie nicht mehr miteinander. Dann brutzelte MaryBeth auf der Kochplatte eine gehaltvolle, Blasen werfende Mischung aus braunem Zucker, Butter und Kokos und schwenkte den duftenden Topf vor Beatrices Nase herum, bevor wir beide uns daranmachten, ihn auszulöffeln. Oder sie ging in den Laden und kaufte eine Tüte Marshmallows, die Beatrices Leibspeise waren, wie sie behauptete. Sie sollten vor ihren Augen verspeist werden. Ich aß Marshmallows nicht gerne roh – ihre schwammige Weichheit verursachte mir leichten Ekel –, aber MaryBeth steckte einen in den Mund und hielt ihn wie einen Korken zwischen den Lippen, während sie Beatrice das Gesicht entgegenstreckte. Da ich bei solchen Gelegenheiten nicht recht wusste, wie ich mich verhalten sollte, stöberte ich im Kleiderschrank herum.

MaryBeths Vater wollte nicht, dass sie bei ihm lebte, aber er gab ihr reichlich Geld für Kleider. Sie hatte einen dunkelblauen Wintermantel mit einem Kragen aus Eichhörnchenfell, den ich luxuriös fand. Sie hatte viele Blusen mit eingezogenem Band am Ausschnitt, die damals Mode waren – rosarot, gelb, malvenfarben, himmelblau, apfelgrün. Und einen ganzen Arm voll der begehrten silbernen Sammelreifen. An zwei Faltenröcke kann ich mich erinnern – dunkelblau und weiß, türkis und kirschrot. All diese

Dinge betrachtete ich eher mit Ehrerbietung denn mit Neid. Ich ließ die schweren Silberreifen um die Finger kreisen, inspizierte die zierlichen Puderquasten und die Augenbrauenpinzette. Ich selbst durfte mir nicht die Augenbrauen zupfen und musste mich auf dem Weg zur Schule im Waschraum des Rathauses schminken. Während des Schuljahrs lebte ich in der Stadt bei meiner Tante Ena, die sehr streng war. Als Puderquaste hatte ich nichts weiter als ein grobes, unübersehbar schmuddliges Stück Flanell. Neben MaryBeth kam ich mir überhaupt sehr grobschlächtig vor mit meinen strammen Beinen und meinem kräftigen Busen – robust und verschwitzt und schlecht angezogen, unwürdig, dankbar. Aber gleichzeitig auch von Natur aus haushoch, unsagbar, undenkbar – ich konnte es weder sagen noch denken – überlegen.

Nach den Sommerferien, die sie bei ihrem Vater und ihrer Stiefmutter in Toronto verbrachte, sagte MaryBeth, wir sollten nicht mehr auf den Bahngleisen vor die Stadt spazieren, es könne uns in Verruf bringen. Sie sagte, es sei die neueste Mode, ein Tuch über den Haaren zu tragen, auch wenn die Sonne schien, und zu diesem Zweck hatte sie mehrere hauchzarte Vierecke mitgebracht. Sie sagte, ich solle mir eines aussuchen, und ich wählte das rosenfarbene mit einem Stich ins Pink, und sie rief bewundernd: »Ach, das ist das hübscheste von allen!« Also wollte ich es zurückgeben. Wir hatten eine Scheinauseinandersetzung, und am Ende behielt ich das Tuch.

Sie erzählte mir von den Dingen, die es bei Eaton's und Simpson's zu kaufen gab, und wie sie beinahe mit dem Absatz in einem Aufzug hängen geblieben ware, was ihre Stiefmutter manchmal Unfreundliches zu ihr gesagt hatte, und wovon die Filme handelten, die sie gesehen hatte. Sie war auf der Weltausstellung Karussell gefahren, wovon ihr schlecht geworden war, und ein Mann hatte sie in der Straßenbahn angepöbelt. Er trug einen grauen Anzug und einen grauen Filzhut und bot ihr an, sie in den Riverdale Zoo mitzunehmen.

Ich hatte jetzt manchmal das Gefühl, abzuschweifen, während MaryBeth redete. Ich merkte, wie meine Gedanken in die Ferne schweiften, wie es in der Schule manchmal vorkam, wenn eine Rechenaufgabe erklärt wurde, oder zu Beginn des langen Gebets vor der Predigt in der Kirche. Nicht dass ich gewünscht hätte, anderswo oder auch nur allein zu sein. Ich begriff, dass Freundschaft nun einmal so war.

Wir hatten beschlossen, die Schreibweise unserer Namen zu ändern. Meiner sollte künftig Jesse statt Jessie geschrieben werden, und ihrer Meribeth statt MaryBeth. Wir unterzeichneten die Klassenarbeiten, die wir in der Schule abgaben, mit diesen Namen.

Die Lehrerin schwenkte meine Arbeit durch die Luft. »Ich kann dieser Person keine Note geben, weil ich nicht weiß, wer diese Person ist«, sagte sie. »Wer ist dieser Jesse?« Sie buchstabierte den Namen laut. »Das ist ein Jungenname. Kennt hier jemand einen Jungen namens Jesse?«

Mit keinem Wort wurde der Name Meribeth erwähnt. Das war typisch. MaryBeth war bei allen der Liebling wegen ihres Aussehens und ihrer Kleider und ihrer exotischen Situation, auch wegen ihrer sanften, einschmeichelnden Stimme und ihrer höflichen Umgangsformen. Ungehobelte Mädchen waren gleichermaßen von ihr eingenommen wie bissige Lehrer. Die Jungen waren es natürlich auch, aber sie sagte, ihre Schwester erlaube ihr nicht, mit ihnen auszugehen. Ich habe nie erfahren, ob das stimmte. MaryBeth war eine Meisterin im Ausdenken von Notlügen, im Erteilen sanfter Abfuhren.

Sie gab die neue Schreibweise ihres Namens auf, da ich die meine künftig nicht ändern durfte. Wir bedienten uns jedoch weiterhin der besonderen Schreibweise, wenn wir unsere Botschaften unterzeichneten oder uns im Sommer gegenseitig Briefe schrieben.

Als ich mein drittes Jahr an der Highschool zur Hälfte hinter mir hatte, besorgte Tante Ena mir eine Stelle. Ich sollte zwei Tage in der Woche nach der Schule bei den Crydermans arbeiten. Tante Ena kannte die Crydermans, weil sie bei ihnen Putzfrau war. Ich sollte dort ein wenig aufräumen und bügeln, und dann sollte ich noch das Gemüse fürs Abendessen putzen.

»Bei denen heißt das Dinner«, sagte Tante Ena in so ausdruckslosem Ton, dass man nicht sagen konnte, ob sie die Crydermans wegen ihrer Affektiertheit tadelte oder ihnen eine höhere Stellung einräumte, die ihnen das Recht dazu gab, oder ob sie einfach nur feststellen wollte, dass alles, was sie sagten oder taten, völlig außerhalb ihres Verständnisbereichs lag und auch außerhalb des meinen liegen sollte.

Tante Ena war die Tante meines Vaters, so alt war sie schon. Sie war die Putzfrau der Stadt, wie etwa ein Arzt *der* Doktor oder eine Musiklehrerin *die* Musiklehrerin sein mochte. Sie war geachtet. Sie nahm kein übrig gebliebenes Essen an, ganz gleich wie köstlich, und nahm auch keine abgelegten Kleider mit nach Hause, ganz gleich wie gut erhalten. Viele der Frauen, für die sie arbeitete, fühlten sich verpflichtet, vor ihrem Eintreffen eine Art Schnellputz abzuhalten, und trugen ihre leeren Whiskeyflaschen selbst hinaus auf den Müll. Aber Tante Ena konnte man nichts vormachen.

Sie lebte mit ihrer Tochter Floris und ihrem Sohn George in einem schmalen, ordentlichen Haus an einer abschüssigen

Straße, in der die Häuser so dicht beisammen und so nah an der Straße standen, dass man vom Gehsteig aus fast die Verandageländer berühren konnte. Mein Zimmer lag hinter der Küche – eine ehemalige Speisekammer mit hellgrüner gespundeter Holzverschalung. Ich versuchte die Bretter zu zählen, wenn ich im Bett lag, aber ich musste jedes Mal aufgeben. Im Winter nahm ich morgens immer alle Kleider mit ins Bett und zog mich unter der Bettdecke an. Zur Beheizung einer Speisekammer war nichts vorgesehen.

Tante Ena kam immer erschöpft nach Hause, nachdem sie überall in der Stadt ihre Autorität hatte walten lassen. Aber sie raffte sich auf; sie ließ sie auch über uns walten. Sie gab uns zu verstehen – Floris, George und mir –, dass wir alle etwas Besseres wären, trotz oder vielleicht gerade wegen unserer relativen Armut. Sie gab uns zu verstehen, dass wir diese Tatsache an jedem Tag unseres Lebens neu bestätigen müssten, indem wir immer mit sauberen Schuhen und nie mit abgerissenen Knöpfen herumliefen, indem wir keine unfeinen Worte in den Mund nahmen, nicht rauchten (die Frauen), gute Noten erzielten (ich) und nie einen Tropfen Alkohol anrührten (alle). Heutzutage hat niemand mehr etwas übrig für solche Engstirnigkeit und stolze Sorgfalt und fadenscheinige Anständigkeit. Ich selbst auch nicht, aber damals hatte ich nicht das Gefühl, sehr darunter zu leiden. Ich lernte einige Regeln umgehen, andere befolgte ich, und im Großen und Ganzen akzeptierte ich die Tatsache, dass eine Überlegenheit, die auf so unbequemen Grundsätzen beruhte, immer noch besser war als gar keine Überlegenheit. Außerdem hatte ich nicht vor, weiter dort wohnen zu bleiben wie George und Floris.

Floris war einmal für kurze Zeit verheiratet gewesen, aber sie schien kein Gefühl von Wichtigkeit daraus zu beziehen. Sie arbeitete im Schuhladen und ging zur Chorprobe und hatte eine Leidenschaft für Puzzlespiele, von der Sorte, die einen ganzen Kartentisch füllt. Obwohl ich ihr keine Ruhe ließ, wollte sie mir keinen zufrieden stellenden Bericht über ihre Liebschaft oder ihre Ehe geben, ebenso wenig wie über den Tod ihres jungen Ehemanns, der an Blutvergiftung gestorben war – eine Geschichte, die ich gerne als Gegengewicht zu MaryBeths wahrer, tragischer Geschichte vom Tod ihrer Mutter eingesetzt hätte. Floris hatte große graublaue Augen, die so weit auseinander standen, dass es fast schien, als blickten sie in verschiedene Richtungen.

George war in der Schule nicht über die vierte Klasse hinausgekommen. Er arbeitete in der Klavierfabrik, wo er ohne erkennbare Verbitterung oder Verlegenheit auf den Namen Dummerjan hörte. Er war so schüchtern und still, dass Floris mit ihrer müden Muffligkeit neben ihm noch temperamentvoll wirkte. Er schnitt Bilder aus Zeitschriften und hängte sie ringsum in seinem Zimmer auf – keine Bilder von halb nackten hübschen Mädchen, sondern einfach von Dingen, die er gerne anschaute: ein Flugzeug, ein Schokoladenkuchen, Elsie, die Kuh aus der Werbung für Borden-Kakao. Er konnte Halma spielen und forderte mich manchmal zu einer Partie auf. Meistens sagte ich, ich hätte zu viel zu tun.

Als ich MaryBeth zum Abendessen mit nach Hause brachte, rügte Tante Ena das Geklimper ihrer Sammelreifen am Tisch und wunderte sich, dass man einem Mädchen in diesem Alter erlaubte, sich die Augenbrauen zu zupfen. Sie sagte auch – in Georges Hörweite –, dass meine Freundin nicht mit allzu viel Verstand gesegnet sei. Ich war nicht überrascht. Weder MaryBeth noch ich erwarteten etwas anderes als einen äußerst künstlichen, mühsamen, förmlichen Kontakt mit der Erwachsenenwelt.

Das Haus der Crydermans wurde immer noch das Steuersche Haus genannt. Bis vor nicht allzu langer Zeit war Mrs Cryderman Evangeline Steuer. Dr. Steuer, ihr Vater, hatte das Haus gebaut. Es lag von der Straße zurückgesetzt auf einer glatten, erhöhten Terrasse und hatte keine Ähnlichkeit mit irgendeinem anderen Haus in der Stadt. Genau genommen hatte es auch keine Ähnlichkeit mit irgendeinem anderen Haus, das ich je gesehen hatte; es erinnerte mich an eine Bank oder irgendein wichtiges öffentliches Gebäude. Es war einstöckig mit einem flachen Dach und hatte niedrige Terrassentüren, klassische Säulen und eine Balustrade um das Dach mit einer Urne an jeder Ecke. Auch die Stufen vor dem Eingang waren von Urnen flankiert. Die Urnen, die Balustrade und die Säulen waren alle einmal in einem sahnigen Weiß gestrichen worden, und das Haus selbst war hellrosa stuckatiert. Mittlerweile aber begannen Anstrich wie Stuckverputz abzublättern und schmuddelig auszusehen.

Ich fing im Februar dort an. Die Urnen waren hoch mit Schnee gefüllt wie Eisbecher, und die verschiedenen Büsche im Vorgarten sahen aus, als hätte man Eisbärfelle über sie gebreitet. Zur Eingangstür führte nur ein schmaler, gewundener Pfad statt des breiten, sauberen Gehwegs, den andere Leute freischaufelten.

»Mr Cryderman schaufelt den Schnee nie weg, weil er nicht glaubt, dass er liegen bleibt«, sagte Mrs Cryderman. »Er glaubt, er würde eines Morgens aufwachen und die ganze Herrlichkeit wäre verschwunden. Wie Nebel. Auf so etwas war er nicht vorbereitet!«

Mrs Cryderman sprach sehr eindringlich, als wäre alles, was sie sagte, von einschneidender Wichtigkeit, und zugleich stellte sie alles so dar, dass es wie ein Witz klang. Diese Art zu reden war mir vollkommen neu.

Sobald man einmal in diesem Haus drin war, hatte man

keinen Blick mehr nach draußen, außer durch das Küchenfenster über dem Spülbecken. Das Wohnzimmer war der Raum, in dem Mrs Cryderman ihre Tage auf dem Sofa liegend zubrachte, auf allen Seiten umgeben von Aschenbechern, Tassen, Gläsern, Zeitschriften und Kissen. Sie trug einen chinesischen Morgenrock oder einen langen dunkelgrünen Hausmantel aus Wollvelours oder auch eine Jacke aus gestepptem schwarzem Satin – binnen kurzem mit Asche besprenkelt – und Umstandshosen. Die Jacke klaffte immer wieder auf und ließ mich einen Blick auf ihren Bauch erhaschen, der schon sonderbar angeschwollen war. Sie hatte die Lampen an und die weinroten Vorhänge vor der Fensterfront zugezogen, und manchmal ließ sie einen kleinen Weihrauchkegel in einer Messingschale abbrennen. Ich liebte diese kleinen Kegel von staubigem Rosa, die fein säuberlich wie Patronen in ihrer hübschen Schachtel lagen und auf magische Weise ihre Form behielten, während sie zu Asche wurden. Der Raum war voller Wunderdinge – chinesische Möbel aus geschnitztem schwarzem Holz, Vasen mit Pfauenfedern und Pampasgras, Fächer, die aufgeklappt an den verblassten roten Wänden hingen, Berge von Samtkissen, Satinkissen mit goldenen Quasten.

Das Erste, was ich zu tun hatte, war Ordnung zu machen. Ich las die auf dem Boden verstreuten Lokalzeitungen auf, legte die Kissen wieder auf Sessel und Sofas zurück, sammelte die Tassen mit kaltem Tee oder Kaffee ein, die Teller mit den eingetrockneten Essensresten, die Gläser, die manchmal aufgeweichte Obstschnitze enthielten, einen Bodensatz Wein – süße, verdünnte, aber immer noch leicht alkoholische Mischungen. In der Küche trank ich dann alle Reste aus und lutschte an dem Obst, um den fremdartigen Geschmack von Alkohol zu kosten.

Mrs Crydermans Baby sollte Ende Juni oder Anfang Juli

zur Welt kommen. Dass der Termin ungewiss war, lag an der Unregelmäßigkeit ihres Menstruationszyklus. (Das war das erste Mal, dass ich jemanden von »Menstruation« reden hörte. Wir sagten »die Tage« oder »die Allerschönsten« oder gebrauchten umständlichere Umschreibungen.) Sie selbst war sicher, dass sie am Abend von Mr Crydermans Geburtstag schwanger geworden war, als sie jede Menge Champagner getrunken hatte. Am neunundzwanzigsten September. Es war Mr Crydermans dreiunddreißigster Geburtstag gewesen. Mrs Cryderman war vierzig. Sie sagte, sie gebe besser gleich zu, dass sie alt genug sei, um seine Mutter zu sein. Und sie bezahle den Preis. Vierzig sei zu alt, um ein Kind zu bekommen. Es sei zu alt für das erste Kind. Es sei ein Fehler.

Sie wies auf die Schäden hin. Zum einen die hellbraunen unregelmäßigen Flecken auf Hals und Gesicht, die sie am ganzen Körper hatte, wie sie sagte. Ich musste dabei an das Fruchtfleisch von Birnen denken, die zu faulen beginnen – diese schwache Verfärbung, die entmutigenden, kaum sichtbaren tiefen Druckstellen. Als Nächstes zeigte sie mir ihre Krampfadern, derentwegen sie auf dem Sofa liegen musste. Preiselbeerrote Spinnen, grünliche Erhebungen überall auf ihren Beinen. Wenn sie aufstand, färbten sie sich schwarz. Ehe sie die Füße auf den Boden setzte, musste sie ihre Beine mit langen, engen, gummiartigen Bandagen umwickeln.

»Hör auf meinen Rat und schaff dir deine Kinder an, solange du jung bist«, sagte sie. »Geh und werd gleich schwanger, wenn möglich. Ich dachte, ich sei über diese Dinge hinweg. Ha-ha!« Sie bewies aber doch einen Anflug von Vernunft, denn sie sagte: »Erzähl bloß deiner Tante nichts davon, wie ich mit dir rede!«

Als Mrs Cryderman noch Evangeline Steuer war, wohnte sie nicht in diesem Haus, sondern kam nur hin und wieder zu Besuch, oft mit Freunden. Ihre Auftritte in der Stadt waren kurz und denkwürdig. Ich hatte sie gesehen, wie sie mit offenem Verdeck vorbeifuhr, einen orangefarbenen Schal über ihrer dunklen Pagenfrisur. Ich hatte sie im Drugstore in Shorts und Bikinioberteil gesehen, ihre Beine und Taille so glatt und gebräunt wie mit brauner Seide umhüllt. Damals lachte sie und bekannte laut, dass sie einen Kater habe. Ich hatte sie in der Kirche gesehen, wo sie einen gazeartigen schwarzen Hut mit pinkfarbenen Seidenrosen trug, einen Partyhut. Sie gehörte nicht hierher; sie gehörte in die Welt, die wir in Zeitschriften und Filmen sahen – eine Welt der auf Hochglanz polierten Belanglosigkeit, der Witze reißenden Komödianten mit harten Gesichtern, der Musik in öffentlichen Tanzsälen, der rosa leuchtenden Neoncocktailgläser, die schief über Bartüren hingen. Sie war unser Bindeglied zu dieser Welt, unser Beweis, dass diese Welt existierte und wir mit ihr, dass ihr tändelndes Laster und ihr grausamer Luxus nicht ganz ohne Zusammenhang mit uns waren. Solange sie in dieser Welt blieb und nur ihre Wirbelwindbesuche zu Hause machte, verzieh man ihr, bewunderte sie vielleicht auch von ferne. Selbst meine Tante Ena, die sich um die Glasscherben im Kamin, die in den Teppich getretenen Brathähnchenreste, die Schuhwichse am Badewannenrand kümmern musste, konnte Evangeline Steuer eine Art unheiliges Privileg einräumen – wenn es auch nur das Privileg sein mochte, als Beispiel zu dienen, dass Geld den Menschen schamlos machte, Muße ihn nutzlos werden ließ, Maßlosigkeit ihn für irgendeine spektakuläre Katastrophe prädestinierte.

Aber was hatte Evangeline Steuer getan? Sie war eine »Mrs« geworden wie jede andere Frau. Sie hatte die Lokalzeitung gekauft und ihrem Mann die Leitung übertragen. Sie erwartete ein Kind. Sie hatte ihre Funktion eingebüßt, die Verhältnisse durcheinander gebracht. Es mochte angehen, eine rauchende, trinkende, gotteslästerliche und glamouröse Junggesellin zu sein, aber eine ganz andere Sache war es, eine rauchende, trinkende, gotteslästerliche und nicht mehr glamouröse künftige Mutter zu sein.

»Nimm mich einfach nicht zur Kenntnis, Jessie. Ich hab früher nie so rumliegen müssen. Früher war ich immer in Aktion. Und dieses Ungeheuer von einem Arzt tut nichts weiter als mir mitzuteilen, dass es mir noch schlechter gehen wird, bevor's mir besser geht. ›Was reingeht, muss auch rauskommen. Fünf Minuten Vergnügen, neun Monate Elend.‹ Ich hab zu ihm gesagt: ›Wieso *fünf* Minuten?‹«

Aber ich nahm alles zur Kenntnis. Ich hatte noch nie so viel zu hören oder zu sehen bekommen. Und ich erzählte alles MaryBeth. Ich beschrieb das Wohnzimmer, Mrs Crydermans Hauskleider, die Flaschen im Büfett mit ihrem goldenen, grünen und rubinroten Inhalt, die Büchsen mit unbekannten Speisen in den Küchenschränken – geräucherte Austern, Anchovis, pürierte Kastanien, Artischocken sowie die großen Schinken und Früchtekuchen in Dosen. Ich berichtete von den Krampfadern, den Bandagen und den Flecken – stellte sie sogar noch schlimmer dar, als sie waren – und von Mrs Crydermans Ferngesprächen mit ihren Freunden. Ihre Freunde hießen Bunt, Pookie, Pug und Spitty, es ließ sich also nicht feststellen, ob es Männer oder Frauen waren. Sie selbst hieß bei ihnen Jelly. Wenn sie mit ihnen zu Ende telefoniert hatte, erzählte sie mir von Geldsummen, die sie verloren, oder von Unfällen, die sie gehabt, oder von Streichen, die sie anderen gespielt hatten, oder auch von sehr komplizierten und ungewöhnlichen Liebesgeschichten, in die sie verwickelt waren.

Tante Ena merkte, dass ich nicht viel Bügelwäsche erledigte. Ich sagte, das sei nicht meine Schuld – Mrs Cryderman halte mich mit ihren Reden im Wohnzimmer fest. Tante Ena meinte, nichts hindere mich daran, das Bügelbrett im Wohnzimmer aufzustellen, wenn Mrs Cryderman sich unbedingt unterhalten wolle.

»Lass sie reden«, sagte Tante Ena. »Du bügelst. Dafür wirst du bezahlt.«

»Ich hab nichts dagegen, dass du hier im Wohnzimmer bügelst, aber du musst auf der Stelle verschwinden, wenn Mr Cryderman heimkommt«, sagte Mrs Cryderman. »Er hasst so was – jede Art von Haushaltskram, der in seiner Gegenwart stattfindet.«

Sie erzählte mir, dass Mr Cryderman in Brisbane, Australien, geboren und aufgewachsen war, in einem großen Haus mit Bananenbäumen ringsum, und dass seine Mutter farbige Dienstmädchen hatte. Ich fand, das hörte sich alles ein bisschen wirr an, als hätte man *Vom Winde verweht* nach Australien versetzt, aber ich dachte, es könnte auch stimmen. Sie erzählte, dass Mr Cryderman Australien verlassen hatte und in Singapur Journalist geworden war, und danach war er bei der Britischen Armee in Burma, als diese von den Japanern besiegt wurde. Mr Cryderman war von Burma zu Fuß nach Indien gegangen.

»Mit einer Hand voll britischer Soldaten und ein paar amerikanischen und einheimischen Mädchen – Krankenschwestern. Aber keine Schwulitäten. Die Mädchen taten nichts anderes als Kirchenlieder singen. Sie waren alle zum christlichen Glauben bekehrt. ›Vorwärts, ihr Christenkrieger!‹ Jedenfalls waren sie absolut nicht in der Verfassung, weiterzugehen. Krank und verwundet sind sie tagein, tagaus durch die schreckliche Hitze marschiert. Von wilden Elefanten angefallen worden. Er will ein Buch darüber schreiben. Mr Cryderman, meine ich. Sie mussten eigenhändig Flöße bauen und stromabwärts fahren. Sie bekamen Malaria. Sie überquerten den Himalaja. Sie waren Helden, und kein Mensch hat auch nur von ihnen gehört.«

Ich fand, das klang auch irgendwie verdächtig. Schreckliche Hitze im Himalaja, der doch bekanntermaßen von ewigem Schnee bedeckt ist.

»Ich hab zu Bunt gesagt: ›Eric hat mit den Engländern in Burma gekämpft‹, und da hat Bunt gesagt: ›Die Engländer haben gar nicht gekämpft in Burma – die Japs haben sich an den Engländern in Burma den Hintern abgewischt.‹ Die Leute haben von nichts eine gottverdammte Ahnung. Bunt könnte nicht bis ans Ende der Yonge Street laufen.«

Viele Jahre später, vielleicht ein Vierteljahrhundert später, las ich von dem Marsch von Burma nach Indien, geführt von General Sitwell, durch den Pass oberhalb von Tamu und den Chindwin-Fluss hinunter. Mit von der Partie waren einige Angehörige britischer Kommandotruppen, verdreckt und halb verhungert. Einer von ihnen könnte Eric Cryderman gewesen sein.

Die Begegnung von Mr und Mrs Cryderman fand statt, als er eines Tages auftauchte, um ihr Apartment in Toronto in Untermiete zu übernehmen. Er hatte vor, in Kanada als Journalist zu arbeiten. Sie hatte vor, mit Freunden nach Mexiko zu fahren. Dazu sollte es nie kommen. Sowie sie Mr Cryderman sah, war es geschehen. Alle ihre Freunde rieten ihr, ihn nicht zu heiraten. Sieben Jahre jünger als sie, geschieden – mit Frau und Kind irgendwo in Australien –, und außerdem hatte er kein Geld. Jeder sagte, er sei ein Abenteurer. Aber sie ließ sich nicht beirren. Binnen sechs Wochen heiratete sie ihn und lud keinen von ihnen zur Hochzeit ein.

Ich hielt es für angebracht, etwas zur Unterhaltung beizusteuern, darum fragte ich: »Warum waren sie gegen ihn, bloß weil er das Abenteuer liebte?«

»Ha-ha!«, erwiderte Mrs Cryderman. »Das war gar nicht, was sie meinten. Sie meinten, er sei hinter meinem Geld her. Obwohl ich ihn nicht mal dazu überreden kann, davon zu leben, solange er ein Buch über seine Erlebnisse schreibt. Er muss unabhängig sein. Er muss darüber schreiben, was die blöden Brautjungfern anhatten, und über die Teeeinladung der Brautleute und über das ganze Blabla im Stadtrat, und es treibt ihn zum Wahnsinn. Er ist der talentierteste Mann, dem ich je begegnet bin, und eines Tages wirst du damit angeben, dass du ihn gekannt hast!«

Sobald wir Mr Cryderman an der Tür hörten, beförderte ich, wie befohlen, den Korb mit Bügelwäsche blitzschnell in die Küche. Mrs Cryderman rief jedes Mal mit völlig veränderter, albern-süßer, spöttischer, besorgter Stimme: »Ist das mein Goldjunge, der nach Hause kommt? Ist das der kleine Lord Fauntleroy? Ist das mein toller Hecht?«

Während er seine Stiefel in der Vorhalle auszog, rief Mr Cryderman zurück, es sei Dick Tracy oder der Seemann Barnacle Bill. Dann kam er ins Wohnzimmer und ging direkt zum Sofa, auf dem sie mit ausgebreiteten Armen dalag. Sie gaben sich schmatzende Küsse, während ich mit dem Bügelbrett einen unbeholfenen Rückzug antrat.

»Er hat sie wegen ihres Geldes geheiratet«, sagte ich zu MaryBeth.

MaryBeth wollte wissen, wie er aussah.

»Wie eine Sumpfleiche«, sagte ich. Aber das war Tante Enas Beschreibung, nachdem sie Mr Cryderman zum ersten Mal gesehen hatte. Ich wiederholte sie, weil ich fand, dass sie gut klang. Aber eigentlich fand ich sie nicht passend. Mr Cryderman war zwar tatsächlich dünn, groß und dünn, und hatte eine bleiche Haut. Aber er sah nicht vermodert oder widerwärtig aus. Er hatte vielmehr eine Art von zierlichem, drahtigem, markantem gutem Aussehen, ein Aussehen, das damals sehr populär war. Ein Bleistiftstrich von einem Schnurrbart, zusammengekniffene kühle Augen, ein sarkastisches halbes Lächeln.

»Wie eine Schlange im Gras«, verbesserte ich mich. »Aber sie ist bis zum Wahnsinn in ihn verliebt.« Ich spielte ihr tägliches Wiedersehen nach, indem ich mit den Lippen schmatzte und wild mit den Armen durch die Luft fuhr.

Mrs Cryderman erzählte Mr Cryderman, dass ich wie eine Besessene lese und ein Genie in Geschichte sei. Das kam daher, dass ich ihr einmal bei irgendeiner Unklarheit im Zusammenhang mit einem historischen Roman, den sie zu lesen versuchte, auf die Sprünge geholfen hatte. Ich hatte ihr erklärt, in welchem Verhältnis Peter der Große zu Katharina der Großen stand.

»Tatsächlich?«, sagte Mr Cryderman. Durch seinen Akzent wirkte sein Ton sanfter und zugleich gemeiner als der eines Kanadiers. »Wer ist denn dein Lieblingsautor?«

»Dostojewski«, sagte ich oder meinte zumindest, dass ich das sagte.

»Dostoj-weski«, sagte Mr Cryderman sinnend. »Und welches Buch von ihm ist dir das liebste?«

Ich war zu durcheinander, um zu bemerken, dass er mich nachgeahmt hatte.

»*Die Brüder Karamasow*«, sagte ich. Das war das einzige Buch von Dostojewski, das ich gelesen hatte. Ich hatte es die Nacht durch gelesen, in der Kälte des hinteren Schlafzimmers, und in meiner Hast und Gier dabei lange Passagen vom Großinquisitor und andere Stellen, an denen ich nicht weitergekommen war, ausgelassen.

»Welcher Bruder ist dir der liebste?«, fragte Mr Cryderman mit einem Lächeln, als hätte er mich jetzt in die Enge getrieben.

»Mitja«, antwortete ich. Ich war inzwischen nicht mehr

so nervös und hätte gerne weitergeredet, erklärt warum – dass Aljoscha zu engelhaft sei und Iwan zu intellektuell und so weiter. Auf dem Heimweg stellte ich mir vor, dass ich es getan hätte und dass Mr Crydermans Gesicht, während ich redete, einen Ausdruck von Hochachtung und leisem Verdruss angenommen hätte. Dann wurde mir plötzlich mein Aussprachefehler bewusst.

Ich hatte keine Gelegenheit weiterzureden, weil Mrs Cryderman vom Sofa aus rief: »Liebste hin, liebste her! Wer ist jedermanns liebste große, alte, aufgedunsene, schwangere Lady? Das möchte ich gerne wissen!«

So sehr ich vor MaryBeth auch über die Crydermans spottete, ich wollte etwas von ihnen. Aufmerksamkeit. Anerkennung. Es gefiel mir, dass Mrs Cryderman sagte, ich sei ein Genie in Geschichte, auch wenn ich wusste, dass es albern war, so etwas zu sagen. Ich hätte mehr Wert auf das gelegt, was er sagte. Ich fand, dass er auf diese Stadt und alle ihre Bewohner heruntersah. Es war ihm egal, was sie von ihm dachten, weil er seinen Gehweg nicht freischaufelte. Ich wollte ein winzig kleines Loch in seine Verachtung schnippeln.

Aber immerhin, er musste sich den Namen Goldjunge gefallen lassen und sich diesen Küssen unterwerfen.

Auch MaryBeth hatte Neuigkeiten zu berichten. Beatrice hatte einen Freund und hoffte, sich zu verloben. MaryBeth sagte, sie gingen ran wie die Wilden.

Beatrices Freund war Lehrling in einem Friseursalon. Er besuchte sie nachmittags, wenn sie von ihrer Schicht im Krankenhaus nach Hause kam und im Friseursalon vorübergehend Flaute war. Die anderen Mädchen, die im Haus wohnten, waren dann auf Arbeit, und MaryBeth und ich wären auch nicht zugegen gewesen, wenn wir so viel Takt besessen hätten, auf dem Schulgelände herumzulungern oder eine Cola trinken zu gehen oder uns mit einem Schaufensterbummel die Zeit zu vertreiben. Aber MaryBeth bestand darauf, schnurstracks zu sich nach Hause zu gehen.

Wir trafen Beatrice gewöhnlich beim Bettenmachen an. Sie nahm das ganze Bettzeug herunter und schlug das Laken mit professioneller Resolutheit ein. Dann breitete sie eine saugfähige Baumwollunterlage an strategischer Stelle über das Laken. Das erinnerte mich an Zeiten, als ich wegen gelegentlichen Bettnässens schmachvoll auf Gummi schlief.

Jetzt legte sie das Bettzeug wieder darüber, strich es glatt und zupfte es zurecht, um das Geheimnis zu verbergen. Sie schüttelte die Kissen auf, schlug eine Ecke des oberen Leintuchs über die Steppdecke zurück. Ein flaues Gefühl kindlicher Lust überkam mich dabei, die Erinnerung an Bettzeugheimlichkeiten. Raue Decken, tröstliche Flanellbetttücher, Geheimnisse.

Den Flur hinunter ins Badezimmer führte Beatrices nächster Gang, denn sie musste noch an sich den entsprechenden Körperteil herrichten, wie sie das Bett hergerichtet hatte. Auf ihrem Gesicht lag ein ernster, pflichtbewusster Ausdruck, ein Ausdruck hausfraulicher Sorge. Sie hatte immer noch kein Wort mit uns gesprochen.

»Es würde mich nicht wundern, wenn sie es direkt vor unserer Nase tun würde«, sagte MaryBeth laut, als wir auf dem Weg nach unten an der Badezimmertür vorbeikamen. Das Wasser rauschte. Was genau machte Beatrice? Ich stellte mir etwas mit Schwämmen vor.

Wir saßen auf den Verandastufen. Die Schaukel war für den Winter abmontiert worden und noch nicht wieder aufgehängt.

»Sie hat kein Schamgefühl«, sagte MaryBeth. »Und ich muss im selben Bett schlafen. Sie glaubt, wenn sie die Einlage über das Betttuch legt, ist alles geritzt. Die Einlage hat sie aus dem Krankenhaus gestohlen. Man konnte ihr nie trauen, nicht einmal, als sie klein war. Einmal haben wir uns gestritten, und sie hat gesagt: ›Lass uns wieder gut sein, gib mir die Hand‹, und als ich ihr die Hand schütteln wollte, hatte sie eine kleine Kröte drin, und die Kröte hatte ihr auf die Hand gemacht.«

Der Schnee war noch nicht ganz weggeschmolzen; ein frischer Wind trug den Geruch von Sümpfen, Bächen und Schmelzwasser in die Stadt. Aber der Friseurlehrling hatte sich nicht die Zeit genommen, einen Mantel anzuziehen. In seinem weißen Kittel kam er mit gesenktem Kopf die Gasse entlanggehastet, zielstrebig. Er war nicht darauf gefasst, uns zu sehen.

»Hallo, ihr zwei!«, sagte er mit gespielter Sicherheit, nervöser Scherzhaftigkeit.

MaryBeth wollte ihm nicht antworten, und ich konnte es auch nicht, aus Loyalität. Wir standen nicht auf, sondern rückten nur auseinander, gerade so weit, dass er zwischen uns die Stufen hochgehen konnte. Ich lauschte, allerdings vergeblich, auf das Auf- und Zugehen der Schlafzimmertür.

»Sie könnten genauso gut zwei Hunde sein«, sagte MaryBeth. »Zwei Hunde, die's miteinander treiben.«

Ich dachte darüber nach, was in dieser Minute vor sich ging. Die Begrüßung, der Blickwechsel, das Ablegen von Kleidungsstücken. In welcher Reihenfolge? Von welchen Worten und Liebkosungen begleitet? Waren sie rasend vor Leidenschaft oder methodisch? Wälzten sie sich halb ausgezogen auf dem Bett oder gingen sie vor wie beim Arzt? Ich dachte, Letzteres sähe ihnen ähnlicher.

Zieh das aus. Ja. Jetzt leg dich hin. Mach die Beine breit. Ruhige Befehle, stummer Gehorsam. Beatrice mit glasigem Blick, unterwürfig. Der Friseurlehrling, dieses dürre

Bürschchen mit fleckigem Hals, zum Gebieter geworden, bereit, seine widernatürliche Macht auszuüben. Jetzt. Ja. Jetzt.

»Einmal hat mich ein Junge aufgefordert, es zu tun«, sagte MaryBeth. »Ich hab ihn fast von der Schule fliegen lassen.« Sie erzählte mir, wie ihr ein Junge in der 7. Klasse einen Zettel zugeschoben hatte, auf dem stand: »Hast du Lust zu f.?«, und sie hatte den Zettel der Lehrerin gezeigt.

»Es gibt jemanden, der will, dass ich es tue«, sagte ich. Ich war ganz überrascht über mich selbst. Ich hielt die Augen gesenkt und sah MaryBeth nicht an. Wer?, fragte sie, und was hat er genau gesagt und wo hat er es gesagt? Wann? War es jemand aus unserer Klasse? Warum hatte ich ihr nichts davon erzählt?

Sie ließ sich auf die Stufe unter mir plumpsen, um mir ins Gesicht sehen zu können. Sie legte ihre Hände auf meine Knie. »Wir haben versprochen, dass wir einander alles erzählen«, sagte sie.

Ich schüttelte den Kopf.

»Es tut mir sehr weh, dass du mir nichts erzählt hast.«

Ich rieb die Lippen aneinander, als ob ich das Geheimnis besser verschließen wollte. »Er ist in mich verliebt, wenn du es wissen willst«, sagte ich.

»Jessie! Sag's mir!«

Sie versprach mir die Benutzung ihres Drehbleistifts bis zum Ende des Schuljahrs. Ich ging nicht darauf ein. Sie sagte, ich dürfe außerdem noch ihren Füller benutzen. Ihren Drehbleistift und den Füller, die ganze Garnitur.

Ich hatte vorgehabt, sie noch eine Weile zu reizen und ihr dann zu erklären, dass alles nur ein Scherz gewesen sei. Ich hatte am Anfang nicht einmal einen bestimmten Namen im Kopf. Jetzt schon, aber es war absolut haarsträubend. Ich konnte nicht glauben, dass ich ihn je sagen würde.

»Jessie, ich würde dir einen Sammelring schenken. Nicht leihen. *Schenken* hab ich gesagt. Ich schenk dir den Ring, den du möchtest, egal welchen, und du darfst ihn behalten.«

»Wenn ich seinen Namen verraten würde, tät ich's nicht für einen Sammelring«, erwiderte ich.

»Ich schwöre bei Gott und allen Heiligen, dass ich's nicht weitersage. Hand aufs Herz.«

»Schwör's nur einfach bei Gott.«

»Das tu ich. Ich schwör's bei Gott, Jessie. Jetzt hab ich es bei Gott geschworen.«

»Mr Cryderman«, sagte ich leise. Ich fühlte mich herrlich erleichtert, nicht belastet, durch meine Lüge. »Er ist es.«

MaryBeth nahm die Hände von meinen Knien und richtete sich kerzengerade auf. »Er ist alt. Du hast gesagt, er ist hässlich! Er ist verheiratet!«

»Hässlich habe ich nie gesagt«, erwiderte ich. »Er ist erst dreiunddreißig.«

»Du magst ihn nicht einmal!«

»So geht es manchmal los, wenn man sich verliebt.«

Ich habe einmal eine alte Frau gekannt, die mir, als sie auf ihr Leben zu sprechen kam, erzählte, sie habe drei Jahre lang eine Affäre mit Robert Browning gehabt. Sie war keineswegs senil; sie war eine sehr fähige und aufrichtige alte Frau. Sie sagte nicht, sie habe Brownings Dichtung geliebt oder ihre Tage damit zugebracht, Bücher über ihn zu lesen. Sie sagte nicht, sie habe Tagträume gehabt. »Ach ja«, sagte sie, »und dann war da diese dreijährige Affäre, die ich mit Robert Browning hatte.« Ich wartete darauf, dass sie lachen oder irgendein Wort der Erklärung hinzufügen würde, aber das tat sie nicht. Ich muss also annehmen, dass die Affäre, die sie in ihrer Fantasie hatte, so ernsthaft und intensiv war, dass sie sich verbat, sie als imaginär zu bezeichnen.

Die Affäre, die ich in jenem Frühjahr mit Mr Cryderman hatte – in meinem Kopf und vor MaryBeth –, war in meinem Leben vielleicht nicht von so großer Bedeutung, aber sie hielt mich in Atem. Es gab kein Gefühl von Ziellosigkeit und Langeweile mehr, wenn MaryBeth und ich zusammen waren. Ich musste die Einzelheiten immer wieder arrangieren und umarrangieren und sie dann durch die spärlichen Informationen, die ich preiszugeben bereit war, ins große Ganze einfügen. Ich setzte der Affäre ein Ende, sagte ihr aber nichts davon, und war hinterher froh darüber, weil ich dann beschloss, das Ende rückgängig zu machen. Ich konnte mir den Ablauf nicht im Einzelnen vorstellen, auch nicht, was danach gesprochen würde. Ich hatte überhaupt keine Hemmungen zu lügen. Sobald ich einmal den Sprung in die Unwahrheit getan hatte – indem ich Mr Crydermans Namen nannte –, war es wunderbar behaglich in der Unwahrheit.

Nicht nur durch meine Äußerungen dramatisierte ich die Vorgänge, sondern auch durch mein Aussehen. Ich tat verschiedene Dinge, die den Erwartungen zuwiderliefen. Ich schnallte meine Gürtel nicht eng oder schminkte mich oder stellte mich als jugendliche Verführerin dar. Stattdessen ging ich dazu über, mein Haar in Zöpfen um den Kopf zu tragen, und ich ließ Rouge und Lippenstift weg, puderte mich allerdings stark, um blass zu wirken. In der Schule trug ich eine viel zu weite Kreppbluse von Tante Ena. MaryBeth erzählte ich, Mr Cryderman habe mich gebeten, mich so anzuziehen und mir Zöpfe zu flechten. Er könne den Gedanken nicht ertragen, dass irgendwer sonst mein Haar betrachte oder die Umrisse meiner Brust sehe. Er leide unter dem Ausmaß seiner Liebe. Auch ich leide. Ich ging mit gebeugten Schultern; ich wirkte geläutert. Die Leidenschaften sind keine leichte Angelegenheit, lautete meine Botschaft an MaryBeth. Schuldgefühle und Zweifel und finsteres Begehren müssten als meine täglichen Begleiter angesehen werden.

Auch als die von Mr Cryderman. In meiner Vorstellung wurde er verwegen. Er liebkoste und flüsterte, machte sich dann Vorwürfe, stöhnte, wurde inbrünstig und küsste mich auf die Lider.

Wie war das mit dem echten Mr Cryderman? Ließ mich all das zittern, wenn ich ihn an der Tür hörte, sehnsüchtig auf ihn warten, auf ein Zeichen hoffen? Keine Spur. Als er anfing, seine Rolle in meiner Fantasie zu spielen, verblasste er in der Realität. Ich hoffte nicht mehr auf ein interessantes Gespräch oder auch nur ein Nicken in Richtung meines Daseins. In meiner Vorstellung hatte ich sein Aussehen leicht verbessert – ihm eine gesündere Farbe gegeben, sein übliches, leicht höhnisches Grinsen wie bei einem Abziehbild entfernt und darunter eine düstere Zärtlichkeit zum Vorschein gebracht. Ich vermied es, ihn in Fleisch und Blut anzusehen, um mit dem Umgestalten nicht noch einmal von vorn anfangen zu müssen.

MaryBeth bohrte nach Einzelheiten, hatte an der ganzen Sache aber keinen Spaß. Sie schärfte mir ein, mich nie hinzugeben. »Könntest du ihn nicht bei Mrs Cryderman verpetzen?«, fragte sie.

»Das wäre ihr Tod. Sie stirbt vielleicht sowieso, wenn sie das Kind bekommt.«

»Würdet ihr heiraten, wenn es so wäre?«

»Ich bin minderjährig.«

»Er könnte warten. Wenn er dich so liebt, wie er sagt. Er bräuchte jemanden, der sich um das Baby kümmert. Würde er ihr ganzes Geld erben?«

Die Erwähnung des Babys ließ mich an etwas Reales, etwas Unangenehmes und Peinliches, denken, das kurz zuvor bei den Crydermans vorgefallen war. Mrs Cryderman hatte gerufen, ich solle kommen und sehen, wie das Kind in ihrem Bauch strample. Sie lag auf dem Sofa und hatte ihren Hausmantel hochgezogen, ein Kissen bedeckte die intimsten Stellen. »Da, schau!«, rief sie, und ich sah es, nicht ein leichtes Beben an der Oberfläche, sondern ein unterirdisches Wogen und Verschieben des ganzen fleckenübersäten Hügels. Ihr Nabel stand vor wie ein Korken, der gleich herausspringt. Der Schweiß trat mir auf Stirn und Arme. Ich spürte einen harten Kloß des Ekels in meiner Kehle hochdrängen. Sie lachte, und das Kissen fiel herunter. Ich rannte in die Küche.

»Wovor fürchtest du dich denn, Jessie? Ich glaub nicht, dass auf diese Weise schon mal eins rausgekommen ist!«

Zwei weitere Szenen bei den Crydermans.

Mr Cryderman ist früh nach Hause gekommen. Er und Mrs Cryderman sind zusammen im Wohnzimmer, als ich nach der Schule dort ankomme. Mrs Cryderman hat immer noch den ganzen Tag die Vorhänge zugezogen, dabei ist draußen Frühling, heißes Maiwetter. Sie sagt, sie tue das, damit niemand hereinschauen könne und sähe, in welchem Zustand sie sei.

Ich komme aus dem heißen, hellen Nachmittag ins Haus, und da brennen Räucherkegel in dem stickigen Zimmer mit den zugezogenen Vorhängen, und die beiden blassen Crydermans kichern über ihren Drinks. Er sitzt auf dem Sofa und hat ihre Füße auf dem Schoß.

»Höchste Zeit, mitzufeiern!«, sagt Mr Cryderman. »Es ist unser Abschiedsfest! Unser Lebe-Wohl-Fest, Jessie. Leb wohl, adieu und fort mit Schaden!«

»Reiß dich zusammen!«, sagt Mrs Cryderman, während sie mit den bloßen Fersen gegen seine Beine trommelt. »Wir sind noch nicht weg. Wir müssen warten, bis dieses monströse Kind geboren ist.«

Betrunken, denke ich. Ich hatte sie oft trinken gesehen, aber bis zum heutigen Tag nie irgendwelche interessanten Veränderungen in ihrem Benehmen feststellen können.

»Eric will sein Buch schreiben«, sagt Mrs Cryderman.

»Eric will sein Buch schreiben«, echot Mr Cryderman mit alberner Fistelstimme.

»So ist es!«, sagt Mrs Cryderman und trommelt weiter mit den Fersen. »Und wir machen, dass wir hier wegkommen, sowie das Monster geboren ist.«

»Ist es wirklich ein Monster?«, fragt Mr Cryderman. »Hat es zwei Köpfe? Können wir es bei einer Monstrositätenschau auftreten lassen und viel Geld damit verdienen?«

»Wir brauchen kein Geld.«

»Ich schon.«

»Ich wünschte, du würdest damit aufhören. Ich weiß nicht, ob es zwei Köpfe hat, aber es fühlt sich an, als hätte es fünfzig Beine. Es hat Jessie neulich einen Schrecken eingejagt.«

Sie erzählt ihm, wie ich wegrannte.

»Du musst dich an diese Dinge gewöhnen, Jessie«, sagt Mr Cryderman. »In manchen Teilen der Welt haben die Mädchen schon in deinem Alter ein Kind oder auch zwei. Man kann die Natur nicht überlisten. Kleine braune Mädchen, praktisch selber noch Babys, haben schon Kinder.«

»Oh, zweifellos«, sagt Mrs Cryderman. »Jessie, sei ein Engel. Du weißt doch, was Gin ist, oder? Tu mir ein bisschen Gin in das Glas hier und füll es mit Orangensaft auf, damit ich zu meinem Vitamin C komme.«

Ich nehme ihr Glas. Mr Cryderman versucht aufzustehen, aber sie hält ihn fest, bis er sagt: »Zigaretten. Ich glaube, sie sind im Schlafzimmer.«

Als er aus dem Schlafzimmer zurückkommt, betritt er die Küche, nicht das Wohnzimmer. Ich stehe am Spülbecken, fülle den Eiswürfelbehälter auf.

»Hast du welche gefunden?«, ruft Mrs Cryderman.

»Ich schau bloß noch hier nach.«

Er hat ein Päckchen Zigaretten in der Hand, wühlt aber trotzdem geräuschvoll in dem Küchenschrank neben der Spüle. Er presst sich seitlich an mich. Er legt seine Hand auf meine Schulter, drückt sie. Er lässt die Hand über meinen Rücken gleiten, berührt meinen bloßen Nacken. Ich stehe mit dem Eiswürfelbehälter in den Händen da und schaue zum Fenster hinaus auf einen alten Bus, der in der Seitenstraße hinter der Bibelhalle geparkt ist. Auf der Seite des Busses sind die Worte »Gotteshaus von Golgatha« aufgemalt.

Nur mit den Fingerspitzen streicht Mr Cryderman meinen Hals entlang. Zuerst ist ihre Berührung leicht wie Wassertropfen. Dann fester. Immer noch fester, bis sie meine Haut kraulen, als wollten sie Furchen hinterlassen.

»Hab welche gefunden.«

Als ich Mrs Cryderman ihren Drink bringe, sitzt Mr Cryderman im Sessel neben dem Standascher.

»Komm rüber, wo du vorher saßt«, sagt sie mit ihrer albern-süßen Stimme.

»Ich rauche grade.«

Mein Hals brennt, als hätte man ihm einen Schlag versetzt.

Die zweite Szene spielte sich ein paar Tage später ab, an meinem nächsten regulären Arbeitstag.

Mr Cryderman arbeitet im Garten. Er ist in Hemdsärmeln, hat aber immer noch die Krawatte um, während er mit einer Hacke auf die Weinranken einschlägt, die eine kleine verfallene Laube in einer Ecke des Gartens überwuchern. Er ruft mir warnend etwas zu und wartet, bis ich durch das hohe Gras zu ihm vorgedrungen bin. Er sagt, Mrs Cryderman gehe es nicht gut. Der Arzt habe ihr etwas zum Schlafen gegeben, damit sie sich absolut ruhig halte und das Kind nicht zu früh komme. Er sagt, ich solle heute besser nicht ins Haus gehen.

Ich stehe ein paar Meter von ihm entfernt. Jetzt sagt er: »Komm her. Hierher. Ich möchte dich etwas fragen.«

Ich nähere mich mit zitternden Knien, aber er deutet lediglich auf eine kräftige, blattreiche, rotstielige Pflanze zu seinen Füßen.

»Was ist das für ein Zeug, weißt du das? Soll ich es ausgraben? Ich kann nicht feststellen, was hier Unkraut ist und was nicht.«

Es ist eine Rhabarberstaude, mir so vertraut wie Gras oder Löwenzahn.

»Ich weiß es nicht«, sage ich, und im Augenblick weiß ich es wirklich nicht.

»Du weißt es nicht? Wozu kann ich dich überhaupt gebrauchen, Jessie? Ist das hier nicht ein sonderbarer Unterschlupf?« Er deutet auf die Laube. »Ich weiß nicht, wozu das gebaut wurde. Für Liliputaner?«

Er packt ein paar Ranken, reißt sie los und sagt: »Hereinspaziert.«

Ich gehorche. Innen ist sie ein herrliches Versteck, schattig und verwildert, mit verwehten, laubdurchsetzten Abfallhaufen auf dem unebenen Erdboden. Allerdings ist das Dach sehr niedrig. Wir müssen uns beide bücken.

»Ist dir heiß?«, fragt Mr Cyderman.

»Nein.« Im Gegenteil, ein Frösteln überläuft mich in Wellen, Wellen der Schwäche, des physischen Schreckens.

»Doch. Du bist ganz verschwitzt unter dieser Mähne.«

Er berührt meinen Hals, sachlich, wie ein Arzt, der die Symptome nachprüft, dann gleitet seine Hand zu meiner Backe und zu meinem Haaransatz.

»Sogar deine Stirn ist verschwitzt.«

Ich nehme den Zigarettengeruch an seinen Fingern wahr und den Geruch nach Druckerschwärze und Maschinen der Zeitungsredaktion. Ich will nichts weiter als der Situation gewachsen sein. Seit dem Augenblick, als Mr Cryderman am Küchenspülbecken meinen Hals berührte, habe ich das Gefühl, die Macht meiner eigenen Lügen, meiner eigenen Fantasie zu erleben. Ich bin zu Hexerei fähig, aber hilflos. Es bleibt mir nichts anderes übrig, als mich dreinzuschicken, mich in die Folgen dreinzuschicken. Ich frage mich, ob der leidenschaftliche Überfall hier stattfinden wird, ohne weitere Vorbereitung – hier im Schutz des Gartenhäuschens, auf dem Erdboden, zwischen dem vermoderten Laub und den kratzigen Zweigen, unter denen womöglich tote Mäuse oder Vögel verborgen sind. Eines weiß ich sicher, und zwar dass die liebeskranken Erklärungen, die zarten Bitten und schmachtenden Beschwörungen, die Mr Cryderman in meiner Fantasie so oft formulierte, nicht auf dem Programm stehen.

»Meinst du, ich werde dich küssen, Jessie?«, fragt Mr Cryderman. »Ich zweifle nicht, dass du zum Küssen gut zu gebrauchen bist. Nein«, sagt er, als hätte ich ihn ausdrücklich darum gebeten. »Nein, Jessie. Setzen wir uns.«

An den Innenwänden der Laube sind Bretter angebracht, die als Bänke dienen. Einige davon sind durchgebrochen. Ich setze mich auf eines, das noch ganz ist, und er auf ein anderes. Wir beugen uns vor, um den sperrigen Zweigen auszuweichen, die durch die Gitterwände hereingewachsen sind.

Er legt seine Hand auf mein Knie, auf meinen Baumwollrock.

»Was ist mit Mrs Cryderman, Jessie? Meinst du, sie wäre sonderlich glücklich, wenn sie uns jetzt sehen könnte?«

Ich fasse das als rhetorische Frage auf, aber er wiederholt sie, und ich muss verneinen.

»Weil ich mit ihr gemacht habe, was du dir vielleicht wünschst, dass ich mit dir mache, erwartet sie ein Kind, und es wird kein Honiglecken für sie sein.«

Er streichelt mein Bein durch den dünnen Baumwollstoff. »Du bist ein impulsives Mädchen, Jessie. Du solltest mit Männern nicht an Orte wie diesen kommen, nur weil sie dich dazu auffordern. Du solltest es nicht so bereitwillig zulassen, dass sie dich küssen. Ich glaube, du hast heißes Blut. Nicht wahr? Du hast heißes Blut. Du hast noch so manches zu lernen.«

Und so geht es weiter – das Streicheln und das Belehren stürmen gleichzeitig auf mich ein. Er erklärt mir, ich sei Schuld, während seine Finger dieses Flattern unter meiner Haut auslösen und einen zarten, fernen Schmerz wachrufen. Seine sachliche Stimme macht mir Vorwürfe. Seine Hand erregt, und seine Rede beschämt mich, und ein Unterton in seiner Stimme macht sich lustig, macht sich grenzenlos lustig über beide Reaktionen. Ich begreife nicht, dass das ungerecht ist. Zumindest kommt es mir nicht in den Sinn zu protestieren, dass es ungerecht sei. Ich empfinde durchaus Scham und Verlegenheit und Sehnsucht. Aber ich schäme mich nicht für das, wofür ich mich nach seinen Worten schämen sollte. Ich schäme mich, weil ich ertappt und lächerlich gemacht worden bin, mich derart verführen und ausschimpfen lasse. Und ich kann nichts dagegen tun.

»Eines musst du lernen, Jessie. Andere Menschen zu berücksichtigen. Die Realität anderer Menschen zu berücksichtigen. Das klingt einfach, kann aber schwierig sein. Dir wird es schwer fallen.«

Er meint vielleicht seine Frau, die ich nicht berücksichtige. Aber ich verstehe es anders. Ist es nicht so, dass alle Menschen, die ich bisher auf der Welt kenne, kaum mehr als Marionetten für mich sind, die den glänzenden Erfindungen meiner Fantasie dienen? Es ist so. Er hat den Nagel auf den Kopf getroffen, wie Tante Ena gerne sagt. Aber den Nagel auf den Kopf zu treffen in einer Sache wie dieser, wo es um allerpersönlichstes Versagen geht, ist nicht dazu angetan, die Menschen zerknirscht und dankbar und veränderungswillig zu machen. Der Stolz verhärtet sich vielmehr über dem bloßgestellten Fehler. So auch der meine in diesem Augenblick. Der Stolz verhärtet sich, der Stolz macht kurzen Prozess mit all diesen feigen Andeutungen von Zärtlichkeit, tritt die Hoffnung auf Vergnügen aus, die tief sitzende Glut der Verlockung. Was will ich mit jemandem, der so viel über mich weiß? Ja, wenn ich ihn jetzt vom Erdboden verschwinden lassen könnte, dann täte ich es.

Er spürt den Umschwung. Er nimmt seine Hand weg und steht auf. Er sagt, ich solle vor ihm hinausgehen, nach Hause gehen. Vielleicht fügte er auch noch ein paar warnende Worte hinzu, aber ich hörte nicht mehr hin.

Um das Maß voll zu machen, verkündete MaryBeth, sie glaube mir nicht. »Am Anfang schon. Wirklich. Aber dann hab ich angefangen, mir Gedanken zu machen.«

»Wir haben miteinander gebrochen«, sagte ich. »Es ist alles zu Ende.«

»Ich glaube dir nicht«, sagte MaryBeth mit bebender

Stimme und schüttelte betrübt den Kopf. »Ich glaube nicht, dass überhaupt je etwas zwischen euch war. Ich musste es dir sagen. Sei nicht böse. Ich musste es tun.«

Ich gab keine Antwort. Ich ging schnell weiter. Wir waren auf dem Schulweg. Wir hatten uns wie gewöhnlich an der Ecke der Dominion Bank getroffen, und sie hatte drei Straßenblocks abgewartet, ehe sie mit dem herausplatzte, was sie zu sagen hatte. Sie musste fast rennen, um mit mir Schritt zu halten. Kurz bevor wir ein paar andere Mädchen einholten – kurz bevor ich mit demonstrativ zur Schau gestellter Freundlichkeit und guter Laune ihre Namen rief –, warf ich ihr einen erbitterten Blick zu. Ich warf ihr einen Blick zu, wie ihn ein Verräter verdient. Und sie hatte ihn verdient, fand ich. Sie hatte Unrecht – eine ganze Menge war zwischen mir und Mr Cryderman vorgefallen. Sie hatte natürlich auch Recht. Aber ich unterdrückte jeden Gedanken daran mit grimmiger Leichtigkeit. Man kann dieselbe Aufwallung von berechtigtem Ärger empfinden, ob man zu Recht beschuldigt wird oder nicht.

Ohne es mir direkt vorgenommen zu haben, ging ich zu der Taktik über, mit MaryBeth nicht zu reden. Als sie in der Garderobe zu mir kam und sanft sagte: »Gehen wir zusammen nach Hause, Jessie«, gab ich keine Antwort. Als sie neben mir her ging, behandelte ich sie wie Luft. Die Prüfungen hatten begonnen, unsere Stundenpläne waren auseinander gerissen; es war ein Leichtes, ihr aus dem Weg zu gehen.

Ein Brief tauchte auf, zusammengefaltet zwischen die Seiten meines Französischbuchs gesteckt. Ich las ihn nicht bis zu Ende. Sie schrieb, dass ich ihr wehtue, dass sie nicht mehr essen könne, sie weine nachts im Bett, sie bekomme so schreckliche Kopfschmerzen vom Weinen, dass sie die Prüfungsfragen nicht mehr lesen könne und durchfallen werde. Sie entschuldige sich, sie wünsche, sie hätte den Mund gehalten; wie könne sie mir sagen, dass es ihr Leid tue, wenn ich nicht einmal mehr mit ihr reden wolle? Sie wisse bloß eines – sie wäre nie so herzlos, mich so zu behandeln, wie ich sie behandle.

Ich ging zum Schluss des Briefs über und sah zwei ineinander verflochtene Herzen aus kleinen Kreuzchen, in die unsere beiden Namen geschrieben waren. Jesse und Meribeth. Ich las nicht mehr weiter.

Ich wollte sie loswerden. Ich hatte ihre Klagen und Vertraulichkeiten, ihr hübsches Gesicht und ihre sanfte Art satt. Ich war über sie hinaus, ich brauchte nichts mehr von dem, was sie zu bieten hatte. Aber es steckte noch mehr dahinter. Ihre geschwollenen Lider, ihre schmerzerfüllten Blicke befriedigten etwas in mir. Ich fühlte mich besser dadurch, dass ich sie verletzte. Zweifellos. Ich bekam ein wenig von dem zurück, was ich im Gartenhaus der Crydermans eingebüßt hatte.

Ein paar Jahre danach – aus meiner jetzigen Sicht keine lange Zeit, aber aus der von damals schon – ging ich die Hauptstraße jener Stadt hinunter, in der ich die Highschool besucht hatte. Ich war mittlerweile graduierte Studentin. Ich hatte Stipendien gewonnen und sprach Dostojewski nicht mehr falsch aus. Tante Ena war tot. Sie setzte sich hin und starb, nachdem sie einen Boden gewachst hatte. Floris war verheiratet. Offenbar war sie schon jahrelang insgeheim umworben worden, und zwar von dem Drogisten, dem der Laden neben dem Schuhgeschäft gehörte, aber Tante Ena hatte etwas gegen ihn: Er trank (das heißt, er trank ein wenig) und war katholisch. Floris bekam zwei Buben, kurz hintereinander, und tönte ihr Haar kastanienrot und trank abends Bier mit ihrem Mann. George lebte bei ihnen. Auch er trank Bier und half mit den Babys. Floris war nicht mehr schüchtern oder reizbar. Sie wollte jetzt, dass wir Freundinnen würden; sie schenkte mir geblümte Schals und Modeschmuck, die ich nicht tragen konnte, und Lotionen und Lippenstifte aus dem Drugstore, über die ich mich freute. Sie sagte, ich solle sie besuchen, wann immer ich wollte. Das tat ich hin und wieder, und die hektische Häuslichkeit, die Pflichten und Freuden, die sich allesamt um die Kinder drehten, trieben mich schnell wieder aus dem Haus auf Spaziergänge.

Als ich die Hauptstraße entlangging, hörte ich jemanden gegen ein Fenster klopfen. Es war das Fenster der Versicherungsagentur, und die da klopfte, war MaryBeth, die dort arbeitete. In ihrem letzten Jahr an der Highschool hatte sie einen Schreibmaschinen- und Buchhaltungskurs belegt. Sie lebte bei Beatrice und deren Mann, der bald einen eigenen Friseursalon besaß. In jenem letzten Jahr versuchte sie nicht, sich mit mir auszusöhnen. Wir wechselten die Straßenseite oder richteten den Blick in ein Schaufenster, wenn wir einander kommen sahen – wenngleich der Grund eher Unbeholfenheit als echte Feindschaft war. Dann bekam sie die Stelle in der Versicherungsagentur.

Die Crydermans waren schon vorher weg. Sie sperrten das Haus ab und gingen nach Toronto, bevor das Kind zur Welt kam. Es war ein Junge – ganz normal, soweit bekannt war. Tante Ena empörte sich darüber, dass sie das Haus nicht richtig dichtgemacht hatten. Es würde dort Ratten geben, sagte sie. Aber sie verkauften es. Sie verkauften die Zeitung. Sie waren für immer fort.

MaryBeth winkte mich zu sich herein.

»Es ist Ewigkeiten her, seit ich dich das letzte Mal gesehen hab«, sagte sie, als wären wir in bester Freundschaft auseinander gegangen. Sie steckte den elektrischen Kessel ein, um uns einen Nescafé zu machen. Der Versicherungsagent war nicht da.

Sie war dicker als früher, aber immer noch hübsch, sah immer noch aus wie ein aus dem Nest gefallenes Vögelchen. War so schön angezogen wie immer, ein schmeichelhafter, weicher blauer Pullover, Wollvelours über zarten Brüsten. In einer Schreibtischschublade bewahrte sie Schokolade auf und Marmeladenplätzchen in einer Blechbüchse. Sie bot mir Marzipanfrüchte an, die in Folie verpackt waren. Sie fragte mich, ob ich noch auf dem College sei und welche Fächer ich belegt hätte. Ich erzählte ein bisschen von meinem Studium und meinen ehrgeizigen Plänen.

»Das ist prima«, sagte sie ohne Missgunst. »Ich hab immer gewusst, dass du schlau bist.« Dann sagte sie, es habe ihr Leid getan, von Tante Enas Tod zu hören, und das mit Floris finde sie schön. Sie habe gehört, dass die Kleinen von Floris wirklich goldig seien.

Beatrice hatte Mädchen. Sie waren auch goldig, aber ziemlich verzogen.

Wir sagten beide, was für ein Glück es gewesen sei, dass sie mich zufällig entdeckt hatte, und wir versprachen hoch und heilig, uns irgendwann einmal auf einen richtigen Besuch zu treffen – wobei ich wusste, dass sie es ebenso wenig vorhatte wie ich. Sie bewunderte meinen Schal und meine Mütze aus Angora, fragte, ob ich sie in der Stadt gekauft habe.

Ich sagte ja, das einzige Problem sei nur, dass sie schrecklich haarten.

»Leg sie über Nacht in den Kühlschrank«, sagte sie. »Ich weiß nicht, warum, aber es wirkt.«

Als ich die Tür öffnete, blies der Wind von der Straße herein.

»Weißt du noch, wie verrückt wir früher waren?«, fragte MaryBeth in einem Ton wehmütiger Verwundcrung. Sie musste sich nach allen Richtungen wenden, um Papiere festzuhalten.

Ich dachte an Mr Cryderman und meine ganzen Lügen und an meine grenzenlose Verwirrung in dem Gartenhaus.

»Diese Tage kommen nie mehr zurück«, sagte MaryBeth, während sie sich über den Schreibtisch warf, um alles Mögliche festzuhalten.

Ich lachte und sagte, das sei wohl gut so, und machte dann schnell die Tür zu. Von draußen winkte ich noch einmal.

Ich nahm damals so große Veränderungen wahr – zwischen fünfzehn und siebzehn, zwischen siebzehn und neunzehn –, dass ich nicht bemerkte, wie sehr ich von Anfang an ich selbst gewesen war. Ich sah MaryBeth dort eingeschlossen mit ihren Süßigkeiten und ihrer Schreibmaschine, sah sie immer reizender und dicker werden, und die Crydermans, weit weg, festgefahren in ihren immer währenden Versuchen zurechtzukommen, aber mich selbst sah ich Träume und Lügen und Gelübde und Fehler hinter mir lassen, niemandem verantwortlich. Ich merkte nicht, dass ich ein und dieselbe blieb, die umarmte, zurückwies. Ich glaubte, ich könnte mich immer wieder vollkommen umkrempeln und unbeschadet durchs Leben purzeln.

Eskimo

Mary Jo kann den Kommentar hören, den Dr. Streeter dazu abzugeben hätte.

»Die reinsten Vereinten Nationen hier hinten.«

Mary Jo, die mit ihm umzugehen weiß, würde bemerken, dass es ja immer noch die erste Klasse gebe.

Er würde sagen, er gedenke nicht, sich dumm und dämlich zu zahlen für das Privileg, umsonst Champagner zu schlürfen.

»Und außerdem, weißt du, was einem in der ersten Klasse blüht? Schlitzaugen. Japanische Geschäftsleute auf dem Heimflug, nachdem sie ein weiteres Stück von unserem Land aufgekauft haben.«

Darauf würde Mary Jo vielleicht sagen, dass die Japaner ihr kaum mehr wie Fremde vorkämen. Sie würde es versonnen sagen, als denke sie nur laut darüber nach, beinahe als rede sie mit sich selbst.

»Ich meine, sie wirken kaum mehr wie eine fremde Rasse.«

»Also, auf sie wirkst du wie eine Fremde, und das solltest du besser nicht vergessen.«

Nachdem er sich das von der Seele geredet hätte, wäre Dr. Streeter nicht unzufrieden. Er würde sich bequem neben ihr zurechtsetzen, froh, dass sie diese Sitze vorne hatten, wo man die Beine ausstrecken konnte. Ein großer, massiger

Mann, von kräftiger Gesichtsfarbe und weißhaarig, wäre er eine auffallende Erscheinung hier – ein etwas ungelenker Riese, aber mit einem edlen Kopf – zwischen den dunkleren Hautfarben, den kompakteren, zartgliedrigeren Rassen in ihren grellbunten oder malerischen Kleidern. Er würde sich zurechtsetzen, als hätte er ein Anrecht, hier zu sein, als hätte er ein Anrecht, auf dieser Welt zu sein – dem nur andere Männer seines Alters und seiner Rasse, die dachten und gekleidet waren wie er, wirklich ebenbürtig waren.

Aber er streckt seine Beine nicht brummelnd und zufrieden neben ihr aus. Sie ist allein unterwegs nach Tahiti. Sein Weihnachtsgeschenk an sie, dieser Urlaub. Sie hat einen Platz am Gang, und der Fensterplatz ist unbesetzt.

»Er hat den Verstand eines Dinosauriers, das ist alles«, sagte Dr. Streeters Tochter Rhea vor nicht allzu langer Zeit, als sie mit Mary Jo über ein Thema redete, das offenbar ihr bevorzugtes ist – ihr Vater. Sie hatte eine ganze Reihe von bevorzugten Themen, bevorzugten ernsten Themen – Verbreitung von Atomwaffen, saurer Regen, Arbeitslosigkeit, außerdem Rassenfanatismus und die Situation der Frau –, aber der Einstieg zu diesen Themen scheint immer über ihren Vater zu führen. Es fehlt nicht viel dazu, dass ihr Vater die Ursache von alledem ist, meint Rhea. Er steckt hinter Bomben und Umweltverschmutzung und Armut und Diskriminierung. Und Mary Jo muss zugeben, dass er manchmal Dinge sagt, die zu dieser Schlussfolgerung führen könnten.

»Das sind bloß seine Ansichten«, sagte Mary Jo. Sie hatte eine bestimmte Dinosaurierart vor Augen, die mit der Krause aus Knochenplatten über der Wirbelsäule – ein protziger Panzer, fast wie eine Dekoration. »Die Männer müssen eben ihre Ansichten haben.«

Was für eine blöde Bemerkung, insbesondere gegenüber Rhea. Rhea ist fünfundzwanzig, arbeitslos, ein dickes, forsches, hübsches Mädchen, das auf dem Motorrad durch die Gegend fährt. Als Mary Jo diese Bemerkung machte, starrte Rhea sie für einen Augenblick bloß an und lächelte ihr dickes, gemächliches Lächeln. Dann sagte sie sanft: »Wieso eigentlich, Mary Jo? Wieso müssen die Männer ihre Ansichten haben? Damit die Frauen herumsitzen können und Däumchen drehen, während die Männer die Welt kaputtmachen?«

Sie hatte ihren Motorradhelm abgenommen und, regennass wie er war, auf Mary Jos Schreibtisch gestellt. Sie schüttelte ihr langes, dunkles, zerzaustes Haar.

»Kein Mann macht mir meine Welt kaputt«, sagte Mary Jo mit Verve, während sie den Helm nahm und auf den Boden legte. Sie fühlte sich dieser Unterhaltung nicht so gewachsen, wie es sich anhörte. Was bezweckte Rhea eigentlich, wenn sie in die Praxis ihres Vaters kam und diese ausufernden Klagelieder anstimmte? Sie erwartete doch sicher nicht, dass Mary Jo ihr beipflichtete. Nein. Sie wollte und erwartete, dass Mary Jo ihren Vater verteidigte, damit sie sich lustig machen und verächtlich tun könnte (Ja klar, Mary Jo, für dich ist er der liebe Gott!) und gleichzeitig beruhigt würde. Mary Jo sollte die Aufgabe übernehmen, die der Mutter des Mädchens zukam – ihr helfen, ihren Vater zu verstehen, ihm zu vergeben und Bewunderung entgegenzubringen. Aber Dr. Streeters Frau ist keine, die vergibt und Bewunderung zollt, am wenigsten ihrem Mann. Sie trinkt und hält sich für geistreich. Manchmal ruft sie in der Praxis an und fragt, ob sie den Großen Medizinmann sprechen könne. Eine dicke, laute, schlampige Frau mit wirrem weißem Haar, die ihre Zeit gern mit Schauspielern – sie ist Mitglied der Direktion des hiesigen Theaters – und so genannten Dichtern verbringt – mit Englischprofessoren an der Universität, wo sie die letzten Jahre an ihrer Doktorarbeit gesessen hat.

»Von einem Mann wie deinem Vater, der Tag für Tag Leben rettet«, sagte Mary Jo zu Rhea – und brachte damit ein Argument an, das sie schon oft vorgebracht hat –, »kann man wohl schwerlich behaupten, er mache die Welt kaputt.« Mary Jo verteidigte Dr. Streeter nicht nur, weil er ein Mann war und ein Vater, keineswegs; das waren nicht die Gründe, warum seine Frau, nach Meinung von Mary Jo, seinen Kindern etwas Achtung für ihn hätte beibringen sollen. Vielmehr weil er einer der besten Herzspezialisten in diesem Teil des Landes war, weil er sich tagtäglich diesen graugesichtigen Leuten in seinem Wartezimmer hingab, den Herzfällen, Menschen, die in Angst, mit Schmerzen lebten. Er gab sein Leben hin.

Trotz des Helms waren Rheas Haare nass geworden, und sie schüttelte daraus Regentropfen auf Mary Jos Schreibtisch.

»Pass bitte auf, Rhea.«

»Was ist denn deine Welt, Mary Jo?«

»Ich hab nicht die Zeit, es dir zu erklären.«

»Du bist so beschäftigt, meinem Dad zu helfen.«

Mary Jo arbeitet seit zwölf Jahren für Dr. Streeter, seit zehn Jahren wohnt sie in dem Apartment über der Praxis. Als Rhea jünger war – ein ausgelassener, übergewichtiger, anstrengender, aber liebenswerter Teenager –, besuchte sie Mary Jo gern in der Wohnung, und Mary Jo musste aufpassen, dass alle Spuren von Dr. Streeters regelmäßigen, wenn auch nicht langen Aufenthalten beseitigt waren. Inzwischen muss Rhea voll darüber informiert sein, aber sie stellt keine direkten Nachforschungen an. Oft erweckt es den Anschein, als hake sie nach, streife das Thema bewusst.

Mary Jo bleibt unverbindlich und wenig mitteilsam, aber manchmal ermüdet sie diese Anstrengung.

»Aber es ist schön, dass du nach Tahiti fährst«, sagte Rhea, immer noch mit ihrem gefährlichen Lächeln auf dem Gesicht, mit glänzenden Haaren und Augen. »Wolltest du da schon immer mal hin?«

»Natürlich«, sagte Mary Jo. »Wer würde das nicht?«

»Nicht dass er es dir nicht schuldig wäre. Es ist höchste Zeit, dass er sich für deine Aufopferung irgendwie erkenntlich zeigt, finde ich.«

Ohne zu antworten, fuhr Mary Jo fort, ihre Krankenblätter zu schreiben. Nach einer Weile beruhigte sich Rhea wieder und begann über die Möglichkeit zu diskutieren, ihrem Vater etwas Geld für die Reparatur ihres Motorrads abzuluchsen – was sowieso der eigentliche Grund ihres Kommens gewesen war.

Wie schafft es Rhea nur immer, bei aller Vorhersehbarkeit ihres Spotts, ihrer Belehrungen und weltanschaulicher Phrasen, die allerheikelste Frage zu stellen? »Wolltest du da schon immer mal hin?« Tahiti ist nämlich ein Ort, an den Mary Jo noch nie hatte fahren wollen. Tahiti heißt für sie Palmen, rote Blüten, sanft gekräuselte türkisfarbene Wellen, die Art von tropischer Üppigkeit und Trägheit, die sie noch nie interessiert hat. Das Geschenk hat etwas Einfallsloses, aber Rührendes, wie eine Pralinenschachtel am Valentinstag.

Ein Winterurlaub in Tahiti! Ich wette, du bist schon ganz aufgeregt!

Ja, und wie!

Sie hat Patienten erzählt, auch ihren Freunden und ihren Schwestern – die sie im Verdacht hat, zu glauben, sie führe ein ziemlich armseliges Leben –, wie aufgeregt sie schon sei. Und letzte Nacht konnte sie nicht schlafen, sofern das etwas zu sagen hat. Schon vor sechs Uhr heute Morgen – es scheint lange her – stand sie am Fenster ihres Apartments, von Kopf bis Fuß neu angezogen, und wartete auf das Taxi, das sie zum Flughafen bringen sollte. Ein kurzer, unruhiger Flug von Toronto nach Vancouver, und jetzt ist sie hier, hoch oben in der Luft. Eine Zwischenlandung in Honolulu, dann Tahiti. Sie kann nicht mehr zurück.

Griechenland wäre besser gewesen. Oder Skandinavien. Na ja, Skandinavien um diese Jahreszeit vielleicht doch nicht. Irland. Letzten Sommer waren Dr. Streeter und seine Frau in Irland. Seine Frau »arbeitet über« irgendeinen irischen Dichter. Mary Jo nimmt nicht für eine Sekunde an, dass sie eine schöne Zeit verbracht haben. Wer könnte schon eine schöne Zeit verbringen mit so einer ungepflegten, launischen, spielverderberischen Frau? Mary Jo glaubt, dass sie ziemlich viel getrunken haben. Er hat Lachse geangelt. Sie haben in einem Schloss gewohnt. Ihre Urlaube – und die Urlaube, die er allein verbringt, meist Angelreisen – sind immer teuer und erscheinen Mary Jo beschwerlich und in Ritualen erstarrt. Auch sein Haus, seine Geselligkeiten und sein Familienleben – alles ist so, denkt sie, alles vorgezeichnet, freudlos und kostspielig.

Als Mary Jo bei Dr. Streeter anfing, besaß sie ihren Abschluss als Krankenschwester schon drei Jahre, aber sie hatte nie Geld übrig, weil sie das Geld, das sie für die Ausbildung geliehen hatte, zurückzahlte und ihre Schwestern bei deren Ausbildung unterstützte. Sie kam aus einer Kleinstadt im Huron County. Ihr Vater arbeitete im städtischen Wartungsdienst. Ihre Mutter war an einer so genannten »Herzkrankheit« gestorben – einem Leiden, das Mary Jo später als einen Herzfehler erkannte, den Dr. Streeter hätte entdecken und operativ behandeln können.

Sobald sie genug Geld hatte, ließ Mary Jo sich die Zähne richten. Sie hatte Hemmungen wegen ihrer Zähne; sie trug nie Lippenstift und passte auf, wie sie lächelte. Sie ließ sich die Eckzähne ziehen und die Vorderzähne abschleifen. Sie gefielen ihr immer noch nicht, also ließ sie sich eine Zahnspange anpassen. Sie hatte vor, ihr Haar – das ein gewöhnliches Braun hatte – heller zu färben und sich ein paar neue Kleider zu kaufen, vielleicht sogar wegzuziehen und sich eine andere Stelle zu suchen, sobald die Zahnspange herunterkam. Aber als es so weit war, hatte ihr Leben sich auch ohne diese Schachzüge verändert.

Einige der anderen Veränderungen kamen erst mit der Zeit. Von einem ernst wirkenden, stämmigen jungen Mädchen mit zuvorkommendem Benehmen, sanfter Stimme und schwerem Busen hat sie sich in eine schlanke, gut angezogene Frau mit kurzen, blond gesträhnten Haaren verwandelt – hübscher inzwischen als andere Frauen ihres Alters, die zu einer Zeit, als sie alle jung waren, so viel hübscher gewesen waren als sie – und einer angenehmen, aber energischen Art zu reden. Es ist schwer zu sagen, inwieweit für Dr. Streeter von diesen Dingen überhaupt etwas eine Rolle spielt. Früher sagte er immer, sie dürfe keine Filmschönheit werden, sonst werde sie noch irgendwer entdecken und ihm wegschnappen. Ihr war ungemütlich bei solchen Reden, da sie aus ihnen eine entmutigende Aussage heraushörte. Er sagte solche Dinge bald nicht mehr, und sie war froh darüber. Erst vor kurzem hat er wieder damit angefangen, im Zusammenhang mit ihrer Reise nach Tahiti. Aber sie glaubt, dass sie sich seiner jetzt besser erwehren kann, und zieht ihn auf mit Bemerkungen wie ›Man kann nie wissen‹ und ›Es sind schon unwahrscheinlichere Dinge passiert‹.

Er hatte sie gemocht, als sie die Zahnspange noch trug. Die Spange war noch dran, als er das erste Mal mit ihr schlief. Sie drehte den Kopf zur Seite, in dem Bewusstsein, ein Mund voller Metalldraht sei vielleicht nicht sehr angenehm. Er schloss die Augen, und sie fragte sich, ob es wegen der Spange war. Später wurde ihr klar, dass er immer die Augen schloss. Er will in solchen Augenblicken nicht an sich selbst erinnert werden, und wahrscheinlich auch nicht an sie. Seine Art zu genießen ist heftig, aber einsam.

Auf der anderen Seite des Gangs neben Mary Jo sind zwei Plätze frei, dann folgt eine junge Familie, Mutter, Vater, Säugling und ein kleines Mädchen von etwa drei Jahren. Italiener oder Griechen oder Spanier, denkt Mary Jo, und kurz darauf entnimmt sie der Unterhaltung der Eltern mit der Stewardess, dass es Griechen sind, die aber jetzt in Perth, Australien, leben. Ihre Sitzreihe unterhalb der Filmleinwand ist der einzige Ort im ganzen Flugzeug, der ausreichend Platz für ihre Ausrüstung und familiären Operationen bietet. Isoliertaschen, Plastikgeschirr, Baby-Kissen, das zusammenklappbare Bettchen, das sich zum Kindersitz umwandeln lässt, Milchflaschen, Saftflaschen und ein riesiger Pandabär zum Trost für das kleine Mädchen. Beide Eltern beschäftigen sich fortwährend mit den Kindern – ziehen ihnen pastellfarbene Schlafanzüge an, füttern sie, schaukeln sie hin und her, singen ihnen vor. Ja, erklären sie der bewundernden Stewardess, sehr nah beieinander, nur vierzehn Monate auseinander. Das Baby ist ein Junge. Das Zahnen macht ihm etwas Schwierigkeiten. Sie hat hin und wieder Anfälle von Eifersucht. Beide haben eine Vorliebe für Bananen. Ihre ganz, seine zerdrückt. Hol sein Lätzchen raus, Schatz, aus der blauen Tasche. Den Waschlappen auch, er sabbert ein bisschen. Nein, da drin ist der Waschlappen nicht, er ist in der Plastiktüte. Mach schnell. Da ist er. Schnell. Gut.

Mary Jo ist überrascht über ihren Widerwillen gegen diese harmlose Familie. Warum schaufelt ihr ihn bloß mit Essen voll?, hätte sie Lust zu sagen (sie haben nämlich in einer blauen Schüssel Haferflocken angerührt). Feste Nahrung ist in seinem Alter völlig überflüssig; man hat hinterher an beiden Enden bloß mehr wegzuputzen. Was für ein Theater, welch geballte und zur Schau gestellte Befriedigung, bloß weil es ihnen gelungen ist, sich fortzupflanzen. Außerdem halten sie die Stewardess auf, die schon die Drinks servieren könnte.

In der Reihe hinter ihnen sitzt eine ganz anders geartete junge Familie, Inder. Die Mutter in einem goldbestickten roten Sari, der Vater in einem eng sitzenden cremefarbenen Anzug. Schlank, stumm, goldbehängt die Mutter; wohlgenährt und träge aussehend der Vater, der über seine Kopfhörer den Kanal mit Rockmusik hört. Dass es Rockmusik ist, lässt sich an den Bewegungen seiner Finger auf dem cremefarbenen Stoff feststellen, der sich über seine vollen Schenkel spannt. Zwischen den Eltern sitzen die beiden kleinen Mädchen, ganz in rot, mit goldenen Armreifen und Ohrringen und Kunstlederschuhen, und ihr jüngerer Bruder, der vielleicht so alt ist wie das kleine griechische Mädchen vor ihnen, herausgeputzt in einem Anzug, der eine Miniaturausgabe von dem seines Vaters ist – mit Weste, Hosenschlitz, Taschen und allem drum und dran. Die Stewardess bietet ihnen Wachsmalkreiden und Malbücher an, aber die kleinen Mädchen, blitzend vor Gold, kichern nur und verbergen das Gesicht. Sie bringt ihnen Becher mit Ginger Ale. Der kleine Junge quittiert das Ginger Ale mit einem Kopfschütteln. Er klettert auf den Schoß seiner Mutter, und sie holt aus ihrem Sari eine umschattete, dienstbare Brust. Er macht es sich daran bequem und saugt mit offenen Augen und sieht dabei selig und gebieterisch aus.

Was da vor sich geht, ist Mary Jo kein bisschen sympathischer. Sie ist solche Aversionen an sich nicht gewöhnt; sie weiß, dass sie rational nicht erklärbar sind. In der Praxis ist sie nie so. Ganz gleich, was für Schwierigkeiten dort auftauchen oder wie müde sie ist, wird sie dort mühelos mit jeder Art sonderbarem oder unhöflichem Benehmen fertig, mit störenden Angewohnheiten, säuerlichen Gerüchen, unmöglichen Fragen. Irgendetwas ist los mit ihr. Sie hat nicht geschlafen. Ihr Hals fühlt sich leicht wund an, und ihr Kopf ist schwer. Sie hat ein Summen im Kopf. Vielleicht bekommt sie Fieber. Aber wahrscheinlicher ist, dass ihr Körper sich gegen seine allzu rasche Entfernung, über eine immer größer werdende Distanz, vom Ort seiner gewohnheitsmäßigen Zugehörigkeit und Ruhe wehrt. Heute Morgen konnte sie vom Fenster aus eine Ecke des Victoria Parks sehen, den Schnee unter den Straßenlaternen und die kahlen Bäume. Das Apartment und die Praxis befinden sich in einem schönen alten Backsteingebäude, das Dr. Streeter gehört, und dieses wiederum gehört zu einer Reihe ähnlicher Häuser mit ähnlicher Bestimmung. Mary Jo schaute hinaus auf die matschigen Straßen, den schmutzigen Februarschnee, die grauen Wände dieser Häuser, auf ein hohes Bürogebäude mit noch brennender Nachtbeleuchtung, das sie auf der anderen Seite des Parks sehen konnte. Sie wünschte sich nichts so sehr, wie hier zu bleiben. Sie würde am liebsten das Taxi abbestellen, ihr neues Wildlederkostüm gegen ihren weißen Kittel vertauschen, hinuntergehen und Kaffee aufsetzen und die Blumen gießen, sich rüsten für einen weiteren langen Tag der Probleme und der Routine, der Angst und der Beruhigung, des Grauens, das – zeitweise zumindest – in Schach gehalten werden muss durch Unterhaltungen über das trübe Wetter. Sie liebt die Praxis, das Wartezimmer, die brennenden Lampen an den dämmernden eisigen Nachmittagen; sie liebt die Herausforderung und die Monotonie. Am Ende des Tages kommt Dr. Streeter manchmal mit ihr nach oben; sie richtet das Abendessen, und er bleibt für einen Teil des Abends. Seine Frau ist weggegangen, zu Versammlungen, Vorlesungen, Dichterlesungen; sie ist etwas trinken gegangen, oder sie ist heimgekommen und gleich ins Bett verschwunden. Als die Stewardess endlich auch sie fragt, bestellt sich Mary Jo einen Wodka-Martini. Sie nimmt immer Wodka in der Hoffnung, dass man ihn tatsächlich nicht riechen kann. Aus nahe liegenden Gründen hat Dr. Streeter eine Abneigung gegen Alkoholgeruch bei Frauen.

Jetzt kommen zwei neue Leute den Gang herunter, offenbar dabei, die Plätze zu wechseln, wodurch sich ein Engpass mit dem Getränkewagen ergibt. Eine zweite Stewardess läuft aufgescheucht hinter ihnen drein. Sie und die Frau des Paares tragen Einkaufstaschen, eine Reisetasche, einen Schirm. Der Mann geht voraus und trägt gar nichts. Sie belegen die Plätze direkt gegenüber von Mary Jo, neben der griechischen Familie. Sie versuchen, ihre diversen Habseligkeiten unterm Sitz zu verstauen, aber es geht nicht.

Die Stewardess sagt, in den Klappfächern oben sei jede Menge Platz.

Nein. Leises Knurren des Protests seitens des Mannes, gemurmelte Entschuldigungen seitens der Frau. Die Stewardess wird belehrt, dass sie sämtliche ihrer Gepäckstücke im Auge zu behalten gedenken. Jetzt, da der Getränkewagen weitergerückt ist, entdecken sie einen Platz, an dem sie die Sachen vielleicht unterbringen können – vor Mary Jo und hinter dem kleinen Notsitz, auf dem bei Start und Landung eine Stewardess sitzt.

Die Stewardess sagt, sie hoffe, es sei der Dame nicht zu sehr im Weg. Der metallene Klang ihrer Stimme lässt auf ein gewisses Maß an Schwierigkeiten schließen, das es mit diesen Passagieren schon gegeben hat. Mary Jo sagt nein, es sei ganz in Ordnung. Daraufhin lässt sich das Paar häuslich nieder, der Mann auf dem Platz am Gang. Er gibt erneut ein Knurren von sich, herrisch, aber nicht unfreundlich, worauf die Stewardess zwei Whiskeys bringt. Er erhebt leicht sein Glas, in Mary Jos Richtung. Eine herrschaftliche Geste, die ein Dankeschön sein könnte. Eine Entschuldigung ist es gewiss nicht.

Er ist ein korpulenter Mann, älter vermutlich als Dr. Streeter, aber mit mehr Elan. Ein unbedachter, unberechenbar wirkender Mann mit ziemlich langem grauem Haar und neuen, teuren Kleidern. Sandalen über braunen Socken, rostfarbene Hosen, leuchtend gelbes Hemd, eine schöne goldbraune Wildlederjacke mit vielen kleinen Riegeln und Falten und Taschen. Er hat braune Haut, und seine Augen stehen leicht schräg. Kein Japaner oder Chinese – was mag er sein? Mary Jo hat das Gefühl, ihn schon einmal gesehen zu haben. Nicht als Patienten, nicht in der Praxis.

Die Frau späht über seine Schulter, lächelt mit geschlossenen Lippen, verzieht freundlich das breite Gesicht. Ihre Augen sind deutlicher geschlitzt als die seinen, und ihre Haut ist heller. Ihr schwarzes Haar ist in der Mitte gescheitelt und mit einem Gummiband zu einem kindlichen Pferdeschwanz zusammengefasst. Ihre Kleider sind billig und anständig und möglicherweise ziemlich neu – braune Hose, geblümte Bluse –, aber den seinen nicht ebenbürtig. Als sie mit den Einkaufstaschen den Gang herunterkam, wirkte sie mittleren Alters – um die Taille herum stämmig und mit runden Schultern. Aber als sie jetzt über die massige Schulter des Mannes zu Mary Jo zurücklächelt, sieht sie recht jung aus. An dem Lächeln selbst ist etwas merkwürdig. Was, wird offenbar, als sie den Mund öffnet und zu dem Mann etwas sagt. Ihre Vorderzähne fehlen, am ganzen

Oberkiefer. Das ist es, was ihrem Lächeln einen so geheimnisvollen und zugleich unschuldigen Anstrich gibt – einen Anstrich durchtriebener, nicht zu erschütternder Heiterkeit, wie ihn das Lächeln einer Greisin haben mag oder das eines Säuglings.

Jetzt glaubt Mary Jo, eine Ahnung zu haben, wo sie den Mann auf der anderen Seite des Gangs schon einmal gesehen haben könnte. Vor einigen Wochen hat sie eine Fernsehsendung über einen Volksstamm gesehen, der in einem der Hochtäler Afghanistans lebt, nahe an der Grenze zu Tibet. Der Film war vor ein paar Jahren gedreht worden, bevor die Russen ins Land kamen. Die Mitglieder des Stamms lebten in Häusern aus Tierhäuten, und ihr Reichtum bestand in Schaf- und Ziegenherden und edlen Pferden. Ein Mann hatte offenbar den Löwenanteil dieses Reichtums an sich gebracht und war der Herrscher dieses Stammes geworden, nicht auf Grund von Erbrecht, sondern kraft seiner Persönlichkeit und durch finanzielle Macht. Er wurde »der Khan« genannt. Er hatte wunderschöne Teppiche in seinen Häusern aus Tierhäuten und ein Radio und mehrere Frauen oder Konkubinen.

An ihn erinnert er sie – an den Khan. Und ist es nicht möglich, ist es nicht wirklich möglich, dass er es tatsächlich ist? Er hat vielleicht sein Land verlassen, konnte entkommen, bevor die Russen einmarschierten, mit seinen Teppichen und Frauen und vielleicht einer Menge Gold, allerdings schwerlich mit seinen Ziegen und Schafen und Pferden. Wenn man in großen Flugzeugen durch die Welt fliegt, trifft man da nicht unweigerlich früher oder später jemanden, den man im Fernsehen gesehen hat? Und es könnte leicht ein exotischer Herrscher sein, ebenso leicht wie ein Unterhaltungsstar oder ein Politiker oder ein Wunderheiler. In diesen Tagen des Aufruhrs könnte es jemand sein, der als

Kuriosität, auch als Relikt, in einem weltabgeschiedenen Land abgelichtet wurde und jetzt frei herumläuft wie jeder andere auch.

Die Frau muss eine seiner Konkubinen sein. Die Jüngste, vielleicht seine Lieblingsfrau, dass sie auf eine solche Reise mitgenommen wird. Er hat sie nach Kanada oder in die Vereinigten Staaten mitgenommen, wo er seine Söhne auf die Schule begleitet hat. Er hat sie zu einem Zahnarzt gebracht, um ihr ein Gebiss anfertigen zu lassen. Vielleicht hat sie das Gebiss in der Handtasche bei sich, muss sich erst daran gewöhnen, trägt es noch nicht ständig.

Mary Jo fühlt sich aufgeheitert durch ihre eigene Erfindung und vielleicht auch vom Wodka. Sie fängt an, in Gedanken einen Brief zu verfassen, in dem sie die beiden beschreibt und auch die Fernsehsendung erwähnt. Der Brief ist natürlich an Dr. Streeter gerichtet, der neben ihr auf der Couch saß – aber eingeschlafen war –, als sie sie anschaute. Sie erwähnt die Zähne der Frau und die Möglichkeit, dass sie vielleicht absichtlich entfernt wurden, um irgendeiner abstrusen Vorstellung, was eine Frau schöner mache, zu genügen.

»Wenn er mich auffordert, seinem Harem beizutreten, werde ich mich bestimmt nicht auf solche absonderlichen Prozeduren einlassen, das verspreche ich!«

Die Filmleinwand wird heruntergelassen. Mary Jo schaltet gehorsam ihr Licht aus. Sie erwägt, sich noch einen Drink zu bestellen, entscheidet sich aber dagegen. Alkohol hat eine stärkere Wirkung in dieser Höhe. Sie versucht, den Film anzuschauen, aber die Bilder sind stark verzerrt aus diesem Blickwinkel. Sie wirken trist und absurd. Schon in den ersten zwei Minuten geschieht ein Mord – irgendein Mädchen mit herrlich silberblondem Haar wird durch leere Korridore lautlos verfolgt und von hinten erschossen, gleich nach dem Titelvorspann. Mary Jo verliert fast sofort das Interesse und nimmt nach einer Weile die Kopfhörer ab. Da erst merkt sie, dass gegenüber irgendeine Auseinandersetzung im Gange ist.

Die Frau – oder das Mädchen – scheint aufstehen zu wollen. Der Mann drückt sie wieder auf den Sitz. Er brummt sie an. Sie antwortet in einem Ton, der von Klage zu Beschwichtigung und dann wieder zu Klage übergeht. Er scheint das Interesse zu verlieren, legt den Kopf zurück, um die Figuren auf der Leinwand zu verfolgen. Das Mädchen erhebt sich vorsichtig von ihrem Platz und stolpert über ihn drüber. Er knurrt jetzt im Ernst und packt ihr Bein. Zu Mary Jos Überraschung spricht das Mädchen Englisch mit ihm.

»Bin ich nicht«, sagt sie widerspenstig. »Bin nicht. Betrunken.« Sie sagt das in jenem leidenschaftlichen, hoffnungslosen Ton, den Betrunkene häufig anschlagen, wenn sie abstreiten, dass sie betrunken sind.

Der Mann lässt sie mit einem Laut des Abscheus los.

»Du kannst mich nicht herumkommandieren«, sagt sie, und jetzt sind Tränen in ihrer Stimme und in ihren Augen. »Du bist nicht mein Vater.« Anstatt den Gang hinunter zum Waschraum zu gehen – sofern es das war, was sie vorhatte –, bleibt sie in seiner Reichweite stehen und blickt klagend auf ihn herunter. Er versucht, sie in einem Überraschungsangriff ein zweites Mal zu packen, mit einer blitzartigen, brutalen Bewegung, als wollte er ihr dieses Mal, das nächste Mal, wirklich wehtun. Sie taumelt zur Seite. Er wendet seine Aufmerksamkeit wieder der Leinwand zu.

Doch das Mädchen bewegt sich immer noch nicht den Gang hinunter. Sie beugt sich über Mary Jo.

»Entschuldigen Sie«, sagt sie. Sie lächelt mit Augen, in denen Tränen stehen. Ihr verblüfftes, gekränktes Gesicht ist zu diesem breiten Lächeln mit geschlossenem Mund verzogen, einem Lächeln der Entschuldigung oder der Verschwörung. »Entschuldigen Sie.«

»Keine Ursache«, sagt Mary Jo, in der Meinung, das Mädchen entschuldige sich für den Streit. Dann erkennt sie, dass »Entschuldigen Sie« so viel heißt wie »Darf ich bitte vorbei?«. Das Mädchen möchte über Mary Jos Beine steigen, die sie der Bequemlichkeit halber mit überkreuzten Füßen ausgestreckt hat. Das Mädchen möchte sich auf den Fensterplatz setzen.

Mary Jo macht ihr Platz. Das Mädchen setzt sich hin, wischt sich mit einer waagerechten Bewegung des Zeigefingers über die Augen und schnieft laut, ein Schniefen, das geschäftsmäßig und endgültig klingt. Was jetzt?

»Erzählen Sie keinem was«, sagt das Mädchen. »Erzählen Sie's keinem.«

»Nein«, antwortet Mary Jo. Aber wem sollte sie es auch erzählen, und warum sollte sie über ein so unklares bisschen Streit erzählen?

»Erzählen Sie's keinem. Ich bin Eskimo.«

Natürlich weiß Mary Jo schon seit dem Moment, als das Mädchen auf den Gang trat und den Mund aufmachte, dass das mit dem Khan und seiner Lieblingsfrau purer Unsinn ist. Sie nickt, aber die Bezeichnung »Eskimo« stört sie mehr als die Tatsache. Das ist nicht mehr die Bezeichnung, die man verwendet, oder? »Inuit.« Das ist das Wort, das sie heutzutage gebrauchen.

»Er ist Métis. Ich bin Eskimo.«

Also gut. Métis und Eskimo. Kanadische Landsleute. Und ich bin die Dumme, denkt Mary Jo. Sie wird einen anderen Brief in Gedanken aufsetzen müssen.

»Erzählen Sie's keinem.«

Das Mädchen benimmt sich, als beichte sie etwas – ein schändliches Geheimnis, einen gravierenden Fehler. Sie ist verängstigt, versucht aber, Würde zu bewahren. Wieder sagt sie: »Erzählen Sie's keinem«, und legt für ein paar Sekunden ihre Finger über Mary Jos Mund. Mary Jo spürt die Hitze ihrer Haut und das Zittern, das die Finger und den ganzen Körper des Mädchens durchläuft. Sie ist wie ein Tier in einer absolut nicht mitteilbaren Panik.

»Nein, nein, bestimmt nicht«, sagt Mary Jo wieder. Das Beste ist, denkt sie, so zu tun, als verstehe sie alles, was in dieser Forderung steckt.

»Wollen Sie nach Tahiti?«, fragt sie, um etwas zu sagen. Sie weiß, dass eine gewöhnliche Frage in einem Augenblick wie diesem den Schrecken eines anderen überbrücken kann.

Das Lächeln des Mädchens bricht auf, als sei sie dankbar für die Absicht hinter der Frage, für deren Freundlichkeit, wenngleich diese in ihrem Fall wohl kaum ausreichend ist. »Er fährt nach Hawaii«, sagt das Mädchen. »Ich auch.«

Mary Jo wirft einen Blick über den Gang. Der Kopf des Mannes hängt zur Seite. Vielleicht ist er eingenickt. Selbst noch als sie sich abgewendet hat, nimmt sie die Hitze und das Zittern des Mädchens wahr.

»Wie alt sind Sie?«, fragt Mary Jo. Sie weiß selbst nicht recht, warum sie das fragt.

Das Mädchen schüttelt den Kopf, als wäre ihr Alter tatsächlich eine absurde und beklagenswerte Angelegenheit. »Ich bin Eskimo.«

Was hat das damit zu tun? Sie sagt es, als handle es sich vielleicht um ein Codewort, das Mary Jo schon noch verstehen werde.

»Ja. Aber wie alt sind Sie?«, fragt Mary Jo sicherer. »Sind Sie zwanzig? Oder schon über zwanzig? Achtzehn?«

Weiteres Kopfschütteln und Verlegenheit, weiteres Lächeln. »Erzählen Sie's keinem.«

»Wie alt?«

»Ich bin Eskimo. Ich bin sechzehn.«

Mary Jo schaut wieder hinüber auf die andere Seite des Gangs, um sich zu vergewissern, dass der Mann nicht zuhört. Er scheint eingeschlafen zu sein.

»Sechzehn?«

Das Mädchen wiegt schwerfällig den Kopf, nahe daran zu lachen. Und hört dabei nicht auf zu zittern.

»Stimmt das? Nein? Ja. Ja.«

Wieder strichen diese dicken Finger federgleich über Mary Jos Mund.

»Wollen Sie denn nach Hawaii mit ihm? Ist Ihnen das recht?«

»Er fährt nach Hawaii. Ich auch.«

»Hören Sie«, sagt Mary Jo und spricht dabei leise und behutsam. »Ich stehe jetzt auf und gehe nach hinten. Ich gehe dahin, wo die Waschräume sind. Die Toiletten. Dort hinten warte ich dann auf Sie. Sie warten einen Augenblick und stehen dann auf und kommen nach. Sie kommen nach hinten, wo die Toiletten sind, und dort reden wir weiter. Es ist besser, dort zu reden. Verstanden? Haben Sie mich verstanden? Also gut.«

Ohne Eile steht sie auf, fischt nach ihrer Jacke, die auf den Sitz hinuntergerutscht ist, hängt sie wieder ordentlich hin. Der Mann rollt den Kopf auf dem Nackenkissen herum und wirft ihr einen glasigen, düsteren Blick zu, den Blick eines Hundes im Halbschlaf. Seine Augen bewegen sich unter den Lidern, dann dreht er den Kopf zur anderen Seite.

»Verstanden?« Mary Jo formt die Worte lautlos, zu dem Mädchen gewandt.

Das Mädchen presst die Finger auf den eigenen Mund, auf ihr Lächeln.

Mary Jo geht nach hinten. Sie hat schon vor einer Weile die Stiefel ausgezogen und ist in Hausschuhe geschlüpft. Jetzt tappt sie darin bequem durchs Flugzeug, vermisst allerdings das Gefühl von Kompetenz und Entschlossenheit, das einem Stiefel verleihen können.

Sie muss sich in der Schlange vor den Toiletten anstellen, da man sonst nirgends stehen kann. Die Schlange reicht bis zu der Nische am Fenster, wo sie vorgehabt hatte zu warten. Sie schaut sich immer wieder um, wartet darauf, dass das Mädchen nachkommt. Noch nicht. Andere, größere Leute reihen sich in die Schlange ein, und sie muss immer wieder um sie herumspähen, da sie sichergehen will, dass das Mädchen sieht, wo sie steht. Sie muss mit der Schlange vorrücken, und als sie an der Reihe ist, bleibt ihr keine andere Wahl als hineinzugehen. Es war sowieso an der Zeit.

Sie kommt so schnell wie möglich wieder heraus. Das Mädchen ist immer noch nicht da. Nicht in der Schlange. Nicht in der Nähe der Bordküche oder auf einem der rückwärtigen Sitze. Die Schlange ist jetzt kürzer, und Mary Jo findet genug Platz, um sich ans Fenster zu stellen. Dort wartet sie, fröstelnd, und wünscht, sie hätte ihre Jacke mitgebracht.

Im Waschraum hatte sie sich nicht die Zeit genommen, sich die Lippen nachzuziehen. Jetzt holt sie es nach, vor ihrem Spiegelbild in der dunklen Fensterscheibe. Angenommen, sie entschließt sich, mit irgendwem über das Mädchen zu reden – was würde man von ihr denken? Sie könnte jetzt gleich mit jemandem reden – mit dieser älteren, ziemlich grimmig dreinschauenden Stewardess mit dem kupfern glänzenden Augenmake-up, die offenbar die Vorgesetzte ist, oder mit dem Steward, der geistesabwesend, aber weniger unnahbar aussieht. Sie könnte ihnen erzählen, was das Mädchen gesagt hat, und dass sie gezittert hat. Sie könnte ihrem Verdacht Ausdruck geben. Aber worin besteht der letztlich? Eigentlich hat das Mädchen nichts gesagt, was einen echten Grund für Verdacht darstellt. Sie ist Eskimo, sie ist sechzehn Jahre alt, sie ist auf dem Weg nach Hawaii mit einem sehr viel älteren Mann, der nicht ihr Vater ist. Ist man mit sechzehn minderjährig? Ist es ein Verbrechen, ein Mädchen nach Hawaii mitzunehmen? Sie ist vielleicht doch schon über sechzehn; sie sieht jedenfalls so aus. Mag sein, dass sie betrunken ist und lügt. Vielleicht ist sie mit ihm verheiratet, obwohl sie keinen Ring trägt. Er kann sehr gut irgendein Verwandter sein. Wenn Mary Jo jetzt etwas sagt, steht sie als Wichtigtuerin da, die sich in fremder Leute Angelegenheiten mischt und obendrein ein Glas getrunken hat oder vielleicht auch mehr. Vielleicht steht sie auch so da, als wollte sie das Mädchen aus persönlichen Gründen an sich ziehen.

Das Mädchen muss selbst noch mehr dazu sagen, falls etwas unternommen werden soll.

Wer nicht darum bittet, dem kann nicht geholfen werden.

Du musst schon sagen, was du willst.

Du musst schon etwas sagen.

Langsam geht Mary Jo zu ihrem Platz zurück, versichert sich auf dem Weg, ob das Mädchen umgezogen ist, ob sie woanders sitzt. Sie hält nach dem großen, fügsamen Kopf mit dem schwarzen Pferdeschwanz Ausschau.

Nirgends.

Doch als sie fast schon wieder an ihrem Platz ist, sieht sie, dass das Mädchen umgezogen ist. Sie ist wieder auf ihren alten Platz neben dem Mann zurückgegangen. Sie sind mit zwei neuen Whiskeys eingedeckt.

Vielleicht hat er sie gepackt, als sie aufstand, und sie gezwungen, sich neben ihn zu setzen. Mary Jo hätte dafür sorgen sollen, dass das Mädchen vorausgeht. Aber hätte sie es dazu überreden können, sich verständlich machen können? Hatte das Mädchen wirklich verstanden, dass ihr Hilfe angeboten wurde?

Mary Jo steht auf dem Gang und zieht ihre Jacke an. Sie schaut auf das Paar herunter, aber sie sehen sie nicht an. Dann setzt sie sich hin und knipst ihr Leselicht an, gleich darauf wieder aus. Niemand verfolgt mehr den Film. Das griechische Baby schreit, und der Vater geht mit ihm den Gang auf und ab. Die kleinen Inderinnen sind im Schlaf übereinander gesunken, und ihr Bruder schläft auf dem schmalen Schoß seiner Mutter.

Dr. Streeter würde Mary Jo sehr schnell eines Besseren belehren. Es gibt eine Sorte Anteilnahme – da hat sie ihm Recht geben müssen –, die wenig mehr ist als Oberflächlichkeit und Selbstbefriedigung. Mit ihren selbstbezogenen guten Absichten richten die Menschen leicht mehr Schaden an, als sie Gutes tun. Und das könnte auch für sie gelten in diesem Fall.

Ja. Aber er konnte sich immer dem zuwenden, was in den Leuten drin war, in ihrer Brust. Wenn das Mädchen einen Herzfehler hätte, und auch wenn sie zwanzig Jahre, vierzig Jahre älter wäre, auch wenn ihr Leben völlig verkracht und aussichtslos und ihr Gehirn vom Alkohol halb verfallen wäre – selbst dann noch würde er sich ganz ihrem Wohl verschreiben. Er schonte keine Kräfte, er gab sich voll und ganz solchen Rettungsaktionen oder Rettungsversuchen hin. Wenn es sich um ein Problem des realen Herzens handelte, des blutigen, pumpenden überlasteten Herzens in der Brust eines Menschen.

In Dr. Streeters Stimme schwingt Trauer. Nicht nur in seiner Stimme. Sein Atmen ist traurig. Eine heillose, ruhige, anständige Trauer atmet einem am Telefon entgegen, noch bevor man seine Stimme hört. Er würde es nicht gerne hören, wenn man ihm das sagte. Nicht dass er den besonderen Wunsch hat, als fröhlich zu gelten. Aber er würde es als unnötig, als ungehörig empfinden, wenn jemand annähme, er wäre traurig.

Diese Trauer scheint in Gehorsam zu wurzeln. Mary Jo kann es bloß erkennen, niemals verstehen. Sie ist der Überzeugung, dass Männer einen Gehorsam an sich haben, den Frauen nicht verstehen können. (Was würde Rhea dazu sagen?) Es geht nicht darum, dass er um die Dinge weiß – damit käme Mary Jo noch zurecht –, sondern darum, dass er die Dinge hinnimmt. Er verblüfft sie und lässt ihr keine Wahl. Sie liebt diesen Mann mit einer verblüfften, vorsichtigen, anhaltenden Liebe.

Wenn sie ihn vor Augen hat, sieht sie ihn immer in seinem braunen dreiteiligen Anzug, einem altmodischen Anzug, in dem er aussieht wie ein Arzt seiner klassischen armen Kindheit auf dem Land. Er besitzt auch gut aussehende, lässige Sachen, und sie hat ihn schon darin gesehen, aber sie glaubt, dass er sich darin nicht wohl fühlt. Er fühlt sich nicht wohl als reicher Mann, hat sie den Eindruck, auch wenn er sich verpflichtet fühlt, einer zu sein, und jede Regierung hasst, die ihn daran hindern würde. Ganz Gehorsam, Hinnahme, Trauer.

Er würde ihr nicht glauben, wenn sie ihm das sagte. Keiner würde ihr glauben.

Sie fröstelt, selbst noch in ihrer Jacke. Sie scheint sich an der eigentümlichen, hartnäckigen Aufregung des Mädchens angesteckt zu haben. Vielleicht ist sie wirklich krank, fiebert. Sie dreht und wendet sich auf ihrem Sitz, versucht zur Ruhe zu kommen. Sie schließt die Augen, aber sie kann sie nicht geschlossen halten. Sie kann einfach nicht aufhören zu beobachten, was drüben auf der anderen Seite des Gangs vorgeht.

Sie sollte eigentlich anständig und klug genug sein, sich von dem abzuwenden, was da vorgeht. Aber sie ist es nicht, und sie wendet sich nicht ab.

Die Whiskeygläser sind leer. Das Mädchen hat sich vorgebeugt und küsst den Mann aufs Gesicht. Sein Kopf ruht auf dem Kissen, und er bewegt sich nicht. Sie lehnt über ihm, die Augen geschlossen; oder beinahe geschlossen, und ihr Gesicht breit und blass und ausdruckslos, ein echtes Mondgesicht. Sie küsst ihn auf die Lippen, die Wangen, die Lider, die Stirn. Er bietet sich ihr dar; er duldet es. Sie küsst ihn und leckt ihn. Sie leckt seine Nase, den Schatten von Stoppeln auf seinen Wangen, seinem Hals, seinem Kinn. Sie leckt sein ganzes Gesicht ab, schöpft dann Atem und fängt wieder an, ihn zu küssen.

Dies geschieht ohne Hast, nicht gierig. Es geschieht auch nicht mechanisch. Ohne eine Spur von Zwang. Das Mädchen meint es ernst; sie befindet sich in einer Trance der Hingabe. Wahrer Hingabe. Nichts so Anmaßendes wie Vergebung oder Tröstung. Ein Ritual, das all ihre Konzentration und jede Faser ihrer Person beansprucht, die sich aber zugleich darin auflöst. Es könnte ewig weitergehen.

Selbst als das Mädchen die Augen öffnet und geradeaus über den Gang blickt, mit einem Ausdruck, der nicht benommen und unbewusst ist, sondern direkt und schockierend – selbst dann noch muss Mary Jo weiter hinsehen. Nur mit einem inneren Ruck und nach unendlich langer Zeit kann sie den Blick davon losreißen.

Wenn jemand fragen würde, was sie empfunden habe, als sie dies beobachtete, würde Mary Jo sagen, ihr sei übel gewesen. Und sie würde es wörtlich meinen. Nicht einfach unwohl von einem ausbrechenden Fieber, oder was immer sie dumpf und fröstelig macht, sondern übel vor Abscheu, als könnte sie die langsamen Reisen der warmen, dicken

Zunge über ihr Gesicht spüren. Dann, als sie den Blick abwendet, wird etwas anderes freigesetzt, und dieses andere ist Verlangen – plötzlich und strafend wie ein Erdrutsch an einem Berghang.

Gleichzeitig hört sie dabei Dr. Streeters Stimme, die deutlich sagt: »Weißt du, die Zähne sind dem Mädchen wahrscheinlich eingeschlagen worden. In irgendeiner Rauferei.«

Es ist Dr. Streeters vertraute, vernünftige Stimme, die fordert, dass gewisse Tatsachen, gewisse Bedingungen erkannt werden müssen. Aber sie hat etwas Neues hineingelegt – eine ihm eigene heimliche Befriedigung. Er ist nicht nur traurig, nicht nur alles hinnehmend; er ist befriedigt, dass manche Dinge eben so sind. Die leise Befriedigung, die in seiner Stimme mitklingt, entspricht dem Gefühl, das sich in ihrem Körper löst. Sie empfindet physische Scham und Abscheu, eine Hitze, die sich von ihrem Magen auszubreiten scheint. Das geht vorüber, die Woge geht vorüber, aber der Abscheu bleibt. Abscheu, Ekel, Abneigung, die sich in einem ausbreiten, können schlimmer sein als Schmerzen. Damit leben zu müssen wäre schlimmer. Nachdem sie das gedacht und ihr Gefühl in gewisser Weise benannt hat, ist sie etwas ruhiger. Es muss an der Fremdheit des Fliegens liegen und am Alkohol und an der Verwirrung, die dieses Mädchen gestiftet hat, vielleicht auch an einem Virus, mit dem sie ringt. Dr. Streeters Stimme ist fast schon eine echte Sinnestäuschung, aber sie ist keine Sinnestäuschung; sie weiß, dass sie sie selbst produziert hat. Produziert, um sich dann davon abzuwenden, erfüllt von so unvermischtem Hass gegen ihn. Wenn solch ein Gefühl real würde, wenn eine Sinnestäuschung wie diese die Oberhand über sie gewänne, dann wäre ihr Zustand unvorstellbar trostlos.

Sie unternimmt bewusst Schritte, um sich zu beruhigen. Sie atmet tief durch und tut, als würde sie einschlafen. Sie beginnt sich eine Geschichte zu erzählen, in der alles besser ausgeht. Angenommen, das Mädchen wäre ihr vor einer Weile nach hinten gefolgt; angenommen, sie hätten miteinander reden können? Die Geschichte eilt aus irgendwelchen Gründen voraus zum Wartesaal von Honolulu. Mary Jo sieht sich dort in einem Saal mit verkümmerten Topfpalmen sitzen, auf einer gepolsterten Bank. Der Mann und das Mädchen gehen an ihr vorbei. Das Mädchen geht voraus und trägt die Einkaufstaschen. Der Mann hat die Reisetasche über die Schulter geschlungen, und er trägt den Schirm. Mit der Spitze des zusammengerollten Schirms stößt er das Mädchen an. Kein Stoß, der ihr wehtun oder sie auch nur überraschen soll. Ein Scherz. Das Mädchen fängt zu laufen an, kichert und schaut mit einem Ausdruck unendlicher, entschuldigender Verlegenheit, Hilflosigkeit, guter Laune um sich. Dann begegnet Mary Jo ihrem Blick, ohne dass der Mann es bemerkt. Mary Jo steht auf, durchquert den Wartesaal und erreicht die helle, gekachelte Zuflucht der Damentoilette.

Und dieses Mal folgt ihr das Mädchen wirklich.

Mary Jo lässt das kalte Wasser laufen. Mit einer Geste der Ermunterung spritzt sie es sich selbst ins Gesicht.

Sie drängt das Mädchen, dasselbe zu tun.

Sie redet ruhig und unwiderstehlich überzeugend auf sie ein.

»Ganz richtig. Kühl dir das Gesicht ab. Damit du einen klaren Kopf bekommst. Du musst klar denken können. Du musst ganz klar denken können. Also. Was ist es? Was genau willst du? Wovor hast du Angst? Hab keine Angst. Er kann hier nicht reinkommen. Wir haben Zeit. Du kannst mir sagen, was du willst, und ich kann dir helfen. Ich kann mich mit den Behörden in Verbindung setzen.«

Aber an dieser Stelle kommt die Geschichte ins Stocken.

Mary Jo ist an einen toten Punkt gekommen, und ihr Traum – denn mittlerweile träumt sie – übersetzt das auf wenig subtile Weise in einen unregelmäßigen, überraschenden Rostfleck, wo das Emaille am Grund des Beckens abgenutzt ist.

Was für eine ungepflegte Damentoilette.

»Ist das in den Tropen immer so?«, fragt Mary Jo die Frau, die neben ihr am nächsten Waschbecken steht, und die Frau deckt die Hände über ihr Waschbecken, als wollte sie nicht, dass Mary Jo es sehe oder benutze. (Nicht dass Mary Jo die Absicht gehabt hätte.) Sie ist eine stattliche weißhaarige Frau in einem roten Sari, und sie scheint hier in der Damentoilette eine gewisse Autorität zu besitzen. Mary Jo sieht sich nach dem Eskimo-Mädchen um und sieht mit Bestürzung, dass sie auf dem Boden liegt. Sie ist geschrumpft und sieht aus wie aus Gummi, ein krudes Gesicht wie das einer Puppe. Aber der eigentliche Schock ist, dass ihr Kopf sich vom Körper gelöst hat, wenngleich er immer noch von innen durch ein Gummiband befestigt ist.

»Tut mir Leid«, sagt sie, »aber ich muss zum Flugzeug zurück.«

Aber das ist später, und sie sind nicht mehr in der Damentoilette. Sie sind in Dr. Streeters Praxis, und Mary Jo hat eine Ahnung von einer verschwommenen Jagd von Ereignissen, die sie nicht nachvollziehen kann, von Zeitsprüngen, die sie nicht bemerkt hat. Sie denkt immer noch daran, wieder ins Flugzeug zu steigen, aber wie soll sie den Wartesaal finden, geschweige denn nach Honolulu kommen?

Eine vollständig in Binden eingewickelte große Gestalt wird vorbeigetragen, und Mary Jo will herausfinden, wer das ist, was passiert ist, warum man ein Verbrennungsopfer hierher bringt.

Die Frau in dem roten Sari ist auch da. Sie sagt durchaus freundlich zu Mary Jo: »Ist das Hohe Gericht im Garten?«

Das bedeutet vielleicht, dass Mary Jo immer noch unter Anklage steht und dass im Garten Gericht abgehalten wird. Andererseits kann das Wort ›Hohes Gericht‹ sich auch auf Dr. Streeter beziehen. Die Frau kann ihn damit gemeint haben. Wenn das der Fall ist, dann will sie ihn verhöhnen. Ihn als ›Hohes Gericht‹ zu bezeichnen ist ein Witz, und ›im Garten‹ bedeutet auch etwas anderes; Mary Jo wird sich sehr konzentrieren müssen, um herauszufinden, was.

Doch die Frau macht ihre Hand auf und zeigt Mary Jo einige kleine blaue Blumen – wie Schneeglöckchen, aber blau – und erklärt, dass diese das ›Hohe Gericht‹ seien und dass ›Hohes Gericht‹ Blumen bedeutet.

Eine List, und Mary Jo weiß das auch, aber sie kann sich nicht konzentrieren, weil sie im Begriff ist aufzuwachen. In einem Jumbojet über dem Pazifik, in dem die Filmleinwand wieder aufgerollt ist und fast alle Lichter gelöscht sind und sogar das Baby schläft. Sie kann nicht mehr durch die verschiedenen Vorhänge des Traums zum deutlichen Teil zurück, zu dem in der Damentoilette, als ihnen das kalte Wasser übers Gesicht lief und sie – Mary Jo – dem Mädchen erklärte, wie sie sich retten könne. Sie kann nicht mehr dorthin zurück. Überall um sie herum schlafen Leute unter Decken, die Köpfe auf orangefarbenen kleinen Kissen. Auf irgendeine Weise wurde auch sie mit einem Kissen und einer Decke versorgt. Der Mann und das Mädchen auf der anderen Seite des Gangs schlafen mit offenen Mündern, und Mary Jo wird endgültig an die Oberfläche getragen durch das Duett ihres beredten, unschuldigen Schnarchens.

Damit haben ihre Ferien begonnen.

Nicht ganz bei Trost

I. Anonyme Briefe

Violets Mutter – Tante Ivie – brachte drei Jungen zur Welt, und sie verlor sie schon als Babys. Dann bekam sie die drei Mädchen. Vielleicht zum Trost für das Unglück, das ihr bisher in einer entlegenen Ecke des Bezirks South Sherbrooke widerfahren war – vielleicht auch, um schon im Voraus einen Mangel an mütterlichen Gefühlen zu kompensieren –, gab sie den Mädchen die ausgefallensten Namen, die ihr einfielen: Opal Violet, Dawn Rose und Bonnie Hope. Vielleicht betrachtete sie diese Namen lediglich als vorübergehende Zierde. Violet machte sich Gedanken – hatte ihre Mutter sich je vorgestellt, dass ihre Töchter solche Namen auch noch sechzig oder siebzig Jahre später mit sich herumschleppen müssten, wenn sie korpulente, verwelkte Frauen wären? Mag sein, dass sie glaubte, ihre Töchter würden auch wegsterben.

›Verloren‹ hieß, dass jemand gestorben war. ›Sie verlor sie‹ hieß, dass sie gestorben waren. Das wusste Violet. Trotzdem hing sie Fantasien nach. Tante Ivie – ihre Mutter – wanderte über ein mooriges Feld, das Brachland jenseits der Scheune, ein dämmriger Ort, überwuchert von rauem Gras und Erlengebüsch. Dort hatte Tante Ivie bei dem düsteren Licht ihre Babys verlegt. Violet schlich sich gern vom Rand des Scheunenhofs zum Brachland hinunter und wagte sich vorsichtig hinein. Dort stand sie dann, gedeckt von der Roterle und namenlosen Dornbüschen (es schien immer eine feuchte, trostlose Jahreszeit zu sein, wenn sie hierher kam), und ließ das kalte Wasser über die Spitzen ihrer Gummistiefel steigen. Sie trug sich mit dem Gedanken, verloren zu gehen. Verlorene Babys. Das Wasser quoll zwischen den harten Gräsern hoch. Weiter drinnen gab es Tümpel und Moorgruben, in denen man versinken konnte. Man hatte sie gewarnt. Sie stapfte weiter und beobachtete, wie das Wasser an ihren Stiefeln hochkroch. Den anderen erzählte sie nie davon. Sie wussten nie, wohin sie ging. Verloren.

Der Salon war der zweite Ort, an den sie heimlich allein gehen konnte. Die Jalousien waren bis zu den Fensterbänken heruntergelassen; die Luft war so schwer und dick, als wäre sie zu einem Block geschnitten, der genau ins Zimmer passte. An bestimmten, unveränderlichen Plätzen fanden sich dort die rot überhauchte, stachlige Muschel, in die das Tosen des Meeres eingefangen war; die Figur des kleinen Schotten im Schottenrock, der ein Glas mit bernsteinfarbener Flüssigkeit hielt, das sich neigte, aber nie überfloss; ein Fächer, der ganz aus glänzenden schwarzen Federn gemacht war; ein Teller, der ein Souvenir von den Niagarafällen war und dasselbe Bild darstellte, das auf der Cornflakes-Schachtel abgebildet war. Und ein gerahmtes Bild, das auf Violet eine so starke Wirkung ausübte, dass sie es nicht sofort ansehen konnte, wenn sie ins Zimmer kam. Sie musste sich erst langsam herantasten, durfte es dabei nur aus dem Augenwinkel betrachten. Es zeigte einen König mit seiner Krone und drei hoch gewachsene Frauen in dunklen Kleidern, die aussahen wie Königinnen. Der König war eingeschlafen oder tot. Sie waren alle am Meeresstrand, wo ein Boot wartete, und aus dem Bild ging etwas ins Zimmer über – eine glatte, dunkle Woge unerträglicher Süße und

Trauer. Das kam Violet wie eine Verheißung vor; es hatte etwas mit ihrer Zukunft, mit ihrem eigenen Leben zu tun, in einer Weise, die sie weder in Worte noch in Gedanken fassen konnte. Sie konnte das Bild nicht einmal ansehen, wenn noch jemand im Zimmer war. Aber in diesem Zimmer war selten jemand außer ihr.

Violets Vater hieß King Billy, King Billy Thoms, obwohl William nicht in seinem Namen vorkam. Es gab auch ein Pferd namens King Billy, einen Apfelschimmel, der das Zugpferd der Familie war; er wurde im Winter vor den Schlitten, im Sommer vor den Buggy gespannt. (Ein Auto sollte es bei ihnen erst geben, als Violet erwachsen war und in den dreißiger Jahren eines anschaffte.)

Der Name King Billy war normalerweise mit dem Umzug, dem Orange Walk am zwölften Juli, verbunden. Ein Mann, der zum King Billy bestimmt wurde und eine Pappkrone und einen zerlumpten violetten Umhang trug, ritt an der Spitze des Umzugs. Eigentlich sollte er auf einem Schimmel reiten, aber manchmal war ein Apfelschimmel das Beste, was zu finden war. Violet wusste nie, ob das Pferd oder ihr Vater oder alle beide bei diesem Umzug eine Rolle gespielt hatten, sei es getrennt oder zusammen. Unklarheiten gab es die Fülle in der Welt, wie sie sie kannte, und die Erwachsenen wurden oft genug ungehalten, wenn man sie bat, diese aus der Welt zu schaffen.

Aber sie wusste bestimmt, dass ihr Vater irgendwann in seinem Leben oben im Norden auf einem Zug gearbeitet hatte, der durch die Wildnis fuhr, wo es Bären gab. Holzfäller nahmen diesen Zug an den Wochenenden, wenn sie aus der Wildnis kamen, um sich zu betrinken, und wenn sie auf der Rückfahrt zu laut herumgrölten, hielt King Billy den Zug an und warf sie raus. Egal, wo der Zug gerade war. Mitten in der Wildnis – das machte keinen Unterschied. Er warf sie raus. Er war eine Kämpfernatur. Er war für die Arbeit eingestellt worden, weil er eine Kämpfernatur war.

Eine andere Geschichte aus seinem Leben, die weiter zurücklag. Als junger Mann war er zum Tanzen gegangen, oben an der Snow Road, wo er herkam. Ein paar andere junge Burschen dort hatten ihn beleidigt, und er musste sich ihre Beleidigungen gefallen lassen, weil er keine Ahnung vom Boxen hatte. Aber danach hatte er sich Unterricht geben lassen von einem alten Berufsboxer, einem echten, der in Sharbot Lake wohnte. Wieder ein Abend, wieder Tanz – dasselbe wie vorher. Dieselbe Art von Beleidigungen. Bloß dass King Billy ihnen diesmal ans Leder ging und sie fertig machte, einen nach dem anderen.

Ging ihnen ans Leder und machte sie fertig, einen nach dem anderen.

Schluss mit solchen Beleidigungen in der ganzen Gegend.

Schluss damit.

(Die Beleidigungen hatten damit zu tun, dass er ein Bankert war. Er sagte es nicht, aber Violet schloss es aus dem unwirschen Gebrummel ihrer Mutter. »Dein Daddy hatte *keine Verwandtschaft* nich«, sagte Tante Ivie in ihrer unergründlichen, verständnislosen, grollenden Art. »Hat nie eine gehabt. Er hatte einfach überhaupt *keine Verwandtschaft* nich.«)

Violet war fünf Jahre älter als ihre Schwester Dawn Rose und sechs Jahre älter als Bonnie Hope. Die beiden hielten zusammen wie Pech und Schwefel, waren aber meist brav und fügsam. Sie waren rothaarig wie King Billy. Dawn Rose war pummelig und rotbackig, mit einem breiten Gesicht. Bonnie Hope war feingliedrig und hatte einen großen

Kopf, auf dem das Haar zunächst nur an einigen Stellen in kleinen Büscheln wuchs, so dass sie aussah wie ein unbeholfener junger Vogel. Violet war dunkelhaarig und groß für ihr Alter, kräftig wie ihre Mutter. Sie hatte ein schmales, hübsches Gesicht und dunkelblaue Augen, die auf den ersten Blick schwarz aussahen. Später, als Trevor Auston in sie verliebt war, wusste er ein paar schmeichelhafte Dinge zu sagen, wie gut ihre Augenfarbe zu ihrem Namen passe.

Ebenso wie Violets Vater trug auch Violets Mutter einen merkwürdigen Namen: Sie wurde selbst von ihren eigenen Kindern die meiste Zeit Tante Ivie genannt. Das kam daher, dass sie die Jüngste einer großen Familie war. Sie hatte jede Menge Verwandtschaft, aber sie kamen sie nicht oft besuchen. Alle alten oder kostbaren Dinge im Haus – jene Gegenstände im Salon und eine bestimmte Truhe mit gewölbtem Deckel sowie einige angelaufene Silberlöffel – stammten von Tante Ivies Familie, die eine Farm an den Ufern des White Lake hatte. Tante Ivie hatte so lange unverheiratet dort gelebt, dass der Name, mit dem ihre Nichten und Neffen sie anredeten, von allen verwendet wurde, und auch ihre Töchter zogen ihn Mama vor.

Keiner hätte je gedacht, dass sie heiraten würde. Das sagte sie selbst. Und als sie dann doch heiratete, den kleinen, unerschrockenen Rotschopf, der sich neben ihr so seltsam ausnahm, hieß es, sie scheine die Umstellung nicht sonderlich gut zu verkraften. Sie verlor jene ersten drei Söhne im Säuglingsalter und konnte sich für die Pflichten der Haushaltsführung nie richtig erwärmen. Sie arbeitete gern draußen, hackte den Gemüsegarten um oder machte Brennholz, wie sie es bei sich zu Hause immer getan hatte. Sie molk die Kühe oder mistete den Stall aus und versorgte die Hühner. Es war die heranwachsende Violet, die die Hausarbeit übernahm.

Als sie zehn Jahre alt war, hatte sich Violet zu einer peniblen Hausfrau entwickelt, die zeitweise sehr diktatorisch sein konnte. Sie wischte und bohnerte immer den ganzen Samstag, um sich dann schreiend auf die Couch zu werfen und wutentbrannt mit den Zähnen zu knirschen, wenn die anderen Erde oder Stallmist hereintrugen.

»Das Mädel wird mal nix wie Stummel im Mund haben, wenn es groß ist, und das geschieht ihr ganz recht bei ihrem Hitzkopf«, sagte Tante Ivie, als redete sie von irgendeinem Nachbarskind. Es war gewöhnlich Tante Ivie, die den Schmutz hereintrug und den Boden ruinierte.

An anderen Samstagen wurde gebacken und an eigenen Rezepten herumprobiert. Einen ganzen Sommer lang versuchte Violet, ein Getränk wie Coca-Cola zu erfinden, das köstlich wäre und berühmt würde und ihnen ein Vermögen einbrächte. Sie probierte an sich und ihren Schwestern alle möglichen Kombinationen von Beerensaft, Vanille, Obstessenzen aus Flaschen und Gewürzen aus. Manchmal lagen sie alle draußen im hohen Gras des Obstgartens und übergaben sich. Die beiden Jüngeren taten meist, was Violet ihnen anschaffte, und glaubten, was sie sagte. Eines Tages kam der Metzgergehilfe, um die jungen Kälber zu kaufen, und Violet erzählte Dawn Rose und Bonnie Hope, der Metzgergehilfe sei manchmal nicht zufrieden mit dem Fleisch, das an den Kälbchen dran sei, und scharf auf saftige kleine Kinder, um Steaks und Koteletts und Würste aus ihnen zu machen. Sie erfand das einfach so, aus heiterem Himmel, und zu ihrer eigenen Unterhaltung, soweit sie sich später entsinnen konnte, als sie Geschichten darüber erzählte. Die kleinen Mädchen versuchten, sich auf dem Heuboden zu verstecken, und King Billy hörte ihren Spektakel und scheuchte sie raus. Sie petzten, was Violet gesagt hatte, und King Billy meinte, ihnen gehöre eine tüchtige Ohrfeige verpasst, dass sie so einen Unsinn ohne weiteres schluckten. Er sagte, er sei einer, der einen Maulesel zur Frau habe und einen Rowdy von einer Tochter, die Herrin im Haus sei. Dawn Rose und Bonnie Hope rannten, um Violet die Stirn zu bieten.

»Lügnerin! Metzger machen gar kein Hackfleisch aus Kindern! Du hast gelogen, Lügnerin!«

Violet, die gerade dabei war, den Ofen auszuräumen, sagte nichts. Sie nahm eine Schaufel mit Asche – noch warm, aber Gott sei Dank nicht mehr heiß – und kippte sie ihnen über den Kopf. Sie waren gescheit genug, kein zweites Mal zu petzen. Sie rannten ins Freie, rollten sich im Gras und schüttelten sich wie die Hunde, um die Aschenstückchen aus Haaren, Ohren und Augen und aus ihrer Unterwäsche zu bekommen. In einer Ecke des Obstgartens begannen sie ihr eigenes Spielhaus zu bauen, mit Bänken aus ausgerupftem Gras und ein paar Porzellanscherben als Geschirr. Sie gelobten hoch und heilig, Violet nichts davon zu erzählen.

Aber sie hielten es nicht lange ohne sie aus. Violet machte ihnen Locken, indem sie ihnen alte Stofffetzen ins Haar drehte; sie machte ihnen Kostüme aus alten Vorhängen; sie malte ihnen das Gesicht mit einem kunstvollen Gemisch aus Beerensaft, Mehl und Ofenpolitur an. Sie bekam das mit dem Spielhaus heraus und hatte Ideen, wie man es einrichten könne, die besser waren als die ihren. Selbst an den Tagen, an denen sie überhaupt keine Zeit für sie hatte, mussten sie danebenstehen und zusehen, was sie machte.

Sie malte ein Muster aus roten Rosen auf den schwarzen, abgetretenen Linoleumboden in der Küche.

Sie schnitt einen Bogenrand um all die alten grünen Jalousien, um sie vornehmer zu machen.

Es sah wirklich so aus, als wäre das normale Familienleben bei ihnen auf den Kopf gestellt. Auf anderen Farmen sah man gewöhnlich zuerst die Kinder, wenn man den Weg zum Haus heraufkam – Kinder beim Spielen oder bei irgendeiner Hausarbeit. Die Mutter war normalerweise im Haus verborgen. Hier war es Tante Ivie, die man sah, wie sie die Kartoffeln aufhäufte oder einfach im Hof oder im Hühnerhof herumstrich, angetan mit Gummistiefeln und einem Männerhut aus Filz und einem schmuddligen Sammelsurium von Pullovern, Rock, zipfeligem Unterrock und Schürze und sich ringelnden, bespritzten Strümpfen. Es war Violet, die im Haus den Ton angab, Violet, die darüber entschied, ob und wann die Brotscheiben mit Butter und Maissirup ausgeteilt wurden. Es war, als hätten King Billy und Tante Ivie nicht recht gewusst, wie sie es anstellen sollten, ein gewöhnliches Leben zu führen, selbst wenn sie es gewollt hätten.

Aber die Familie kam zurecht. Sie molken die Kühe und verkauften die Milch an die Käserei und zogen die Kälber auf für den Metzger und mähten das Heu. Sie gehörten der anglikanischen Kirche an, gingen allerdings nicht oft zum Gottesdienst wegen der Schwierigkeiten, Tante Ivie sauber zu bekommen. Dafür gingen sie manchmal zu den Kartenspielabenden ins Schulhaus. Tante Ivie konnte Karten spielen, und sie war bereit, die Schürze und den Filzhut dafür abzulegen, aber die Stiefel wollte sie nicht ausziehen. King Billy genoss einen gewissen Ruf als Sänger, und nach dem Kartenspiel versuchten die Leute ihn immer dazu zu bewegen, etwas zum Besten zu geben. Er sang gerne Lieder, die er von den Holzfällern gelernt hatte, Lieder, die nie aufgeschrieben wurden. Er sang energisch, mit geballten Fäusten und geschlossenen Augen:

»*Auf der Strecke nach Opeongo fuhr ich mein
    Gespann,
Im Sommer war's, vor langer Zeit, für Hayes und
    Hooligan.
Die Braunen sind längst begraben und ich ein
    uralter Mann,
Doch träum' ich noch von der Strecke, die ich
    kutschieren kann.*«

Wer war Hayes? Wer war Hooligan?

»Irgend so ein Laden«, sagte King Billy, mitteilsam vom Singen.

Violet ging auf die Highschool in der Stadt, und danach machte sie die Lehrerausbildung in Ottawa. Die Leute fragten sich, woher King Billy das Geld dazu nahm. Falls er noch etwas zurückgelegt hatte von seinem Verdienst bei der Eisenbahn, hieß das, dass er von Tante Ivies Familie Geld bekommen hatte, als er sie ihren Leuten vom Hals schaffte und die Farm kaufte. King Billy sagte, er gönne Violet eine richtige Ausbildung – er glaube, Lehrerin sei das Richtige für sie. Aber er gab ihr nichts nebenher. Bevor sie in die Highschool kam, ging sie mit einem Stück breit geripptem Krepp, das sie in der Truhe gefunden hatte, über die Felder zur Nachbarsfarm. Sie wollte mit der Nähmaschine umgehen lernen, damit sie sich ein Kleid nähen könnte. Und das tat sie auch, obwohl die Nachbarsfrau sagte, es sei der sonderbarste Aufzug für ein Schulmädchen, den sie hoffentlich je erleben werde.

Solange sie auf der Highschool war, kam Violet jedes Wochenende nach Hause und berichtete ihren Schwestern über Latein und Basketball und kümmerte sich wie immer um den Haushalt. Aber als sie nach Ottawa ging, blieb sie bis Weihnachten dort. Dawn Rose und Bonnie Hope waren zu der Zeit schon alt genug, um den Haushalt zu führen, aber ob sie es auch taten, stand auf einem anderen Blatt. Eigentlich war Dawn Rose schon alt genug, um mit der Highschool anzufangen, aber sie war bei ihrem letzten Jahr auf der Grundschule im Ort durchgefallen und musste wiederholen. Sie und Bonnie Hope waren in derselben Klasse.

Als Violet in den Weihnachtsferien nach Hause kam, hatte sie sich sehr verändert. Doch sie glaubte, alle Welt um sie herum hätte sich verändert.

Sie wollte wissen, ob sie immer schon so geredet hätten. Wie denn? Mit einem Akzent. Redeten sie denn nicht absichtlich so, zum Scherz? Sagten sie nicht absichtlich »Schupfen«, um einen Scherz zu machen?

Sie hatte vergessen, wo einzelne Dinge aufbewahrt wurden, und war höchst erstaunt, die Bratpfanne unter dem Herd zu finden. Sie fasste eine Abneigung gegen Tigger, den Hund, der nun, da er alt wurde, im Haus bleiben durfte. Sie sagte, er rieche und die Couchdecke sei voller Haare.

Im Salon rieche es modrig, sagte sie, und die Wände müssten neu tapeziert werden.

Aber die volle Wucht ihrer Überraschung und ihres Missfallens traf ihre Schwestern selbst. Sie waren gewachsen seit dem Sommer. Dawn Rose war jetzt ein großes, stämmiges Mädchen mit Brüsten, die lose unter ihrem Kleid schlenkerten, und einem breiten roten Gesicht, dessen kindlich geheimnisvoller Ausdruck einen neuen Zug angenommen hatte, der dumm und halsstarrig wirkte. Sie hatte frauliche Gerüche entwickelt, und sie wusch sich nicht. Bonnie Hope war körperlich immer noch ein Kind, aber ihr krauses rotes Haar wurde nie richtig ausgekämmt, und sie war mit Flohstichen übersät, die sie sich beim Spielen mit den Katzen in der Scheune zuzog.

Violet wusste kaum, wie sie die beiden sauber kriegen sollte. Das Schlimmste war, dass sie aufsässig geworden waren, einander Blicke zuwarfen und kicherten, wenn sie mit ihnen redete, ihr aus dem Weg gingen, störrisch und verschlossen waren. Sie benahmen sich, als ob sie irgendein idiotisches Geheimnis hätten.

Und so war es auch, sie hatten ein Geheimnis, aber das sollte erst geraume Zeit später herauskommen, erst nach den Ereignissen des nächsten Sommers, und auch da nur auf Umwegen, indem Bonnie Hope irgendwelchen Mädchen davon erzählte, die es anderen erzählten und diese wieder anderen, und noch weitere schnappten es auf, dann eine Nachbarsfrau, die schließlich Violet davon erzählte.

Im Spätherbst jenes Jahres – dem Jahr, in dem Violet auswärts auf die Lehrerfachschule ging – hatte Dawn Rose ihre erste Periode bekommen. Diese Entwicklung setzte ihr so zu, dass sie zum Bach hinunterging und sich ins kalte Wasser setzte, fest entschlossen, die Blutung zum Stillstand zu bringen. Sie zog Schuhe, Strümpfe und Unterhose aus und setzte sich ins seichte, eiskalte Wasser. Sie wusch das Blut aus ihrer Unterhose, wrang sie aus und zog sie nass wieder an. Sie holte sich keine Erkältung, sie wurde nicht krank, und sie bekam ihre Periode das ganze Jahr nicht mehr. Die Nachbarin sagte, so eine Prozedur hätte leicht ihrem Gehirn schaden können.

»Das ganze schlechte Blut wieder reinzutreiben, da hätte es leicht Schaden anrichten können.«

Violets einzige Freude an diesem Weihnachten war es, von ihrem Freund zu erzählen, der Trevor Auston hieß. Sie zeigte ihren Schwestern ein Bild von ihm. Es war aus einer Zeitung ausgeschnitten. Er trug seinen Pfarrerskragen.

»Er sieht aus wie ein Pfarrer«, sagte Dawn Rose kichernd.

»Das ist er auch. Das Bild stammt von seiner Amtsein-führung. Findet ihr nicht, dass er gut aussieht?«

Trevor Auston sah gut aus. Er war ein dunkelhaariger junger Mann mit schmalen Augen und einer vollkommenen Nase, einem hoch in die Luft gereckten Kinn und einem schmallippigen, selbstbewussten, ja auch liebenswürdigen Lächeln.

Bonnie Hope meinte: »Er muss schon alt sein, wenn er ein Pfarrer ist.«

»Er ist gerade erst Pfarrer geworden«, sagte Violet. »Er ist sechsundzwanzig. Er ist kein anglikanischer Pfarrer, er ist Pfarrer bei der unierten Kirche«, erklärte sie, als ob das einen Unterschied machte. Aber für sie tat es das. Violet hatte in Ottawa die Konfession gewechselt. Sie sagte, in der unierten Kirche sei viel mehr geboten. Es gab einen Feder-ballklub – sie und Trevor spielten beide – und eine Theater-gruppe, außerdem Eislaufveranstaltungen und Schlittenfahr-ten, Erntefeste, Geselligkeiten. Bei einer Halloweenparty im Untergeschoss der Kirche, als das Apfelfischen mit dem Mund gespielt wurde, waren Violet und Trevor sich zum ersten Mal begegnet. Oder hatten das erste Mal miteinander geredet, denn natürlich war er Violet schon in der Kirche aufgefallen, wo er Hilfspfarrer war. Er sagte, sie sei ihm auch schon aufgefallen. Und sie dachte, das stimmte viel-leicht. Eine ganze Gruppe von Mädchen aus der Lehrer-fachschule besuchte diese Kirche gemeinsam, unter ande-rem auch wegen Trevor, und sie machten ein Spiel daraus, dass sie versuchten, seinen Blick auf sich zu ziehen. Wenn alle aufstanden und die Hymnen anstimmten, fixierten sie ihn, und wenn er zurückschaute, senkten sie sofort den Blick. Dann gingen Wellen von Gekicher durch die Bank. Aber Violet sang ihn unverwandt an, als wären ihre Augen den seinen nur zufällig begegnet:

»Erhebet euch, ihr Diener des Herrn,
Legt an die Waffen des Heils —«

Ineinander verschränkte Blicke beim Hymnensingen. Die
männlich-kraftvollen Hymnen der alten Methodisten und
die geißelnden Psalmen der Presbyterianer waren in dieser
neuen unierten Kirche zusammengekommen. Das Pfarrers-
amt zog damals in dieser Kirche energische, machthungrige
junge Männer an, nicht ganz unähnlich den jungen Männern, die in die Politik gingen. Eine gute Stimme und ein
edles Profil konnten nicht schaden.

Ineinander verschränkte Blicke. Küsse an der Haustür
von Violets Pension. Die kühle, gut rasierte, aber trotzdem
leicht stopplige und fremdartige Männerwange, der schick-
liche, aber verheißungsvolle Geruch nach Talkumpuder und
Rasierwasser. Schon bald duckten sie sich in den Schatten
neben dem Eingang und drückten sich durch ihre Win-
terkleidung aneinander. Sie führten ernste Gespräche über
Selbstbeherrschung, und diese Gespräche waren in sich
schon erregend. Sie kamen mehr und mehr zu der Überzeugung, dass sie, wenn sie heiraten würden, die Art von Freuden genießen könnten, die einem beim bloßen Gedanken
daran fast die Sinne schwinden lassen.

Kurz nachdem Violet von den Weihnachtsferien zurückkam, verlobten sie sich. Dann gab es andere Dinge, an die
sie zu denken hatten und auf die sie sich freuen konnten,
als Sex. Ein verantwortungsvolles und bedeutendes Leben
lag vor ihnen. Als verlobtes Paar wurden sie von älteren
Pfarrern und wohlhabenden, einflussreichen Mitgliedern der
Gemeinde zum Abendessen eingeladen. Violet hatte sich ein
gutes Kleid genäht, aus dunkelrotem Wollserge mit Keller-
falten – eine enorme Verbesserung gegenüber der Kreation
aus breit geripptem Krepp.

Bei diesen Abendessen gab es Tomatensaft vorneweg. Auf den Tischen standen Krüge mit Eiswasser. Kein Mitglied dieser Kirche durfte alkoholische Getränke anrühren. Selbst der Wein zur Kommunion war Traubensaft. Aber es gab große Rinder- oder Schweinebraten oder Truthahn auf Silberplatten, gebackene Kartoffeln und Zwiebeln und große Mengen Soße, danach üppige Torten und Kuchen und herrlich geformte Puddings mit Schlagsahne. Essen war keine Sünde. Karten spielen war eine Sünde, mit Ausnahme eines eigens von den Methodisten erfundenen Kartenspiels, das Verlorenes Erbe hieß; Tanzen war für manche eine Sünde, und Kinobesuche waren für manche sündhaft, und der Besuch jeder Art von Vergnügungsveranstaltung am Sonntag mit Ausnahme eines Kirchenkonzerts, das keinen Eintritt kostete, war für alle eine Sünde.

Das war etwas Neues für Violet nach den laxen anglikanischen Grundsätzen ihrer Kindheit und den Regeln – falls es überhaupt Regeln gab – in ihrem Zuhause. Sie fragte sich, was Trevor sagen würde, wenn er King Billy dabei sehen könnte, wie er jeden Morgen, bevor er sich an die Arbeit machte, seinen Schluck Whiskey kippte. Trevor hatte schon davon gesprochen, dass er mit ihr nach Hause fahren und ihre Familie kennen lernen wolle, aber sie hatte es hinauszögern können. Sie konnten nicht am Sonntag fahren, weil er Messen lesen musste, und sie konnten nicht unter der Woche fahren, weil sie Unterricht hatte. Vorläufig wollte sie den Gedanken an zu Hause einfach beiseite schieben.

Die strengen Grundsätze der unierten Kirche mochten vielleicht der Gewöhnung bedürfen, aber die damit verbundene Zielstrebigkeit und das Gefühl von Wichtigkeit, die Resolutheit und Energie, behagten Violet sehr. Es war, als bekleideten die Pfarrer und die obersten Gemeindemitglieder allesamt Stellen in einem florierenden und bedeutenden

Unternehmen. Die Rolle einer Pfarrersgattin stellte sie sich schwierig und anstrengend vor, aber das beirrte sie nicht. Sie sah sich schon in der Sonntagsschule unterrichten, Geld für Missionen auftreiben, die Vorbeterin machen, schön angezogen in der vordersten Bank sitzen und Trevor zuhören, unermüdlich Tee aus einer Silberkanne nachschenken.

Sie hatte nicht vor, den Sommer zu Hause zu verbringen. Sie würde eine Woche zu Besuch hinfahren, sobald ihre Prüfungen vorbei waren, und dann den Sommer über im Pfarramt in Ottawa arbeiten. Sie hatte sich für eine Stelle als Lehrerin im nahe gelegenen Bell's Corner beworben. Sie wollte ein Jahr unterrichten und dann heiraten.

In der Woche vor Beginn der Prüfungen bekam sie einen Brief von zu Hause. Er war nicht von King Billy oder Tante Ivie – sie schrieben keine Briefe –, sondern von der Frau auf dem Nachbarshof, der die Nähmaschine gehörte. Ihr Name war Annabelle Wrioley, und sie zeigte gewisses Interesse an Violet. Sie hatte keine eigene Tochter. Früher hielt sie Violet für ein Scheusal, aber jetzt war sie der Meinung, sie sei eine Draufgängerin.

Annabelle schrieb, es tue ihr sehr Leid, Violet gerade jetzt zu belästigen, aber sie glaube, man müsse es ihr sagen. Zu Hause gebe es Schwierigkeiten. Was das für Schwierigkeiten seien, wolle sie nicht schriftlich sagen. Falls Violet irgendeine Möglichkeit sehe, mit dem Zug nach Hause zu kommen, könne sie in die Stadt fahren und sie abholen. Sie und ihr Mann hätten jetzt ein Auto.

Also fuhr Violet mit dem Zug nach Hause.

»Ich kann nicht lange drum herum reden«, sagte Annabelle. »Es geht um deinen Vater. Er ist in Gefahr.«

Violet dachte, sie wolle damit sagen, King Billy sei krank.

Aber das war es nicht. Er hatte in letzter Zeit seltsame Briefe bekommen. Schreckliche Briefe. Sie drohten ihm mit dem Tod.

Was in diesen Briefen stehe, sagte Annabelle, sei so abscheulich, dass man es nicht glauben könne.

Zu Hause auf ihrer Farm hatte es den Anschein, als sei jegliches normale Leben zum Erliegen gekommen. Die ganze Familie war eingeschüchtert. Sie hatten Angst, auf die hintere Weide zu gehen, um die Kühe einzutreiben, Angst, sich im Keller weiter vorzuwagen oder nach Einbruch der Dunkelheit zum Brunnen oder zur Toilette zu gehen. King Billy hätte sich selbst jetzt noch auf eine Rauferei eingelassen, aber die Vorstellung eines unbekannten Feinds, der nur darauf wartete, zuzuschlagen, entnervte ihn. Er konnte nicht vom Haus zur Scheune gehen, ohne sich blitzschnell umzudrehen, um festzustellen, ob jemand hinter ihm war. Wenn er die Kühe molk, stellte er sie in ihren Koben so hin, dass er in einer Ecke saß und keiner sich von hinten heranschleichen konnte. Tante Ivie machte es genauso.

Tante Ivie ging mit einem Stock im Haus herum und schlug auf Schranktüren und auf die Deckel von Truhen und Kisten und sagte dazu: »Wenn du da drin bist, dann bleibst du besser drin, bis du erstickst! Du Mörder!«

Der Mörder müsse schon ein Zwerg sein, sagte Violet, um sich solche Verstecke zu suchen.

Dawn Rose und Bonnie Hope blieben von der Schule zu Hause, obwohl es gerade die Zeit im Jahr war, da sie sich für die Aufnahmeprüfung hätten vorbereiten müssen. Sie hatten Angst, sich abends auszuziehen, und ihre Kleider waren ganz verknittert und rochen säuerlich.

Mahlzeiten wurden keine gekocht. Aber die Nachbarn brachten Essen. Irgendein Besucher schien immer am Küchentisch zu sitzen, ein Nachbar oder sogar jemand, der die

Familie kaum kannte, aber von ihren Nöten gehört hatte und von ziemlich weit her gekommen war. Das Geschirr wurde mit kaltem Wasser gespült, sofern es überhaupt gespült wurde, und der Hund war der Einzige, der sich dafür interessierte, was auf dem Boden herumlag.

King Billy war die ganze Nacht aufgeblieben, um Wache zu halten. Tante Ivie verbarrikadierte sich hinter der Schlafzimmertür.

Violet fragte nach den Briefen. Sie wurden herausgeholt, vor ihr auf der Wachstuchtischdecke zur Besichtigung ausgebreitet, wie sie schon vor allen Nachbarn und Besuchern ausgebreitet worden waren.

Hier war der Brief, der als Erster gekommen war, mit der regulären Post. Dann der Zweite, der auch mit der Post kam. Die Briefe danach wurden an verschiedenen Orten auf der Farm gefunden.

Auf dem Deckel eines Sahneeimers im Stall.

Mit Reißnägeln an die Scheunentür gepinnt.

Um den Henkel des Milcheimers gewickelt, den King Billy jeden Tag benutzte.

Streit entspann sich, welcher Brief wo gefunden worden war.

»Was ist mit dem Poststempel?«, unterbrach Violet. »Wo sind die Umschläge von denen, die mit der Post gekommen sind?«

Sie wussten es nicht. Sie wussten nicht, wo die Umschläge hingekommen waren.

»Ich will sehen, wo sie aufgegeben wurden«, sagte Violet.

»Ist doch egal, wo sie aufgegeben wurden, wo er scheinbar sowieso genau weiß, wo er uns finden kann«, sagte Tante Ivie. »Jedenfalls gibt er sie jetzt nicht mehr auf. Er schleicht sich her, wenn's dunkel ist, und lässt sie da.

Schleicht hier überall rum, wenn's dunkel ist, und lässt sie da – der weiß, wo wir zu finden sind.«

»Was ist mit Tigger?«, fragte Violet. »Hat er nicht gebellt?«

Nein. Aber Tigger war allmählich zu alt, um noch recht als Wachhund zu taugen. Und bei all dem Kommen und Gehen von Besuchern hatte er das Bellen praktisch völlig aufgegeben.

»Wahrscheinlich würde der nicht mal bellen, wenn er Tod und Teufel durchs Tor kommen säh«, sagte King Billy.

Im ersten Brief wurde King Billy mitgeteilt, dass er am besten gleich alle seine Kühe verkaufe. Er stehe auf der schwarzen Liste. Er werde das Heuen ganz sicher nicht mehr erleben. Er sei so gut wie tot.

Das hatte King Billy zum Arzt getrieben. Er nahm an, er hätte vielleicht eine Krankheit, die man seinem Gesicht ansehen könne. Aber der Arzt klopfte ihn ab und hörte sich sein Herz an und leuchtete ihm mit einer Lampe ins Gesicht und verlangte zwei Dollar und sagte ihm, er sei gesund.

Was für ein törichter Ignorant du warst, zum Arzt zu gehen, stand im nächsten Brief. *Du hättest dir deinen Zwei-Dollar-Schein besser aufgehoben, um dir damit deinen dreckigen alten Hintern abzuwischen. Ich hab nie gesagt, dass du an einer Krankheit sterben wirst. Du wirst umgebracht. Das ist es, was dir blüht. Du bist nicht sicher, egal, wie gut deine Gesundheit ist. Ich kann nachts in dein Haus kommen und dir die Kehle durchschneiden. Ich kann mich hinter einem Baum verstecken und dich erschießen. Ich kann mich von hinten anschleichen und eine Schlinge um deinen Kopf werfen und dich erwürgen, und du wirst nicht mal mein Gesicht sehen, wie findest du das?*

Es war also kein Wahrsager oder einer, der die Zukunft lesen konnte. Es war ein Feind, der die Sache eigenhändig ausführen wollte.

Ich hätte nichts dagegen, deine hässliche Frau und deine blöden Kinder gleich mit umzubringen, wenn ich schon mal dabei bin.

Du gehörst mit dem Kopf voraus in die Sitzgrube geschmissen. Du gemeines krummbeiniges blödes Schwein. Dir gehört dein Pimmel mit der Rasierklinge abgeschnitten. Außerdem bist du ein Lügner. Die ganzen Ringkämpfe, die du angeblich gewonnen hast, sind erstunken und erlogen.

Ich könnte dir ein Messer reinrammen und dein Blut in eine Schüssel laufen lassen und daraus einen Blutpudding machen. Den würde ich dann den Schweinen verfüttern.

Wie würde es dir gefallen, einen rot glühenden Schürhaken ins Auge zu kriegen?

Als sie zu Ende gelesen hatte, sagte Violet: »Das einzig Richtige ist, wir zeigen die Briefe der Polizei.«

Sie hatte vergessen, dass es die Polizei hier draußen auf dem Land in dieser abstrakten, amtlichen Form nicht gab. Es gab einen Polizisten, aber der war in der Stadt, und außerdem hatte King Billy letzten Winter einen Zusammenstoß mit ihm gehabt. King Billys Schilderung zufolge war ein Auto mit Rechtsanwalt Boot Lomax am Steuer in King Billys Pferdeschlitten hineingerutscht, und Lomax hatte den Polizisten herbeigerufen.

»Verhaften Sie diesen Mann wegen unterlassenen An-
haltens an der Kreuzung!«, brüllte Boot Lomax (betrunken)
und fuhrwerkte mit der Hand in einem großen, fellgefütter-
ten Handschuh durch die Luft.

King Billy sprang heraus auf den harten aufgehäuften
Schnee und hielt die Fäuste im Anschlag. »Mir kommt so
schnell kein hohes Tier und legt mir Handschellen an!«

Am Ende wurde alles ausdiskutiert, aber es wäre trotzdem unklug, zu diesem Polizisten zu gehen.

»Er wird mir einen Strick draus drehen, egal wie. Könnte
sogar sein, dass er die Briefe selber schreibt.«

Aber Tante Ivie sagte, es sei dieser Landstreicher. Sie erinnerte sich an einen übel aussehenden Landstreicher, der
vor Jahren an die Tür gekommen war, und nicht einmal
danke gesagt hatte, als sie ihm Brot gab. Er sagte: »Haben
Sie keine Mortadella?«

King Billy hielt es für wahrscheinlicher, dass es ein
Mann war, den er einmal für die Heuernte eingestellt hatte.
Der Mann hatte nach einem halben Tag alles hingeworfen,
weil er die Arbeit auf dem Heuboden nicht ausstehen konnte. Er sagte, er sei in dem Staub und den Heusamen da oben
um ein Haar erstickt, und dann wollte er fünfzig Cent extra
für den Schaden an seiner Lunge.

»Ich geb dir deine fünfzig Cent!«, hatte King Billy ihn
angebrüllt. Er stach mit der Heugabel in die Luft. »Komm
nur her, dann kriegst du deine fünfzig Cent!«

Oder war es vielleicht jemand, der eine alte Rechnung
zu begleichen hatte, einer von diesen Burschen, die er vor
langer Zeit aus dem Zug geworfen hatte? Oder noch weiter
zurück, einer von den Burschen, die er auf dem Tanzfest
fertig gemacht hatte?

Tante Ivie fiel ein junger Mann ein, der in ihrer Jugend
bis über beide Ohren in sie verschossen gewesen war. Spä-

ter zog er in den Westen, aber vielleicht war er zurückgekommen und hatte eben erst erfahren, dass sie verheiratet war.

»Nach all der Zeit soll er wie wild hinter dir her sein?«, sagte King Billy. »Das ist nicht grade wahrscheinlich.«

»Er war trotzdem in mich verschossen.«

Violet schaute sich die Briefe genau an. Sie waren mit Bleistift in Druckbuchstaben geschrieben, auf billigem, liniertem Papier. Die Bleistiftstriche waren dunkel, als habe der Verfasser immer fest aufgedrückt. Es war nirgends radiert worden, und es gab auch keine Rechtschreibfehler – bei dem Wort ›Ignorant‹ etwa. Satzbau und Großschreibung waren ihm offenbar geläufig. Aber was ließ sich daraus schon schließen?

Die Tür wurde nachts verriegelt. Die Jalousien wurden bis auf die Fensterbänke heruntergelassen. King Billy legte die Schrotflinte auf den Tisch und stellte ein Glas Whiskey daneben.

Violet schüttete den Whiskey in hohem Bogen in den Kübel mit Schmutzwasser. »Den brauchst du nicht«, sagte sie.

King Billy hob die Hand gegen sie – obwohl er kein Mann war, der Frau und Kinder schlägt.

Violet wich zurück, redete jedoch weiter. »Du brauchst nicht wach zu bleiben. Ich werde wach bleiben. Ich bin frisch und ausgeruht. Geh nur, Papa. Du brauchst Schlaf, keinen Whiskey.«

Nach einigem Hin und Her willigte er ein. King Billy ließ sich von Violet vorführen, dass sie mit einer Schrotflinte umgehen konnte. Dann ging er in den Salon zum Schlafen, auf der harten Couch dort. Tante Ivie hatte schon die Kommode vor die Schlafzimmertür geschoben, und es hätte zu viel Schreien und Erklären erfordert, sie dazu zu bewegen, das Möbel wegzuschieben.

Violet drehte die Lampe höher, holte das Tintenfass aus dem Regal und fing einen Brief an Trevor an, um ihm zu erzählen, was los war. Ohne dick aufzutragen, einfach nur berichtend, was vor sich ging, gab sie ihm zu verstehen, dass sie alles in die Hand nahm und die anderen beruhigte, dass sie gewillt war, ihre Familie zu verteidigen. Sie berichtete sogar, wie sie den Whiskey weggeschüttet hatte, und erklärte, dass es nur seiner Nervenbelastung zuzuschreiben sei, dass ihr Vater überhaupt auf den Gedanken verfiel, nach Whiskey zu greifen. Sie schrieb nicht, dass sie Angst hatte. Sie schilderte die Stille, die Dunkelheit und die Einsamkeit der Frühsommernacht. Und für jemanden, der in einem größeren Ort oder einer Stadt gelebt hatte, war diese Nacht sehr dunkel und einsam – aber so still am Ende doch nicht. Nicht, wenn man auf etwas horchte. Sie war erfüllt von schwachen Geräuschen, fern und nah, von Bäumen, die wogten und rauschten, und Tieren, die sich im Schlaf bewegten und fraßen. Draußen vor der Tür gab Tigger ein oder zwei Mal den Laut, der bedeutete, dass er vom Bellen träumte.

Unter ihren Brief setzte Violet *deine dich liebende und sich nach dir sehnende künftige Frau* und dann noch *von ganzem Herzen*. Sie drehte die Lampe herunter, ließ eine Jalousie hoch und saß da und hielt Wache. In ihrem Brief hatte sie geschrieben, dass es auf dem Land jetzt zauberhaft sei mit all den Butterblumen, die am Wegrand blühten, aber während sie dasaß und aufpasste, ob sich ein Schatten bewegte, aus den unregelmäßigen Schatten im Hof löste, und auf sachte Schritte horchte, dachte sie, dass sie das Land im Grunde hasste. Parks mit ihren Blumen und ihrem Rasen waren reizvoller, und die Bäume entlang den Straßen von Ottawa hätten gar nicht schöner sein können. Dort herrschte Ordnung, und es gab ein gewisses Maß an Intelligenz. Hier draußen gab es Leere, Klatsch und Sinnlosigkeit. Was würden die Leute, die sie zum Abendessen eingeladen hatten, denken, wenn sie sie hier sitzen sähen, mit einer Schrotflinte vor sich?

Angenommen, der Eindringling, der Mörder, käme tatsächlich die Stufen herauf? Sie würde auf ihn schießen. Jede Verwundung durch eine Schrotflinte wäre grauenhaft, aus dieser Nähe. Es würde eine Gerichtsverhandlung geben, und ihr Bild käme in die Zeitungen. HÄNDEL IN DER PROVINZ.

Wenn sie ihn nicht träfe, wäre es schlimmer.

Als sie ein dumpfes Geräusch hörte, war sie im Nu auf den Beinen, mit klopfendem Herzen. Anstatt die Flinte zu ergreifen, hatte sie sie weggeschoben. Sie hatte geglaubt, das Geräusch käme von der Veranda, aber als sie es wieder hörte, merkte sie, dass es von oben kam. Sie merkte auch, dass sie eingeschlafen war.

Es waren bloß ihre Schwestern. Bonnie Hope musste nach draußen auf die Toilette.

Violet zündete ihnen die Laterne an. »Ihr hättet nicht alle beide aufzustehen brauchen«, sagte sie. »Ich hätte dich begleiten können.«

Bonnie Hope schüttelte den Kopf und zerrte an Dawn Roses Hand. »Ich will, dass sie mitkommt.«

Die Angst schien die beiden an den Rand des Schwachsinns zu treiben. Sie wollten Violet nicht ins Gesicht sehen. Konnten sie sich überhaupt an die Tage erinnern, als das nicht so war und sie ihnen alles Mögliche beibrachte und sie verwöhnte und versuchte, sie hübsch zu machen?

»Wieso könnt ihr nicht eure Nachthemden anziehen?«, fragte Violet traurig und schloss die Tür. Sie blieb neben der Flinte sitzen, bis sie zurückkamen und ins Bett gingen. Dann zündete sie den Herd an und machte Kaffee, weil sie befürchtete, wieder einzuschlafen.

Als sie sah, dass der Himmel hell wurde, öffnete sie die Tür. Der Hund stand auf, am ganzen Körper zitternd, und ging zu der zugestöpselten Abwaschschüssel neben der Pumpe, um zu trinken. Der Hof war ringsum von weißem Nebel eingehüllt. Zwischen dem Haus und der Scheune lag ein felsiger Buckel, und die Felsbrocken waren dunkel von der nächtlichen Feuchtigkeit. Was war ihre Farm anderes als ein paar Hektar spärlichen Bodens, eingestreut zwischen steinige Hügel und Sumpf? Was für eine Torheit, zu glauben, man könne sich darauf niederlassen und leben und eine Familie ernähren.

Auf der obersten Stufe lag etwas, das dort nicht hingehörte – ein säuberlicher, glänzender Pferdeapfel. Violet suchte nach einem Holzstück, um ihn zu entfernen, und da sah sie den Zettel, der darunter lag.

Glaub ja nicht, dass deine Tochter, diese verklemmte Schlampe, dir helfen kann. Ich hab dich die ganze Zeit im Auge, und ich hasse dich und sie. Wie würde es dir gefallen, das hier in den Hals gestopft zu kriegen?

Er musste ihn in der letzten Nachtstunde dort hingelegt haben, als sie am Küchentisch ihren Kaffee trank. Vielleicht hatte er durchs Fenster hereingeschaut und sie gesehen. Sie rannte hinauf und weckte ihre Schwestern, um sie zu fragen, ob sie etwas gesehen hätten, als sie hinuntergingen, und sie sagten nein, nichts. Sie waren diese Stufen mit der Laterne hinunter- und wieder hinaufgegangen, und da hatte nichts gelegen. Er hatte ihn erst danach dort hingelegt.

Eines konnte Violet daraus entnehmen, über das sie froh war: Es war unmöglich, dass Tante Ivie etwas damit zu tun gehabt hatte. Tante Ivie war die ganze Zeit in ihrem Zimmer verbarrikadiert gewesen. Nicht dass Violet im Ernst geglaubt hatte, ihre Mutter sei bösartig oder verrückt genug, so etwas zu tun. Aber sie wusste, was man sich erzählte. Sie wusste, dass es sicher Leute gab, die jetzt sagten, sie seien nicht sonderlich überrascht über das, was hier vor sich gehe. Sie sagten bestimmt, gewisse Menschen würden absonderliche Probleme geradezu anziehen und in der Umgebung gewisser Menschen würde eben viel eher etwas passieren.

Violet verbrachte den ganzen Tag damit, sauber zu machen. Ihr Brief an Trevor lag auf der Kommode. Sie kam nicht dazu, ihn zum Briefkasten zu bringen. Besucher kamen hereingeschneit, und es war dasselbe wie gestern – dasselbe Gerede, dieselben Verdächtigungen und Spekulationen. Der einzige Unterschied war, dass man den neuen Brief vorzeigen konnte.

Annabelle brachte ihnen frisches Brot. Sie las den Brief und sagte: »Mir wird einfach speiübel von so was. Noch dazu so nah. Fast hättest du ihn atmen hören können, Violet. Du musst ja ziemlich mit den Nerven fertig sein.«

»Davon macht keiner sich 'nen Begriff nich«, sagte Tante Ivie stolz. »Was wir hier durchmachen.«

»Wer auch bloß 'nen Schritt hier aufs Gelände tut im Dunkeln«, sagte King Billy, »kann von jetzt an damit rechnen, dass auf ihn geschossen wird. Das ist alles, was ich zu sagen hab.«

Nachdem sie zu Abend gegessen und gemolken und die Kühe wieder herausgetrieben hatten, brachte Violet ihren Brief zum Briefkasten unten an der Straße, damit der Postbote ihn am Morgen mitnehmen konnte. Die Pennys für die

Briefmarke legte sie oben drauf. Dann kletterte sie die Böschung hinter dem Briefkasten hoch und setzte sich.

Die Straße war ausgestorben. Es waren die längsten Tage des Jahres jetzt; eben erst ging die Sonne unter. Ein Regenpfeifer mit einem lahmen Flügel flog ziepend vorbei, forderte sie auf, ihm zu folgen. Seine Eier mussten irgendwo in der Nähe sein. Regenpfeifer legten ihre Eier praktisch auf die Straße, direkt auf den Schotter, und mussten dann die ganze Zeit versuchen, die Menschen davon wegzulocken.

Sie wurde allmählich so schlimm wie King Billy, dass sie meinte, jemanden hinter sich zu spüren. Sie versuchte, sich nicht umzudrehen, aber sie kam nicht dagegen an. Sie sprang auf und drehte sich im selben Moment um, und da sah sie hinter einem Wacholderbusch eine rote Haarsträhne im Licht der letzten Sonne aufleuchten.

Es waren Dawn Rose und Bonnie Hope.

»Was treibt ihr denn da, wollt ihr mir Angst einjagen?«, sagte Violet erbittert. »Haben wir nicht alle schon genug Angst? Ich sehe euch sehr gut! Was in aller Welt treibt ihr denn da?«

Sie kamen heraus und zeigten ihr, was sie getrieben hatten – die wilden Erdbeeren gepflückt.

Zwischen dem Moment, als sie die rote Haarsträhne erblickte, und dem Moment, als sie die Erdbeeren in ihren Händen sah, traf Violet die Erkenntnis. Aber sie würde es nur aus ihnen herausbekommen, wenn sie all ihre Überredungskünste aufbot und Bewunderung und Sympathie heuchelte. Vielleicht selbst dann nicht.

»Wollt ihr mir keine Beere geben?«, sagte sie. »Seid ihr mir böse? Ich kenne euer Geheimnis.«

»Ich weiß Bescheid«, sagte sie. »Ich weiß, wer die Briefe geschrieben hat. Ich weiß, dass ihr es wart. Ihr habt den anderen einen gelungenen Streich gespielt, stimmt's?«

In Bonnie Hopes Gesicht begann es zu zucken. Sie biss sich auf die Lippe. In Dawn Roses Gesicht ging keine Veränderung vor. Aber Violet sah, wie ihre Faust sich um die Beeren schloss, die sie gesammelt hatte. Roter Saft tropfte zwischen Dawn Roses Fingern heraus. Dann schien sie zu dem Schluss zu kommen, dass Violet auf ihrer Seite stand – oder dass es ihr gleichgültig war –, und lächelte. Dieses Lächeln oder Grinsen würde Violet nie vergessen, glaubte sie. Es war unschuldig und böse, wie das Lächeln eines Menschen, dem man vertraut und der sich in einem Traum plötzlich als Feind erweist. Es war das Lächeln der pummligen kleinen Dawn Rose, ihrer Schwester, und das Grinsen einer kalten, verschlagenen, liederlichen, bösartigen erwachsenen Fremden.

Es war alles das Werk von Dawn Rose. Das kam jetzt heraus. Jetzt kam alles ans Licht. Dawn Rose hatte all die Briefe geschrieben und sich ausgedacht, wo man sie hinlegen könnte, und Bonnie Hope hatte nichts weiter getan, als danebenzustehen und den Mund zu halten. Die ersten beiden Briefe waren in der Stadt aufgegeben worden. Das erste Mal war Dawn Rose wegen ihrer Ohrenschmerzen zum Arzt in der Stadt gebracht worden. Das zweite Mal waren sie mit Annabelle mitgefahren. (Annabelle fand fast jeden Tag einen Grund, um in die Stadt zu fahren, seit sie das Auto hatte.) Beide Male war es ein Leichtes, aufs Postamt zu gehen. Dann hatte Rose damit angefangen, die Briefe an allen möglichen Stellen zu hinterlegen.

Bonnie Hope kicherte schwach. Dann bekam sie Schluckauf, und im nächsten Moment begann sie zu schluchzen.

»Sei still!«, sagte Violet. »Du bist es ja nicht gewesen!«

Dawn Rose zeigte keine solchen Anzeichen von Angst oder Zerknirschung. Sie führte die gefüllten Hände zum Mund, um die zerdrückten Beeren zu essen. Sie fragte nicht einmal, ob Violet sie verpetzen würde. Und Violet fragte sie nicht, warum sie es getan habe. Violet dachte, wenn sie es rundheraus fragte, würde Dawn Rose wahrscheinlich sagen, dass sie es zum Scherz getan habe. Das wäre schlimm genug. Aber was wäre, wenn sie gar nichts sagte?

Nachdem ihre Schwestern am selben Abend nach oben gegangen waren, sagte Violet zu King Billy, er brauche nicht mehr Wache zu halten.

»Wieso nicht?«

»Hol Mutter zu uns raus, dann erklär ich's euch.« Sie war sich bewusst, dass sie ›Mutter‹ sagte und nicht ›Tante Ivie‹ oder auch ›Mama‹.

King Billy hämmerte gegen die Schlafzimmertür. »Schieb das Zeug weg und komm raus! Violet will dir was sagen!«

Violet ließ die Jalousien hoch, schob den Riegel zurück und machte die Tür auf. Sie stellte die Schrotflinte in die Ecke.

Es dauerte lange, bis Violets Neuigkeit zu ihnen vorgedrungen war. Vater und Mutter saßen beide mit hängenden Schultern da, hielten die Hände auf den Knien, und auf ihren Gesichtern malte sich ein Ausdruck von Entgeisterung und schmerzlichem Verlust. King Billy schien als Erster zu begreifen.

»Was hat sie denn gegen mich?«, fragte er.

Das war alles, was er immer wieder sagte, und alles, was er auch später je sagen konnte, wenn er darüber nachdachte.

»Was, glaubst du, kann sie gegen mich gehabt haben?«

Tante Ivie stand auf und setzte ihren Hut auf. Sie fühlte die Nachtluft durch die Fliegentür hereindringen.

»Jetzt haben die Leute was zu lachen über uns«, sagte sie.

»Erzähl es ihnen nicht«, erwiderte Violet. (Als ob das ginge.) »Erzähl ihnen überhaupt nichts. Warte, bis sich alles gelegt hat.«

Ihren Filzhut auf dem Kopf und angetan mit ihrem erbärmlichen Nachthemd und Gummistiefeln, wiegte sich Tante Ivie auf der Couch hin und her. »Die sagen jetzt bestimmt, in unserer Familie sind welche nicht ganz bei Trost.«

Violet forderte ihre Eltern auf, ins Bett zu gehen, und sie gingen, willig wie Kinder. Obwohl sie die letzte Nacht nicht geschlafen hatte und ihre Augen sich anfühlten wie mit Sandpapier ausgerieben, war sie sicher, dass sie selbst nie im Leben schlafen könnte. Sie holte alle Briefe, die Dawn Rose geschrieben hatte, von ihrem Platz hinter der Uhr herunter, faltete sie, ohne sie noch einmal anzusehen, zusammen und steckte sie in einen Briefumschlag. Sie schrieb einen kurzen Brief, den sie beilegte, und adressierte den Umschlag an Trevor.

Wir haben herausgefunden, wer das alles geschrieben hat, erklärte sie in ihrem Brief. *Meine Schwester war es. Sie ist vierzehn Jahre alt. Ich weiß nicht, ob sie verrückt ist oder was. Ich weiß nicht, was ich tun soll. Ich möchte, dass du kommst und mich von hier wegholst. Ich hasse das Leben hier. Bitte, komm und hol mich, wenn du mich liebst, und bring mich von hier fort.*

Den Umschlag brachte sie im Dunkeln zum Briefkasten hinunter und legte die Pennys für die Briefmarke dazu hinein. Sie hatte den anderen Brief und die Pennys, die noch dalagen, tatsächlich vergessen. Es kam ihr vor, als hätte sie den Brief schon vor Tagen abgeschickt.

Sie legte sich auf die harte Couch im Salon. In der Dunkelheit konnte sie das Bild nicht sehen, von dem früher so viel Macht, so viel Zauber für sie ausgegangen war. Sie ver-

suchte, sich an das Gefühl zu erinnern, das es in ihr wach-
gerufen hatte. Schon sehr bald schlief sie ein.

Warum hatte Violet das getan? Warum schickte sie Trevor
diese gemeinen Drohbriefe und schrieb dazu diese Worte?
Wollte sie wirklich, dass ihr jemand zu Hilfe kam, ihr sagte,
was sie tun solle? Wollte sie seinen Beistand bei den Schwierigkeiten mit Dawn Rose – oder auch nur sein Gebet? (Seit
diese ganze Geschichte angefangen hatte, war es Violet nie
in den Sinn gekommen, zu beten oder Gott in irgendeiner
Form mit ins Spiel zu bringen.)

Sie würde nie wissen, warum sie es getan hatte. Sie war
übernächtigt und angespannt, und ihr Urteilsvermögen hatte sie im Stich gelassen. Das war alles.

An dem Tag, nachdem die Post abgeholt worden war,
stand Violet selbst morgens neben dem Briefkasten. Sie
wollte mit dem Postboten in die Stadt fahren, um den Ein-
Uhr-Zug nach Ottawa zu erwischen.

»Bei euch ist ja wohl 'ne üble Sache im Gange?«, sagte
der Postbote. »Irgend 'ne üble Sache mit deinem Daddy?«

»Das ist wieder in Ordnung«, erwiderte Violet. »Das ist
alles vorbei.«

Sie wusste, dass die Post, die hier aufgegeben wurde, am
nächsten Tag in Ottawa zugestellt wurde. Es gab zwei Zu-
stellungen, eine morgens und eine am Nachmittag. Falls
Trevor den ganzen Tag außer Haus war – und das war er
normalerweise –, würde man ihm seine Post in dem Haus,
wo er zur Untermiete wohnte, dem Haus einer Pfarrerswitwe, auf dem Flurtisch liegen lassen. Die Eingangstür
war für gewöhnlich unverschlossen. Violet könnte vor ihm
an die Briefe kommen.

Trevor war zu Hause. Er hatte eine schlimme Sommergrippe. Einen weißen Schal wie einen Verband um den Hals gewickelt, saß er in seinem Arbeitszimmer.

»Komm mir nicht in die Nähe, ich strotze vor Bazillen«, sagte er, als Violet quer durchs Zimmer auf ihn zuging. Dem Ton seiner Stimme nach hätte man meinen können, sie sei es, die vor Bazillen strotze.

»Du hast vergessen, die Tür aufzulassen«, sagte er. Die Tür des Arbeitszimmers musste offen bleiben, wenn Violet da war, um die Pfarrerswitwe nicht zu schockieren.

Auf seinem Schreibtisch ausgebreitet, inmitten seiner Bücher und Predigtkonzepte, lagen all die schmuddligen, zerknitterten Schandbriefe, die Dawn Rose geschrieben hatte.

»Setz dich«, sagte Trevor mit müder, krächzender Stimme. »Setz dich, Violet.«

Also musste sie sich vor seinen Schreibtisch setzen wie irgendein leidgeplagtes Gemeindemitglied, irgendeine arme junge Frau, die in Schwierigkeiten geraten war.

Er sagte, es überrasche ihn nicht, sie zu sehen. Er habe sich schon gedacht, dass sie vielleicht aufkreuzen würde. Das sagte er wörtlich. »*Aufkreuzen.*«

»Du hattest vor, sie zu zerreißen, wenn du vor mir hier gewesen wärst«, sagte er.

Ja. Genau.

»Damit ich es nie erfahren würde«, sagte er.

»Ich hätte es dir irgendwann erzählt.«

»Das bezweifle ich«, sagte Trevor mit seiner jämmerlich krächzenden Stimme. Dann räusperte er sich und fügte hinzu: »Tut mir Leid, aber das bezweifle ich«, in dem Versuch, freundlicher, geduldiger, pastoraler zu sein.

Sie redeten von der Mitte des Nachmittags bis zum Einbruch der Dunkelheit. Trevor redete. Er massierte sich den Hals, um seine Stimme in Gang zu halten. Er redete, bis sein Hals völlig wund war, unterbrach sich, um auszuruhen, und redete weiter. Er sagte nicht ein einziges Wort, das Violet nicht seit dem Augenblick, als er von seinen Büchern zu ihr aufblickte, hätte voraussagen können. Seit dem Augenblick, als er sagte: »Komm nicht in meine Nähe.«

Und auch in dem Brief, den sie ein paar Tage später von ihm erhielt – in dem er die endgültigen Dinge schrieb, die ihr ins Gesicht zu sagen er nicht ganz das Herz gehabt hatte –, stand nicht ein einziges Wort, das sie nicht schon im Voraus gewusst hätte. Sie hätte den Brief für ihn schreiben können. (Alle Briefe von Dawn Rose waren beigelegt.)

Ein Pfarrer sei unglücklicherweise nie ganz frei, selbst zu wählen, wen er liebe. Eine Pfarrersgattin dürfe keine Probleme mit in die Ehe bringen, die ihren Mann ablenken und ihn davon abhalten könnten, Gott und seiner Kirche zu dienen. Auch dürfe eine Pfarrersfrau durch nichts in ihrem familiären Hintergrund oder in ihrem Bekanntenkreis jemals zu Klatsch Anlass geben oder einen Skandal verursachen. Ihr Leben gestalte sich oft schwierig, und es sei deshalb erforderlich, dass sie von allerbester körperlicher und geistiger Gesundheit sei, ohne erbliche Vorbelastung oder Schwäche, um dieses Leben zu meistern.

All das wurde mit sehr viel Wiederholen und Aufbauschen und Abschweifen vorgetragen, und mittendrin gab es so eine Art Tauziehen zwischen ihnen, ob man Dawn Rose hier in der Stadt einigen Ärzten vorstellen, sie in eine Anstalt einweisen lassen sollte. Trevor sagte, Dawn Rose sei ganz offensichtlich schwer gestört.

Doch anstatt sich zu wünschen, Trevor würde das Problem mit Dawn Rose für sie lösen, schien Violet jetzt das Gefühl zu haben, sie müsse Dawn Rose vor ihm in Schutz nehmen.

»Könnten wir nicht Gott bitten, sie zu heilen?«, fragte sie.

Seinem Blick entnahm sie, dass er sie für unverschämt hielt. Gott zu erwähnen war seine Sache, nicht die ihre. Aber er sagte gefasst, Gott heile die Menschen mittels Ärzten und Behandlung. Mittels Ärzten und Behandlung und Gesetzen und Anstalten. So gehe Gott zu Werke.

»Es gibt eine Art Geisteskrankheit bei Frauen, die in diesem Alter einsetzt«, sagte er. »Du weißt, was ich meine. Sie hasst Männer. Sie gibt ihnen die Schuld. Das ist offenkundig. Ihr Hass auf Männer ist geisteskrank.«

Später fragte sich Violet, ob er nicht versucht hatte, eine Tür für sie offen zu halten. Hätte er ihre Verlobung auch dann abgebrochen, wenn sie in Dawn Roses Verbannung eingewilligt hätte? Vielleicht nicht. Obwohl er sich bemühte, vernünftig und überlegen zu klingen, war wahrscheinlich auch er verzweifelt. Mehrere Male musste er dasselbe sagen. »Ich rede nicht mit dir, ich kann nicht mit dir reden, wenn du nicht aufhörst zu weinen.«

Die Pfarrerswitwe kam herein und fragte, ob sie zu Abend essen wollten. Sie verneinten, und sie ging missbilligend weg. Trevor sagte, er könne nicht schlucken. Als es dunkel wurde, verließen sie das Haus. Sie gingen die Straße hinunter zu einem Drugstore, wo sie zwei Milchshakes bestellten und ein Hühnersandwich für Violet. Das Huhn fühlte sich in ihrem Mund an wie Sägespäne. Sie gingen weiter zum YMCA, wo sie für die Nacht unterkommen konnte. (Das Zimmer in ihrer Pension wurde für sie freigehalten, aber sie brachte es einfach nicht über sich, dort hinzugehen.) Sie sagte, sie werde den Frühzug nehmen.

»Das ist nicht nötig«, sagte Trevor. »Wir könnten zusammen frühstücken. Meine Stimme ist jetzt ganz weg.«

So war es. Er flüsterte.

»Ich hol dich ab«, flüsterte er. »Ich hol dich um halb neun ab.«

Aber nie wieder berührte sein Mund oder seine kühle Wange die ihre.

Der Frühzug fuhr um zehn vor acht, und in ihm saß Violet. Sie hatte vor, der Besitzerin der Pension und dem Pfarramt, wo sie hatte arbeiten wollen, einen Brief zu schreiben. Ihre Prüfungen würde sie nicht schreiben. Sie konnte keinen Tag mehr in Ottawa bleiben. In der hellen Morgensonne tat ihr Kopf fürchterlich weh. Diesmal hatte sie wirklich die ganze Nacht kein Auge zugetan. Als der Zug sich in Bewegung setzte, war es, als würde Trevor von ihr fortgezogen. Mehr als Trevor. Ihr ganzes Leben wurde ihr weggezogen – ihre Zukunft, ihre Liebe, ihr Glück und ihre Hoffnungen. All das wurde wie Haut abgezogen, und es tat ebenso weh und ließ sie wund und mit einem brennenden Gefühl zurück.

Verachtete sie ihn denn? Wenn ja, dann ohne es zu wissen. Das war etwas, was ihr nicht bewusst sein konnte. Wenn er ihr nachgekommen wäre, wäre sie zu ihm zurückgegangen – mit Freuden, mit Freuden. Bis zur letzten Minute hoffte sie, er würde auf den Bahnsteig gerannt kommen. Er wusste, wann der Frühzug fuhr. Er würde vielleicht aufwachen und wissen, was sie vorhatte, und sie holen kommen. Wenn er das getan hätte, hätte sie in der Sache mit Dawn Rose nachgegeben; sie hätte alles getan, was er wollte.

Aber er war sie nicht holen gekommen, er war nicht gekommen. Keines der Gesichter war das seine; sie konnte es nicht ertragen, irgendjemanden anzuschauen.

In Augenblicken wie diesem, dachte Violet, ja, es muss in solchen Augenblicken sein, dass Menschen die Dinge tun, von denen man hört und in den Zeitungen liest. Die Dinge, die man sich vorzustellen versucht oder nicht vorzustellen versucht. Sie konnte es sich vorstellen, sie konnte spüren, wic es sein würde. Das kurze, sonnige Dahinfliegen, dann das Aufklatschen auf dem geschotterten Bahndamm. Ins Wasser zu gehen wäre angenehmer, würde aber einen festeren Entschluss voraussetzen. Man müsste es weiter wollen, immer noch wollen, das Wasser umarmen, es hinunterschlucken.

Außer man sprang von der Brücke.

War das denn Violet? War sie denn diese Person, die diese Gedanken dachte, der nur solche Möglichkeiten blieben, deren Leben völlig auf den Kopf gestellt war? Sie hatte das Gefühl, einem Theaterstück zuzusehen, und sie war doch mittendrin, mitten im Stück; sie war in wahnsinniger Gefahr. Sie schloss die Augen und betete schnell vor sich hin – auch das ein Teil des Theaterstücks, aber real: Das erste Mal in ihrem Leben, dachte sie, dass sie wirklich betete.

Erlöse mich. Erlöse mich. Lass mich wieder zu Verstand kommen. Bitte. Bitte schnell. Bitte.

Und was sie rückblickend glaubte, auf dieser Zugfahrt, die insgesamt nur weniger als zwei Stunden dauerte, gelernt zu haben, war, dass Gebete erhört werden. Verzweifelte Gebete werden erhört. Sie sollte zu der Überzeugung kommen, dass sie früher nie geahnt hatte, was Gebete bedeuten konnten, was ihre Erhörung bedeuten konnte. Jetzt, während sie im Zug saß, kam etwas auf sie herunter und hüllte sie ein. Worte kamen auf sie herunter, und sie waren wie kühle, wunderbar kühle Tücher, die sie einhüllten.

Es war nicht dein Ziel, ihn zu heiraten.

Es war nicht das Ziel in deinem Leben.

Trevor nicht zu heiraten. Nicht dein Lebensziel.

Dein Leben hat ein Ziel, und du weißt, worin es besteht.

Für sie zu sorgen. Für alle, deine ganze Familie und besonders für Dawn Rose. Für sie alle zu sorgen und besonders für Dawn Rose.

Sie schaute zum Fenster hinaus und verstand. Die Sonne schien auf das fedrige Junigras und die Butterblumen und das Leinkraut und die alten, glatten Steine, auf die ganze raue Landschaft, für die sie nie etwas übrig haben würde, und das Wort, das ihr in den Sinn kam, war ›golden‹.

Eine goldene Chance.

Wozu?

Du weißt, wozu. Nachzugeben. Aufzugeben. Für sie zu sorgen. Für andere da zu sein.

Das war der Weg, erkannte Violet, um ihren Schmerz hinter sich zu lassen. Ein Gewicht war von ihr genommen. Wenn sie sich beugen würde und auch ihr altes Selbst hinter sich ließe und all ihre Vorstellungen, wie ihr Leben sein sollte, dann würden das Gewicht, der Schmerz, die Demütigung wie durch einen Zauber verschwinden. Und sie könnte immer noch auserwählt sein. Sie könnte wie das Junigras sein, durch das das Morgenlicht schimmerte und das aufleuchtete wie rosarote Federn oder die Wolkenstreifen bei Sonnenaufgang. Wenn sie genug betete und sich genug Mühe gäbe, dann wäre es möglich.

Die Leute sagten, King Billy sei nach seinem Schrecken nie wieder ganz wie früher gewesen. Nie ganz. Sie sagten, er sei alt geworden, welke sichtlich dahin. Aber er war schon alt gewesen, ziemlich alt, als die ganze Sache passierte. Er war einer, der erst geheiratet hatte, als er über vierzig war. Er molk weiter die Kühe und schaffte den Weg zur Scheune und zurück noch ein paar harte Winter lang, dann starb er an Lungenentzündung.

Dawn Rose und Bonnie Hope waren zu der Zeit schon in die Stadt gezogen. Sie gingen nicht auf die Highschool. Sie fanden Arbeit in der Schuhfabrik. Bonnie Hope wurde recht hübsch und gesellig und fiel einem Vertreter namens

Collard ins Auge. Die beiden heirateten und zogen nach Edmonton. Bonnie Hope bekam drei Töchter. Sie schrieb korrekte Briefe nach Hause.

Auch Aussehen und Manieren von Dawn Rose verbesserten sich. In der Schuhfabrik war sie bekannt als tüchtige Arbeiterin, eine, der man besser nicht zu nahe trat und die ein paar gute Witze erzählen konnte, wenn sie dazu aufgelegt war. Auch sie heiratete – einen Farmer namens Kemp aus dem südlichen Teil des Landes. Kein merkwürdiges Verhalten, keine Absonderlichkeit oder Verrücktheit trat je wieder bei ihr zu Tage. Es hieß, sie habe eine sehr direkte Art – das war alles. Sie hatte einen Sohn.

Violet lebte weiter mit Tante Ivie auf der Farm. Sie hatte eine Stelle im städtischen Fernsprechamt. Für den Weg zur Arbeit schaffte sie sich ein Auto an. Hätte sie ihr Lehrerexamen nicht in einem anderen Jahr nachholen können? Vielleicht. Vielleicht nicht. Wenn sie etwas aufgab, gab sie es auf. Sie hielt nichts von dem Versuch, wieder zurückzugehen. Sie machte ihre Arbeit gut.

Tante Ivie strich immer noch im Hof und im Obstgarten herum und hielt Ausschau, wo das eine oder andere Huhn seine Eier versteckt haben mochte. Sie trug ihren Hut und ihre Stiefel. Sie gab sich Mühe, daran zu denken, ihre Stiefel vor der Tür abzuputzen, damit Violet keinen Wutanfall bekäme.

Aber das kam bei Violet nie mehr vor.

Eines Nachmittags, als sie dienstfrei hatte, fuhr Violet zu Dawn Rose, um sie zu besuchen. Sie standen auf gutem Fuß – Dawn Roses Mann mochte Violet –, und es gab keinen Grund, nicht unangemeldet zu kommen.

Sie fand die Türen des Hauses offen stehen. Es war ein warmer Sommertag. Dawn Rose, die jetzt sehr korpulent war, kam auf die Veranda und sagte, es sei kein günstiger Tag für einen Besuch, sie sei dabei, die Böden zu lackieren. Und das stimmte wirklich – Violet konnte den Lack riechen. Dawn Rose bot ihr keine Limonade an und bat Violet auch nicht, auf der Veranda Platz zu nehmen. An diesem Tag war sie eben zu beschäftigt.

Ihr schüchtern dreinsehender, kleiner, dicker Sohn, der den sonderbaren Namen Dane trug, kam zu ihr und klammerte sich an ihre Beine. Normalerweise mochte er Violet, aber heute fremdelte er.

Violet fuhr wieder weg. Sie wusste natürlich nicht, dass Dawn Rose in einem Jahr tot sein würde, wegen eines Blutgerinnsels, verursacht durch chronische Venenentzündung. Sie dachte gar nicht an Dawn Rose, sondern an sich selbst, als sie ein ebenes Stück Straße entlangfuhr, das von Bäumen und dichtem Gestrüpp gesäumt war, und plötzlich eine Stimme sagen hörte: »Sie hat ein tragisches Leben.«

»Sie hat ein tragisches Leben«, sagte die Stimme deutlich und ohne besondere Emotion, und wie geblendet steuerte Violet den Wagen geradewegs über den Rand der Straße hinaus. Es gab kaum einen Straßengraben, aber der Boden dort war sumpfig, und sie kam mit dem Wagen nicht mehr heraus. Sie ging um das Auto herum, um zu sehen, wie tief die Räder steckten, und stellte sich dann daneben und wartete, dass jemand vorbeikäme und ihr schieben hülfe.

Aber als sie tatsächlich ein Auto kommen hörte, wusste sie, dass sie nicht gefunden werden wollte. Der Gedanke war ihr unerträglich. Sie rannte von der Straße in den Wald, ins Gestrüpp, und sie verfing sich darin. Sie verfing sich in Beerenbüschen, kleinen Hagedornbäumchen. Verhakt. Versteckt, weil sie nicht gesehen werden wollte, wenn sie ein tragisches Leben hatte.

II. Besessenheit

Dane glaubt, dass er aus der Zeit, bevor seine Mutter starb, an Violet – die Schwester seiner Mutter – eine einzige Erinnerung hat. Er erinnert sich an sehr wenig, das so weit zurückliegt. Er kann sich kaum an seine Mutter erinnern. Er hat ein Bild von seiner Mutter vor sich, wie sie vor dem Spiegel über dem Küchenbecken steht und ihr rotes Haar unter einen marineblauen Strohhut steckt. Er erinnert sich an eine leuchtend rote Schleife auf dem Hut. Sie muss sich gerade zum Kirchgang fertig gemacht haben. Und er hat ein geschwollenes Bein von einem stumpfen Braun vor Augen, das er mit ihrer letzten Krankheit verbindet. Aber er bezweifelt, ob er das je gesehen hat. Warum sollte ihr Bein eine solche Farbe haben? Bestimmt hatte er die Leute darüber reden hören. Er hat sie sagen hören, ihr Bein sei so dick wie ein Fass.

Er glaubt, sich zu entsinnen, dass Violet zum Abendessen kam, wie sie es manchmal tat, und einen Pudding mitbrachte, den sie draußen in den Schnee stellte, damit er kühl bleibe. (In jenen Tagen hatten die Farmhäuser alle keinen Kühlschrank.) Dann fing es zu schneien an, und der Schnee deckte die Puddingform zu, die bald nicht mehr zu sehen war. Dane erinnert sich, wie Violet nach Einbruch der Dunkelheit auf dem verschneiten Hof herumstapfte und immer wieder »Pudding, Pudding, hierher, Pudding!« rief, als wäre der Pudding ein Hund. Wie er selbst sich ausschüttete vor Lachen und seine Eltern in der Tür standen und lachten, und wie Violet die Darbietung noch ausschmückte, stehen blieb und pfiff.

Nicht lange nach dem Tod seiner Mutter starb seine Großmutter – die, die mit Violet zusammenlebte und einen schwarzen Hut trug und die Hühner in einer Sprache rief, die sich genau wie Hühnersprache anhörte, ein unermüdliches Gackern und Glucken. Danach verkaufte Violet die Farm und zog in die Stadt, wo sie eine Stelle bei Bell Telephone bekam. Das war während des Zweiten Weltkriegs, als es zu wenig Männer gab, und Violet wurde bald Leiterin der Zweigstelle. Es herrschte irgendwie die Meinung, sie hätte zurücktreten sollen, als der Krieg vorbei war, die Stelle wieder an einen Mann abgeben sollen, der eine Familie zu ernähren hatte. Dane entsinnt sich, jemanden das sagen zu hören – eine Frau, vielleicht eine der Schwestern seines Vaters, die sagte, es wäre das einzig Ziemliche gewesen. Aber sein Vater sagte nein, Violet habe richtig gehandelt. Er sagte, Violet habe Mumm in den Knochen.

Statt der langweiligen, drapierten und mit Perlen besetzten Kleider, die verheiratete Frauen – Mütter – zu tragen pflegten, trug Violet Röcke und Blusen. Sie trug Faltenröcke aus lebhaft kariertem, marineblauem oder grauem Gabardine, mit wunderschönen Blusen aus elfenbeinfarbenem Satin, gerüschtem weißem Georgette, rosarotem, gelbem oder silbrigem Rayonkrepp. Die Farbe ihres Sonntagsmantels war königsblau, und er hatte einen Kragen aus Silberfuchs. Ihr Haar war nicht in Form gelegt oder dauergewellt, sondern in einer dicken dunklen Rolle hochgesteckt, die aussah wie die Frisur einer Königin. Ihre Gesichtshaut war gepudert, ein zartes Rosa wie die große Seemuschel, die ihr gehörte und an der sie Dane horchen ließ. Inzwischen weiß Dane, dass sie sich kleidete und aussah wie eine bestimmte Art von Geschäftsfrau, von Karrierefrau jener Zeit. Modisch gekleidet, aber damenhaft, wohlgeformt, wenn auch nicht gerade schlank, weder wie eine Matrone noch wie ein Backfisch. Was er früher für so bemerkenswert und einzigartig hielt, war es in Wirklichkeit gar nicht. Das war die Wahrheit, die er über fast alle Dinge herausfand, als er älter wurde. Trotzdem schützt seine Erinnerung Violet vor jeder Gleichsetzung mit anderen und jeder Klassifizierung; es gibt nichts, was der Violet von einst Abbruch tun kann.

In der Stadt wohnte Violet in einem Apartment über der Royal Bank. Man musste eine lange Treppe in einem engen Treppenhaus hinaufgehen. Die hohen Fenster im Wohnzimmer wurden Terrassentüren genannt. Sie öffneten sich auf zwei winzige Balkons mit schmiedeeisernen Gittern, die einem bis zur Taille reichten. Die Wände waren gestrichen, nicht tapeziert. Sie waren hellgrün. Violet kaufte ein neues Sofa und einen Sessel, beide mit einem wunderbaren moosgrünen Stoff überzogen, und einen Couchtisch mit einem Glastablett, das über die hölzerne Tischplatte passte. Die Vorhänge hießen Gardinen und wurden an Kordeln zugezogen. Wenn sie sich vor den Fenstern schlossen, wogte ein Muster von glänzenden cremefarbenen Blättern über den stumpfen cremefarbenen Hintergrund. Es gab kein Deckenlicht – nur Stehlampen. In der Küche gab es Küchenschränke und eine Frühstücksecke aus knorrigem Kiefernholz. Eine weitere Treppe – diese war offen und steil – führte hinunter zu einem von einer Hecke umgebenen Hintergärtchen, das nur Violet benutzen durfte. Es war so sauber abgegrenzt, so gut zu gestalten und auszuschmücken wie jedes Wohnzimmer.

Während seiner ersten zwei Jahre an der Highschool in der Stadt besuchte Dane Violet ziemlich häufig. Wenn es draußen stürmte, übernachtete er in ihrem Apartment. Violet machte ihm das Bett auf dem moosgrünen Sofa. Er war ein magerer, immer hungriger rothaariger Junge damals – die Magerkeit nimmt ihm jetzt keiner mehr ab –, und Violet verköstigte ihn gut. Sie machte ihm Kakao mit Sahne vor dem Zubettgehen. Sie servierte ihm Hühnerfrikassee in Pasteten und Schichttorte und etwas, das sich Schotterkuchen nannte und mit Ahornsirup gemacht war. Sie aß ein Stück davon, und er aß den Rest. Das war etwas ganz anderes als die schnell zusammengepanschten Mahlzeiten mit seinem Vater und dem Lohnarbeiter bei ihm zu Hause. Violet erzählte ihm Geschichten von ihrer Kindheit auf der Farm mit seiner Mutter und der anderen Schwester, die jetzt in Edmonton lebte, und ihren Eltern, die sie »Originale« nannte. In diesen Geschichten war jeder ein Original; alles war lustig dargestellt.

Sie hatte einen Plattenspieler gekauft und spielte ihm Schallplatten vor, ließ ihn seine Lieblingsplatte wählen. Seine Lieblingsplatte war die, die sie als Prämie geschenkt bekommen hatte, als sie einem Schallplattenklub beigetreten war, um sich in die klassische Musik einführen zu lassen. Es waren *Die Vögel* von Respighi. Ihre Lieblingsplatte war *Kenneth McKellar singt kirchliche und weltliche Weisen*.

Sie besuchte sie nicht mehr draußen auf der Farm. Danes Vater hatte nie Zeit für eine Tasse Kaffee, wenn er vorbeikam, um Dane abzuholen. Vielleicht hatte er Scheu, sich in seinen derben Sachen in einem so eleganten Apartment niederzulassen. Vielleicht nahm er Violet immer noch ein wenig übel, wie sie sich in der Kirche verhalten hatte.

Violet hatte dort gleich zu Beginn ihres Stadtlebens eine Wahl getroffen. Die Kirche hatte zwei Eingänge. Die eine Tür wurde von den Leuten vom Land benutzt – was ursprünglich darin begründet lag, dass sie näher an der Remise lag –, die andere von den Leuten aus der Stadt. Innen wurde dieses Muster beibehalten: die Städter auf der einen Seite der Kirche, die Bauern auf der anderen. Mit den Seiten war kein definierbares Gefühl von Überlegenheit oder Unterlegenheit verbunden; es war einfach so. Auch Farmer, die sich zur Ruhe gesetzt hatten und in die Stadt gezogen waren, benutzten demonstrativ nicht den Städtereingang, obwohl das einen Umweg bedeuten konnte, sondern gingen geradewegs daran vorbei zum Eingang der Landleute.

Violets Umzug und ihre Arbeit machten sie zweifellos zur Städterin. Aber am Anfang, als sie diese Kirche die ersten Male besuchte, waren Dane und sein Vater die einzigen Leute, die sie dort kannte. Die Landseite zu wählen hätte Loyalität und einen gewissen Stolz bewiesen, den Verzicht auf ein Privileg. (Es stimmte nämlich, dass die Gemeindeältesten und Kirchendiener und Sonntagsschullehrer fast alle von der Stadtseite gewählt wurden, wie auch die meisten vornehmen Hüte und modischen Damengarderoben auf dieser Seite zu sehen waren.) Die Stadtseite zu wählen, wie es Violet getan hatte, bewies Einwilligung in einen gewissen Status, vielleicht sogar Streben nach einem höheren.

Hinterher zog Danes Vater sie draußen auf dem Gehsteig damit auf. »Gefällt dir die Gesellschaft da drüben?«

»Es schien einfach näher liegend«, erwiderte Violet, sich dumm stellend. »Über die Gesellschaft kann ich nichts sagen. Ich glaube, irgendein Kerl hatte eine angerauchte Zigarre in der Tasche.«

Dane wünschte so sehr, Violet hätte das nicht getan. Nicht dass er gewollt hätte, dass sich etwas Ernsthaftes zwischen Violet und seinem Vater anbahnte – dass sie heirateten, zum Beispiel. Das konnte er sich nicht vorstellen. Er wollte nur, dass sie auf derselben Seite stünden, damit das auch seine Seite sein könnte.

An einem Juninachmittag, als er mit einer seiner Prüfungen fertig war, schaute Dane in Violets Apartment vorbei, um ein Buch zu holen, das er dort liegen gelassen hatte. Er durfte das Apartment zum Lernen benutzen, während sie auf Arbeit war. Er machte dann immer die Terrassentüren auf und ließ den Geruch des eben von der Schneelast befreiten offenen Lands herein, mit seinen vollen Bächen und überschwemmten Sümpfen, seinen gelb überhauchten Weidenbäumen und dampfenden Ackerfurchen. Auch Staub kam herein, aber er dachte immer, den könne er wegwischen, bevor sie nach Hause käme. In dem pastellfarbenen hellen Wohnzimmer ging er dann immer im Kreis herum, stopfte Riesenbrocken an Wissen in sich hinein und fühlte sich wie ein König. Jeder Gegenstand im Zimmer war ein klein wenig mit dem, was er lernte, verbunden. Da gab es ein dunkles Bild mit einem toten König und ein paar majestätischen Frauen, das er immer ansah, wenn er Gedichte auswendig lernte. Die Frauen erinnerten ihn auf unerklärliche Weise an Violet.

Er hatte nicht gewusst, ob Violet zu Hause sein würde, da ihr freier Nachmittag von Woche zu Woche variierte. Doch nun hörte er ihre Stimme, als er die Treppe hinaufging.

»Ich bin's«, rief er und wartete, dass sie aus der Küche käme und ihn nach seiner Prüfung fragen würde.

Aber stattdessen rief sie zurück: »Dane! Ich hab dich gar nicht erwartet, Dane! Komm und trink mit uns Kaffee!«

Sie stellte ihn den zwei Leuten in der Küche vor, einem Mann und einer Frau. Die Tebbutts. Der Mann stand neben dem Küchenbüfett, und die Frau saß in der Frühstücksecke. Dane kannte den Mann vom Sehen. Wyck Tebbutt, der Versicherungen verkaufte. Es hieß, er sei einmal professioneller Baseballspieler gewesen, aber das musste wohl lange her sein. Er war ein kleiner, gepflegter, höflicher Mann, immer eher elegant angezogen, mit dem zurückhaltenden Selbstvertrauen eines guten Sportlers.

Violet fragte Dane nicht nach seiner Prüfung, sondern fuhrwerkte weiter aufgeregt herum, um den Kaffee herzurichten. Zuerst holte sie die Frühstückstassen heraus, dann entschied sie sich gegen sie und holte ihr gutes Porzellan herunter. Sie breitete ein Tischtuch über den Tisch in der Frühstücksecke. Es hatte einen schwach sichtbaren Brandfleck vom Bügeleisen.

»Ich versinke in den Boden vor Scham!«, sagte Violet lachend.

Auch Wyck Tebbutt lachte. »Das solltest du auch, das solltest du auch!«, sagte er.

Violets nervöses Lachen und die Tatsache, dass sie ihn ignorierte, missfielen Dane sehr. Sie wohnte nun seit mehreren Jahren in der Stadt, und sie hatte mehrere Veränderungen an sich vorgenommen, die er erst jetzt in ihrer Gesamtheit wahrzunehmen schien. Ihr Haar war nicht mehr in einer Rolle hochgesteckt; es war kurz und gelockt. Und seine dunkelbraune Farbe war nicht mehr dieselbe wie früher. Es hatte jetzt einen tieferen, stumpfen Ton wie Schokoladensirup. Ihr Lippenstift war zu dick aufgetragen, ein zu leuchtendes Rot, und ihre Haut war grobporiger geworden. Außerdem hatte sie stark zugenommen, vor allem um die Hüften. Die Harmonie ihrer Figur war zerstört – es sah beinahe so aus, als trüge sie eine Art Käfig oder irgendeine komplizierte Konstruktion unter ihrem Rock.

Sobald der Kaffee ausgeschenkt war, sagte Wyck Tebbutt, er werde einfach seine Tasse mit hinunter in den Garten nehmen, weil er nachsehen wolle, wie sich die neuen Rosenbüsche entwickelten.

»Ach, ich glaube, die haben irgendwelches Ungeziefer!«, sagte Violet in einem Ton, als wäre sie entzückt darüber. »Ich fürchte ja, Wyck!«

Die Ehefrau hatte die ganze Zeit über geredet, und sie redete unbeirrt weiter, bemerkte kaum, dass ihr Mann gegangen war. Sie redete mit Violet und sogar mit Dane, aber in Wirklichkeit redete sie einfach mit der Luft. Sie redete von ihren Terminen beim Arzt und beim Chiropraktiker. Sie sagte, sie leide an Kopfschmerzen, die sich wie glühende Eisen in ihre Schläfen bohrten. Und da sei noch ein anderer stechender Schmerz seitlich ihren Nacken entlang, der sich anfühle, als würden ihr tausend Nadeln ins Fleisch getrieben. Sie ließ keine Unterbrechung zu; sie war wie eine hilflose kleine Redemaschine, die man in einer Ecke der Frühstücksnische aufgestellt hatte, und wenn sie einen ansah, wurde der Blick in ihren großen, traurigen Augen leer.

Das war genau die Art von Person, die Sorte Gerede, die Violet wunderbar nachahmen konnte.

Und jetzt war sie ehrerbietig. Sie hörte dieser Frau zu, oder tat zumindest so, und das mit einem Interesse, das die Frau weder bemerkte noch brauchte. War es, weil der Mann einfach gegangen war? War Violet wegen seiner Taktlosigkeit gegenüber seiner Frau beunruhigt? Sie warf tatsächlich immer wieder einen Blick in den Garten.

»Ich muss nur mal sehen, was Wyck zu dem Ungeziefer meint«, sagte sie, und schon war sie in einem schwer und wenig würdevoll wirkenden Trapsen die Hintertreppe hinunter.

»Die interessiert nichts anderes als ihr Geld«, sagte die Frau.

Dane stand auf, um sich Kaffee nachzuschenken. Er stand am Herd und hob fragend die Kaffeekanne, während sie weiterredete.

»Ich hätte ohnehin nicht so viel davon trinken dürfen«, sagte sie. »Neunzig Prozent meines Magens besteht aus Narbengewebe.«

Dane sah zu ihrem Mann und Violet hinunter, die sich nebeneinander über die jungen Rosenstöcke beugten. Zweifellos sprachen sie von den Rosen und von Ungeziefer und Pflanzenschutzmittel und Braunfäule. Es würde nichts so

344

Plumpes wie eine Berührung stattfinden. Seine Kaffeetasse in der Hand, hob Wyck mit der Fußspitze behutsam ein Blatt, dann noch eines. Violets Blick wanderte gehorsam nach unten, zu dem Blatt an seinem glänzend polierten Schuh.

Es wäre falsch zu sagen, dass Dane in dem Moment schon etwas begriff. Aber er vergaß die Frau, die da neben ihm redete, und die Kaffeekanne in seiner Hand. Er spürte ein Geheimnis, einen Hauch der engen Vertrautheit zwischen anderen. Etwas, von dem er nichts wissen wollte, aber doch erfahren musste.

Nicht sehr lange darauf ging er mit seinem Vater auf der Straße und sah Wyck auf sie zukommen. Sein Vater sagte: »Hallo, Wyck«, in jenem ruhigen, respektvollen Ton, in dem Männer andere Männer grüßen, die sie nicht allzu gut kennen – oder vielleicht nicht kennen wollen. Dane war ausgeschert, um die Auslagen der Eisenwarenhandlung zu betrachten.

»Kennst du Wyck Tebbutt nicht?«, fragte sein Vater. »Ich dachte, du bist ihm vielleicht bei Violet über den Weg gelaufen.«

Da spürte Dane ihn wieder – den verhassten Hauch. Er war ihm jetzt nur noch mehr verhasst, weil er überall um ihn war. Er war überall um ihn, wenn selbst sein Vater davon wusste.

Er wollte nicht erfahren, wie weit Violets Verrat ging. Er wusste jetzt schon, dass er ihr nie verzeihen würde.

Inzwischen ist Dane ein breitschultriger, rotwangiger Mann mit den strapazierten Umrissen eines Teddybären und einem fast restlos grauen Bart. Mit fortschreitendem Alter wurde er seiner Mutter immer ähnlicher. Er ist Architekt. Er ging von daheim weg aufs College, und dann lebte und arbeitete er lange Jahre auswärts, aber vor mehreren Jahren kehrte er zurück und hat jetzt alle Hände voll zu tun, jene Kirchen, Rathäuser, Geschäftszentren und Häuser zu renovieren, die zu der Zeit, als er fortging, als Schandfleck betrachtet wurden. Er lebt in dem Haus, in dem er aufgewachsen ist, dem Haus, in dem sein Vater geboren wurde und starb, einem hundertfünfzig Jahre alten Steinhaus, das er und Theo im Lauf der Zeit in etwas dem ursprünglichen Stil Vergleichbaren wiederhergestellt haben.

Er lebt mit Theo zusammen, der Sozialarbeiter ist.

Als Dane Wyck und Violet (er hat ihr verziehen – schon lange) eröffnete, dass eine Person namens Theo bei ihm einziehen werde, hatte Wyck gesagt: »Das soll vermutlich heißen, dass du endlich eine feste Freundin aufgetan hast.«

Violet sagte nichts.

»Einen Freund«, sagte Dane sanft. »Wegen des deutschen Namens ist das nicht so leicht zu erraten.«

»Nun ja. Das ist deine und dem seine Sache«, sagte Wyck leutselig. Dass er schockiert sein könnte, ging allein daraus hervor, dass er ›dem seine‹ sagte, ohne es zu merken.

»Theo. Ja«, sagte Violet. »Das ist wirklich nicht leicht zu erraten.«

Das spielte sich in dem kleinen Haus mit zwei Schlafzimmern am Stadtrand ab, das Violet nach ihrer Pensionierung bei der Telefongesellschaft bezogen hatte. Wyck war zu ihr gezogen, nachdem seine Frau gestorben war und die beiden heiraten konnten. Das Haus gehörte zu einer Zeile ganz ähnlicher Häuser, die sich an einer Landstraße vor einem Maisfeld hinzogen. Wycks Sachen waren zusätzlich zu Violets hineingestellt worden, und die niedrigen Räume wirkten überfüllt, die Anordnung provisorisch und willkürlich. Das moosgrüne Sofa nahm sich klobig und altmodisch aus unter einem von Wycks Frau geknüpften Afghanteppich.

Ein großes Bild auf schwarzem Samt, das Wyck gehörte, nahm im Wohnzimmer beinahe eine ganze Wand ein. Es stellte einen Stier und einen Stierkämpfer dar. Wycks alte Sporttrophäen und das Silbertablett, das die Versicherungsgesellschaft ihm überreicht hatte, standen auf dem Kaminsims neben Violets alter Muschel und dem pichelnden Schotten.

Diese ganzen alten Staubfänger, sagt Violet dazu.

Aber sie ließ Wycks Sachen dort stehen, auch als Wyck nicht mehr da war. Er starb Ende November während des Grey Cap Spiels. Violet rief Dane an, der, während er ihr zuhörte, die Augen anfangs noch auf dem Fernsehschirm hatte.

»Ich war unten im Pfarramt«, sagte Violet. »Ich hab ein paar Sachen für den Flohmarkt runtergebracht, und dann hab ich uns eine Flasche Whiskey geholt, und als ich zurückkam, hab ich schon an der Tür ›Wyck‹ gerufen, aber er hat nicht geantwortet. Ich sah seinen Kopf von hinten in einer komischen Stellung. Er war zur Armlehne seines Sessels geneigt. Ich bin um ihn herumgegangen und hab den Fernseher abgeschaltet.«

»Was willst du damit sagen?«, fragte Dane. »Tante Violet? Was ist los?«

»Oh, er ist tot«, sagte Violet, als hätte Dane das in Zweifel gezogen. »Er musste ja tot sein, wenn er mich das Rugby-Spiel ausschalten ließ.« Sie sprach mit einer lauten, eindringlichen Stimme, mit unnatürlicher Fröhlichkeit – als überspielte sie eine gewisse Verlegenheit.

Als er in die Stadt fuhr, fand er sie auf den Stufen vor dem Haus sitzend.

»Ich bin total verrückt«, sagte sie. »Ich kann nicht reingehen. Ich benehme mich wie ein Idiot, Dane.« Ihre Stimme klang immer noch durchdringend, laut und hell.

Theo sagte später, so benähmen sich alte Leute oft, wenn nächste Angehörige von ihnen stürben. »Sie kommen über den Schmerz hinweg«, sagte er. »Oder es wird eine andere Art von Schmerz.«

Den ganzen Winter über schien es Violet ganz gut zu gehen; sie fuhr mit dem Auto, sofern das Wetter es erlaubte, fuhr in die Kirche, fuhr in den Seniorenklub zum Kartenspielen. Dann, gerade als die heiße Zeit kam und man meinen sollte, sie würde es besonders genießen, aus dem Haus zu kommen, eröffnete sie Dane, dass sie nicht mehr Auto fahren werde.

Er dachte, es wären vielleicht die Augen. Er schlug vor, einen Termin beim Arzt auszumachen, um festzustellen, ob sie eine stärkere Brille brauche.

»Ich sehe ganz gut«, meinte sie. »Mein Problem ist, dass ich meine Zweifel habe an dem, was ich sehe.«

Was wollte sie damit sagen?

»Ich sehe Dinge, von denen ich weiß, dass sie nicht da sind.«

Woher wusste sie, dass sie nicht da waren?

»Weil ich immer noch Verstand genug hab, um das festzustellen. Mein Verstand gibt mir Signale und sagt mir, das ist lachhaft. Aber was ist, wenn er mit seinen Signalen nicht immer durchkommt? Wie soll ich es dann erfahren? Ich kann mir die Lebensmittel ins Haus liefern lassen. Fast alle alten Leute lassen sie sich ins Haus liefern. Ich bin eine alte Frau. Bei A & P werden sie mich nicht sonderlich vermissen.«

Aber Dane wusste, wie sehr sie es genoss, bei A & P einzukaufen, und er dachte, er oder Theo müssten versuchen, sie ein Mal pro Woche dort hinzubringen. Dort kaufte sie den besonders starken Kaffee, den Wyck immer trank, und schaute sich immer gern das Rauchfleisch und die Hinterschinken an – beides Leibspeisen von Wyck –, obwohl sie selten davon kaufte.

»Zum Beispiel«, sagte Violet. »Neulich hab ich morgens King Billy gesehen.«

»Du hast meinen Großpapa gesehen?«, fragte Dane lachend. »Erzähl. Wie ging es ihm?«

»Ich hab das Pferd King Billy gesehen«, sagte Violet schroff. »Ich kam aus meinem Zimmer, und da stand er und streckte seinen Kopf durchs Esszimmerfenster herein.«

Sie sagte, sie habe ihn gleich erkannt. Seinen vertrauten, törichten, grau gescheckten Kopf. Sie habe ihm befohlen, er solle sich trollen, er solle machen, dass er da wegkomme, und er habe seinen Kopf vom Fensterbrett genommen und sei gemächlich weggetrottet. Dann war Violet in die Küche gegangen, um mit dem Frühstück anzufangen, und auf einmal war ihr einiges klar geworden.

Das Pferd King Billy war seit etwa fünfundsechzig Jahren tot. Es konnte auch nicht das Pferd des Milchmanns gewesen sein, weil Milchmänner schon seit etwa 1950 nicht mehr mit Pferdewagen fuhren. Sie fuhren Lieferwagen.

Nein. Sie fuhren mit gar nichts, weil Milch nicht mehr ins Haus geliefert wurde. Es gab sie nicht einmal mehr in Flaschen. Man holte sie sich in Pappkartons oder Plastiktüten im Laden.

Die Scheibe im Esszimmerfenster war noch ganz.

»Dabei war mir dieses Pferd nie besonders lieb«, sagte Violet. »Es war mir auch nicht un-lieb, aber wenn ich die Wahl hätte, irgendwas oder irgendwen aus der Vergangenheit wieder zu sehen, dann wäre es nicht dieses Pferd.«

»Was wäre es dann?«, fragte Dane in dem Versuch, die Unterhaltung auf einer wenig verfänglichen Ebene zu halten, obwohl er nicht sehr erbaut war über das, was er hörte. »Was würdest du wählen?«

Aber Violet gab einen unwirschen Laut von sich – eine Art störrisches Grunzen, *annhh* –, als würde diese Frage sie wütend machen und zur Verzweiflung treiben. Ein Ausdruck absichtlicher, ja böswilliger Begriffsstutzigkeit – das optische Gegenstück zu dem Grunzen – erschien einen Moment auf ihrem Gesicht.

Ein paar Tage später sah Dane zufällig eine Fernsehsendung über bestimmte Leute in Südamerika – größtenteils Frauen –, die glauben, sie seien zeitweise und bei besonderen Gegebenheiten von Geistern heimgesucht und besessen. Ihr Gesichtsausdruck erinnerte ihn an jenen Ausdruck auf Violets Gesicht. Der Unterschied war, dass sie diese Besessenheit anstrebten und Violet nicht, dessen war er sicher. Sie wollte keinen Moment von einer hilflosen und geistesabwesenden, stumpfen und halsstarrigen alten Frau in Besitz genommen werden, deren Gedächtnis oder Fantasie außer Kontrolle geraten war und nach Belieben in die gegenwärtige Welt hineinwucherte. Der Versuch, diese alte Frau in Schach zu halten, musste sie zwangsläufig reizbar machen. Ja, er hatte sogar gesehen – jetzt fiel es ihm ein, er hatte gesehen, wie sie den Kopf zur Seite neigte und sich kurz ins Gesicht schlug, wie man es tut, um ein summendes, unerwünschtes, ungreifbares Etwas zu verscheuchen.

Nach ungefähr einer Woche, weiter dem Sommer zu, rief sie ihn an. »Dane. Hab ich dir von diesem Paar erzählt, das ich immer an meinem Haus vorbeigehen sehe?«

»Was für ein Paar, Tante Violet?«

»Mädchen. Ich glaube ja. Jungen haben heutzutage keine langen Haare mehr, oder? Sie tragen Armeekleidung, sieht jedenfalls so aus, aber ich weiß nicht, ob das was zu bedeuten hat. Eine ist klein und die andere groß. Ich seh sie immer am Haus vorbeigehen und es anschauen. Sie kommen die Straße entlang und kehren dann wieder um.«

»Vielleicht sammeln sie Flaschen. Das kommt vor.«

»Sie haben nichts dabei, um Flaschen reinzupacken. Es geht um dieses Haus. Sie haben irgendein Interesse daran.«

»Tante Violet? Bist du sicher?«

»Ja, ich weiß, das frage ich mich selbst. Aber Mädchen wie sie habe ich nie gekannt. Sie sind nicht irgendwelche Bekannte von früher, die tot sind. Das will etwas heißen.«

Er dachte, er müsse so bald wie möglich zu ihr fahren und herausfinden, was eigentlich los sei. Aber bevor es so weit war, rief sie wieder an.

»Dane. Ich wollte dir nur Bescheid sagen. Wegen der Mädchen, die mir vor dem Haus aufgefallen sind. Es sind tatsächlich Mädchen. Sie haben bloß diese Armeesachen an. Sie sind hochgekommen und haben an die Tür geklopft. Sie sagten, sie suchten eine gewisse Violet Thoms. Ich sagte, hier wohnt keine Person dieses Namens, da haben sie ziemlich geknickt ausgesehen. Dann hab ich gesagt, es gibt eine Violet Tebbutt hier, und ob sie mit der vorlieb nehmen wollten?«

Sie schien bester Stimmung. Dane war beschäftigt; er musste in einer halben Stunde zu einer Besprechung mit ein paar Stadträten. Außerdem hatte er Zahnschmerzen. Aber er sagte: »Du hattest also Recht. Wer sind sie denn nun?«

»Das ist die große Überraschung«, erwiderte Violet. »Es sind nicht einfach irgendwelche Mädchen. Eine von ihnen ist deine Kusine. Ich meine, die Tochter deiner Kusine. Die Tochter von Donna Collard. Weißt du, von wem ich rede? Deine Kusine Donna Collard? Ihr verheirateter Name ist McNie.«

»Nein«, sagte Dane.

»Deine Tante Bonnie Hope, draußen in Edmonton, die hat einen Mann namens Collard geheiratet, Roy Collard, und sie hatte drei Töchter. Elinor, Ruth und Donna. Weißt du jetzt, wen ich meine?«

»Ich hab sie nie kennen gelernt«, sagte er.

»Nein. Na ja, Donna Collard hat einen McNie geheiratet, sein Vorname ist mir entfallen, und sie leben in Prince George in British Columbia, und das ist ihre Tochter. Heather. Es ist diese Tochter Heather, die immer an meinem Haus vorbeigegangen ist. Das andere Mädchen ist ihre Freundin, Gillian.«

Dane sagte einen Moment gar nichts, und Violet fragte: »Dane? Du glaubst doch hoffentlich nicht, dass ich wirres Zeug rede?«

Er lachte. Dann meinte er: »Ich muss wohl mal vorbeikommen und mir die beiden ansehen.«

»Sie sind sehr höflich und nett im Wesen«, sagte Violet, »ganz gleich, wie sie aussehen.«

Er war ziemlich sicher, dass es diese Mädchen wirklich gab, aber im Moment sah er alles leicht unscharf. (Er hatte etwas Fieber, was er damals noch nicht wusste, und musste später eine Wurzelbehandlung an seinem Zahn machen lassen.) Er meinte tatsächlich, er müsse in der Stadt herumfragen, ob sonst noch jemand die Mädchen gesehen habe. Als er einige Zeit später endlich dazu kam, fand er heraus, dass zwei Mädchen, auf die die Beschreibung passte, im Hotel abgestiegen waren, dass sie einen verbeulten blauen Datsun fuhren, aber viel zu Fuß gingen, in der Stadt und außerhalb, und allgemein für Emanzen gehalten wurden. Die Leute hielten nicht viel von ihrer Aufmachung, aber es gab keinen Ärger mit den Mädchen, außer dass sie mit dem exotischen Tänzer im Hotel irgendeinen Streit hatten.

In der Zwischenzeit hatte er viel von Violet gehört. Sie rief ihn zu Hause an, als sein Mund so wund war, dass er kaum reden konnte, und sagte, es sei wirklich schade, dass es ihm schlecht gehe – sonst hätte er Heather und Gillian kennen lernen können.

»Heather ist die große«, sagte Violet. »Sie hat lange blonde Haare und ist schmal gebaut. Wenn sie überhaupt etwas von Bonnie Hope hat, dann sind es die Zähne. Aber Heathers Zähne passen besser in ihr Gesicht, und sie sind wunderschön weiß. Gillian ist ein nett aussehendes Mädchen mit Locken und brauner Haut. Heather hat die blasse Haut, die leicht verbrennt. Sie tragen dieselbe Art von Sachen – du weißt schon, diese Armeehosen und Arbeitshemden und Jungenstiefel –, aber Gillian hat immer einen Gürtel um und den Kragen hochgestellt, und an ihr sieht alles flotter aus. Gillian hat mehr Selbstvertrauen, aber ich glaube, Heather ist intelligenter. Sie ist die echt interessierte.«

»Interessiert woran?«, fragte Dane. »Was tun sie überhaupt – studieren sie?«

»Sie waren auf der Universität«, sagte Violet. »Ich weiß nicht, was sie studiert haben. Sie waren in Frankreich und in Mexiko. In Mexiko haben sie auf einer Insel gelebt, die die Fraueninsel hieß. Es war eine von Frauen regierte Gesellschaft. Sie gehören einem Theater an, und sie führen Stücke auf. Sie schreiben ihre Stücke selbst. Sie nehmen nicht die Stücke von irgendeinem Autor oder führen Stücke auf, die schon gespielt wurden. Es sind alles Frauen an diesem Theater. Sie haben mir ein wunderbares Abendessen gemacht. Dane, ich wünschte, du hättest dabei sein können. Sie haben einen Salat gemacht mit Artischockenherzen drin.«

»Violet hört sich so an, als würde sie Drogen nehmen«, bemerkte Dane zu Theo. »Sie klingt so, als hätten diese Mädchen sie ganz schön ins Rotieren gebracht.«

Als er wieder sprechen konnte, rief er sie an. »Wofür interessieren sich diese Mädchen eigentlich, Tante Violet? Interessieren sie sich für altes Porzellan und Schmuck und so was?«

»Keineswegs«, erwiderte Violet ungehalten. »Sie interessieren sich für Familiengeschichte. Sie interessieren sich für unsere Familie und für alles, was ich noch von früher weiß. Ich musste ihnen erklären, wozu das Wasserbecken an einem Herd war.«

»Wozu wollten sie das bloß wissen?«

»Ach. Sie haben da so eine Idee. Sie haben die Idee zu einem Theaterstück.«

»Was verstehen die denn von Theaterstücken?«

»Hab ich dir nicht erzählt, dass sie Theater gespielt haben? Sie haben selbst Stücke geschrieben und darin mitgespielt, an diesem Frauentheater.«

»Was für eine Art Stück wollen sie denn schreiben?«

»Ich weiß es nicht. Ich weiß nicht, ob sie es schreiben werden. Sie interessieren sich einfach dafür, wie es in den alten Zeiten war.«

»Das ist ja jetzt große Mode«, sagte Dane. »Sich für was zu interessieren.«

»Sie tun nicht bloß so, Dane. Es interessiert sie wirklich.«

Aber er fand, dass sie sich diesmal nicht so beschwingt anhörte.

»Weißt du, sie ändern alle Namen«, sagte sie. »Wenn sie ein Stück schreiben, ändern sie alle Namen und Orte. Aber ich glaube, es macht ihnen einfach Spaß, Dinge herauszufinden und darüber zu reden. So jung sind sie gar nicht mehr, aber sie wirken jung, weil sie so neugierig sind. Und unbeschwert.«

»Dein Gesicht wirkt verändert«, sagte Dane zu Violet, als er sie endlich wieder besuchen konnte. »Hast du abgenommen?«

»Ich glaube nicht.«

Dane selbst hatte zehn Pfund abgenommen, aber sie bemerkte es nicht. Sie schien guter Dinge, aber aufgeregt. Andauernd stand sie auf und setzte sich wieder, schaute aus dem Fenster, räumte ohne erkennbaren Grund verschiedene Gegenstände auf dem Küchenbüfett hierhin und dorthin.

Die Mädchen waren abgereist.

»Kommen sie nicht mehr zurück?«, fragte Dane.

Doch, sie wollten wiederkommen. Violet glaubte, dass sie wiederkommen würden. Sie wusste nicht genau, wann.

»Sie sind wohl auf dem Weg, ihre Insel zu finden«, sagte Dane. »Ihre von Frauen regierte Insel.«

»Ich weiß es nicht«, sagte Violet. »Ich glaube, sie sind nach Montreal gefahren.«

Dane war der Gedanke nicht angenehm, dass zwei Mädchen, die er noch nicht einmal kennen gelernt hatte, ihn so reizbar und misstrauisch stimmen konnten. Er war fast geneigt, dem Medikament, das er immer noch wegen seines Zahns nehmen musste, die Schuld daran zu geben. Da war dieses vage Gefühl in ihm, dass sich etwas vor ihm verbarg – überall um ihn herum, aber verborgen –, eine lästige, alberne, heimtückische Art von Geheimnis.

»Du hast dir die Haare geschnitten«, sagte er. Deshalb hatte ihr Gesicht verändert ausgesehen.

»Sie haben sie mir geschnitten. Sie haben gesagt, das sei ein Jeanne d'Arc-Schnitt.« Violet lächelte ironisch, ganz ähnlich wie früher, und fasste sich ans Haar. »Ich hab zu ihnen gesagt, ich würde hoffentlich nicht auf dem Scheiterhaufen enden.«

Sie hatte den Kopf in die Hände gestützt und wiegte sich vor und zurück.

»Sie haben dich überanstrengt«, sagte Dane. »Sie haben dich überanstrengt, Tante Violet.«

»Es ist all das Zeug da drin, das durchzusehen ist«, erwiderte Violet. Sie deutete mit einer Kopfbewegung auf das rückwärtige Schlafzimmer. »Was ich da drinnen alles in Angriff nehmen muss, das ist es.«

In Violets rückwärtigem Schlafzimmer standen Kartons mit Papieren und eine alte Truhe mit gewölbtem Deckel, die ihrer Mutter gehört hatte. Dane glaubte, dass auch sie nichts als Papiere enthielt. Alte Aufzeichnungen aus der Highschool, Aufzeichnungen aus der Lehrerfachschule, Zeugnisse, Dokumente und Korrespondenz aus ihren Jahren bei der Telefongesellschaft, Sitzungsprotokolle, Briefe, Postkarten. Jedes beschriebene Stück Papier hatte sie wahrscheinlich aufbewahrt.

Sie sagte, diese ganzen Papiere müssten durchgesehen und aussortiert werden. Es müsse geschehen, bevor die Mädchen zurückkämen. Sie habe ihnen verschiedene Sachen versprochen.

»Was für Sachen?«

»Verschiedene Sachen eben.«

Kämen sie bald zurück?

Violet sagte ja. Sie nehme es an, ja. Während sie darüber nachdachte, strich und rieb sie mit den Händen über den Tisch. Sie biss von einem Plätzchen ab und zerkrümelte den Rest. Dane sah, wie sie die Krümel in die Hand fegte und sie in ihren Kaffee tat.

»Das hier haben sie geschickt«, sagte sie und schob eine Karte vor ihn hin, die ihm schon aufgefallen war, weil sie an der Zuckerdose lehnte. Es war eine selbst gebastelte Karte mit kindlich gemalten Veilchen und roten Herzen in Wachsmalfarben. Sie wollte offenbar, dass er sie las, also tat er es.

»Tausend, vielen tausend Dank für Ihre Hilfe und Ihre Offenheit. Sie haben uns eine wunderbare Geschichte geschenkt. Es ist die klassische Geschichte vom antipatriarchalischen Zorn. Ihr Geschenk an uns, dürfen wir es an andere weitergeben? Der so genannte Weibliche Wahn ist nichts anderes als jahrhundertelange Frustration und Unterdrückung. Allein schon die Episode am Bach ist großartig – und so viele Frauen können sich damit identifizieren!«

Am unteren Rand der Karte stand in Großbuchstaben: SIND SEHR GESPANNT AUF DIE DOKUMENTE. BITTE NÄCHSTES MAL. IN LIEBE UND DANKBARKEIT.

»Was soll das alles?«, fragte Dane. »Wieso musst du die Sachen für sie raussuchen? Warum können sie sich nicht einfach selber durch den ganzen Verhau wühlen und raussuchen, was sie haben wollen?«

»Weil ich mich so schäme!«, sagte Violet heftig. »Ich will nicht, dass das irgendwer sieht.«

Er erklärte ihr, es gebe nichts, wirklich rein gar nichts, dessen sie sich schämen müsse.

»Ich hätte nicht ›Verhau‹ sagen sollen. Es hat sich bloß über die Jahre so viel angesammelt. Darunter ist sicher auch einiges sehr interessant.«

»Da hängt mehr dran, als irgendwer ahnt! Und ich muss ganz allein damit fertig werden!«

»Antipatriarchalischer Zorn«, sagte Dane, die Karte noch einmal zur Hand nehmend. »Was meinen sie damit?« Er fragte sich, warum sie Weiblicher Wahn großgeschrieben hatten.

»Ich kann dir sagen«, erwiderte Violet. »Ich kann dir bloß sagen. Du hast keine Ahnung, womit ich mich rumschlagen muss. Es gibt Sachen, die sind nicht so angenehm.

Ich bin ins Zimmer und hab die Truhe aufgemacht, um einen Blick reinzuwerfen, was alles drin ist, und weißt du, worauf ich gestoßen bin, Dane? Sie war voller Mist. Pferde-äpfel. In sauberen Reihen. Absichtlich reingelegt. In meiner Truhe unter meinem eigenen Dach muss ich so was finden.« Sie begann zu schniefen, ein ungewohntes, unschönes, selbstmitleidiges Schniefen.

Als Dane Theo davon erzählte, lächelte Theo und sagte dann: »Das tut mir Leid. Was hat sie dann gesagt?«

»Ich hab zu ihr gesagt, ich würd's mir ansehen gehen, und da hat sie gesagt, sie hätte schon alles weggeputzt.«

»Aha. Na ja. Sieht so aus, als wäre bei ihr endgültig was ausgerastet, findest du nicht? Ich hab so was schon kommen sehen.«

Dane konnte sich erinnern, was sie noch gesagt hatte, aber er erwähnte es nicht. Es spielte keine Rolle.

»Das ist ein abscheulicher Streich, findest du nicht«, sagte sie weinerlich. »Das ist die Erfindung eines kranken Gehirns!«

Die Tür zu Violets Haus stand offen, als Dane am nächsten Tag um die Mittagszeit auf seinem Weg aus der Stadt durch ihre Straße fuhr. Er fuhr gewöhnlich nicht diese Strecke. Dass er es heute tat, war nicht weiter verwunderlich angesichts der Tatsache, wie sehr Violet in den letzten paar Stunden seine Gedanken beschäftigt hatte.

Er muss genau in dem Moment zur Tür hereingekommen sein, als in der Küche die Flammen hochschlugen. Er sah ihren Widerschein schon vor sich auf der Küchenwand. Er rannte um die Ecke und erwischte Violet dabei, wie sie Papiere auf dem Gasherd aufhäufte. Sie hatte die Gasbrenner angezündet.

Dane griff sich einen losen Teppich aus dem Flur, um

sich gegen das Feuer zu schützen, während er das Gas abdrehte. Brennende Papiere flogen durch die Luft. Berge von Papier lagen überall auf dem Boden, zum Teil noch in Schachteln verpackt. Violet hatte offenbar vor, sie alle zu verbrennen.

»Herrje, Tante Violet!«, brüllte Dane. »Himmelherrgott, was machst du da! Mach, dass du rauskommst! Schnell, raus hier!«

Violet stand in der Mitte des Raums, festgewurzelt wie ein großer schwarzer Baumstumpf, und lodernde Papierfetzen flogen überall um sie herum.

»Schnell raus!«, brüllte Dane, drehte sie um und schob sie auf die Hintertür zu. Dann, mit einem Mal, war ihre Geschwindigkeit so außergewöhnlich wie vorher ihre Reglosigkeit. Sie rannte oder hechtete zur Tür, öffnete sie und überquerte die Veranda. Anstatt die Stufen hinunterzugehen, lief sie über den Rand und fiel kopfüber in ein paar Rosenbüsche, die Wyck gepflanzt hatte.

Dane bemerkte ihren Sturz nicht gleich. Er war in der Küche zu sehr in Atem gehalten.

Zum Glück fängt gestapeltes oder gebündeltes Papier nicht so leicht Feuer, wie die meisten Leute glauben. Dane fürchtete eher, dass das Feuer auf die Vorhänge übergreifen könnte oder auf den Anstrich hinter dem Herd. Violet war längst nicht mehr die ordentliche Hausfrau, die sie früher gewesen war, und die Wände waren fettbespritzt. Er drückte den Teppich über die Flammen, die aus dem Herd aufloderten, dann fiel ihm der Feuerlöscher ein, den er selbst für Violet gekauft hatte, mit der Auflage, dass sie ihn auf dem Küchenbüfett aufbewahrte. Mit dem Feuerlöscher in der Hand, stolperte er durchs Zimmer und machte Jagd auf flammende Vögel, die als verkohlte Papierfetzen herunterfielen. Die Papierberge auf dem Boden behinderten ihn.

Aber das Feuer griff nicht auf die Vorhänge über. Der Anstrich an der Wand hinter dem Herd warf Blasen, aber auch er fing nicht Feuer. Er setzte seine Jagd fort, und nach fünf Minuten, vielleicht auch weniger, hatte er das Feuer gelöscht. Nur die verkohlten Papierfetzchen, schmutzige Mottenflügel, lagen überall herum – ein heilloses Durcheinander.

Als er Violet zwischen den Rosenbüschen auf dem Boden liegen sah, nahm er das Schlimmste an. Er befürchtete, sie habe einen Schlaganfall gehabt oder einen Herzinfarkt oder sich beim Sturz mindestens die Hüfte gebrochen. Aber sie war bei Bewusstsein, versuchte stöhnend, sich hochzurappeln. Er fasste sie unter und hob sie vom Boden auf. Mit beiderseitigem Ächzen und Ausrufen der Bestürzung half er ihr bis zur Hintertreppe und setzte sie auf die Stufen.

»Wo kommt denn das Blut her?«, fragte er. Ihre Arme waren mit Schmutz und Blut beschmiert.

»Das ist von den Rosen«, sagte Violet. Da merkte er an ihrer Stimme, dass sie nichts gebrochen hatte.

»Die Rosen haben mich ganz schön zerkratzt«, sagte sie. »Dane, du siehst fürchterlich aus. Fürchterlich siehst du aus, du bist ganz schwarz!«

Tränen und Schweiß vermischten sich auf seinem Gesicht. Er fuhr sich mit der Hand an die Backe, und die Hand wurde schwarz. »Rauch«, sagte er.

Sie war so gefasst, dass er dachte, sie habe vielleicht einen winzigen Schlag, einen Gedächtnisverlust erlitten, gerade so weit, dass das Feuer aus ihrem Bewusstsein ausgespart war. Aber dem war nicht so.

»Dabei hab ich nicht mal Petroleum benutzt«, sagte sie. »Dane, ich hab kein Petroleum oder so was benutzt. Wie kam es, dass das Feuer so hoch aufgelodert ist?«

»Das war kein holzgefeuerter Herd, Tante Violet. Das war oben auf den Gasbrennern.«

»O Gott.«

»Du musst dir eingebildet haben, du würdest Papier in dem holzgefeuerten Küchenherd verbrennen.«

»So muss es gewesen sein. Was für eine Dummheit. Und du bist gekommen und hast es gelöscht.«

Er versuchte, die schwarzen Papierfetzchen aus ihrem Haar zu klauben, aber sie zerfielen unter seinen Fingern. Sie zerfielen in noch kleinere Stückchen und verloren sich.

»Ich hab dir zu danken«, sagte Violet.

»Was wir jetzt tun sollten«, sagte er, »ist, dich ins Krankenhaus rüberbringen, nur um sicherzugehen, dass dir nichts fehlt. Du könntest dich ein paar Tage ausruhen, während wir darangehen, in der Küche aufzuräumen. Wärst du einverstanden?«

Sie gab einen stöhnenden, aber friedfertigen Laut von sich, der ja bedeutete.

»Danach hast du vielleicht Lust, zu uns zu kommen und einige Zeit bei uns zu wohnen.«

Er würde noch am selben Abend mit Theo sprechen; sie mussten sich etwas einfallen lassen.

»Da musst du aber aufpassen, dass ich das Haus nicht niederbrenne.«

»Wird gemacht.«

»Ach, Dane. Das ist kein Witz.«

Violet starb im Krankenhaus, in der dritten Nacht, völlig unerwartet. Eine verspätete Reaktion vielleicht. Schock. Dane verbrannte alle Papiere in dem Verbrennungsofen hinten im Garten. Sie hatte es ihm nie aufgetragen; sie hatte nie erwähnt, was sie eigentlich gemacht hatte. Sie war nie wieder auf die Mädchen oder auf die Ereignisse dieses Sommers zu sprechen gekommen. Er hatte einfach das Gefühl, er müsse beenden, was sie angefangen hatte. Während er die Papiere verbrannte, legte er sich zurecht, was er diesen Mädchen sagen würde, aber als er fertig war, dachte er, er gehe zu hart mit ihnen ins Gericht – sie hatten ihr ebenso viel Glück beschert wie Schwierigkeiten bereitet.

Als sie noch auf den Stufen der Hintertreppe saßen, an jenem heißen, nur leicht bewölkten frühen Nachmittag, die grüne Wand von Mais vor sich, hatte Violet ihre Kratzer berührt und gesagt: »Die erinnern mich an etwas.«

»Ich sollte etwas Dettol drauf tun«, sagte Dane.

»Bleib sitzen. Glaubst du denn, es gäbe irgendeine Infektion, die ihren Weg noch nicht durch meine Adern genommen hat?«

Er blieb sitzen, und sie sagte: »Weißt du, Dane, dass Wyck und ich schon lang, lang befreundet waren, bevor wir heiraten konnten?«

»Ja.«

»Nun, diese Kratzer erinnern mich daran, wie wir uns begegnet sind, bevor wir uns so angefreundet haben, denn natürlich haben wir uns vom Sehen schon gekannt. Ich fuhr meinen ersten Wagen, den V-S, du kannst dich sicher nicht daran erinnern, und ich kam von der Straße ab. Ich fuhr in einen kleinen Graben und kam nicht mehr raus. Dann hörte ich ein Auto kommen und wartete, und auf einmal brachte ich es nicht über mich, stehen zu bleiben.«

»Du hast dich geniert, weil du von der Straße abgekommen bist?«

»Ich war geknickt. Deshalb bin ich von der Straße abgekommen. Dass ich geknickt war, hatte keinen Grund, oder nur einen geringfügigen. Ich konnte niemandem gegenübertreten, und ich hab mich in die Büsche geschlagen und bin sofort hängen geblieben. Ich hab mich gedreht und gewendet, aber ich kam einfach nicht los, und je mehr ich mich drehte, desto mehr Kratzer bekam ich ab. Ich hatte ein leichtes Sommerkleid an. Aber das Auto hielt trotzdem an. Es war Wyck. Hab ich dir das nie erzählt, Dane?«

Nein.

»Es war Wyck, der allein unterwegs war. Er sagte, nur nicht bewegen, und er kam her und fing an, die Beerenranken und Zweige von mir loszuhaken. Ich kam mir vor wie ein Büffel in einer Falle. Aber er lachte mich nicht aus – er schien überhaupt nicht überrascht, jemanden in so einer verzwickten Lage anzutreffen. Ich war es, die zu lachen anfing. Wie er da so pflichteifrig um mich herumging in seinem hellblauen Sommeranzug.«

Sie strich sich über die Arme, fuhr mit den Fingerspitzen die Kratzer nach, tätschelte sie.

»Wo war ich stehen geblieben?«

»Wie du im Gebüsch verheddert warst und Wyck dich losgemacht hat.«

Sie tätschelte ihre Arme schneller und schüttelte den Kopf und machte dabei in der Kehle diesen Laut, von Ungeduld oder Entrüstung. *Annhh.*

Dann setzte sie sich kerzengerade auf und sagte mit klarer Stimme, aber in vertraulichem Ton: »Da läuft ein Wildschwein durch den Mais.«

»Und ihr habt gelacht«, fuhr Dane fort, als hätte er nicht gehört.

»Ja«, sagte Violet und nickte mehrmals, um Geduld ringend. »Ja. Wir haben gelacht.«

Kreis des Gebets

Trudy schleuderte einen Krug durchs Zimmer. Er kam nicht bis zur gegenüberliegenden Wand; er verletzte niemanden, er ging nicht einmal zu Bruch.

Es war der Krug ohne Henkel – zementgrau mit einzelnen braunen Streifen, rau wie Schmirgelpapier, wenn man ihn anfasste –, den Dan in jenem Winter gemacht hatte, als er töpfern lernte. Er hatte noch sechs kleine henkellose Tassen dazu gemacht. Der Krug und die Tassen waren für Saki gedacht, aber die hiesige Spirituosenhandlung führt keinen Saki. Einmal hatten sie welchen von einer Reise mitgebracht, aber er schmeckte ihnen nicht besonders. Deshalb steht der von Dan getöpferte Krug auf dem obersten Regalfach in der Küche und dient als Aufbewahrungsort für den einen oder anderen Gegenstand von Wert. Für Trudys Ehering und ihren Verlobungsring, die Medaille, die Robin in der 8. Klasse für ausgezeichnete Leistungen in allen Fächern gewann, eine lange, zweireihige Kette aus Jettperlen, die Dans Mutter gehörte und Robin vermacht ist. Trudy erlaubt ihr nicht, die Kette jetzt schon zu tragen.

Trudy kam kurz nach Mitternacht von der Arbeit nach Hause; sie betrat das Haus, ohne Licht zu machen. Nur das kleine Licht über dem Herd war an – das ließen sie und Robin immer füreinander brennen. Mehr Licht brauchte Trudy nicht. Ohne auch nur ihre Handtasche abzustellen, stieg sie auf einen Stuhl, holte den Krug herunter und fischte mit der Hand darin herum.

Sie war weg. Natürlich. Sie hatte gewusst, dass sie weg sein würde.

Mit dem Krug in der Hand und der Handtasche immer noch über dem Arm, ging sie durch das dunkle Haus zu Robins Zimmer. Sie schaltete die Deckenlampe an. Robin stöhnte und drehte sich auf die andere Seite, zog sich das Kissen über den Kopf. Heuchlerin.

»Die Halskette deiner Großmutter«, sagte Trudy. »Warum hast du das getan? Bist du wahnsinnig?«

Robin heuchelte ein verschlafenes Stöhnen. Sämtliche Kleidungsstücke aus ihrem Besitz, so schien es, alte und neue, saubere und schmutzige, waren auf dem Boden, auf dem Stuhl, auf dem Schreibtisch, sogar auf dem Bett verstreut. An der Wand hing ein riesiges Plakat mit einem Nilpferd und der Unterschrift: »Warum bin ich eine geborene Schönheit?« Und ein zweites Plakat, das Terry Fox zeigte, wie er einen regennassen Highway entlangrannte, eine ganze Kavalkade von Autos hinter sich. Schmutzige Gläser, leere Joghurtbecher, beschriebene Blätter aus der Schule, ein Tampax in noch ungeöffneter Zellophanhülle, die Stoffschlange und der Stofftiger, die Robin schon gehabt hatte, bevor sie zur Schule kam, eine Collage aus Fotos von ihrer Katze namens Würstchen, die vor zwei Jahren überfahren worden war. Rote und blaue Bänder, die sie beim Hochspringen und Laufen und Basketballwerfen gewonnen hatte.

»Antworte mir gefälligst!«, sagte Trudy. »Sag mir, warum du das gemacht hast!«

Sie schleuderte den Krug. Aber er war schwerer, als sie gedacht hatte, oder vielleicht verließ sie die Entschlusskraft in dem Augenblick, als sie ihn warf, jedenfalls traf er nicht gegen die Wand; er fiel auf den Teppich neben der Kommode und rollte unbeschädigt über den Fußboden.

Du hast damals einen Krug nach mir geworfen. Du hättest mich umbringen können.

Das ist nicht wahr. Ich habe nicht auf dich gezielt.

Du hättest mich umbringen können.

Der Beweis, dass Robin heuchelte: Sie fuhr erschrocken hoch, aber es war nicht das verständnislose Erschrecken von einem, der fest geschlafen hat. Sie sah verängstigt aus, aber unter diesem kindlichen, verängstigten Ausdruck lag noch ein anderer – störrisch, berechnend, verächtlich.

»Sie war so schön. Und sie war wertvoll. Sie gehörte deiner Großmutter.«

»Ich dachte, sie hat mir gehört«, sagte Robin.

»Dieses Mädchen war nicht einmal mit dir befreundet. Himmel, heute Morgen hattest du kein freundliches Wort für sie übrig.«

»Du weißt ja gar nicht, mit wem ich befreundet bin!« Helle Röte stieg Robin ins Gesicht, und ihre Augen füllten sich mit Tränen, aber der verächtliche, störrische Ausdruck blieb. »Ich kannte sie. Ich habe mit ihr geredet. Also geh!«

Trudy arbeitet im Heim für geistig behinderte Erwachsene. Die wenigsten nennen es so. Die älteren Leute in der Stadt sagen immer noch »das Haus der Weir-Fräulein«, und viele andere, unter ihnen auch Robin – und vermutlich die meisten ihres Alters –, nennen es das Deppenheim.

Das Haus hat heute eine Rampe für Rollstühle, weil manche der geistig Behinderten auch körperlich behindert sein können, und im Garten hinter dem Haus gibt es ein Schwimmbecken, das etliche Diskussionen aufrührte, als es auf Kosten der Steuerzahler gebaut wurde. Ansonsten sieht das Haus weitgehend so aus, wie es immer aussah – die weißen Außenwände aus Holz, die dunkelgrünen, geschnörkelten Wetterfahnen auf den Giebeln, das steile Dach, die dunkle, mit Fliegengittern geschützte Veranda auf einer Seite und der hohe, von Ahornbäumen beschattete Rasen davor.

Diesen Monat ist Trudy zur Vier-bis-Mitternacht-Schicht eingeteilt. Gestern Nachmittag ließ sie ihr Auto vorne stehen, und als sie zu Fuß die Auffahrt hinaufging, dachte sie, wie hübsch das Haus doch aussah, friedlich wie in den Tagen der Weir-Fräulein, die sicherlich Eistee servierten und Bücher aus der Bibliothek lasen oder Krocket spielten, was immer die Leute so taten zu der Zeit.

Stets irgendeine Neuigkeit, irgendeine Kabbelei oder Aufregung, sobald man durch die Tür ist. Die Handwerker waren da, um das Schwimmbecken zu reparieren, aber geschehen ist nichts. Sie sind wieder gegangen. Es ist immer noch nicht repariert.

»Wir haben überhaupt nichts davon, der Sommer ist bald rum«, sagte Josephine.

»Es ist noch nicht mal Mitte Juni, und du sagst, der Sommer ist bald um«, entgegnete Kelvin. »Denk erst mal nach, bevor du redest. Haben Sie schon von dem jungen Mädchen gehört, das draußen vor der Stadt umgekommen ist?«, fragte er Trudy.

Trudy hatte angefangen, zwei Krüge mit tiefgefrorener Limonade anzurühren, einen mit rosa Limonade, den anderen mit gewöhnlicher. Bei Kelvins Frage schlug sie mit dem Löffel so heftig auf den gefrorenen Klotz, dass etwas Flüssigkeit überschwappte.

»Wie denn, Kelvin?«

Sie hatte Angst zu hören, dass ein Mädchen irgendwo von der Landstraße verschleppt, im Wald vergewaltigt, erwürgt, niedergeschlagen, dort liegen gelassen worden war. Robin macht ihren Dauerlauf immer auf den Landstraßen, in weißen Shorts und T-Shirt, ein Stirnband um die wehenden Haare. Robins Haar ist goldfarben; ihre Arme und Beine sind goldfarben. Ihre Wangen und Gliedmaßen sind flaumig, nicht glänzend – man wäre nicht überrascht, eine Wolke von Blütenstaub leicht hinter ihr dreinschweben und sich setzen zu sehen, wenn sie läuft. Autos hupen sie an, ohne dass sie sich stören lässt. Obszöne Drohungen werden ihr zugebrüllt, und sie brüllt obszöne Drohungen zurück.

»Am Steuer eines Lastwagens«, sagte Kelvin.

Trudys Herz wurde leichter. Robin hat noch keinen Führerschein.

»Vierzehn Jahre alt, sie hatte keinen Führerschein«, sagte Kelvin. »Sie hat sich in den Laster gesetzt und ist damit prompt gegen einen Baum gefahren. Wo waren ihre Eltern? Das möchte ich bloß mal wissen. Sie haben nicht auf sie aufgepasst. Sie hat sich in den Laster gesetzt, obwohl sie nicht Auto fahren konnte, und ist damit gegen einen Baum gefahren. Mit vierzehn. Das ist zu jung.«

Kelvin geht auf eigene Faust in die Stadt; er bekommt alle Neuigkeiten mit. Er ist zweiundfünfzig, immer noch schlank und jungenhaft im Aussehen, sorgfältig rasiert, mit weichem, sauberem, kurz geschnittenem dunklem Haar. Er geht jeden Tag zum Friseur, weil er mit dem Rasieren nicht ganz zurechtkommt. Epilepsie, dann Operation, Infektion eines Knochenlappens, viele weitere Operationen, eine bleibende leichte Bewegungsstörung an Beinen und Händen, eine kaum merkliche Benebelung. Der Nebel lässt die Tatsachen nicht verschwimmen, nur die Motive. Vielleicht gehört er überhaupt nicht in dieses Heim, aber wohin sonst? Na ja, jedenfalls ist er gern hier. Er sagt, er sei gern hier. Er sagt zu den anderen, sie sollten nicht klagen; sie sollten besser Acht geben, sie sollten sich benehmen. Er hebt die weggeworfenen Limonadenbüchsen und Bierflaschen vom Rasen vor dem Haus auf – obwohl das natürlich nicht seine Aufgabe ist.

Als Janet kurz vor Mitternacht zum Dienst kam, um Trudy abzulösen, hatte sie dieselbe Neuigkeit zu berichten.

»Du hast sicher schon gehört, was mit dem fünfzehnjährigen Mädchen passiert ist?«

Wenn Janet einem solche Dinge erzählt, leitet sie immer ein mit »Du hast sicher schon gehört«. *Du hast sicher schon gehört, dass Wilma und Ted auseinander gehen*, sagt sie. *Du hast sicher schon gehört, dass Alvin Stead einen Herzinfarkt hatte.*

»Kelvin hat es mir erzählt«, erwiderte Trudy. »Nur dass er sagte, sie sei vierzehn gewesen.«

»Fünfzehn«, sagte Janet. »Sie muss in Robins Klasse gegangen sein. Sie hatte keinen Führerschein. Sie ist nicht mal bis zur Hauptstraße gekommen.«

»War sie betrunken?«, fragte Trudy. Robin rührt keinen Alkohol an, so wenig wie Rauschgift oder Zigaretten oder auch nur Kaffee, sie ist schrecklich fanatisch, wenn es darum geht, was sie ihrem Körper zuführt.

»Ich glaub nicht. High vielleicht. Es war am frühen Abend. Sie war mit ihrer Schwester zu Hause. Ihre Eltern waren aus. Der Freund ihrer Schwester kam zu Besuch – es war sein Lastwagen, und entweder hat er ihr die Schlüssel gegeben, oder sie hat sie einfach genommen. Darüber sind verschiedene Versionen im Umlauf. Die einen sagen, sie haben sie auf eine Besorgung geschickt, wollten sie loswerden, die anderen sagen, sie hat sich die Schlüssel einfach genommen und ist losgefahren. Jedenfalls ist sie in der Straße vor dem Haus frontal gegen einen Baum gefahren.«

»Allmächtiger«, sagte Trudy.

»Ich weiß. Es ist eine solche Idiotie. Man mag schon gar nicht mehr dran denken, dass die eigenen Kinder größer werden. Haben alle schön ihre Medikamente genommen? Was schaut Kelvin sich da an?«

Kelvin war noch auf, er saß im Wohnzimmer beim Fernsehen.

»Irgendein Interview mit jemandem. Er hat ein Buch über Schizophrenie geschrieben.«

Was immer Kelvin zum Thema psychische Störungen unterkommt, muss er im Fernsehen ansehen oder zu lesen versuchen.

»Ich glaube, es macht ihn depressiv, je mehr solcher Sendungen er sieht«, sagte Janet. »Stell dir vor, ich hab heute erfahren, dass ich für die Hochzeit meiner Nichte Laurel fünfhundert rosa Kleenex-Rosen machen muss. Fürs Auto. Sie behauptet, ich hätte ihr versprochen, die Rosen fürs Auto zu machen. Aber das stimmt nicht. Ich kann mich nicht erinnern, irgendwas versprochen zu haben. Kommst du rüber und hilfst mir dabei?«

»Sicher«, sagte Trudy.

»In Wirklichkeit will ich ihn wohl nur deshalb von den Schizophrenen loseisen, weil ich mir die alte *Dallas*-Folge anschauen will«, sagte Janet. Sie und Trudy sind darüber geteilter Meinung. Trudy kann diese alten Wiederholungen von *Dallas* nicht ausstehen, sie hasst es, die Personen mit ihren jüngeren, volleren Gesichtern alle möglichen Seelennöte durchleiden und in Liebesverwicklungen verstrickt zu sehen, die sie selbst und die Zuschauer inzwischen längst vergessen haben. Das ist ja gerade das wahnsinnig Komische, sagt Janet; es ist so unglaublich, dass es schon wieder schön ist. Da passiert all das, und sie vergessen es einfach und machen weiter. Aber Trudy kommt es gar nicht so unglaublich vor, dass die Personen von einem Ereignis zum nächsten übergehen – vergesslich, hoffnungsfroh, fotogen und unentwegt die Kleider wechselnd. Dass es so unglaublich gar nicht ist, ist das, was sie am allerwenigsten ausstehen kann.

Robin sagte am nächsten Morgen: »Ach, wahrscheinlich. Alle Leute, mit denen sie zusammensteckte, trinken. Sie feiern eine Party nach der anderen. Selbstzerstörerisch sind sie. Sie ist selber schuld. Auch wenn ihre Schwester ihr gesagt hat, dass sie fahren soll, hätte sie es noch lange nicht tun müssen. Sie hätte nicht so blöd sein müssen.«

»Wie hieß sie?«, wollte Trudy wissen.

»Tracy Lee«, sagte Robin angewidert. Sie trat auf den Fußhebel am Mülleimer und hob den Joghurtbecher, den sie eben geleert hatte, noch ein Stück höher, bevor sie ihn hineinfallen ließ. Sie trug ein Bikinihöschen und ein T-Shirt mit dem Aufdruck: »Wenn ich mir ein Arschloch anhören will, furze ich.«

»Das T-Shirt da ist mir nach wie vor ein Dorn im Auge«, sagte Trudy. »Manche Sachen sind ordinär, aber komisch, und andere sind mehr ordinär als komisch.«

»Wen juckt's?«, fragte Robin. »Ich schlafe allein.«

Trudy saß im Morgenmantel draußen und trank Kaffee, während der Tag allmählich heiß wurde. Vor dem Seiteneingang ist ein kleiner, mit Ziegeln gepflasterter Bereich, den sie und Dan immer den Patio nannten. Dort saß sie. Sie haben ein solarbeheiztes Haus mit großen Glasscheiben in dem nach Süden geschrägten Dach – das sonderbarste Haus in der ganzen Stadt. Es ist auch innen sonderbar, mit den offenen Regalen anstelle von Einbauschränken in der Küche und dem ein paar Stufen erhöht liegenden Wohnzimmer, das auf die Felder hinter dem Haus hinausgeht. Sie und Dan hatten bestimmten Bereichen im Haus zum Spaß die konventionellsten, spießig klingendsten Namen gegeben – der Patio, der Ankleideraum, das herrschaftliche Schlafzimmer. Dan musste die Art, wie er lebte, ständig bewitzeln. Er hatte das Haus selbst gebaut – Trudy hatte viel daran gestrichen und gebeizt –, und es war bestens gelungen. Der Regen drang nicht durch die Verschalung ein, und ein Teil der Heizwärme kam tatsächlich von der Sonne. Die meisten Leute mit Ideen oder Idealen, wie Dan sie hat, sind nicht sehr praktisch veranlagt. Sie können nichts reparieren oder selber machen; sie verstehen sich nicht auf Elektroinstallationen oder Schreinerarbeiten oder was immer sie dazu können müssten. Dan ist in allem gut – in Gartenarbeit, im Holzzuschneiden, im Hausbauen. Besonders gut versteht er sich aufs Reparieren von Motoren. Früher war er herumgereist und hatte Jobs als Mechaniker für Kleinmotoren angenommen. Und so war er hier gelandet. Er war hergekommen, um Marlene zu besuchen, hatte Arbeit als Mechaniker gefunden, war in eine Autowerkstätte mit eingestiegen, und ehe er sich's versah, war er – mit Trudy, nicht mit Marlene verheiratet – Geschäftsmann in einer Kleinstadt, verkehrte in den besten Kreisen. Das alles, ohne sich den Sechziger-Jahre-Bart abzurasieren oder sich die Haare kürzer zu schneiden, als ihm lieb war. Die Stadt war zu klein und Dan zu gewitzt, als dass so etwas nötig gewesen wäre.

Jetzt lebt Dan in einem Stadthaus in Richmond Hill mit einer Frau namens Genevieve. Sie studiert Jura. Sie hat sehr jung geheiratet und hat drei kleine Kinder. Dan lernte sie vor drei Jahren kennen, als sie drei Meilen vor der Stadt eine Panne mit ihrem Wohnwagen hatte. Am selben Abend erzählte er Trudy von ihr. Der gemietete Wohnwagen, die drei kleinen Kinder, halbe Säuglinge noch, die temperamentvolle junge geschiedene Mutter mit den Rattenschwänzen.

Ihre Tapferkeit, ihre Armut, ihre Pläne, Jura zu studieren. Falls der Wohnwagen nicht leicht zu reparieren gewesen wäre, hatte er vorgehabt, sie und die Kinder bei ihnen übernachten zu lassen. Sie war auf dem Weg zum Sommerhaus ihrer Eltern in Pointe au Baril.

»Dann kann sie so arm ja nicht sein«, sagte Trudy.

»Man kann reiche Eltern haben und trotzdem arm sein«, erwiderte Dan.

»Nein, kann man nicht.«

Letzten Sommer fuhr Robin einen Monat zu Besuch nach Richmond Hill. Sie kam früher als geplant zurück. Sie sagte, es sei ein Tollhaus dort. Das älteste der Kinder muss in eine Sonderschule, um Lesen zu lernen, das mittlere macht noch ins Bett. Genevieve verbringt ihre ganze Zeit in der juristischen Bibliothek und studiert. Kein Wunder also. Dan kauft Sonderangebote ein, kocht, kümmert sich um die Kinder, zieht Gemüse im Garten, fährt samstags und sonntags Taxi. Er möchte in der Garage eine Motorradwerkstatt einrichten, aber er bekommt keine Genehmigung; die Nachbarn sind dagegen.

Er sei glücklich, hat er Robin erzählt. Glücklicher denn je. Als Robin nach Hause zurückkam, war sie unwiderruflich erwachsen – hart, sarkastisch, entschlossen. Sie hatte einen ständigen leichten Groll gegen etwas, den sie vorher nicht gehabt hatte. Den Grund konnte Trudy ihr nicht mit Fragen entlocken, auch nicht im Scherz aus ihr herauskitzeln; die Zeiten waren endgültig vorbei.

Robin kam mittags heim und zog sich um. Sie zog eine leichte geblümte Baumwollbluse an und bügelte einen hellblauen Baumwollrock. Sie sagte, ein paar von ihren Mitschülerinnen wollten vielleicht nach der Schule zum Beerdigungsinstitut gehen.

»Ich hab ganz vergessen, dass du diesen Rock hast«, sagte Trudy. Doch sie irrte, wenn sie glaubte, damit ein Gespräch anfangen zu können.

Als Trudy Dan zum ersten Mal begegnete, war sie betrunken. Sie war neunzehn, groß und mager (ist sie immer noch), mit einem wilden Kopf schwarzer Locken (sie sind jetzt ganz kurz geschnitten, und das Grau darin ist deutlich zu sehen, wie immer bei schwarzem Haar). Sie war sehr braun gebrannt und trug Jeans und ein gebatiktes T-Shirt. Keinen Büstenhalter und brauchte auch keinen. Das war in Muskoka im August, in einer Hotelbar, in der eine Band spielte. Sie war mit Freundinnen beim Zelten. Er hatte Marlene mit nach Hause genommen, um sie seiner Mutter vorzustellen, die in Muskoka in einem leer stehenden Hotel auf einer Insel wohnte. Als Trudy neunzehn war, war er achtundzwanzig. Ausgelassen und betrunken tanzte sie für sich allein vor dem Tisch, an dem er mit Marlene saß, einer brav aussehenden Blondine mit einem großen pinkfarbenen Busengebirge, das über und über mit kleinen falschen Perlen bestickt war. Trudy tanzte einfach vor ihm herum, bis er aufstand und mitmachte. Als der Tanz zu Ende war, erkundigte er sich nach ihrem Namen und nahm sie mit an seinen Tisch, um sie Marlene vorzustellen.

»Das ist Judy«, sagte er. Trudy ließ sich lachend auf den Stuhl neben Marlene fallen. Dann ging Dan mit Marlene auf die Tanzfläche. Trudy trank Marlenes Bier aus und hielt dann nach ihren Freundinnen Ausschau.

»Darf ich mich vorstellen?«, sagte sie zu ihnen. »Ich bin Judy!«

An der Bartür holte er sie ein. Er hatte Marlene einfach stehen lassen, als er Trudy weggehen sah. Ein Mann, der schnell den Kurs wechseln, die Möglichkeiten wahrnehmen, zu neuer Begeisterung entflammen konnte. Später erzählte er überall, er sei in Trudy verliebt gewesen, noch ehe er ihren richtigen Namen kannte. Aber Trudy erzählte er, er habe bei der Trennung von Marlene geweint.

»Ich habe Gefühle«, sagte er. »Ich habe keine Angst, sie zu zeigen.«

Für Marlene hatte Trudy keinerlei Gefühle übrig. Marlene war über dreißig – was erwartete sie also? Marlene wohnt heute noch in der Stadt, sie arbeitet im Büro der Wasserwerke, ist unverheiratet. Als Trudy und Dan eines ihrer Gespräche über Genevieve führten, sagte Trudy: »Marlene denkt sicher, jetzt kriege ich, was mir zusteht.«

Dan erzählte, er habe gehört, dass Marlene der Gemeinschaft der Bibelchristen beigetreten sei. Die Frauen dürften kein Make-up benutzen und müssten sonntags zur Kirche eine Art Haube tragen.

»Da wird sie keinen anderen Gedanken im Kopf haben dürfen als Vergebung«, sagte Dan.

Trudy sagte: »Und ob.«

Nach der Geschichte, die Trudy von Kelvin wie von Janet zu hören bekam, hat sich im Beerdigungsinstitut Folgendes zugetragen.

Die Mädchen aus Tracy Lees Klasse fanden sich geschlossen nach der Schule dort ein. Das war während der so genannten Beileidsvisite, bei der die Familie neben Tracy Lees offenem Sarg wartete, um Freunde zu empfangen. Ihre Eltern waren da, ihr verheirateter Bruder und dessen Frau, ihre Schwester und sogar der Freund ihrer Schwester, dem der Lastwagen gehörte. Sie standen in einer Reihe nebeneinander, und die Leute stellten sich an, um ein paar Worte zu ihnen zu sagen. Es waren viele Leute da. Das ist immer so in Fällen wie diesem. Tracy Lees Großmutter saß am

Ende der Reihe auf einem brokatbezogenen Stuhl. Sie konnte nicht lange stehen.

Alle Stühle im Beerdigungsinstitut sind mit diesem Brokatstoff in Weiß und Gold überzogen. Die Vorhänge sind aus dem gleichen Stoff, und die Tapete hat fast dasselbe Muster. An den Wänden sind kleine Armleuchter mit schweren rosafarbenen Glasschirmen angebracht. Trudy ist schon mehrfach da gewesen und weiß, wie es dort aussieht. Aber Robin und die meisten anderen Mädchen kannten das Beerdigungsinstitut nicht von innen. Sie wussten nicht, was sie erwartete. Einige fingen an zu weinen, kaum dass sie durch die Tür waren.

Die Vorhänge waren zugezogen. Sanfte Musik spielte – nicht eigentlich Kirchenmusik, aber es hörte sich so an. Tracy Lees Sarg war weiß mit Goldverzierung, passend zu all dem Brokat und der Tapete. Er war mit gefälteltem rosa Satin ausgeschlagen. Ein rosa Satinkissen. Tracy Lees Gesicht wies keinen Kratzer auf. Sie war nicht ganz wie sonst geschminkt, weil der Leichenbestatter sie hergerichtet hatte. Aber sie hatte ihre Lieblingsohrringe an, türkisfarbene Dreiecke und gelbe Halbmonde, zwei an jedem Ohr. (Manche fanden das geschmacklos.) Auf dem Teil des Sargs, der sie von der Taille an bedeckte, lag ein großes herzförmiges Kissen aus rosafarbenen Rosen.

Die Mädchen stellten sich an, um mit der Familie zu sprechen. Sie schüttelten Hände, sie sagten »mein Beileid«, genau wie alle anderen auch. Als sie das hinter sich hatten, als sich alle die kühlen Hände von der Großmutter zwischen deren warmen, geschwollenen, fleckigen hatten quetschen lassen, stellten sie sich wieder zu einer losen Reihe hintereinander auf und begannen am Sarg vorbeizugehen. Jetzt weinten viele von ihnen, zitterten. Was wollte man anderes erwarten? Junge Mädchen.

Aber dann fingen sie an zu singen, während sie am Sarg vorbeizogen. Mit Überwindung zuerst, schüchtern, aber mit wachsendem Selbstvertrauen in den traurigen, hellen Stimmen sangen sie:

»Solange der Zweig noch voll in Blüte steht,
will ich kosten deine Beeren,
trinken deinen süßen Met –«

Natürlich hatten sie die ganze Sache im Voraus geplant; das Lied hatten sie von einer Schallplatte. Sie hielten es für einen alten Choral.

Sie defilierten also singend am Sarg vorbei und schauten auf Tracy Lee hinunter, und da bemerkte man, dass sie Gegenstände in den Sarg fallen ließen. Sie zogen sich die Ringe von den Fingern und die Armreifen von den Handgelenken und legten ihre Ohrringe ab. Sie machten Halsbänder auf und beugten sich vor, um Ketten und lange Perlenschnüre über den Kopf zu ziehen. Jede gab etwas her. All dieser Schmuck ging schimmernd und blitzend auf das tote Mädchen nieder und blieb neben ihm im Sarg liegen. Ein Mädchen löste die bunten Kämme aus dem Haar, gab auch sie drein.

Und keiner machte Anstalten, sie aufzuhalten. Wie hätte auch jemand dazwischentreten können? Es war wie eine religiöse Zeremonie. Die Mädchen betrugen sich, als hätte man ihnen gesagt, was sie tun sollten, als wäre es genau das, was man bei solchen Gelegenheiten immer tat. Sie sangen, sie weinten, sie legten ihren Schmuck ab. Das Gefühl für Ritual verlieh jeder von ihnen Anmut.

Die Familie der Toten wollte sie nicht aufhalten. Sie fand es wunderschön.

»Es war wie in der Kirche«, sagte Tracy Lees Mutter,

und ihre Großmutter meinte: »Alle diese reizenden jungen Mädchen haben Tracy Lee geliebt. Wenn sie ihren Schmuck dreingeben wollten zum Beweis, dass sie sie liebten, dann ist das allein ihre Sache. Es geht niemanden sonst etwas an. Ich fand es wunderschön.«

Tracy Lees Schwester brach zusammen und weinte. Es war das erste Mal.

Dan sagte: »Jetzt wird die Liebe auf eine harte Probe gestellt.«

Trudys Liebe, wollte er sagen. Trudy fing an zu singen: »Ach, gib mich frei, so lass mich gehn –«

Sie hielt die flache Hand vor die Brust und tanzte singend in taumelnden Kreisen durchs Zimmer. Dan wusste nicht, ob er lachen oder weinen sollte. Er konnte nicht anders; er kam und drückte sie an sich, und sie tanzten zusammen, taumelnd. Sie waren ziemlich betrunken. Den ganzen Juni damals (vor zwei Jahren war das) tranken sie zwischen und während ihren Szenen ständig Gin. Sie tranken und weinten und stritten und versuchten zu erklären, und Trudy musste immer wieder zum Spirituosengeschäft rüberlaufen. Trotzdem kann sie sich nicht entsinnen, je spürbar betrunken gewesen zu sein oder einen Kater gehabt zu haben. Bis auf die Tatsache, dass sie sich immer so müde fühlte, als hätte man ihr Baumstämme an die Füße gekettet.

Sie machte ständig Witze. Sie nannte Genevieve »Jenny-o-weh«.

»Das ist genau wie damals, als du die Werkstatt aufgeben und Töpfer werden wolltest«, sagte sie. »Vielleicht hättest du es tun sollen. Ich war nie wirklich dagegen. Du bist davon abgekommen. Und wie damals, als du nach Peru gehen wolltest. Wir könnten es immer noch tun.«

»Das waren alles nur Vorboten«, sagte Dan.

»Es hätte mir schon klar sein müssen, als du anfingst, die Sendung mit dem Ombudsmann im Fernsehen anzusehen«, sagte Trudy. »Da ging's um die rechtliche Seite, stimmt's? Du hast dich früher nie so brennend für solche Dinge interessiert.«

»Dir tut sich damit auch ein neues Leben auf«, sagte Dan. »Du kannst mehr sein als nur meine Frau.«

»Aber gewiss doch. Ich denke, ich werde Gehirnchirurgin.«

»Du bist blitzgescheit. Du bist eine wunderbare Frau. Du hast Mut.«

»Bist du sicher, dass du nicht Jenny-o-weh meinst?«

»Nein, dich. Dich, Trudy. Ich liebe dich immer noch. Du kannst nicht begreifen, dass ich dich immer noch liebe.«

Seit Jahren hatte er nicht mehr so viele Worte dafür gefunden, wie sehr er sie liebe. Er liebe ihr mageres Gestell, ihre Locken, ihre leicht raue Haut, ihre Art, mit einem Riesenschwung ins Zimmer zu kommen, dass die Fenster klirrten, ihre Witze, ihr Herumgealber, ihre unzimperliche Sprache. Er liebe ihren Verstand und ihre Seele. Werde sie immer lieben. Aber der Teil seines Lebens, der zu ihrem gehört habe, sei vorbei.

»Das ist bloßes Gerede. Das ist schwachsinniges Gerede!«, sagte Trudy. »Robin, geh zurück ins Bett!« Robin stand nämlich in ihrem spärlichen Nachthemd oben auf dem Treppenabsatz.

»Ich hörte euch rumschreien und brüllen«, sagte Robin.

»Wir haben nicht rumgeschrien und gebrüllt«, sagte Trudy. »Wir versuchen, etwas rein Persönliches zu besprechen.«

»Was denn?«

»Ich sage dir doch, es ist rein persönlich.«

Als Robin sich ins Bett zurücktrollte, sagte Dan: »Ich glaube, wir sollten es ihr sagen. Es ist besser für Kinder,

379

wenn sie Bescheid wissen. Genevieve hat keine Geheimnisse vor ihren Kindern. Josie ist erst fünf, und sie kam einmal am Nachmittag ins Schlafzimmer –«

Da fing Trudy dann tatsächlich zu schreien und zu brüllen an. Sie krallte die Nägel in einen Polsterbezug. »Hör bloß auf, mir von deiner gottverdammten Genevieve und ihrem gottverdammten Schlafzimmer und ihren saublöden Kindern zu erzählen – halt endlich den Mund, ich will kein Wort mehr hören! Du bist nichts als ein großes Schwätzmaul ohne Hirn. Von mir aus kannst du tun, was du willst, aber halt verdammt noch mal den Mund!«

Dan ging. Er packte einen Koffer; er fuhr nach Richmond Hill. Fünf Tage später war er wieder da. Kurz vor dem Stadtrand hatte er angehalten, um Trudy einen Strauß Wiesenblumen zu pflücken. Er sagte, er komme für immer wieder, es sei zu Ende.

»Was du nicht sagst«, meinte Trudy.

Aber sie stellte die Blumen ins Wasser. Mattrosa Schwalbenkraut, das wie Gesichtspuder roch, Rudbeckia, wilde Wicken und Türkenbund, der sich aus verschwundenen alten Gärten ausgesät haben musste.

»Es ist dir also zu viel geworden dort?«, fragte sie.

»Ich wusste, dass du dich vor Liebe nicht gerade überschlagen würdest«, sagte Dan. »Sonst wärst du ja auch nicht du. Und du bist es, zu der ich zurückkomme.«

Sie ging zum Spirituosenladen, und diesmal kaufte sie Champagner. Einen Monat lang – es war immer noch Sommer – waren sie wieder glücklich zusammen. Sie hatte nie richtig herausbekommen, was in Genevieves Haus vorgefallen war. Dan sagte, er habe einen Anfall von Midlife-Crisis gehabt, das sei alles. Er sei zur Vernunft gekommen. Sein Leben sei hier bei ihr und Robin.

»Du redest wie ein Briefkastenonkel«, sagte Trudy.

»Okay. Schwamm drüber.«

»Das Beste wär's«, sagte sie. Sie konnte es sich vorstellen: die Kinder, das Durcheinander, die Freunde – ehemalige Liebhaber vielleicht –, auf die er nicht gefasst gewesen war. Witze und Meinungen, die er nicht verstehen konnte. Das war denkbar. Die Musik, die er mochte, seine Art zu reden – selbst seine Frisur und sein Bart – waren vielleicht aus der Mode.

Sie machten Familienausflüge mit dem Auto, Picknicks. Nachts lagen sie hinterm Haus im Gras und schauten die Sterne an. Die Sterne waren eine neue Leidenschaft von Dan; er besorgte eine Himmelskarte. Sie umarmten und küssten sich oft und probierten einige neue Dinge aus – oder Dinge, die sie schon lange nicht mehr gemacht hatten –, wenn sie sich liebten.

Damals wurde die Straße vor dem Haus gerade asphaltiert. Sie hatten ihr Haus auf einen Hügel am Stadtrand gebaut, jenseits der Häusergrenze, aber die Lastwagen fuhren nun ziemlich häufig durch diese Straße, um die Hauptstraßen zu umgehen, und deshalb wurde sie von der Stadt asphaltiert. Mit der Zeit gewöhnte sich Trudy so sehr an den Lärm und die ständige Erschütterung, dass sie das Gefühl hatte, noch die ganze Nacht zu beben, auch wenn alles ruhig sei, sagte sie. Die Bauarbeiten begannen um sieben Uhr morgens. Sie wachten immer auf dem Grund eines Stroms von Lärm auf. Dann quälte sich Dan aus dem Bett und wurde so um die Stunde Schlaf gebracht, die ihm die liebste war. Die Luft war erfüllt von Dieselgeruch.

Eines Nachts wachte sie auf und fand ihn nicht neben sich im Bett. Sie horchte auf Geräusche aus der Küche oder aus dem Badezimmer, aber sie hörte nichts. Sie stand auf und ging durchs Haus. Nirgendwo brannte Licht. Sie fand ihn draußen, er saß direkt vor der Tür, ohne einen Drink oder ein Glas Milch oder eine Tasse Kaffee, und er saß mit dem Rücken zur Straße.

Trudy ließ den Blick über die aufgerissene Erde und die gewaltigen ruhenden Maschinen schweifen. »Ist die Stille nicht herrlich?«, sagte sie.

Er sagte nichts.

Oje.

Jetzt wurde ihr bewusst, was sie gedacht hatte, als sie seine Seite des Betts leer fand und ihn nirgendwo im Haus hören konnte. Nicht, dass er sie verlassen hätte, sondern dass er Schlimmeres getan hätte. Sich umgebracht hätte. Bei all ihrem Glück und den Umarmungen und Küssen und Sternen und Picknicks hatte sie so etwas denken können.

»Du kannst sie nicht vergessen. Du liebst sie.«

»Ich weiß nicht, was ich tun soll.«

Sie war schon froh, ihn nur reden zu hören. Sie sagte: »Du musst gehen und es noch einmal versuchen.«

»Es ist nicht sicher, ob ich bleiben kann«, sagte er. »Ich kann nicht verlangen, dass du auf dem Stuhl sitzt und wartest.«

»Nein«, sagte Trudy. »Wenn du gehst, dann bleibt's dabei.«

»Wenn ich gehe, dann bleibt's dabei.«

Er wirkte wie gelähmt. Sie hatte das Gefühl, er würde vielleicht einfach dort sitzen bleiben und nachsprechen, was sie sagte, sich nie wieder bewegen oder selbst reden können.

»Wenn du so empfindest, dann gibt es darüber nichts mehr zu sagen«, sagte sie. »Du brauchst nicht zu wählen. Du bist schon gegangen.«

»Komm zurück ins Bett«, sagte er. »Wir können noch ein Weilchen ausruhen.«

»Nein. Du musst fort sein, wenn Robin aufwacht. Wenn wir wieder ins Bett zurückgehen, fängt nur alles wieder von vorne an.«

Sie richtete ihm eine Thermoskanne mit Kaffee her. Er packte die Tasche, die er schon einmal mitgenommen hatte. Jede von Trudys Bewegungen wirkte geschickt und in sich stimmig, was sie sonst nie waren. Sie empfand heitere Gelassenheit. Es kam ihr vor, als wären sie ein altes Ehepaar, das sich vollkommen im Einklang bewegt, in wortloser Liebe, jenseits von Kränkung, jenseits von Vergebung. Ihr Abschied war kaum mehr als ein Kräuseln der Oberfläche. Sie begleitete ihn vors Haus. Es war zwischen halb fünf und fünf; der Himmel fing eben an hell zu werden, und die Vögel wachten allmählich auf, alles war taudurchtränkt. Da standen die großen, harmlosen Maschinen, auf der durchpflügten Straße gestrandet.

»Ein Glück, dass es nicht gestern Abend ist – du wärst nicht von hier weggekommen«, sagte sie. Sie meinte, die Straße wäre nicht befahrbar gewesen. Erst gestern hatten sie eine schmale Spur für den Ortsverkehr geebnet.

»Ein Glück, ja«, sagte er.

Leb wohl.

»Ich will bloß wissen, warum du das getan hast. Hast du es nur zur Schau getan? Wie dein Vater – zur Schau? Es geht gar nicht so sehr um die Halskette. Aber es war ein schönes Stück – ich liebe Jettperlen. Es war das einzige Stück, das wir von deiner Großmutter hatten. Du hattest ein Anrecht darauf, aber du hast kein Recht, mich so zu überrumpeln. Ich habe eine Erklärung verdient. Ich habe Jettperlen seit jeher geliebt. Warum?«

»Ich gebe der Familie die Schuld«, sagt Janet. »Sie hätte es verhindern müssen. Einiges von dem Zeug war ja nur Plastik – dieser billige Modeschmuck, die Ohrringe und Armbänder –, aber was Robin reingeworfen hat, das war ein Verbrechen. Und sie war nicht die Einzige. Es waren Ringe mit Monatssteinen und Goldketten darunter. Irgendwer hat behauptet, auch ein Ring mit mehreren Diamanten, aber ich weiß nicht, ob ich das glauben soll. Es heißt, das Mädchen hätte ihn geerbt, wie Robin. Du hast die Kette nie schätzen lassen, oder?«

»Ich weiß nicht, ob Jett überhaupt etwas wert ist«, erwidert Trudy.

Sie sitzen in Janets Wohnzimmer und drehen Rosen aus Kleenex.

»Es ist einfach nur dumm«, sagt Trudy.

»Na ja. Du könntest eines tun. Ich weiß nicht recht, wie ich's dir sagen soll.«

»Was?«

»Beten.«

Aus Janets Ton hatte Trudy den Eindruck gewonnen, sie wolle ihr etwas Ernstes und Unangenehmes mitteilen, etwas über sie – Trudy – selbst, das ihr Leben unmittelbar berührte und von dem alle außer ihr wussten. Nachdem sie sich darauf gewappnet hat, ist ihr jetzt nach Lachen zu Mute. Sie weiß nicht, was sie sagen soll.

»Du betest nie, oder?«, fragt Janet.

»Ich habe nichts dagegen. Ich bin nicht religiös erzogen.«

»Es ist nicht religiös im engeren Sinne«, sagt Janet. »Ich meine, es ist nicht mit irgendeiner Konfession verbunden. Wir sind einfach ein paar Leute, die beten. Ich kann dir keine Namen nennen von denen, die dazugehören, aber die meisten kennst du. Es soll geheim bleiben. Es nennt sich Kreis des Gebets.«

»Wie in der Highschool«, sagt Trudy. »In der Highschool gab es Geheimbünde, und man durfte keinem erzählen, wer dazugehörte. Nur dass ich nie zu einem gehörte.«

»Ich war bei allem dabei, was so lief.« Janet seufzt. »Das hier ist eigentlich eher ernsthaft. Obwohl manche Leute, die dazugehören, es nicht ernst genug nehmen, glaube ich. Es gibt Leute, die beten darum, dass sie einen Parkplatz finden, oder sie beten um schönes Wetter für ihren Urlaub. Dafür ist es nicht gedacht. Aber das betet auch jeder nur für sich. Bei dem Kreis geht es eigentlich darum, dass du eine Person anrufst, die dazugehört, und ihr erzählst, worüber du dir Sorgen machst oder was dich bedrückt, und sie bittest, für dich zu beten. Und sie tut es. Und sie ruft eine andere an, die in dem Kreis ist, und die ruft wieder eine an, und so macht es die Runde, und wir beten alle zusammen für einen.«

Trudy wirft eine Rose weg. »Die ist verpfuscht. Sind es lauter Frauen?«

»Es gibt keine Regel, dass es nur Frauen sein dürfen. Aber ja, es ist so. Männer würden sich zu sehr genieren. Ich habe mich am Anfang auch geniert. Nur die Erste, die du anrufst, kennt deinen Namen, weiß, für wen gebetet wird, aber in einer Stadt wie der unseren kann ihn fast jeder erraten. Doch wenn wir anfingen zu klatschen und uns gegenseitig zu verraten, würde es nicht funktionieren, und jede von uns weiß das. Darum tun wir es nicht. Und es funktioniert.«

»Wie zum Beispiel?«

»Ein Mädchen hat ihr Auto zusammengefahren. Sie hat einen Schaden von achthundert Dollar verursacht, und die Situation war ziemlich vertrackt, so dass sie nicht genau wusste, ob ihre Versicherung dafür aufkommen würde, und ihr Mann wusste es auch nicht – er war mordswütend –, aber wir haben alle gebetet, und die Versicherung hat anstandslos bezahlt. Das ist nur ein Beispiel von vielen.«

»Es hat nicht viel Sinn, dafür zu beten, dass wir die Halskette wiederbekommen, wenn sie schon im Sarg liegt und die Beerdigung heute Vormittag stattfindet«, sagt Trudy.

»Es ist nicht an dir, das zu beurteilen. Du sagst nicht, was möglich ist oder nicht. Du bittest einfach um das, was du dir wünschst. Schließlich heißt es in der Bibel: ›Bittet, und es wird euch gegeben.‹ Wie kann dir geholfen werden, wenn du nicht darum bittest? Gar nicht, das steht fest. Zum Beispiel als Dan dich verlassen hat – was wäre gewesen, wenn du damals gebetet hättest? Ich gehörte damals noch nicht zum Kreis, sonst hätte ich dich darauf angesprochen. Auch wenn ich gewusst hätte, dass du dich dagegen sträuben würdest, hätte ich dich angesprochen. Viele Leute sträuben sich. Sogar jetzt noch – es sieht nicht gerade rosig aus, wie es um das Mädchen steht, aber wer weiß, vielleicht würde es sogar jetzt noch wirken? Vielleicht ist es noch nicht zu spät.«

»Also gut«, sagt Trudy in hartem, munterem Ton. »Also gut.« Sie schiebt die vielen lappigen Blumen von ihrem Schoß. »Ich knie mich einfach jetzt gleich hierhin und bete darum, dass ich Dan zurückbekomme. Ich bete darum, dass ich die Halskette zurückbekomme und dass ich Dan zurückbekomme, und warum sollte ich es dabei belassen? Ich kann darum beten, dass Tracy Lee gar nicht gestorben ist. Ich kann darum beten, dass sie wieder ins Leben zurückkehrt. Warum ist ihre Mutter bloß nie darauf gekommen?«

Gute Nachricht. Das Schwimmbecken ist repariert. Morgen können sie das Wasser einlassen. Aber Kelvin ist niedergeschlagen. Heute am frühen Nachmittag hat er Marie und Josephine – teils um sie davon abzuhalten, die Männer zu belästigen, die am Schwimmbecken arbeiteten – mit in die Stadt genommen. Er hat ihnen erlaubt, sich ein Eis in der Tüte zu kaufen. Er wies sie an, aufzupassen und das Eis schnell zu essen, weil die Sonne heiß sei und es schmelzen würde. Sie schleckten nur hie und da an ihren Eistüten, als hätten sie den ganzen Tag Zeit. Bald tropfte ihnen Eis übers Kinn und an den Armen hinunter. Kelvin hatte eine Hand voll Papierservietten mitgenommen, aber er kam mit dem Abwischen gar nicht nach. Sie waren über und über verschmiert. Ein Anblick zum Davonlaufen. Es war ihnen ganz egal. Kelvin sagte ihnen, sie seien nicht hübsch genug, um es sich leisten zu können, so auszusehen.

»Manche Leute mögen unseren Anblick sowieso nicht«, sagte er. »Manche Leute finden sogar, man sollte uns nicht in der Stadt herumlaufen lassen. Die Leute gewöhnen sich gerade daran, uns zu sehen und uns nicht wie Missgeburten anzustarren, und da macht ihr so eine Schweinerei und verderbt alles.«

Sie lachten ihn aus. Marie hätte er schon einschüchtern können, wenn sie allein gewesen wäre, aber nicht, wenn sie mit Josephine zusammen war. Josephine gehörte zu denen, die eine Portion altmodischer Disziplin nötig hatten, fand Kelvin. Kelvin war schon in Heimen gewesen, wo man den Leuten nicht alles durchgehen ließ wie hier. Er war dagegen, dass geschlagen wurde. Er hatte es schon zur Genüge erlebt, aber er war dagegen, auch gegen Schläge auf die Hand. Aber so eine wie Josephine könnte Zimmerarrest bekommen. Man könnte sie in der Ecke sitzen lassen und auf Brot und Wasser setzen, und es würde ihr nur gut tun. Bei Marie war nichts weiter nötig als eine Standpauke – sie hatte eine schwache Persönlichkeit. Aber Josephine war ein Teufel.

»Ich werde mit den beiden reden«, sagt Trudy. »Ich sage ihnen, dass sie sich entschuldigen müssen.«

»Ich will aber, dass es ihnen *Leid* tut«, erwidert Kelvin. »Ob sie es sagen, ist mir egal. Ich nehme sie nie wieder mit.«

Später, als die anderen alle im Bett sind, kann Trudy ihn dazu bewegen, sich mit ihr auf die mit Fliegengittern geschützte Veranda zu setzen und Karten zu spielen. Sie spielen Verrückte Sieben. Kelvin sagt, zu mehr sei er heute nicht imstande; sein Kopf tue ihm weh.

In der Stadt hat ein Mann zu ihm gesagt: »He, sag mal, welche von den beiden ist denn deine Freundin?«

»So was Blödes«, sagt Trudy. »Das war ein saublöder Kerl.«

Der Mann, der mit dem anderen redete, fragte: »Welche von beiden willst du mal heiraten?«

»Sie kennen dich doch nicht, Kelvin. Sie sind einfach blöd.«

Aber sie kannten ihn wohl. Der eine war Reg Hooper, der andere Bud DeLisle. Der Bud DeLisle, der Immobilien verkaufte. Sie kannten ihn. Sie hatten sich im Friseurladen schon mit ihm unterhalten; sie redeten ihn mit Kelvin an. »He, Kelvin, welche von beiden willst du mal heiraten?«

»Total beknackt«, sagt Trudy. »Das würde Robin dazu sagen.«

»Da glaubst du, das sind deine Freunde, und dann sind sie's gar nicht«, sagt Kelvin. »Wie oft hab ich das schon erlebt.«

Trudy geht in die Küche, um Kaffee aufzusetzen. Sie will Janet frischen Kaffee anbieten, wenn sie zum Dienst kommt. Sie hat sich heute Morgen entschuldigt, und Janet sagte, in Ordnung, ich weiß, dass du aufgebracht bist. Es ist wirklich in Ordnung. Manchmal glaubst du, das sind deine Freunde, und dann sind sie's wirklich.

Sie betrachtet die Reihe Henkelbecher, die an ihren Haken hängen. Sie und Janet haben alle Läden abgeklappert, um sie zu finden. Für jeden eine Tasse mit seinem Namen. Marie, Josephine, Arthur, Kelvin, Shirley, George, Dorinda. Man sollte meinen, Dorinda wäre am schwersten aufzutreiben, aber tatsächlich war Shirley am schwierigsten. Auch diejenigen, die nicht lesen können, haben gelernt, ihre eigene Tasse an der Farbe und am Muster zu erkennen.

Eines Tages hingen zwei neue Tassen da, Kelvin hatte sie besorgt. Auf der einen stand Trudy, auf der anderen Janet.

»Ich bin nicht gerade wild begeistert, meinen Namen in dieser Reihe zu sehen«, sagte Janet. »Aber nicht für viel Geld würde ich seine Gefühle verletzen wollen.«

In den Flitterwochen fuhr Dan mit Trudy auf die Insel im See, wo das Hotel seiner Mutter stand. Das Hotel war geschlossen, aber seine Mutter wohnte noch dort. Dans Vater war tot, und sie lebte allein dort. Zum Einkaufen fuhr sie mit einem Boot mit Außenbordmotor über den See. Manchmal geriet sie durcheinander und nannte Trudy Marlene.

Das Hotel war nichts Besonderes. Es war ein weißer Holzkasten auf einer Lichtung am Ufer. Dahinter waren ein paar kleinere schachtelartige Hütten aufgestellt. Dan und Trudy wohnten in einer dieser Hütten. Jede Hütte hatte einen Holzofen. Abends machte Dan Feuer gegen die klamme Kälte. Aber die Decken waren feucht und schwer, wenn er und Trudy morgens aufwachten.

Dan angelte Fische und bereitete sie zu. Er und Trudy kletterten auf den Felsen hinter den Hütten und pflückten Blaubeeren. Er fragte sie, ob sie wisse, wie man einen Mürbeteigboden mache, und sie wusste es nicht. Also zeigte er es ihr und rollte den Teig mit einer Whiskeyflasche aus.

Morgens lag ein Dunstschleier über dem See, genau wie man es im Kino oder auf Gemälden sieht.

Eines Nachmittags blieb Dan beim Fischen länger als gewöhnlich aus. Trudy beschäftigte sich eine Weile in der Küche, rieb den Staub von den Gegenständen, wusch ein paar Vorratsgläser. Es war die älteste und dunkelste Küche, die sie je gesehen hatte, mit Holzgestellen zum Abtropfen der großen Teller. Sie ging ins Freie und stieg allein auf den Felsen in der Absicht, ein paar Blaubeeren zu pflücken. Aber unter den Bäumen war es schon dunkel; die Nadelbäume machten es dunkel, und der Gedanke an wilde Tiere war ihr unbehaglich. Sie saß oben auf dem Felsen und schaute auf das Dach des Hotels unter ihr, auf das alte Laub und die zerbrochenen Schindeln. Da hörte sie, wie Klavier gespielt wurde. Sie kletterte den Felsen wieder hinunter und folgte der Musik zur Vorderseite des Gebäudes. Sie ging die vordere Veranda entlang und blieb bei einem Fenster stehen, um einen Blick in den Raum zu werfen, der einst die Lounge gewesen war. Der Raum mit dem rußgeschwärzten gemauerten Kamin, den ausgebeulten Ledersesseln, dem grässlichen präparierten Fisch.

Da war Dans Mutter und spielte Klavier. Eine große, sehr aufrechte alte Frau, das grauschwarze Haar zu einem so winzigen Knoten gezwirbelt. Ganz ohne Licht saß sie da in dem halb dunklen, halb kahlen Raum und spielte Klavier.

Dan hatte erzählt, seine Mutter stamme aus einer reichen Familie. Sie habe Klavierunterricht gehabt, Tanzstunden; schon als junges Mädchen habe sie die Welt bereist. Es gab ein Foto von ihr auf einem Kamel. Aber sie spielte kein klassisches Stück, nichts von der Art, wie man erwarten würde, dass sie es im Unterricht gelernt hätte. Sie spielte »It's Three O'Clock in the Morning«. Als sie damit zu

Ende war, fing sie wieder von vorne an. Vielleicht war es eine ihrer besonderen Lieblingsmelodien, eine, zu der sie in den alten Tagen getanzt hatte. Oder vielleicht war sie noch nicht ganz überzeugt, dass die Melodie stimmte.

Warum erinnert sich Trudy jetzt an diesen Augenblick? Sie sieht sich selbst als junge Frau der alten Frau durchs Fenster beim Klavierspielen zusehen. Das dämmrige Zimmer mit seinen wuchtigen Balken und dem überdimensionierten Kamin und den verlassenen Ledersesseln. Das klimpernde, stockende, beharrliche Klavierspiel. Trudy erinnert sich so genau daran, und es kommt ihr vor, als hätte sie losgelöst von ihrem eigenen Körper dagestanden, der damals wund war von den zermürbenden Freuden der Liebe. Sie stand außerhalb ihres eigenen Glücks in einer Woge der Schwermut. Und genau das Gegenteil passierte an jenem Morgen, als Dan fortging. Da stand sie außerhalb ihres eigenen Unglücks in einer Woge von Gefühl, das unsinnigerweise wie Liebe schien. Aber es war ein und dasselbe im Grunde, wenn man außerhalb davon stand. Was bedeuten diese Augenblicke, die herausragen, klar umgrenzte Stellen im eigenen Leben – was haben sie damit zu tun? Sie sind nicht eigentlich Verheißungen. Atempausen. Mehr nicht?

Sie geht in die Eingangshalle und horcht auf Geräusche aus dem oberen Stockwerk.

Alles ist ruhig dort, alles mit Medikamenten versorgt.

Das Telefon klingelt neben ihrem Kopf.

»Bist du noch da?«, fragt Robin. »Du bist noch nicht weg?«

»Ich bin noch da.«

»Kann ich rüberlaufen und mit dir zurückfahren? Ich

hab meinen Dauerlauf noch nicht eher gemacht, weil es zu heiß war.«

Du hast den Krug nach mir geworfen. Du hättest mich umbringen können.

Ja.

Kelvin, der am Kartentisch wartet, unter der Lampe, sieht ausgebleicht und alt aus. An einer Stelle sammelt sich das Licht und lässt sein braunes Haar weiß scheinen. Sein Gesicht ist schlaff, wartend. Er sieht alt aus, in sich zusammengesunken, eingehüllt in eine undurchdringliche Verwirrung, fast unerreichbar für sie.

»Kelvin, betest du eigentlich?«, fragt Trudy. Sie hatte selbst nicht gewusst, dass sie ihn das fragen würde. »Ich meine, es geht mich ja nichts an. Aber für irgendwas Spezielles, zum Beispiel?«

Er hat eine Antwort darauf, was eher überraschend ist. Seine Gesichtszüge straffen sich, als hätte er gespürt, dass er nur mit einem Ruck wieder auftauchen konnte.

»Wenn ich klug genug wäre, zu wissen, worum ich beten soll«, sagt er, »dann hätte ich es nicht nötig.«

Er lächelt sie an, offeriert mit einer versteckten Andeutung von Komplizenschaft seinen halb ernsten Witz. Er ist nicht eigentlich als Trost gemeint. Aber er strahlt aus – was er sagte, wie er es sagte, einfach die Tatsache, dass er wieder da ist, strahlt aus, greift um sich wie irgendeine alberne Stimmung manchmal, wenn man sehr müde ist. Genauso konnte, wenn sie als junges Mädchen im Rausch war, eine Person oder ein Augenblick zur Seerose auf dem trüben Flusswasser werden, vollkommen und vertraut.

Weißer Abfall

I

»Ich weiß nicht mehr, welche Farbe«, antwortet Denise auf eine Frage von Magda. »Ich kann mich eigentlich an überhaupt keine Farbe in diesem Haus erinnern.«

»Natürlich nicht«, sagt Magda verständnisvoll. »Das Haus hatte ja gar kein Licht, also gab es auch keine Farbe. Es wurde nie ein Versuch gemacht. Kaum zu glauben, wie trist alles war.«

Abgesehen davon, dass sie die breite, alte, lichtverwehrende Veranda am Log House abreißen ließ, hat Magda – mit der Denises Vater Laurence jetzt verheiratet ist – auch Oberlichter anbringen lassen und einige Wände weiß gestrichen, andere gelb. Sie hat Stoffe aus Mexiko und Marokko aufgehängt und Teppiche aus Quebec. Schlampig gestrichenes Gerümpel wurde durch Kommoden und Tische aus Kiefernholz ersetzt. Es gibt ein Strudelbecken, umrahmt von Fenstern und Grünpflanzen, und eine herrliche Küche. All das muss eine Menge Geld gekostet haben. Zweifellos ist Laurence jetzt reich genug, um sich das leisten zu können. Er besitzt eine kleine Fabrik in der Nähe von Ottawa, die Plastikgegenstände herstellt, vor allem Fensterscheiben und Lampenschirme, die aussehen wie aus Buntglas. Sie sind formschön, die Farben sind nicht zu grell, und Magda hat ein paar von ihnen an unauffälligen Stellen im Log House untergebracht.

Magda ist Engländerin, nicht Ungarin, wie ihr Name vielleicht vermuten lässt. Sie war früher Tänzerin, dann Tanzlehrerin. Sie ist eine kleine, um die Taille stämmige Frau, immer noch anmutig, mit einem glatten blassen Hals und einem wunderschönen duftigen silberblonden Haarkranz. Sie trägt ein schlichtes graues Kleid mit einem Schultertuch in gedämpften blumigen Farben, das manchmal über die Couch in ihrem Schlafzimmer gebreitet ist.

»Bei Magda ist einfach jeder Zentimeter Stil«, bemerkte Denise einmal zu ihrem Bruder Peter.

»Was ist daran auszusetzen?«, erwiderte Peter. Er arbeitet als Computerspezialist in Kalifornien und kommt vielleicht ein Mal im Jahr nach Hause. Er versteht nicht, warum Denise von diesen Menschen immer noch so beherrscht ist.

»Nichts«, sagte Denise. »Aber geh mal ins Log House, da liegen nicht einfach ein paar verknäuelte Schals auf einer alten Truhe. Da liegt ein *hindrapiertes* Knäuel. In der Küche hängt nicht ein Schneebesen oder Rührtopf, der nicht der edelste Schneebesen oder Rührtopf wäre, den es zu kaufen gibt.«

Peter sah sie schweigend an. Denise meinte: »Schon gut.«

Denise ist mit dem Auto von Toronto hergefahren, wie sie es jeden Sommer ein oder zwei Mal tut, um ihren Vater und ihre Stiefmutter zu besuchen. Laurence und Magda verbringen den ganzen Sommer dort und erwägen, das Haus in Ottawa zu verkaufen, das ganze Jahr über hier zu wohnen. Sie sitzen zu dritt draußen auf der geziegelten Terrasse, wo früher ein Teil der Veranda war, es ist Sonntagnachmittag Ende August. Magdas Ingwertöpfe sind voll spät blühender Pflanzen – von denen Denise nur die Geranien mit Namen kennt. Sie trinken Wein mit Mineralwasser – die richtigen Drinks gibt es erst beim Eintreffen der

Dinnergäste. Zu unsinnigen Auseinandersetzungen ist es bisher nicht gekommen. Auf der Herfahrt hatte Denise beschlossen, dass es keine geben sollte. Sie hatte im Auto Mozartkassetten gespielt, um sich zu beruhigen und Mut zu machen. Sie hatte Vorsätze gefasst. So weit, so gut.

Denise leitet ein Frauenzentrum in Toronto. Sie besorgt misshandelten Frauen Unterkunft, findet Ärzte und Rechtsanwälte für sie, treibt öffentliche und private Gelder auf, hält Vorträge, beruft Versammlungen ein, hat mit ganz unterschiedlichen und manchmal gefährlichen Lebensverstrickungen zu tun. Sie verdient dabei weniger als ein Verkäufer in einem staatlichen Spirituosenladen.

Laurence hat einmal gesagt, das sei die typische Laufbahn eines Mädchens aus wohlhabenden Verhältnissen.

Er sagte, das Frauenzentrum sei sicher eine wichtige Einrichtung für die, die es wirklich bräuchten. Aber manchmal kämen ihm Zweifel.

Zweifel woran?

Offen gestanden frage er sich manchmal, ob diese Frauen – einige zumindest – die ganze Aufmerksamkeit, die sie kriegen, wenn sie behaupten, sie seien geschlagen und vergewaltigt worden und so weiter, nicht genießen.

Normalerweise legt Laurence den Köder aus, und Denise schnappt danach. (Bei solchen Unterhaltungen schwebt Magda über den Dingen, lächelt ihre Blumen an.)

»Das Geld der Steuerzahler. Hilfe für die, die sich nicht selbst helfen wollen. Tut was gegen den sauren Regen, wir verlieren Arbeitsplätze; deine Gewerkschaften würden ein schönes Geschrei erheben.«

»Es sind nicht *meine* Gewerkschaften.«

»Wenn du die Neuen Demokraten wählst, sind es deine Gewerkschaften. Wer hat denn das Sagen bei den Neuen Demokraten?«

Denise weiß nicht, ob er wirklich glaubt, was er sagt, oder nur halb glaubt, oder ob es bloß ein Zwang bei ihm ist, ihr solche Dinge an den Kopf zu werfen. Mehr als ein Mal ist sie weinend aus dem Haus gelaufen, in ihr Auto gestiegen und nach Toronto zurückgefahren. Ihr Liebhaber, ein heiterer Marxist aus der Karibik, den sie nie mit nach Hause nimmt, sagt, in einer kapitalistischen Industriegesellschaft seien alte Männer, alte Männer, die es zu etwas gebracht hätten, fast durch und durch böse; ihnen sei nichts mehr geblieben als schäumende Rechtfertigung und Besitzgier. Denise hat auch mit ihm Auseinandersetzungen. Erstens ist ihr Vater kein alter Mann. Ihr Vater ist ein guter Mensch, im Kern.

»Ich hab eure typisch männlichen Definitionen und wasserdichten Argumente gründlich satt«, sagt sie. Dann fügt sie nachdenklich hinzu: »Außerdem hab ich es satt, mich selber ›typisch männlich‹ in diesem Ton sagen zu hören.« Sie ist klug genug, nicht zu erwähnen, dass ihr Vater ihr immer einen Scheck für das Frauenzentrum ausstellt, wenn sie die Auseinandersetzung durchsteht.

Heute ist sie ihrem Vorsatz treu geblieben. Sie hat den Köder wohl blitzen sehen, aber sie konnte ihm ausweichen, ein schlaues, scheinbar ahnungsloses Fischlein, indem sie sich fast nur mit Magda unterhielt, verschiedene Einzelheiten der Hausrenovierung bewunderte. Laurence, ein ironisch blickender, gut aussehender Mann mit dichtem grauem Schnurrbart und weichem, sich lichtendem graubraunem Haar, ein Mann von großer Statur, der um Bauch und Schultern ein wenig schlaff zu werden beginnt, ist ein paar Mal aufgestanden und zum See hinuntergegangen und wieder zurück, zur Straße und wieder zurück, hat laut geseufzt, um seine Unzufriedenheit mit diesem Frauengerede kundzutun.

Schließlich richtet er das Wort unvermittelt an Denise, unterbricht Magda dabei mitten im Satz.

»Wie geht's deiner Mutter?«

»Gut«, sagt Denise. »Soweit ich weiß, gut.« Isabel lebt weit weg, im Comox-Valley in British Columbia.

»Und – wie geht's der Ziegenzucht?«

Der Mann, mit dem Isabel zusammenlebt, ist Berufs-fischer und war früher einmal Fernsehkameramann. Sie le-ben auf einer kleinen Farm und haben das Land, oder einen Teil davon, an einen Mann verpachtet, der Ziegen züchtet. Das hat Denise Laurence irgendwann einmal wissen lassen (sie hat es sorgfältig vermieden, ihn wissen zu lassen, dass der Mann mehrere Jahre jünger ist als Isabel und die Bezie-hung zeitweilig »instabil«), und seither ist Laurence nicht davon abzubringen, dass Isabel und ihr Hausfreund (sein Ausdruck) eine Ziegenzucht betreiben. Seine Fragen be-schwören ein Bild beschwerlichen Landlebens herauf: Pla-ckerei im Dreck mit widerspenstigen Tieren, Armut, irgend-ein schauderhafter überholter Idealismus.

»Gut«, gibt Denise lächelnd zur Antwort.

Sie widerspricht normalerweise, weist ihn auf den Irr-tum hin, wirft ihm Verdrehung der Tatsachen, Bösartigkeit, üble Scherze vor.

»Immer noch genug Alternativler da draußen, die Zie-genmilch kaufen?«

»Ich nehm's doch an.«

Laurences Lippen zucken ungeduldig unter seinem Schnurrbart. Sie sieht ihn weiter mit einem Ausdruck un-schuldiger, herausfordernder Fröhlichkeit an. Dann lacht er plötzlich auf.

»Ziegenmilch!«, sagt er.

»Ist das der neueste Insiderwitz?«, fragt Magda. »Was habe ich da verpasst? Ziegenmilch?«

Laurence sagt: »Magda, weißt du, dass Denise mich an meinem vierzigsten Geburtstag zu einem Rundflug eingeladen hat?«

»Ich bin nicht selbst geflogen«, sagt Denise.

»An meinem vierzigsten Geburtstag, 1969. Im Jahr des Mondflugs. Der Flug zum Mond war tatsächlich gleich ein paar Tage darauf. Sie hatte meine Bemerkung aufgeschnappt, dass ich mir oft wünsche, mal einen Blick auf diese Gegend aus dreihundert Meter Höhe zu werfen. Ich bin zwar auf dem Weg von Ottawa nach Toronto immer darübergeflogen, aber ich bekam nie etwas davon zu sehen.«

»Ich hab eigentlich nur für seinen Flug bezahlt, aber es hat sich dann so ergeben, dass wir alle geflogen sind, in einem Fünfsitzer«, sagt Denise. »Zum selben Preis.«

»Wir sind alle geflogen, nur Isabel nicht«, sagt Laurence. »Einer musste zurückstehen, also war sie diejenige.«

»Ich hab ihn gezwungen – Dad gezwungen –, mit verbundenen Augen zum Flughafen zu fahren«, sagt Denise zu Magda. »Das heißt, nicht *selbst* mit verbundenen Augen zu fahren« – sie lachen alle –, »sondern sich mit verbundenen Augen hinfahren zu lassen, damit er nicht erraten konnte, wo es hinging, und es eine echte Überraschung würde.«

»Mutter ist gefahren«, sagt Laurence. »Da wäre ich wohl noch mit verbundenen Augen besser gefahren. Warum ist eigentlich sie gefahren und nicht Isabel?«

»Wir mussten Großmutters Auto nehmen. In den Peugeot hätten wir nicht alle reingepasst, und ich hab darauf bestanden, dass alle mitfahren und dir zusehen, weil es meine große Stunde war. Mein Geschenk. Ich hatte mich schrecklich wichtig.«

»Wir sind die ganze Rideau-Seenkette abgeflogen«, sagt Laurence. »Mutter war hingerissen. Sie hatte an dem Morgen ein schlimmes Erlebnis, mit diesen Hippies, weißt du noch? Darum hat es ihr gut getan. Der Pilot war sehr großzügig. Natürlich hat seine Frau noch dazuverdient. Sie hat Torten gebacken, oder?«

Denise sagt: »Sie war Partyköchin.«

»Sie hat meine Geburtstagstorte gebacken«, sagt Laurence. »Am selben Geburtstag damals. Das hab ich später erfahren.«

»Hat Isabel die nicht gemacht?«, fragt Magda. »Hat Isabel nicht die Torte gebacken?«

»Der Backofen funktionierte nicht«, sagt Denise mit einem warnenden, leicht bedauernden Unterton in der Stimme.

»Ach so«, sagt Magda. »Was war denn das schlimme Erlebnis?«

Wenn Denise und Peter mit ihren Eltern alljährlich im Sommer aus Ottawa zum Log House kamen, war Sophie, die Großmutter der Kinder, mit dem Auto aus Toronto kommend, immer schon da, und das Haus war aufgesperrt, gelüftet und so sauber geputzt, wie es je sein würde. Denise lief immer durch all die höhlenartigen, dämmrigen Zimmer und umarmte die durchgesessenen Polster, machte ein Drama aus ihrem Entzücken, wieder da zu sein. Aber das Entzücken war echt. Das Haus roch nach eingetretenen Zedernstückchen, nach nie besiegter Feuchtigkeit und Wintermäusen. Alles war immer genau wie sonst. Da lag das langweilige Quartett, bei dem man die Namen der kanadischen Wildblumen lernte; da lag das Scrabblespiel, bei dem das Y und eines der Us fehlten; da lagen die grässlichen, unwiderstehlichen Bücher aus Sophies Kindheit, das Karikaturenbuch über den Ersten Weltkrieg, die bunt zusammengewürfelten Teller, die gesprungenen Untertassen, die Sophie als Aschenbecher benutzte, das Besteck mit diesem seltsamen leichten Geschmack und Geruch, entweder nach Metall oder nach Spülwasser.

Nur Sophie machte vom Backofen Gebrauch. Sie tischte harte gebackene Kartoffeln, in der Mitte halbrohe Kuchen, am Knochen noch blutige Hähnchen auf. Sie kam nie auf den Gedanken, einen neuen Küchenherd anzuschaffen. Als Tochter eines reichen Mannes, inzwischen aber arm – sie war Assistenzprofessorin für skandinavische Sprachen, und während ihrer ganzen Laufbahn waren Hochschullehrer fast immer arm –, hatte sie ein sonderbares Verhältnis zu Geld. Sie nahm auf Zugfahrten immer belegte Brote mit und war in ihrem Leben nie beim Friseur gewesen, aber es wäre ihr nicht im Traum eingefallen, Laurence auf eine gewöhnliche Schule zu schicken. Sie drehte jeden Pfennig zwei Mal um, den sie ins Log House steckte, nicht weil sie nicht an dem Haus hing (was sie durchaus tat), sondern weil ihr Instinkt ihr eingab, Töpfe unterzustellen, wo das Dach undicht war, verzogene Fensterrahmen mit Isolierband zu verkleben, sich an den schiefen Fußboden zu gewöhnen, der darauf schließen ließ, dass eine Ecke des Fundaments wegbröckelte. Und auch wenn sie noch so dringend Geld brauchte, wäre ihr nie eingefallen, ein Stück von ihrem Grund um das Haus zu verkaufen – wie ihre Brüder schon vor langer Zeit den Grund zu beiden Seiten des Hauses höchst Gewinn bringend an Ferienhausbesitzer verkauft hatten.

Denises Eltern hatten einen Spitznamen für Sophie, der ein Witz und ein Geheimnis zwischen ihnen war. Die Altnordin. Offenbar hatte Laurence Isabel ganz zu Anfang ihrer Bekanntschaft über Sophie erzählt: »Meine Mutter ist nicht ganz die durchschnittliche Mammi. Sie kann Altnordisch lesen. Genau genommen *ist* sie so was wie eine Altnordin.«

Auf der Fahrt zum Log House, wenn sie Sophies Gegenwart vorausahnten, hatten sie im Auto dieses Spiel gespielt.

»Wird das Autofenster einer Altnordin je mit schwarzem Isolierband geflickt?«

»Nein. Wenn bei Altnorden ein Fenster kaputt geht, bleibt es kaputt.«

»Was hört eine Altnordin am liebsten im Radio?«

»Lass mal überlegen. Lass mal überlegen. Die Metropolitan Opera? Kirsten Flagstad in einer Wagnerpartie?«

»Nein. Zu nahe liegend. Zu elitär.«

»Volkslieder aus aller Welt?«

»Wie sieht ein altnordisches Frühstück aus?«, fragte Denise von hinten. »Haferbrei!« Haferbrei war ihr selbst die am meisten verhasste Speise.

»Haferbrei mit Kabeljau«, sagte Laurence. »Erzähl Grandma ja nie von diesem Spiel, Denise. Wo verbringt eine Altnordin ihren Sommerurlaub?«

»Eine Altnordin macht nie im Sommer Urlaub«, erwiderte Isabel streng. »Eine Altnordin macht im Winter Urlaub. Und sie fährt in den Norden.«

»Nach Spitzbergen«, sagte Laurence. »Ins Tiefland um die James Bay.«

»Eine Kreuzfahrt«, sagte Isabel. »Von Tromsö nach Archangelsk.«

»Gibt es da nicht schrecklich viel Eis?«

»Es ist eben eine Kreuzfahrt auf einem Eisbrecher. Und es ist sehr dunkel, weil diese Kreuzfahrten nur im Dezember und Januar stattfinden.«

»Würde Grandma das nicht auch lustig finden?«, fragte Denise. Sie stellte sich ihre Großmutter vor, wie sie aus dem Haus kam und über die Veranda ging, um sie zu begrüßen – eine breit gebaute, starke, fleckenübersäte alte Frau mit einem Dutt aus gelblich weißen Zöpfen, in deren alten

Jacken, Pullovern und Röcken etwas von dem Geruch des Hauses hing, deren Begrüßung unaufgeregt liebevoll, wenn auch leicht verwundert war. War sie überrascht, dass sie schon so früh ankamen, dass die Kinder gewachsen waren, dass Laurence plötzlich so ausgelassen war und Isabel so schlank und jung aussah? Wusste sie, was für Witze sie im Auto über sie gemacht hatten?

»Vielleicht«, sagte Laurence abwehrend.

»In diesen alten Gedichten, die sie liest«, sagte Isabel, »du weißt schon, diesen alten isländischen Gedichten, kommt schauderhaft viel Blut und Gemetzel vor – vor allem von Frauen, eine schneidet ihren eigenen Kindern die Kehle durch und mischt ihrem Mann das Blut in den Wein. Das habe ich gelesen. Und dabei ist Sophie eine so überzeugte Pazifistin und Sozialistin, ist das nicht sonderbar?«

Isabel fuhr am Morgen nach Aubreyville, die Geburtstagstorte abholen. Denise fuhr mit, um die Torte auf dem Rückweg zu halten. Der Rundflug war für fünf Uhr nachmittags ausgemacht. Nur Isabel wusste davon, weil sie Denise die Woche zuvor zum Flughafen gefahren hatte. Das Ganze war Denises Idee. Jetzt machte sie sich Sorgen wegen der Wolken.

»Diese streifigen machen nichts«, sagte Isabel. »Es sind die großen, weißen, aufgetürmten, die Gewitter verheißen könnten.«

»Kumuluswolken«, sagte Denise. »Ich weiß. Glaubst du, Daddy ist ein typischer Krebs? Häuslich und am Essen interessiert? Sich an Dinge klammernd?«

»Ich schätze ja«, sagte Isabel.

»Was hast du gedacht, als du ihm das erste Mal begegnet bist? Ich meine, was hat dich angezogen? Wusstest du, dass das der Mensch war, mit dem du am Ende verheiratet sein würdest? Ich finde das alles so unheimlich.«

Laurence und Isabel waren einander in der Cafeteria der Universität begegnet, wo Isabel als Kassiererin arbeitete. Sie war Studentin im ersten Studienjahr, ein mittelloses, intelligentes junges Mädchen von der Arbeiterseite der Stadt; sie trug einen engen rosaroten Pullover, der Laurence immer im Gedächtnis blieb.

(»Von Woolworth«, sagte Isabel. »Ich kannte nichts Besseres. Die Studentinnen aus der Verbindung fand ich ziemlich bieder angezogen.«)

Das Erste, was sie zu Laurence sagte, war: »Das ist ein Fehlgriff.« Sie deutete auf das von ihm Gewählte – Hackfleischauflauf.

Laurence war zu verlegen oder zu halsstarrig, um das Gericht zurückzustellen. »Ich hab das schon mal gegessen, und es war in Ordnung«, sagte er. Er blieb noch einen Moment stehen, nachdem er sein Wechselgeld bekommen hatte. »Es erinnert mich an das, was meine Mutter immer macht.«

»Deine Mutter muss eine schrecklich schlechte Köchin sein.«

»Ist sie auch.«

Am selben Abend rief er sie an, nachdem er überall herumgefragt hatte, um ihren Namen herauszufinden. »Hier ist der Hackfleischauflauf«, sagte er mit zittriger Stimme. »Würdest du mit mir ins Kino gehen?«

»Ich bin überrascht, dass du noch lebst«, sagte Isabel, dieses nicht gerade auf den Mund gefallene Mädchen im hautengen Pullover, das für Sophie zweifellos eine Überraschung bedeuten würde. »Klar.«

Denise kannte das alles auswendig. Ihr ging es um etwas anderes. »Warum bist du mit ihm ausgegangen? Warum hast du ›Klar‹ gesagt?«

»Er sah angenehm aus«, sagte Isabel. »Er wirkte interessant.«

»Ist das alles?«

»Na ja. Er hat nicht so getan, als wäre er das Glück aller Frauen. Er wurde rot, als ich mit ihm redete.«

»Er wird oft rot«, sagte Denise. »Ich auch. Es ist furchtbar.«

Sie glaubte, dass diese zwei Menschen, Laurence und Isabel, ihr Vater und ihre Mutter, etwas verbargen. Etwas, das zwischen ihnen war. Manchmal fühlte sie es frisch und zum Greifen nah aufsteigen oder säuerlich im Hintergrund lauern, aber sie konnte nie in Erfahrung bringen, was es war oder wie es wirkte. Sie ließen es nicht zu.

Aubreyville war eine Stadt aus Kalkstein, die sich am Fluss hinzog. Die alte Ofengießerei, mit der Sophies Vater sein Vermögen gemacht hatte, stand noch auf dem Gelände am Fluss. Sie war zum Teil in ein Zentrum für Kunsthandwerk umgewandelt worden, wo Leute Glas bliesen, Schals webten und Vogelhäuser bauten, die sie an Ort und Stelle verkauften. Der Name Vogelsang, jener deutsche Name, der auch auf den Öfen gestanden hatte und zum Niedergang der Firma in der Zeit des Ersten Weltkriegs beigetragen hatte, war immer noch in Stein gemeißelt über dem Eingang zu lesen. Das schöne Haus, in dem Sophie geboren wurde, war inzwischen ein Pflegeheim.

Die Frau, die für Partys kochte, wohnte in einer der neuen Straßen der Stadt – der Straßen, die Sophie verhasst waren. Die Straße war frisch asphaltiert, breit und schwarz, mit sanften Kurven. Es gab keine Gehsteige. Auch keine Bäume, keine Hecken oder Zäune, nur ein paar winzige Zierbüsche, die zum Schutz mit Maschendraht umhüllt waren. Halbgeschossige Häuser und Häuser im Ranchhausstil wechselten einander ab. Einige der Garagenauffahrten waren mit dem glitzernden weißen Schotter bedeckt, der in der Gegend von Aubreyville »weißer Marmor« genannt wird.

In einem Vorgarten ruhten drei gefleckte Plastikrehe; vor einem Eingang hielt ein kleiner Negerjunge eine Wagenlaterne. Kunstvoll angeordnete, graurosa gesprenkelte Felsbrocken verwehrten an einem Eckgrundstück das Überqueren des Rasens.

»Plastikfelsen«, bemerkte Isabel. »Ob dic wohl mit etwas beschwert sind oder in den Boden eingegraben?«

Die Partyköchin brachte die Torte zum Wagen heraus. Sie war eine untersetzte, dunkelhaarige, recht hübsche Frau in den Vierzigern mit dickem grünem Lidschatten und einer gelackten, glänzenden Turmfrisur.

»Ich hab schon nach Ihnen Ausschau gehalten«, sagte sie. »Ich muss ein paar Kuchen in die Legion rüberbringen. Wollen Sie sich die Torte mal ansehen, ob sie so richtig ist?«

»Sie ist bestimmt wunderschön«, sagte Isabel und holte ihren Geldbeutel heraus. Denise nahm die Tortenschachtel auf den Schoß.

»Ich wünschte, ich hätte ein Mädchen in ihrem Alter, das mir zur Hand geht«, sagte die Frau.

Isabel warf einen Blick auf die beiden kleinen Jungen – sie waren etwa drei und vier Jahre alt –, die an einem aufblasbaren Planschbecken auf dem Rasen herumtollten und abwechselnd rein- und raussprangen. »Sind das Ihre«, fragte sie höflich.

»Machen Sie Witze? Das sind die von meiner Tochter, die sie mir aufgehalst hat. Ich habe einen verheirateten Sohn und eine verheiratete Tochter und noch einen Sohn – den kriege ich, wenn überhaupt, nur mit Motorradhelm zu Gesicht. Ich hab früh angefangen.«

Isabel war im Begriff, rückwärts aus der Einfahrt zu setzen, als Denise plötzlich überrascht aufschrie. »Mama! Da ist der Pilot!«

Ein Mann war aus dem Seiteneingang gekommen und redete mit der Frau.

»Herrgott, Denise, jag mir nicht so einen Schrecken ein!«, schalt Isabel. »Ich dachte schon, eins der Kinder wäre hinters Auto gelaufen.«

»Das ist der Pilot, mit dem ich am Flughafen gesprochen hab!«

»Er ist bestimmt ihr Mann. Halt die Torte gerade.«

»Aber ist das nicht sonderbar? An Daddys Geburtstag? Die Frau, die seine Torte gebacken hat, ist mit dem Mann verheiratet, der ihn heute noch herumfliegen wird. *Vielleicht* ist er es. Er hat noch einen Partner. Er und sein Partner geben Flugstunden, und im Herbst fliegen sie Leute zum Jagen in den Norden, außerdem fliegen sie Angler an Seen, die nur mit dem Flugzeug erreichbar sind. Das hat er mir erzählt. Ist das nicht sonderbar?«

»In einem Ort von der Größe von Aubreyville ist es nur mäßig sonderbar. Denise, du musst *Acht geben* auf die Torte.«

Denise sank ein wenig gekränkt in sich zusammen. Wenn ein Erwachsener einen Schrei der Überraschung losgelassen hätte, hätte Isabel nicht so gereizt reagiert. Wenn ein Erwachsener eine Bemerkung über diesen sonderbaren Zufall gemacht hätte, hätte Isabel ihm beigepflichtet, dass es tatsächlich sonderbar sei. Denise hasste es, wenn Isabel sie wie ein Kind behandelte. Bei ihrer Großmutter oder Laurence war sie auf eine gewisse Beschränktheit und Inflexibilität gefasst. Die beiden waren immer gleich. Aber Isabel konnte vertraulich, freundlich, unendlich verständnisvoll sein, dann wieder entrückt und reizbar. Und manchmal war es umso weniger befriedigend, je mehr sie einem gab. Denise hatte den Verdacht, dass es ihrem Vater mit Isabel genauso ging.

Isabel hatte heute ihren langen Wickelrock aus indischem Baumwollstoff an – ihren Hippierock, wie Laurence ihn nannte – und ein dunkelblaues rückenfreies Oberteil. Sie war schlank und braun gebrannt – für eine Rothaarige nahm sie leicht Farbe an –, und aus einiger Entfernung hätte man sie für eine etwa Fünfundzwanzigjährige halten können. Selbst aus der Nähe sah sie nicht älter aus als neunundzwanzig. Das behauptete Laurence. Er wollte nicht zulassen, dass sie ihr dunkelrotes Haar kurz schnitt, und beaufsichtigte ihre Sonnenbräune, indem er jedes Mal, wenn sie sich in den Schatten setzen oder eine Weile ins Haus gehen wollte, in warnendem, beunruhigtem Ton ausrief: »Wo willst du hin?«

»Wenn ich sie ließe, würde sich Isabel, kaum dass ich mich umdrehe, aus der Sonne schleichen«, hatte Laurence zu Gästen gesagt, und Denise hatte Isabel lachen hören.

»Das stimmt. Ich muss Laurence dankbar sein. Ich würde es nie lang genug aushalten, um auch nur ein bisschen braun zu werden. Ich krieg das Gefühl, mein Hirn dörrt aus.«

»Was schert einen ein ausgedörrtes Gehirn bei einem berückenden braunen Körper?«, sagte Laurence mit grotesk übertriebener Gönnerhaftigkeit und tätschelte den glatten Bauch, den Isabels Bikini freiließ.

Dieses rhythmische leichte Patsch-Patsch-Patsch gab Denise ein flaues Gefühl im eigenen Bauch. Um nicht laut »Hör auf damit!« zu schreien, konnte sie nur aufspringen und mit ausgebreiteten Armen und albernem Indianergeheul an den See stürmen.

Als Denise die Partyköchin wiedersah, war über ein Jahr vergangen. Es war schon später August, ein schwülwarmer, bewölkter Tag, und ihr Sommeraufenthalt im Log House ging dem Ende zu. Isabel war zu einem ihrer in diesem Sommer regelmäßigen Besuche beim Zahnarzt in die Stadt gefahren. Sie ließ sich irgendetwas Kompliziertes in Aubreyville richten, weil ihr der Zahnarzt dort sympathischer war als in Ottawa. Sophie war schon seit Beginn des Sommers nicht im Log House gewesen. Sie befand sich zu verschiedenen Untersuchungen im Wellesley Hospital in Toronto.

Denise und Peter und ihr Vater waren gerade in der Küche und machten sich Sandwiches mit gebratenem Speck und Tomaten zum Mittagessen. Es gab ein paar Dinge, von denen Laurence meinte, er könne sie besser zubereiten als irgendwer sonst, und dazu gehörte gebratener Speck. Denise war dabei, Tomaten zu schneiden, und Peter hätte eigentlich die Toastscheiben buttern sollen, aber er war in sein Buch vertieft. Das Radio lief, es brachte die Mittagsnachrichten. Laurence hörte gerne mehrmals täglich Nachrichten.

Denise sah nach, wer an der Haustür war. Sie erkannte die Frau nicht gleich, die diesmal ein jugendlicheres Kleid trug – ein loses Kleid mit großen Kreisen in roten, blauen und violetten »psychedelischen« Farben – und nicht so hübsch aussah. Das Haar trug sie offen über die Schultern.

»Ist deine Mutter zu Hause?«, fragte die Frau.

»Tut mir Leid, sie ist gerade nicht da«, antwortete Denise mit einer würdevollen Höflichkeit, die, wie sie wusste, leicht kränkend wirkte. Sie glaubte, die Frau wolle etwas verkaufen.

»Sie ist nicht da«, sagte die Frau. »Nein. Sie ist nicht da.« Ihr Gesicht war verquollen und abweisend, ihre Lippen clownesk dick bemalt, ihr Augen-Make-up fleckig. In ihrem Ton lag eine unverhohlene Andeutung, die Denise nicht begreiflich war. Wenn sie etwas verkaufen wollte, würde sie nicht so reden. War es möglich, dass sie ihr Geld schuldeten? War Peter über ihr Grundstück gerannt, oder hatte er ihren Hund geärgert?

»Mein Vater ist da«, sagte Denise kleinlaut. »Möchten Sie ihn sprechen?«

»Dein Vater, ja, ich werde mit ihm reden«, erwiderte die Frau und klemmte sich ihre große glänzende rote Handtasche unter den Arm. »Also, warum holst du ihn nicht?«

Da erkannte Denise, dass es dieselbe Stimme war, die gesagt hatte: »Ich wünschte, ich hätte ein Mädchen in ihrem Alter, das mir zur Hand geht.«

»Die Partyköchin ist an der Tür«, meldete sie ihrem Vater.

»Die Partyköchin?«, wiederholte er in widerwilligem, ungläubigem Ton, als hätte sie diese Frau nur erfunden, um ihn aus seiner Beschäftigung zu reißen.

Aber er wischte sich die Hände ab und ging hinaus auf den Gang. Sie hörte, wie er zuvorkommend sagte: »Natürlich, was kann ich für Sie tun?«

Und statt nach ein paar Minuten zurückzukommen, führte er diese Frau ins Esszimmer; er machte die Tür zu. Warum ins Esszimmer? Besucher wurden ins Wohnzimmer geführt. Die Speckscheiben, die auf einem Papierhandtuch lagen, wurden kalt.

Hoch oben an der Tür zwischen Küche und Esszimmer war ein kleines Fenster eingelassen. In den Tagen von Sophies Kindheit gab es eine Köchin im Haus. Die Köchin verfolgte den Fortgang der Mahlzeit durch dieses Fenster, um zu wissen, wann sie das nächste Gericht servieren sollte.

Denise stellte sich auf die Zehenspitzen.

»Du spionierst«, sagte Peter, ohne den Blick von seinem Buch zu heben. Es war ein Science-Fiction-Buch mit dem Titel *Die Welt des Satans.*

»Ich will nur wissen, wann ich die Sandwiches fertig machen soll«, sagte Denise.

Sie sah, dass es einen Grund gab, ins Esszimmer zu gehen. Ihr Vater saß an seinem angestammten Platz an der Stirnseite des Tisches. Die Frau saß auf Peters Platz, der der Tür zum Gang am nächsten war. Sie hatte die Handtasche auf dem Tisch stehen und die Hände darüber gefaltet. Was immer sie zu besprechen hatten, erforderte einen Tisch und gerade Stühle und eine aufrechte, ernsthafte Haltung. Es war wie ein Interview. Informationen werden erteilt, Fragen gestellt, ein Problem behandelt.

Na schön, dachte Denise. Sie besprachen ein Problem. Sie würden es zu Ende besprechen, das Problem klären, und damit wäre der Fall erledigt. Ihr Vater würde der Familie davon erzählen oder auch nicht. Die Sache wäre erledigt.

Sie stellte das Radio ab. Dann machte sie die Sandwiches fertig. Peter aß seines gleich. Sie wartete noch eine Weile, dann aß sie ihres. Sie tranken Cola, das ihr Vater ihnen zum Mittagessen erlaubte. Denise aß und trank zu hastig. Sie saß leise aufstoßend und mit dem Nachgeschmack des Specks am Tisch und hörte die schrecklichen Laute, wie eine fremde Person in ihrem Haus weinte.

Vom Flugzeug aus hatten sie damals am Geburtstag ihres Vaters einige zarte, fast durchsichtige Wolkenberge am westlichen Horizont gesehen, und Denise hatte bemerkt: »Gewitterwolken.«

»Das stimmt«, sagte der Pilot. »Aber sie sind weit, weit weg.«

»Das muss ganz schön dramatisch sein«, sagte Laurence, »durch ein Gewitter zu fliegen.«

»Einmal habe ich rausgeschaut und blaue Feuerringe um die Propeller gesehen«, sagte der Pilot. »Um die Propeller und um die Spitzen der Tragflächen. Dann habe ich dasselbe auch um die Spitze vom Rumpf gesehen. Ich hab die Hand ausgestreckt, um die Scheibe zu berühren – das hier, das Plexiglas –, und gerade als ich in Reichweite kam, schossen Flammen aus meinen Fingern. Ich weiß nicht, ob ich die Scheibe berührt hab oder nicht. Gespürt hab ich nichts. Kleine blaue Flammen. Das war einmal bei einem Gewitter. St. Elmos Feuer nennen sie so was.«

»Das kommt von den elektrischen Entladungen in der Atmosphäre«, rief Peter vom Rücksitz.

»Ganz recht«, rief der Pilot zurück.

»Seltsam«, sagte Laurence.

»Es hat mich ganz schön erschreckt.«

Denise hatte ein Bild von dem Piloten vor Augen, wie kalte blaue Flammen aus seinen Fingerspitzen schossen, und das kam ihr vor wie ein Zeichen von Schmerz, obwohl er gesagt hatte, er habe nichts gespürt. Sie musste daran denken, wie sie einmal an einen elektrisch geladenen Zaun gekommen war. Die stoßweisen Laute aus dem Esszimmer erinnerten sie daran. Peter las weiter in seinem Buch, und keiner von ihnen sagte etwas, obwohl sie wusste, dass auch er die Laute hörte.

Magda ist in der Küche und bereitet den Salat zu. Sie summt eine Opernmelodie vor sich hin. »Heim in unsere Berge.« Denise ist im Esszimmer und deckt den Tisch. Sie hört ihren Vater draußen auf der Terrasse lachen. Die Gäste sind eingetroffen – zwei sympathische, wohlhabende Ehepaare, keine Cottage-Bewohner. Das eine Ehepaar kommt aus Boston, das andere aus Montreal. Sie haben Sommerhäuser in Westfield.

Denise hört ihren Vater das deutsche Wort *Weltschmerz* sagen. Er spricht es wie in Anführungszeichen aus. Er zitiert offensichtlich etwas, was sie alle kennen, aus einer Zeitschrift, die sie alle lesen.

Ich sollte es wie Peter machen, denkt sie. Ich sollte nicht mehr herkommen.

Aber vielleicht ist es auch gut so, und das hier ist Glück, und sie bloß zu halsstarrig, zu kindisch, zu trübsinnig politisch – zu tief verstrickt in eine Vergangenheit, die alle anderen hinter sich gelassen haben –, um es anzunehmen?

Das Esszimmer ist um einen Teil der ehemaligen Veranda erweitert worden, und der Erweiterungsbau ist ganz aus Glas – Wände und schräges Dach, alles aus Glas. In dem dunkler werdenden Glas sieht sie sich gespiegelt – eine große, sorgsame Frau mit einem langen Zopf, sehr schlicht angezogen, die auf dem langen Kiefernholztisch kleine blaue Glasschälchen mit Salz zwischen den wunderhübsch überquellenden Schalen mit Kapuzinerkresse verteilt. Leinenservietten in Rot und Orange, gelbe Kerzen wie runde Buttertaler, dicke, rustikale weiße Teller mit einem Traubenmuster um den Rand. Ableger von bevorstehendem Essen und Trinken und dem Gerede, das die Luft zum Atmen aussperrt: Ableger von Harmonie und Zufriedenheit.

Magda, die den Salat hereinträgt, hört auf zu summen.

»Deine Mutter – ist sie glücklich dort in British Columbia?«

Ihre Schuld, denkt Denise. Isabels Schuld.

Ungerechte, unwillkommene Gedanken können sie hier grundlos überfallen und schrill nachhallen.

»Ja«, sagt sie. »Ja, doch. Ich glaube schon.« Womit sie sagen will, dass zumindest Isabel nichts bereut.

II

Die Dielenbretter bebten unter Sophies Schritt. Sie war barfuß, nackt unter dem gestreiften Frotteebademantel, es war früher Morgen. Sie hatte schon seit ihrer Kindheit nackt im See gebadet, als das ganze Stück Seeufer bis hin zur Bryceschen Farm noch ihrem Vater gehörte. Wenn sie heute nackt schwimmen wollte, musste sie früh aufstehen. Das war nicht weiter schlimm. Sie wachte früh auf. Das taten alte Leute immer.

Nach dem Schwimmen saß sie gerne auf den Felsen und rauchte ihre erste Zigarette. Danach suchte sie jetzt – nicht nach den Zigaretten, sondern nach ihrem Feuerzeug. Sie sah auf dem Fach über dem Spülbecken nach, in der Besteckschublade – ohne so ein Geklapper machen zu wollen – und auf dem Büfett im Esszimmer. Dann fiel ihr ein, dass sie am Abend zuvor im Wohnzimmer gesessen und *David Copperfield* im Fernsehen angeschaut hatte. Und da lag es, ihr Feuerzeug, auf der abgewetzten Armlehne des Chintzsessels.

Laurence hatte einen Fernsehapparat gemietet, damit sie sich den Flug zum Mond ansehen konnten. Sie hatte zugestimmt, dass dies ein Ereignis war, das die Kinder auf keinen Fall versäumen dürften – das keiner von ihnen versäumen dürfte, hatte Laurence sie streng verbessert –, aber sie hatte angenommen, man würde den Fernseher vierundzwanzig Stunden mieten, er würde also nur über Nacht im Haus stehen. Laurence wies sie auf ihren Irrtum hin. Der Start der Mondrakete würde am Mittwoch, also übermorgen, stattfinden, und die Landung, wenn alles gut ginge, am Sonntag. Hatte sie allen Ernstes geglaubt, der Flug zum Mond sei eine Sache von Stunden? Und Laurence sagte, es sei ausgeschlossen, ein anständiges Mietgerät zu bekommen, wenn man bis zur letzten Sekunde warte. Alle Cottage-Bewohner seien darauf scharf. Also hatten sie schon zehn Tage vor dem Termin einen besorgt, und seit dem Augenblick, da er ins Haus kam, war es Laurences stetes Betreiben, Sophie zum Fernsehen zu bewegen. Er hatte Glück gehabt und Wiederholungen der *National Geographic*-Serie vom vergangenen Winter im Programm entdeckt: eine Sendung über die Galapagosinseln, die Sophie sich widerspruchslos ansah, und eine über die nordamerikanischen Nationalparks, die sie gut, aber vom amerikanischen Hang zur Angeberei infiziert fand. Dann gab es noch *David Copperfield*, eine britische Serie, die jeden Sonntagabend in einstündigen Folgen gezeigt wurde.

»Siehst du jetzt, was du die ganze Zeit versäumt hast?«, sagte Laurence zu Sophie. Sie hatte sich all die Jahre gegen einen Fernseher gesträubt – nicht nur im Log House, auch in ihrer Wohnung in Toronto.

»Ach, Laurence. Reit doch nicht so darauf herum«, sagte Isabel. Ihr Ton war liebevoll, aber resigniert. Sophie, die nichts sagte, ärgerte sich über Isabel mehr als über Laurence. Wie schlecht das Mädchen doch ihren Mann kannte, wenn sie annahm, er könne irgendeinen Sieg hinnehmen, ohne aufzutrumpfen. Und wie schlecht sie Sophie kannte, wenn sie annahm, Laurences Drängen würde sie in Verlegenheit bringen. Es war seine Art – ihrer beider Art. Er würde Sophie unablässig zu irgendetwas drängen, und ganz gleich, was er bei ihr erreichte, es würde ihm nie genügen. Sophies Kapitulation, was den Fernseher anging, hatte sich als zu wenig erwiesen; er war ihr nicht wirklich wichtig genug, und das wusste Laurence.

Mit der Treppe war es dasselbe. (Sophie stieg gerade die Uferböschung zum Wasser hinunter, kletterte über die Rohformen aus Holz.) Sophie hatte keine Zementstufen haben

wollen, ihr waren Holzstämme, die in die Böschung eingelassen waren, lieber, aber sie hatte Laurences Klagen über
die verrottenden Stämme und die Arbeit, die es ihm mache,
sie zu ersetzen, schließlich nachgegeben. Jetzt rief er sie Tag
für Tag her, damit sie die Fortschritte seines Werkes be-
gutachte.

»Ich baue für die Ewigkeit«, verkündete er mit großer
Geste. Er hatte für jeden von ihnen eine Gedenkstufe gebaut: ein Handabdruck, die Initialen, das Datum – Juli
1969.

Sophie ließ sich von den Felsen ins Wasser gleiten und
schwamm auf die Mitte des Sees zu, in die Sonne. Dann
drehte sie sich auf den Rücken. Das Seeufer war zwar auf
seiner ganzen Länge mit Ferienhäusern bebaut, aber die
meisten Leute hatten den Anstand besessen, die Bäume
nicht abzuholzen. Sie konnte hier im Wasser liegen und den
hohen Uferwald aus Kiefern und Rotzedern, Pappeln und
Ahorn, Weiß- und Moorbirken betrachten. Es ging kein
Wind, der See war spiegelglatt bis auf die Wellen, die Sophie gemacht hatte, doch die Birken- und Pappelblätter
hatten ihre eigene Bewegung, blitzten wie Münzen im Sonnenlicht.

Da war Bewegung, nicht nur in den Blättern. Sophie sah
menschliche Gestalten. Sie kamen die Uferböschung herunter, traten in der Nähe der Felsen, auf denen sie ihren Bademantel gelassen hatte, zwischen den Bäumen heraus. Sie
tauchte tiefer ein, so dass sie nicht mehr auf dem Rücken
trieb, sondern Wasser trat, und beobachtete sie.

Zwei Jungen und ein Mädchen. Alle drei hatten lange
Haare, bis zur Taille oder beinahe, aber einer der jungen
Männer hatte die seinen zu einem Pferdeschwanz zurück-
gekämmt. Der junge Mann mit dem Pferdeschwanz hatte
einen Bart und trug eine Sonnenbrille und ein Jackett ohne

Hemd darunter. Der andere Junge war nur mit Jeans bekleidet. Ein paar Ketten oder Halsbänder, vielleicht auch Federn, baumelten auf seiner mageren braunen Brust. Das Mädchen war dick und zigeunerinnenhaft, mit einem langen roten Rock und einem Tuch um die Stirn. Ihren Rock hatte sie vorne zu einem baumelnden Knoten geschlungen, um leichter die Böschung hinunterzukommen.

Der Anblick von Kindern – jungen Leuten – in dieser Aufmachung war Sophie natürlich nicht neu. An den Wochenenden sah man sie viel am See – die Kinder von Cottage-Bewohnern, die zu Besuch kamen, Freunde mitbrachten. Manchmal nisteten sie sich ohne Eltern in den Ferienhäusern ein und feierten Partys über ganze Wochenenden. Der Rundbrief der Grundstückseigentümer hatte ein Verbot von langen Haaren und »unziemlicher Kleidung« vorgeschlagen, das jeder Grundstückseigentümer auf seinem eigenen Land freiwillig geltend machen sollte. Die Eigentümer wurden gebeten, in Zuschriften für oder gegen das Verbot Stellung zu beziehen, und Sophie hatte sich dagegen geäußert. In ihrem Brief wies sie darauf hin, dass die ganze hiesige Seeseite einst im Besitz der Familie Vogelsang war und dass August Vogelsang die relativen Annehmlichkeiten des Lebens in Deutschland unter Bismarck aufgegeben hatte, um die Freiheit der Neuen Welt zu erlangen, in der alle Menschen ihre Kleidung, Sprache, Religion und so weiter nach eigenem Gutdünken wählen durften.

Aber sie glaubte nicht, dass die drei dort zu einem der Cottages gehörten. Sie waren bestimmt Eindringlinge, Streuner. Wie sie zu dieser Annahme kam? Sie hatten etwas Verstohlenes – aber zugleich auch etwas Dreistes, Verächtliches. Sophie glaubte jedoch nicht, dass sie Böses im Sinn hatten. Sie spielten Theater, völlig selbstvergessen, sie waren keine wirklichen Einbrecher.

Jetzt hatten sie ihren Bademantel erspäht. Sie blickten zu ihr aufs Wasser hinaus.

Sophie winkte. Sie rief: »Guten Morgen!« in heiterem, freundlich grüßendem Ton – um anzudeuten, dass es beim Gruß bleiben sollte, dass nichts weiter erwartet wurde.

Sie winkten nicht und grüßten auch nicht zurück. Das Mädchen setzte sich hin.

Der Junge mit dem nackten Oberkörper hob Sophies Bademantel auf und zog ihn an. Er fand die Zigaretten und das Feuerzeug in der Tasche und warf sie dem Mädchen zu, das eine Zigarette herausnahm und anzündete. Der andere Junge setzte sich hin, zog seine Stiefel aus und planschte mit den Füßen im Wasser.

Der Junge, der den Bademantel angezogen hatte, tanzte einen kleinen Shimmy. Sein Haar war schwarz und wunderschön glänzend, es wellte sich über seine Schultern. Er ahmte eine Frau nach, aber es ließ sich bestimmt nicht behaupten, dass er Sophie nachahmte. (Allerdings kam ihr nun doch der Gedanke, dass die jungen Leute sie vielleicht beobachtet hatten, gesehen hatten, wie sie ihren Bademantel ablegte und ins Wasser ging.)

»Würden Sie ihn bitte wieder ausziehen?«, rief Sophie. »Sie können sich gern eine Zigarette nehmen, aber stecken Sie sie bitte wieder in die Tasche zurück!«

Der junge Mann führte wieder einen Shimmy vor, dies mal mit dem Rücken zu ihr. Der andere Junge lachte. Das Mädchen rauchte und schien nicht weiter darauf zu achten.

»Ziehen Sie meinen Bademantel aus und stecken Sie meine Zigaretten zurück!«

Sophie fing an, mit dem Kopf über Wasser aufs Ufer zuzuschwimmen. Der Junge warf den Bademantel ab, hob ihn auf und riss ihn in der Mitte durch. Der abgetragene Stoff ließ sich leicht reißen. Er knüllte die eine Hälfte zusammen und warf sie in hohem Bogen ins Wasser.

»Ihr junges Gesindel!«, rief Sophie.

Er warf die andere Hälfte hinterher.

Der Junge mit dem Pferdeschwanz zog sich die Stiefel an.

Der schwarzhaarige junge Mann streckte dem Mädchen die Hand hin. Sie schüttelte den Kopf. Er griff in die Falten ihres Rocks, sie protestierte laut. Er warf noch etwas ins Wasser, dem zerrissenen Bademantel hinterdrein.

Sophies Feuerzeug.

Sophie hörte, wie das Mädchen etwas sagte – es klang wie »du gemeiner Dreckskerl« –, und dann begannen die drei die Uferböschung hochzusteigen, ohne noch einen Blick auf den See zu werfen. Der schwarzhaarige Junge machte anmutige Sprünge; der andere Junge folgte schnell, aber unbeholfener; das junge Mädchen in ihrem hochgeschürzten Rock hatte Mühe beim Klettern. Sie waren alle drei verschwunden, als Sophie aus dem Wasser kam und sich auf die Felsen hinaufzog.

Die Zigarette des Mädchens – Sophies Zigarette – war nicht ausgedrückt, sondern in eine kleine Rinne aus Erde, Erde und Geröll, zwischen den Felsen geworfen.

Sophie setzte sich auf die Felsen, holte tief und stoßweise atmend Luft. Sie zitterte nicht – eine finstere, sinnlose Wut heizte sie auf. Sie musste sich fassen.

Sie hatte das Ruderboot vor Augen, das früher, als sie klein war, hier vertäut lag. Ein sicherer, breiter alter Kahn, der vor dem Anlegeplatz auf dem Wasser schaukelte. Jeden Abend nach dem Abendessen ruderte Sophie, oder Sophie mit einem ihrer Brüder, aber gewöhnlich nur Sophie, den See hinunter zur Bryceschen Farm, um die Milch zu holen. Eine Kanne mit Deckel, geschrubbt und ausgekocht von der Köchin der Vogelsangs, wurde im Boot mitgeführt – einem Behältnis der Bryces hätte man nicht gerne vertraut. Die Bryces hatten keinen Anlegeplatz. Ihr Haus und ihr Stall kehrten dem See den Rücken zu; sie gingen auf die Straße hinaus. Sophie musste das Boot ins Schilf steuern und den Bryce-Kindern, die ihr entgegengelaufen kamen, das Tau zuwerfen. Sie planschten durch den Schlamm zu ihr hinaus und zerrten an dem Tau und kletterten über den Bootsrand, während Sophie ihre üblichen Anweisungen erteilte.

»Lasst das Ruder drin! Setzt das Boot nicht unter Wasser! Steigt nicht alle am selben Ende ein!«

Dann sprang sie barfuß wie die anderen Kinder heraus und rannte zum steingemauerten Milchhaus hinauf. (Es stand noch, und soweit Sophie wusste, diente es heute einem Cottage-Bewohner als Dunkelkammer.) Mr oder Mrs Bryce schütteten die warme, schäumende Milch in die Kanne.

Einige der Bryce-Kinder waren so alt wie Sophie, und einige waren älter, aber sie waren durch die Bank kleiner. Wie viele waren es? Wie hießen sie noch? Sophie konnte sich an eine Rita erinnern, an einen Sheldon oder Selwyn, einen George und eine Annie. Sie waren immer blass, trotz der Sommersonne, und sie hatten viele Stiche, Kratzer, grindige Stellen, Moskitostiche, Kriebelmückenstiche, Flohbisse, blutverkrustet und eitrig. Das kam daher, dass sie arme Kinder waren. Weil sie arm waren, schielte Rita – oder Annie, und deshalb hatte einer der Jungen so sonderbar ungleiche Schultern, und weil sie arm waren, redeten sie auch so, sagten »Mir gehn aufs Dorf« und »Erdäpfel« und andere Dinge, die Sophie kaum verstand. Keines der Kinder konnte schwimmen. Mit dem Boot gingen sie um, als wäre es ein fremdartiges Möbelstück – etwas zum Drüberklettern, Reinkraxeln. Vom Rudern hatten sie keine Ahnung.

Sophie holte die Milch gern allein, nicht mit einem ihrer Brüder zusammen, damit sie herumtrödeln und mit den Bryce-Kindern reden, ihnen Fragen stellen und Verschiedenes erzählen konnte – was ihren Brüdern nicht im Traum eingefallen wäre. Wo gingen sie zur Schule? Was bekamen sie zu Weihnachten geschenkt? Kannten sie irgendwelche Lieder? Nachdem sie sich an Sophie gewöhnt hatten, erzählten sie ihr einiges. Sie erzählten ihr, wie der Stier einmal ausbrach und vor ihre Haustür kam, und wie sie einmal einen Kugelblitz über den Schlafzimmerboden fahren sahen, und von dem gewaltigen Furunkel an Selwyns Hals und was daraus herauslief.

Sophie wollte sie ins Log House einladen. Sie träumte davon, sie in die Badewanne zu stecken und ihnen saubere Kleider zu geben und ihre Stiche einzureiben und ihnen beizubringen, wie man richtig redete. Manchmal hatte sie einen langen, komplizierten Tagtraum, der von nichts anderem handelte als von der Weihnachtsbescherung für die Bryce-Familie. Dazu gehörte auch eine neue Einrichtung und ein Anstrich für ihr Haus sowie eine umfassende Säuberung ihres Hofs. Da erschienen magische Brillen, die schielende Augen gerade blicken ließen. Es gab Bilderbücher und elektrische Eisenbahnen und Puppen in Taftkleidern und Armeen von Spielzeugsoldaten und dazu Berge von Früchten und Tieren aus Marzipan. (Marzipan war Sophies liebste Leckerei. Eine Unterhaltung über Süßigkeiten mit den Bryce-Kindern hatte erwiesen, dass sie nicht wussten, was das war.)

Nach geraumer Zeit gab ihre Mutter ihr doch die Erlaubnis eines der Kinder einzuladen. Die Eingeladene – Rita oder Annie – machte im letzten Moment einen Rückzieher, da sie zu schüchtern war, und statt ihrer kam dann die andere. Diese Annie oder Rita trug einen von Sophies Badeanzügen, der lächerlich um sie herumschlackerte. Und sie erwies sich als schwer zu unterhalten. Sie wollte partout keine Vorlieben äußern. Sie wollte nicht sagen, was sie aufs Brot haben wollte oder welche Kekse sie essen oder was sie zu trinken wollte, und sie wollte sich nicht entscheiden, ob sie schaukeln oder wippen wollte oder lieber am Seeufer oder mit Puppen spielte. Ihr Mangel an Vorlieben schien aus einer gewissen Überlegenheit zu kommen, als befolgte sie einen Benimmkodex, von dem Sophie nichts wissen konnte. Sie nahm die Leckereien an und erlaubte Sophie, sie auf der Schaukel anzuschubsen, alles mit einem hart-näckigen Mangel an Begeisterung. Schließlich nahm Sophie sie mit hinunter ans Wasser und setzte Fröschefangen aufs Programm. Sophie wollte eine ganze Froschkolonie von der schilfbewachsenen kleinen Bucht auf einer Seite des Anlege-stegs zu einer hübschen kleinen Felsbank mit einer Höhle auf der anderen Seite umsiedeln. Die Frösche machten die Reise durchs Wasser. Sophie und das Bryce-Mädchen fin-gen sie ein, setzten sie in ein Rohr und schoben sie um den Steg herum – das Wasser stand tief, so dass das Bryce-Mädchen durchwaten konnte – zu ihrem neuen Domizil. Am Ende des Tages war die Kolonie umgesiedelt.

Ein paar Jahre später war das Bryce-Mädchen zusam-men mit einigen jüngeren Geschwistern bei einem Brand im Haus umgekommen. Oder vielleicht war es auch das an-dere Mädchen gewesen, dasjenige, das nicht kommen woll-te. Der Bruder, der die Farm erbte, verkaufte sie an einen Bauherrn, der ihn angeblich übers Ohr gehauen hatte. Aber dieser Bruder kaufte sich ein großes Auto – war es ein Cadillac? –, und Sophie begegnete ihm in den Sommer-monaten immer wieder in Aubreyville. Er warf ihr jedes Mal einen schieläugigen Blick zu, der besagte, dass er keine Lust hatte, den Mund aufzutun, sofern sie es nicht täte.

Sophie erinnerte sich, dass sie die Geschichte von der Umsiedlung der Frösche Laurences Vater erzählt hatte – einem Deutschlehrer, dessen Aufmerksamkeit sie anfänglich durch ihr heftiges Eintreten, während der Vorlesung, für die westfälische Aussprache erregt hatte. Nach ihrer Graduierung war sie schließlich unerbittlich in ihn verliebt. Als sie schwanger wurde, war sie zu stolz, ihn zu bitten, sich von allem loszureißen, seine Frau zu verlassen und ihr ins Log House zu folgen, wo sie Laurences Geburt erwartete, war jedoch der Meinung, dass er gar nicht anders konnte. Er kam dann tatsächlich, aber nur zwei Mal, auf Besuch. Sie saßen auf dem Steg, und sie erzählte ihm von den Fröschen und von dem Bryce-Mädchen. »Natürlich waren sie am nächsten Tag wieder am alten Platz im Schilf«, sagte sie.

Er lachte und tätschelte ihr kameradschaftlich das Knie. »Ja, ja, Sophie. Da siehst du's.«

Und heute wurde Laurence vierzig. Ihr Sohn kam am Bastille Day, dem französischen Nationalfeiertag, zur Welt. Sie schickte eine Postkarte: *Männlicher Gefangener am 14. Juli freigesetzt, siebeneinhalb Pfund.* Was seine Frau wohl dachte? Sie sollte es nie erfahren. Die Familie Vogelsang brachte die ganze Angelegenheit mit Würde über die Bühne, und Sophie ging an eine andere Universität, um die Akademikerlaufbahn einzuschlagen. Sie hatte nie gelogen, dass sie verheiratet sei. Aber Laurence hatte in der Schule einen Vater erfunden – den Vetter ersten Grades seiner Mutter (mit demselben Namen also), der bei einer Kanufahrt ertrunken war. Sophie sagte damals, sie könne es verstehen, aber sie war von ihm enttäuscht.

Am späten Nachmittag desselben Tages fand sich Sophie in einem Flugzeug in der Luft. Sie war schon zwei Mal geflogen – beide Male in einem großen Flugzeug. Sie hatte nicht erwartet, dass sie Angst haben würde. Sie saß auf dem Rücksitz zwischen ihren aufgeregten Enkelkindern Denise und Peter – Laurence saß vorne neben dem Piloten –, und eigentlich konnte sie gar nicht sagen, ob es Angst war, was sie empfand.

Das kleine Flugzeug schien sich überhaupt nicht zu bewegen, obwohl der Motor lief; er machte ein schreckliches Getöse. Sie standen in der Luft, an die tausend Fuß über dem Erdboden. Unter ihnen waren Wacholderbüsche gleich Nadelkissen in die Felder gebettet, Rotzedern wie reizende Spielzeugweihnachtsbäume anzusehen. Glitzernde Kräuseladern durchzogen das dunkle Wasser. Diese spielzeugartige, vollkommene Miniaturhaftigkeit von allem übte eine merkwürdige, beklemmende Wirkung auf Sophie aus. Sie hatte das Gefühl, nicht die Dinge auf der Erde, sondern sie selbst sei geschrumpft, schrumpfe laufend weiter – oder sie schrumpften alle gleichzeitig. Dieses Gefühl war so stark, dass es in ihren jetzt winzigen, krabbenähnlichen Händen und Füßen ein Kribbeln hervorrief – ein Kribbeln vollendeter Winzigkeit, das Bewusstsein vollendeter Winzigkeit. Ihr Magen schnurrte in sich zusammen; ihre Lungen dienten zu nicht mehr als leere Samenhülsen, ihr Herz war das eines Insekts.

»Gleich sind wir mitten über dem See«, sagte Laurence zu den Kindern. »Seht ihr, dass auf einer Uferseite nur Felder, auf der anderen nur Bäume sind? Schaut, die eine Seite besteht aus einer Erdschicht über Sandstein, die andere aus dem präkambrischen Schild. Auf der einen Seite sind Felsen, auf der anderen Seite Schilf. So etwas nennt man einen Glazialsee.« (Laurence hatte Geologie studiert und das mit Leidenschaft, und eine Zeit lang hatte sie gehofft, er würde vielleicht Geologe werden und nicht Geschäftsmann.)

Sie bewegten sich also doch, kaum merklich. Sie bewegten sich über dem See. Rechter Hand sah Sophie Aubreyville ausgebreitet liegen und die klaffende weiße Wunde des Quarzsteinbruchs. Das Gefühl von einem Irrtum, einem ganz absonderlichen und nicht mitteilbaren Problem ließ sie nicht los. Es war nicht das Nahen, sondern die Nachwirkung einer Katastrophe, was sie in dieser goldenen Luft spürte – als würden sie alle fortgerissen und ausgelöscht, zu Punkten zusammengestaucht, in Atome verwandelt, aber ohne es zu merken.

»Mal sehen, ob wir das Dach vom Log House erkennen können«, sagte Laurence. »Mein Großvater war Deutscher; er hat sein Haus mitten in die Bäume gebaut, wie ein Jagdhaus«, erklärte er dem Piloten.

»Tatsächlich?«, sagte der Pilot, der so viel wahrscheinlich schon über die Vogelsangs wusste.

Dieses Gefühl – das erkannte Sophie – war ihr nicht neu. Sie hatte es schon als Kind gehabt. Ein echtes Gefühl, zu schrumpfen, eines aus dem Repertoire der beängstigenden, wunderbaren Gefühle oder Zustände, die einem in der frühen Kindheit offen stehen. Wie das Gefühl, mit dem Kopf nach unten zu hängen, auf der Decke zu gehen, über erhöhte Türschwellen zu steigen. Ein schauderndes Vergnügen damals, warum also nicht jetzt?

Weil es jetzt nicht mehr selbst gewählt war. Sie hatte das sichere Gefühl von Veränderungen ihrer Sehweise, die nicht selbst gewählt waren.

Laurence zeigte ihr das Dach, das Dach vom Log House. Ihre Ausrufe waren zufrieden stellend.

Immer weiter schrumpfend, zu diesem schauderhaften Punkt zusammengestaucht, aber ohne sich aufzulösen, hielt sie sich dort oben aufrecht. Unter Aufbietung all ihrer Kräfte hielt sie sich dort oben aufrecht und sagte zu ihren Enkelkindern, Schaut mal hier, schaut mal da, seht die Formen auf der Erde, seht die Schatten und das Licht im Wasser in die Tiefe gehen.

III

Für meine Frau gibt es nichts Schöneres, als allein dazu-sitzen.

Isabel saß in der Nähe des Autos im Gras, im Schatten von ein paar dürren Pappeln, und dachte, dass dieser Tag, ein erfreulicher Familientag, voller Hürden gewesen war, die sie bisher alle überwunden hatte. Als sie heute Morgen aufwachte, wollte Laurence mit ihr schlafen. Sie wusste, die Kinder würden schon wach sein; sie würden in Denises Zimmer am anderen Ende des Gangs geschäftig die erste Überraschung des Tages vorbereiten – ein Plakat mit einem Gedicht, einem Geburtstagsgedicht und einer Collage für ihren Vater. Wenn Laurence dadurch unterbrochen würde, dass sie damit hereinmarschiert kämen – oder an die Tür hämmerten, gesetzt den Fall, sie stand auf und schloss sie ab –, würde er sehr schlechter Laune sein. Denise wäre enttäuscht – ja, untröstlich. Der Tag würde für alle schlecht anfangen. Aber es ging auch nicht an, Laurence davon abzubringen, indem sie ihm das mit den Kindern erklärte. Das würde so ausgelegt, dass sie die Kinder wichtiger nähme, deren Gefühle über die seinen stellte. Das Beste schien es, ihn schneller machen zu lassen, und das tat sie dann, spornte ihn sogar an, als er einen Augenblick durch Sophies lauten Schritt abgelenkt wurde, die unten im Haus herumkramte, irgendeine Küchenschublade aufriss.

»Was zum Teufel hat sie bloß?«, flüsterte er Isabel ins Ohr. Aber sie streichelte ihn nur, als erwartete sie ungeduldig weiteres und schnelleres Vorgehen. Das tat seine Wirkung. Bald war alles in Ordnung. Er lag auf dem Rücken und hielt ihre Hand, als man die Kinder den Gang herunterkommen hörte, eine Art Trompeten ausstoßend, eine unstimmige Fanfare. Sie stießen die Tür zum Schlafzimmer ihrer Eltern auf und kamen herein, das große Plakat vor sich herschiebend, auf welches das Geburtstagsgedicht mit vielfarbigen Wachsmalkreiden in kunstvollen Lettern gemalt war.

»Sei gegrüßt!«, sagten sie im Chor und verbeugten sich, das Plakat senkend. Dahinter kam Denise in ein Leintuch gehüllt zum Vorschein: Sie hatte einen mit Alufolie umwickelten Stock in der Hand, an dem ein Stern aus Silberpapier befestigt war, und nahezu sämtliche Halsbänder, Ketten, Armreifen und Ohrringe von Isabel umgeschlungen oder in irgendeiner Weise an sich befestigt. Peter war einfach im Schlafanzug.

Sie begannen das Gedicht aufzusagen. Denise sprach mit hoher und äußerst dramatischer Stimme, in der jedoch Selbstironie schwang. Peters Stimme hinkte ein wenig hinter der ihren drein, bedächtig und gehorsam, des eigenen Sarkasmus nicht gewiss.

»Sei gegrüßt zu diesem vierzigsten Jahr
Deines glücklichen Daseins auf Erden da!
Und ich, die gute Fee, bin heut' erschienen hier,
Gesundheit, Wohlstand, Freude und Liebe
*   zu wünschen dir!«*

Peter, der im Verzug war, sagte: »Und *sie*, die gute Fee, ist heut' erschienen hier«, und am Ende des Gedichts sagte Denise: »Eigentlich bin ich die gute Patin, aber das hat zu viele Silben.« Sie und Peter verbeugten sich weiter.

Laurence und Isabel lachten und klatschten und wollten

das Geburtstagsplakat aus der Nähe sehen. Rund um das Gedicht waren Bilder von Figuren und Szenen geklebt und dazu Worte, die Buchstabe für Buchstabe aus Illustrierten ausgeschnitten waren. All das sollte das vergangene Jahr im Leben des Großen L. P. (Long-Playing Laurence Peter) Vogelsang illustrieren. Eine Geschäftsreise nach Australien war durch ein Känguru, das über Ayers Rock sprang, und eine Dose Insektenspray dargestellt.

Zwischen aufregenden Reisen, und dann die Bildunterschrift *fand der Große L. P. Zeit für seine besonderen Interessen* (ein Playboy-Bunny zeigte ihr kesses Schwänzchen und bot eine Flasche Champagner an, die ebenso groß war wie sie selbst) *und zum Ausspannen mit seiner reizenden Familie* (ein schielendes Mädchen streckte die Zunge heraus, eine Hausfrau schwenkte drohend einen Mopp, und ein völlig verdreckter Knirps stand auf dem Kopf). *Er fasste auch eine zweite Karriere ins Auge* (ein Zementmischer war abgebildet, über den ein komischer alter Kauz geklebt war). *»Herzlichen Glückwunsch zum Geburtstag, L. P. der Große«*, verkündeten verschiedene Tiere eines Bauernhofs, die mit Partyhüten und Ballons ausgestattet waren, *»von deinen zahlreichen treu ergebenen Fans.«*

»Das ist bemerkenswert«, sagte Laurence. »Man sieht, dass ihr viel Arbeit reingesteckt habt. Mit am besten gefallen mir die besonderen Interessen.«

»Und die liebe Familie«, sagte Denise. »Findest du sie nicht auch toll?«

»Und die liebe Familie«, sagte Laurence.

»Jetzt«, verkündete Denise, »ist die gute Fee bereit, dir drei Wünsche freizustellen.«

»Man braucht eigentlich nie mehr als einen Wunsch«, sagte Peter. »Man wünscht sich einfach, dass alle anderen Wünsche, die man ausspricht, in Erfüllung gehen.«

»Dieser Wunsch ist nicht gestattet«, erwiderte Denise. »Du hast drei Wünsche frei, aber sie müssen drei konkreten Dingen gelten. Du darfst dir nicht etwa wünschen, dass du immer glücklich sein wirst, und du darfst dir nicht einfach wünschen, dass dir alle Wünsche in Erfüllung gehen.«

Laurence sagte: »Das ist aber eine ziemlich diktatorische gute Fee«, und meinte, er wünsche sich einen sonnigen Tag.

»Das ist es doch schon«, sagte Peter empört.

»Ich wünsche mir eben, dass er sonnig bleibt«, sagte Laurence. Dann wünschte er sich, dass er sechs weitere Stufen fertig bekäme und dass es gegrillte Tomaten und Würstchen und Rührei zum Frühstück gäbe.

»Ein Glück, dass du sie dir gegrillt wünschst«, bemerkte Isabel. »Die Herdplatten funktionieren. Es wäre wohl zu viel verlangt, die gute Fee um einen neuen Herd für Sophie zu bitten.«

Der Lärm, den sie alle machten, als sie in der Küche das Frühstück zubereiteten, muss daran schuld gewesen sein, dass sie Sophies erhobene Stimme unten am See überhörten. Sie wollten draußen auf der Veranda essen. Denise hatte ein Tischtuch über den Picknicktisch gebreitet. Sie kamen in einer Prozession aus dem Haus, Denise mit dem Frühstücksablett, Isabel mit der Platte mit den warmen Speisen, den Eiern und Würstchen und Tomaten, und Peter mit seinem eigenen Frühstück, das aus Getreideflocken mit Honig bestand. Laurence sollte eigentlich gar nichts tragen, aber er hatte den Ständer mit dem gebutterten Toast ergriffen, da er sah, dass dieser sonst zurückbleiben würde.

Gerade als sie auf die Veranda traten, erschien Sophie

oben auf der Uferböschung, nackt. Durch das gemähte Gras ging sie direkt auf sie zu.

»Ich habe eine mindere Katastrophe hinter mir«, sagte sie. »Herzlichen Glückwunsch zum Geburtstag, Laurence!«

Das war das erste Mal, dass Isabel die alte Frau je nackt sah. Sie war über mehrere Dinge überrascht. Wie glatt Sophies Haut war im Vergleich zur Runzligkeit von Gesicht, Hals, Armen und Händen. Wie klein die Brüste waren. (Beim Anblick von Sophie in Kleidern hatte sie immer angenommen, ihre Brüste seien genauso groß wie alles andere an ihr.) Sie hingen an dem breiten, gefleckten Brustkorb herunter wie kleine Bündel, kleine schaukelnde Bündel. Die Spärlichkeit des Schamhaars und seine Farbe waren ebenfalls unerwartet; es war nicht weiß geworden, sondern weiterhin glänzend goldbraun, und der Bewuchs so zart wie der eines blutjungen Mädchens.

Bei all der schlaff gefüllten weißen Haut musste Isabel an jene französischen Rinder denken, schmutzig weiße Rinder, die man heutzutage manchmal auf den Feldern der Farmer sah. Charolais.

Sophie machte natürlich keinen Versuch, einen Arm schützend vor die Brust zu halten oder ihre Scham mit einer diskreten Hand zu bedecken. Sie strebte nicht eilig an ihrer Familie vorbei. Sie stand in der Sonne, ein Bein auf der untersten Verandastufe – die intimen Einblicke, die sie alle hatten, noch ein wenig vergrößernd –, und sagte ruhig: »Man hat mir dort unten meinen Bademantel weggenommen. Desgleichen meine Zigaretten und mein Feuerzeug. Mein Feuerzeug ist auf dem Grund des Sees gelandet.«

»Herrgott, Mutter!«, sagte Laurence.

Er hatte den Toastständer so hastig abgestellt, dass er umfiel. Er schob das Geschirr beiseite, um das Tischtuch abzunehmen.

»Da!«, sagte er und warf es ihr zu.

Sophie fing es nicht auf. Es fiel ihr über die Füße.

»Das ist das Tischtuch, Laurence!«

»Egal«, sagte Laurence. »Wickel es dir einfach um!«

Sophie bückte sich, hob das Tischtuch auf und betrachtete es, als studierte sie das Muster. Dann drapierte sie es um sich herum, nicht besonders effektiv und ohne sonderliche Eile.

»Danke, Laurence«, sagte sie. Es war ihr gelungen, das Tischtuch so zu drapieren, dass es genau an der kritischsten Stelle aufklaffte. An sich heruntersehend, sagte sie: »Hoffentlich fühlst du dich jetzt wohler.« Sie fing wieder mit der Schilderung ihrer Geschichte an.

Nein, dachte Isabel, so nichts ahnend kann sie nicht sein. Das muss Absicht sein; es muss ein Spiel sein. Clevere Unschuld. Diese Effekt heischende alte Angeberin. Gibt mit ihrer Unverdorbenheit, ihrer Vergeistigung, ihrer Schlichtheit an. Perverse alte Heuchlerin.

»Lauf und hol ein anderes Tischtuch, Denise!«, sagte Isabel. »Wollen wir das Essen hier kalt werden lassen?«

Es ging darum – es ging Sophie immer darum –, ihren eigenen Sohn als Dummkopf hinzustellen. Ihn vor seiner Frau und seinen Kindern dumm dastehen zu lassen. Und das tat er auch, wie er da über Sophie auf der Veranda stand und die Schamesröte ihm heiß den Hals hochstieg, seine Ohren dunkel färbte, die Stimme unnatürlich tief, um nach männlichem Vorwurf zu klingen, aber mit einem Zittern darin. Das konnte Sophie mit ihm machen, würde sie mit ihm machen, wann immer sie Gelegenheit bekam.

»Was für arrogante Teufelsbraten«, sagte Isabel als Antwort auf die Schilderung der Geschichte. »Ich dachte, sie wären angeblich alle so reizend und beseligt und auf der Suche nach Erleuchtung und so weiter.«

»Wenn du nur von vornherein einen Badeanzug zum Schwimmen angezogen hättest«, sagte Laurence.

Dann die Fahrt, um die Torte abzuholen, die Sorge, sie unversehrt nach Hause zu bringen, die Notwendigkeit, immer wieder an Denise hinzureden, sie gerade zu halten. Eine weitere Fahrt, allein, zum Hi-Way Markt, um die reifen Freilandtomaten zu bekommen, die Laurence allen im Laden erhältlichen vorzog. Isabel musste ein Menü planen, das oben auf dem Herd zu kochen war. Es musste etwas sein, das sich relativ schnell zubereiten oder aufwärmen ließ, wenn sie alle hungrig von ihrem Ausflug zum Flughafen zurückkämen. Und es sollte etwas sein, das Laurence besonders mochte, das Sophie nicht zu aufwendig fände und das Peter essen würde. Sie entschied sich für Coq au vin, obwohl sie nicht ganz sicher sein konnte, ob sie damit bei Sophie richtig lag oder auch bei Peter. Aber schließlich war das Laurences Tag heute. Sie verbrachte den Nachmittag mit Kochen und behielt dabei die Uhr im Auge, damit sie alle zeitig genug zum Aufbruch an den Flughafen fertig wären, damit Denise nicht vor Sorge aus dem Häuschen geriete.

Trotz ihrer Umsicht waren sie etwas zu spät dran. Als man Laurence von der obersten Treppenstufe aus rief, antwortete er ja, erschien aber nicht. Isabel musste schnell hinunterlaufen und ihm sagen, dass es dringend sei, dass es um eine Überraschung im Zusammenhang mit seinem Geburtstag gehe und möglicherweise alles verdorben würde, wenn er sich nicht beeile – zudem sei es Denises Überraschung, und die bekomme allmählich Zustände. Selbst dann noch schien Laurence sich absichtlich Zeit zu lassen und brauchte länger als gewöhnlich, um sich zu waschen und umzuziehen. Er billigte solche Anstrengungen zur Verhinderung von Denises Zuständen nicht.

Aber sie hatten es geschafft, und jetzt waren sie alle bis auf Isabel mit dem Flugzeug in der Luft. Das war nicht geplant gewesen. Der ursprüngliche Plan war, dass sie alle mit zum Flughafen fahren und zusehen würden, wie Laurence die Augenbinde abgenommen wurde und er Überraschung zeigte, dann zusehen würden, wie er zu seinem Geburtstagsflug startete, und ihn schließlich bei der Landung begrüßen würden.

Doch dann hatte der Pilot, als er aus dem kleinen Haus trat, das als Büro diente, und sie alle dort stehen sah, gemeint: »Wie wär's, wenn die ganze Familie mitfliegt? Wir nehmen den Fünfsitzer – da haben Sie einen angenehmeren Flug.« Er lächelte Denise zu. »Ich verlange nicht mehr dafür. Es ist kurz vor Feierabend.«

»Das ist sehr nett von Ihnen«, sagte Denise prompt.

»Also«, meinte der Pilot mit einem Blick in die Runde. »Alle bis auf einen.«

»Ich kann derjenige sein«, sagte Isabel.

»Sie haben doch hoffentlich keine Angst«, sagte der Pilot und richtete den Blick auf sie. »Dazu besteht kein Grund.«

Er war in den Vierzigern – vielleicht war er auch fünfzig –, mit gewelltem, sehr hellblondem oder weißem Haar, wahrscheinlich weiß werdendem blondem Haar, das von der Stirn gerade nach hinten gekämmt war. Er war nicht groß, nicht so groß wie Laurence, aber er hatte breite Schultern, einen stämmigen Oberkörper und eine kleine harte Wölbung von Bauch, keinen hängenden Speck, über seinem Gürtel. Eine hohe, gerundete Stirn, vom Aufenthalt im Freien gewohnheitsmäßig zusammengekniffene leuchtend blaue Augen mit einem Blick professioneller Gelassenheit und guter Laune. Dieselben Eigenschaften auch im Ton seiner Stimme – der gut gelaunte, bedächtige, leicht begriffsstutzig klingende ländliche Zungenschlag. Sie wusste, was Laurence über diesen Mann sagen würde – er sei das Salz der Erde. Ohne dahinter noch etwas anderes zu bemerken – eine gewisse Wachsamkeit, auch Achtlosigkeit oder sogar Verachtung ihnen gegenüber, etwas betont Selbstbeherrschtes.

»Sie haben doch keine Angst, oder, Ma'am?«, sagte der Pilot zu Sophie.

»Ich bin noch nie in einem kleinen Flugzeug geflogen«, erwiderte Sophie. »Aber Angst habe ich, glaube ich, keine, nein.«

»Wir sind alle noch nie in einem kleinen Flugzeug geflogen. Das wird ein ganz besonderes Vergnügen«, sagte Laurence. »Danke.«

»Ich setz mich solange einfach allein hier hin«, sagte Isabel, und Laurence lachte.

»Für meine Frau gibt es nichts Schöneres, als allein dazusitzen.«

Wenn das stimmte – und es war durchaus möglich, denn Angst hatte sie keine oder nur ganz unbestimmte, und doch behagte ihr die Vorstellung, allein zurückzubleiben, so außerordentlich –, dann war das bestimmt kein sonderliches Verdienst. Da saß sie und betrachtete ihren Tag als überwundene Hürden. Der Coq au vin auf der hinteren Herdplatte bereit, die Torte unversehrt nach Hause transportiert, Wein und Tomaten besorgt, der Geburtstag soweit ohne echte Fehler oder Zusammenstöße oder Enttäuschungen überstanden. Blieb noch die Fahrt nach Hause, das Essen. Morgen würde Laurence dann den Tag über nach Ottawa fahren und abends wieder zurückkommen. Er wollte am Mittwoch bei ihnen sein, um den Start der Mondrakete zu verfolgen.

Kein sonderliches Verdienst, durchs Leben zu gehen mit

dem Gedanken: Gut, das wäre geschafft, und *das* wäre geschafft. Auf was freute sie sich, welche Belohnung erhoffte sie sich, wenn das und das und das geschafft war?

Freiheit – oder nicht einmal Freiheit. Leere, ein Aussetzen der Aufmerksamkeit. Die ganze Zeit schien es, als müsse sie ein wenig mehr hergeben – an Zuwendung, Begeisterung, Vorsicht – als sie sicher war, zu besitzen. Sie strengte sich ständig an und hoffte, nicht durchschaut zu werden. Als ebenso kaltherzig durchschaut zu werden wie diese Altnordin Sophie.

Manchmal dachte sie, sie sei überhaupt nur als eine schwierige Herausforderung an Sophie ins Haus geholt worden. Laurence war von Anfang an in sie verliebt, aber seine Liebe hatte etwas mit der Herausforderung zu tun. Ganz gegensätzliche Seiten von ihr waren da mit im Spiel: ihr flittchenhaftes Aussehen und ihre schlechten Manieren (wie flittchenhaft und wie schlecht, ahnte sie damals überhaupt nicht); ihre guten Noten und ihr naives Vertrauen auf sie als ein Beweis ihrer Intelligenz; all die Anzeichen, die ihr anhafteten, dass sie die begabteste Schülerin aus einer Highschool der Arbeiterklasse war, das Schaustück einer ambitionslosen Familie.

»Nicht gerade die typische Wahl für einen Betriebswirt, oder, Mutter?«, sagte Laurence in Isabels Gegenwart zu Sophie. Er studierte das eine Fach an der Universität, das Sophie verhasst war – Betriebswirtschaft.

Sophie sagte nichts darauf, lächelte Isabel aber direkt an. Das Lächeln war nicht unfreundlich, ohne Hohn gegen Laurence – es wirkte geduldig –, aber es besagte deutlich: »Bist du bereit, nimmst du das auf dich?« Und Isabel, die sich damals darauf konzentrierte, in Laurences gutes Aussehen, in seinen Witz, seine Intelligenz und seine erhoffte Lebenserfahrung verliebt zu sein, Isabel verstand, was damit gemeint war. Es bedeutete, dass der Laurence, den zu lieben sie sich vorgenommen hatte (denn trotz ihres Aussehens und ihres Benehmens war sie ein ernsthaftes, unerfahrenes Mädchen, das an die Liebe fürs Leben glaubte und sich keine Bindung auf irgendeiner anderen Basis vorstellen konnte), dass *dieser* Laurence gestützt und aufrechterhalten werden musste durch fortwährende kluge Anstrengungen ihrerseits, durch Bestätigung und geschickte Führung; er war von ihr abhängig, dass sie einen Mann aus ihm machte. Sie dankte es Sophie nicht mit Sympathie, dass sie ihr dies bewusst gemacht hatte, und sie ließ ihre Entscheidung davon unberührt. Das machte eben die Liebe oder das Leben aus, und sie wollte endlich damit beginnen. Sie war einsam, auch wenn sie sich selbst als Einzelgängerin betrachtete. Sie war das einzige Kind aus der zweiten Ehe ihrer Mutter; ihre Mutter war tot, und ihre Stiefbrüder und Stiefschwestern waren wesentlich älter und bereits verheiratet. In ihrer Familie hatte sie den Ruf, sich für etwas Besonderes zu halten. Sie hatte ihn immer noch, und seitdem sie Laurence geheiratet hatte, sah sie ihre eigene Verwandtschaft kaum noch.

Sie las viel; sie machte ernsthaft Diät und Gymnastik; sie war eine gute Köchin geworden. Auf Partys flirtete sie mit Männern, die ihr nicht ernsthaft den Hof machten. (Sie hatte bemerkt, dass Laurence enttäuscht war, wenn sie nicht ein wenig Aufsehen erregte.) Manchmal stellte sie sich vor, sie würde von diesen Männern oder von anderen überwältigt, Gespielin bei höchst impulsiven, einfallsreichen, leidenschaftlichen Paarungen. Manchmal dachte sie an ihre Kindheit mit einer Sehnsucht zurück, die beinahe ebenso pervers schien und fast ebenso geheim gehalten werden musste. Eine schief hängende Markise vor einem Eckladen konnte sie daran erinnern, der Geruch von schwerem Essen, das mittags gekocht wurde, der Abfall und die nackte Erde um den Stamm eines großen Alleebaums in der Stadt.

Als das Flugzeug landete, stand sie auf und ging ihnen entgegen, und sie küsste Laurence, als sei er von einer Reise zurückgekehrt. Er wirkte glücklich. Sie überlegte, dass sie sich selten Gedanken machte, ob Laurence glücklich sei. Sie wollte, dass er gut gelaunt war, damit alles reibungslos verliefe, aber das war nicht dasselbe.

»Es war wunderbar«, sagte Laurence. »Man konnte die Veränderungen in der Landschaft ganz deutlich erkennen.« Er fing an, ihr von einem Glazialsee zu erzählen.

»Es war ein Hochgenuss«, sagte Sophie.

Denise sagte: »Man konnte im Wasser bis ganz tief auf den Grund sehen. Man konnte sehen, wie die Felsen hinuntergehen. Man konnte sogar Sand erkennen.«

»Man konnte erkennen, was für Schiffe darauf waren«, sagte Peter.

»Es war wirklich so, Mutter. Man konnte sehen, wie die Felsen tief, tief hinuntergehen, und dann kommt Sand.«

»Konntest du irgendwelche Fische sehen?«, fragte Isabel.

Der Pilot lachte, obwohl er das sicher schon oft genug gehört hatte.

»Es ist wirklich schade, dass du nicht mitgeflogen bist«, sagte Laurence.

»Oh, eines Tages wird sie es schon noch tun«, sagte der Pilot. »Sie könnte schon morgen wieder hier sein.«

Sie lachten alle über seine Neckerei. Sein kühner Blick begegnete Isabels und wirkte trotz seiner Kühnheit ganz und gar unschuldig, liebenswert und freundlich. Kein Mangel an Achtung. Er war ein Mann, der gewiss nichts Böses, keine Torheit im Sinn hatte. Es konnte also wohl kaum sein, dass das als Aufforderung zu verstehen war.

Dann verabschiedete er sich von ihnen, von ihnen als Gruppe, und sie dankten ihm nochmals. Isabel glaubte zu wissen, was sie aus der Bahn geworfen hatte. Es war die Geschichte, die Sophie erzählt hatte. Es war die Vorstellung, wie sie selbst, nicht Sophie, nackt aus dem Wasser auf diese herumalbernden Jungen zuging. (In Gedanken hatte sie das Mädchen schon ausgeklammert.) Das weckte in ihr die Sehnsucht und die Fantasie einer überfallartigen, extremen Aufforderung. Ihr Verlangen danach war entfacht.

Als sie zum Auto gingen, musste sie sich zusammennehmen, sich nicht umzudrehen. Sie stellte sich vor, dass sie sich gleichzeitig umdrehten, einander ansahen, genau wie in einem romantischen Film, einer Opernhandlung, einem Pennälertagtraum. Sie drehten sich gleichzeitig um, sie sahen einander an, sie leisteten einander ein Versprechen, das, selbst wenn sie einander nie wieder sähen, nicht weniger real war. Und das Versprechen traf sie wie ein Blitz, spaltete sie wie ein Blitz, obwohl sie gleichmäßig, unbehelligt weiterging.

Ach, natürlich. All das.

Aber es ist nicht wie ein Blitz, es ist kein Schlag, der von außen kommt. Wir tun nur so, als wäre es einer.

»Wenn es einem von euch nichts ausmachen würde zu fahren«, sagte Sophie. »Ich bin müde.«

An jenem Abend schenkte Isabel Laurence und ihren Kindern überströmende Aufmerksamkeit, auch Sophie, die dessen nicht im Mindesten bedurfte. Alle spürten sie ihr Glück. Es kam ihnen vor, als wäre eine unsichtbare Barriere, die sonst immer bestand, fortgefallen, als sei ein durchsichtiger Vorhang weggezogen. Oder vielleicht hatten sie sich diesen auch nur die ganze Zeit eingebildet? Laurence vergaß, Denise rau anzupacken oder sie als seine Rivalin zu behandeln. Er ließ sich nicht einmal auf Kämpfe mit Sophie ein. Das Fernsehen wurde mit keinem Wort erwähnt.

»Wir haben den Quarzsteinbruch aus der Luft gesehen«, erzählte er Isabel beim Essen. »Er sah aus wie ein Schneefeld.«

»Weißer Marmor«, zitierte Sophie. »Protziges Zeug. Sie haben alle Parkwege in Aubreyville damit ausgestreut, den Park damit verdorben. Himmelschreiend grell.«

Isabel sagte: »Wisst ihr, dass es bei uns früher Weißen Abfall gab? Die Schule, auf die ich ging – sie lag hinter einer Keksfabrik, der Pausenhof grenzte an das Fabrikgelände. Von Zeit zu Zeit fegten sie diese Unmengen von Vanilleglasur und Nüssen und hart gewordenen Marshmallow-Klümpchen zusammen, und das brachten sie dann in Fässern an und kippten es da hinten aus, und es leuchtete. Es leuchtete wie ein unberührter weißer Berg. Drüben in der Schule sah es dann irgendwer und brüllte: ›Weißer Abfall!‹, und wir kletterten nach Schulschluss alle über den Zaun oder rannten darum herum. Wir waren alle dort drüben und kratzten an diesem riesigen Haufen weißen Zuckerzeugs herum.«

»Haben sie das vom Boden aufgefegt?«, fragte Peter. Er klang freudig erregt über die Vorstellung. »Habt ihr es gegessen?«

»Natürlich haben sie es gegessen«, sagte Denise. »Das war alles, was sie hatten. Sie waren arme Kinder.«

»Nein, nein, nein«, protestierte Isabel. »Wir waren zwar arm, aber Süßigkeiten hatten wir durchaus. Wir bekamen ab und an ein Fünf-Cent-Stück, um uns im Laden etwas zu kaufen. Darum ging es nicht. Der Weiße Abfall hatte etwas Gewisses – dass es so viel davon gab und er so weiß und leuchtend war. Es war wie ein Kindertraum – die herrlichste Verheißung, die es je zu sehen gab.«

»Mutter und die Sozialisten schafften dann alles im Dunkel der Nacht fort«, sagte Laurence, »und drückten euch stattdessen Orangen in die Hand.«

»Wenn ich dabei an Marzipan denke, kann ich euch verstehen«, sagte Sophie. »Obwohl du zugeben musst, dass es offenbar nicht gerade gut für die Gesundheit ist.«

»Es war sicher schrecklich schlecht«, sagte Isabel. »Für unsere Zähne und überhaupt. Aber wir erwischten eigentlich nie genug, dass uns schlecht wurde, weil wir so viele waren und es so schwer abzukratzen ging. Es schien einfach wie die wunderbarste Sache der Welt.«

»Weißer Abfall!«, sagte Laurence – der zu so einer Geschichte bei anderer Gelegenheit vielleicht bemerkt hätte: »Die simplen Freuden der Armen!« – »Weißer Abfall«, sagte er mit einer Mischung aus Vergnügen und Ironie, einem natürlichen Sinn dafür, was genau das zu sein schien, was Isabel sich wünschte.

Sie hätte nicht überrascht zu sein brauchen. Sie wusste von Laurences Feingefühl und Güte, wie sie auch seine schikanöse und bluffende Seite kannte. Sie kannte seine Gedankengänge, seine Gefühlsumschwünge, die kleinen Veränderungen und Geräusche seines Körpers. Sie waren intim miteinander vertraut, jeder hatte über den anderen so viel herausgefunden, dass alle Dinge durch andere aufgehoben worden waren. Deshalb schien der Geschlechtsakt bei ihnen manchmal so verschämt, so ausschließlich und öde lustbetont, wie Sex unter Geschwistern. Die Liebe konnte das überleben – hatte es überlebt. Seht doch, wie sehr sie ihn in diesem Moment liebte. Isabel fühlte sich wieder reich, grenzenlos reich, an Auswegen.

Falls sein Partner da war, falls er und sein Partner beide da waren, könnte sie sagen: »Ich glaube, wir haben gestern etwas hier vergessen. Meine Schwiegermutter glaubt, sie hat ihr Brillenetui fallen lassen. Nicht ihre Brille. Nur das Etui. Es ist nicht so wichtig. Ich dachte nur, ich frage einmal nach.«

Falls er allein dort war, aber mit verständnislosem, freundlichem Blick auf sie zukam, fragend, müsste sie vielleicht einen weniger belanglosen Grund angeben.

»Ich wollte mich nur wegen Flugstunden erkundigen. Mein Mann hat mich gebeten, mich zu erkundigen.«

Falls er allein war, aber sein Blick nicht ganz so verständnislos – es aber trotzdem noch erforderlich war, etwas zu sagen –, dann könnte sie bemerken: »Es war so nett von Ihnen gestern, alle mitfliegen zu lassen, und sie haben es so genossen. Ich bin nur vorbeigekommen, um Ihnen zu danken.«

Sie konnte das alles nicht glauben; sie konnte nicht glauben, dass es geschehen würde. Trotz allem, was sie gelesen hatte, trotz ihrer Tagträume und der vertraulichen Geständnisse bestimmter Freunde konnte sie nicht glauben, dass Menschen solche Botschaften jeden Tag aussandten und erhielten, und dass sie darauf reagierten, ihre gefährlichen Pläne schmiedeten, sich auf verbotenes Gelände begaben (das sich als schockierend ähnlich und auch wieder nicht ähnlich wie das heimatliche erweisen sollte).

In den folgenden Jahren würde sie lernen, die Zeichen zu deuten, sowohl am Anfang als auch am Ende einer Affäre. Sie würde nicht mehr so verwundert sein, wie plötzlich die Haut des Augenblicks aufbrechen kann. Aber immer noch verwundert genug, dass sie zu ihrer erwachsenen Tochter Denise eines Tages, als sie zusammen Wein tranken und über solche Dinge redeten, sagen würde: »Ich glaube, der beste Teil ist immer ganz am Anfang. Der Beginn. Das ist der einzige Teil, der ungetrübt ist.« – »Vielleicht sogar schon vor dem Beginn«, sagte sie dann. »Vielleicht genau der Moment, wenn einem blitzartig klar wird, was möglich ist. Das ist vielleicht das Beste.«

»Und die erste Liebesaffäre? Ich meine, die erste Affäre nebenher?« (Denise unterdrückte allen Tadel.) »Ist die auch die Beste?«

»In meinem Fall die leidenschaftlichste. Auch die erbärmlichste.«

(Womit sie auf die Tatsache anspielte, dass das Geschäft schlecht ging, dass der Pilot sie um etwas Geld gebeten und auch erhalten hatte; auch auf die schmerzlichen Enthüllungsszenen, die der Affäre und ihrer Ehe ein Ende setzten, der seinen jedoch nicht. Aber auch in Anspielung auf Szenen von so alles verschmelzender, alles sprengender Lust, dass beide Seiten völlig aufgelöst zurückblieben und, in ein paar Fällen, in Tränen ausbrachen. Und auf die allererste Szene, die sie jederzeit wieder vor sich abspielen konnte und bei der sie sich an erstaunlich gemischte Gefühle von Bestürzung und Gelassenheit erinnerte.

Der Flughafen um etwa neun Uhr morgens, die Stille, Sonnenlicht, die staubigen Bäume in der Ferne. Das kleine weiße Haus, das ganz offensichtlich von irgendwo anders hergeschafft worden war, um als Büro zu fungieren. Keine Vorhänge oder Jalousien an den Fenstern. Aber ein Stück Palisadenzaun, ausgerechnet, ein Tor. Er kam heraus und hielt ihr das Tor auf. Er hatte dasselbe an wie gestern, dieselben hellen Monteurhosen und ein helles Arbeitshemd mit aufgerollten Ärmeln. Sie hatte dasselbe an wie gestern. Keiner von ihnen beiden hörte, was der andere sagte, oder konnte etwas antworten, was irgendeinen Sinn ergab.

Allzu große Lässigkeit seinerseits oder jedes Anzeichen von Berechnung – schlimmer noch, von Siegesgewissheit –

hätte sie fortgetrieben. Aber diese Art von Fehler machte er nicht, war wahrscheinlich gar nicht versucht, sie zu machen. Männer, die Erfolg bei Frauen haben – und er hatte Erfolg gehabt; sie sollte herausfinden, dass er vorher schon mehrmals Erfolg gehabt hatte, unter ganz ähnlichen Umständen –, Männer mit einer Begabung in dieser Richtung sind nicht so leichtfertig dazu eingestellt, wie ihnen nachgesagt wird, und nicht ohne Güte. Er war resolut, wirkte aber doch nachdenklich oder sogar bedauernd, als er sie zum ersten Mal berührte. Eine beruhigende, anerkennende Berührung, eine langsam nachdrücklicher werdende Erklärung, ihren bloßen Nacken und Rücken entlang, über ihre nackten Schultern und Arme, ihre leicht bedeckten Brüste und Hüften. Er sagte etwas zu ihr – irgendwelchen vertraulichen, ernsten Unsinn –, während sie zu taumeln begann durch das Maß ihrer Erwiderung, das durch diese Berührung gerade noch auszuhalten war.

Sie fühlte sich gerettet, hochgehoben, gesehen und geborgen.)

Nach dem Essen spielten sie Scharaden. Peter war Orion. Er stellte die zweite Silbe dar, indem er aus einem imaginären Glas trank, dann taumelte und zu Boden fiel. Er wurde nicht disqualifiziert, obwohl man sich einig war, dass Orion ein Eigenname sei.

»Das All ist schließlich Peters Welt«, sagte Denise. Laurence und Isabel lachten. Diese Bemerkung war eine, die immer wieder in der Familie zitiert werden sollte.

Sophie, die die Spielregeln zu Scharaden noch nie verstanden hatte – oder sich zumindest nie daran halten konnte –, gab das Spiel bald auf und begann zu lesen. Ihre Lektüre war die *Poetische Edda*, die sie jeden Sommer las, aber wegen der Beanspruchung durchs Fernsehen vernachlässigt hatte. Als sie ins Bett ging, ließ sie das Buch auf dem Arm ihres Sessels liegen.

Isabel nahm es zur Hand, bevor sie das Licht löschte, und las diesen Vers:

Seinat er at segia;
svá er nu rádit.

(Jetzt ist es zu spät, darüber zu reden: Es ist entschieden.)

Gustaf Sobin
Der Trüffelsucher
Roman · Deutsch von Malte Friedrich

Der zurückgezogen lebende Professor Philippe
Cabassac verliebt sich in eine junge Studentin. Sie
zieht auf seinen Hof, doch nach kurzem gemeinsamen Glück stirbt sie. Der verzweifelte Philippe
macht beim Trüffelsuchen eine merkwürdige
Entdeckung.

*»Die Leidenschaft, mit der Sobin Farben und Düfte
der Landschaft heraufbeschwört, gibt seiner Prosa
betörenden Zauber.«* Der Spiegel

*»Nehmen Sie dieses sinnliche, leuchtende Buch ein
wie eine Droge«* The Boston Globe

*»Es liegt ein trüffeliger Geruch in allen Dingen, die
Sinne und Kopf anregend, verlockend und intelligent.«*
Die Welt

Berliner Taschenbuch Verlag

Ein Fest der Sinne

Andrew Lindsay:
Karneval der Bäcker
Roman; Aus dem Englischen von
Christa Schuenke

365 Seiten, gebunden,
ISBN 3-608-93068-X

Ganz Bacheretto steht Kopf: Das jährliche Fest des Brotes steht bevor. Gianni backt Brötchen, Luigi liegt auf der Lauer, um Gott zu fotografieren, Pia gibt ihr Debüt als einbeinige Tänzerin, und Emile, der Priester, ist von Francesca wie verhext. Aber eigentlich wollen alle nur Alltagsglück, Sex und Liebe – und davon reichlich. Ein Roman, der alle Sinne anspricht: ein wahres Fest des Lebens.

Klett-Cotta